알기 쉬운 영미문학

# 알기쉬운
# 영미문학

강석주 · 김재준 · 배현 지음

도서출판 동인

# 들어가는 말

　이 책은 영문학을 전공하거나 영문학에 관심을 가진 사람들이 영문학을 감상하고 이해하는 데 도움이 되는 배경 지식과 기본 용어들을 설명하려는 목적에서 저술되었다. 이 책은 다음과 같이 여섯 개의 장으로 구성되어 있다.

|  |  |
|---|---|
| 제1장. 영국문학사 | 제2장. 미국문학사 |
| 제3장. 영미시의 이해 | 제4장. 영미소설의 이해 |
| 제5장. 영미드라마의 이해 | 제6장. 문학 이론과 비평 |

영국과 미국의 문학사를 다룬 1, 2장에서는 문학사를 구분하는 기준과 각 시대의 명칭, 그 시대의 문학 정신과 대표적인 장르, 그리고 대표 작가와 작품을 개괄적으로 소개하였다. 시와 소설, 드라마를 다룬 3, 4, 5장은 이들 대표적인 문학 장르의 형식적 특성, 장르별 세분류, 각각의 구성요소와 문학적 장치 등을 정리하였다. 이를 위하여 필요할 때마다 고전주의 시대로부터 현대에 이르기까지 중요한 작품들을 언급하고 인용하며 설명하였다. 마지막으로 6장에서는 몇 가지 기본적인 문학적 개념들과 문예사조, 전통적인 문학비평 이론, 그리고 현대문학 이론을 차례로 소개하였다.

　이 책이 다루고 있는 내용들은 실은 우리나라 대학의 영문학과에서 개설하고 있는 몇 개의 교과목 내용을 망라한 것이다. 필자들이 각자 30년이 넘는 세월 동안 문학 교육에 종사해 오면서 실제로 학생들에게 가르치고 토론했던 내용들을 문장으로 담아내기 위해 노력했다. 이 책이 담고 있는 허물과 오류는 오직 필자들 공동의 책임임을 밝히면서 영문학을 공부하는 학생들에게 작은 도움이 되는 지침서가 되기를 기대한다.

2015. 8.

| 차례 |

# History of English Literature
# 영국문학사

# 2 | History of American Literature
# 미국문학사

# 3

# Understanding English Poetry
# 영미시의 이해

# Understanding English Fiction
# 영미소설의 이해

# 5 | Understanding English Drama
## 영미드라마의 이해

# 6

## Literary Theory and Criticism
## 문학 이론과 비평

# 1

## History of English Literature
### 영국문학사

## Periods of English Literature 영국 문학의 시기들

영국의 문학사는 몇 가지 역사적 혹은 문예사적 사건들을 중심으로 다음과 같이 구분된다.

| | |
|---|---|
| 450-1066 | Old English(Anglo-Saxon) Period<br>고대영문학기 혹은 앵글로색슨문학기 |
| 1066-1500 | Middle English Period(Medieval Age) 중세영문학기 |
| 1500-1660 | The Renaissance 르네상스문학기 |
| 1558-1603 | Elizabethan Age 엘리자베스 시대 |
| 1603-1625 | Jacobean Age 재코비언 시대 |
| 1625-1649 | Caroline Age 캐롤라인 시대 |
| 1649-1660 | Commonwealth Period(or Puritan Interregnum)<br>공화정 시대 혹은 청교도 궐위기 |
| 1660-1798 | The Neoclassical Period 신고전주의문학기 |
| 1660-1700 | The Restoration 왕정복고기 |
| 1700-1745 | The Augustan Age(or Age of Pope)<br>영국의 아우구스투스 시대 혹은 알렉산더 포프의 시대 |
| 1745-1798 | The Age of Sensibility(or Age of Johnson)<br>감수성의 시대 혹은 사무엘 존슨의 시대 |
| 1798-1832 | The Romantic Period 낭만주의문학기 |
| 1832-1901 | The Victorian Period 빅토리아 시대 |
| 1901-1939 | Modern Period 모더니즘문학기 |
| 1939-현재 | Postmodernism 포스트모더니즘문학기 |

## Old English Period 고대영문학기 Anglo-Saxon Period 앵글로색슨문학기

영국의 국민문학English Literature은 유럽 대륙의 북서쪽에 흩어져 살던 앵글스족Angles과 색슨족Saxons, 그리고 쥬트족Jutes이 영국에 집단적으로 이주한 5세기 초에 시작된 것으로 본다. 영국과 아일랜드Ireland의 원주민이었던 켈트족Celts을 정복한 최초의 이민족은 로마인이었다. 기원전 55년 갈리아Gaul 원정을 마친 율리우스 카이사르(Julius Caesar, BC 100-44)가 영국을 침공하지만 정복을 완수하지 못했고, 서기 43년 로마의 황제 클라우디우스(Claudius, BC 10-AD 54)에 의해 영국은 로마의 식민지로 편입되었다. 이후 영국은 약 4세기 동안 로마의 지배를 받게 되는데, 이 시기를 Roman Britain이라고 한다. 이 시기 동안 영국의 국민들에게 "민족"이라는 개념이 희박했기 때문에 영국문학을 논의하는 것은 적절하지 않다.

유럽의 동쪽에 살던 동고트족Ostrogoths에 의해 촉발된 게르만민족 대이동Immigration of the Germans의 여파로 앵글스족과 색슨족이 영국으로 이주하였는데, 이들의 이주는 군대와 식민지배 관리들의 이주에 그쳤던 로마인들과는 달리 언어와 문화를 가진 민족이 대규모로 이주하여 정착했다는 특징이 있다. 앵글스족과 색슨족은 영국의 원주민이었던 켈트족을 웨일즈Wales 지방으로 몰아내고 영국 땅을 차지한 채 오늘날에 이르기까지 영국 국민의 주도세력이 되었다. 이들이 사용하던 언어가 게르만어의 일종인 앵글로색슨어였기 때문에 이 시기를 앵글로색슨문학기라 부른다. 이 언어는 오늘날의 영어modern English와는 아주 다른 언어이지만 편의상 고대영어Old English라고 부르고, 따라서 이 시기를 고대영문학기Old English Period라고 칭할 수 있다.

로마의 지배를 받는 동안 영국은 기독교화가 진행되는데, 초기에는 아일랜드에서 들어온 선교사들evangelists의 활약이 컸으며 학자들은 6세기 말까지 영국의 기독교화Christianization가 완성된 것으로 본다. 영국이 기독교국가가 되면서 라틴어가 영국에 보급되었고 이제까지 구전oral tradition으로 내려오던 문학 작품들이 문자로 기록되는 전기가 마련된다. 기독교의 전파를 통해 영국인들은 기독교적 세계관과 인간관을 갖게 되었고 이 기독교 사상은 그 이전까지 그들이 계승해 왔던 민간의 세속적인 신앙과 함께 문학 작품의 주제로 드러나고 있다. 어두운 숙명의식과 체념과 비애resigned melancholy가 바로 이 세속적인 인생관에 속한다. 고대영문학기에는 "전사들의 이야기"warrior's story와 서정시, 종교적인 주제를 가진 시편들, 성서 해석문, 인물들의 전기, 그리고 역사서들이 생산되었다.

『베어울프』(*Beowulf*)는 앵글로색슨어로 쓰인 영웅시인데 가장 오래된 영문학 작품으로 평가된다. 이 시는 9세기에 이르러 문자로 기록되었는데 훨씬 이전부터 앵글로색슨족에게 구전으로 전해오던 이야기였다. 3,000행이 넘는 길이를 가진 이 시는 스웨덴Sweden의 영웅인 베어울프가 쥬트족을 도와 괴물 그렌들Grendel과 더 난폭한 그 어미Grendel's Mother를 퇴치하는 이야기이다. 강하고 거친 앵글로색슨어의 특성을 반영하여 격렬한 분위기와 피비린내 나는 전투장면을 묘사하고 있지만 작품의 구성과 이미저리, 그리고 언어의 사용은 무척 세련된 면모를 보인다. 이 시는 또한 고대영시의 일반적인 특성이기도 한 두운법alliteration을 채택하고 있으며 민족을 위해 용감하게 싸우다 장렬하게 죽으면 불멸의 명성을 얻는다는 영웅적 이상주의heroic idealism와 어두운 숙명의식을 주제로 삼고 있다.

캐드먼Caedmon의 「찬미가」("Hymn")는 이 시대의 대표적인 종교시이다. 요크셔Yorkshire 지방 수도원의 가축지기였던 캐드먼은 일자무식이었지만 꿈속에서 하나님의 음성을 듣고 천지창조의 위업을 찬양하는 훌륭한 시를 지었다. 670년경에 쓰인 것으로 추정되는 이 시는 중세 기간까지 유행한 "꿈속의 환상"Dream Vision의 형식을 하고 있다. 「방랑자」("The Wanderer")와 「바다 나그네」("The Seafarer"), 「데오르」("Deor") 등은 고대영문학기를 대표하는 서정시이다. 이 시들은 모두 기독교 사상을 지닌 작가들에 의해 쓰였지만 삶의 고단함과 인생의 덧없음과 같은 체념과 비애를 노래한 애가elegy에 속한다.

8세기 말부터 영국을 침공하기 시작한 바이킹Viking의 일족인 데인족Danes은 9세기 중엽 영국 북부의 노섬브리아Northumbria와 중부 지역인 머시아Mercia를 황폐화시킨 후, 남부에 위치한 웨섹스Wessex를 공략하기 시작했고, 웨섹스의 통치자였던 알프레드 왕(Alfred the Great, 848-901)은 풍전등화의 전세를 극적으로 반전시켜 데인족을 격퇴하고 영국을 통합하는 위업을 달성한다. 알프레드의 통치를 통해 영국 정치와 문화의 중심이 노섬브리아에서 웨섹스로 이동하게 되며 데인족과의 격렬했던 전쟁을 기록한 시, 「몰든 전투」("The Battle of Maldon")가 남아있기도 하다.

알프레드 왕은 훌륭한 군사전략가이고 뛰어난 통치자였지만 동시에 영국 문학사에서도 중요한 인물이었다. 그는 문예부흥정책을 시행하고 스스로 많은 라틴어 산문을 고대영어로 번역했는데, 이 작업을 통해 영어가 정확하고 명징한 산문 문학의 도구literary medium로 사용될 수 있는 모범을 제시하였다. 알프레드 왕의 번역물에는 성직자 비드(Venerable Bede)가 쓴 『영국교회사』 (*Ecclesiastical History of English People*)가 포함되어 있다. 이 저서는 노섬브리아 출신의 성직자 비드가 731년 라틴어로 서술한 책인데 초기 앵글로색슨의 역사를 기록한 소중한 문헌이다. 이 책과 함께 고대영문학기 영국의 역사와 사회상을 보여주는 기록물로는 『앵글로색슨 연대기』(*Anglo-Saxon Chronicle*)가 있다. 이 연대기는 9세기 중엽부터 헨리 2세가 즉위한 1154년까지 영국의 중요한 국가적 사건들을 기록한 책인데 7개의 수도원이 번갈아가며 기록 작업을 담당하였고 이 과업을 처음 지시한 사람도 알프레드 왕이었다. 고대영문학기는 노르만족이 영국을 정복한 1066년에 끝난 것으로 간주된다.

## Middle English Period 중세영문학기 Medieval Age 중세 시대

서양사를 공부할 때 중세Middle Age는 게르만 민족의 이동이 시작된 5세기 중엽부터 동로마제국이 멸망한 1453년, 혹은 르네상스가 개막한 15세기 중엽까지를 지칭하는 것으로 본다. 그런데 영국문학사에서는 노르만정복Norman Conquest이 일어난 1066년을 기준으로 그 이전을 고대영문학기, 그 이후를 중세영문학기로 구분한다. 그 이유는 노르만정복이 그만큼 영국의 문학사에 중요한 전기였기 때문이다. Norman은 'North-man'이라는 뜻으로 데인족과 가까운 게르만의 일족이었는데, 프랑스의 북부에 살고 있었기 때문에 Norman-French족이라고도 불린다. 노르만족이 정복왕 윌리엄(William the Conqueror, 1028-87)의 영도로 영국을 점령하고 지배세력이 되면서 앵글로색슨족은 피지배계층으로 전락하는 운명을 맞는다.

노르만족의 언어인 Norman-French어는 라틴어에서 파생된 언어인데 무겁고 거칠고 둔탁한 앵글로색슨어와 달리 가볍고 밝고 경쾌한 특성을 지닌 언어였다. 이 두 개의 이질적인 언어가 중세영문학기 동안 융합되어 1500년경이 되면 현대영어와 대단히 유사한 형태로 발전되는데 그 과정에서 통용된 언어를 중세 영어middle English라고 부른다.

고유한 언어와 문화를 가지고 영국을 지배하기 시작한 노르만족은 앵글로색슨의 영국을 근본적으로 변화시켰다. 윌리엄왕은 유럽에서 발생한 봉건제도feudalism를 영국에 이식하였고, 이 제도는 중세 기간 동안 영국의 정치와 경제, 그리고 사회를 지탱하는 근간이 된다. 일반 국민들 사이에서 앵글로색슨어와 노르만프렌치어가 융화되는 동안 상류 계층에서는 라틴어가 공식적인 언어로 통용되었고, 그 결과 많은 시와 역사서들이 라틴어로 창작되었다. 이와 함께 그리스와 로마의 신화myth와 전설legend, 그리고 문학 작품들이 영국에 소개되었으며 이 고전에 등장하는 인물들과 사건들이 중세영문학의 주제로 채택되었다. 몬마우스의 제프리(Geoffrey of Monmouth, 1100-54)는 1140년경 『영국사』(History of the Britons)를 썼는데 이 책에서 그는 로마의 시인 베르길리우스(Virgil, BC 70-19)의 『아에네이드』(Aeneid)에 등장하는 트로이 전쟁의 영웅 아이네이아스Aeneas의 후손인 브루터스Brutus가 영국을 건국했다고 기술하고 있다. 이 책은 라틴어로 쓰였고 훗날 웨이스Wace에 의해 불어로, 그리고 1200년경 레이어먼Layamon에 의해 영어로 중역되었다.

중세영문학기 동안 가장 유행했던 문학 장르는 기사 모험담chivalric romance이었다. 유럽에서 생산된 많은 로맨스문학 작품들이 영어로 번역되어 읽혔고, 이 시기 동안 영국인들은 그들이 가장 자랑스럽게 여기는 "아서왕과 원탁의 기사"King Arthur and Knights of the Round Table 전설을 만들어낸다. 아서왕 전설을 주제로 한 작품들이 많이 쓰였지만 그 가운데 토머스 말로리 경(Sir Thomas Malory, 1405-71)의 『아서왕의 죽음』(Le Morte D'Arthur)은 아서왕 전설을 집대성한 작품으로 평가받는다. 이 작품은 1485년 발표되었는데 중세 기사도문학이 운문으로 쓰였던 것에 비해 산문로맨스prose romance의 형식으로 쓰였으며 1476년 런던에 영국 최초의 출판사를 설립한 윌리엄 캑스턴

(William Caxton, 1422-91)에 의해 출판되었다. 중세영문학기 동안에는 로맨스문학 이외에 종교적인 주제를 가진 시들, 애국사상patriotism을 고무시키는 시들, 사랑을 노래한 서정시, 민요Ballads, 부활절과 크리스마스를 찬양하는 시들이 많이 쓰였고, 그 중 『올빼미와 나이팅게일』(The Owl and the Nightingale)은 누가 더 노래를 잘 하는지 두 새가 다투는 스토리를 가진 장편의 시이다.

1360년부터 1400년이 이르는 기간은 중세영문학이 유례없이 놀랄만한 문학적 성취를 이루어냈다는 점에서 주목받는다. 이 시기는 제프리 초서 (Geoffrey Chaucer, 1343-1400)와 윌리엄 랭글랜드(William angland, 1332-1400), 존 가우어(John Gower, 1330-1408) 등이 활약한 시기였다. **초서**의 『캔터베리 이야기』(The Canterbury Tales, 1387-1400)는 토머스 베켓 대주교 (Archbishop Thomas Becket)의 성지 캔터베리를 향한 30인 순례자들의 이야기를 모은 운문으로 된 이야기모음집Collection of Stories이다. 애초 120개의 이야기를 쓰려는 의도였으나, 22개의 완성된 이야기와 2편의 미완성작fragments으로 남은 『캔터베리 이야기』는 영국 문학 사상 최초의 괄목할만한 작품이다. 이 작품에 등장하는 30명의 인물들은 14세기 당대 영국 사회의 다양한 계층을 충실히 반영하는 전형적인 인물들이지만, 대단히 개성적인 모습으로 그려져 있다. 이들 각자가 자신의 목소리로 서술하는 이야기들은 그것 자체로 완결된 형식을 갖추고 있으며, 이와 동시에 다른 인물들의 속성nature을 드러내기도 하고, 다른 이야기의 주제들과 교차하면서 놀라운 문학적 효과effect를 만들어 낸다. 이 작품에서 초서는 관용과 유머, 열정과 회의, 인간애 등 세상과 인생에 대한 자신의 비전을 생기있고 발랄한 문체로 표현하고 있으며, 이 작품은 노르만정복 이후 영시 작법의 새로운 전통으로 자리 잡은 각운end rime을 채택하고 있다.

**랭글랜드**가 1362년에 발표한 『농부 피어스의 꿈』(The Vision of Piers Plowman)은 주인공인 피어스가 꿈속에서 겪은 자신의 체험을 토로하는 드림비전dream vision의 형식으로 쓰였고, 순례기pilgrimage이며 동시에 알레고리allegory에 속하는 작품인데, 고대영시에서 사용하던 두운법alliteration을 채택하고 있다. 이 작품에서 시인은 영국 교회와 상류 계층의 부패상과 탐욕을 고발하면서 사람들에게 신앙의 회복을 통해 구원을 추구하라는 기독교적 세계관을 설파하고 있다. 초서, 랭글랜드와 함께 14세기 말 영국 문학 전성기를 구축하는데 기여한 또 다른 작가는 가장 뛰어난 기사도 문학으로 인정되는 『가윈 경과 녹색의 기사』(*Sir Gawain and the Green Knight*)와 애가elegy에 속하는 「진주」("Pearl"), 「인내」("Patience"), 「순수」("Purity")를 쓴 것으로 알려진 인물이다. 이 시인에 대해서는 알려진 것이 거의 없지만 이 작품들이 같은 책에 수록되어 있고, 운율과 이미저리와 같은, 시에 사용된 문학적 장치들이 유사함을 고려할 때 같은 작가의 작품인 것으로 학자들은 추정하고 있다.

초서와 랭글랜드의 사후 영국문학은 적어도 시의 영역에서는 침체기를 맞이한다. 초서가 영시의 위대한 전통을 수립하기에 충분한 토대를 마련했지만 그의 제자를 자칭하는 수많은 시인들은 그의 위대성을 계승하지 못한 채 저급한 모방을 계속했을 뿐이다. 초서의 업적이 계승되지 못했던 것은 초서의 사후, 영어의 철자와 발음 법칙이 급격하게 변하여 초서의 정교한 운율이 제대로 이해되지 못했던 것에서도 그 원인을 찾을 수 있다. 영시의 침체기는 르네상스 시대 에드먼드 스펜서(Edmund Spenser, 1522-92)에 이르러 전기를 맞는다.

유럽의 중세는 흔히 암흑의 시대Dark Age라고 불리는데, 그 이유는 이 시대가 화려하고 수준 높은 문화를 꽃피웠던 고전주의 시대에 비해 예술 전반의 활동이 대단히 저조했기 때문이다. 로마 제국의 멸망이 당대 로마인의 정신적 병리 현상, 지나친 쾌락의 추구, 그리고 자극적이고 외설적인 예술 활동에서 비롯되었다고 판단한 교회 지도자들은 자유로운 상상력이 발동되는 활발한 예술 활동을 억제했는데, 그 중에서도 특히 연극 공연을 엄격하게 규제했다. 그 결과 수세기 동안 연극이라는 장르는 유럽의 문학사에서 자취를 감추게 된다. 하지만 노르만정복 이후 영국에서는 교회의 눈치를 보며 드라마가 조금씩 발전하는데, 처음에는 미사mass의 일부로 연극적인 행위dramatic performance를 도입하고 이것이 기적극miracle plays, 신비극mystery plays, 그리고 도덕극morality plays의 형식으로 세속화secularization되는 과정을 밟게 된다.

# ■■■■ Dream Vision 몽상, 드림비전

몽상(夢想)으로 번역되는 드림비전은 중세 시인들이 즐겨 사용하던 서술양식이며 동시에 문학 장르이다. 작품의 주인공인 서술자가 꿈dream을 꾸거나 환상vision을 경험하고 그 경험을 통하여 정상적으로 깨어있는 상태에서는 깨닫지 못했던 지혜와 진리를 터득하는 모습을 보여준다. "일장춘몽"이라는 용어처럼 드림비전의 주인공들은 흔히 따뜻하고 평화로운 봄날 꿈속에 빠지고 꿈속에서 사람이나 동물 안내자를 만나 신비한 경험을 하며 그 경험은 풍유allegory의 형식으로 그려진다.

고대영문학기에 쓰인 캐드먼의 「찬미가」가 이 형식으로 쓰였으며 중세영문학을 대표하는 랭글랜드의 『농부 피어스의 꿈』, 제프리 초서의 『공작부인의 책』(The Book of Duchess, 1369-70), 『영예의 집』(The House of Fame, 1372-80) 등도 이 전통에 속한다. 드림비전은 중세 이후 점차 쇠퇴했지만 17세기 존 번연(John Bunyan, 1628-88)의 『천로역정』(Pilgrim's Progress, 1678-84)에서 사용되었고, 낭만주의 문학기 동안 다시 유행하여 존 키츠(John Keats, 1795-1821)의 장편시 『하이피리언의 몰락』(The Fall of Hyperion, 1819), 미국의 소설가 워싱턴 어빙(Washington Irving, 1783-1859)의 단편소설 「립 밴 윙클」("Rip Van Winkle", 1819), 루이스 캐럴(Lewis Carroll, 1832-98)의 환상적인 동화 『이상한 나라의 앨리스』(Alice in Wonderland, 1865), 그리고 제임스 조이스(James Joyce, 1882-1941)의 『피네건의 경야』(Finnegan's Wake, 1939) 등도 드림비전 양식의 작품이라고 할 수 있다.

# ■■■■ Allegory 풍유(諷喩) 혹은 우의(寓意)

풍유는 어떤 이야기narrative의 표면에 등장하는 등장인물과 사건, 그리고 장소 등이 일정한 의미의 고리를 형성하면서 이와 동시에 보다 심오한 차원에서 더 중요한 의미signification를 만들어내는 문학형식이다. 풍유는 때로는 확대된 은유extended metaphor, 혹은 이야기체로 연결된 일련의 연관된 상징a series of related symbols으로 정의된다. 하지만 풍유는 은유처럼 하나의 비교에 그치는 것이 아니라 일련의 상황과 요소들이 이야기체로 확장되었다는 점에서 은유와 다르고, 상징이 표면적인 의미와 내포된 의미가 동등한 무게를 갖는 것에 비해 표면적인 의미 고리보다 이면에 내재된 의미의 층이 더 중요하다는 점에서 구별된다.

존 번연의 『천로역정』은 영문학 전통에서 가장 중요한 풍유 작품으로 알려져 있다. 이 작품에서는 주인공 크리스천Christian이 천사Evangelist의 경고를 받고 "파멸의 도시"City of Destruction를 빠져 나와 갖은 고생 끝에 "천상의 도시"Celestial City로 가는 여정을 그리고 있다. 크리스천은 목적지를 향해 가는 과정에서 "절망의 구렁텅이"Slough of Despond, "수치의 계곡"Valley of Humiliation, "사망의 음침한 골짜기"Valley of the Shadow of Death를 지나고 "허영의 시장" Vanity Fair에 와서는 이제까지 그의 여행에 동반했던 "신앙"Faithful이 죽음을 맞는 시련을 겪는다. 또한 그는 이 과정에서 "소망"Hopeful, "세속의 현인"Mr. Worldly Wiseman, "절망 거인"Giant Despair과 같은 인물들을 만난다. 이처럼 어떤 추상적인 개념이 풍유적 인물allegorical figure로 의인화personification되거나 장소와 사물 등으로 형상화되는 것이 알레고리의 특징이다.

알레고리는 내용에 따라 "역사적 알레고리"historical allegory, "정치적 알레고리"political allegory, "종교적 알레고리"religious allegory, "도덕적 알레고리" moral allegory 등으로 구분된다. 중세 말에 크게 유행한 도덕극morality play을 대표하는 작품인 『만인』(Everyman), 윌리엄 랭글랜드의 『농부 피어스의 꿈』, 에드먼드 스펜서의 『선녀 여왕』(Faerie Queene), 존 드라이든(John Dryden, 16131-1700)의 풍자시 『압살롬과 아키토펠』(Absalom and Achitophel, 1681-82) 등은 영문학사에 등장하는 중요한 알레고리 문학이다. 조지 오웰 (George Orwell, 1903-50)의 『동물 농장』(Animal Farm, 1945)은 인간의 폭압에 저항하는 동물들의 이야기가 표면에 등장하지만, 실제로는 실패한 러시아 혁명과 프롤레타리아 독재를 우의적으로 풍자하고 있다는 점에서 정치적 알레고리라는 평가를 받는다. 알레고리와 유사한 문학 형식으로는 우화fable와 비유parable, 예화exemplum, 격언proverbs 등이 있다.

## Fable 우화

우화는 아주 짧은 이야기를 통해서 어떤 도덕적 명제 혹은 교훈을 전달할 목적으로 쓰인 문학형식이다. 우화 또한 풍유처럼 통일된 이야기가 표면적인 차원surface level에서 하나의 의미 고리를 형성하면서, 이와 동시에 그 이면에 보다 심오한 의미를 내포하고 있다는 특징을 갖는다. 우화 가운데 대표적인 형식이 동물우화animal fable이며, 기원전 6세기 그리스의 노예 신분이었던 이솝(Aesop, BC 620-560)은 대단히 뛰어난 우화 작가였다. 이솝 우화 가운데 널리 알려진 "여우와 신포도" 이야기는 손이 닿지 않는 높은 곳에 매달린 포도를 따먹을 수 없게 된 여우가 "저 포도는 보나마나 신맛을 가졌을 거야" 하고 돌아서는 모습을 그리고 있다. 이 이야기는 표면적으로는 여우의 실패와 단념을 그린 "여우 이야기"로 읽히지만, 보다 심오한 차원에서 인간의 삶에 반드시 필요한 "체념의 미학"aesthetics of resignation을 교훈으로 전하고 있는 것이다.

## Parable 비유

비유는 구약성서와 신약성서에 등장하는 짧은 이야기로서 겉으로 드러난 스토리 구조를 통하여 다른 차원의 명제와 교훈을 유추하도록 하는 문학형식이다. 다윗 왕King David이 부하인 우리아Uriah의 아내 밧세바Bathsheba와 간통하고 그 죄를 감추기 위해 우리아를 죽음으로 내몰았을 때, 당대의 선지자였던 나단Nadan은 다윗 왕을 찾아가 "어느 마을에 양을 많이 가진 부자가 손님을 접대하기 위해 같은 마을 가난한 사람이 가진 양 한 마리를 빼앗았다면 어떻게 단죄해야 하는가?"라고 묻는다. 이에 왕이 크게 분노하며 "이런 비열한 범죄에는 엄중한 처벌을 내려야 한다."고 답하자, 나단은 다윗에게 "왕이시여! 그 사람이 바로 당신입니다."라고 꾸짖는데, 이 때 나단은 비유를 통해 다윗 왕을 단죄하고 있는 것이다. 역사상 가장 뛰어난 비유 작가는 예수 그리스도(Jesus Christ, BC 4-AD 30)이다. 예수는 자신의 교훈을 대부분 비유의 형식으로 설파했는데, "선한 사마리아인의 비유", "탕자의 비유", "포도원 주인과 일꾼의 비유", "씨 뿌리는 자의 비유", "딜란트의 비유", "열 처녀의 비유", "빛과 소금의 비유", "좁은 문의 비유" 등이 대표적인 예이다.

### ▰▰▰ Exemplum 예화

예화는 설교와 교훈담 가운데 전체의 주제를 강조하기 위해 제시하는 특정한 사례를 의미한다. 예화는 중세에 크게 유행하였고, 이 시기에는 설교자들이 참고할 수 있도록 방대한 양의 예화집이 편찬되기도 했다. 초서의 『캔터베리 이야기』에 등장하는 「면죄승의 이야기」("The Pardoner's Tale")에서 면죄승은 "탐욕이 만 악의 근원"이라는 주제를 이야기하면서 나태하고 방탕한 세 술꾼 three drunkards의 예화를 제시하고 있다. 이 예화에 등장하는 세 명의 술꾼들은 우연한 기회에 발견한 황금을 독차지하기 위해 서로를 죽임으로써 모두 사망에 이르게 되는데, 이 예화는 이야기 전체의 주제를 보강하는 데 기여하고 있는 것이다.

### ▰▰▰ Proverbs 격언, 잠언, 속담

격언은 오래 전부터 전해 내려오는 풍자나 비판, 교훈을 담은 짧은 구절의 경구maxim, 또는 잠언aphorism을 지칭한다. 서민들의 삶 속에서 만들어진 것이 많으나, 고전classics이나 고사ancient events에서 유래하여 세상에 유포된 것도 있다. 구약 성서의 한 책인 Proverbs는 우리말로 「잠언」으로 번역한다. 속담은 지혜 또는 교훈의 비유적인 압축이므로 문학적 형상화에 좋은 예가 될 수 있다. 중요한 영어속담들 중에는 다음과 같은 것들이 있다.

1) The pen is mightier than the sword. (펜의 힘은 칼보다 강하다)
2) When in Rome, do as the Romans.
   (로마에 가면 로마의 법을 따르라)
3) No man is an island. (어떤 사람도 홀로 있는 섬이 아니다)
4) No gain without pain. (뭔가를 얻으려면 고생을 해야 한다.)
5) Fortune favors the bold. (행운은 용감한 자에게 온다)
6) Hope for the best, but prepare for the worst.

(최선을 기대하지만, 최악을 준비하라)

## Miracle Plays 기적극

로마 제국의 패망 이후 유럽의 중세 사회에서 가장 압도적인 권력과 지위를 갖게 된 교회는 문예부흥에 소극적이었고 특히 연극을 엄격하게 규제하였다. 9세기경 부활절 미사의 일부로 다음과 같은 연극적 요소가 시연되었다는 기록이 있다.

> 천사들: 이 무덤에서 누구를 찾느냐, 예수의 추종자들이여!
> 여자들: 천사들이시여, 우리는 십자가에 달려 돌아가신 예수를 찾나이다.
> 천사들: 그 분은 여기 계시지 않는다. 그 분이 그렇게 하시겠다고 말씀하신대로 부활하셨도다. 가서 그 분이 무덤에서 다시 사신 것을 선포하라.

> Angels: "Whom do you seek in this tomb, O followers of Christ?"
> Women: "We seek Jesus Christ Who was crucified, O Angels."
> Angels: "He is not here: He has risen again as He said He would. Go, proclaim that He has risen from the sepulchre."

예배의 일부로 채택된 이러한 연극적 공연dramatic performance은 라틴어로 진행되었으며 사제가 중요한 배역을 담당하였다. 부활절Easter과 크리스마스, 성금요일Good Friday, 산타크로스St. Nicholas 축일 등 교회의 중요한 절기마다 연극적 행위가 되풀이되면서 조금씩 확장되다가, 11세기에 이르러 마침내 예배와는 별개의 기적극으로 발전한다. 기적극은 성서에 등장하는 인물들과 성자들이 행한 기적miracles을 소재로 삼았고, 보다 정교한 무대장치 등이 필요하게 됨에 따라 교회 밖으로, 그리고 나중에는 마을로 장소를 옮겨 공연하게 된다. 종교적인 예배의 일부로 시작된 연극이 교회의 의식과 분리되어 오락적인 기능이 강화되면서 중세 종교극의 세속화secularization가 시작된 것이다. 기적극은 장인극mystery plays으로 발전한다.

## Mystery Plays 장인극 혹은 Cycle Plays 성서극

교황 우르바노 4세(Pope Urban IV)는 1264년 "성체축일"Feast of Corpus Christi
을 선포하는데, 절차와 제도가 마련된 후 이 축제가 처음 시행된 것은 1311년
이었다. 부활절 후 7번째 일요일이 성령강림절Whitsunday이며, 그 1주일 후는
성삼위일체주일Trinity Sunday이고, 그 다음 주 목요일이 성체축일이다. 이 날은
일 년 중 낮이 가장 긴 시기에 해당하는데, 영국의 직업조합들이 이 축제일을
선택하여 새로운 형식의 연극을 공연하였다. mystery plays를 우리말로 "신비
극"으로 번역하기도 한다. 그런데 소설가이고 극작가였으며 영문학자이기도
했던 앤서니 버지스(Anthony Burgess, 1917-93)는 그의 저서 『영문학』
(*English Literature*, 1958)에서 'mystery'라는 용어가 불어 metier, 이탈리아어
mestiere와 같은 의미로서 직업trade 혹은 기술craft이라는 뜻이라고 설명하고
있다. 영국에서 mystery plays를 같은 직종에 종사하는 장인들의 이익집단인
직업조합trade-guilds or craft-guilds이 주도해서 공연했던 것을 감안하면 장인극
으로 번역하는 것이 타당하다고 판단된다. 이들 길드 조합은 성체축일 동안 장
인극을 공연하는 것을 가장 중요한 사회적 활동으로 삼았다.

장인극은 기적극이 진일보한 형식의 드라마인데 성서의 중요한 에피소드
를 공연했기 때문에 성서극이라고도 불린다. 각 길드 조직은 천지창조에서부
터 예수의 부활과 최후의 심판에 이르기까지 성경의 에피소드 하나를 선택하
여 자신들 공연의 주제로 삼았다. 예를 들어 노아의 홍수The Deluge 일화는 염
색조합The Dyers이, 최후의 만찬The Last Supper 일화는 제빵조합The Bakers이
맡는 식이었다. 도시의 규모에 따라 작은 곳에서는 24개, 요크York처럼 대도시
는 54개의 에피소드를 선택하여 연속으로 공연cycle plays했고, 영국에서는
13-14세기 동안 크게 유행하여 120여 개 도시가 이 축제와 공연에 참여했다고
기록되어 있다.

축제는 각 길드조직이 정해진 장소에 행렬차pageant라고 불린 일종의 이동
식 무대를 끌고 나와 순서대로 공연하고 다음 장소로 이동하는 방식으로 진행
되었다. 광장에 세워진 마차(행렬차)가 무대가 되고 관객들은 무대 주변에 둘
러서서 무대를 올려다보며 관람한 셈이다. 축제가 끝나면 각 조합은 이 행렬차

를 창고에 보관했다가 다음 해 다시 사용했고, 특정한 배역을 잘 연기한 사람이 그 역할을 다시 맡는 전문배우 시스템이 도입되었다. 신비극은 비록 드라마의 소재를 성서에서 가져오기는 했지만 교회의 감독으로부터 자유로웠고, 라틴어가 아닌 모국어vernacular tongue로 공연되었으며 익명의 작자들은 극적 긴장감dramatic tension과 인물묘사characterization 등에서 뛰어난 재능을 발휘하였다.

## ▰▰▰ Morality Play 도덕극

기적극과 장인극으로 발전한 중세의 드라마는 15세기에 이르러 도덕극의 형식으로 진화한다. 도덕극은 길드 조직이 아닌 초기 단계의 전문 극단이 공연의 주체였고, 드라마의 소재를 성서에서 가져오지도 않았다. 성서의 에피소드 대신 추상적인 개념을 등장인물로 내세운 알레고리 형식으로 도덕적인 교훈을 가르치려 했다. 15세기 말 영국에서 쓰인 『만인』(*Everyman*)은 가장 뛰어난 도덕극의 예이다. 이 작품에서는 죽음Death이 만인Everyman 앞에 나타나 다음 세상으로 긴 여행을 떠나야 한다는 사실을 통지한다. 만인은 자신의 친구인 아름다움Beauty과 다섯 가지 재능Five-wits, 강인함Strength, 그리고 분별력Discretion에게 함께 여행할 것을 부탁하지만 모두 거절당하고 지식Knowledge과 선행Good-deeds만이 그 여행에 동반한다. 만인은 이 경험을 통해 이 세상에서 쌓은 모든 즐거움pleasure과 친구friend, 그리고 재능talent 등이 최후에 순간이 왔을 때 무용지물이 된다는 사실과 오직 정신적인 힘만이 그를 지탱해 준다는 것을 깨닫는다. 이러한 주제는 무척 단순한 도덕적 교훈moral lesson에 해당하지만 그것이 연극의 형식으로 공연되었을 때는 대단히 효과적으로 관객들에게 감동을 줄 수 있었다.

도덕극은 중세 기간 동안 진행되어온 종교극의 세속화가 완성된 형식이다. 그 내용이 종교적인 주제와 아주 무관하다고 할 수는 없지만 교회의 감독과 성경으로부터 탈피하여 인간의 보편적인 도덕적 주제를 다루었다. 당시 유행했던 도덕극에 등장하는 우의적 인물들allegorical figures로는 지혜Wisdom, 악행Mischief, 쾌락Pleasure, 어리석음Folly, 험담Backbiting, 분개Indignation, 완고함

Sturdiness, 악의Malice, 복수Revenge, 불화Discord 등이 있다. 이런 등장인물들이 그려내는 드라마의 세계가 여전히 죄악과 어리석음을 회개하고 선행을 강조하는 도덕적 목적의 차원에 머물고 있기는 하지만, 보다 일반적인 인간의 품성을 주제로 채택함으로써 머지않아 실현될 르네상스 시대의 다양하고 개성적인 드라마의 출현을 예비하고 있는 셈이다.

공연의 측면에서도 도덕극은 르네상스 연극의 전초 기지 역할을 한다. 『만인』과 함께 당대 쓰인 대표적인 도덕극인 『인내의 성』(*The Castle of Perseverance*)은 특정한 배우 집단이 마을과 마을을 순회하며 공연했는데, 이들은 마치 현대의 서커스단처럼 무대를 가설하고 입장료를 받는 공연을 했다. 르네상스 시대의 전문 극단professional companies의 출현이 예고되고 있는 것이다.

### ▬▬▬▬ Interlude 막간희극

도덕극이 유행하던 15세기 후반에 도덕극과 유사한 내용을 가진 막간희극 interlude이 유행하였다. 막간희극은 궁정이나 귀족의 저택에서 열린 규모가 큰 연회 사이에 끼워서 상연했던 짧은 연극으로 시작되었는데, 나중에는 긴 연극 사이에 끼워서 상연하는 짧은 연극의 뜻이 되기도 하였다. 공연 장소place of performance와 관객audience의 신분에는 차이는 있었으나 극의 내용들이 종교적인 내용에서 벗어나 세속적인 도덕적 교훈을 다루고 있다는 점에서 막간희극과 도덕극은 공통점을 갖고 있었다. 중세영문학기 말에 영국의 대중들은 다소 저급한 형태의 도덕극을 저자 거리에서 관람했다면, 같은 시기의 귀족들은 궁정과 귀족의 저택에서 세련된 형태의 도덕극인 막간희극을 관람했다고 이해할 수 있다. 또한 이 시기 동안 귀족들에게 소속되어 그 가문의 제복을 입고 막간희극을 공연하던 연기자 집단이 머지않아 엘리자베스 여왕 시대에 전문 극단으로 발전하게 된다.

성경은 경전sacred book이지만 동시에 훌륭한 문학 작품이며 영문학뿐 아니라 세계문학에 지대한 영향을 끼친 인류문명사에서 가장 중요한 한 권의 책이다. 성경에 등장하는 많은 인물들과 일화들, 사상과 윤리, 상징과 비유, 그리고 문체 등은 역사 이래 수많은 작가들에게 영감을 주고 그들의 상상력을 자극했으며, 중요한 문학 작품의 소재로 끊임없이 채용되어 왔다. 성경은 39권의 책으로 구성된『구약성서』(Old Testament)와 27권으로 이루어진『신약성서』(New Testament)를 합쳐서 부르는 말이다. 구약성서는 애초에 히브리어Hebrew로 쓰였고, 신약성서는 그리스어Greek로 쓰였지만, 로마제국이 크리스트교Christianity를 국교로 채택한 이후, 유럽인들은 라틴어Latin로 번역된 성경을 읽었다.『구약성서』는 크리스트교 뿐 아니라 유대교Judaism와 이슬람교Islam의 경전이기도 한데, 예수Jesus Christ를 구세주Messiah로 받아들이지 않는 유대인들은『신약성서』를 부정하기 때문에 이 책은 오직 크리스트교의 경전으로만 사용되고 있다.

『구약성서』는 천지창조에서 시작하여 유태 민족의 유래, 역사, 율법, 예언자들의 행적과 가르침, 시와 교훈서 등으로 구성되어 있다. 창세기Genesis와 출애굽기Exodus에 등장하는 천지창조의 과정과 에덴동산, 아담과 이브, 원죄, 카인과 아벨, 노아의 홍수, 바벨탑, 모세와 이집트 탈출 그리고 가나안 입성 등의 스토리들은 수많은 문학 작품의 소재로 사용되었고, 시편Psalms과 잠언Proverbs 그리고 전도서Ecclesiastes 등의 책은 문학적 가치가 아주 높은 것으로 평가된다.

『신약성서』는 예수의 행적을 기록한 네 권의 복음서, 즉 마태복음Matthew, 마가복음Mark, 누가복음Luke, 요한복음John과 예수의 사후 초대교회 제자들의 선교활동을 기록한 사도행전Acts of the Apostles, 21권의 서간문들과 1권의 예언서로 구성되어 있다. 예수의 생애와 그의 가르침 자체도 훌륭한 문학적 자산이지만 특히 예수가 교훈을 전파할 때 사용한 비유parable는 매우 유용하고 효과적인 문학적 장치였다.

로마 제국 이후 보급된 성경이 라틴어 성경이었기 때문에 이것을 읽을 수 있는 계층은 극소수의 사제 계급과 귀족층에 국한되었다. 이 라틴어 성경을 누구나 읽을 수 있도록 모국어로 번역하는 일에 많은 학자들이 지대한 관심을 기울였지만, 일반인들이 성경을 자의적으로 해석할 가능성을 우려한 교회의 반대opposition와 감시surveillance 때문에 매우 느리게 진행되었고, 교회의 승인을 받지 않은 성서 번역은 가혹하게 처벌되었다. 영국에서는 존 위클리프(John Wyclif, 1324-84)의 노력에 의해 1380년 구약과 신약 모두가 영어로 번역되었다. 이후 유럽 각 나라의 성서 번역은 종교개혁의 주창자들에 의해 주도되어 1522년 마르틴 루터(Martin Luther, 1483-1546)가 독일어 신약 성서를 펴낸 것에 자극을 받아 윌리엄 틴달(William Tyndale, 1484-1536)은 1525년 신약 성서를 현대영어로 번역한다. 이 번역은 뒷날 다른 많은 성서 번역의 기초가 되었다는 점에서 중요하다. 틴달은 탁월한 고전 학자였을 뿐만 아니라 토속적인 영어를 사랑하는 사람이었다. 그래서 그의 성서에는 라틴어 계통에서 들어온 어휘를 최소한도로 줄이고 순수한 영국 어휘를 무려 97퍼센트나 사용하였다. 그의 문체는 학자적 냄새가 나는 딱딱한 것이 아니라 일반 대중이 사용하는 순박한 것이었다. 틴달은 곧 구약성서 번역에도 착수하여 1530년 모세5경 번역을 완성했고, 이듬해에는 요나서를 영어로 번역하지만 체포되어 종교재판을 받고 교수형을 당하고 만다. 틴달의 성서 번역 사업은 그의 때 이른 순교로 인해 완성되지 못했지만, 그의 유지를 받들어 이 사업에 일생을 바친 사람이 마일즈 커버데일(Miles Coverdale, 1488-1569)이었다. 커버데일은 캠브리지 대학에서 교육을 받고 독일에서 틴달을 만나 그의 성서 번역 사업을 도왔다. 그는 틴달의 번역과 외국판 성서들을 참조하여 마침내 영국 최초의 완역 신, 구약성서를 1535년 발간하였다. 1604년 영국의 국왕이었던 제임스 1세는 47명의 학자를 소집하여 영어성경 번역의 임무를 부여하고 이들이 1611년 완성한 영어성경은 제임스왕 판본(*King James's Version*)으로 불리며 가장 아름다운 영어성경 결정판으로 평가되고 있다.

# Renaissance 르네상스 문학기

영국의 르네상스는 현대영어가 정착된 1500년경부터 왕정복고Restoration가 일어난 1660년까지를 칭하는 것으로 여겨진다. 장미전쟁으로 불리는 30년 전쟁에서 랭카스터Lancaster 가문Red Rose의 헨리 튜더Henry Tudor는 요크York 가문 White Rose을 제압하고, 1485년 튜더 왕조를 개막하며 헨리 7세(Henry VII, 재위 1485-1509)로 즉위한다. 그의 아들 헨리 8세(Henry VIII, 재위 1509-47)는 강력한 군주제를 정착시키기 위해 1534년 영국국교회Anglican Church를 설립하여 세속의 권력과 교회의 권력을 통합하는 조치를 단행한다. 헨리 8세의 사후 에드워드 6세(Edward VI, 재위 1547-53)와 메리 1세(Queen Mary, Bloody Mary, 재위 1553-58)에 이어 1558년 즉위한 엘리자베스 1세 여왕(Queen Elizabeth I, 1533-1603)은 1603년까지 영국을 통치하며 영국 역사상 최초의 발전과 번영의 전성기를 구가한다. 엘리자베스 여왕이 후사가 없이 사망한 후, 영국인들은 메리 스튜어트(Mary Stuart, 1542-87)의 아들인 스코틀랜드의 제임스 6세(James VI of Scotland)를 왕으로 옹립하고, 그가 영국의 제임스 1세(James I of England, 재위 1603-25)로 즉위하면서 스튜어트Stuart 왕조가 성립한다. 제임스 1세가 잉글랜드와 스코틀랜드 양국의 왕이 되었지만, 두 국가가 하나로 통합되지는 못한 채 양국 모두 각각의 의회와 정부, 그리고 군대를 유지했다. 제임스 1세 통치 기간부터 시작된 왕권과 의회 권력의 갈등은 1625년 형의 왕위를 계승한 찰스 1세(Charles I, 재위 1625-49)에 이르러 심화되어 마침내 내전에 이르게 된다. 1641년부터 1649년까지 진행된 내전에서 올리버 크롬웰(Oliver Cromwell, 1599-1658)이 이끄는 의회주의자들이 승리하여 영국 역사상 최초의 공화정부가 탄생하는데, 그 주도세력들이 청교도주의자들이었기 때문에 이 내전을 청교도혁명Puritan Revolution이라 부른다. 영국이 최초로 실험한 공화정이 크롬웰의 독재로 인해 실패로 돌아가면서 영국인들은 1660년 프랑스로 망명한 찰스 1세의 아들 찰스 2세(Charles II, 재위 1660-85)를 왕위에 복귀시키는 왕정복구를 단행한다. 영국의 르네상스 문학기를 좁게 정의하여 엘리자베스 여왕의 통치 기간으로 한정하기도 하고, 튜더 왕조의 설립에서부터 왕정복구까지로 넓게 규정하는 학자도 있다. 또한 편의를 위해 왕조와 상관없이 "16세기영문학"The 16th Century English Literature과 "17세기영문학"The
17th Century English Literature으로 구분하기도 한다.

14세기 이탈리아에서 시작된 르네상스가 15세기 동안 유럽 전역에서 활발
하게 진행된 후 영국에는 16세기에 이르러서야 전파되었기 때문에 영국의 르
네상스는 다른 나라의 르네상스와 상이한 몇 가지 특징을 갖는다. 원래 르네상
스 정신은 중세 동안 위세를 떨치던 교회의 전제적 권위와 신 중심의 세계관
에서 탈피하여 인간 중심적 사고를 바탕으로 인간성을 회복하고 고전에 대한
인식을 새롭게 하며 예술을 장려하는 것이었다. 영국에는 르네상스 정신과 종
교개혁Reformation이 동시에 유입되었기 때문에 영국의 초기 르네상스 운동은
교회 개혁에 치중하는 특성을 보였고, 초서의 위업이 계승되지 못한 채 영시의
기본적인 작법이 정착되지 않은 상태였기 때문에 고전문학의 재해석과 활용이
활발하지 못했다. 이탈리아와 프랑스 등지에서 눈부신 성취를 이루어낸 미술
분야의 업적은 미미한 수준이었고, 종교적 갈등으로 인한 반이탈리아 정서를
바탕으로 민족주의적 혹은 국수주의적 경향을 보이기도 했다.

영국 최초의 르네상스인The First Renaissance Man으로 불리는 **토머스 모어
경**(Sir Thomas More, 1478-1535)은 위대한 학자이고 성직자였으며 뛰어난 작
가였다. 옥스퍼드Oxford 대학에서 수학한 모어는 그리스의 고전철학과 성 오거
스틴St. Augustine의 신학에 정통하였고, 26세에 의회에 진출한 뒤 헨리 8세의
신임을 받아 대법관으로 임명되기도 했다. 훗날 모어는 로마 가톨릭을 탈퇴하
려는 헨리 8세의 노선에 반대하여 투옥되고 단두대에서 처형당함으로써, 신앙
과 사상, 신념을 위해 목숨을 바친 영국 최초의 인문주의자로 평가받게 된다.
토머스 모어가 1516년 발표한 『이상향』(*Utopia*)은 르네상스 휴머니즘을 설파
한 모어의 대표작이다. 이 저작은 라틴어로 쓰였고 그의 친구들에 의해 유럽에
서 출판됨으로써 모어가 국제적인 명성을 얻는 데 기여하였다. 이 작품에서 모
어가 그린 이상향은 당대 유럽인들이 해양 탐험을 통해 경험했음직한 상상의
섬에 구축된 세계이며 근본적으로 선한 성품을 지닌 주민들이 살고 있는 곳이
고, 모든 종교가 자유롭게 허용되는 곳이었다. 이 작품에서 모어는 이상세계를
내세움으로써 당대 영국과 유럽의 사회상과 제도, 사람들의 가치관을 비판하

는 전략을 구사한다. 그는 기사도정신과 전쟁, 금욕적인 생활 태도 등을 비난하고 비현실적인 허영심vanity을 조롱한다. 유토피아에서 보석은 지각이 덜 발달한 어린아이들의 노리개이며, 황금은 죄수들의 쇠사슬이나 더러운 변기의 장식으로 사용된다. 이곳에서는 모든 사람들이 공평하게 일하고 행복을 누린다. 모어가 이 작품에서 그리고 있는, 모든 것이 완벽한 이상적인 세계는 사실은 실현 불가능한 세계일 것이다. 라틴어 제목 Utopia가 영어로 Nowhere인 것을 감안하면 작가의 이율배반적인 의도가 드러나는 셈이다. 모어의 『이상향』은 이후 수많은 유토피아문학Utopiography의 시초가 되었다.

## ■■■■■ Elizabethan Age 엘리자베스 시대

엘리자베스 시대는 엘리자베스 1세 여왕이 통치하던 기간(1558-1603년)을 말한다. 영국국교회를 설립하고 절대군주제의 기초를 다진 헨리 8세가 1547년 사망한 후 에드워드 6세와 메리 1세를 거쳐 엘리자베스 1세가 즉위한다. 25세에 잉글랜드의 왕이 된 엘리자베스는 1603년까지 영국을 통치하며 영국 역사상 최초로 국력의 전성기를 만들어내었다. 가톨릭 신자였던 메리 여왕의 통치기간 동안 신교와 구교의 갈등이 심화되었는데, 엘리자베스는 신교와 구교를 모두 인정하면서도 영국국교회의 우위를 분명히 하는 방식으로 종교적 갈등을 종식시켰다. 1588년에는 영국 해군이 스페인의 무적함대Spanish Armada를 격파함으로써 영국은 해상진출의 교두보를 마련했을 뿐 아니라, 대서양의 지배권을 획득함으로써 20세기 중엽에 이르기까지 세계사의 무대에서 주도적인 지위를 누릴 수 있는 기틀을 확보하였다. 엘리자베스 시대에는 모직 산업을 육성하여 인클로저Enclosure 현상이 심화되고, 토지를 잃은 농부들이 도시로 밀려와 하층 노동자로 전락하였으며, 물가가 급상승하여 경제적 혼란을 겪기도 했다. 그러나 대체적으로 내정은 안정되었으며 민족주의 감정이 크게 고조되었고, 동인도회사를 설립하여 해외 무역을 발달시키는 등 절대군주정치의 전성기를 구가하였다.

엘리자베스 시대는 영국 르네상스의 절정기이며 영문학의 황금기로 평가받는다. 이 시대는 필립 시드니(Sir Philip Sidney, 1554-86), 에드먼드 스펜서

(Edmund Spenser, 1552-99), 크리스토퍼 말로(Christopher Marlowe, 1564-93), 윌리엄 셰익스피어(William Shakespeare, 1564-1616)와 같은 위대한 작가들이 활약한 시기였다. 완벽한 기사였고 뛰어난 학자였으며 시인이기도 했던 영국의 대표적인 궁정인courtier **시드니**는 목가적 로맨스pastoral romance 형식의『아카디아』(*Arcadia*, 1590)를 썼다. 이 작품은 항해 도중 난파하여 섬에 기착한 영국의 귀족들이 이상적인 나라를 건설한다는 주제를 다룬 유토피아 문학에 속한다. 시드니는 108편의 소네트로 구성된 연작시집sonnet sequence 『아스트로펠과 스텔라』(*Astrophel and Stella*, 1591)를 썼으며,『시를 위한 변명』(*Apologie for Poetrie*, 1595)은 영국 문학사상 최초의 주목할 만한 문학 비평서인데, 이 책에서 시드니는 시의 본질을 논하면서 시는 있을 법한 일을 모방하는 예술이며, 철학과 역사보다도 더 구체적이고 보편적이라고 주장함으로써 시의 우위성을 부각시켰다. 아리스토텔레스(Aristotle, BC 384-322)의『시학』(*Poetics*, BC 335)에 나타난 문학 이론을 르네상스 정신으로 재조명하고 인간 사회에서의 시인의 숭고한 역할과 사명을 고상하게 고취한 것이다.

**에드먼드 스펜서**는 "시인들의 시인"The Poet of the Poets으로 불릴 만큼 영시의 위대한 전통을 수립하는 데 크게 기여한 시인이었다. 스펜서는 엘리자베스 시대의 정신과 열망, 꿈과 번영을 고스란히 표현한 작가였다. 토머스 모어와 프란시스 베이컨(Sir Francis Bacon, 1561-1626) 등 당대의 석학들이 영어의 미래를 확신하지 못해서 라틴어로 저작을 남긴 것에 비해, 스펜서는 조국에 대한 애국심과 영어 사랑이 극진했던 시인이었다. 로마의 시인 베르길리우스가『아에네이드』(*Aeneid*)를 통해서 아우구스투스 시대를 찬미했던 것처럼, 그는 엘리자베스 시대의 영광을 찬양하기 위해『선녀여왕』(*Faerie Queene*, 1590)을 썼다. 이 작품은 기사모험담romance과 알레고리 형식을 취하고 있으며, 선녀여왕인 글로리아나 여왕Queen Gloriana은 엘리자베스 여왕을 상징하는 인물이었다. 스펜서는 평민문학에 속하는 『목동들의 책력』(*Shepherds Calendar*, 1579)과 소네트 연작시집인『아모레티』(*Amoretti*, 1595)를 썼고 언어의 음악적 배열에 대한 관심과 운율 및 시의 형식에 대한 다양한 실험을 통해 동시대 및 후대의 시인들에게 지대한 영향을 주었다.

엘리자베스 시대 유행했던 가장 중요한 문학 장르는 드라마였다. 헨리 8세가 수도원을 폐쇄하여 성직으로 진출할 길이 막힌 대학 출신의 재사들university wits이 학식과 재능, 성공에 대한 열망을 갖고 투신한 분야가 바로 연극 산업이었다. 당시 런던은 영국의 수도였을 뿐 아니라 유럽에서도 가장 번영하는 대도시 가운데 하나였기 때문에, 영국 전역과 유럽의 여러 나라에서 항상 많은 사람들이 방문했고, 문화와 예술, 오락에 대한 수요가 아주 높은 편이었다. 한편 중세영문학기 동안 교회의 통제를 벗어나 세속화가 진행되었던 극문학이 도덕극의 형식으로 정착되면서 차츰 전속 극단과 전문 작가 시스템이 도입되었고, 르네상스의 인본주의 사상과 결합하면서 폭발적인 발전을 이루게 된다. 도덕극을 공연하던 극단들은 초기에는 유랑극단처럼 장소를 옮겨 다니면서 공연하다가 여관 마당 한 쪽에 무대를 가설하고 상설 공연을 하기 시작했다. 이 경우 관객들은 마당에 서서 무대를 올려다보거나 2, 3층 객실 복도에서 아래를 내려다보는 방식으로 관람했다. 이런 형태의 공연장이 발전하여 최초의 상설극장인 "The Theatre"는 1576년 건축되었으며 셰익스피어가 활동했던 "글로브 극장"The Globe은 1598년 창설되었다.

**크리스토퍼 말로**는 셰익스피어와 같은 해에 태어난 것으로 알려져 있는데, 당대 문화계의 주류세력이었던 대학 출신 재사 그룹의 일원이었고, 수수께끼 같은 삶과 갖가지 소문, 의문의 죽음 등으로 인해 논쟁의 대상이 되는 인물이었다. 말로는 『탬벌레인 대왕』(*Tamburlaine the Great*, 1587), 『파우스투스 박사』(*Doctor Faustus*, 1588), 『몰타의 유대인』(*The Jew of Malta*, 1588) 등의 드라마를 통해 새로운 학문과 기획에 대한 열망, 대담한 인간 정신과 인간 능력의 무한한 가능성에 대한 숭배, 금전과 권력에 대한 극단적인 욕망 등과 같은 르네상스 정신을 여실히 표현했다는 평가를 받는다.

인류 역사상 가장 위대한 작가로 평가되는 **윌리엄 셰익스피어**는 평생 37편의 드라마와 소네트 등 많은 시를 남긴 작가이다. 셰익스피어는 세계문학사에서 가장 많은 작품을 생산한 작가는 아니었지만 가장 많이 읽히고 가장 많이 연구되고 가장 많이 공연된 작가이다. 그는 영국 중부의 작은 도시 스트랫포드 어폰 에이븐Stratford Upon Avon에서 태어나 문법학교Grammar School를 마친 후

런던으로 이주하여 극작가로서 입신한다. 셰익스피어 인생의 목표는 위대한 작가 혹은 예술가가 되는 것이 아니었고, 성공과 출세, 그리고 부와 명예의 획득에 있었다. 그는 무대와 관객을 중시한 현실주의자였으며 성공을 위해서는 물불을 가리지 않고 관객의 기호에 맞추기 위해 자극적인 무대 연출을 마다하지 않았던 기회주의자였다.

셰익스피어는 런던 데뷔 초기에 『비너스와 아도니스』(Venus and Adonis, 1593)와 『루크리스의 능욕』(The Rape of Lucrece, 1594) 등 장시를 발표하여 명성을 얻는다. 극작가로서의 이력은 1590년부터 1592년 사이에 쓴 시대극 Chronicle Play 『헨리 6세』(Henry VI) 3부작으로 시작되는데, 『리처드 3세』(Richard III, 1593), 『존 왕』(King John, 1594) 등의 역사극과 『베로나의 두 신사』(The Two Gentlemen of Verona, 1592), 『사랑의 헛수고』(Love's Labour's Lost, 1594) 등의 희극을 초기에 썼다.

1595년 셰익스피어는 자신이 배우로 속해 있던 '챔벌레인 극단'Lord Chamberlain's Company의 주주가 되었고 이때부터 1601년까지 밝고 안정된 분위기에서 완숙한 극작 기술을 발휘한 희극을 양산해낸다. 『로미오와 줄리엣』(Romeo and Juliet, 1595), 『한여름 밤의 꿈』(A Midsummer Night's Dream, 1595), 『베니스의 상인』(The Merchant of Venice, 1596), 『말괄량이 길들이기』(The Taming of the Shrew, 1596), 『좋으실 대로』(As You Like It, 1599-1600), 『윈저의 즐거운 아낙네들』(The Merry Wives of Windsor, 1599-1600), 『십이야』(Twelfth Night, 1600-01) 등이 이 시기에 발표되었으며 폴스타프 경Sir John Falstaff이라는 희극적 인물을 등장시킨 『헨리 4세』(Henry IV) 1, 2부(1597-98)도 이 시기에 저술되었다.

1601년에서 1609년까지는 위대한 비극의 시대라고 불린다. 이 시기 동안 셰익스피어는 인간과 인생에 대해 절망despair과 환멸disillusion에 사로잡혀 있었으며, 인간의 성격적 결함이나 악덕 등의 약점이 가져오는 삶의 비극적 결말에 예민한 관심을 갖고 있었다. 『햄릿』(Hamlet, 1601-02), 『오셀로』(Othello, 1604), 『리어왕』(King Lear, 1605-06), 『맥베스』(Macbeth, 1606), 『앤토니와 클레오파트라』(Antony and Cleopatra, 1607) 등과 같은 불멸의 명작들이 바로

이 위대한 비극의 시대의 산물들이다. 셰익스피어가 고향으로 은퇴한 1610년 이후의 시기는 예술의 완숙기에 해당하는데 작가로서 혹은 한 인간으로서 그가 자신의 삶을 통찰하고 얻게 된 화해와 균형감각, 인간성에 대한 긍정적인 견해 등이 『심벨린』(*Cymbeline*, 1610), 『겨울이야기』(*The Winter's Tale*, 1611) 그리고 『태풍』(*The Tempest*, 1611) 등의 작품에 그려져 있다.

셰익스피어는 학식과 직업, 신분 등이 매우 다양한 당대의 관객들을 동시에 만족시키는 드라마를 썼다. 언어의 마술사라는 별명에 걸맞게 주옥같은 문장들과 시적인 표현들을 생산했으며 쉽게 잊을 수 없는 너무도 많은 극중 인물을 창조했고, 한 작가의 과업으로 인정하기 어려울 만큼 엄청난 지식과 지적인 역량을 발휘했다. 154편의 소네트를 쓰기도 했던 셰익스피어는 영국식 소네트와 무운시blank verse 형식을 완성시키는 데 기여함으로써 영어가 자연스러운 시의 매개 언어로 사용되는 모범을 제시한 시인이었다. 엘리자베스 여왕은 셰익스피어에 대해 "국가를 모두 넘겨주더라도 셰익스피어 한 명만은 못 넘긴다."고 했고, 알렉상드르 뒤마(Alexandre Dumas, 1802-70)는 "조물주 다음으로 셰익스피어가 많은 것을 창조했다."(Next to God, Shakespeare has created most)고 평가했다.

### Jacobean Age 재코비언 시대

재코비언 시대는 제임스 1세가 통치했던 1603년부터 1625년까지를 말한다. 제임스 1세가 즉위하면서 영국에서는 새로운 왕조가 시작되었지만, 셰익스피어의 위대한 비극들이 이 시기에 발표되었고 존 단(John Donne, 1572-1631)과 벤 존슨(Ben Jonson, 1572-1637)이 활약한 시기이기도 했다. 따라서 재코비언 시대는 엘리자베스 시대와 더불어 영국의 문예부흥이 최고조에 달했던 시기로 평가된다. 존 단과 벤 존슨은 거의 비슷한 시기 동안 활약했던 작가들인데, 동 시대 및 후대의 작가들에게 아주 큰 영향을 주었다는 공통점을 갖고 있지만 두 사람이 준 영향이 완전히 상반된 것이었다는 점에서 주목을 끈다. **존 단**은 젊은 시절 세속적인 삶과 열정적 사랑, 그리고 냉소적인 시를 썼던 시인이었지만 말년에는 경건한 성직자가 되어 하나님에 대한 헌신devotion과 찬양admiration의 시를 썼다. 존 단과 그를 따르는 시인들은 훗날 존 드라이든과 사무엘 존슨(Samuel Johnson, 1709-84) 등에 의해 형이상학파 시인metaphysical poets으로 불리는데, 그 이유는 이들이 인간의 감정emotion과 지성intellect를 통합한 시를 썼기 때문이다. 존 단은 시 창작과정에서 시인의 왕성한 상상력 imagination과 기발한 착상conceit, 그리고 지적 활력intellectual activity의 중요성 등을 강조했다.

**벤 존슨**은 비슷한 시기에 활동했던 셰익스피어나 존 단과는 전혀 다른 문학관을 가진 작가였다. 그는 시인의 기량이 부단한 노력으로 향상될 수 있는 기술art이라 여겼고 로마의 시인 호라티우스(Horace)와 베르길리우스를 모방하여 운을 맞추고 문장을 갈고 닦아 완벽한 상태에 도달하기 위해 노력해야 한다고 강조한 고전주의자였다. 벤 존슨은 시의 기법 뿐 아니라 로마 시대의 특징적인 현실주의 철학인 "까르페 디엠"carpe diem을 자신의 시의 주제로 채택하였다. 존슨은 많은 작가들에게 시작의 규범을 제시했기 때문에 그의 영향을 받은 시인들을 "벤의 아들들"Sons of Ben 혹은 "벤의 부족"Tribe of Ben이라고 불렀다. 벤 존슨은 또한 인간의 기질이 4가지 담즙의 조합에 의해 기계적으로 결정된다는 이론에 입각하여 기질희극Comedy of Homours을 쓰기도 했다.

**프랜시스 베이컨**은 영국 경험주의 철학의 대가이고, 근대 과학 정신의 기초를 마련한 위대한 사상가이다. 대법관의 지위에 오르기도 한 법률가로서 공적인 삶을 살았던 베이컨은 학문의 올바른 방법론을 제시하기 위해 부단히 노력한 당대 최고의 석학이었다. 그는 전통적인 형이상학metaphysics의 방법론을 배척하고 편견에서 벗어나 실험과 관찰을 통해 원리와 법칙을 발견하는 귀납법induction을 주장했다. 그런데 아쉽게도 근대 과학적 방법론의 기틀을 제시했다고 평가되는 『새로운 기관』(*Novum Organum*, 1620) 등 많은 그의 저작들이 라틴어로 저술되었고, 영문학사에서 베이컨의 위상은 프랑스의 몽테뉴가 시작한 에세이essay라는 새로운 문학 형식의 실험자로서 인정받고 있다.

## Caroline Age 캐롤라인 시대와
## Commonwealth Period 공화정 문학기

제임스 1세의 뒤를 이어 집권한 찰스 1세의 재위 기간(1625-49)을 캐롤라인 시대라 부른다. 영국 의회의 기원을 "대헌장"Magna Carta이 제정된 1215년으로 보기 때문에 왕실과 의회의 갈등은 영국의 역사에서 해묵은 것이었지만 튜더 왕조 때는 강력한 국왕의 통치력 때문에 갈등이 잠복되어 있었다. 제임스 1세는 영국국교회를 폐지하고 가톨릭으로 복귀하려는 시도 등으로 의회와 대립했고, 찰스 1세가 헨리 8세와 엘리자베스 1세 시절의 왕권을 다시 회복하려고 노력하면서 의회와 갈등은 심화된다. 청교도 혁명으로 불리는 영국의 내전English Civil War은 1641년부터 1649년까지 진행되었고, 찰스 1세가 처형된 이후 공화정 시대가 1649년부터 1660년까지 지속되지만 문학사적으로는 캐롤라인 시대와 공화정 시대를 같은 문학기로 간주한다.

이 시기 동안 영국이 겪은 분열disintegration과 갈등conflict의 양상은 3중 구도를 가진 것이었다. 정치적으로는 왕정지지자들과 의회주의자들이 대립하였고, 경제적으로는 지방의 토지를 기반으로 한 봉건 경제와 대도시 상업자본이 충돌하였으며 종교적으로는 영국국교회파와 청도교주의자들이 갈등을 보였다. 이 시기에는 시인들도 왕당파Cavalier Poets와 의회주의자Roundhead Poets로 구별되었다. 벤 존슨의 왕당파의 대두라면 존 밀턴(John Milton, 1608-74)은 의회주의자들의 대표라 할 수 있다. 한편 이 시기가 정치적으로는 혼란기였으며 영국인들이 사상 초유의 내전을 경험하고 국왕을 처형하는 참혹한 경험을 한 시기였지만, 이 시기에 생산된 문학은 대단히 감미롭고 우아하며 매력적인 특성을 보였다. 로버트 헤릭(Robert Herrick, 1591-1674)은 벤 존슨의 영향을 받아 젊음을 예찬하는 서정시를 썼고, 조지 허버트(George Herbert, 1593-1633)는 종교시의 대가로 알려졌으며, 토머스 케어리(Thomas Carew, 1598-1639), 리처드 크래쇼(Richard Crashaw, 1612-49), 앤드류 마블(Andrew Marvell, 1621-78), 헨리 본(Henry Vaughan, 1622-95) 등의 시인들이 활약하였다. 캐롤라인 시대로부터 공화정 시대까지를 "존 밀턴의 시대"라고 부를 수 있을 만큼 이 시대를 대표하는 시인인 존 밀턴이 사랑스럽고 발랄하고 우아한 다른 시인들의 특성과 전혀 다른 시세계를 구축하였다는 것은 이율배반적인 일이었다고 지적할 수 있다. 한편 청교도들이 장악한 의회가 1642년 극장폐쇄령을 발동하면서 재코비언 시대까지 전성기를 구가하던 영국의 극문학은 오랜 침체의 기간을 맞이하게 된다.

**존 밀턴**은 운문과 산문 등 모든 분야에서 타의 추종을 불허하는 압도적인 위상을 보인 당대 최고의 작가였다. 밀턴은 런던의 부유한 가정 출신이어서 셰익스피어가 누리지 못한 여가를 누릴 수 있었고, 작곡자였던 아버지에게서 음악적인 재능을 물려받았으며 최고의 교육과 독서를 통해 고전 문학과 르네상스 이후 유럽의 인문주의 전통에 대한 조예를 갖추는 등 훌륭한 시인이 될 수 있는 많은 조건을 갖추고 있었다. 밀턴은 또한 대단히 진지하고 엄숙한 인생관을 갖고 있었고, 뛰어난 외모와 자기중심적인 사고방식 등으로 영국문학사에 등장하는 최초의 개성적 작가literary personality라는 평가를 받는다.

밀턴은 대학 졸업 후 6년 동안 런던 근교 아버지의 별장에 머물며 전원의 삶을 즐기고 사색과 독서, 그리고 시작에 힘쓴다. 이 기간 동안 목가적 서정시 『쾌활한 사람』(L'Allegro)과 『사색하는 사람』(Il Penseroso), 그리고 영국 교회의 부패상을 통렬하게 비판한 비가elegy 『리시다스』(Lycidas) 등을 집필하였다. 자신의 내면에서 위대한 서사시를 쓰려는 욕망을 깨달은 밀턴은 배움을 완성하기 위해 이탈리아로 유학을 떠나지만 조국에서 정치적 대변혁이 시작된 것을 알고 1639년 서둘러 귀국한다. 이후 밀턴은 20여 년 동안 크롬웰의 공보비서 역을 맡아 청교도의 대의명분을 달성하기 위해 헌신한다. 이 기간 동안 그는 정치적 선전문 등을 쓰며 시인의 본분을 유예하는데 격무와 과로로 인해 1652년 완전히 실명하게 된다. 왕정복고와 함께 그의 공적 임무가 종식되자 밀턴은 시작에 복귀하여 크리스천 휴머니즘을 담은 영시 사상 최고의 서사시 『실낙원』(Paradise Lost, 1667)과 『복낙원』(Paradise Regained, 1671), 그리고 『투사 삼손』(Samson Agonistes, 1671)을 썼다. 존 밀턴은 최후의 르네상스인The Last Renaissance Man으로 불리는 위대한 시인이었지만, 그는 라틴어의 영향을 받아 지나치게 인공적인 언어와 둔하고 무거운 운율을 사용하였고, 이것이 영어가 우아하고 자연스러운 시어로 발전하는 것을 지체하게 했다는 비난을 20세기 들어 엘리엇(T. S. Eliot, 1888-1965)과 리비스(F. R. Leavis, 1895-1978)로부터 받게 되었다.

## Neoclassical Period 신고전주의 문학기

왕정복고가 일어난 1660년부터 18세기 말 낭만주의 문학이 시작될 때까지를 영국의 신고전주의 문학기라 부르는데, 이 시대가 이성을 중시하고 전통과 규율, 조화와 균형 등 그리스 로마의 고전주의를 복원하는 것을 기본 정신으로 하고 사람들의 감수성과 예술적 취향이 고전주의를 모방하였기 때문이다. 신고전주의 문학기는 다시 "왕정복고기"Restoration Period와 "아우구스투스 시대"Augustan Age, 그리고 "감수성의 시대"Age of Sensibility로 구분된다.

### Restoration Period 왕정복고기 문학기 (신고전주의 형성기)

1660년부터 존 드라이든이 사망한 1700년까지를 왕정복고기 문학으로 구분하는데, 이 시기는 영국 신고전주의 문학이 성립되는 시기에 해당한다. 이 기간 동안 드라이든이 모든 장르에 걸쳐 압도적으로 활동했기 때문에 이 시기를 "드라이든의 시대"Age of Dryden라고 부를 수 있다. 영국인들은 17세기 초반 역사상 유례가 없는 분열과 혼란, 그리고 비극을 경험하는데, 그 원인이 지나친 신념과 종교적 열정 때문이었다는 것을 깨닫는다. 왕정복고를 통해 그 혼란이 마무리되자 영국인들은 "뜨거운 가슴"에서 "냉정한 머리"로 삶의 모토를 바꾸게 된다. 신념faith과 열정passion, 감정emotion과 상상력imagination을 불신하고, 그 대신 삶에 대해 이성적이고 관조적인 태도를 유지하는 것을 미덕으로 여기게 된 것이다. 런던에서 유행하기 시작한 커피 하우스에 모여 도시적인 주제로 담론을 즐기며 풍자 문학satire이 크게 유행하게 되었다.

**존 드라이든**은 이 시대의 총아였다. 시와 산문, 드라마, 문학 비평 등 모든 영역에서 발군의 능력을 발휘한 드라이든은 무엇보다 시대의 기록자를 자임한 작가였다. 그는 자신의 생애 동안 시대의 변화에 순응하면서 영국에서 발생한 거의 모든 중요한 역사적 사건들을 시로 기록했다. 청교도를 신봉하여 올리버

크롬웰의 죽음을 애도하는 시, 『크롬웰 애도가』(*Heroic Stanzas on the Death of Oliver Cromwell*, 1659)를 썼지만 왕정복고가 일어나자 이를 찬미하는 『정의의 여신의 재림』(*Astraea redux*, 1660)을 쓰고 영국국교회로 개종했고, 제임스 2세가 집권하자 다시 가톨릭으로 변신하기도 했다. 그는 역병과 런던 대화재The Great Fire of London(1666), 해외에서의 승전 등을 모두 시의 주제로 삼았다. 찰스 2세의 서자 몬마우스 공작Duke of Monmouth의 실패한 반란을 다윗 왕의 서자 압살롬의 반역에 빗대어 쓴 『압살롬과 아키토펠』(*Absalom and Architophel*, 1681)은 뛰어난 풍자 문학으로 인정받는다.

드라이든의 문학관은 고전주의적인 것이었고, 그는 벤 존슨의 경우처럼 그리스와 로마의 고전주의를 추종하며 문학은 모름지기 규칙과 전통을 준수해야 한다고 주장했다. 지나친 상상력과 유별난 개성, 열정과 신념 등을 배제하고, 보다 냉정하고 과학적인 태도와 이성적이고 합리적인 정신에 가치를 부여했다. 르네상스 시대 유행했던 생기와 활력이 넘치는 산문체는 신고전주의 시대의 논술적 글쓰기에 어울리지 않았기 때문에, 이 시대의 작가들은 지나치게 상징적이고 비유적인 문체 대신 엄정하고 딱딱하며 논리적인 문체를 채택하였다.

영국문학사상 최초로 계관시인Poet Laureate으로 임명되기도 했던 드라이든은 신고전주의 문학기 영시의 표준이 되는 '영웅시체 2행 시연'heroic couplet을 완성했고 영시에 통일성과 정확성, 그리고 규칙성 등을 도입했는데 이러한 원리는 바로 신고전주의 문학의 정수에 해당하는 것이었다. 또한 그는 알기 쉽고 명확하며 간결한 산문을 통해 논리적 글쓰기의 모범을 보이기도 했다. 문학비평의 영역에 대한 그의 관심은 필립 시드니의 비평론을 진일보시켜 벤 존슨의 작품에 대한 그의 분석이 영국 최초의 실제비평practical criticism으로 평가되며 셰익스피어에 대한 비평적 평가는 향후 100여 년간 셰익스피어 비평의 기초가 되었다. 드라이든은 『극시론』(*An Essay on Dramatic Poesie*, 1668) 등의 저작을 통해 비평 문학의 새로운 지평을 열었기 때문에 사무엘 존슨에 의해 "영국 비평의 아버지"Father of English Literary Criticism라는 칭호를 받기도 한다.

왕정복고와 함께 청교도주의가 약화되면서 극문학이 다시 시작되었지만 르네상스 시대의 활력과 열기를 완전히 회복하지 못한 채 새로운 형식의 드라마가 유행하게 된다. 왕의 지시에 의해 런던에 두 개의 극단(King's Players와 Duke's Players)이 설치되어 활동하게 되었고, 변화한 시대정신과 관객들의 감성에 호응하는 '왕정복고기 극문학'Restoration play이 '풍속희극'comedy of manners과 '영웅 서사극'heroic plays의 형식으로 정착된다. 유려한 문장과 복잡한 구성이 돋보였던 르네상스 드라마에 비해 왕정복고기 드라마는 화려한 무대장치와 음악적 요소의 강화, 여성 연기자의 도입 등의 특성을 보이고 무대 전면부the front area에서 연기하던 전통이 폐지되면서 관객과 무대 사이의 긴밀한 관계가 없어졌고 특정한 관객을 목표로 정한 주제극specialist drama의 전통이 생겼다.

풍속희극은 프랑스의 극작가 몰리에르(Moliere, 1622-73)가 시작한 희극인데, 그 시대 사람들의 사회적 행태, 특히 위선과 허위의식을 조롱하기 위해 체면치레와 음모, 유부녀의 외도cuckoldry 등을 즐겨 등장시키는 드라마이다. 17세기 후반의 윌리엄 위철리(William Wycherley, 1640-1716), 윌리엄 콩그리브(William Congreve, 1670-1729) 등과 18세기에 활동한 올리버 골드스미스(Oliver Goldsmith, 1730-74), 리처드 셰리던(Richard Sheridan, 1761-1816) 등이 대표적인 작가들이다. 영웅 서사시는 드라이든이 완성했다.

17세기 후반은 이성과 합리성, 그리고 근대적 과학정신의 대두한 시대였다. 영국에 왕립학술원Royal Society이 1662년 설립되었고 아이작 뉴튼 경(Sir Isaac Newton, 1642-1727), 토머스 홉스(Thomas Hobbes, 1588-1678), 존 로크(John Locke, 1632-1704) 등이 철학과 사회학 분야에서 중요한 저술들을 내놓았고, 존 번연은 『천로역정』을 썼다. 이 작품은 영국 기독교문학 최고의 걸작으로 꼽히는데 주인공인 크리스천Christian이 천사의 명을 받고 자신이 거주하는 '파멸의 도시'City of Destruction를 떠나, '천상의 도시'City of Heaven를 향해 가는 여정을 다룬 순례기pilgrimage이며 알레고리 문학의 최고봉으로 뽑힌다.

### ▰▰▰▰ Augustan Age 영국의 아우구스투스 시대 (신고전주의 전성기)

영문학사에서 18세기 초는 흔히 영국의 "아우구스투스 시대"England's Augustan Age라고 불린다. 제2차 삼두정치를 종식시키고 로마의 정권을 장악한 옥타비

아누스는 BC 27년 원로원에 의해 아우구스투스 황제(재위 BC 27-AD 14)로 옹립되는데, 이 시기 동안 로마 제국은 내분이 종식되고 국가가 발전일로에 이르면서 예술이 진흥되는 전성기를 맞는다. 아우구스투스 시대는 또한 베르길리우스와 오비디우스(Ovid), 그리고 호라티우스 등 로마의 대표적인 시인들이 활약했던 시기였다. 18세기가 개막되는 시점에 이르러 영국인들은 전 시대의 갈등과 혼란을 극복하고 정치적 안정기를 이룩한 자신들의 시대를 자족적으로 아우구스투스 시대로 부르게 된 것이다. 알렉산더 포프(Alexander Pope, 1688-1744)가 사망한 1744년까지 지속된 아우구스투스 시대는 영국 신고전주의 문학의 전성기에 해당한다. 이 시기는 분열과 갈등 대신 조화harmony와 통합 integration이 실현되고, 이성에 의한 지배가 가능했으며, 번영과 진보가 구현되던 시대였다. 사회적 관습과 질서가 개인의 신념보다 중요시되었고, 이성이 감정보다 소중했으며, 형식이 내용보다 가치 있는 것으로 여겨졌다.

이성, 질서, 법칙은 18세기를 대변하는 용어들이다. 신고전주의자들은 인간이 이성을 통해 세계의 법칙과 질서를 정확하게 인식해야 하며, 우주와 사회 속에서 인간의 지위를 분별력 있게 파악해야 한다고 생각했다. 18세기는 이를 "decorum", 즉 "적절함" 혹은 "조화(어울림)"의 개념으로 설명했다. 문학의 형식과 내용은 조화 있게 어울려야 했고, 작가들은 개성과 상상력, 다양성 대신 보편성과 획일성 혹은 전통적인 형식을 준수하도록 요구되었다.

신고전주의 세계관인 "존재의 대연쇄"The Great Chain of Being는 우주 만물의 지위를 신으로부터 시작하여 미물에 이르기까지 "수직적 질서"hierarchical order로 설명하는 그리스의 우주관이다. 중세와 르네상스 시대에도 통용되었던 존재의 대연쇄 사상에 따르면 인간은 우주의 수직적 질서에서 정해진 위치를 부여받았고, 그 위치에 적절한, 제한된 삶의 방식을 추구하는 것이 미덕이라는 것이다. 만일 인간이 자신의 위치를 벗어나 그 이상 혹은 이하의 행동양식을 취하는 경우, 인간은 자신의 고리를 부정하는 셈이 되며, 우주의 질서, 즉 decorum을 깨뜨리는 오류를 범하게 된다. 이러한 철학적 입장은 신고전주의 시대 동안 인간 자신의 능력과 한계를 각인시키는 교훈 문학이나 인간의 오류와 부적절함을 지적하는 풍자 문학이 유행하게 되는 이유가 된다. 신고전주의 시대 문학의 위계질서에서 서사시epic와 비극tragedy은 높은 지위를 향유했지만 개인의 감정과 정서를 개성적으로 표현하는 서정시lyric는 아주 낮은 지위를 차지했다. 그런데 18세기의 세계관이었던 존재의 대연쇄 사상이 초월적인 능력과 미덕을 지닌 영웅적인 인간의 존재를 인정하지 않았기 때문에 전통 서사시가 유행하기 어려운 이율배반적인 상황이 조성되었고, 이런 상황이 만들어낸 결과물이 "의사서사시"mock-epic이다.

18세기는 풍자 문학satire의 시대였다. 풍자는 인간의 어리석음folly과 약점weakness, 허위의식falseness, 사회적 모순social discrepancy과 악evil을 조롱하고 웃음거리로 삼음으로써 그것을 교정하려는 도덕적 의도로 쓰인 문학형식이다. 18세기의 이성 중심적 시대정신은 시대와 그 시대의 인간들에 대한 풍자를 가장 중요한 문학적 기능으로 여겼다. 풍자문학은 그리스에서 유래되었지만 로마의 시인인 유베날리스(Juvenal)과 호라티우스에 의해 정착되었다. 유베날리스식 풍자Juvenalian satire는 직접적이고 통렬한 특징을 갖는데 비해, 호라티우스식 풍자Horatian satire는 우회적이고 은근한 특징을 지녔다. 풍자에 대해 "사람의 목을 치는 것은 쉬우나, 그가 그 사실을 모르게 하는 것은 어렵다"고 말한 존 드라이든의 언급을 보면 18세기 동안 호라티우스식 풍자를 더 우수한 기교로 여겼던 것으로 보인다. 풍자는 또한 주제와 문체의 측면에서 저급한 주제를 고상한 문체로 표현하는 고급 풍자high satire와 심각한 주제를 저급한 문체로 표현한 저급 풍자low satire로 구분되기도 하는데 18세기 작가들은 고급 풍자를 선호했다.

18세기의 창작 원리로 작용한 문학적 장치 가운데 가장 중요한 것이 위트wit이다. 르네상스 시대에 위트는 지성intelligence, 지혜wisdom, 재능genius 등 개인적 특성을 설명하는 용어였지만, 18세기에 들어서 그 개념은 "적절함"propriety 혹은 decorum과 같은 의미로 사용되었다. 인간의 상상력imagination과 창의력inventiveness은 불안정하고 불규칙한 위험한 재능이므로 이것들을 사회적 문맥에 적합하도록 규제할 필요가 있는데 그 기능을 담당하는 것이 위트인 것이다. 따라서 18세기에 위트는 건전한 판단력sound judgement과 동일어로 취급되었다. 드라이든은 위트를 "사상과 언어의 적절한 조화"a propriety of thoughts and words라고 정의했고, 포프는 "판단력과 상상력의 조화로운 조합"a harmonious union of judgement and fancy이라고 불렀다.

영국 아우구스투스 시대를 대표하는 시인은 **알렉산더 포프**였다. 부유한 상인의 아들로 태어나 경제적 여유와 여가를 누렸던 포프는 문학 사상과 기법의 측면에서 가장 전형적인 신고전주의자였지만 동시에 여러 가지 측면에서 시대로부터 배제된 아웃사이더였다. 포프는 가톨릭 신자였기 때문에 교육과 공직에 진출할 기회를 박탈당했고, 출생 과정에서 얻게 된 쇠약한 건강과 난장이처럼 작은 신장, 그리고 추한 용모의 소유자였다. 만일 그가 낭만주의자였더라면 자기 연민self pity에 빠져 자신의 불운misfortune을 한탄하고 신을 원망하다가 자살했겠지만 신고전주의자로서 포프는 자신의 처지를 견인적으로stoically 받아들이고 활발한 사회 활동과 문필 활동을 수행했다.

포프가 20대에 쓴 『비평론』(Essay on Criticism, 1711)은 그의 고전주의적 예술론이 고스란히 담겨있는 시이다. 이 시에서 포프는 "진정한 예술은 유리하게 꾸민 자연이며, 많은 사람이 오랫동안 노력했지만 한 번도 이처럼 잘 표현한 적이 없는 것"(True Wit is nature to advantage dress'd / What oft thought but ne'er so well express'd)이라는 유명한 구절을 통해 "완벽함"perfection을 성취하기 위해 부단히 시를 갈고 닦는 노력을 경주해야 하는 신고전주의 문학관을 피력하였다. 『인간론』(Essay on Man, 1733-34)은 그의 인생론이 드러난 시인데, 영웅시체 2행 시연이라는 시의 형식적 기교에 있어서는 초기의 대작으로부터 진보된 모습을 거의 보이지 않았다. 그 이유는 포프가 이미 20대에 영웅시체 2행 시연이라는 제한된 시 형식을 거의 완벽한 상태로 구사했기 때문이다. 신고전주의자로서 포프는 실패로 돌아가기 쉬운 새로운 실험을 경계하고 이미 입증된 방식을 완벽에 가깝도록 구사하려고 노력했던 것이다. 포프는 또한 호메로스의 서사시를 번역 출판하여 다른 직업에 종사하지 않고도 부와 명성을 달성했기 때문에 영국 문학사상 최초의 전업 작가the first professional writer로 불린다. 포프의 호메로스 번역은 뛰어난 업적이었지만 자유분방하고 호쾌한 호메로스의 영웅들과 문체를 신고전주의의 전형적인 영웅시체 2행 시연 형식 속에 가두어 그 생명력을 상실하게 되었다는 평가를 받기도 한다.

### ■■■■■ Dissociation of Sensibility 감수성의 분열

"감수성의 분열"은 18세기 문학의 특징을 설명하는 중요한 개념이다. 이 용어는 T. S. 엘리엇이 그의 논문「형이상학파 시인들」("The Metaphysical Poets", 1921)에서 제시한 개념인데, 엘리엇은 셰익스피어 등 르네상스 시대의 극작가들과 17세기 초에 활약한 존 단을 위시한 형이상학파 시인들에게는 감정을 지성의 체로 거르거나 사상을 감각처럼 느끼고 표현하는 감수성의 통합association of sensibility이 이루어졌었는데, 17세기 중반 이후 감수성이 분열되기 시작했다고 주장했다. 인간의 정신과 육체의 기능이 지성intellect과 감성emotion, 그리고 육체적 감각sense으로 구성되어 있다면, 이 세 가지 기능이 완벽한 조화를 이룰 때 건강한 인간이 완성된다고 할 수 있다. 그런데 이성의 시대라는 정신적 풍토에 의해 감정과 감각은 위험한 것으로 간주되고, 지성(이성, 합리성)의 가치가 지나치게 강조되는 경향이 형성되었던 것이다. 엘리엇은 밀턴과 드라이든의 영향을 받아 감수성 분열이 심화되었다고 지적하고 20세기에 이르러 통합된 감수성unified sensibility의 출현이 가능하게 되었다고 진단하였다. 엘리엇의 이러한 주장은 특히 신비평가들new critics에 의해 수용되면서 20세기 초 영시 비평의 전형이 되었지만, 20세기 말에 이르러서는 그의 견해가 엘리엇 자신의 편협한 시각을 반영한 것이었다는 비판을 받기도 한다.

### ■■■■■ Rise of Novel 근대소설의 발생

영국의 18세기는 근대적 의미의 "소설"novel이 발생한 시기였다. 개성과 상상력, 지나친 감정의 토로를 위험한 것으로 간주한 시대적 분위기는 필연적으로 산문 문학이 융성할 수 있는 토양이 되었고 그것의 결실이 소설 장르였던 것이다. 영국 최초의 저널리스트journalist로 불리는 다니엘 디포(Daniel Defoe, 1660-1731)는 1704년『리뷰』(*The Review*)지를 창간하는데 이 잡지가 영국 정기간행물periodical의 효시가 되었다. 리처드 스틸(Richard Steele, 1672-1729)과 조셉 에디슨(Joseph Addison, 1672-1719)은 평생을 함께 일하며『테틀러』(*The Tatler*),『스펙테이터』(*The Spectator*) 등의 정기간행물을 출판하였다. 정기간행물 문학은 다양한 사회적 문제들에 대한 자신들의 건전하고 균형 잡힌 견해를 산문으로 표현할 기회를 작가들에게 제공했고, 이러한 훈련을 통하여 객관적이고 구체적인 산문 전통이 확립되게 되었다. 특히 에디슨은 자신이 창간한 『스펙테이터』에 당대의 전형적인 인물들이 등장하는 가상의 클럽an imaginary club 일화를 연재했는데, 그 결과 로저 코벌리 경(Sir Roger de Coverley)과 앤드류 프리포트 경(Sir Andrew Freeport)과 같은 아주 인상적인 인물들이 창조되었고, 이러한 장르는 뒤에 소설가들에게 "성격창조" characterization의 기술을 제공했다.

디포와 동시대 작가인 **조나단 스위프트**(Jonathan Swift, 1667-1745)는 소설가라기보다 풍자 문학 작가로 평가받는다. 그의 대표작 『걸리버 여행기』 (Gulliver's Travel, 1726)는 주인공 걸리버가 소인국Lilliput과 거인국Brobdingnag, 철학자들이 다스리는 나라Laputa, 그리고 말houyhnhnms들이 인간yahoo을 지배하는 나라Houyhnhmland를 여행하면서 겪는 모험을 다루고 있는데, 그가 이 여행들을 통해 목격하는 도덕적 타락과 악의, 잔인함, 복수심 등의 속성은 실은 당대 유럽과 영국 사회, 그리고 유럽인과 영국인들에 대한 작가의 통렬한 풍자의식을 담고 있다. 스위프트의 풍자는 대단히 자극적이고 특히 걸리버가 마지막 여행에서 돌아와 인간 사회에 다시 귀속되었을 때, 인간에게서 발산되는 강한 악취를 견디기 힘들어 하는 모습에서는 작가 자신의 인간 혐오사상이 발견된다는 평가를 받기도 했다.

정기간행물로부터 시작된 18세기 산문 문학은 다니엘 디포의 『로빈슨 크루소』(Robinson Crusoe, 1719), 사무엘 리처드슨(Samuel Richardson, 1689-1761)의 『파멜라』(Pamela, 1740) 그리고 헨리 필딩(Henry Fielding, 1707-54)의 『톰 존스』(Tom Jones, 1749) 등을 통해 근대 소설의 형식으로 정착되었다. 소설은 이야기체narrative 문학이다. 이는 어떤 등장인물들characters이 일련의 사건들episodes을 겪고, 그 사건들을 통해 일정한 주제subject가 전달되는 문학 형식을 의미한다. 근대적 의미의 소설이 등장하기 이전에도 소설의 일부 요소를 가진 문학이 존재했었다. 고대의 서사시에서 시작하여 신화mythology와 민담folklore, 아라비안나이트와 같은 이야기 모음집, 알레고리 문학, 그리고 중세에 크게 유행한 기사들의 모험담chivalric romance 등이 이에 속한다. 르네상스 이후 유럽 사회는 도시가 발달하고 자본주의가 진척되면서 많은 변화를 겪게 된다. 상업 자본을 기반으로 한 중산 계층이 형성되었고, 이들은 오랫동안 유럽의 상류 계층을 형성했던 귀족들과는 출신 성분이 달랐지만 교육을 통해 문자해독력literacy을 갖추고 여가를 향유하는 새로운 독서 대중reading public으로 부각되었다. 때마침 인쇄술이 널리 보급되면서 문헌을 대량으로 출판할 수 있는 사회적 기반이 조성되었는데, 중세 기사들의 영웅적인 모험heroic adventure을 다룬 기사도 문학이 그들의 취향을 만족시킬 수 없었고 한편 시는 난해하고 고급스러운 문체 등의 장애로 인해 크게 환영받지 못하는 상황이 조성되었다. 이런 사회 경제적 조건을 기반으로 새로운 독서 계층에게 어필할 수 있는 새로운 문학 형식의 등장이 요구되었고, 그것이 바로 소설 문학이었던 것이다.

로맨스 문학에서 소설이 발생하는 과정에 "건달이야기"picaresque narrative가 존재한다. 피가로picaro는 "건달" 혹은 "악당"을 의미하는 스페인어인데, 건달이야기의 주인공인 피가로는 대개는 근심걱정 없는 태평한 건달의 모습으로 잔꾀에 의지하며 살아간다. 이들은 도덕적인 미덕을 갖추지 못하고 쉽게 탈선하는 모습을 보이지만, 근본적으로는 선량한 성품을 지닌 경우가 많았다. 건달이야기는 영웅적인 주인공 대신 평범한 인물, 혹은 독자들보다 더 미천한vile 신분status에 속한 인물을 등장인물로 내세우고, 그들의 행각을 통해 사회를 풍자하는 기능을 갖는다. 사건에 대한 묘사가 대단히 구체적이고 사실적인 차원에서 중세 로맨스 문학과 큰 차이를 보이지만 사건과 사건 사이에 논리적인 연관성이 부족하고 각각의 에피소드들이 느슨하게 연결되어 있다는 점에서 근대 소설과 구별된다. 세계문학사에서 소설의 효시로 여겨지는 세르반테스(Miguel de Cervantes, 1547-1616)의 『돈키호테』(*Don Quixote*, 1605)도 사실 건달이야기 전통으로 이해된다.

## ▰▰▰▰ Age of Sensibility 감수성의 시대

알렉산더 포프가 사망한 해(1744)부터 워즈워스(William Wordsworth, 1770-1850)와 콜리지(Samuel Taylor Coleridge, 1772-1850)의 공저인 『서정

민요집』(*Lyrical Ballads*, 1798)이 출판된 해까지의 시기를 감수성의 시대Age of sensibility라고 부른다. 18세기의 후반부에 해당하는 이 시대는 신고전주의 문학의 쇠퇴기에 해당하는데, 당대 문단의 거두였던 사무엘 존슨의 시대로 불리기도 한다. 신고전주의 시대가 백 년 가까이 지속되면서 이성이 지배하는 시대의 평온한 표면적인 분위기 저변에서는 고전주의와 완전히 상반되는 다른 어떤 기질, 즉 감수성을 강조하는 새로운 경향이 조용히 태동하고 있었다. 이 새로운 기운은 1789년 프랑스 대혁명French Revolution을 맞아 표면 위로 분출되어 나오고 유럽의 문화지형은 낭만주의 시대의 개막을 맞는다. 따라서 감수성의 시대는 곧 낭만주의 준비기에 해당하기도 한다.

이 시기 동안 신고전주의의 문학적 원리와 다른 새로운 문화적 태도들, 즉 판단judgement과 규칙rule, 전통tradition, 억제restraint의 가치를 의심하고, 본능 instinct과 감정emotion, 그리고 개성individuality을 강조하는 경향이 생성되면서 감수성의 문학literature of sensibility이 유행하게 되었다. 이 시대 시인들은 이미 사회적으로 공인된 세련된 취향과 고상한 생활 태도를 거부하고 관습적인 예술 형식을 수용하는 대신 개인의 취향을 존중하고 새로운 예술 형식의 실험에 관심을 갖게 되었다. 이 시기는 "묘지파 시인들"graveyard poets이 활약하고 고딕 소설Gothic novel이 유행하였다.

**사무엘 존슨**은 흔히 닥터 존슨Dr. Johnson으로 불릴 만큼 작가로서의 역량보다 지적 능력과 당대 문단literary circle의 좌장으로서의 면모를 높게 평가받은 인물이다. 평생 존슨의 모습을 옆에서 지켜본 제임스 보스웰(James Boswell, 1740-95)은 방대한 분량의 『사무엘 존슨 전』(*Life of Samuel Johnson*, 1791)을 통해 존슨이 탁월한 좌담가로서 좌중의 모든 주제에 대해 자신의 심오하고 고상한 지혜를 슬기롭고 진실한 태도와 재치 있는 말솜씨로 언급하여 모두에게 감동을 주는 모습을 생생하게 기록하고 있다. 존슨은 『램블러』(*Rambler*)지에 진지한 에세이들을 연재하여 모럴리스트로서 명성을 얻었고, 두 편의 풍자시 「런던」("London", 1738)과 「인간의 헛된 소망」("The Vanity of Human Wishes", 1749), 그리고 산문 우화에 속하는 『라셀라스』(*The History of Rasselas, Prince of Abyssinia*, 1759)를 통해 뛰어난 작가의 역량을 보이기도 했다. 존슨의 『영국 시인전』(Lives of English Poets)은 1779년과 1781년에 2부로 나뉘어 출판되었는데, 52명의 시인들의 전기와 작품론을 엄정하고 균형 잡힌 시각으로 정리한 10권에 이르는 방대한 업적이었다. 존슨은 1765년 셰익스피어 전집을 편찬하기도 했는데, 이러한 업적들을 통해 그는 존 드라이든이 시작한 영국의 문학비평을 진일보시킨 것으로 평가받는다.

1747년 편찬 계획을 세우고 7년 동안 각고의 노력을 기울인 후 1755년 출간한 『영어사전』(A Dictionary of the English Language)은 존슨의 학자로서의 면모와 지적 역량을 여실히 보여주는 업적이다. 존슨 이전에는 표준적인 영어사전이 없었기 때문에 존슨의 영어사전은 이후 오랫동안 영어 활용의 표준적인 지침서가 되었는데, 이 사전에는 4만 개 이상의 어휘와 필립 시드니로부터 18세기에 이르기까지 영국의 대표적인 작가들로부터 발췌한 114,000개의 예문이 수록되었고, 탁월한 낱말풀이, 단어의 용법에 대한 명확한 설명, 유려한 문장을 갖춘 뛰어난 업적으로 평가받는다. 존슨은 이 방대한 작업을 6명 조수의 도움을 받아 7년 만에 완성했다고 알려졌는데, 프랑스 아카데미의 『불어사전』이 40명의 학자가 40년 동안 작업한 끝에 출간되었으나 존슨의 사전에 비해 질적으로 열악하다거나, 『옥스퍼드 영어사전』(Oxford English Dictionary)이 1857년 영국언어학회의 발의로 천 명이 넘는 학자들이 동원되어 1928년 초판이 완성되었다는 일화는 상대적으로 존슨의 지적 역량이 얼마나 대단한 것이었는지를 보여주는 사례들이다. 『옥스퍼드 영어사전』 초판은 총 12권, 41만 여개 어휘, 180만 여개의 인용문을 수록하였다.

## Graveyard Poets & Gothic Novel 묘지파시인과 고딕 소설

18세기 말 합리주의 세계가 저물어 갈 즈음, 신고전주의와 낭만주의의 과도기에 속하는 일군의 시인들이 나타나는데, 이들이 바로 묘지파시인들이었다. 이들은 삶의 덧없음과 죽음의 애상 등 감상적인 소재를 다루었는데, 이는 우울함이나 자기연민의 감정을 용납하지 않는 신고전주의 원칙에 대한 반발이었고, 이런 점에서 어느 정도 낭만주의의 성격을 갖는다. 토머스 그레이(Thomas Gray, 1716-71)의 「시골 교회묘지에서 쓴 비가」("Elegy Written in a Country

Churchyard", 1751)는 다분히 애상적인 어조로 저녁 무렵 전원의 모습, 자연 풍경과 죽음, 사후의 생 등에 대한 명상을 담고 있다. 이 시의 첫 줄 "피곤에 지친 농부는 터벅터벅 집으로 돌아오고"(The ploughman homeward plods his weary way)라는 구절은 시인의 수많은 고민과 수십 번 고쳐 쓴 끝에 만들어졌다고 알려져 있는데, 이런 사실은 그레이 자신이 아직 신고전주의 문학원리를 따르고 있음을 보여준다. 묘지파시인들은 여전히 인위적 시어를 즐겨 구사하고, 시의 결론에 이르러서는 대체로 인간 한계에 대한 인식을 드러내는 등, 신고전주의적 도덕률을 견지하는 모습을 보인다. 그레이와 함께 「저녁에 부치는 노래」("Ode to Evening", 1746)를 쓴 윌리엄 콜린스(William Collins, 1721-59), 장편의 무운시 「애가: 삶과 죽음과 영생에 대한 야상」("The Complaint or Night Thought on Life, Death, and Immortality", 1742-46)을 쓴 에드워드 영(Edward Young, 1683-1765) 등이 이 시대의 대표적인 묘지파시인으로 꼽힌다.

묘지파시인들이 활약하던 18세기 후반부터 19세기 초까지 한시적으로 유행했던 또 하나의 문학 장르는 "고딕 소설"Gothic novel이었다. 18세기 초 영국에서 소설 장르가 출현할 수 있었던 정신적 풍토는 신고전주의였다. 그런데 18세기 중엽을 지나며 시대의 정서가 감수성을 중시하는 것으로 변하고 마침내 18세기 말에 가서는 낭만주의 문학이 개화하게 된다. 고딕 소설은 바로 신고전주의라는 토양에서 자란 소설이 낭만주의라는 새로운 시대를 만나 맺은 열매라고 할 수 있다. "고딕"이라는 용어는 중세 유럽에서 유행했던 건축 양식에서 유래되었으며 고딕 소설은 고딕식 건축물처럼 음산하고 황량한 분위기에서 사건이 진행된다. 등장인물들은 비정상적이거나 정신질환을 앓고 있는 경우가 많고 발생하는 사건들은 초자연적인 현상의 지배를 받거나 이해할 수 없는 신비한 내력을 가진 경우가 많다. 호레이스 월폴(Horace Walpole, 1717-97)의 『오트란토 성』(*The Castle of Otranto*, 1765), 앤 래드클리프(Ann Radcliffe, 1764-1823)의 『우돌포의 비밀』(*The Mystery of Udolpho*, 1794), 매슈 루이스(Matthew "Monk" Lewis, 1775-1818)의 『수도사』(*The Monk*, 1796), 메리 셸리(Mary Shelley, 1797-1851)의 『프랑켄스타인』(*Frankenstein*, 1816) 등의 작품이 이 시대 고딕 소설의 대표작들이다.

Pre-Romantics **낭만주의의 전조**

로버트 번즈(Robert Burns, 1759-96)와 윌리엄 블레이크(William Blake, 1757-1827)는 낭만주의를 예비한 위대한 시인들이다. 스코틀랜드 출신인 번즈는 개인적인 삶과 예술 두 영역에서 고전주의적 취향과 엄격하고 인습적인 도덕률을 부정하고 소박한 서민의 삶과 그들의 순수한 감정을 열정적인 시로 표현하였다. 영국 역사상 가장 독창적인 시인 가운데 한 사람으로 평가되는 **블레이크**는 자신의 두 가지 재능, 즉 시작poetry writing과 그림drawing을 통해 자신만의 거대한 신화의 세계를 구축하고, 그 속에서 인간의 영혼 속에서 갈등하고 있는 두 개의 힘, 즉 선과 악의 충돌conflict between good and evil을 상징적으로 다루었다. 블레이크는 이성과 법칙, 전통적 종교를 거부하고 인간은 오직 감각과 상상력을 통해서 성취를 이룰 수 있다고 주장했다. 블레이크가 신을 이성과 압제를 상징하는 존재로, 사탄을 에너지와 자유를 상징하는 존재로 그렸던 것은 18세기 세계관을 전면적으로 전복시킨 것이다. 그는 "감옥은 법률이라는 돌로 쌓아 올린 것이며, 매음굴은 종교의 벽돌로 지었다"(Prisons are built with stones of law, Brothels with bricks of religion)고 주장했다. 한편 지옥은 에너지와 창의성이 가득한 공간이며 우리는 그곳에서 놀라운 새로운 진리를 발견할 수 있다는 것이다. 블레이크는 인간이 상상력을 맘껏 개발하여 이성의 도움이 없이도 궁극적인 진리를 포착할 수 있는 능력을 갖추어야 한다고 주장한다. 이성과 과학은 위험한 것이고, 우리가 억제되지 않은 개인적 자유의 상태, 법에 의해 통제되지 않은 상태에서, 직관intuition의 힘 혹은 그보다 더 저급한 본능instinct에 입각해서 살아갈 때, 우리는 이 지상에서 천국(예루살렘)을 건설할 수 있다는 블레이크의 사상은 낭만주의 예술론의 핵심적인 주장들을 담고 있다. 블레이크는 『순수와 경험의 시』(Songs of Innocence and Experience, 1794), 「천국과 지옥의 결혼」("Marriage of Heaven and Hell") 등의 시를 남겼다.

## Romantic Period 낭만주의문학기

1789년 발발한 "프랑스 대혁명"은 절대군주제의 압제를 뚫고 "자유-liberty, 평등equality, 박애fraternity"의 기치를 높이 들어 올린 시민혁명의 개가라는 점에서 유럽과 세계사에 낭만주의의 물꼬를 튼 중요한 사건이었다. 영국문학사에서 낭만주의 문학기는 워즈워스와 콜리지가 『서정 민요집』을 발간한 1798년 시작된 것으로 본다. 이 시집은 1800년에 재판본이, 1802년에 3판본이 출간되었는데, 영국 낭만주의 문학의 선언서로 평가되는 「서문」(Preface)은 재판본에 처음 등장하였고 3판본에서 증보되었다. 워즈워스와 콜리지는 워즈워스의 고향인 호수 지방Lake District에서 함께 지내며 밤낮으로 호숫가와 숲을 산책하며 시상을 가다듬었던 것으로 알려져 있다. 이 시집의 제목에 들어간 "서정시"lyric와 "민요"ballad라는 용어를 통해 신고전주의 시대 동안 사소한 것으로 간주되던 서정시와 서민들의 가요에 중요성을 부여함으로써 신고주의 미학을 전면적으로 거부하려는 시인들의 몸짓이 읽힌다.

주로 워즈워스가 쓴 것으로 알려진 「서문」에서 시인은 자신이 "평범한 삶에서 취재한 사건과 상황"incidents and situations from common life만을 노래한다고 선언한다. 그는 또한 산문과 운문의 언어 사이에 본질적인 차이가 없기 때문에 "평범한 사람들의 언어"the language of ordinary man and women, 그리고 "시골 사람들의 가다듬지 않은 말투"at its unspoilt in the speech of rural people로 시를 쓰겠다는 의지를 표명하였다. 이러한 태도는 관습에 입각하여 정확한 운율과 시적 언어poetic diction를 구사해야 한다는 신고전주의 문학관에 정면으로 위배되는 것이다. 「서문」에서 워즈워스는 "모든 훌륭한 시는 강렬한 감정의 자연발생적인 분출이다."(a spontaneous overflow of powerful feelings)는 유명한 명제를 제시하였다. 시인의 임무는 "철학적 진리를 단순히 정확한 운율로 표현하는 것"mere correct versification of philosophical truths이 아니고 시인은 "예언가"prophet이며 인생과 인간성의 감추어진 신비를 발견하고 일상의 평범한 삶에 활력을 불어넣고 인생에 의미를 부여하는 숭고한 책무를 감당하는 존재인 것이다. 이를 위해 워즈워스는 전통과 규칙, 공리를 떠나 상상력과 전설legend, 그리고 인간의 본성human heart으로 돌아가기를 주장한다. 이러한 워즈워스의 예술론은 뒷날 "시인은 진격의 나팔소리를 드높게 부르는 트럼펫이며 이 세상의 임명받지 않은 입법자이다."(Poets are the trumpets which sing to battle; poets are the unacknowledged legislators of the world.)라는 셸리(Percy Bysshe Shelley, 1792-1822)의 주장과 일맥상통하는 것이다.

영국의 낭만주의 문학은 중요한 낭만주의 시인들이 모두 사망하고 제1차 선거법 개정이 이루어진 1832년까지 지속된 것으로 이해된다. 낭만주의 문학기는 시가 압도적으로 유행하였고 워즈워스와 콜리지, 셸리, 존 키츠 그리고 로드 바이런(George Gordon, Lord Byron, 1788-1824) 등이 중요한 시인이었다. 이 기간 동안 산문 문학의 영역에서는 찰스 램(Charles Lamb, 1775-1834)과 윌리엄 해즐릿(William Hazlitt, 1770-1850), 토머스 드 퀸시(Thomas de Quincey, 1785-1859)의 수필과 월터 스코트 경(Sir Walter Scott, 1771-1832)과 제인 오스틴(Jane Austin, 1775-1817)의 소설을 중요한 문학적 성과로 꼽을 수 있다.

**워즈워스**는 자연의 시인으로 꼽힌다. 워즈워스의 자연과 평범한 일상에 대한 찬양은 그 자체를 넘어, 자연 이면의 신비와 새로움을 인식하는 데 의미가 있다. 18세기의 합리주의가 자연을 통해 신의 섭리와 질서를 목격하고 "자연신론"deism이라는 새로운 종교를 낳았다면, 워즈워스는 자연 속에서 신의 무한한 가능성과 창조성creativity, 치유력healing power을 발견하고 인식함으로써, 자연신론을 한 단계 발전시킨 것이다. 워즈워스에게 자연은 자연 자체로서가 아니라 "기억을 통해 재창조되는 자연"nature in the memory이며, 인간은 그 자연과 합일되었을 때 자연인natural man의 지위를 획득한다. 워즈워스는 인간이 자연을 떠나 고독과 명상 속에 놓이고 자연의 기억이 내면의 눈에 현현되는 순간이 바로 자연과 내가 합일되는 순간이라고 했다. 그 순간은 진정한 의미에서 진리에 눈뜨는 순간이며, 자연 속에 편재되어 있는 신의 무한한 능력을 물려받는 순간이 된다. 워즈워스는 『서정 민요집』에 실린 「틴턴 사원」("Lines written above Tintern Abbey"), 『송시: 어린 시절을 회상하며 영원불멸을 명상함』(*Ode: Intimation of Immortality Recollections of Early Childhood*), 『서곡』(*The Prelude*) 등의 시를 남겼다.

**콜리지**는 「서문」에 나타난 워즈워스의 시 이론에 대해 완전히 동의하지 않은 것처럼 보인다. 워즈워스의 시론이 지나치게 단순하고 부정확하다고 생각한 콜리지는 자신의 평생 예술 철학을 정리한 『문학평전』(*Biographia Literaria*, 1817)을 발표하는데, 이 글은 영문학사상 가장 위대한 문학이론서 가운데 하나로 평가받는다. 여기서 콜리지는 인간의 인식 능력을 "공상"fancy과 "일차적 상상력"primary imagination, 그리고 "이차적 상상력"secondary imagination으로 구분하였다. 일차적 상상력은 인간이 지니고 있는 가장 근본적인 인식능력이며, 이차적 상상력은 무에서 유를 창조할 수 있는 신의 상상력과 동일한 의미로서, 기존의 관념체계를 완전히 해체하고 새로운 관념을 재창조할 수 있는 힘을 의미한다. 상상력이 개인의 능력을 바탕으로 새로운 것에 대한 인식을 지향하고 있는 반면, 공상은 기존의 인식을 그대로 받아들인다는 점에서 하위의 인식 능력에 속한다. 공상은 기억과 연상memory and association을 통해 작용하며 현상과 경험phenomena and experience에 종속된다. 일상 속에서 발견되는 소박한 삶의 진실을 강조한 워즈워스에 비해, 콜리지는 마법과 신비한 세계the magical and mysterious로 복귀할 것을 강조하였다. 초자연적인 현상과 신화의 세계, 초월적인 존재에 대한 콜리지의 관심은 「노수부의 노래」("The Rime of Ancient Mariner"), 「쿠블라 칸」("Kubla Khan") 등의 시에 잘 표현되어 있다.

몰락한 귀족이었으며 빼어난 외모와 '내반족'club foot이라는 신체적 결함을 지닌 불우한 천재 **바이런 경**은 삶 자체가 낭만주의적 요소로 점철된 인물이었다. 바이런의 강한 자기애와 무신론적 사상은 필연적으로 그의 시들이 자기중심적self-centered인 특징을 갖게 했다. 바이런은 『해롤드 공자』(*Childe Herold*)와 반종교적 드라마인 『카인』(*Cain*), 그리고 그의 대표작 『돈 주앙』(*Don Juan*) 등을 통해 "바이런적 영웅"Byronic Hero를 창조하였다. 바이런적 영웅은 불가사의하고 우울한 기질의 소유자이며 현실에 초연한 존재이면서, 자신을 파멸로 몰아넣는 미지의 죄악에 대한 고통스러운 기억에 시달리는 인물이다. 그는 고립된 채 철저히 자기의존적인 태도를 취하며 온갖 어려움에도 불구하고 스스로 부여한 확고부동한 도덕률에 따라 자신의 목표를 달성하기 위해 노력한다. 이 과정에서 그가 보여주는 열정과 힘은 그를 멸시하는 보통 사람들보다 훨씬 더 우월하여 타인을 매료시키는 힘을 발휘한다. 추문scandal 으로 인해 추방당하듯 영국의 사교계를 떠나 이탈리아로 갔다가 그리스 독립 전쟁에 참전하여 사망하기에 이르는 바이런의 삶은 가장 전형적인 바이런적 영웅의 모습을 하고 있다. 바이런적 영웅은 그리스 신화에 등장하는 프로메테 우스Prometheus를 원형으로 하고 있으며 에밀리 브론테의 『폭풍의 언덕』에 등장하는 히스클리프Heathcliff와 허먼 멜빌(Herman Melville, 1819-91)의 『모비 딕』(*Moby Dick*, 1851)에 등장하는 에이합 선장Captain Ahab, 그리고 후에 니체 (Nietzsche)의 초인Superman 사상에까지 연결되는 문학적 계보를 형성한다. 이 들 인물들은 삶에 대한 과도한 열정과 고상한 도덕적 목표, 그리고 악마적 속 성 등을 지닌, 그래서 선과 악의 일반적 규범으로 평가할 수 없는 새로운 인간 형을 제시한다.

인생과 사상에서 극단적인 이단자였으며 비순응주의자였던 **셸리**는 원래는 대단히 보수적인 귀족 집안 출신이었다. 신의 존재를 부정하는 팸플릿을 출판 하여 옥스퍼드 대학에서 퇴학당한 셸리는 급진적인 사회철학자이며 철학적 무 정부주의자였던 윌리엄 고드윈(William Godwin, 1756-1836)의 제자가 되었 고 기존의 사회질서와 법률제도, 관습, 종교를 부정하고 보편적인 사랑을 주창 하는 급진적인 사상가가 되었다. 윌리엄 고드윈은 『여성의 권리옹호』 (*Vindication of the Rights of Woman*, 1792)를 저술한 메리 울스턴크래프트 (Mary Wollstonecraft, 1759-97)와 결혼했는데 셸리는 그들 사이에 낳은 딸 메 리 고드윈과 재혼하였고, 그의 부인이 된 메리 셸리는 훗날 고딕 소설 전통의 『프랑켄스타인』을 집필하게 된다. 셸리는 「맵 여왕」("Queen Mab", 1813), 「프 로메테우스의 해방」("Prometheus Unbound", 1819), 「시의 옹호」("A Defence of Poetry", 1820) 등을 남겼다.

26세에 요절한 천재 시인 **키츠**는 짧은 생애 동안 보여준 문학적 성취와 그 가 이제 막 완숙한 시인의 경지를 보이는 순간 사망했다는 이유 때문에 애석 함을 자아내는 시인이다. 그는 예술과 자연의 아름다움, 죽음에 대한 열망, 사 랑의 기쁨과 슬픔, 고대의 영광을 주제로 시를 썼다. 키츠는 순수한 쾌락과 감각, 그리고 예술지상주의 시인으로 알려졌으며 자신의 삶과 사상, 예술론 등을 편지글의 형식으로 남겼는데, 특히 그의 "소극적 수용력"negative capability은 중요한 낭만주의 시 사상으로 주목을 받았다. 여기서 "소극적"이라는 용어는 "실행의 유보"suspension of fulfillment, 혹은 미결정의 상태를 의미하는 개념이며 "수용력"은 인간 정신의 인식 능력을 뜻한다. 키츠는 "소극적 수용력"을 "진리와 미를 수동적으로 수용할 수 있는 시인의 능력"이라는 의미로 사용했다. 즉 시인은 어떤 대상이나 현상에 대해서 성급한 논리의 도출이나 섣부른 판단을 유보하고 미결정, 불확실, 신비한 상태에 머물며 그 대상의 모든 가능성을 있는 그대로 받아들이는 폭넓은 인식 능력을 가져야 한다는 것이다. 키츠의 "소극적 수용력" 이론은 시인의 객관성, 즉 자신을 둘러싼 모든 것을 객관적이고 수동적으로 수용하는 태도를 지칭하는 개념으로서 엘리엇의 "객관적 등가물" objective correlative 사상과도 일맥상통하는 것이다. 키츠는 「채프먼의 호머를 처음 읽고서」("On First Looking into Chapman's Homer", 1816)와 4,000행이 넘는 장편의 야심작 『엔디미언』(*Endymion*, 1818), 그보다 더 야심찬, 밀턴의 『실낙원』을 염두에 두고 기획했으나 미완으로 끝나고 만 『하이피리언』 (*Hyperion*), 그리고 「나이팅게일에 부치는 노래」("Ode to a Nightingale"), 「서풍에게 바치는 노래」("Ode to West Wind"), 「그리스 도자기에 부치는 노래」 ("Ode to Grecian Urn")를 포함하는 6편의 송시odes를 남겼다.

### ▅▅▅ Sir Walter Scott and Jane Austen 월터 스코트 경과 제인 오스틴

스코틀랜드 출신의 **월터 스코트 경**은 시인으로 입신하여 장편의 서사시를 통해 부와 명성을 획득했지만 시인으로서 자신의 재능이 고갈된 것을 깨닫고 43세에 소설가로 변신하였다. 스코트는 자신이 동업자로 참여한 출판사가 부도나는 바람에 막대한 부채를 떠안게 되었고 이 경제적 곤란에서 벗어나기 위해 무리하게 다작에 힘썼다. 1814년 『웨이벌리』(*Waverley*)로 시작된 스코트의 소설은 『아이반호』(*Ivanhoe*, 1819), 『수도원』(*The Monastery*, 1820) 등으로 이어지며 역사소설Historical Novel이라는 낭만주의 시대의 소설문학의 전통을 형성한다.

제인 오스틴은 42년의 짧은 생애 동안 『분별력과 감수성』(*Sense and Sensibility*, 1811), 『오만과 편견』(*Pride and Prejudice*, 1813), 『맨스필드 파크』(*Mansfield Park*, 1814), 『엠마』(*Emma*, 1816), 『노팅거 사원』(*Northanger Abbey*, 1818), 『설득』(*Persuasion*, 1818) 등 6편의 소설을 남겼다. 오스틴은 그녀의 생애 동안 유럽에 휘몰아쳤던 시민혁명의 열기와 예술 정신으로 작용한 낭만주의의 유행에 전혀 영향을 받지 않은 채, 자신이 가장 잘 알고 있었던 영국의 젠트리gentry 계층의 삶과 사랑을 다루었다. 뛰어난 언어적 재능과 세련된 문체, 사회적·지리적 배경에 대한 세부적 묘사, 정교한 사건의 구성, 놀랄 만큼 생생한 등장인물의 성격 창조, 그리고 삶에 대한 유쾌하고 재치있는 풍자 등을 통해 오스틴은 19세기 사실주의 소설 문학의 "위대한 전통"great tradition을 시작한 작가로 인정받고 있다.

## Victorian Age 빅토리아 시대 영문학

빅토리아 여왕은 1837년 즉위하여 1901년까지 재위에 있었기 때문에 빅토리아 시대 영문학기는 빅토리아 여왕의 재임 기간(1837-1901)을 의미하지만 때로는 월터 스코트 경이 사망한 해이며 영국의 제1차 선거법 개정이 단행된 1832년을 기점으로 삼기로 한다. 빅토리아 여왕이 통치한 60여년의 세월은 영국 역사의 전성기golden age에 해당한다. 일찍이 산업혁명을 가장 먼저 시작했던 영국은 19세기를 지나면서 세계 경제를 선도하는 지위를 획득하였고, 제국주의의 팽창을 통해 해외에 방대한 식민지를 개척하여 소위 "해가 지지 않는 제국"의 면모를 과시하였다. 빅토리아 여왕이 즉위했을 때 인구 2백만이었던 런던은 여왕이 사망하는 시점에는 650만 명의 대도시가 되었을 뿐만 아니라 세계의 중심도시로 발돋움하였다. 영국의 빅토리아 시대는 한 마디로 발전progress과 번영prosperity의 시대였다. 산업은 발달하고 부는 축적되었으며 기술의 발전이 교통과 생산방식의 변화를 가져왔다. 해외의 식민지는 확대되었고 삶의 질은 눈에 띄게 개선되었으며 의무교육이 전면적으로 확대되었다. 이러한 성과에 대해 빅토리아 여왕의 즉위 60주년을 기념하는 축제에 참석했던 미국의 대문호 마크 트웨인(Mark Twain, 1835-1910)은 "영국의 역사는 빅토리아 여왕의 탄생 이후, 그 이전 시대 전체 동안 이룩한 발전보다 더 큰 발전을 이룩했다."고 찬양하기도 했다.

빅토리아 시대는 발전과 번영, 확신conviction과 희망hope의 시기였지만 이와 동시에 의심doubt과 혼란confusion, 그리고 불안anxiety과 고통suffering의 시기이기도 했다. 산업혁명의 가속화는 산업 발전과 더불어 인구의 도시 집중을 가져왔고 자본주의의 발달은 빈부 격차의 심화와 자본에 의한 노동력 착취 등의 부작용을 양산하였다. 국가가 번영을 구가하고 일부 국민들이 물질적 풍요를 누리는 동안 런던의 슬럼가에서는 추위와 굶주림에 시달리는 노동자들이 "시궁창의 쥐처럼" 살아야만 했다.

한편 1850년 이후 과학과 여러 학문 분야에서 제기된 새로운 주장과 사상들은 이천년 이상 서구인의 세계관을 형성해 왔던 믿음의 근거를 허물어뜨리는 데 기여하게 된다. 찰스 다윈(Charles Darwin, 1809-82)의 위대한 저서『종의 기원』(The Origin of Species, 1859)은 인간을 동물계의 한 종으로 인정하고 자연도태natural selection와 적자생존survival of the fittest으로 대표되는 "진화론"이라는 혁명적인 사상을 유럽인에게 제시했다. 또한 독일 출신의 철학자 칼 마르크스(Karl Marx, 1818-83)는 기념비적인 저작『자본론』(Das Capital, 1867)을 영국 런던에서 집필하고 함부르크에서 출판했는데, 인간의 역사 발전을 유물론적으로 해석한 마르크스 사상은 노동과 생산 양식의 하부구조가 사회의 상부구조를 지탱하는 기반이라는 주장을 통해 오랫동안 정신을 우월한 것으로 간주해온 서구인의 세계관을 전복하고 물질 이외에 모든 것이 무가치하다는 물질주의materialism를 주창하였다. 오스트리아의 심리학자 프로이트(Sigmund Freud, 1856-1939)는 인간의 정신활동을 의식consciousness과 무의식unconsciousness의 세계로 구분하여 정신분석학의 새로운 지평을 열었고, 인간의 존재와 전통적인 시간의 개념에 대한 새로운 주장들이 철학자들에 의해 제기되기도 했다. 이런 다양한 사상과 주장들로 인해 종교와 과학의 갈등이 부각되었고 서구인들이 세상을 인식하는 기준이었던 기독교적 세계관이 심각한 도전을 직면하게 되었다. 한편 경제 정책에서 자유방임주의가 지속적으로 채택되면서 부자들은 가난한 자들을 배려하지 않은 채 무모하게 부를 축적해 나가고 지식인들은 그들의 속물근성을 질타하는 사회 현상이 조성되었다. 빅토리아 시대 말기에 해당하는 1890년대에 이르러서는 과학과 기술의 발전이 다가올 20세기를 장밋빛으로 장식하리라는 낙관주의optimism가 만연하는 동안 자본주의의 비극적인 종말을 예견한 비관주의자pessimists들은 그들의 낙관적인 전망을 조롱하고 비웃는 경향이 병존했다. 이러한 현상들은 매슈 아놀드(Matthew Arnold, 1822-88)가 지적한 "정신적 아노미"anomie의 원인이자 결과이다. 세기의 전환기에 영국과 유럽의 지성인들은 수십 세기 동안 유지해왔던 굳건한 신념의 기반을 상실한 채 세기말적 퇴폐주의décadence와 허무주의nihilism에 빠지게 된 것이다.

빅토리아 시대에 생산된 문학은 필연적으로 시대의 이중적인 면모, 즉 번영과 발전, 불안과 회의를 반영하였다. 민주주의의 발전에 대한 희망적인 전망, 산업 혁명industrial revolution과 그것이 경제적·사회적 구조에 미친 긍정적·부정적 영향들, 농촌의 쇠퇴와 급격한 도시화, 대량 빈곤의 문제, 계급간의 갈등, 정치·사회적 개혁에 대한 압력, 실증주의Positivism의 영향 등이 중요한 문학적 소재가 되었다. 빅토리아 시대 영국인들은 자신들의 시대가 거둔 성과에 대해 자신감과 자기만족을 드러내고, 사치와 낭비, 겉치레, 그리고 도덕적 위선과 낙관주의에 빠지는 경향이 있었다. 오늘날까지 "빅토리아적인"Victorian, 혹은 "빅토리아니즘"Victorianism이라는 용어가 다소 경멸적인derogatory 의미들을 내포하고 있는 것으로 이해되는데, 그것들은 성적 결벽성sexual priggishness, 편협한 정신narrow-mindedness, 자기만족complacency, 뻐기는 태도, 잘난 체하기, 무사안일주의, 그리고 위선적 도덕주의hypocritical moralism와 같은 것들이다. 이런 특성들은 바로 빅토리아 시대 중산 계급 구성원들의 삶의 태도와 가치관을 반영하고 있는 것이다.

영국의 빅토리아 시대는 소설의 시대였다. 제인 오스틴으로부터 시작된 위대한 전통은 19세기 중·후반을 지나며 영국문학사에 "사실주의 소설문학"의 전성기를 개막했다. 셰익스피어가 활약한 르네상스 시대에 극문학과 시문학을 중심으로 영국의 문화·예술 활동이 전성기를 구가하기는 했지만 세계문학사에서 영국 문학은 줄곧 이탈리아와 프랑스, 스페인, 그리고 독일 문학에 종속된 지위를 유지했다. 아마도 영국 문학이 세계 문학을 선도하며 양적으로나 질적으로 다른 나라를 압도할 만한 작품을 생산한 시기가 있었다면 그것은 바로 19세기이며 그 주체는 "사실주의 소설"이었다고 할 수 있다.

**찰스 디킨스**(Charles Dickens, 1812-70)는 당대 영국, 특히 런던의 진면목을 가장 충실히 묘사한 빅토리아 시대를 대표하는 작가이다. 디킨스는 빅토리아 여왕이 즉위하던 해에 첫 소설 『피크위크 페이퍼즈』(*Pickwick Papers*, 1837)를 발표한 이후 20년이 넘는 기간 동안 『올리버 트위스트』(*Oliver Twist*, 1837), 『니콜라스 니클비』(*Nicholas Nickleby*, 1838), 『크리스마스 캐럴』(*A Christmas Carol*, 1843), 『데이비드 코퍼필드』(*David Copperfield*, 1849), 『쓸쓸한 집』(*Bleak House*, 1852), 『어려운 시절』(*Hard Times*, 1854), 『두 도시 이야기』(*A Tale of Two Cities*, 1859), 『위대한 유산』(*Great Expectations*, 1860) 등 엄청난 양의 작품을 생산했다. 허술한 작품의 구성, 부자연스럽고 비문법적인 문장들, 지나친 감상주의, 현실성이 결여된 등장인물 등 디킨스의 예술적인 결함으로 지적되는 요소들이 많기는 하지만 당대 시대상을 충실히 기록하고 사회적 부조리와 정의의 문제를 지적했으며 인간과 인생에 대해 박애주의적인 정신을 유지하는 점 등으로 인해 디킨스는 당대 뿐 아니라 오늘날까지도 빅토리아 시대를 대표하는 소설가로 인정받고 있다.

윌리엄 새커리(William Makepeace Thackeray, 1811-63)는 『허영의 시장』(*Vanity Fair*, 1847)을 썼고, 샬롯 브론테와 에밀리 브론테 자매는 각각 『제인 에어』와 『폭풍의 언덕』을 발표했다. 조지 엘리엇(George Eliot, 1819-81)은 『플로스 강의 방앗간』(*The Mill on the Floss*, 1860), 『미들마치』(*Middlemarch*, 1871)를, 조지 메러디스(George Meredith, 1829-1909)는 『리처드 페버렐의 시련』(*The Ordeal of Richard Feverel*, 1859)을, 그리고 로버트 스티븐슨(Robert Louis Stevenson, 1850-94)은 『보물섬』(*Treasure Island*, 1882)과 『지킬 박사와 하이드 씨』(*The Strange Case of Dr. Jekyll and Mr. Hyde*, 1886)를 발표했다. 토머스 하디(Thomas Hardy, 1840-1928)의 『귀향』(*The Return of the Native*, 1878), 『더버빌 가의 테스』(*Tess of D'Urbervilles*, 1891), 『비운의 주드』(*Jude the Obscure*, 1896) 등의 작품은 영국 소설 문학

사에서 비교적 뚜렷한 자연주의 색체를 가진 작품들로 평가된다.

소설 이외의 산문 문학 영역에서 토머스 칼라일(Thomas Carlyle, 1795-1881)은 대자연은 신의 의복이며 모든 상징, 형식, 제도는 가공의 존재에 불과하다는 주장을 피력한 『의상철학』(*Sartor Resartus*, 1833)과 『프랑스 혁명』(*The French Revolution*, 1837)을 집필했다. 칼라일은 인간의 "경험"experience이라는 "의상"a suit of clothes을 통해 "실재라는 신체"the nakedness of reality를 파악해야 한다고 주장했다. 그는 "물질적 번영이라는 의상 안에"behind the suit of clothes of prosperity "빈곤이라는 벌거벗은 진실"naked truth of poverty이 있다고 보았다. 예술비평가이며 사회비평가였던 존 러스킨(John Ruskin, 1819-1900)은 아름다움을 추구하는 일을 종교적 의무와 동일시하며 『현대의 화가들』(*Modern Painters*, 총 5권, 1846), 『베니스의 돌들』(*The Stones of Venice*, 1851-53) 등의 저서를 남겼고, 월터 페이터(Walter Pater, 1839-94)는 『르네상스사 연구』(*Studies in the History of the Renaissance*, 1873), 『감상집』(*Appreciations*, 1889) 등의 저술을 통해 빅토리아 시대 중요한 비평가의 위상을 정립했다.

**알프레드 로드 테니슨**(Alfred Lord Tennyson, 1809-92)은 생전에 가장 인기 있는 영국의 시인이었다. 1850년대 이후 거의 모든 영국과 미국 가정의 서가에 성경과 더불어 테니슨의 시집 한 권이 꽂혀 있었다고 알려질 만큼 대중의 사랑을 받았다. 테니슨은 존 키츠의 추종자로서 시인의 이력을 시작했지만 그의 시적 재능이 사회적 양심을 회복하는 문제와 결합하면서 점차 '예술을 위한 예술'Art for Art's Sake의 철학에서 벗어나 고전적 신화와 전설을 빅토리아 시대적 안목으로 재구성함으로써 자기 시대의 문제를 해결하기 위해 노력하였다. 테니슨은 대학 시절 교우였고 그의 삶에 큰 영향을 준 아서 핼럼(Arthur Hallam)의 이른 죽음을 애도하며 17년의 세월에 걸쳐 쓴 장편의 만가elegy 『추도시』(*In Memoriam*, 1850), 생애 후반기 거의 모든 에너지를 투입한 장편 서사시 『왕의 목가』(*Idylls of the King*, 1859-88), 「망우수 먹는 사람들」("The Lotos-Easters", 1832), 「율리시스」("Ulysses", 1842), 어촌의 일상생활을 이야기체로 쓴 장편 무운시 『이녹 아든』(*Enoch Arden*, 1864), 『모드』(*Maud*,

1855) 등의 작품을 통해서 빅토리아 시대의 시대정신, 즉 신념과 확신, 그리고 회의와 불안 등을 충실히 그렸다는 평가를 받는다. 테니슨의 시에는 빅토리아 시대 특유의 자기만족적 정서, 진보와 발전에 대한 찬양, 사회와 문명의 주기적 순환에 대한 통찰, 종교적 불확신, 그리고 신과 자연, 인간의 관계에 대한 진지한 고민들이 담겨있는 것이다.

**로버트 브라우닝**(Robert Browning, 1812-89)은 시적 언어poetic language와 이미저리imagery, 유머humor, 그리고 모호성obscurity 등으로 인해 대단히 현대적인 시인이라는 평을 받는다. 브라우닝의 시가 그 시대 대중들이 이해하기 어려웠던 반면, 1846년 결혼한 아내 엘리자베스 바레트(Elizabeth Barrett, 1806-61)는 유명한 시인이었기 때문에 한 때 그는 "브라우닝 여사의 남편"으로 불리기도 했다. 1860년 이후 브라우닝에 대한 정당한 평가가 이루어져서 그는 테니슨과 함께 19세기 영국 시단의 가장 중요한 두 명의 시인 가운데 일인으로 평가받고 있다. 브라우닝은 빅토리아 시대의 지배층이 드러내는 속물근성snobbery을 노골적으로 비난했던 시인이다. 그는 당시 귀족, 부자, 성직자, 학자들의 위선적인 면모를 특유의 괴팍한 리듬과 거친 구어체로 질타하는 시를 썼다. 브라우닝은 또한 빅토리아 시대의 도덕적 딜레마를 철학적 명제를 통해 해결하려고 시도하기도 했다. "극적 독백"dramatic monologue은 브라우닝의 시론을 설명하는 중요한 개념이다. 브라우닝이 사용하는 극적 독백은 독자와 화자, 그리고 시인이 서로 적절한 거리를 유지하게 해서, 독자가 화자의 말을 통해서 시인 자신의 의도에 다가갈 수 있도록 그들을 정렬시키는 방법이다. 다시 말해서 시에 등장하는 화자는 시인과 별개의 존재이며 우리는 시인을 통해서가 아니라 시에 등장하는 화자를 통해 시의 의미를 파악할 수 있게 된다. 브라우닝의 시 이론은 시의 분석에 심리학이 적용된다는 점과 작가가 작품의 의미 결정에 직접 개입하지 않아 심미적 거리aesthetic distance가 유지된다는 점, 그리고 철저한 구어체를 사용하고 있다는 점 등에서 현대시의 탄생을 예고하고 있는 것이다. 「나의 전 공작부인」("My Last Duchess")과 「어느 문법교사의 장례식」("A Grammarian's Funeral") 등이 그의 대표작들이다.

**매슈 아놀드**는 시인, 산문 작가, 교육자, 그리고 사상가로서 19세기 후반

영국문학사에 대단히 중요한 인물이다. 아놀드는 명문 가문 출신이었고 그의 아버지는 영국의 명문 럭비 스쿨Rugby School 교장이었던 토머스 아놀드 박사(Dr. Thomas Arnold)였다. 아놀드가 시인으로서 거둔 성과에 대해서는 이견이 존재하는데, 「학생 집시」("Scholar Gypsy")와 「버림받은 인어」("Forsaken Merman"), 「도버 해안」("Dover Beach") 등의 시를 남겼고, 두 권의 『비평론집』(*Essay in Criticism*, 1865, 1868)을 통해서 드라이든과 사무엘 존슨, 그리고 콜리지의 맥을 잇는 중요한 비평가의 지위를 획득한다. 아놀드는 이 저서에서 마르쿠스 아우렐리우스(Marcus Aurelius)와 톨스토이, 호메로스 그리고 워즈워스 등 다양한 작가들이 어떤 미덕들을 갖추고 있는지를 규명하고 있다. 아놀드는 이들 위대한 작가들에게서 훌륭한 스타일보다 도덕적 진지성이 훨씬 중요한 덕목이었다고 주장하였다.

　『교양과 무질서』(*Culture and Anarchy*, 1869)와 『우정의 화환』(*Friendship's Garland*, 1871)은 인문주의자와 교육자로서의 아놀드의 면모를 잘 보여주는 저서들이다. 아놀드는 영국민이 도덕과 문학적 소양을 갖추기 위해 고전적 정신을 되찾아야 한다고 주장했다. 섬나라인 영국은 너무 고립되어 있어서 우주적 전망이 필요하고 폭넓은 세계관을 가져야 하며 투박한 것을 버리고 섬세하고 세련된 취미를 확립하는 것이 무엇보다 중요하다는 것이다. 그리스·로마 시대의 헬레니즘Hellenism 문화에 대한 향수를 갖고 있었던 아놀드는 영국인의 속물근성snobbism과 영국 중산층의 무미건조한 취향을 비판하면서 교양 교육을 통해 도덕적이고 사회적인 문제들을 진지하게 생각할 수 있도록 교육하는 일이 중요하다고 주장했다. 아놀드는 영국의 중산층이 편협한 이기심으로 새로운 노동계층을 포용하지 못하는 경우 영국 사회에 무질서와 혼란이 만연하게 될 것이라고 주장한다. 그는 교양이야말로 완전한 인격 형성에 기본적인 감미로운 매력sweetness과 빛나는 지성light의 대행자라고 주장하면서 이 두 가지 속성을 습득하는 일이 중요하다고 강조하였다. 아놀드에게 교양은 과거의 역사와 예술을 이해하고 인생을 통찰하며 병든 사회를 치유하는 힘을 의미했고 인문 교육을 통해 이러한 교양의 습득이 가능하다고 주장했다. 아놀드의 이러한 주장은 훗날 엘리트주의라는 비난을 받기도 한다.

## Pre-Raphaelites 라파엘전파

라파엘전파는 르네상스의 대표적인 화가였던 라파엘(Raphael, 1483-1520) 이전의 순수한 예술 정신을 회복하자는 모토를 앞장세우며 19세기 중엽 영국에서 결성되었던 예술가 집단을 지칭하는 말이다. 1848년에 단테 가브리엘 로제티(Dante Gabriel Rossetti, 1828-82)와 윌리엄 홀먼 헌트(William Holman Hunt, 1827-1910) 그리고 존 밀레이(John Millais, 1829-96)를 포함한 7명의 젊은 시인, 화가, 조각가들이 "라파엘 전파 협회"Pre-Raphaelite Brotherhood를 결성하였고, 훗날 로제티의 누이 크리스티나 로제티(Christina Rossetti, 1830-94), 윌리엄 모리스(William Morris, 1834-96), 앨저넌 스윈번(Algernon Swinburne, 1837-1909) 등이 합류하였다. 이들은 산업 사회의 비속한 비예술성에 반발하여 중세의 다채롭고 순수한 색채를 되살리고 이교적인 요소를 시에 끌어들이려고 노력하였다. 당대의 인습적이고 지나치게 학술적인 예술 풍토에 반기를 들고 이탈리아의 화가 라파엘 이전에 이탈리아 미술에 나타난 풍부하고 다채로우며 생생한 예술 정신을 복원하기 위해 노력했다. 이들의 운동은 엄숙하고 형식적이던 빅토리아 시대의 정신적 풍토 및 예술적 취향에 노골적으로 반기를 든 것이었다. 이들은 시와 회화의 결합, 시와 음악의 결합combination을 시도하여 시의 영역을 확장시키려는 노력을 하였고 시의 주제와 기교면에서는 회화적 요소의 도입, 상징주의, 관능, 새로운 운율의 실험, 세밀한 묘사 등 새로운 시도를 통해 영시에 다양성variety과 신선미freshness를 부여했다는 평가를 받았다. 이들은 키츠와 러스킨의 미학 이론을 계승하여 아름다움을 숭상했고 규칙에 얽매이지 않는 자유로운 창작 활동을 표방했다. 이 운동은 나중에 오스카 와일드(Oscar Wilde, 1854-1900)와 월터 페이터(Walter Pater, 1839-94) 등의 예술지상주의 운동으로 발전하게 된다.

## Oxford Movement 옥스퍼드 운동

옥스퍼드 운동은 옥스퍼드 대학을 중심으로 영국 국교회 내에 가톨릭의 교의를 부흥시키려 한 운동으로 1833년부터 1845년까지 진행되었다. 당시 영국 국교회The Church of England는 "광교회파"Broad Church와 "고교회파"High Church
로 분열되어 있었는데, 전자는 합리주의 사상의 영향을 받아 정통 그리스도교
Christianity의 의식ritual과 교리doctrine를 부정하고 거의 자연신론의 차원으로
발전한 반면, 후자는 가톨릭교회에 경도되어 있었으며 가톨릭의 의례ceremonial
와 교리doctrine로 돌아가자는 주장을 공공연히 하고 있었다. 존 키블(John
Keble, 1792-1866)이 1833년 옥스퍼드 대학에서 「국민적 배교(背敎)」
("National Apostasy")라는 제목으로 설교를 했는데 이것이 옥스퍼드 운동의
효시가 되었다. 키블과 퓨지(Edward B. Pusey, 1800-82), 그리고 뉴먼(John
Henry Newman, 1801-90) 등이 옥스퍼드 운동의 중심인물이었다. 이 운동의
목적은 가톨릭교회와 비국교적 프로테스탄트 여러 교파와의 "중간의 길"via
media을 가는 영국 국교회를 옹호하면서 한편으로는 자유주의 신학의 발흥을
경계하고 성직의 품위와 책임성을 강조하는 것이었다. 뒷날 뉴먼이 가톨릭
Roman Catholic으로 개종하면서 이 운동은 분열되었지만 19세기 영국의 교회와
지적 세계에 큰 영향을 끼쳤다.

### ▆▆▆ *fin de siecle* 세기말 문학

영국의 빅토리아 시대가 저물어가는 19세기 말, 특히 1890년대를 문학연구가
들은 세기말이라고 부른다. 19세기 후반으로 가면서 영국에서는 빅토리아 시
대의 많은 긍정적인 가치들이 의심의 대상이 되거나 부정되었다. 신앙과 권위
가 추방되고 우상이 파괴되었으며 사회적 공리가 부정되면서 아무 것도 믿지
않으려는 회의적인 사상이 크게 유행하였다. 이런 정신적인 풍토 속에서 개화
된 문학을 세기말 문학이라고 한다. 예술지상주의art for art's sake, 유미주의
aestheticism, 퇴폐주의décadence, 허무주의nihilism, 악마주의diabolism, 쾌락주의
hedonism 등이 세기말 현상을 표현하는 용어들이다.
　　세기말 문학은 낭만주의가 조금 극단적으로 발전한 예술 형태이다. 유럽의
문화사에서는 주로 프랑스의 작가들에 의해 선도되었다. 보들레르(Charles-
Pierre Baudelaire, 1821-67)와 베를렌(Paul-Marie Verlaine, 1844-96), 랭보
(Jean-Arthur Rimbaud, 1854-91), 말라르메(Stéphane Mallarmé, 1842-98) 등

이 상징주의 시 운동을 시작했고 그 영향을 받아 영국에서는 **월터 페이터**(Walter Horatio Pater, 1839-94)가 예술지상주의의 기치를 들었다. 페이터는 레오나르도 다 빈치와 보티첼리 등 르네상스가 화가들에 대한 평론집 『르네상스사 연구』(*Studies in the History of the Renaissance*, 1873)를 발표하고 매슈 아놀드의 인생론적 비평과 라파엘전기파의 심미주의적 태도를 결합하기 위해 노력했다. 예술지상주의자들은 정신보다는 감각을, 내용보다는 형식을, 현실보다는 공상을 중시했다. 예술은 오직 아름다움 자체만을 목적으로 해야 하며 예술의 다른 기능, 예를 들어 인문학적 교훈이나 실용적 가치 등을 부정했다. 관능적인 아름다움과 괴기하고 이상한 것들에 대한 취향, 그리고 퇴폐 그것 자체를 아름다운 것으로 여기고 악마를 숭상하는 태도를 취했다. 이런 이유에서 예술지상주의에서 시작된 세기말 문학은 퇴폐주의와 악마주의, 쾌락주의의 속성을 갖게 된다.

**오스카 와일드**(Oscar Wilde, 1856-1900)는 페이터의 예술지상주의를 탐미주의와 쾌락주의의 차원으로 발전시켰다. 와일드의 유일한 소설인 『도리안 그레이의 초상』(*The Picture for Dorian Gray*, 1891)은 빼어난 외모를 지닌 청년 도리안이 쾌락주의의 나날을 보내다 악덕의 한계점에 이르러 마침내는 파멸한다는 이야기이다. 이 작품에서 주인공 도리안은 화가에게 자신의 초상화를 그리게 하고, 그 초상화가 늙고 부패해 가는 동안 젊음과 생기를 유지한다. 이렇게 얻는 젊음으로 도리안은 경박한 환락과 난잡한 사생활을 영위하며 관능과 선정에 빠져 향락과 방종의 길을 걷는다. 이 작품이 처음 발표되었을 때 부도덕하고 불건전하다는 비평가들의 강한 비판이 쏟아졌고, 이에 대해 와일드는 "세상에는 도덕적인 책도, 비도덕적인 책도 없다. 잘 쓴 책과 그렇지 못한 책이 있을 뿐이다. 그게 전부다."라고 변명했던 것으로 알려졌다. 그러나 이 작품은 도를 넘는 쾌락에 대한 묘사에도 불구하고 실상 악의 위험을 경고하고 있는, 대단히 도덕적인 작품으로 이해될 수도 있다.

## Modern Period 모더니즘문학기 (1901-1939)

빅토리아 여왕이 서거한 1901년을 기준으로 빅토리아 시대가 종식되고 20세기 영문학이 시작되었다고 정리할 수 있다. 물론 20세기에 개화된 모더니즘이 대부분 1890년대에 시작된 소위 "세기말"fin de siecle의 창조적이고 혁명적인 예술운동에 뿌리를 두고 있기 때문에 1901년에 어떤 결정적인 단절이 있었다고 말하기는 어렵다. 빅토리아 여왕의 아들인 에드워드 7세가 1901년부터 1910년까지 재임하였고, 여왕의 손자인 조지 5세가 1910년부터 1936년까지 재위에 있었기 때문에, 20세기 초의 영국문학사를 "에드워드왕 시기"The Edwardian Period와 "조지왕 시기"The Georgian Period로 구분하기도 한다. 빅토리아 여왕이 서거한 1901년부터 제2차 세계대전이 발발한 1939년까지를 넓은 의미에서 영국의 모더니즘 문학기로 구분할 수 있다. 학자에 따라서는 제1차 세계대전이 시작된 1914년부터 1939년까지를 모더니즘 문학기로 규정하기도 한다.

"모더니즘"에 쓰이는 modern이라는 어휘는 사실 가변적이어서 모든 시대가 자신들의 시대를 모던이라고 부를 수 있지만 서양의 문예사에서는 20세기 초, 특히 제1차 세계대전이 일어났던 1914년부터 1918년까지와 그 직후의 문화현상을 지칭할 때 사용된다. 모더니즘 문학은 1920년대와 1930년대에 유럽과 미국에서 만개하였다. 모더니즘 작가들은 문학의 내용과 형식 모든 영역에서 집요하고 다차원적인 실험을 통해 전통과 관습으로부터 결별하려는 모습을 보였다. 시인으로서는 홉킨스(Gerard Manley Hopkins, 1844-89)와 예이츠(William Butler Yeats, 1865-1939), 오든(W. H. Auden, 1908-2002), 딜런 토머스(Dylan Thomas, 1914-53), 소설가인 조셉 콘래드(Joseph Conrad, 1857-1924)와 E. M. 포스터(E. M. Foster, 1879-1970), 제임스 조이스(James Joyce, 1882-1941), 버지니아 울프(Virginia Woolf, 1882-1941), D. H. 로렌스(D. H. Lawrence, 1885-1930), 드라마의 영역에서 조지 버나드 쇼(George Bernard Show, 1856-1950), 숀 오케이시(Sean O'Casey, 1880-1964), 사무엘 베켓(Samuel Beckett, 1906-89), 그리고 문학 비평에서 T. S. 엘리엇, I. A. 리처즈(Ivor Armstrong Richards, 1893-1979), F. R. 리비스(Frank Raymond Leavis, 1895-1978) 등은 영국의 모더니즘 문학기의 대가들이다.

20세기가 물려받은 가장 중요한 사상적 유산은 다윈의 진화론 및 결정론적 철학, 변증법적 유물론에 입각한 마르크스주의, 그리고 프로이트의 정신분석학 등이다. 이러한 19세기의 새로운 지식들은 서구인들이 세상을 인식하는 방법론의 변화를 가져왔다. 19세기 말까지의 서구 지성의 역사는 데카르트(René Descartes, 1596-1650)가 주장한 사유cogito를 토대로 한 18세기 계몽주의의 연장이었다. 이성, 지식, 진보, 자율성, 자유, 과학과 철학 등의 개념이 특권적 지위를 누리고, 이 모든 것들이 자기결정적이며 자족적인 '자아' — 우리의 내적상태가 외적 실재에 접근할 수 있는 안정되고 믿을 수 있는 종합적 속성 — 에 의존하고 있다는, 요컨대 진리의 절대성에 대한 믿음이 통용되던 것이다. 이러한 자아와 주체에 대한 신념은 19세기 후반의 위대한 선각자들에 의해 의심받고 부정되었는데 다윈은 신과 우주와 인간의 관계에 대한 서구의 전통적, 종교적 가치체계를 부정하였고 계보학을 내세운 최초의 해체주의자였던 니체는 신의 죽음을 선언하였으며, 마르크스는 상부구조라는 문명의 건축물 밑에 깔린, 물질에 토대를 둔 하부구조를 들춰내고, 역사의 발전이 변증법적 유물론에 근거하고 있다고 주장하였다. 또한 프로이드의 정신분석은 자아와 주체에 대한 기존의 안이한 신념을 와해시키고 우리의 또 다른 타자인 무의식의 개념을 체계화하였으며 자연주의자들의 과학적, 실증주의적 방법론은 인간을 자유의지나 고상한 상상력을 지닌 이성적 존재가 아닌 본능과 환경의 지배를 받는 동물적 존재로 인식하게 하였다.

이들 19세기 사상가들의 회의와 도전은 20세기 초반 서구의 지성사에 모더니티modernity라는 개념으로 응고되고 문학과 예술 분야에 있어서 위대한 모더니즘의 시대를 열기에 이른다. 혼돈의 우주, 신의 죽음, 객관적 진리에 대한 회의로부터 잉태한 모더니즘은 태생적으로 혁신적인 면모를 가졌으나, 객관적 진리가 허구이고 진실이 자의적임을 인식한 모더니스트들이 그들이 직면한 혼돈과 무질서로부터 새로운 질서를 모색하는 방편으로 논리와 이념을 포기하고 개인의 용기와 도덕, 그리고 상상력의 단련을 채택함으로써 보수성을 갖는 이중적인 모습이 되고 말았다. 이러한 모더니즘의 보수 성향은 문학작품 속에서 의식의 흐름이나 복수시점, 자동기술 등의 기법을 통해 텍스트를 난해하게 만들고 이는 궁극적으로 예술지상주의, 혹은 문학의 엘리트주의를 낳게 되었다.

위대한 모더니즘 작가들은 하나같이 작품의 상품화에 저항하고 예술의 자주성 혹은 독립성을 지키려는 노력을 견지하고 있다. 예술과 대중과의 관계에 대한 이와 같은 모더니스트들의 대응방식은 그러나 사회현실 자체의 변혁과는 전혀 무관한 개인주의적 방식으로 이루어졌기 때문에 궁극적으로 체제순응적인 반역사성을 갖는다는 일부 이론가들의 지적을 받기도 한다. 포스트모더니즘은 이와 같은 모더니즘의 고급화된 예술양식, 개인 감흥의 절제와 단련이라는 기본전략, 그리고 그들이 견지하는 진지한 도덕적 목적의식에 대한 도전에서 시작되었다.

## 20th Century British Poetry 20세기 영국시

**제라드 맨리 홉킨스**(Gerard Manley Hopkins, 1844-89)는 빅토리아 시대에 활약한 시인이었지만 그의 시집이 사후인 1918년에 편찬되어 나왔고 그의 충격적이고 새로운 기법과 치열한 예술 정신이 현대적인 특성을 갖고 있기 때문에 보통 20세기 시인으로 다루어진다. 그의 시집이 나온 지 10년쯤 지나면서부터 그는 굉장한 찬사를 받게 되었는데, 그것은 그의 색다른 기교와 어법, 이미지의 놀라운 병치, 구어체적인 생동감, 압축된 문장 구조 등이 현대 감각에 맞았기 때문이다. 홉킨스는 옥스퍼드 대학 시절부터 학문에 두각을 나타내어 탁월한 고전 학자가 되었지만, 뉴먼Cardinal Newman의 종교 부흥 운동Oxford Movement의 영향을 받아 예수회Society of Jesus(Jesuit) 신부가 되었다. 홉킨스의 시에는 돌발리듬sprung rhythm, 두운alliteration, 모음운assonance, 중간운internal rhyme, 신조어coinage, 비정통적인 구문법 등 시인의 독특한 시적 기법이 즐겨 사용되었으며, 고도로 수준 높은 예술적 · 정서적 통일성이 있고 찬탄할 만한 구절이 넘치는 것도 사실이다. 그는 자연의 아름다움을 노래하되 그것을 신의 영광의 재현으로 보았다. 그의 대표작으로 꼽히는 「신의 광휘」("God's Grandeur")는 자연에 대한 궁극적인 찬미인 동시에, 더 심오한 영적 전망 앞에서는 인간적 가치가 결국 무의미하다는 선언이기도 하다. 자연에 대한 사랑과 폭넓은 고전 지식, 셰익스피어를 비롯한 위대한 영국 문인들에 대한 깊은 이해, 성서와 17세기 종교 시인들에 대한 애정이 그의 시에 짙게 반영되어 있으며, 특히 정서와 지성이 적절히 융합된 것을 보면 형이상학파 시인들의 영향도 적지 않았다는 것을 알 수 있다. 홉킨스의 시 사상은 오든과 딜런 토머스 등 후세 시인들에게 강한 영향을 주었다.

**윌리엄 버틀러 예이츠**(William Butler Yeats, 1865-1939)는 가장 위대한 20세기의 시인 가운데 한 사람이다. 아일랜드 출신인 예이츠는 화가였던 아버지의 영향으로 미술 공부를 시작했지만 곧 문학으로 전향한다. 1885년경부터 일기 시작한 아일랜드 문예 부흥 운동Celtic Twilight을 주도한 인물로서 1891년 <아일랜드 문예협회>를 창립하고, 그레고리 귀부인(Lady Gregory) 등과 협력하여 1899년에 <아일랜드 국민극장>을 더블린에 세우는데 이것이 훗날 아일랜드 민족운동의 중심이 되는 애비 극장Abbey Theatre이 되었다. 예이츠는 아일랜드 문화의 원형인 켈트 문화의 신비주의와 초자연적인 세계에 관심이 많았으며 고대 켈트 문화에 속하는 전설과 민담, 영웅들을 재생시켜 민족의식을 고취하려는 노력을 계속 기울였다. 정통 기독교 신앙에 대한 의심과 접신술 등 밀교occult에 대한 관심, 모드 곤Maud Gonne과의 이루지 못한 사랑, 현대인의 정신적 불모 상태 및 현대의 누추한 물질주의에 대한 비판 등 예이츠 시의 주제는 독창적이면서도 보편적인 것이었다. 또한 그의 시 사상은 끊임없이 진화하는 모습을 보여주기도 했다. 시인과 극작가로 활약하면서 동시에 인류의 문명과 역사의 발전에 대한 자신만의 독창적인 신화를 『꿈』(*A Vision*, 1925)에 담기도 했다.

**T. S. 엘리엇**은 예이츠만큼 중요한 시인이면서 극작가였고 문학이론가였으며 문명비평가였다. 미국 출신이면서 영국으로 귀화한 엘리엇은 하버드Harvard 대학과 소르본Sorbonne 대학, 그리고 옥스퍼드Oxford 대학에서 철학을 연구했고, 불어와 독일어에 능통했으며 서양 고전에 정통한 지성인이었다. 엘리엇은 한 마디로 20세기 초 모더니즘 운동의 총아로서 국제적인 지위와 명성을 누리며 20세기의 문학과 예술 일반에까지 막대한 영향을 행사한 인물이다. 그는 『에고이스트』(*The Egoist*)라는 잡지의 부편집인으로서 문필 생활을 시작했으며, 나중에 『크라이테리온』(*The Criterion*)의 편집인으로 활약하였다. 그의 첫 시집에 수록된 「J. 알프레드 프루프록의 사랑의 노래」("The Love Song of J. Alfred Prufrock")는 현대가 당면한 권태와 공허함, 비관적 상황을 모멸적인 냉소와 풍자로 그린 시이다. 이 시에 나오는 주인공은 갈피를 잡을 수 없는 모호한 성격의 소유자이며, 아무것도 스스로 결정지을 수 없는 우유부단한 존재다. 극적 독백dramatic monologue 기법으로 된 이 시의 주인공은 자기가 어쩔 수 없이 발을 디디고 살아가야 할 사회 현실에 적응하지 못하며, 언제나 자신의 무능과 어색함을 자책하는 불안정한 존재이다. 시인은 불규칙한 각운 형태와 들쭉날쭉한 시형과 압축된 대조적인 심상들과, 리듬의 교묘한 변화를 통해서 현대인의 절망적인 실상을 효과적으로 제시하고 있다. 독자를 즐겁게 해주고 가르친다는 주제넘은 생각을 버리고, 시인이 객관적인 수단을 통해서 실상을 있는 그대로 나타나게 하려 했다는 점에서 이 시는 현대시의 새로운 이정표를 세웠다고 할 수 있다. 20세기의 가장 영향력 있는 저술로 꼽히는 『황무지』(*The Waste Land*, 1922)는 제1차 세계 대전을 겪은 유럽의 황폐상과 현대인의 불모성과 허무감을 예리하게 반영한 작품이다. 이 시집은 제임스 조이스의 소설에서 사용된 내적 독백interior monologue의 기법을 연상시키는데, 이것은 조각난 문화와 부서진 예술적 유산의 파편을 시적으로 표현해 보려는 시도라 할 수 있다. 아서왕Arthur 전설에 나오는 어부왕Fisher King과 성배Holy Grail 이야기에 기초를 둔 이 시의 움직임은 설화적 연속성이 자주 끊기고, 또한 유럽의 다양한 문학, 신화, 전설, 동서양의 종교 사상들을 지나치게 자주 인유allusion하기 때문에 독자들이 손쉽게 이해하기는 어려운 작품이다.

**W. H. 오든**은 영국 출신이면서 제2차 세계대전 중에 미국 국적을 취득한 시인이다. 영국 요크셔 출신으로서 옥스퍼드 대학을 졸업하고 1930년대에 과격한 발언과 실험적 시법의 개척으로 알려진 이른바 "1930년대 시인"의 중심인물로서 영국시단에서 크게 활약하였다. 특히 C. D. 루이스(Cecil Day Lewis, 1904-72)와 스펜더(Stephen Spender, 1909-95) 그리고 맥니스(Louis MacNeice, 1907-63) 등은 작품의 내용이나 시풍에서 오든의 영향을 크게 받았고, 개인적인 친분도 있어 일괄하여 "오든 그룹"Auden Group이란 명칭으로 불린다. 오든은 사상적으로보다 감성적인 측면에서 좌익 지식인이었으나, 동시에 프로이트에 대한 관심도 컸다. 따라서 한편으로는 핍박받는 빈민의 비참

함과 비정의 사회에 대한 양심의 가책을 느끼면서도, 다른 한편으로는 예술가로서의 개인적인 염원을 갖고 있어서 이 양자를 조화시키는 일이 오든 시의 영원한 주제였다. 『불안의 시대』(*The Age of Anxiety*, 1947)와 『아킬레스의 방패』(*The Shield of Achilles*, 1955) 등의 시집이 있다.

영국의 웨일스 남부 출신인 **딜런 토머스**는 일찍이 시작(詩作)에 전념하여 제1시집 『18편의 시』(*18 Poems*, 1934)로 젊은 천재시인으로 인정받아 폭발적인 인기를 모았다. 이어 시집 『25편의 시』(*Twenty-Five Poems*, 1936)와 『사랑의 지도』(*The Map of Love*, 1939), 『죽음과 입구』(*Deaths and Entrances*, 1946)를 내어 1930년대를 대표하는 시인이 되었다. 음주와 기행, 웅변, 그리고 충격적인 이미지가 이어지는 그 시의 인상이 겹쳐서 일종의 전설적 인물이 되었다. 그러나 실제로는 언제나 빈궁에 시달리고, 온갖 위선과 대항하며 전쟁을 증오하고, 그리하여 생명이 넘치는 시를 쓰기를 갈망한 시인이었다. 제2차 세계대전 후 여러 차례 미국으로 강연과 시 낭독의 여행을 떠나 그 인기는 더욱 높아졌지만, 제4차의 여행에서 과로와 음주 때문에 뉴욕에서 쓰러졌다. 죽음을 조금 앞둔 1952년에 『딜런 토머스 전시집』(*Collected Poems of Dylan Thomas*)이 간행되었다.

## 20th Century Literary Criticism 20세기 문학비평

20세기는 "이론의 시대"라고 불릴 만큼 문학 이론과 비평이 중요시된 시기였다. 케임브리지 대학 교수였던 **리처즈**(I. A. Richards 1893-1979)는 1920년대와 1930년대에 발표한 중요한 저작들을 통해 문학연구의 새로운 방법론을 확립하였고, 그의 이론은 후세의 연구자들에게 큰 영향을 주었는데, 특히 미국의 신비평가들에게 지대한 영향을 주어 리처즈가 "신비평의 아버지"라는 별칭으로 불리게 되었다. 리처즈는 『의미의 의미』(*The Meaning of Meaning*, 1923)와 『문학비평의 원리』(*Principles of Literary Criticism*, 1924), 『실제비평』(*Practical Criticism*, 1929) 그리고 『수사의 철학』(*The Philosophy of Rhetoric*, 1936) 등의 저서를 발간했는데 특히 그의 "실제 비평"의 철학은 "꼼꼼히 읽기"close reading이라는 개념으로 발전되면서 현대 문학 비평의 출발점이라는 평가를 받는다. 리처즈는 케임브리지 대학을 중심으로 소위 "케임브리지 학파"를 형성하며 후학을 양성했는데 대표적인 인물이 윌리엄 엠슨(William Empson, 1906-84)과 F. R. 리비스(F. R. Leavis, 1895-1978)이다. 엠슨은 『애매성의 일곱 가지 유형』(*The Seven Types of Ambiguity*, 1930)을 썼고, 리비스는 『영국시의 새로운 경향』(*New Bearings in English Poetry*, 1932)과 『위대한 전통』(*The Great Tradition*, 1948)을 썼으며, 이 저작들은 T. S. 엘리엇의 『비평의 기능』(*The Function of Criticism*, 1933)과 함께 영국의 문학비평 이론의 핵심을 구성하게 된다. 이들의 영향을 받은 미국의 이론가들이 바로 시카고학파와 신비평의 중심인물들인 존 크로 랜섬(John Crowe Ransom, 1888-1974), 알렌 테이트(Allen Tate, 1899-1979), R. P. 블랙머(R. P. Blackmur, 1904-65), 로버트 펜 워렌(Robert Penn Warren, 1905-89), 크린스 브룩스(Cleanth Brooks, 1906-94), 윌리엄 윔자트(W. K. Wimsatt, 1907-75) 등이다.

## New Trends in Novel 소설의 새로운 경향

모더니즘 문학은 시, 드라마에 비해 소설에서 현저하게 나타났다. 시와 드라마에 비해 소설이 현실을 직접적으로 반영하는 특성이 훨씬 강했기 때문에 실재reality를 인식하는 방식이 근본적으로 바뀐 것에 대해 소설가들은 예민하게 반응하며, 소설의 주제와 형식 두 가지 측면에서 다양하고 치열한 실험을 통해 문학의 지평을 크게 확장하는 업적을 달성하게 된다. 다른 문학 장르와 마찬가지로 현대소설 역시 당시의 사회적 상황과 이데올로기의 산물일 수밖에 없다. 모더니즘 소설은 제1차 세계대전과 실존주의, 상대주의 철학, 프로이드의 심리학, 그리고 마르크스 사상 등이 다양하게 반영된 산물이다. 전쟁의 공포와 비인간화의 과정은 인간에게 긍정적 비전을 부여하려는 낭만주의적 관념을 뿌리째 흔들어 놓고 인간이 더 이상 고귀한 존재도 아니며 세계의 중심이 될 수도 없다는 비관주의를 심어주었다. 19세기가 다윈의 진화론에 의해 충격을 받았다면 20세기는 아인슈타인(Albert Einstein, 1879-1955)의 상대성이론에 의해 타격을 받았다. 아인슈타인에 의하면 인간은 진리와 허구를 구별할 수 없는 존재이며, 진리를 인지하는 문제는 개인적인 차원으로 환원되어 절대적 진리를 공유한다는 의식은 붕괴되고, 결국 인간관계와 의사소통의 단절이라는 현대인의 비극으로 귀결된다는 것이다.

프로이트의 심리학은 두 가지 차원에서 현대 사상과 문학에 커다란 영향을 미쳤다. 첫째, 시간관의 문제이다. 프로이트에게 시간은 과거와 현재, 미래가 일직선으로 흐르는 것이 아니며, 현재의 시점에 축적된다. 현재의 의미는 자신의 과거경험에 의해 결정되며, 미래 역시 욕망이라는 이름으로 현재에 투영된다. 이러한 시간의 문제는 베르그송(Henri Bergson, 1859-1941)에 의해 발전되어, T. S. 엘리엇이나, 버지니아 울프 등의 작품에 크게 영향을 주었다. 프로이트가 현대사회에 던진 두 번째 문제는 현재와 미래의 의미를 결정짓는 과거의 경험이, 의식이 아닌 무의식의 형태로 주어진다는 사실이다. 더욱이 그 무의식은 성과 관련된 금지된 형식을 지니기 때문에 인간의 사고와 행동양식은 결국 성, 광기, 억압, 무의식적 탐닉 등 반사회적 성향에 의해 생성된다. 요컨대 인간은 스스로의 주인도 아니며, 또 자유의지의 소유자도 아닌 것이다. 꿈과 내면의 무의식, 꿈과 광기 등이 인간의 운명을 결정하고, 인간은 그 거역할 수 없는 힘에 의해 좌우되는 것이다.

마르크스 철학은 예술이나 사상, 종교나 교육제도 등 인간 사회의 상부구조가 하부구조인 물질과 그것의 생산양식에 의해 생성되고 운영된다는 사실을 밝힘으로써, 합리주의가 만들어낸 인간의 도덕적 본성이라는 신화를 근본부터 부정하는 치명상을 가했다. 특히 헤겔(Georg Hegel, 1770-1831)의 정신현상학을 발전시킨 마르크스의 소외론은 자본주의가 방해를 받지 않고 발달할 경우 직면하게 될 인간의 소외현상을 예견한 탁월한 사상으로 평가받는다. 마르크스는 인간이 단지 물질적인 착취 뿐 아니라 정신적 착취의 대상이 됨을 지적함으로써, 20세기가 목도하게 되는 인간성 말살과 인간 소외 현상을 예리하게 설파하였다.

현대소설의 기교 중 가장 중요한 것이 내레이터narrator의 등장이다. 과거의 소설은 작가의 전지적 주관성을 모든 인물과 상황에 투여함으로써, 독자는 작가의 눈을 통하여 작품에 접해야 했다. 이에 비해 관점이 설정되면 작가가 작품에서 배제되면서 작품은 객관적 실체의 지위를 누릴 수 있게 된다. 현대 사회에서 주체성이 붕괴되면서 저자의 소멸disappearance of the author이 작가들의 관심사가 되었고 소설에서 의미를 창조하는 주체로서 작가의 지위가 도전을 받게 된 것이다. 독자들은 작가의 의식이 아닌 서술자의 지위와 환경에 관심을 갖게 되는데, 이 서술자는 "인간적인 한계를 지닌 서술자"narrator with human limitation이며 일단은 작가와는 무관한 존재이다. 따라서 독자는 서술자의 말을 곧장 신뢰하기보다 그가 어떤 의도로 어느 정도의 진실을 말하고 있는지를 판단해야 하게 되었다. 이는 해석의 가능성을 열어줌으로써 독자의 영역을 넓혀줄 뿐 아니라, 동시에 텍스트의 의미를 다층적으로 확대하는 효과를 창출하게 된다.

이와 같이 현대의 소설가들은 유례없이 새롭고 다양한 경험을 하게 되었고, 그러한 도전에 대한 응전으로 고안된 것이 모더니즘 소설의 가장 특징적인 기법으로 불리는 "의식의 흐름"stream of consciousness이다. "의식의 흐름" 기법은 단순한 기법이라기보다, 인간에 대한 이해 방식이나 세계관과 같은 문학의 본질적 문제와도 깊은 연관을 맺고 있는데, 인간의 정신 활동이 논리적인 이성의 작용이 아니며 그 대신 다양한 연상association 작용의 연쇄라는 것을 전제로 한다. 19세기 소설이 등장인물들의 겉모습과 행동에 관심을 갖고 묘사함으로써 그 개인의 실체를 그려냈다고 생각한 것에 비해 모더니즘 소설가들은 순간순간 그 인물의 내면에서 작동하고 있는 복잡하고 분주한 의식의 흐름에 관심을 두었다. 그런데 그 의식은 완전히 무작위에 의해서 활동하는 것이 아니고 어떤 연상의 고리chain of thoughts에 의해 통제되기 때문에 일종의 "무질서 속의 질서"를 만들어낸다. 많은 경우 모더니즘 소설에서 이 연상의 고리에 대한 해석의 단서가 풍부하게 제시되지 않기 때문에 이것을 해석하는 과정에서 독자들은 혼란과 어려움을 겪기도 하고 지적인 희열을 경험하기도 한다.

**조셉 콘래드**(Joseph Conrad, 1857-1924)는 폴란드 출신의 영국 소설가이다. 당시 폴란드는 러시아의 지배하에 있었으나, 문학적 소양을 지닌 아버지의 영향으로 폴란드어로 교육받고 프랑스 문학에 관심을 갖게 되었다. 열여섯 살에 학업을 중단하고 선원이 되기 위해 프랑스 마르세유로 이주하여 수습 선원으로서 4년을 보내기도 했다. 그 후 영국으로 건너가 1880년과 1884년 각각 이등항해사와 일등항해사 자격시험에 합격하여 항해사의 자격으로 세계 여러 나라를 여행했다. 1886년 8월에 영국으로 귀화한 콘래드는 그해 11월에 선장 자격시험에 합격하지만 1894년 1월에 선원으로서의 삶을 마감하고 서른일곱 이라는 늦은 나이에 작가로서의 제2의 인생을 시작했다. 콘래드는 20여 권의 소설을 남겼는데 배를 탔던 경험을 살린 해양 문학의 정수를 보여주는 작품들 이 많다. 주요 작품으로는 『나르시스호의 검둥이』(*The Nigger of the Narcissus*, 1897), 『암흑의 핵심』(*Heart of Darkness*, 1899), 『로드 짐』(*Lord Jim*, 1900), 『노스트로모』(*Nostromo*, 1904), 『서구인의 눈으로』(*Under Western Eyes*, 1911) 등이 있다. 1924년 예순일곱 살의 나이에 심장마비로 세 상을 떠났다. 콘래드는 젊은 시절 콩고강을 왕래하는 기선의 선장으로 일하며 제국주의의 무모함과 식민지 생활의 처절함을 직접 경험하고 이에 대해 매우 비관주의적인 인식을 갖게 되었다. 제1차 세계대전 후의 세계질서에 대해 예 민한 관심을 갖고 있었고 중립과 방관을 허용하지 않는 현대정치의 모습을 냉 엄하게 그려냈으며 실존주의적 인간관을 작품의 중요한 주제로 삼았다.

    **D. H. 로렌스**(D. H. Lawrence, 1885-1930)는 20세기 초반에 활약한 가장 중요한 영국의 소설가 가운데 한 사람이다. 노팅엄셔Nottinghamshire 출신인 로 렌스는 이 지역을 지속적으로 자신의 작품의 공간적 배경으로 사용하였다. 광 부였던 아버지와, 조선기사 딸로 교사를 지낸 중류계급 출신인 어머니와의 계 급 차에서 오는 계속적인 불화가 어린 시절의 그의 성격형성에 많은 영향을 끼쳤다. 교양 없는 주정뱅이 아버지와 격렬하게 대립했던 어머니가 모든 애정 을 그에게 쏟은 일이 사춘기의 그의 여성관계를 복잡하게 만들었다. 이러한 사 정들이 뒷날 그의 문학에 흐르는 주제의 한 원형을 이루었다. 『아들과 연인』 (*Sons and Lover*, 1913), 『무지개』(*The Rainbow*, 1915), 그리고 예약 한정판 으로 출간한 『사랑하는 여인들』(*Women in Love*, 1920)을 발표할 때마다 로렌 스는 논란의 대상이 되었다. 이 작품들이 성(性)과 남녀문제를 노골적으로 표 현하고 상세하게 묘사했다는 이유로 비판받고 발매금지를 당하기도 했다. 제1 차 세계대전이 종결된 뒤 로렌스는 세계 각처를 여행하며 현대 사회와 기계문

명의 폐해를 경험하며 자신의 독특한 세계관과 문명관을 정립하게 된다. 『아론의 지팡이』(Aaron's Rod, 1922), 『캥거루』(Kangaroo, 1923). 『날개 있는 뱀』(The Plumed Serpent, 1926) 등의 장편에는 예언자적인 로렌스의 세계관이 담겨 있으며, 만년에 발표한 『채털리 부인의 사랑』(Lady Chatterley's Lover, 1928)은 그의 외설시비로 오랜 재판을 겪은 후 미국에서는 1959년에, 영국에서는 1960년에야 비로소 완본 출판이 허용되었다. 로렌스는 성 문제를 노골적이고 정면으로 다루었기 때문에 외설 작가라는 오해를 받기도 했지만, 정작 그의 철학은 기계문명이 발달한 현대 사회에서 인간이 간직해야 할 원시적 생명력을 찬양한 것이었다. 본능에 입각한 성은 바로 원시적 생명력을 가장 적나라하게 표출할 수 있는 방편이었던 것이다.

20세기가 끝나고 새로운 밀레니엄millenium이 시작되는 1999년 7월, 미국 유수의 출판사인 랜덤하우스Random House는 20세기 100년 동안 쓰인 영문 소설 가운데 걸작 100편을 선정하여 발표하였다. 이 조사에서 **제임스 조이스**(James Joyce, 1882-1941)의 『율리시즈』(Ulysses, 1922)가 1위를 차지하였고 피츠제럴드(F. Scott Fitzgerald, 1896-1940)의 『위대한 개츠비』(The Great Gatsby, 1925)가 2위를 차지한 가운데, 조이스의 『젊은 예술가의 초상』(A Portrait of the Artist as a Young Man, 1916)이 다시 3위에 기록되었다. 영문 소설만을 대상으로 하였음으로 조이스를 20세기 최고의 소설가라고 단정하는 것은 문제가 없지 않으나, 그의 작품이 1위와 3위를 차지하고 100위 이내에 모두 3작품 포함되었던 것을 고려하면 조이스가 우리 시대의 가장 영향력 있는 작가 가운데 한사람이라는 사실은 부인할 수 없다. 아일랜드의 소설가이자 시인으로 20세기 문학에 커다란 변혁을 초래한 작가이다. 조이스는 37년 동안 망명인의 신분으로 국외를 방랑하며 자신의 조국 아일랜드와 고향 더블린을 대상으로 한 작품을 집필하였다.

조이스는 유년 시절 예수회Society of Jesus(Jesuit) 계통의 학교에서 교육을 받고 더블린의 유니버시티 칼리지University College Dublin를 졸업했다. 그리스어와 라틴어, 프랑스어, 이탈리아어, 독일어 등 외국어에 능통하였고 일찍부터 셰익스피어, 단테, 엘리자베스 왕조의 시인들, 플로베르와 입센 등의 작품을 탐독했으며, 아리스토텔레스와 토머스 아퀴나스, 비코 등의 철학에도 조예가 깊었다. 아일랜드 문예부흥 운동에 반발하여 대학을 졸업함과 동시에 파리로 이주하였고, 이후 평생 동안 유럽 여러 지역을 전전하며 작품 활동에 힘썼다. 1907년 고전적 취향을 지닌 연애시를 모은 시집『실내악』(Chamber Music)을 발표하고, 1914년에는 자연주의 색체가 강한 단편집 『더블린 사람들』(Dubliners)을, 1916년에는 의식의 흐름 기법을 사용한『젊은 예술가의 초상』을 발표하여 크게 주목받았다. 1922년 파리에서 『율리시스』가 출판되었는데, 이 작품은 음란성과 신성모독이라는 거센 비난과 함께 탁월한 문학적 재능의 구현이라는 찬사를 받으며 그를 일약 국제적인 명사의 반열에 올려놓았다. 조이스의 마지막 작품『피네간의 경야』(Finnegan's Wake, 1939)는 진일보한 실험적 작품으로서『율리시스』에서 사용된 '의식의 흐름' 수법이 종횡으로 구사되어 한층 난해한 소설이라는 평가를 받는다.

조이스의 전 작품은 그의 조국 아일랜드와 더블린 사람들의 삶을 그린 것이다.『더블린 사람들』과『젊은 예술가의 초상』, 그리고『율리시스』는 "더블린 3부작"이라고도 불리는데, 조이스가 겪었던 더블린과 아일랜드 사람들의 삶과 기질을 소재로 하고 있다. 조이스 문학은 19세기 영국의 사실주의 소설과 20세기 유럽의 실험주의 소설의 경계선 상에 있고, 내용적으로는 자서전과 소설의 경계를 허물고 있다는 평가를 받고 있다. 더블린 사람들의 내밀한 삶을 구체적으로 기록하고 있기 때문에 그의 소설은 연재하는 내내 연재중단과 소송 위협을 받았다. 더블린이 자신의 문학 전체를 지배하는 터전임과 동시에 끊임없는 비난과 위협의 진원지이기도 했다는 사실은 조이스 삶의 아이러니이기도 하다. 조국으로부터 외면당하고 평생을 빈곤과 고독, 그리고 고질적인 눈병에 시달리면서도 조이스는 20세기 문단을 뛰어 넘어 인류의 문명사에 뚜렷하게 기록된 찬란한 업적을 쌓았다고 평가할 수 있겠다.

**버지니아 울프**(Virginia Woolf, 1882-1941)는 20세기 초 영국 문단에서 활약한 독보적인 여류 소설가이다. 문학평론가인 아버지의 영향과 지적인 집안의 분위기 속에서 성장했지만, 어려서부터 정신질환 증세를 보일 정도로 예민한 성격의 소유자였던 버지니아는 억압과 우울증에 시달리기도 했던 것으로 알려졌다. 아울러 의붓오빠에게 성추행을 당한 어린 시절의 경험은 그녀가 평생 성(性)과 남성, 심지어 자신의 몸에 대해서까지 병적인 수치심과 혐오감을 지니게 된 원인 가운데 하나로 추정된다. 1904년에 아버지가 사망하자 버지니아는 언니 오빠와 함께 런던의 블룸즈버리에 있는 집으로 이사하는데, 케임브리지 대학에 재학 중이던 친오빠 토비Thoby는 많은 친구들을 집에 데려오면서 이들이 훗날 "블룸즈버리 그룹"으로 알려지는 지식인 모임을 결성한다. 당시 여성에게 강요되는 규범에 따라 정식으로 학교를 다닌 적이 없었던 버지니아와 언니 바넷사Vanessa는 독학으로 쌓은 지식과 뛰어난 지성으로 당당히 '그룹'의 일원으로 활동할 수 있었다.

울프는 이 모임에서 만난 레너드 울프Leonard Woolf와 결혼하는데 훗날 그녀의 자살로 인해 '무정한 남편'이라는 인상을 얻게 된 레너드였지만, 실상은 대단히 헌신적인 남편이었다. 그들이 사랑, 출산, 육아 등과 같은 전통적인 부부관계를 벗어나 우정이나 동지의식으로 결합한 부부이기는 했지만, 레너드는 정신질환 병력을 가진 버지니아를 30년간 정성으로 돌보았으며 아내가 창작에 전념할 수 있도록 최선을 다했다. 레너드는 생계수단 겸 아내를 위한 소일거리를 마련해주고자 수동식 인쇄기를 구입해 출판사를 차리는데, 당시 두 사람이 살던 집의 이름을 딴 '호가스 출판사'Hogarth Press는 이후 울프의 작품 대부분과 엘리엇의 『황무지』 등 유명 작가들의 소품을 출간해 명성을 얻는다.

울프는 처녀 시절부터 신문에 에세이를 기고했으며, 결혼 후에도 주로 『타임스』의 문예면Times Literary Supplement에 서평을 발표했다. 이후 『출항』(*The Voyage Out*, 1915)을 시작으로 『밤과 낮』(*Night and Day*, 1919), 『제이콥의 방』(*Jacob's Room*, 1922)을 연이어 발표하며 소설가로 이름을 알렸다. 이른바 '의식의 흐름' 기법을 이용한 『댈러웨이 부인』(*Mrs. Dalloway*, 1925)은 비평과 판매 모두에서 큰 호응을 얻었고, 『등대로』(*To the Lighthouse*, 1927)와 『올랜도』(*Orlando*, 1928) 등의 작품이 계속해서 주목을 받으며 명성을 확립한다. 특히 케임브리지 대학 뉴넘 칼리지에서의 강연을 토대로 한 에세이 『자기만의 방』(*A Room of One's Own*, 1929)은 큰 반향을 불러일으키며 훗날 페미니즘의 교과서로 추앙된다. 1996년 울프에 대한 탁월한 전기를 쓴 허마이오니 리Hermione Lee는 울프에 대해 다음과 같이 평가했다. "그녀는 누가, 언제, 어떤 맥락에서 읽는가에 따라서, 형식의 문제에 사로잡힌 난해한 모더니스트의 모습, 일종의 익살꾼, 신경증에 걸린 지식인 심미가, 창의력이 풍부한 환상적인 작가, 심각한 속물, 마르크스주의 페미니스트, 여성들의 삶의 역사가, 성적 학대의 희생자, 레즈비언 여주인공, 또는 문화분석가의 모습을 띤다. . . . 오늘날 그녀의 지위는 자신의 업적을 강하게 의식했던 본인조차도 상상하지 못할 만큼 높아졌다. 그리고 광기, 모더니즘, 결혼 등에 대해서 그녀가 불러일으킨 논의들은 결론을 얻지 못하고 . . . 오랜 시간이 흘러도 계속 논쟁의 대상이 될 것이다."

### ■ Bloomsbury Group 블룸즈버리 그룹

런던의 대영 박물관 근처 블룸즈버리 지역에서 1907년경부터 1930년대까지 모였던 젊은 지식인들의 모임을 이르는 말이다. 이들은 비공식적인 모임을 갖고 사랑과 우정, 예술과 철학, 그리고 사회 문제 등에 대한 토론회를 가졌는데 화가였던 버지니아 울프의 언니 바넷사 벨(Vanessa Bell, 1879-1961)과 화가 던컨 그랜트(Duncan Grant, 1885-1978), 예술비평가 클라이브 벨(Clive Bell, 1881-1964), 화가 겸 미술평론가였던 로저 프라이(Roger Fry, 1866-1934)가 중심이었다. 이들은 주로 케임브리지 대학 출신들이었는데 버지니아 울프의 오빠였던 토비 스티븐(Thoby Stephen, 1880-1906)의 주도로 블룸즈버리에 있던 버지니아 울프의 집에서 자주 모임을 가졌다. 소설가 중에는 버지니아 울프와 E. M. 포스터, 『빅토리아 시대의 위대한 인물들』(Eminent Victorians, 1918)의 저자 자일스 리튼 스트래치(Giles Lytton Strachey, 1880-1932), 그리고 버지니아의 남편이 되는 레너드 울프(Leonard Woolf, 1880-1969)가 있었고, 경제학자 케인즈(J. M. Keynes, 1883-1946)도 이 그룹에 포함되어 있었다. 이들은 인간 교제의 즐거움과 아름다운 사물을 감상하는 즐거움을 강조하며 기존의 권위를 조롱하고 파격적인 행동으로 명성을 얻었다. 빅토리아시대의 형식적인 관습에서 벗어나 페미니즘feminism, 평화주의 등 혁신적이고 개방적이며 개성이 강한 근대 사상을 공유했으며, 이들의 예술 세계는 자유롭고 창조적인 예술지상주의로 평가되기도 한다. 이들은 각기 분야에서 많은 업적을 이루어 20세기 모더니즘의 발전에 큰 영향을 주었지만, 대부분 상류계층 출신들이며 과거의 전통의 탯줄을 완벽히 끊지 못한 최후의 빅토리아 조 사람들이었다는 비판도 있다.

### ████████ 20th Century British Drama **20세기 영국 드라마**

20세기 현대 드라마의 특징은 사실주의realism와 상징주의symbolism, 그리고 표현주의expressionism로 요약될 수 있는데, 이것은 영미드라마에 국한되는 것이 아니고 전 세계의 연극에 해당하는 것이며 그 전통의 창시자는 바로 입센(Henrik Ibsen, 1828-1906)과 스트린드베리(Johan August Strindberg, 1849-1912)였다. 노르웨이 출신의 극작가 입센은 19세기의 낭만주의적이고 장식적인 연극을 거부하고 현실 문제를 직접적이고 객관적으로 취급할 것을 주장하였다. 초기에는 노르웨이의 민담과 전설에 입각한 드라마를 썼으나 곧 한 가정을 무대로 비극적인 가족사와 그 비극을 초래한 사회문제 등을 다루어 소위 "문제극"problem plays으로 불리는 드라마 형식을 개척했다. 『유령』(*The Ghost*, 1881)과 『민중의 적』(*An Enemy of the People*, 1882)을 발표하여 주목을 받았는데, 그의 전작들이 개인과 가정적인 차원에서 제기되는 논쟁을 다룬 것에 비해 『민중의 적』에서는 그 갈등이 전 사회적으로 확대되었고 개인이 비록 혼자일지라도 무지하고 온순한 전체 군중보다 더 정당할 수 있다는 메시지를 강하게 주장하고 있다. 『인형의 집』(*A Doll's House*, 1879)은 "아내이며 어머니이기 이전에 한 사람의 인간으로서 살겠다."며 가정을 등진 새로운 유형의 여인 노라Nora의 각성 과정을 그려냄으로써, 온 세계적으로 숱한 화제와 논란을 불러일으켰고, 이를 통해 극중 인물 노라는 현대여성의 상징이 되었고 입센은 근대극과 페미니즘 희곡의 창시자로서의 지위를 누리게 되었다.

스웨덴의 극작가였던 스트린드베리는 인간의 내면의식, 특히 디오니소스적 탐닉, 광기, 무의식 등 왜곡된 인간의 의식을 극회함으로써 당대의 관객들에게 충격을 주었다. 그는 다윈과 프로이트 등의 상대주의적 세계관과 산업사회의 발달이 가져온 전통 신념체계의 붕괴, 실존주의적 도피의식 등을 드라마의 주제로 채택하였으며, 이러한 스트린드베리의 드라마 사상은 20세기 중엽 파리를 중심으로 전개된 "부조리연극"Theatre of The Absurd의 기초가 된다. 스트린드베리는 『다마스쿠스까지』(*Till Damaskus*, 1898-1904), 『강림절』(*Advent*, 1899), 『죽음의 무도』(*Dödsdansen*, 1903), 『유령 소나타』(*Spöksonaten*, 1907) 등의 작품을 남겼다.

20세기 영국의 극작가 가운데 조지 버나드 쇼(George Bernard Shaw, 1856-1950)는 입센의 영향을 받아 문제극을 영국에 이식하였고, 1950년대 이후 사무엘 베켓(Samuel Beckett, 1905-90)과 헤럴드 핀터(Herold Pinter, 1930-2008) 등은 부조리극 분야에서 크게 활약했다. **조지 버나드 쇼**는 극작가 겸 소설가이며 비평가였는데, 19세기 후반에서 20세기 초반에 이르는 반세기 동안 영국 연극에서 가장 중요한 존재였다. 쇼는 감상적이거나 낭만적인 것은 뭐든지 "그릇된 것"으로 배격하고, 이성의 명령에 반대되는 것은 어떠한 것이든 용납하지 않았으며, 어리석은 대중이 우상으로 삼는 것은 무엇이든 사정없이 파괴하였다. 그의 사회주의는 사회의 낙오자에 동정이나 하는 그런 감정적인 것이 아니라 인간이 삶을 영위하면서 저지르는 수많은 어리석은 행위를 사회적 상황을 교정함으로써 치유해 보자는 노력이었다. 쇼는 평생 63편의 희곡을 썼으며 비평가로서의 재능을 보여주는 『입센주의의 정수』(*The Quintessence of Ibsenism*, 1891, 개정 1913)를 통해 영국에서 입센에 대한 이해가 확대되는 데 크게 기여하였다. 이후 『홀아비의 집』(*Widower's Houses*, 1892), 『캔디다』(*Candida*, 1894), 『시저와 클레오파트라』(*Caesar and Cleopatra*, 1898) 등을 발표하며 극작가로서의 위상을 정립했다. 그의 대표적으로 꼽히는 『인간과 초인』(*Man and Superman*, 1903)은 일종의 철학적 희극인데 작가는 이 작품에서 절묘한 환상으로 희대의 호색한 돈 주안Don Juan을 호출해 내고는, 쫓기는 자는 남성이며 남성을 이용하고 착취하는 진정한 생명력을 갖춘 초인을 대표하는 여성every woman으로 앤Ann을 상정하고 있다. 『성녀 존』(*Saint Joan*, 1923)은 만년의 걸작인데 이 작품에서 그는 잔다르크를 신과 인간의 영혼 사이에 교회나 사제 같은 중계자를 인정하지 않는 신교도로서, 또 나폴레옹적인 전술가로서, 근대적 내셔널리즘의 무의식적인 체현자(體現

者)로 묘사하였다. 1925년에는 노벨문학상을 받았다.

20세기 영국의 극문학사에서 일군의 아일랜드 극작가들이 만들어낸 성과는 주목할 만한 것이다. 오랫동안 영국의 식민지였던 아일랜드에서는 19세기 후반 "아일랜드 문예부흥"Irish literary renaissance 운동이 시작되었는데, 이 운동은 바로 문학을 통하여 아일랜드 민족정신을 일깨우고 영국으로부터의 독립을 추구하자는 취지로 진행되었다. 이 운동의 지도자였던 윌리엄 버틀러 예이츠는 극장 경영자 애니 호니만(Annie Horniman, 1860-1937) 부인과 평생의 후원자 오거스타 그레고리(Isabella Augusta Gregory, 1852-1932) 부인의 도움을 받아 1904년 더블린에 애비 극장Abbey Theatre를 세우는데 이 극장이 아일랜드 문예부흥 운동의 거점이 된다. 예이츠는 이 극장을 중심으로 수많은 아일랜드 민족주의 작가들을 발굴하며 아일랜드 근대 연극의 전성기를 이끌었다. 이 극장은 아일랜드가 독립되고 나서 국립극장으로 승격되었으며 1951년 화재가 났으나 1965년 재건축되었고 최근에 이르기까지 존 M. 싱(John Millington Synge, 1871-1909), 숀 오케이시(Sean O'Casey, 1880-1964), 유진 오닐(Eugene O'Neill) 등 아일랜드를 대표하는 극작가들의 신작 740편과 기존 연극 작품 1000여 편이 상연됐다.

싱은 아일랜드 서해안에 있는 애란 제도Aran Isles의 황량한 자연을 삶의 터전으로 삼고 빈곤과 싸우는 농어민의 삶과 전설에 심취하여 여러 차례 그곳을 여행하고 여행기 『애란 제도』(The Aran Islands, 1907)와 7편의 희곡을 발표하였다. 당시는 예이츠의 국민연극운동이 한창이었지만, 그들의 환상적 시세계에 공감할 수 없었던 싱은 입센 등의 문제극에도 불만을 느낀 나머지 아일랜드 토착민의 일상어와 생활전설을 소재로 한 진실되고 아름다운 세계를 독자적으로 개척하였다. 싱은 『골짜기의 그림자』(The shadow of the Glen, 1903), 『바다로 달려가는 사람들』(Riders to the Sea, 1904), 『성자의 샘』(The Well of the Saints, 1905), 『서방의 플레이보이』(The Playboy of the Western World, 1907), 『땜장이의 결혼식』(The Tinker's Wedding, 1909) 등의 작품을 남겼다. 오케이시는 『암살자의 그림자』(The Shadow of a Gunman, 1923), 『주노와 공작』(Juno and the Paycock, 1924), 『쟁기와 별』(The Plough and the

*Star*, 1926) 등의 작품을 썼는데, 오케이시의 작품들은 영국 식민정책에 대항하는 독립운동을 배경으로 소시민의 생활을 그린 것이고, 비극을 기조로 하면서도 조소적인 작가의 철학을 표현했으며 아일랜드 서민의 방언을 작품에 활발하게 적용하였다.

제2차 세계대전 이후 많은 전위적인 예술 운동이 등장했는데 그 중 대표적인 것이 프랑스를 중심으로 1950년대부터 1960년대 초반까지 서유럽을 풍미한 부조리극이다. 부조리극은 현대 문명을 살아가는 현대 인간의 존재와 삶의 문제들이 무질서하고 부조리하다는 것을 소재로 삼은 연극 사조이며 실존주의와 초현실주의 사상을 기반으로 하고 있다. 부조리극은 사실주의적인 전통 연극기법 대신 소위 "반연극"anti theater의 기법을 통하여 부조리한 상황을 제시한다. "반연극기법"이란 극중에서 등장인물이 자기동일성을 잃고, 시간과 공간이 현실성을 잃고, 언어가 그 전달능력을 상실하는 등 연극 그 자체가 행위의 의미를 해체당하는 부조리를 만들어 부조리성을 강조하는 기법이다. 이 기법을 통해 부조리극은 관객에게 "인간은 목적을 가지고 태어난 것이 아니라 목적 없이 세계를 표류하는 존재"라는 사상을 전파한다.

아일랜드 더블린에서 출생한 **사무엘 베켓**은 더블린의 트리니티 칼리지를 졸업하고, 파리의 고등사범학교에서 영어교사로 재직하다 귀국하여 모교의 프랑스어 교사로 근무하였다. 1938년 이후 프랑스에 정주하면서 영어와 불어로 전위적 소설과 희곡을 발표하였다. 처음에는 영어로 시집 『호로스코프』(*Whoroscope*, 1930)와 소설 『머피』(*Murphy*, 1938) 등을 발표하였으며, 1945년 이후는 프랑스어로 집필하였다. 희곡 『고도를 기다리며』(*En attendant Godot*, 1952)의 성공으로 일약 세계적인 작가의 대열에 올랐으며, 앙티 테아트르(Anti-theatre)의 선구자가 되었다. 그는 전 작품을 통하여 부조리한 세계와 그 속에서 아무 의미도 없이 죽음을 기다리고 있는 절망적인 인간의 조건을 일상적인 언어로 허무하게 묘사하였다. 3부작 소설 『몰로이』(*Molloy*, 1951), 『말론은 죽다』(*Malone meurt*, 1951), 『이름 붙일 수 없는 것』(*L'Innommable*, 1953)은 누보 로망nouveau roman의 선구적 작품이며, 그 외에 희곡 『승부의 끝』(*Fin de partie*, 1957), 『오, 아름다운 나날』(*Oh! Les beaux* *jours*, 1963) 1969년에 노벨문학상을 받았다. 런던 출신의 유대계 출신 **헤럴드 핀터**는 1957년 처녀 희곡 『방』(*The Room*, 1957)을 발표하여 소위 "위협희극"comedy of menace를 시작하였고, 『생일파티』(*The Birthday Party*, 1958)와 『관리인』(*The Caretaker*, 1960)의 성공으로 세계적인 작가의 위상과 부조리극의 대표 주자의 지위를 획득하였고 2005년 노벨문학상을 수상했다. 『귀향』(*The Homecoming*, 1965), 『풍경』(*Landscape*, 1968), 『침묵』(*Silence*, 1969), 『지난 세월』(*Old Times*, 1970) 등의 작품이 있다. **존 오스본**(John Osborne, 1929-94)의 『성난 얼굴로 돌아보라』(*Look Back in Anger*, 1956)는 제2차 세계대전 후 영국의 "성난 젊은이들"angry young man 세대를 대변하는 작가로 알려졌다.

## Postmodernism 포스트모더니즘문학기 (1939–현재)

20세기 중반을 지나면서 인류는 그들의 선조가 체험하지 못했던, 더러는 참혹하고 더러는 눈부신 역사의 변화를 목격하게 된다. 아우슈비츠Auschwitz와 히로시마Hiroshima, 핵전쟁의 위협, 과학의 발전과 우주시대, 케네디와 킹 목사 암살, 민권운동, 반전운동, 여성운동, 무절제한 생태계 파괴, 공해문제, 워터게이트 사건, 마약의 위협 등은 다시금 그들의 전통으로 제도화된 세계관을 부정하고 새로운 시대정신의 출현을 요청하게 된다. 한편 인류의 경제활동 양식의 총아로 군림하게 된 자본주의는 후기산업사회를 개막하였고, 그것의 다른 이름들인 정보화 사회, 전자매체 및 컴퓨터, 대량복제사회 그리고 대량소비사회는 고유하고 특징적인 무정형, 불확정 및 보편내재의 문화상황을 만들어내기에 이른다. 또한 2차 대전 이후 실존주의, 부조리운동, 허무주의를 거친 인류의 지적 풍토는 60년대 구조주의의 충격을 시작으로 여러 분야— 새로운 정신분석, 고고학/계보학, 새로운 문학, 기호학, 새로운 철학, 새로운 마르크스주의, 새로운 예술, 사회비판이론—에서 새로운 지평을 열게 되고, 그 결과 서구 중심적 보편적 형이상학 구조의 해체, 기호체계의 혼란— 기표와 기의 사이의 자의적이고 유희적인 관계— 으로부터 야기되는 회의주의, 실용주의, 허무주의, 다원주의, 정신분열, 해체적 현상 등의 유행을 가져오게 되었다. 이와 같은 것들이 20세기 후반 서구의 문화현상 전반에 포스트모더니즘이라는 새로운 양식이 출현하게 된 지적, 사회적, 그리고 역사적 배경이다.

제2차 세계대전이 끝나고 난 후, 1940년대와 1950년대에 활동했던 영국의 작가들 가운데에는 『권력과 영광』(*The Power and the Glory*, 1940)과 『사물의 핵심』(*The Heart of the Matter*, 1948)의 작가 그레이엄 그린(Graham Greene, 1904-91), 『화산 밑에서』(*Under the Volcano*, 1947)를 출판한 클래런스 맬컴 라우리(Clarence Malcolm Lowry, 1909-57) 그리고 전체주의에 대한 풍자인 『1984』(*Nineteen Eighty-four*, 1949)와 『동물농장』(*The Animal Farm*, 1945)의 작가 조지 오웰(George Orwell, 1904-50) 등이 대표적이다. 1950년대와 그 이후 활동한 작가들 가운데에는 학문적 풍자인 『럭키 짐』(*Lucky Jim*, 1953)을 쓴 킹즐리 에이미스(Kingsley Amis, 1922-95), 『파리 대왕』(*Lord of the Flies*, 1954)으로 노벨문학상을 받은 윌리엄 골딩(William Golding, 1911-93), 디스토피아 소설인 『시계태엽 오렌지』(*A Clockwork Orange*, 1962)로 유명한 앤서니 버지스(Anthony Burgess, 1917-93) 등이 있다. 아이리스 머독(Iris Murdoch, 1919-99)은 『그물 속으로』(*Under the Net*, 1954)와 『잘린 목』(*A Severed Head*, 1961), 『천사들의 시대』(*The Time of the Angels*, 1966), 『검은 왕자』(*The Black Prince*, 1973) 등의 작품을 남겼다.

한편 1950년부터 영국의 식민지였던 나라들 출신의 우수한 작가들도 많이 배출되었다. 남로데시아(지금의 짐바브웨) 출신으로 영국으로 이민 온 도리스 레싱(Doris Lessing, 1919- )은 『풀들은 노래한다』(*The Grass is Singing*, 1950), 『황금 노트북』(*The Golden Notebook*, 1962) 등으로 유명하며, 2007년에 노벨문학상을 받았다. 『광막한 사르가소 바다』(*Wide Sargasso Sea*, 1966)의 작가인 카리브해 출신의 진 리스(Jean Rhys, 1890-1979), 『무너져 내리다』(*Things Fall Apart*, 1958)의 저자인 나이지리아의 치누아 아체베(Chinua Achebe, 1930-2013), 극작가 월레 소잉카(Wole Soyinka, 1934- ), 남아공의 네이딘 고디머(Nadine Gordimer, 1923-2014), 케냐의 응구기 와 시옹오(Ngugi Wa Thiong'o, 1938- ), 카리브해의 세인트 루시아(St. Lucia 출신이며 1992년 노벨문학상을 수상한 시인 데릭 월컷(Derek Walcott, 1930- ), 호주의 소설가

패트릭 빅터 마틴데일 화이트(Patrick Victor Martindale White, 1912-90), 캐나다의 소설가이며 시인인 마거릿 애트우드(Margaret Atwood, 1939- ), 캐나다의 시인이며 소설가이자 가수인 레너드 코헨(Leonard Cohen, 1934- ), 2013년 노벨문학상을 받은 캐나다 소설가 앨리스 앤 먼로(Alice Ann Munro, 1931- ) 등이 모두 영어로 작품 활동을 하여서 영문학을 영국인이 아니더라도 영어로 쓴 작품으로 확장하도록 하였다.

1950년대와 1960년대에 새롭게 등장한 시인들로는 필립 라킨(Philip Larkin, 1922-85)과 테드 휴즈(Ted Hughes, 1930-98) 등이 있으며, 1960년대와 1970년대에는 일상적인 사물들을 '익숙한' 방식이 아니라 낯익지 않은 방식, 예를 들어서 화성인의 시각에서 보려고 했던 시인들, 즉 "화성 시들"Martian Poetry이 창작되었다. 또 기성세대의 사회질서, 특히 핵전쟁의 위협에 저항했던 시인들에는 아드리안 헨리(Adrian Henri, 1932-2000), 브라이언 패튼(Brian Patten, 1946- ) 등이 있으며, 이들은 "머시 비트 시인들"The Mersey Beat Poets 이라고 불린다. 이 외에도 20세기 후기의 시인들 가운데에서 제프리 힐(Geoffrey Hill, 1932- )과 찰스 톰린슨(Charles Tomlinson, 1927- )은 영국뿐만 아니라 국제적으로 명성이 높다.

소설 분야에서는, 『프랑스 중위의 여자』(French Lieutenant's Woman, 1969)의 저자인 존 파울즈(John Fowles, 1926-2005)와 『서커스의 밤』(Nights at the Circus, 1984)의 저자인 안젤라 카터(Angela Carter, 1940-92) 등이 두각을 나타냈으며, 인도 출신의 살만 루시디(Salman Rushdie, 1947- )는 『한밤중의 아이들』(Midnight's Children, 1986), 『사탄의 시』(The Satanic Verses, 1989) 등의 작품이 세상의 관심을 끌었으며, 트리니다드 출신의 비디아다르 수라지프라사드 나이폴(Vidiadhar Surajprasad Naipaul, 1932- )은 『세계 속의 길』(A Way in The World, 1994)을 썼고 2001년에 노벨문학상을 받았다.

# 2

# History of American Literature
## 미국문학사

## Periods of American Literature 미국 문학의 시기들

영국 문학의 시기를 구분할 때는 노르만 정복Norman Conquest, 현대 영어modern English의 형성, 왕정복고Restoration, 워즈워스(William Wordsworth, 1770-1850)와 콜리지(Samuel Taylor Coleridge, 1772-1850)의 『서정 민요집』(*Lyrical Ballads*, 1798) 발간, 빅토리아 여왕의 즉위와 사망 등과 같은 역사적, 문화사적 사건들이 기준이 되었고, 비교적 분명한 시대의 구분이 가능했다. 이에 비해 미국 문학의 시기를 명확하게 구분하는 일은 쉽지 않다. 최근 많은 문학사가들literary historians이 미국 문학의 시기를 특정한 명칭을 부여하지 않은 채, 몇 개의 중요한 전쟁major wars을 기준으로 구분하는 방식을 채택하고 있다. 이 전쟁들은 바로 독립전쟁Revolutionary War(1775-81), 남북전쟁Civil War(1861-65), 제1차 세계대전The First World War(1914-18), 그리고 제2차 세계대전The Second World War(1939-45)이다. 전쟁을 기준으로 미국문학사를 구분하는 것이 유용한 이유는 이들 전쟁들이 미국의 사회 뿐 아니라 미국인의 정서와 감수성을 뚜렷하게 변화시켰으며 그에 따라 문학과 예술의 영역에서도 분명한 새로운 움직임이 있었기 때문이다. 미국문학사 연구에서 최근 발견되는 새로운 경향 한 가지는 여성 작가들과 소수 민족 작가들의 작품을 정당하게 평가하려는 노력이 증가하고 있다는 점이다. 미국문학의 시기와 중요한 문학사적 개념들을 다음과 같이 정리해 본다.

| | |
|---|---|
| 1607-1775 | Colonial Period 식민지문학기 |
| | Puritan Writers 청교도 작가들 |
| 1775-1783 | Revolutionary War 미국독립전쟁 |
| 1765-1790 | Revolutionary Age 독립전쟁문학기 |
| 1775-1828 | Early National Period 초기민족문학기 |
| 1828-1865 | Romantic Period in America 낭만주의문학기 |
| | American Renaissance 미국의 문예부흥기 |
| | Boston Brahmins 보스턴 브라민스 |
| 1861-1865 | American Civil War 미국남북전쟁 |

| | | |
|---|---|---|
| 1865-1900 | Realistic Period in America 사실주의문학기 | |
| | Local Color Writers 지방색 작가들 | |
| | Gilded Age 도금시대 | |
| 1880s | Age of Realistic Novels 사실주의 소설의 시대 | |
| 1890s | Naturalist Period 자연주의 문학기 | |
| 1914-1919 | First World War 제1차 세계대전 | |
| 1914-1939 | Modern Period 모더니즘 문학기 | |
| 1920s | Lost Generation "잃어버린 세대" | |
| | Jazz Age & Harlem Renaissance | |
| | 재즈 시대와 할렘 르네상스 | |
| 1930s | Great Depression and Protest Literature | |
| | 경제대공황과 저항 문학 | |
| | 20th Century American Poetry 20세기 미국 시 | |
| | 20th Century American Drama 20세기 미국 드라마 | |
| 1941-1945 | Second World War 제2차 세계대전 | |
| 1939-Present | Postmodern Period 포스트모더니즘 문학기 | |
| 1950s | War Novel and Beat Generation | |
| | 전쟁 문학과 비트 세대 작가들 | |
| | Jewish Renaissance 유태계 작가 르네상스 | |
| | 20th Century Black Writers 20세기 흑인작가들 | |

## Colonial Period 식민지문학기 (1607-1775)

이탈리아 출신의 탐험가인 콜럼버스(Christopher Columbus, 1451-1506)에 의해 신대륙이 발견된 것은 1492년이었지만 북아메리카 대륙에 최초의 식민지 colony인 버지니아Virginia 주의 제임스타운Jamestown이 건설된 것은 1607년이 었다. 신대륙이 발견된 이후 최초의 식민지가 건설되기까지 백 년이 넘는 기간 동안 유럽의 탐험가들은 남북아메리카를 탐험하며 황금 등을 수집하고 원주민을 착취하였다. 이 기간 동안 몇 편의 항해 기록과 탐험기가 생산되었다. 제임스타운을 건설한 주체는 영국의 상류계급이었다. 귀족과 자본가들이 왕의 후원을 받아 신대륙 최초의 식민지 건설에 나섰던 것이다. 보다 중요한 식민지는

1620년 메이플라워Mayflower호를 타고 이주한 사람들이 매사추세츠 Massachusetts 주에 건설한 플리머스Plymouth였다. 제임스타운 개척자들과는 영국에서의 신분과 계층이 달랐던 이들은 종교적 자유를 찾아 신대륙으로 이주한 107명의 청교도주의자들Puritans이었고, 그래서 건국의 시조Pilgrim Fathers로 불린다. 1630년에는 매사추세츠에 보스턴Boston 식민지가 개척되었고 1636년에는 하버드Harvard 대학이 개교하였다.

제임스타운이 건설된 1607년부터 독립전쟁이 본격화된 1775년까지의 시기를 식민지문학기colonial period로 구분할 수 있다. 이 시기는 유럽인들이 신대륙으로 이주하여 식민지를 개척해 나가는 시기에 해당하며 그러한 시대적 요구를 충족시키는 문학 형식이 유행하였다. 다시 말해서 시와 드라마 등 순수 문학보다는 정착기와 역사기록, 도덕적·종교적 교훈을 담은 작품들, 일기와 전기문학 등이 주를 이루었다. 제임스타운 건설에 참여했고 인디언 추장의 딸인 포카혼타스Pocahontas와 러브스토리를 남긴 존 스미스 선장(Captain John Smith, 1580-1631)은 『뉴잉글랜드에 대한 기록』(*Description of New England*, 1616)을 남겼고, 메이플라워호의 일원이었던 브래드포드(William Bradford, 1590-1657)는 『플리머스 식민지의 역사』(*Of Plymouth Plantation*, 1651)를 썼는데 이 책에서 그는 소박한 문체와 실용주의 철학을 선보였다. 매사추세츠 주지사를 지낸 존 윈스롭(John Winthrop, 1588-1649)이 남긴 『일기』(*Journal*)는 뒷날 『뉴잉글랜드의 역사』(*The History of New England from 1630 to 1649*, 1825-26)로 출간되었다. 저명한 신학자였던 코튼 매더(Cotton Mather, 1663-1728)는 자신의 생애 동안 겪은 거의 모든 사건에 대해 450여 편의 저서를 남겼는데, 대부분 종교적인 주제를 가진 짧은 글들이었으며, 매더는 "세일럼의 마녀 사냥"Salem witch trials을 "지옥의 악령"evil spirits from Hell들이 저지른 일이라고 묘사하였다. 앤 브래드스트리트(Anne Bradstreet, 1612-72)는 최초의 주목할 만한 여류 시인인데, 뉴잉글랜드의 삶과 17세기 아메리카 대륙의 여성들의 정신세계, 그리고 종교적인 주제를 담은 시집, 『미국에 나타난 열 번째 시신』(*Tenth Muse Lately Sprung Up In America*, 1650)을 남겼다. 철학자이며, 신학자, 형이상학파 종교 시인이었던 에드워드 테일러(Edward Taylor, 1642-

1729)는 17세기 미국문학사에서 가장 중요한 시인 가운데 한 사람이지만, 영국의 형이상학파 시인들metaphysical poets이 그랬던 것처럼 20세기 초가 될 때까지 정당한 평가를 받지 못했다. 테일러는 종교지도자로서 청교도정신의 재생을 주장했고, 형이상학파 시인으로서 평범하지 않은 이미지를 통해 시상을 표현하여 매우 현대적인 시인이라는 위상을 정립했다. 그는 우주 창조 과정을 노래하면서 "누가 이 볼링 레인에서 태양을 굴리는가?"(Who in this Bowling Alley bowled the Sun?)와 같은 놀랄만한 발상을 소개하기도 했다.

뉴잉글랜드New England는 17세기 초, 식민시대 초창기에 개척된 매사추세츠와 코네티컷Connecticut, 로드아일랜드Rhode Island, 버몬트Vermont, 뉴햄프셔New Hampshire, 메인Maine 등 미국의 동북부 해안에 집중된 6개의 주를 부르는 이름이다. 식민지 시대 초기 미국 문학은 주로 뉴잉글랜드를 중심으로 전개되었으며, 버지니아 등 남부에서의 문학적 성과는 미미한 형편이었다. 위에 언급한 작가들은 주로 뉴잉글랜드를 중심으로 활동했고 그들의 저술은 바로 뉴잉글랜드 개척과 정착의 기록이었다. 신대륙에 이상적인 공동체ideal community를 구축해야 한다는 시대적 소명에 의해 초기 청교도 사회는 대단히 엄격한 도덕률을 강조하였고, 이러한 시대정신은 고스란히 이 시대의 문학에도 반영되었다. 문학 작품의 주제들은 하나님의 섭리God's Providence에 대한 해석, 엄격한 윤리적 교훈, 근검절약하는 삶, 건전하고 근면한 정신 등이었고 자연스럽고 소박한 문체가 유행하였다. 물론 이처럼 엄격한 청교도주의 사회에서도 로저 윌리엄스(Roger Williams, 1603-83)는 종교적 자유religious freedom를 주장하는 『피투성이 임차인』(Bloody Tenant, 1644) 같은 작품을 썼으며 식민지 정착이 진행됨에 따라 초기의 가혹하고 엄격한 사회적 분위기는 차츰 완화되어 갔다.

## Revolutionary Age 독립전쟁문학기 (1765-1790)

미국이 1776년 7월 4일 독립을 선언했기 때문에 식민지문학기가 독립전쟁이 본격화된 1775년까지 지속되었다고 이해할 수 있지만 1765년부터 1790년까지를 독립전쟁문학기로 구분하기도 한다. 18세기의 미국 문학을 주도한 사람들도 시인, 소설가, 극작가들이라기보다는 사상가, 철학자, 종교지도자, 정치가들이었다. 순수문학보다 실용적인 문학이 더 두각을 나타냈던 것이다. 이들은 대부분 실용주의, 합리주의, 계몽주의 사상으로 무장된 인물들이었으며 예술적 취향은 고전주의에 가까웠고, 식민지 초기의 엄격한 청교도 교리에 대한 관심은 많이 약화된 경향을 보였다. 18세기 초의 영국 문학이 알렉산더 포프(Alexander Pope, 1688-1744)가 활약하던 아우구스투스 시대Augustan Age였고, 18세기 중후반에 이르는 시기가 영국과 유럽에 신고전주의와 계몽주의가 유행했던 것을 감안하면 미국의 18세기 문학은 영국 및 유럽의 문학과 궤를 같이하고 있었다고 평가할 수 있다.

신학자이며 철학자였던 **조나단 에드워드**(Jonathan Edwards, 1703-58)는 세가 약화되고 있었던 청교도주의를 부활시키는 역할을 했다. 청교도 교리를 체계화한 그의 저술들은 문학적으로도 높은 가치를 가진 것으로 평가된다. 정치가였고 저술가였으며 과학자, 교육자였던 **벤자민 프랭클린**(Benjamin Franklin, 1706-90)은 18세기 미국 역사에서 가장 중요한 인물 가운데 한 사람인데 무엇보다 명료한 산문의 대가였다. 합리주의자였으며 낙관적인 계몽주의자였던 프랭클린은 미국인들에게 근면·성실하게 일해서 성공에 이르는 자수성가의 가치를 가르친 교사였으며 오늘날 미국인의 직업윤리와 현실적 실용주의 철학이 정립되는 데 크게 기여한 인물이었다. 여러 해 동안 판본을 더해가며 출판한 『가난한 리처드의 달력』(*Poor Richard's Almanac*, 1732-57)은 "변변찮은 리처드"Poor Richard와 그의 가족의 삶을 통해서 식민시대 서민들의 삶을 충실하게 그리면서 농경과 어업에 대한 실용적인 정보 뿐 아니라 삶의 지혜를 가르치는 짧은 격언들이 포함된 저서이다. 이 책은 당대에 대단한 인기를 누렸는데 "잃어버린 시간은 결코 되찾을 수 없다."(Lost time is never found again), "하늘은 스스로 돕는 자를 돕는다."(God helps them who help themselves)처럼 인구에 널리 회자되는 경구들이 포함되어 있다. 프랭클린은 자신의 격언들 중 최상의 것들을 모아서 『부자가 되는 길』(*The Way to Wealth*, 1757)을 펴냈으며, 그의 『자서전』(*Autobiography*, 1771-84)은 미국의 젊은이들에게 필독서가 될 만큼 많은 영향을 끼친 책으로 평가받고 있다. 프랭클린의 작품들은 대부분 아주 짧은 일화를 소박하고simple 명징하고lucid, 설득

력있는cogent 산문체prose로 기록한 것들이었고, "허풍이야기"the hoax, 혹은 "과장이야기"tall tale라고 불린 신선하고 유쾌한 문학 형식을 창안하였다. 『미국의 경이로운 자연풍물』(*Wonders of Nature in America*)에서 프랭클린은 "나이아가라 폭포 위로 높이 뛰어 오르는 고래" 이야기를 소개하기도 했는데 이처럼 "허풍이야기"는 거짓말과 과장, 그리고 유머를 특징으로 하며 훗날 마크 트웨인(Mark Twain, 1835-1910)에 의해 더 발전하게 된다.

18세기 중엽을 지나며 신대륙의 식민지를 보다 철저하게 통제하려는 영국과 그 통제로부터 벗어나려는 식민지 사이에 반목과 갈등이 깊어지면서 미국의 독립을 쟁취하려는 독립전쟁이 시작된다. 1765년에는 신대륙에서 유통되는 모든 문서와 인쇄물에 인지세를 부과하려는 「인지조례」Stamp Act가 시행되었고, 영국이 신대륙의 차 무역을 금지시키고 동인도회사에 독점권을 부여한 조치에 저항한 보스턴 티 파티Boston Tea Party가 발생한 1773년 갈등이 심화되어 1775년 전쟁이 시작되었고 8년의 전쟁은 1783년 미국의 승리로 끝나게 된다. 이 시기는 토머스 페인(Thomas Paine, 1737-1809)과 필립 프리노(Philip Freneau, 1752-1832), 토머스 제퍼슨(Thomas Jefferson, 1743-1826), 알렉산더 해밀턴(Alexander Hamilton, 1757-1804), 그리고 제임스 메디슨(James Madison, 1751-1836) 등 "건국의 아버지들"Founding Fathers들이 활약한 시기이기도 한데 이들은 주로 식민지 거주민들의 여론을 자극하고 환기시켜 혁명사상을 고취시킬 목적을 가진 저술들을 발표했다.

영국에서 태어나 런던에서 만난 프랭클린의 설득으로 미국에 온 **토머스 페인**은 미국 역사상 가장 중요한 소책자pamphlet인 『상식』(*Common Sense*, 1776)을 출간했는데 이 책에서 명료한 사상과 선동적인 언어로 미국 독립의 필요성을 강조했으며 독립전쟁 중 펴낸 『미국의 위기』(*The American Crisis*, 1776-83) 총서를 통해 미국인들의 사기와 위세를 진작시켰다. 미국의 3대 대통령이 되는 **토머스 제퍼슨**은 건국 과정에 등장한 가장 위대한 인물이라는 평가를 받는다. 정치인, 사상가, 외교관, 학자, 문필가, 건축가였던 제퍼슨은 동부의 명문 대학인 버지니아 대학을 창설한 종합지식인Renaissance man의 전형이었다. 그는 「종교적 자유를 위한 버지니아의 법률」("Statute of Virginia for

Religious Freedom", 1777 초안, 1786 제정)과 「독립선언서」("Declaration of Independence", 1776)를 기초했으며 미국 헌법을 제정하는 일에도 크게 기여 하였다. 제퍼슨이 86번 고쳐 썼다는 「독립선언서」는 미국 정치사에서 가장 중 요한 문서인 동시에 아름다운 문체와 명석하고 논리적인 전개, 인권에 대한 탁 월한 견해를 담은 훌륭한 문학 작품으로 평가받는다.

우리들은 다음과 같은 사실을 자명한 진리로 인정한다. 즉, 모든 인간은 평등하게 태어났고, 창조주는 양도할 수 없는 일정한 권리를 인간에게 부여했으며, 생명권과 자유권과 행복 추구권은 이러한 권리에 속한다.

We hold these truths to be self-evident, that all men are created equal, that they are endowed by their Creator with certain unalienable Rights, that among these are Life, Liberty and the pursuit of Happiness.

세계사에서 미국의 독립은 1789년 발발한 프랑스혁명과 함께 18세기의 중요 한 시민혁명으로 인식된다. "자유"liberty, "평등"equality, "박애"fraternity를 표방 한 프랑스혁명처럼 미국의 독립이 제퍼슨에 의해 "생명권"과 "자유권", 그리 고 "행복추구권"의 기치를 높이 들었기 때문이다. 미국의 독립전쟁을 "Independence War"로 부르지 않고 "Revolutionary War"로 명명한 이유이기 도 하다. 자신의 삶을 바탕으로 쓴 『버지니아 주에 관한 서술』(*Notes on the State of Virginia*, 1784-85)은 미국인의 삶에 대한 빼어난 묘사를 통해 제퍼슨 을 미국의 가장 재능있는 작가 가운데 한 사람으로 자리매김하게 했다.

독립전쟁이 끝난 직후의 미국 정치기상도는 민주주의자들democrats과 연방 주의자federalists들의 대치 양상으로 나타났다. 연방주의자들은 강력한 중앙집 권적 정부를 수립해야 한다는 입장을 견지했는데 『연방주의자 논설집』(*The Federalist Papers*, 1787-88)은 이들의 주장을 담은 85편의 논문 모음집이었고 **알렉산더 해밀턴**은 그 중심인물이었다. 해밀턴은 "극단적 민주주의"extreme democracy를 극렬 반대하는 51편의 에세이를 남겼는데, 차분하고 명쾌한 문체 를 구사한 것으로 평가받는다. 이에 반해 보다 유연하고 제한적인 중앙정부와 자율적인 주정부의 결합을 이상적으로 생각했던 민주주의자들을 대표하는 정치인은 제퍼슨이었다. 당대 최고의 시인이었고, 독립전쟁 기간 중 미국의 자연을 찬양하고 애국적인 시를 많이 발표하여 "미국독립전쟁의 시인"으로 불리는 필립 프리노는 연방주의자들을 반대하고 제퍼슨을 지지하는 시를 쓰기도 했다.

미국 최초의 "시인 서클"poetic circle로 인정받는 "코네티컷 재사들"Connecticut Wits은 시의 형식과 정치사상 모두에서 보수주의자들이었다. 이들은 미국의 독립을 옹호했지만 제퍼슨의 민주주의 철학을 혐오했고 연방주의와 청교도 사상을 주창하였다. 풍자 작가였던 존 트럼벌(John Trumbull, 1750-1831)은 미국의 교육제도를 비판한 『우둔함의 발전 과정』(*The Progress of Dulness*, 1773)을 썼고, 티모시 드와이트(Timothy Dwight, 1752-1817)는 알렉산더 포프의 신고전주의 시형을 준수하며 청교도 사상을 고취시키는 시를 썼다. 조엘 발로우(Joel Barlow, 1754-1812)는 애국 사상을 담은 『콜럼버스의 이상』(*Vision of Columbus*, 1787)을 썼다.

『다양한 주제에 대해 쓴 시들』(*Poems on Various Subjects*)이 발행된 1773년은 미국문학사에서 새롭게 의미가 부여된 해이다. 이 시집은 아프리카에서 태어나 7살의 나이에 노예로 팔려 미국으로 이주한 당시 19세의 흑인 소녀 필리스 휘틀리(Phillis Wheatley, 1753-84)의 시를 모은 것이었다. 이 한 권의 시집이 최근에 이르기까지 오랫동안 망각되거나 무시되고 정당하게 평가받지 못해 온 흑인 작가black writers, 혹은 보다 우호적인 명칭인 아프리카계 미국작가African American writers의 계보가 시작되는 출발점이었기 때문이다. 그이후 아프리칸-아메리칸 문화의 복잡하고 다양한 특징들이 미국 사회에 더러는 긴장을 유발하고 더러는 융화되면서 대단히 혁신적이고 개성적인 문화적 유산을 생산했으며, 서양 음악사에 미국이 끼친 가장 중요한 기여로 평가되는 음악형식을 창출하게 된다.

## Early National Period 초기민족문학기 (1775-1828)

1775년부터 민주당의 앤드류 잭슨(Andrew Jackson, 1767-1845)이 대통령에 당선된 1828년까지를 초기민족문학기로 구분한다. 이 시기에 미국인의 민족의식이 고취되기 시작했으며, 실용적인 목적과 정치적 구호의 수단이었던 문학에 상상력이 가미된 순수 문학의 발아가 시작된 시기였다. 로열 타일러(Royall Tyler, 1757-1826)는 최초의 미국 희극 『대조』(*The Contrast*, 1787)를 썼고, 윌리엄 힐 브라운(William Hill Brown, 1765-93)의 『공감의 힘』(*The Power of Sympathy*, 1789)은 초기 소설의 형식을 갖추었으며, 찰스 브록던 브라운(Charles Brockden Brown, 1771-1810)은 공포와 신비로 무장한 뚜렷하게 미국적인 고딕 소설Gothic novel을 썼으며, 1815년에는 최초의 미국 잡지 『북아메리카 리뷰』(*North American Review*)가 간행되어 지속적으로 발간되었다. 워싱턴 어빙(Washington Irving, 1783-1859)과 제임스 페니모어 쿠퍼(James Fenimore Cooper, 1789-1851), 그리고 브라이언트(William Cullen Bryant, 1794-1878) 등은 초기민족문학기를 대표하는 작가들이다.

미국 최초의 전문 직업작가professional writer라는 평가를 받는 **워싱턴 어빙**은 수필과 단편 소설로 국제적인 명성을 얻은 작가이다. 그는 정기간행물인 『샐마군디』(*Salmagundi*)에 유머러스한 작품들을 발표하고 『디드리히 니커보커가 쓴 뉴욕의 역사』(*A History of New York, by Diedrich Knickerbocker*, 1809)와 같은 풍자적인 작품을 썼다. 허리 아래부터 무릎 위까지는 풍성하게 만들고 무릎 아래는 폭을 좁힌 남성용 바지 스타일을 의미하는 "니커보커"는 어빙에 의해 뉴욕을 거점으로 활동하는 작가군을 칭하는 용어가 되었고 1810년부터 1840년까지의 미국문학을 "니커보커 시대"로 부르게 된 계기가 되었다. 이 책은 뉴욕 지방의 역사를 기록한 것이지만 진지하고 사실적인 기록이라기보다는 작가의 상상력이 만들어 낸 유쾌하고 풍자적인 내용들로 꾸며졌으며 청교도정신과 뉴욕을 개척한 초기 네덜란드 상류층을 조롱하는 일화들이 많이 포함되어 있다. 어빙은 1819년 발표한 『스케치북』(*Sketch Book*)으로 세계적인 작가의 반열에 오른다. 32편의 단편을 모은 이 책에는 미국인들이 가장 사랑하는 두 편의 단편소설 「립 밴 윙클」("Rip Van Winkle")과 「슬리피 할로우의 전설」("The Legend of Sleepy Hollow")이 포함되어 있다. 어빙은 자신이 살던 뉴욕의 허드슨 강Hudson River과 캣츠킬 산맥Catskill Mountains을 배경으로 한 지방색 소설regional novels을 썼는데 이곳이 립 밴 윙클이 20년 동안 꿈을 꾸면서 경험한 이야기가 발생한 곳이며, 크래인(Ichabod Crane)이 "목 없는 말을 탄 사람"Headless Horseman에게 쫓기는 슬리피 할로우 마을이 위치한 곳이다. 워싱턴 어빙을 "미국문학의 아버지"Father of American Literature로 부르는 사람도 있지만 작가의 의식과 작품의 주제들이 미국적이라기보다는 유럽 특히 영국의 전통에 기반을 두고 있어서 진정한 미국 문학이 시작되었다고 보기는 어려운 측면이 있다. 예를 들어 「립 밴 윙클」은 독일의 민간 설화에서 모티브를 가져왔고, 많은 이야기들이 영국과 스페인 등 유럽을 배경으로 하고 있으며, 작가 스스로 "우리는 유럽의 기존 국가들로부터 본보기와 유형을 취해야 한다."(We must take our examples and models from the existing nations of Europe.)고 주장하기도 했다. 어빙이 미국문학사에 기여한 가장 큰 업적은 이전 시대까지 역사적 기록, 도덕적 교훈, 정치적 주장의 차원에 머물던 문학을 보다 본격적인 예술의 차원으로, 그리고 여가를 통해 읽고 즐기는 오락 entertainment의 차원으로 확대한 것이라고 할 수 있다.

보다 진정한 미국적인 주제와 미국인의 체험을 문학으로 형상화한 작가는 **제임스 쿠퍼**이다. 쿠퍼는『개척자들』(The Pioneers, 1823),『모히칸 족의 최후』(The Last of the Mohicans, 1826),『대평원』(The Prairie, 1827),『길잡이』(The Pathfinder, 1840),『사슴사냥꾼』(The Deerslayer, 1841)으로 구성되는 "가죽스타킹 이야기"The Leather Stocking Tales를 썼다. 이 시리즈에는 내티 범포Natty Bumppo라는 사냥꾼이 주인공으로 등장하기 때문에 "내티 범포 이야기" Natty Bumppo story라고도 불리는데 내티 범포는 뒤에 셔우드 앤더슨(Sherwood Anderson, 1876-1941)의 『와인즈버그 오하이오』(Winesburg, Ohio, 1919)의 주인공 조지 윌라드Geroge Willard와 헤밍웨이(Ernest Hemingway, 1899-1961)의 단편에 등장하는 닉 아담스Nick Adams와 함께 가장 유명한 소설 속 등장인물fictional character이 되었다. 내티 범포는 미국의 개척시대를 대표하는 인물이다. 그는 사냥꾼의 복장인 가죽으로 만든 각반을 차고 숲 속에서 살아가며 사냥에 필요한 모든 기술에 통달한 사람이다. 범포는 자연에 대한 깊은 사랑을 갖고 있었으며 인간이 도시를 건설하고 자연을 파괴하는 행위를 부정적으로 보았다. 그는 또한 백인과 인디언의 갈등을 소설의 지속적인 주제로 삼았고, 인디언에 대한 동정적인 시선을 견지했다. 쿠퍼의 소설에서 인디언들은 충성스럽고 따뜻한 성품을 지닌 용감한 인물로 그려진다. 그에 비해 백인들은 많은 경우 야비하고 비열하며 파괴적인 모습을 띤다. 쿠퍼의 소설들이 대부분 뉴욕 주를 배경으로 하고 있지만 등장인물들은 단지 "뉴욕인"에 머물지 않고 "미국인"으로 확장되며, 그의 소설에 개척자와 인디언, 양키 선원과 같은 대단히 미국적인 특성을 가진 인물들이 등장하고 있는 점 등은 쿠퍼를 통해서 미국문학사에서 최초로 "진정한 미국의 목소리"genuine American voice를 듣게 되었다는 평가를 가능하게 한다. 또한 쿠퍼가 등장인물들을 통해 보여주는 자연친화적인 삶과 철학 때문에 최근 유행하는 생태문학literature of ecology과의 유사성으로 주목을 받기도 한다.

워싱턴 어빙, 제임스 쿠퍼와 동시대를 살았던 **윌리엄 브라이언트**는 변호사였고 저널리스트로 활동했는데 뉴잉글랜드의 삶을 기반으로 자연시와 명상시를 썼다. 그의 시 세계가 유럽의 전통을 극복한 미국적 특성을 창출했기 때문에 "미국시의 아버지"Father of American poetry로 불리기도 한다. 브라이언트는 민주적이고 진보적인 철학을 갖고 있었으며 고전적인 시의 형식을 타파하고 새로운 유형의 시를 써야한다고 주장함으로써 영국의 낭만주의 시인들과 같은 문학관을 피력하기도 했다. 브라이언트는 또한 깊은 사회적 양심을 가진 저널리스트로서 노동자와 흑인의 권익을 보호하자는 주장을 담은 글들을 썼고, 『시집』(*Poems*, 1832), 『샘』(*The Fountain*, 1842) 등의 시집을 남겼다.

1830년부터 1865년 사이에는 노예 신분에서 해방된 아프리카계 미국작가들의 삶을 다룬 소설들이 출간되었다. 도망치거나 해방된 노예들의 이야기 slave narratives와 자서전autobiographies이 처음 출판된 것은 1760년대였지만 1830년 이후 보다 중요한 작품들이 출현했으며, 프레드릭 더글라스(Frederick Douglass, 1817-95)의 『프레드릭 더글라스의 인생 이야기』(*Narrative of the Life of Frederick Douglass*, 1845)와 해리엇 제이콥(Harriet Jacob, 1818-96)

의 『어느 노예 소녀의 삶에 일어난 사건들』(*Incidents in the Life of a Slave Girl*, 1861) 등이 여기에 속한다.

## Romantic Period in America 낭만주의문학기 (1828–1865)

1828년부터 남북전쟁Civil War가 끝난 1865년까지의 기간을 "미국의 낭만주의 문학기"로 부른다. 앞서 이야기한 워싱턴 어빙과 제임스 쿠퍼, 그리고 브라이언트의 문학도 기질로 구별하자면 낭만주의 문학이었다. 따라서 1828년 이후를 미국의 낭만주의문학기로 명명한다면 그것은 보다 "본격적인" 그리고 "미국적인" 낭만주의 문학이 출현했다는 의미일 것이다. 이 시기는 "미국의 문예부흥기"American Renaissance로 불리기도 하고 "초월주의 시대"Age of Transcendentalism로 불리기도 한다. 이 시기에는 희곡을 제외한 모든 문학 장르에서 후대 미국의 어느 시기보다 우수한 문학 작품들이 탄생했다. 어빙과 쿠퍼가 계속해서 작품 활동을 했고, 에머슨(Ralph Waldo Emerson, 1803-82)과 소로우(Henry David Thoreau, 1817-62)가 독보적인 초월주의 시를 썼는가 하면, 에드거 앨런 포우(Edgar Allan Poe, 1809-49)와 허먼 멜빌(Herman Melville, 1819-91), 나사니엘 호손(Nathaniel Hawthorne, 1804-64) 등의 소설가들과 월트 휘트먼(Walt Whitman, 1819-92)과 에밀리 디킨슨(Emily Dickinson, 1830-86) 등의 시인들이 활약한 시대였다.

　"초월주의"는 1836년부터 남북 전쟁 직전까지 미국의 뉴잉글랜드 특히 보스턴 근교의 콩코드Concord에서 꽃을 피운 철학적·문학적 사상운동을 가리킨다. 에머슨이 1836년 결성한 "초월주의 클럽"Transcendental Club에서 유래한 초월주의는 보수적인 청교도주의와 새롭고 자유스러운 믿음인 유일교파주의Unitarianism 양자를 모두 부정적이고negative, 차갑고cold, 생명력이 없는lifeless 종교로 치부하여 거부하였다. 초월주의자들은 또한 미국인의 삶을 지배하던 물질주의materialism와 상업주의commercialism를 배격하고, 논리를 통해서보다는 인간의 의식human consciousness과 직관intuition을 통해서 진리를 찾으려 했고, 인간과 자연 속의 모든 것 안에 신이 존재한다고 보았다. 이들은 우주 만물이 그 자체 속에 모든 법칙과 의미를 지니고 있는 것처럼 인간의 내면에는 진실을 직관적으로 알아내는 능력이 존재한다고 보았다. 자기신뢰self-trust와 자기의존self-reliance, 그리고 자기만족self-sufficiency 등은 초월주의의 중요한 덕목들이었다. 초월주의는 일종의 철학적 이상주의였고 신플라톤주의Neo- Platonism, 독일의 관념론idealism, 개인주의individualism, 직관주의intuitionism를 포괄하면서 동양의 신비주의mysticism, 노장사상 혹은 도교Taoism의 이상과도 통하는 특성을 가졌다.

"콩코드의 철인"The Philosopher of Concord으로 불리는 **랄프 에머슨**(Ralph Waldo Emerson, 1803-82)은 위대한 사상가이며 시인이었다. 7대에 걸쳐 성직에 종사해온 집안에서 태어나 하버드대학교 신학부를 졸업한 에머슨은 1829년 유니테리언파의 목사직에 취임하지만 곧 사임하고 유럽으로 건너간다. 유럽에서 에머슨은 워즈워스와 칼라일(Thomas Carlyle, 1795-1881) 등과 교제하고 칸트 철학의 영향을 받아 선험적 이상주의 철학을 정립한다. 1835년 귀국하여 "초월주의 클럽"을 결성하고 1836년 『자연론』(*Nature*)을 출간하는데 이 책에서 그는 자연은 소비의 대상이 아니며 인간과 자연의 관계는 유용성의 개념을 초월해야 한다고 주장했다. 정신을 물질보다 중시하고 직관을 통해 진리를 인식하며, 과거 문화의 권위를 거부하고 개인의 진리탐구 노력을 중시하며, 논리적 모순을 관대히 수용하는 에머슨의 철학은 초월주의의 정수에 해당하는 것이었다. 에머슨은 1837년 하버드대학교에서 행한 「미국의 학자」("The American Scholar")라는 제목의 강연을 통해 전통과 과거의 영향에서 벗어나 미국적 창조력을 새롭게 분출할 것을 주장했다. 학자들은 미국이 1776년 정치적 독립을 선언한 이후 유럽에 대해 상호불간섭 선언을 담은 「먼로 독트린」("Monroe Doctrine", 1828)을 통해 외교적 독립을 성취했고, 에머슨의 이 연설을 통해 비로소 정신적 독립을 이루어 냈다고 평가하기도 한다. 『자기 의존』(*Self-Reliance*, 1841)과 『대신령』(*The Over-Soul*, 1841) 등의 저서는 에머슨의 사상을 담은 에세이집이다. 시인으로서 에머슨은 휘트먼 못지않게 미국시의 새로운 가능성을 개척하는 데 기여했다. 그의 시가 때로 어색하고 음악성이 없다는 비판을 받기는 하지만 그는 미국시에 힌두교Hindu와 동양사상 등 새로운 시적 주제를 도입했고 두 권의 시집을 펴내기도 했다. 에세이집 『시인』

(*The Poet*, 1844)에서 에머슨은 시인을 "완벽한 인간"complete man으로 묘사하며 시인은 우리를 낡은 사고에서 해방시키며 훌륭한 시는 우리가 "놀라움의 계단을 거쳐/천국에 이르도록"(mount to paradise/By the stairway of surprise) 도와준다고 주장했다. 그 외 주요 작품으로는 플라톤(Plato, BC 427-347)과 몽테뉴(Michel De Montaigne, 1533-92) 등 6인의 위인을 논술한 『위인들』(*Representative Men*, 1850)이 있다.

헨리 데이빗 소로우(Henry David Thoreau, 1817-62)는 에머슨의 고향인 콩코드 출신이었고 하버드 대학 시절 에머슨의『자연론』을 읽고 깊은 감명을 받아 평생을 초월주의자로 살았다. 그는 에머슨을 흠모하여 그의 집에서 2년을 함께 살기도 했다. 에머슨이 자연을 추상적으로 묘사한 것에 비해 숙련된 experienced 나무꾼woodsman이었던 소로우의 글에는 나무와 숲, 강과 야생에 대한 세부적 묘사가 가득 차 있다. 1846년 소로우는 고의적으로 세금 납부를 거부하고 체포되어 하루 밤을 구치소에서 지내게 되는데, 이것은 미국 정부가 남부의 노예제도slavery를 인정한 것과 멕시코와 전쟁을 벌인 것에 대한 항거 protest의 표시였다. 소로우는 이때의 경험을 바탕으로 『시민 불복종』(*Civil Disobedience*, 1849)을 발표하는데, 이 에세이에서 그는 부당한 정부의 정책에 대해 양심적인 시민들이 불복종할 권리를 주장하고 있다. "양심적 병역 거부" 혹은 "동성 결혼 금지" 등과 같은 오늘 날의 주제와도 밀접하게 관련된 사상을 일찍 피력했던 것이다. 미국 대학생들의 필독서로 꼽히는『월든, 숲 속의 삶』(*Walden, or Life in the Woods*, 1854)은 소로우의 대표작이다. 이 작품은 소로우가 1845년부터 1847년까지 콩코드로부터 몇 마일 떨어진 월든 호수 Walden Pond 북쪽 기슭에 오두막을 짓고 홀로 살았던 경험을 기록한 것이다. 소로우는 이 책에서 당대 급부상하던 산업주의와 물질주의에 대항한 적극적인 문학적 시도를 보여 주었으며, 정신적인 자연 생활의 중요성에 대한 깊이 있는 문학적 성찰을 보여주었다. 숲 속에서 혼자 영위하는 삶, 숲에서 발견되는 여러 가지 식물, 동물, 곤충들에 대한 상세한 묘사, 자연의 변화와 신비에 대한 깨달음, 자연과의 합일을 통해 맛보는 자기만족 등 이 작품은 사람들에게 진지하고 즐거운 삶을 살도록 용기를 주는 희망에 가득 찬 책이며 미국 문학사에서 가장 위대한 작품 가운데 하나라는 평가를 받는다.

1840년부터 1842년까지 초월주의자들의 잡지인 『다이얼』(*The Dial*)의 편집장을 역임한 마가렛 풀러(Margaret Fuller, 1810-50)는 19세기 미국문학사에서 대단히 중요한 위상을 가진 여성 작가이다. 그녀의 『19세기의 여성』(*Woman in the Nineteenth Century*, 1845)은 여성의 동등권을 강력하게 주장한 작품으로 꼽는다. 소로우의 절친한 친구였던 윌리엄 채닝(William Ellery Channing, 1818-1901)이 소로우에 대해 쓴 『소로우, 시인-자연주의자』(*Thoreau, The Poet-Naturalist*, 1873)는 미국의 자서전 문학 중 걸작으로 꼽힌다. 그 외 중요한 초월주의 작가로는 "아이들의 지적 능력을 믿는"(trust the intelligence of children) 교육철학을 피력한 『복음서에 대해 아이들과 나눈 대화』(*Conversations with Children on the Gospels*, 1836)의 저자 아모스 알코트(Amos Bronson Alcott, 1799-1888)와 그의 딸이며 『작은 아씨들』(*Little Women*, 1868-69)의 저자인 루이자 메이 알코트(Louisa May Alcott, 1832-88) 등이 있다.

1850년대 초에 주요 작품들을 발표했던 **나사니엘 호손**(Nathaniel Hawthorne, 1804-64)은 정치적, 사상적으로 지나칠 정도로 낙관적이었던 에머슨과는 달리 인간의 본성 깊은 곳에 자리잡고 있는 암흑의 힘을 탐색하고 문학화하려 하였다. 미국 매사추세츠주의 항구도시 세일럼Salem에서 선장의 아들로 태어난 호손은 17세기의 청교도 지도자였던 선조에 대한 원죄의식 때문에 청교도주의와 그 폐해에 대해 깊은 관심을 갖고 많은 작품을 썼다. 12년간의 은둔생활 동안 쓴 단편들을 모은 우화적 단편집 『두 번 들려준 이야기들』(*Twice-Told Tales*, 1837)을 출간하여 큰 호평을 받았고, 1846년에 두 번째 단편집인 『구 목사관의 이끼』(*Mosses from an Old Manse*)를 출간했다. 경제적 불안정에서 벗어나기 위하여 세일럼의 세관Custom House에 근무했던 경험을 바탕으로 쓴 『주홍글자』(*The Scarlet Letter*, 1850)는 그의 대표작이 되었다. 이 책은 17세기 엄격한 청교도들이 지배하는 뉴잉글랜드 지방을 배경으로 한 여인의 죄의 문제를 다루면서, 청교도의 엄격함을 교묘하게 묘사하고, 죄와 벌, 속죄의 문제, 죄인의 은밀한 심리를 다룬 주제의식과, 긴밀한 세부구성, 정교한 상징주의 등으로 인해 19세기의 대표적 미국소설이 되었다. 두 번째 장편소설『일곱 박공의 집』(House of the Seven Gables, 1851)은 청교도를 선조로 가진 고가(古家)의 자손에게 악의 저주가 어떻게 작동하는지를 그렸고, 이듬해에는 자신이 참가했던 실험적 공동농장을 무대로 한『블라이스데일 로맨스』(The Blithedale Romance, 1852)에서 지상낙원에 모인 사람들의 심리적 갈등을 다루었다. 1853년 영국의 리버풀 영사로 부임하였으며, 그 후 이탈리아를 여행했는데 특히 피렌체에서 받은 강한 인상을 『대리석의 목양신』(Marble Faun, 1860)의 모티브로 삼았다. 이 책은 이탈리아라는 이국을 배경으로 죄를 통해 성숙해가는 인물의 모습을 그렸다. 호손은 자연 속의 인간에게 관심을 갖는 초월주의자들과는 달리 언제나 사회 속에 있는 인간에게 관심을 갖는다. 그의 작품에 등장하는 인물들은 보통 비밀스런 죄나 심리적인 문제들을 갖고 있다. 그의 작품들은 청교도주의 전통을 타고 났으면서도 그 과거에 대해 비판의식을 갖고 있었던 작가의 생각을 반영하여 범죄 혹은 도덕적·종교적 죄악에 빠진 사람들, 자기중심이거나 고독에 사로잡힌 사람들의 내면생활을 도덕·종교·심리의 세 측면에 비추어 엄밀하게 묘사하였다. 따라서 그의 작품은 일면으로 교훈적 경향이 강하면서 다른 일면으로는 상징을 통한 철학적·종교적·심리적 의미심장한 세계가 전개되는 특성을 갖는다.

**허먼 멜빌**(Herman Melville, 1819-91)은 호손과 더불어 미국이 낳은 가장 위대한 작가 중의 한 명이지만 그의 생애 동안에는 정당한 평가를 받지 못했다. 멜빌은 부유한 가정에서 태어났으나 아버지의 사망으로 갑자기 빈곤을 경험하게 된다. 귀족적인 배경과 자부심이 강한 가족 전통을 갖고 있었지만 열심히 일하고도 가난에서 벗어날 수 없었고 대학 교육도 받지 못했다. 멜빌은 19살에 바다로 나갔으며 그의 초기 소설 대부분은 항해 경험을 다룬 것이었다. 폴리네시아 원주민들에게 사로잡힌 실제 경험담을 바탕으로 쓴 처녀작『타이피』(Typee, 1846)에서 멜빌은 섬사람들과 그들의 자연스럽고 조화로운 생활을 친미히며 기독교 선교사들을 비판하였다. 멜빌의 대표작『백경』(Moby Dick, 1851)은 포경선 피쿼드Pequod호와 "거대하고, 신을 공경하지 않는, 신적인 인간"a grand, ungodly God-like man인 선장 에이햅Captain Ahab에 대한 서사적인 이야기로, 하얀 고래white whale 모비딕에 대한 에이합의 집착 때문에 배와 선원들이 맞는 파멸을 다루고 있다. 리얼리즘적 모험 소설인 이 작품은 인간의 존재론적 위상에 대한 심각한 고민을 담고 있지만 중요한 모티브인 "고래잡이"는 인간의 지식 추구에 대한 거대한 은유로 작동한다. 이 작품에 포함된 고래와 포경업에 대한 사실적인 정보와 치밀한 묘사는 플롯의 진행을 방해하기도 하지만 상징적인 의미를 내포하고 있다. 또 다른 걸작으로 꼽히는 단편 소설 「빌리 버드」("Billy Budd", 1924)는 작가의 사후 30년이 지나 출판되었는데, 인간 본성의 선을 상징하는 젊은 선원 빌리Billy와 그의 사악한 적 클래가트Claggart에 관한 이야기다. 이야기의 끝에서 이들은 서로를 파멸시키는데, 이를 통해 멜빌은 이 세상에 순수한 선pure goodness이나 순수한 악pure evil이 존재하지 않는다는 철학을 피력한 것이다. 멜빌의 소설은 철학적이면서 동시에 비극적이다. 에이합은 영웅적인 면모를 지녔음에도 불구하고 불행한 운명을 타고났으며 마지막에는 저주의 대상이 된다. 자연은 삶의 터전이며 인간에게 심미적 즐거움을 주는 존재이지만 동시에 낯설고 치명적인 위험을 내포하고 있다. 『백경』에서 멜빌은 인간이 자연을 이해할 수 있다는 에머슨의 낙관적인 사상에 도전장을 던졌다. 에이합의 마음을 사로잡은 거대한 흰고래 모비딕은 소설 전체를 주도하고 있는 파악하기 힘든 우주와 같은 존재이다. 인간이 직관을 통해 자연 속에서 진실을 읽을 수 있다고 주장했던 에머슨과는 달리 우주는 거대하고 신비한 존재이며 그것이 작동되는 원리는 인간의 예지로 이해할 수도 없고 인간의 의지로 극복할 수도 없다는 철학을 멜빌은 피력하고 있는 것이다.

미국 낭만주의 문학을 대표하는 **에드거 앨런 포우**(Edgar Allan Poe, 1809-49)는 시와 단편소설, 추리소설, 문학 평론 등 다방면에서 특출하고 독보적인 업적을 남겼지만 평생 술과 도박, 가난과 질병에 시달렸던 불우한 천재이다. 포우는 인간 심리의 어두운 심연에 대한 문학적, 철학적 통찰을 보여주었으며 미beauty와 비정상abnormality, 괴기grotesque와 공포horror에 대한 그의 탐색은 후대의 많은 작가들에게 영향을 주었다. 『병 속의 원고』(MS Found in a Bottle, 1833)는 포우가 24세에 쓴 작품인데 외로운 모험가가 겪는 육체적, 정신적 공포를 다룬 이 작품에서 작가는 단편소설의 기교를 다루는 완숙한 경지를 보여준다. 포우의 단편들은 주로 공포와 괴기를 다루는데 그의 대표작으로 평가받는 「어셔가의 몰락」("The Fall of the House of Usher", 1839)에서 포우는 "효과의 단일성이 가장 중요한 것"(unity of effect is everything)이라는 단편소설에 대한 자신의 이론을 성공적으로 보여주고 있다. 이 소설의 공간적 배경이 되는 어셔 가문의 저택은 균열에 의해 무너질 위험에 처해 있는데, 그것은 바로 주인공인 쌍둥이 남매 로더릭 어셔Roderick Usher와 마들린Madeline 어셔의 정신 상태를 상징한다. 포우는 현대 탐정소설modern detective story의 창시자로 알려졌는데 『모르그가 살인사건』(*The Murders in the Rue Morgue*, 1841), 『도난당한 편지』(*The Purloined Letter*, 1845), 『황금 벌레』(*The Gold Bug*, 1843) 등이 대표작들이다. 이 작품들에서 포우는 명석한 두뇌를 가진 프랑스 탐정 듀팽Monsieur Dupin이라는 주인공을 창조했는데 그는 후에 코난 도일(Arthur Conan Doyle, 1859-1930)의 셜록 홈즈Sherlock Holmes의 모델이 된다. 시인으로서 포우는 주제보다 소리와 음악적 효과에 관심이 있었다. 그는 시를 "아름다움을 운율에 맞춰 창조하는 것"(the rhythmic creation of beauty)으로 정의했다. 널리 애송되는 「애너벨 리」("Annabel Lee")와 뛰어난 업적으로 평가되는 시집 『갈가마귀』(*The Raven*, 1845)에 수록된 시들은 시의 운율을 중시하는 포우의 시론이 잘 드러나 있다. 포우는 시의 진정한 목적이 "진실이 아니라 기쁨"pleasure not truth이라고 했지만 이때의 기쁨은 반드시 행복happiness을 의미하는 것은 아니었고, 훌륭한 시는 종종 독자들에게 부드러운 슬픔의 감정a feeling of gentle sadness을 불러일으킬 수 있다고 보았다. 포우는 『남부 문학 메신저』(*Southern Literary Messenger*)에 쓴 서평 등을 통해 미국 문학사에 문학 비평의 장을 처음 열었던 작가였다. 포우는 문학 비평을 통해 미국이라는 신생 국가가 하나의 국민문학national literature을 개발하는 데 기여하기를 원했고, "수학적 논증과 같은 차가움"the coldness of mathematical demonstrations을 유지하는 정확한 문학 비평의 전형을 선보였다.

　　**월트 휘트먼**(Walt Whitman, 1819-92)은 서민의 목소리를 반영하고 민주주의 정신을 옹호하는 등 미국의 정신을 가장 적극적으로 시로 표현한 가장 미국적인 시인이다. 휘트먼은 롱아일랜드 작은 마을에서 농부이며 목수였던 아버지와 퀘이커 교도였던 어머니 사이에서 태어났다. 어려운 가정형편 때문에 11세의 나이에 학교를 그만두고 법률 사무소, 병원, 인쇄소, 신문사 등에서 잡일을 하며 성서와 고전, 낭만주의 문학 읽기에 심취하던 휘트먼은 17세에 교사가 되어 5년간 가르치는 일을 하다가 그만두었다. 이후 뉴욕에 진출한 휘트먼은 평생을 기자와 자유기고자, 편집인 등 저널리스트로 살면서 시작에 전념하여 명성을 얻게 된다. 그가 36세 되던 1855년 자비로 출판한 첫 시집『풀잎』(*Leaves of Grass*, 1855)은 그가 평생 간직하며 수정을 계속했던 작품인데, 휘트먼의 대표작으로 인정받으며 미국문학 뿐 아니라 세계문학사에서 가장 독창적인 성과 가운데 하나라는 평가를 받는다. 이 작품은 휘트먼과 그의 조국인 미국이 성장하고 변화함에 따라 발전하고 변화하였다. 그는 이 작품에 대해 "그 자체로 결론지어진 것이라기보다는 어떤 것을 향해 가는 통로"(a passageway to something rather than a thing in itself concluded)로 정의하였다. 휘트먼은 시 형식의 경직성stiffness과 완벽성completeness을 배격했기 때문이다. 그 결과『풀잎』은 처음 출판된 1855년부터 최종판이 나왔던 1892년까지 미완성의incomplete "집필 중인 상태"work-in-progress에 있었다. 이 시집에 수록되어 있는「나 자신의 노래」("Song of Myself")에서 휘트먼은 다음과 같이 노래하고 있다.

> 나는 스스로를 찬미하며 노래 부른다.
> 내가 취하는 것은 당신도 취하리라.
> 왜냐하면 내게 속한 모든 원자는 당신에게도 속하기 때문에.

> I Celebrate myself, and sing myself,
> And what I assume you shall assume,
> For every atom belonging to me as good belongs to you.

여기서 시인은 "자기 자신"을 찬양한다고 했지만 이때의 자신은 이웃, 미국인, 혹은 전 인류를 포함하게 된다. 그리고 곧 그는 자신을 "월트 휘트먼이자 한 우주"Walt Whitman, a Cosmos라고 소개한다. 그에게 있어 진정한 자신은 우주 속의 모든 것을 뜻한다. 『풀잎』은 미국 대륙만큼이나 방대하고 에너지로 충만되어 있으며 자유스럽다. 특히 휘트먼은 시의 형식 분야에서 혁명적인 진전을 이룩했다. 그는 미국의 민주주의를 구현하기 위해 과거의 모든 낡은 것들을 반성해야 한다고 전제하고 과거의 전통과 다른 전혀 새로운 형태의 시적 표현을 창조했다. 그는 메시지message가 형식form보다 더 중요하다고 생각했으며 자유시free verse의 가능성을 개척한 창시자였다. 그의 시에서 시행lines들은 연stanzas이라는 틀에 의해 조직화되지 않는다. 운rhyme의 규제를 받지도 않고 뚜렷한 음보meter를 사용하지도 않는다. 그러나 우리는 이렇게 쓰인 문장들에서 명확한 리듬rhythm을 느끼고 음악성musicality과 통일성unity을 느낄 수 있게 된다. 미국 민주주의의 성공이 인류의 장래의 행복에 중요한 열쇠라고 생각했던 휘트먼의 가장 위대한 두 편의 시, 「선장님, 나의 선장님」("O Captain, My Captain!")과 「앞마당에 마지막 라일락이 피었을 때」("When Lilacs Last in the Dooryard Bloom'd")는 1865년에 일어난 링컨(Abraham Lincoln, 1809-65)의 죽음을 애도한 시이다.

에밀리 디킨슨(Emily Dickinson, 1830-86)은 월트 휘트먼과 함께 19세기를 대표하는 두 명의 시인 가운데 한 사람이지만 당대에는 거의 알려지지도 영향력을 미치지도 못한 작가였다. 매사추세츠 주 암허스트Amherst의 독실한 청교도 가정에서 태어난 디킨슨은 1847년 마운트 홀리요크 여학교Mount Holyoke Female Seminary에 진학하였으나 1년 후 중퇴하였다. 이후 디킨슨은 독서와 사색, 그리고 시 창작에 힘쓰며 평생을 독신으로 살았는데, 55세에 사망할 때까지 자신의 집과 제한된 산책로 밖으로는 외출조차 하지 않는 지극히 폐쇄적인 은둔의 삶을 영위하였다. 디킨슨의 시에는 남북전쟁과 당대 미국의 다른 국가적 사건들이 등장하지 않는다. 외부 세계와 철저히 단절된 상태에서 디킨슨은 대단히 개인적이고 순수한 주제들, 즉 사랑과 이별, 죽음, 영원 등의 소재를 즐겨 다루었다. 그녀는 자연을 사랑했으며 뉴잉글랜드 시골의 새, 동물, 식물, 계절의 변화 등에서 깊은 영감을 얻었다. 에머슨의 영향을 많이 받은 디킨슨은 초월주의자들처럼 "가능성"the possible을 "실재"the actual보다 더 중요한 것으로 여기고, "인간이 신비에 가려져 있는 한계를 넘어 밖으로 나아가야 한다."(people had to move outward towards limits shrouded in mystery)고 생각했다. 디킨슨의 시풍은 19세기 낭만파의 시풍보다도 17세기의 형이상학파 시인들metaphysical poets의 시풍에 가까웠으며 기법은 파격적이었다. 디킨슨의 간결하면서 이미지즘적인 스타일은 휘트먼에 비해 더욱 현대적이며 혁신적이다. 그녀는 한 단어로 표현할 수 있을 때 결코 두 단어를 사용하는 일이 없었고, 거의 속담처럼 응축된 스타일로 추상적인 사고와 구체적인 사물을 결합했다. 디킨슨은 때로 놀라울 정도로 자신의 삶에 대한 실존적 각성을 보여주기도 하고 때로는 인간 심리의 어둡고 감추어진 부분을 탐구하며 죽음death과 무덤 graveyard, 영원불멸immortality 등에 대해 묵상하기도 한다. 하지만 동시에 그녀는 꽃과 벌과 같은 단순한 사물들을 찬미하며 뛰어난 유머 감각을 과시하기도 한다. 그녀는 단어와 문구의 의미를 뒤집는 역설법을 사용하기도 하고 대문자 capital letter와 대시dash를 불규칙하게 사용하기도 하며 전통적인 시 형식을 깨트리는 파격도 서슴지 않는다. 디킨슨은 생전에 시를 거의 발표하지 않았고 그녀의 사후 여동생에 의해서 1,800편에 가까운 시가 수집되었고, 1955년 토머스 존슨(Thomas H. Johnson)에 의해 『에밀리 디킨슨 시 전집』(The Poems of Emily Dickinson)이 출판되었다. 디킨슨의 시는 20세기에 이르러 이미지즘과 형이상학파 시의 유행과 더불어 더욱 높은 평가를 받기에 이른다.

디킨슨이 당대 미국 사회에 아무 영향을 행사하지 못한 단절된 삶을 살았던 것에 비해 동시대를 살았던 스토우 부인(Harriet Beecher Stowe, 1811-96)은 단 한 편의 저서 『톰 아저씨의 오두막』(Uncle Tom's Cabin, 1852)을 통해 미국 사회에 획기적인 영향을 행사한 여성이다. 이 작품은 자유를 희구하면서도 노예 상태에서 달아나지 않고 불행한 최후를 맞이하는 흑인 노예 엉클 탐에 관한 이야기인데, 지나친 감상주의와 허술한 구성 등에도 불구하고 발간되자마자 대단한 인기를 누렸고 여러 언어로 번역되어 전 세계적으로 널리 읽혔다. 이 작품은 노예제도에 대한 북부인의 반대 운동을 확산하는 데 기여하고 남북전쟁을 수행할 명문을 제공했기 때문에, 링컨 대통령이 1863년 그녀를 만났을 때, "당신이 이 거대한 전쟁을 일으킨 책을 쓰신 그 작은 여성이군요."(So you're the little woman who made the book that made the great war)라고 인사했다는 일화가 전해진다.

19세기 중엽 동안 아프리카계 미국 작가들의 작업도 계속되었다. 켄터키 Kentuck 주의 작은 마을에서 노예로 태어나 어린 나이에 자유를 찾아 북쪽으로 탈출했던 **윌리엄 웰스 브라운**(William Wells Brown, 1814-84)은 아프리카계 미국작가가 쓴 최초의 소설로 평가되는 『클로텔, 대통령의 딸』(*Clotel or the President's Daughter*, 1853)이 런던에서 출판될 때 여전히 노예 신분이었던 것으로 알려졌다. 이 작품은 미국의 3대 대통령을 역임하고 노예제도의 폐지를 주장했던 정치지도자 토머스 제퍼슨의 혼혈 자녀들을 모티브로 삼아 쓴 소설이다. 작품에 등장하는 클로텔은 허구의 인물이지만 당시 널리 유포되어 있던 제퍼슨에 관한 소문을 씨줄로 삼고 저자가 노예 해방운동을 펼치면서 직접 보고 들은 다양한 흑인 노예들의 실제 이야기를 날줄로 해 노예제의 참상을 고발한 작품이다. 이 작품의 성공으로 자유를 획득한 브라운은 이후 노예해방론자, 연설가, 소설가, 극작가, 역사가로 활발하게 활동했다. **헤리엇 윌슨** (Harriet E. Wilson, 1825-1900)은 최초의 여성 아프리카계 미국소설가로 평가받으면서 남녀를 통틀어 미국 내에서 소설을 출판한 최초의 작가로 알려졌다. 긴 제목을 가진 그녀의 소설 『우리의 검둥이―혹은 북부의 하얀 2층집에 사는 자유로운 흑인의 삶에 대한 스케치, 노예 제도의 그림자가 거기에도 드리워져 있음을 보여주는』(*Our Nig: or, Sketches from the Life of a Free Black, in a Two-story White House, North. Showing that Slavery's Shadows Fall Even There*, 1859)은 보스턴에서 익명으로 출판되었다. 이 작품은 백인 여성과 흑인 남성의 결혼을 사실적으로 극화하고 있으며, 부유한 기독교 집안 흑인 노예의 어려운 생활도 묘사하고 있다. 이 소설은 뉴 햄프셔에서 유색 자유민으로 태어난 작가가 영위했던 척박한 삶의 모습을 반영한 자전적인 요소가 많은 것으로 평가되고 있다. 19권의 시집과 4권의 소설, 그리고 다수의 단편소설과 에세이를 펴낸 **프란시스 하퍼**(Francis Ellen Watkins Harper, 1825-1911)는 민권운동과 여성운동, 그리고 노예해방운동의 전위에서 활약한 대표적인 활동가이며 작가였다. 그녀는 시집 『다양한 주제에 대해 쓴 시들』(*Poems on*

*Miscellaneous Subjects*, 1854)과 소설 『아이올라 르로이』(*Iola Leroy, or Shadows Uplifted*, 1892)를 남겼다.

### ▬▬▬ American Renaissance 미국의 문예부흥기

저명한 문학평론가였던 매티슨(F. O. Matthiessen, 1902-50)은 그의 저서 『미국의 문예부흥기』(*American Renaissance*, 1941)에서 1850년대 미국 문학이 달성한 성과에 주목하며 이 시기를 "미국의 르네상스"라고 명명하였다. 메티슨은 특별히 에머슨의 『대표적 위인전』(1850)과 소로우의 『월든』(1854), 호손의 『주홍글자』(1850), 멜빌의 『백경』(1851), 그리고 휘트먼의 『풀잎』(1855) 등이 1850년부터 1855년 사이에 쏟아져 나왔던 것에 주목하면서 미국문학사에서 이 시기가 말로, 셰익스피어, 스펜서 등이 활약했던 영국의 르네상스 시기를 방불케 한다고 보았다. 미국문학사에서 1828년부터 1865년까지의 시기는 워싱턴 어빙과 제임스 쿠퍼에 의해 시작된 미국의 국민문학이 본격적인 궤도에 진입한 시기이고, 미국문학이 전례 없는 전성기를 구가하면 시기였다. 이 시기의 문학적 특징은 낭만주의 문학이었으며, 이 시기 전체를 "미국의 문예부흥기"라는 명칭으로 부를 수도 있다. 한편 메티슨의 저서에 입각해서 이 용어를 좁게 정의하는 경우 그것은 위에 언급한 작가들이 활약한 1850년대를 지칭하는 것이 된다. 이 명칭은 이후 미국문학사에서 "제2의 르네상스"Second Renaissance, "할렘 르네상스"Harlem Renaissance, 그리고 "유태계 작가 르네상스"Jewish Renaissance와 같은 방식으로 확대되었다.

### ▬▬▬ Boston Brahmins 보스턴 브라민스

보스턴 브라민스는 보스턴과 하버드 대학을 중심으로 모이던 상류층 명문 가문 출신 작가들의 모임을 지칭하는 말이다. 이들은 "토요일 동호회"Saturday Club 모임을 갖고 1857년부터 『월간 대서양』(*Atlantic Monthly*)라는 잡지를 출판했는데 이 잡지는 향후 30여년 세월 동안 미국의 가장 유력한 지성잡지가 되었다. 올리버 웬델 홈즈(Oliver Wendell Holmes, 1809-94), 헨리 워즈워스

롱펠로우(Henry Wadsworth Longfellow, 1807-82), 제임스 러셀 로웰(James Russell Lowell, 1819-91) 등이 핵심인물이었다.

하버드대학에서 18년 동안 교수로 재직했던 **롱펠로우**는 식민지 전쟁을 배경으로 한 비련의 이야기『에반젤린』(*Evangeline*, 1847)과 인디언의 신화적 영웅이야기『하이어워사의 노래』(*The Song of Hiawatha*, 1855), 청교도 군인의 연애이야기『마일즈 스탠디시의 구혼』(*The Courtship of Miles Standish*, 1858) 등의 장시를 썼지만 삶에 대한 낙천적인 철학을 공공연하게 피력한『삶의 찬가』(*A Psalm of Life*, 1838)를 통해 대중적인 인기를 얻었다. 에드거 앨런 포우나 나사니엘 호손 등이 미국인의 내적 자아의 어두운 심연을 탐구할 때, 롱펠로우는 삶을 예찬하고 긍정적인 인생관과 능동적인 행동을 촉구하는 시를 썼다.

> 즐거움도 아니고 슬픔도 아닌 것이,
>     우리의 운명은 끝이 나느냐 계속하느냐,
> 그러나 행동하라 그러면 오늘보다
>     내일은 보다 더 앞서 가 있으리.

> Not enjoyment, and not sorrow,
>     Is our destined end or way;
> But to act, that each tomorrow
>     Find us farther than today.

롱펠로우는 건전한 인생관을 쉬운 언어로 표현해서 당대에 큰 인기를 끌었지만 그의 철학이 너무 통속적이고 교훈적이며 그의 시는 독창성과 직관력이 결여되었다는 지적을 받는다. 하지만 그가 유럽의 시적 전통, 특히 유럽 대륙 여러 나라의 민요를 솜씨있게 번역하여 미국 대중에게 전달한 공적은 인정할 만한 것이다.

**올리버 웬델 홈즈**(Oliver Wendell Holmes, 1809-94)는 보스턴에 기반을 두고 살았던 시인이며 강연자, 교수, 그리고 의학자였다. 매사추세츠 주의 케임브리지에서 태어나 하버드 대학에서 법률과 의학을 공부하고 평생을 의과대학에서 가르치며 많은 과학 논문을 쓰고 의료제도 개선에 기여한 인물이다. 홈즈는 보스턴의 상류 귀족 모임을 조직하고, 이 조직을 "브라만"(Brahmin)으로 명명했으며 『월간 대서양』의 발행을 주도했다. 이 잡지의 제1호지에 게재한 「아침상의 독재자」("Autocrat of the Breakfast Table")를 시작으로 홈즈는 유명한 "아침 밥상 이야기"Breakfast-Table series를 이 잡지에 연재하며 작가로서의 명성을 쌓았다. 이 이야기는 보스턴의 어느 하숙집을 배경으로 홈즈 자신을 대변하는 '독재자'라는 인물을 통해서 매우 다양한 주제들에 대한 의견을 표현한 작품이다. 홈즈는 익살스러운 시에 능했고 미국의 가장 유명한 경쾌한 운문 시인의 한 사람으로 알려져 있다. 홈즈는 몇 권의 소설을 발표했는데 자신이 종사했던 의학적인 문제를 다루어서 "의학 소설"medicated novels로 불리는 작품들을 썼다.

**제임스 러셀 로웰**(James Russell Lowell, 1819-91)은 시인이며 비평가였고 편집자, 그리고 외교관의 삶을 살았다. 로웰은 하버드대학교를 졸업한 후 법학 전문대학원에서 법률을 공부하고 부인의 영향을 받아 자유개혁자, 노예제 폐지론자abolitionist, 여성 참정권 및 미성년 노동 금지법에 대한 지지자가 되었다. 멕시코 전쟁 기간 중 쓴 『비글로 페이퍼즈, 제1부』(*Biglow Papers, First Series*, 1847-48)에서 로웰은 전쟁을 "국가적 범죄"national crime로 규정하며 미국의 정책을 신랄하게 비판했다. 이 작품에 등장하는 호시 비글로Hosea Biglow는 영리하지만 교육을 받지 못한 시골뜨기이며, 뉴잉글랜드 방언dialect을 사용하는 전형적인 양키Yankee인데 유머러스한 견해를 제시하며 사회개혁을 주장한다. 『비글로 페이퍼즈, 제2부』는 남북전쟁 기간 중인 1861년부터 1965년까지 쓰였으며, 북군을 지지하려는 의도를 갖고 있었으나 큰 인기를 끌지는 못했다. 로웰 이전에도 벤자민 프랭클린과 필립 프리노가 사회적 논평을 위한 대변자로 지적인 촌부(村夫)를 등장시킨 적이 있었는데, 로웰은 이 전통을 다시 실험했고 이러한 노력은 훗날 마크 트웨인에 의해 새로운 리얼리즘이라는 모습으로 결실을 맺게 된다. 로웰은 정년퇴직한 롱펠로우의 뒤를 이어 하버드대학교 현대 언어학과 교수가 되었고 차츰 존경받는 비평가와 교육자로 두각을 나타내게 된다. 그는『월간 대서양』의 편집자와『북아메리카 리뷰』의 공동 편집자로 오랫동안 일하며 상당한 영향력을 행사했다. 로웰은 1848년 발행한 『비평가들을 위한 우화』(A Fable for Critics)로 인해 악명을 얻게 되는데, 이 작품은 단행본의 길이로 쓴 장편의 시로서 이 시에서 로웰은 동시대 시인들과 비평가들을 평가하기 위해서 통렬하면서도 재치있는 풍자를 사용했다는 평을 받는다.

## American Civil War 미국남북전쟁 (1861-1865)

1861년부터 1865년까지 미국은 남북 전쟁을 겪는다. 남북 전쟁의 원인은 매우 복잡하고 그 배경도 광범위하지만 전쟁의 직접적인 동기는 각 주States가 연방 으로부터 탈퇴하는 것을 헌법이 인정할 수 있는지에 대한 헌법 해석의 문제였 다. 1860년 대통령 선거에서 노예제 폐지와 연방주의를 표방하는 공화당의 링 컨(Abraham Lincoln, 재임 1861-65)이 당선되자 1861년 1월 당시 미합중국에 속해 있던 34개 주 가운데 사우스캐롤라이나와 미시시피, 텍사스를 포함한 7 개 주가 "남부 연합"the Confederate States of America을 결성하며 연방 탈퇴를 선언했다. 이 세력은 한 때 11개 주로 확대되기도 했지만 전쟁이 끝날 때까지 독립된 국가로서의 외교권을 행사하지는 못했다. "북부 연맹"the Union/the North과 "남부 연합"the Confederacy/the South으로 분열된 미국은 향후 4년이 넘 는 기간 동안 격렬한 전쟁을 수행한 끝에 1865년 종전을 맞는다. 미국의 남북 전쟁은 인류가 경험한 최초의 산업 전쟁industrial war의 하나였다. 이 전쟁에는 철도railroads와 기선steamships, 전신the telegraph 그리고 대량생산된 무기mass-produced weapons가 광범위하게 사용되었고 민간의 공장과 탄광, 조선소, 은행, 교통 및 음식 공급 업체 등이 동원되었던 점 등은 이후 제1차 세계대전의 양상 을 미리 보여준 것이었다. 남북 전쟁은 인명 피해가 컸던 전쟁이었다. 북군과 남군을 합하여 62만 명이 넘는 군인들이 전사했고 민간인 피해도 적지 않았다. 남부 연합이 패배함으로써 노예제도는 폐지되었고 특히 남부의 산업기반이 대 부분 무너지는 피해를 입었다. 전쟁이 종식되고 난 다음 10년이 넘는 세월 동 안 미국은 국가 재건기Reconstruction Era를 갖고 산업 기반의 재건과 국민 통합,

그리고 새로 자유를 쟁취한 노예들의 권리를 보호하기 위한 노력을 경주하게 된다.

## Realistic Period in America 사실주의문학기 (1865-1900)

남북 전쟁의 충격은 미국 사회를 근본적으로 변화시켰다. 유럽의 문화적 전통과 과거의 권위가 보다 엄연하게 유지되던 남부는 급격한 물질주의materialism의 영향을 받게 되었고, 북부에서 시작된 산업화industrialization와 도시화urbanization가 전국으로 확대되었다. 역사상 유례가 없는 전쟁의 참화를 경험한 미국인들은 새로운 자기 인식self-awareness과 감수성을 갖게 되었으며 이에 따라 문학과 예술의 형식도 새로운 변화를 경험하게 되었다. 남북 전쟁이 끝난 1865년부터 1900년까지를 미국문학사에서 사실주의 문학기realistic period로 구분한다. 이 시기는 마크 트웨인(Mark Twain, 1835-1910)과 윌리엄 딘 하월즈(William Dean Howells, 1837-1920), 헨리 제임스(Henry James, 1843-1916) 등 대가들과, 남북 전쟁 소설을 썼던 존 드포레스트(John W. DeForest, 1826-1906), 해롤드 프레더릭(Herold Frederic, 1856-98), 그리고 아프리카계 미국 작가인 찰스 체스넛(Charles W. Chesnutt, 1858-1932) 등의 소설가들이 활동하였다. 이 시기의 소설들은 바로 앞 시기에 낭만적romantic라고 불렸던 포우, 호손, 멜빌의 산문체 소설들과 대조적으로 사실주의적realistic인 특성을 갖게 되었다.

## Local Color Writers 지방색 작가들

남북전쟁 이후 지방색은 미국 문학의 중요한 요소가 되었다. 지방색이란 어떤 작가가 특정한 지역적 환경regional milieu 속에서 활동하면서 그 지역의 특성을 문학으로 형상화한 것을 의미하는데, 그래서 본질적으로 지역사실주의local realism 경향을 갖는다. **사라 온 주윗**(Sarah Orne Jewett, 1849-1909)은 메인Maine 주를 중심으로 뉴잉글랜드의 작고 평범한 마을에 사는 소박한 사람들의 이야기를 소설로 썼는데 등장인물들이 말하는 방식이나 그들의 구체적인 삶의 모습은 한 고장으로서의 뉴잉글랜드에 대한 강한 인상을 남겼다. 메인 주 해안의 한 마을을 배경으로 한 『뾰족한 전나무의 고장』(*The Country of the Pointed Firs*, 1896)은 주윗의 대표작으로 꼽힌다. **조지 워싱턴 케이블**(George Washington Cable, 1884-1925)은 뉴올리언즈New Orleans에 살고 있는 크레올Creole들의 삶을 전문적으로 그렸다. 그는 크레올 문화와 인접한 청교도 문화 사이의 재미있는 차이를 주제로 작품을 썼다. **조엘 챈들러 해리스**(Joel Chandler Harris, 1848-1908)는 남북 전쟁 이후 가장 흥미로운 작가 가운데 한 사람인데, 그는 백인이면서 흑인의 민속negro folklore을 대중화시키는 작업을 했다. 1880년과 1892년 사이에 쓰인 『레무스 아저씨』(*Uncle Remus*)는 한 늙은 노예가 어떤 백인 어린이에게 해 주는 이야기인데 동물 우화의 형식을 취하고 있다. 이 동물 우화들은 약자가 강자에게 대항하기 위해 머리를 쓰는 방식을 즐겨 주제로 삼았는데 이는 옛 남부에서 흑인 노예들이 주인에게 저항하던 방식을 표현한 것이다. **케이트 쇼팽**(Kate Chopin, 1851-1904)은 20세기가 개막하는 시기에 활동한 가장 중요한 여성 작가이다. 쇼팽의 『깨어남』(*The Awakening*, 1899)은 루이지애나Louisiana를 배경으로 백인 사회와 크레올 사회의 기질 차이를 다루면서 여주인공의 실존적 자아 추구를 주제로 하고 있는데 당대 사회의 도덕적 완고함이 이 작품을 부도덕한 것으로 평가절하했기 때문에 정당한 평가를 받지 못하다가 최근에 이르러 선구적인 여성주의feminism 소설로 재평가 받고 있다.

남북 전쟁 이후 오늘 날의 미국 국경이 확정되는 1870년대까지 미국은 서부개척의 역사를 갖는다. 영토 확정을 목적으로 하는 연방정부의 노력과 새로운 운명을 개척하려는 개인들의 욕망이 결합하여 미국의 중심이 급격히 서부로 이동하면서 서부가 문학의 새로운 소재로 등장하게 되었다. **브렛 하트**(Bret Harte, 1836-1902)는 뉴욕 출신이면서 1850년대 골드 러쉬gold rush를 호응하여 캘리포니아California로 이주한 작가이다. 그의 작품에는 도박사gamblers와 창녀prostitutes, 술꾼drunks, 지저분한 탄광 마을dirty mining camp 등이 등장한다. 보안 관sheriff과 악당bad man, 은행 강도bank robbery와 술집에서의 싸움barroom fights 등 하트의 소설은 훗날 전형적인 미국 문화로 자리잡는 서부 영화

western movies의 중요한 모티브를 제공하고 있다는 점에서 중요성을 인정받는다. 캘리포니아 지방색은 20세기에 이르러 존 스타인벡(John Steinbeck, 1902-68)에 의해 다시 각광을 받게 된다. 윌리엄 딘 하월즈는 "미국의 서부는 그 외부에 존재하는 어떠한 전래 문화에 대한 감각 없이도 묘사될 수 있다. 그러나 동부는 항상 두려운 듯이 어깨 너머로 유럽을 곁눈질하고 있다."(American West could be described without the sense of any older civilization outside of it. The East, however, was always looking fearfully over its shoulder at Europe.)고 언급하였다. 이러한 평가는 전통의 영향을 강하게 받았던 동부에 비해 서부의 자유로움을 표현한 것인데 이런 이유로 서부 지방색 작가들은 보다 분명한 미국적 정체성을 표방한 진정한 미국 문학을 창조할 수 있는 조건을 갖추고 있었던 셈이다.

본명이 사무엘 클레멘스(Samuel Clemens)인 **마크 트웨인**(Mark Twain, 1835-1910)은 미주리Missouri 주와 미시시피Mississippi 강을 자신의 삶과 문학의 소재로 삼았다는 점에서 서부문학 지방색 작가에 속한다고 할 수 있다. 그는 영국의 소설가 찰스 디킨스(Charles Dickens, 1812-70)가 "끔찍한 도랑"horrible ditch이라고 표현한 미시시피 강을 "온전한 실체"all existence이며 "인간 여정"the human journey의 중요한 상징물로 보았다. 그가 성장한 미주리 주의 작은 마을 한니발Hannibal은 동부의 문화중심권으로부터 멀리 떨어진 곳이었지만 인디언 전설Indian legend과 흑인 노예들의 이야기, 증기선steamboats이 오고 가는 강변의 풍광 등은 트웨인에게 작가로서의 소양을 기를 수 있는 최적의 조건을 제공했다. 트웨인이 1857년부터 4년 동안 미시시피 강을 오가는 증기선의 키잡이river pilot로 일했던 경험은 훗날 그의 걸작 가운데 하나로 꼽히는 『미시시피 강의 삶』(Life on the Mississippi, 1883)의 소재가 되었다. 1865년 발표한 「저명한 멀리뛰기 개구리」("The Celebrated Jumping Frog")로 트웨인은 전국적인 명성을 획득하게 되는데 이 이야기는 프랭클린 식의 "허풍이야기"로서 약자가 강자를 골탕먹이는hoaxing 서부식 유머가 가득한 작품이다. 이후 신문사의 특파원으로 유럽에 체류하며 쓴 『시골뜨기의 세계여행』(The Innocents Abroad, 1869)은 유럽의 귀족주의에 대한 비판과 위선적인 미국 여행자들에 대한 조롱, 트웨인 자신의 민주주의 의식을 담은 작품으로서 그를 세계적인 작가의 반열에 올려놓았다. 『톰 소여의 모험』(*The Adventures of Tom Sawyer*, 1876)과 『허클베리 핀의 모험』(*The Adventures of Huckleberry Finn*, 1884)은 일종의 악한 소설picaresque narrative로서 트웨인 문학의 정수를 담고 있는 걸작으로 평가받는다. 특히 『허클베리 핀의 모험』은 흑인 노예의 탈주를 돕는 백인 소년의 도덕적 갈등moral dilemma과 그들 사이에 형성되는 형제애brotherhood를 그림으로써 미국 민주주의 정신을 여실히 표현한 위대한 문학적 성과로 꼽힌다. 헤밍웨이는 "모든 현대 미국문학은 『허클베리 핀』으로부터 나온다."(All modern American literature comes from Huckleberry Finn.)고 선언하기도 했다. 말년에 이르러 민주주의와 인간성에 대한 작가 자신의 신념이 비관적으로 바뀜에 따라 트웨인의 후기 소설들에는 악이 작동하는 방식에 대한 부정적인 인식과 인간 사회에 대한 절망적인 전망을 확대되었다는 평가를 받기도 한다. 또한 그는 미국 사회와 미국인들이 안고 있는 모순과 갈등을 의식하기는 하였지만 그 해결책을 모색하기보다 자신이 본 것을 그대로 기록하는 신문기자의 역할에 머물고 있다는 평가도 있다. 하지만 평생 저널리즘에 종사했던 작가의 이력은 직접적이고 꾸밈이 없는 트웨인 특유의 문체를 만들어냈고 그것은 헤밍웨이와 셔우드 앤더슨 등 후세 작가들에게 직접적인 영향을 주었다. 그는 흑인들의 언어와 어린 소년들의 말투, 지방의 방언들을 능숙하게 구사했고 수많은 신조어를 만들어냈으며, 그의 작품은 미국인들이 언어를 사용하는 방식을 바꾸게 하였다. 그의 삶과 문학은 유머로 가득 차 있으며 그의 작품들은 가장 미국적인 것을 통해 인간의 보편적인 속성을 이야기한, 미국문학사에 독보적인 지위를 차지하고 있다고 할 수 있다.

## Gilded Age 도금시대

"도금시대"라는 용어는 마크 트웨인과 찰스 워너(Charles Dudley Warner, 1829-1900)가 공동 집필한 『도금시대』(*The Gilded Age*, 1873)에서 유래하였다. 이 표현은 남북 전쟁 이후 미국이 국가재건을 기치로 산업화를 강력하게 추진하는 과정에서 발생한 거대한 사회악의 출현, 가치관의 붕괴, 도덕적 타락의 양상을 지칭하는 말이다. 남북 전쟁은 노예 제도 폐지라는 윤리적 이슈 이면에 경제적 이해관계의 충돌이라는 동인이 작용한 전쟁이었다. 전쟁 이전의 남부는 유럽의 상류층이 자본으로 구축한 대농장이 산업의 중심이었으며 그 농장주들은 유럽의 문화와 전통에 대한 친화성과, 세련되고 귀족적인 취향을 가진 고상한 계층이었다. 그들은 북부의 천박한 도시민들과 공장 노동자들을 "양키"라는 경멸적인 명칭으로 불렀다. 남북 전쟁의 결과는 북부의 산업화 세력에 의해 남부의 전통과 문화가 파괴되었다는 해석도 가능하다. 남부의 귀족들이 흰 기둥과 넓은 발코니를 가진 대저택에 살면서 고상하고 세련된 문화생활을 영위하며 흑인 노예들을 자애롭게 대하던 시절은 황금시대Golden Age이었을지 모른다. 남북 전쟁이 끝나고 그 황금시대가 종식되면서 미국은 국가재건에 매진하는데, 그 결과 도로가 새로 포장되고 공장이 건설되며 삶의 질이 급격히 개선되어 가는 것 같았지만 그것은 실상 겉만 번쩍이게 금박을 입힌 도금의 시대가 되었다는 것이다. 그 겉모습의 밑바닥에는 미국적 이상주의가 붕괴되고 개인은 욕망의 노예로 전락하며 사회는 불평등과 모순이 만연한 추악한 변화가 발생되고 있었던 것이다. 그리하여 미국의 역사에서 1870년대부터 1890년대까지를 "도금시대"라고 부르게 된다. 미국의 진보적 역사학자인 케네스 데이비스(Kenneth C. Davis)는 『역사에 대해 알아야 할 모든 것』(*Don't Know Much About History*, 1990)에서 도금시대의 발전과 진보를 다음과 같이 설명하였다.

겉만 번지르르하고 속은 천박하고 지저분한 그런 진보였다. 그것은 철로 한 구간을 깔 때마다 그리고 석탄과 철광석 1톤을 캘 때마다 수천 명의 목숨을 앗아간 그런 진보였다. 태반이 정치적 발언권이 아예 없거나 거의 없는 이민자이거나 퇴역병이었던 노동자들은 위험하고 비위생적인 노동 조건 속에 형편없는 급여를 받으며 노동에 종사했다. 이 시기에 새롭게 형성된 부는 또 엄청난 부패의 시대를 여는 계기가 되기도 했다. 눈하나 깜짝 안 하고 수백만 달러를 받아 챙겼던 뉴욕과 워싱턴의 정치인들, 그런 정치인들을 떡 주무르듯 주무른 백만장자 기업인들에 비하면 서부 개척 시대의 무법자들은 삼류 사기꾼에 불과했다.

이 시대는 이른바 "날강도 귀족"The Robber Barons들이 국가의 권력을 장악하고 위선과 기만, 무차별적인 탐욕과 과소비를 과시하던 시기였다. 날강도 귀족이라는 표현은 철도회사 중역을 지낸 찰스 프랜시스 애덤스(Charles Francis Adams, Jr., 1835-1915)가 『철도: 기원과 문제들』(*Railroads: Their Origins and Problems*, 1878)에서 거대한 철도 자본가를 지칭하는 말로 처음 사용했고, 저널리스트였던 매슈 조지프슨(Matthew Josephson, 1899-1978)이 『날강도 귀족들』(*The Robber Barons*, 1934)에서 도금시대의 독점 자본가들을 부르는 명칭으로 다시 썼다. 거대 자본가들이 거대한 악을 작동하는 동안 이 시대의 소시민들은 개인적 욕망의 노예가 되어 갔다. 성실하고 근면하게 일해서 성공을 성취하자는 프랭클린의 교훈은 수단과 방법을 가리지 않고 상대방을 짓밟고라도 성공에 도달하려는 풍조를 낳았고, 에머슨의 "자기 의존" 정신은 극도의 이기주의로 변질되었다. 미국 건국의 건강한 이념이었던 "미국의 꿈" American Dream은 퇴색되고 왜곡되는 결과를 낳는다. 미국이 도금시대에 경험한 도덕적 타락과 정신적 붕괴는 1920년대 작가들, 특히 피츠제럴드(F. Scott Fitzgerald, 1896-1940)가 『위대한 개츠비』(*The Great Gatsby*, 1925)에서 그리고 있는 왜곡된 아메리칸 드림의 비극으로 연결된다.

### Age of Realistic Novels 사실주의 소설의 시대 (1880s)

1865년부터 1900년까지를 미국문학사에서 사실주의문학기로 정의했지만 1880년대는 특히 사실주의 소설의 전성기로 꼽힌다. 이 시기 동안 마크 트웨인이 『미시시피 강의 삶』과 『허클베리 핀의 모험』을 발표했고 윌리엄 딘 하월즈와 헨리 제임스가 중요한 저작을 생산해냈다. **하월즈**(William Dean Howells, 1837-1920)는 미국 사실주의 문학의 이론적 토대를 처음 정립한 인물이며 그의 영향에 의해 사실주의가 19세기 후반 미국문학의 주류로 자리잡게 된다. 오하이오Ohio 주 출신이었던 하월즈는 인쇄소 식자공과 편집 기자를 거쳐 1860년 링컨의 선거용 전기를 집필한 것이 계기가 되어 작가로서의 이력을 시작한다. 그는 1866년부터 1881년까지 『월간 대서양』, 1886년부터 1891년까지 『하퍼스 매거진』(*Harper's Magazine*), 1891년부터 1892년까지 『코스

모폴리탄 매거진』(*Cosmopolitan Magazine*)의 주간, 편집장 등을 역임했는데, 그는 이들 잡지를 "낭만주의"에 대항하는 무기로 삼았다. 그는 낭만적인 작품들이 인생에 대한 그릇된 견해를 만들어 낸다고 생각했다. 잡지 편집인의 지위는 그가 햄린 가랜드(Hamlin Garland, 1860-1940)와 스티븐 크레인 등 젊은 작가군을 발굴하고 마크 트웨인과 헨리 제임스 등 친구들을 후원하는 데 유용한 수단이었다. 그가 자신의 사실주의 문학이론을 적용하여 발표한 초기작들인 『그들의 신혼여행』(*Their Wedding Journey*, 1872)과 『흔히 있는 사건』(*A Modern Instance*, 1882) 등은 공개적으로 거론되거나 글로 쓰인 적이 없는 이혼과 같은 주제를 다루고 대단히 비낭만적인 등장인물들과 그들의 행태를 사실적으로 묘사하여 독자들에게 충격을 주었다. 그의 대표작으로 평가되는 『사일러스 라팜의 출세』(*The Rise of Silas Lapham*, 1885)는 평범하고 교육도 받지 못한 주인공이 페인트 사업paint business으로 부자가 되지만 보스턴의 상류 사회high society에 편입되지 못하는 좌절을 그리고 있다. 이 작품에서 작가는 등장인물인 시웰Sewell의 입을 통하여 "소설가들이 삶을 있는 그대로 그리고, 인간의 감정을 진정한 균형과 관계에 입각하여 표현한다면 그들은 우리에게 가장 큰 도움을 줄 수도 있을 것이다"(The novelists might be the greatest possible help to us if they painted life as it is, and human feelings in their true proportion and relation)는 자신의 문학관을 밝히고 있다. 그는 당대 인기 작가들의 낭만적 소설들과 역사적 로맨스가 "인생과 그에 따르는 모든 근심과 의무들을 다 잊게 만든다."(make one forget life and all its cares and duties)고 지적하며 소설은 모름지기 "인간으로 하여금 생각하게 해야 하고,... 그래서 스스로를 더 부끄럽게 여겨 현재의 자신보다 더 유용한 인간이 되기를 바라도록 해야 한다"(should make you think,... and shame you into wishing to be a more helpful creature than you are)고 주장했다. 그는 또한 프랑스 사실주의 소설들이 사회의 추악한 모습을 지나치게 강조하고 있다고 비판하며, 미국의 소설들은 "좀 더 미소 띤 삶의 모습"(more smiling aspect of life)을 묘사해야 한다."는 견해를 피력했는데 이 "좀 더 미소 띤 삶의 모습"은 향후 하월즈 문학과 미국 사실주의 소설의 핵심적인 개념으로 정착된다. 하월즈는 소설 뿐 아니라 35편의 희곡, 4권의 시집, 6권의 평론집 등 방대한 저술을 남겼다.

헨리 제임스(Henry James, 1843-1916)는 미국 소설 뿐 아니라 세계소설문학사에서 가장 중요한 인물 가운데 한 사람이다. 그는 미국에서 태어나 영국에 귀화함으로써 미국 문학과 영국 문학에 동시에 기여했고 19세기 사실주의 문학과 20세기 모더니즘 문학의 가교 역할을 했으며 인간의 심리를 소설의 중요한 소재로 삼는 전통을 개척했다. 소설의 서술 기법narrative technique에서 제임스는 훗날 웨인 부스(Wayne Booth, 1921-2005)가 규정한 "보여주기"showing의 전형을 제시했고 시점point-of-view을 다루는 완벽한 기교를 보여준 작가였다. 뉴욕에서 태어난 제임스는 어릴 때부터 여러 차례 아버지를 따라서 유럽여행을 하였다. 1862년에 하버드대학 법학부에 입학하지만, 얼마 뒤에는 문학에 뜻을 두고 단편소설과 비평을 쓰기 시작하여 신진 작가로 인정받게 된다. 유럽에 대해 강한 동경을 품고 있었던 그는 1875년 고국을 떠나 파리로 가서 투르게네프(Ivan Sergeevich Turgenev, 1818-83), 플로베르(Gustave Flaubert, 1821-80) 등과 교제하면서, 특히 투르게네프로부터 소설에서 중요한 것은 줄거리가 아니라 작중인물이라는 것을 배운다. 다음 해인 1876년에 런던으로 이주하여 사망하기 1년 전인 1915년 귀화할 때까지 가서 그곳에 머물며 본격적인 창작에 전념한다. 『미국인』(*The American*, 1877)과 『데이지 밀러』(*Daisy Miller*, 1879), 『워싱턴 스퀘어』(*Washington Square*, 1880) 등 초기 작품에 이어 "영어로 쓴 가장 뛰어난 소설" 중의 하나로 평가받는 장편 『어떤 부인의 초상』(*The Portrait of a Lady*, 1881)을 발표한다. 그 후 사회적 주제를 다룬 『보스턴 사람들』(*The Bostonians*, 1886), 『카사마시마 공주』(*The Princess Casamassima*, 1886) 등을 발표하였고, 극작에도 관심을 가져 몇 편의 희극을 썼으나 실패하였다. 그 뒤 다시 소설로 돌아와 중편 『나사못 회전』(*The Turn of the Screw*, 1898), 장편 『비둘기의 날개』(*The Wings of the Dove*, 1902), 『대사들』(*The Ambassadors*, 1903), 『황금의 잔』(*The Golden Bowl*, 1904) 등 많은 작품을 발표하였다. 또 자신의 작품 해설을 모은 『소설의 기교』(*The Art of the Novel: Critical Prefaces*, 1934)는 소설 이론의 명저로 평가된다.

헨리 제임스는 하월즈 등 다른 사실주의 소설가들과는 달리 인생의 외적 조건, 사회 현상, 그리고 사건 등에는 관심이 없었다. 그가 말년에 쓴 몇 편의 훌륭한 작품에서는 등장인물들이 거의 아무런 행동도 하지 않는 모습을 보이기도 한다. 그 대신 그는 등장인물들의 정신, 심리상태에 주목함으로써 "심리적 사실주의"psychological realism라는 개념을 창출한다. 제임스의 형인 윌리엄 제임스(William James, 1842-1910)는 하버드대학 교수를 역임한 저명한 철학자이며 심리학자인데 모더니즘 소설의 가장 중요한 문학적 장치인 "의식의 흐름"stream of consciousness이라는 개념을 창시한 인물이다. 유년기부터 형과 강하고 긴밀한 정신적 유대를 유지했던 헨리 제임스는 형의 심리학 이론을 자신의 소설에 적극적으로 적용하는 노력을 기울였다. 헨리 제임스의 주제는 "국제 문제"international theme로 정의된다. 작가의 이력 대부분을 유럽과 영국에서 보낸 제임스는 끊임없이 "유럽 속의 미국인"을 소재로 다루었다. 더 좋은 삶과 문화를 찾아, 혹은 "인생을 탐구하기 위해" 유럽으로 온 부유한 미국 청년들, 미국인의 "순진성"과 유럽인의 "노련함"의 대조, 유럽인의 "파괴적이고 생명력 없는 명예", "자유분방한 미국인의 기질" 등이 제임스의 국제 문제에 속하는 주제들이다. 압도적인 지적 역량과 그 결과인 방대한 작품, 절제되고 고급스런 문장과 미묘하고 치밀한 심리 분석 등은 제임스를 소설문학사에 기념비적인 존재로 자리매김하도록 한다.

### ▰▰▰ Naturalist Period 자연주의 문학기 (1890s)

1890년대 미국 소설은 자연주의 경향을 나타내 보인다. 자연주의 문학은 사실주의의 방법론이 극단적인 형태로 발전한 것이다. 사실주의가 "삶을 있는 그대로"life as it is 그려야한다는 입장을 견지한 것에 비해, 자연주의자들은 작가에게 실험실의 과학자와 같은 엄정성accuracy을 요구한다. 등장인물의 행위와 발생하는 사건들을 실험에 종사하는 과학자처럼 엄격하고 냉정하게 관찰하고 정확하게 기록하기 때문에 때로 자연주의 소설은 지나치게 자극적이고 혐오스러운 장면을 생생하게 묘사하여 독자를 불편하게 만들기도 한다. 한편 자연주의는 결정론determinism을 그들의 세계관으로 채택한다. 자연주의자들은 인간을 자유의지free will를 갖고 자신의 삶을 주체적으로 개척하는 존재가 아니고 동물원의 우리 속에 갇힌 맹수wild beast in the cage와 같은 존재로 본다. 인간은 자신을 가두고 있는 3중의 덫에서 벗어날 수 없다. 그 첫 번째 덫은 타고난 생물학적, 유전적 요인이며 두 번째 덫은 그가 처한 사회, 경제적 조건이고, 세 번째 덫은 정신적, 심리적 욕망이다. 자연주의 철학에 따르면 대도시의 슬럼가에서 자란 사내아이는 소매치기와 범죄자가 되고, 여자아이는 웃음을 파는 매춘부가 되는 것이다. 한 인간이 맞이하는 비극적 종말은 그의 조상의 죄, 혹은 그의 내면의 사악함 때문이 아니라 오직 한 개인의 운명에 무감각한 우주를 운행하는 거대한 의지 때문이다. 토머스 하디(Thomas Hardy, 1840-1928)는 이를 "내재적 의지"immanent will라고 불렀다.

자연주의 문학은 프랑스의 소설가 에밀 졸라(Emile Zola, 1840-1902)에 의해 시작되었는데 영국과 미국의 문학사에서 다소 다른 양상을 보였다. 19세기 영국의 소설문학은 사실주의의 전성기를 구가했는데 그 끝자락에 자연주의 소설의 출현이 두드러지지 않았다. 토머스 하디 정도가 분명한 자연주의 색채를 드러냈을 뿐이다. 그에 비해 미국 소설문학사에서는 1890년대부터 시작된 자연주의 소설의 족적이 1910년대까지 비교적 선명하게 드러난다. 스티븐 크래인과 햄린 가랜드, 프랭크 노리스, 잭 런던, 시오도어 드라이저, 업튼 싱클레어(Upton Sinclair, 1878-1968) 등이 대표적인 작가이며, 1920년대 이후에 활동한 셔우드 앤더슨과 존 스타인벡 등도 자연주의 경향을 보였다.

**스티븐 크래인**(Stephen Crane, 1871-1900)은 미국 최초의 자연주의 소설가로 꼽힌다. 22세에 쓴 『거리의 여인 매기』(*Maggie: A Girl of the Streets*, 1893)는 뉴욕 빈민가에서 자란 한 소녀의 비극적 이야기를 다루고 있다. 매기는 일상으로 사회의 폭력과 잔혹성에 노출되어 가족과 친구들에게 버림받고 마침내 창녀로 전락한다. 소설의 결말에서 그녀는 강가로 나가 흐르는 강물을 내려다보다가 마침내 그 물 속으로 뛰어든다. 매기의 비극은 자신의 악행이나 어떤 비극적 결함tragic flaw 때문이 아니고 단지 그녀가 헤어 나오지 못한 환경의 힘, 자신이 통제할 수 없는 운명의 작용 때문이었다. 크래인의 대표작으로 평가되는 『붉은 무공훈장』(*The Red Badge of Courage*, 1895)은 남북 전쟁에 참전한 한 젊은이의 삶을 다룬다. 주인공 플레밍Fleming은 전쟁의 공포 속에서 살기 위한 본능에 이끌려 짐승처럼 도망친다. 전쟁터에는 역사 소설의 주인공 "영웅"이 존재하지 않는다. 플레밍은 자신의 비겁한 행동을 자책하는데, 우연히 머리를 얻어맞아 상처가 생기고 동료들은 이 상처를 용감한 행동의 결과인 "붉은 무공훈장"이라고 칭송한다. 이후 싸움터에서 플레밍은 다시 동물처럼 행동하는데 이번에는 "영웅적으로" 싸우는 동물이 된다. 전쟁은 인생만큼 무의미한 혼란이 가득 차 있다. 선과 악, 영웅과 겁쟁이는 의지와 선택의 문제가 아니고 오직 우연과 운명의 문제일 뿐인 것이다.

**프랭크 노리스**(Frank Norris, 1870-1902)의 『맥티그』(*Mcteague*, 1899)는 돈 때문에 구두쇠인 아내를 죽이고 결국 자신도 죽고 마는 잔인한 치과의사를 다룬 소설이다. 이 작품은 캘리포니아를 배경으로 전개되는데 작가는 이 지역의 풍경을 "거대하고도 측정할 수 없는 생명력이 소리도, 움직임도 없이 꾸준히 하늘을 향해 올라간다."(A tremendous, immeasurable Life pushed steadily heavenward without a sound, without a motion)고 묘사하였다. 노리스의 주인공은 자신의 삶을 통제할 수 없다. 오직 본능적 충동과 외부적 힘, 혹은 운명에 의해 희생되는 존재들일 뿐이다. 자연계와 인간의 세계 또한 합리적 이성에 의해 통제되거나 조화롭게 운행되는 것이 아니라 오직 통제할 수 없는 힘들이 충돌하는 전쟁터인 것이다.

**잭 런던**(Jack London, 1876-1916)은 적자생존he survival of the fittest과 자연 속에서의 끝없는 투쟁을 주창한 찰스 다윈(Charles Darwin, 1809-82)의 영향을 받았다. 그의 대표작 『야성의 부름』(*Call of the Wild*, 1903)에는 버크 Buck라는 개가 주인공으로 등장한다. 버크는 캘리포니아의 안락한 환경으로부터 알라스카Alaska의 얼어붙은 환경으로 옮겨지지만 "우월한 개체"superior individual이기 때문에 살아남는다. 런던의 소설에서 자연의 법칙the laws of nature은 사회 외부와 내부에 존재하는 모든 것들과 모든 사람들을 지배한다. 그리고 사람들은 이러한 법칙에 의해 패배한다. 그의 한 단편에서 한 남성이 폭풍이 휘몰아치는 알라스카의 매서운 추위 속에서 걸어 나가는데, 그는 자신이 성냥을 가지고 있으므로 언제든지 불을 피워 생존할 수 있을 거라고 생각한다. 그러나 알라스카의 자연의 법칙을 그를 패배시키고 그는 결국 얼어 죽는다.

드라이저(Theodore Dreiser, 1871-1945)는 가장 위대한 미국의 자연주의 작가라는 평가를 받는다. 그의 작품은 19세기로부터 20세기에 이르는 자본주의 상승기를 맞이한 미국의 적나라한 모습을 보여 준다. 복잡한 가정환경과 경제적 궁핍 때문에 사회 초년생 시절을 불우하게 보낸 드라이저는 1894년 뉴욕으로 이주한 뒤 창작에 전념하여 처녀작 『시스터 캐리』(*Sister Carrie*, 1900)를 발표하지만 가난한 여자가 운명에 농락당하고 타락해 가는 과정이 비도덕적이라는 이유로 출판 금지를 당한다. 이 작품은 1912년에 재출판되는 기회를 갖는다. 여주인공인 캐리 미버Carrie Meeber는 고향의 가난에서 벗어나고자 시카고로 진출한 다음 성공을 향한 욕망을 솔직하게 드러내며 사회적 지위를 쟁취하기 위해 고군분투한다. 그녀는 여러 남자들을 만나 그들에게 충실하려고 노력하지만 그녀가 속한 환경이 그 노력을 물거품으로 만든다. 그녀는 우연한 기회에 여배우로 성공하기에 이르지만 결국에는 돈과 성공이 진정한 행복을 가져다주지 않는다는 것을 깨닫는다. 이 작품의 진정한 주제는 삶의 무목적성 purposelessness of life이다. 드라이저는 인간 개개인을 온정어린 동정심으로 바라보지만 이와 동시에 삶의 무질서와 잔인성을 예민하게 인식하고 있었다. 작품 속에서 어떤 인물은 성공을 이루고 어떤 인물은 운명의 전락을 경험하는데 이 모든 일들은 우연의 결과일 뿐이다. 드라이저가 설파하고 있는 가장 끔찍한 진리는 "자연의 목적이 인간의 목적과 아무런 관계가 없다."(The purposes of nature have no relation to the purposes of men.)는 것이다. 드라이저의 대표작으로 꼽히는 『미국의 비극』(*An American Tragedy*, 1925)에서는 작가의 사회의식이 보다 잘 드러난다. 실화를 바탕으로 한 이 작품에서 가난을 벗어나 성공을 성취하려는 욕망을 가진 주인공 클라이드Clyde는 우연한 기회에 부유층 여성과 교제할 기회를 갖지만 임신한 가난한 약혼녀가 그의 발목을 잡는다. 자신의 꿈을 이루기 위해 약혼녀를 살해할 계획을 세우지만 그것을 실행하는 것을 포기한 사이에 약혼녀는 우연히 죽음을 맞는다. 이 죽음의 책임을 둘러싸고 재판이 진행되는데, 주인공이 스스로를 자책하며 적극적인 자기변호를 망설이는 사이 여론의 힘과 부당한 재판의 결과로 그는 처형된다. 이 작품에서 작가는 클라이드가 무고innocent하다는 것과 사회와 사회의 그릇된 도덕률false moral code이 더 사악하다는 견해를 드러낸다. 이 소설은 왜곡된 미국의 성공 신화에 대한 통렬한 비판인 동시에 산업화가 빚은 인간 소외 현상을 적나라하게 보여줌으로써 자연주의 사상과 사실주의 기법이 훌륭하게 결합된 걸작이라는 평가를 받는다.

세기의 전환기 동안 미국은 두 명의 걸출한 여성 작가를 배출하는데 그들은 바로 **에디스 워튼**(Edith Wharton, 1862-1937)과 윌라 캐더(Willa Cather, 1873-1947)이다. 뉴욕의 상류층 가정에서 태어나 어린 나이에 유럽에서 유학을 하고 파리에 체류하며 작품을 썼던 워튼은 그녀의 친구이며 스승이었던 헨리 제임스와 여러 가지 측면에서 유사점을 갖는다. 제임스처럼 그녀는 상류 사회의 여성문제에 대한 심리 소설을 썼다. 그녀의 작품들은 주로 상류 사회의 삶과 관습을 다루면서 그 저변에서 날카로운 사회 비평의식을 드러낸다. 『환희의 집』(*The House of Mirth*, 1905)의 여주인공 릴리Lily Bart는 부유한 남성의 장식물에 머무는 것을 거부하고 자유를 누리며 스스로의 삶을 개척하려 하지만 사회는 그녀를 비도덕적이라고 매도하며 자유를 용인하지 않는다. 그녀의 삶은 실제로 하나의 전쟁이 되었고 그녀는 결혼에 실패하여 자살하기에 이른다. 워튼의 대표작인 『순수의 시대』(*The Age of Innocence*, 1920)는 뉴욕 상류 사회의 위선과 허위를 풍자한 소설이다. 워튼은 이 작품을 통해 비평가들로부터 호평을 받고 대중적인 인기를 획득하면서 당대 최고 작가의 반열에 올라 1921년에는 여성 최초로 퓰리처상을 수상하게 되었다. 워튼은 40년 작가의 이력을 통해 장편소설 22편과 단편소설집 11권 등 왕성한 작품 활동을 하였다.

**윌라 캐더**는 버지니아에서 태어났지만 9세에 가족과 함께 네브래스카 Nebraska 주로 이주하여 성장하게 된다. 당시 네브래스카 주는 북유럽에서 이주한 이민들이 가혹한 기후와 싸우면서 개척생활을 하고 있었고, 캐더가 그들과 함께 보낸 10여년의 세월은 훗날 그녀 작품의 중요한 소재가 되어, 그녀를 미국의 대표적인 지방색 작가로 만들었다. 『오, 개척자여!』(*O Pioneers!*, 1913)와 『나의 안토니아』(*My Antonia*, 1918)는 그녀의 대표작으로 꼽히는데 네브래스카의 대초원을 무대로 펼쳐지는 남녀의 생활을 그린 이야기이다. 이 작품들은 성공이야기success story들이다. 『나의 안토니아』의 여주인공은 가난한 이민 소녀인데 험난한 농장생활이 그녀의 아버지를 죽음에 이르게 하고 그녀 자신의 삶도 파괴될 위험에 놓이게 된다. 그러나 그녀는 "생을 위한 타고난 큰 재능"a great gift for life을 갖고 있어서 난관을 극복하고 결혼을 성취하며 행복한 대가족을 이룬다. 『방황하는 부인』(*A Lost Lady*, 1923)과 『교수의 집』(*The Professor's House*, 1925)은 위대한 개척자 전통의 쇠퇴와 몰락을 묘사한다. 전자는 새로운 상업주의의 침투에 의해 몰락의 그늘이 드리워진 서부개척자 집단 속에서 한 여인의 허물어져 가는 사랑에 초점을 맞추었고, 후자는 역사학 노교수와 부를 좇는 신시대의 극렬한 갈등을 그리고 있다. 캐더는 개척자 정신과 전통을 무너뜨리는 새로운 "상업주의 세력의 탐욕이 자유를 잉태하는 위대한 정신, 즉 관대하고 편안한 삶을 망치고 있다."(The greed of such people is destroying the great, brooding spirit of freedom, the generous easy life.)고 고발한다. 윌라 캐더의 문학은 미국 평원의 개척자와 정착민들의 삶을 풍부한 서정으로 포착하여 작가 특유의 위엄 있고 단아한 문체로 인간의 역사 − 비애와 처절함을 경험하면서도 대자연에 의해 새로운 생명을 부여받고 미래로 나아가는− 를 그렸다는 평가를 받는다.

**셔우드 앤더슨**(Sherwood Anderson, 1876-1941)은 자연주의에서 출발하여 미국 소설에 모더니즘을 도입한 개척자이다. 앤더슨은 작품의 주제보다 형식을 더 강조하고 시간의 개념을 특수하게 사용했으며 일상의 구어에 가까운 매우 단순한 문체로 소설을 썼다. 이러한 특징들은 20세기에 유행하는 모더니즘의 특성과 유사한 것이다. 그의 문체는 헤밍웨이에게 큰 영향을 주었고 포크너(William Faulkner, 1897-1962)는 그를 "우리 세대 작가들의 아버지"(the father of my generation of writers)라고 불렀으며 토머스 울프(Thomas Wolfe, 1900-38)는 "나에게 모든 것을 가르쳐 준 유일한 미국인"(the only man in America who ever taught me anything)이라고 칭송했다. 앤더슨이 몇 편의 습작을 거쳐 발표한 『와인즈버그, 오하이오』(*Winesburg, Ohio*, 1916)는 앤더슨을 미국문학사에서 중요한 작가의 반열에 올려놓은 작품이다. 오하이오 출신인 앤더슨은 이 작품에서 허구적인 마을 와인즈버그를 창조하고 그곳에서 살아가는 다양한 인간 군상을 그려내고 있다. 단편소설 모음집인 『와인즈버그,

오하이오』에 포함된 20여 편의 짤막한 이야기들은 각각 개별적으로 독립된 작품이지만 이들 작품에 지속적으로 등장하는 한 인물, 조지 윌라드George Willard를 통해 하나의 스토리로 통합된다. 조지 윌라드는 유년기로부터 순진한 신문기자로 일하는 청년기까지 다양한 모습으로 등장하는데 종국에는 대도시에서 자신의 삶을 개척하기 위해 마을을 등지게 된다. 작가는 이 작품에 대해 "그로테스크에 대한 책"The Book of the Grotesque이라는 부제를 붙였다. 이 작품에 등장하는 인물들은 모두 일정한 비정상, 그로테스크한 특성들을 가지고 있다. 이들은 하나같이 고독한 사람들이며 이웃과 소통하지 못한 채 조금씩 비정상적인 행동을 하는 사람들이다. 자신의 그릇된 신념의 결과로 실패와 절망을 경험하고 죽음의 유혹에 빠지기도 한다. 그런데 이 인물들은 그로테스크한 자신들의 실존 조건 속에서 한 순간 삶의 의미를 깨닫는 경험들을 한다. 그 경험의 순간은 시간의 흐름이 무시된, 즉 과거와 현재, 미래가 꿈에서처럼 혼재되어 있는 상태에서 발생한다. 앤더슨은 자유로운 흑인의 건강한 웃음과 욕구불만으로 고민하는 백인의 무기력한 삶을 대비시킨 『검은 웃음소리』(*Dark Laughter*, 1925), 단편집 『알의 승리』(*Triumph of the Egg*, 1921), 『말과 인간들』(*Horses and Men*, 1923), 『숲 속의 죽음』(*Death in the Woods*, 1933), 그리고 자서전풍의 『이야기 작자의 이야기』(*A Story Teller's Story*, 1924) 등을 남겼다.

## First World War 제1차 세계대전 (1914-1919)

20세기 초 인류는 세계대전이라는 전대미문의 참화를 겪는다. 제1차 세계대전은 유럽에서 발발했지만 전 세계로 확장되었고, 개전 당시 전쟁의 당사국이 아니었던 미국은 1917년 참전하기에 이른다. 연합국과 동맹국 양측을 포함하여 모두 7천만 명의 병사가 동원되고 930만 명이 사망한 이 전쟁에서 미국의 젊은이 13만 명 이상이 죽고 23만 명 이상이 다쳤다. 당시 우드로 윌슨 (Woodrow Wilson, 1856-1924) 대통령은 이 전쟁을 "민주주의를 위하여 세계를 안전하게 만들기 위한 전쟁"(a war to make the world safe for democracy) 이라고 불렀지만 유례없이 참혹한 전쟁의 참화와 공포를 경험한 미국의 젊은 이들은 삶의 좌표를 상실한 채 유랑하거나 민주주의적 가치에 회의를 품고 새로운 질서를 확립하려는 노력을 기울인다.

## Modern Period 모더니즘 문학기 (1914-1939)

영국문학사에서와 마찬가지로 제1차 세계대전이 시작된 1914년부터 제2차 세계대전이 시작된 1939년까지를 모더니즘 문학기로 분류한다. 미국문학사에서 1920년대는 "잃어버린 세대"Lost Generation, 국적이탈자들Expatriates이 활약했던 시기였으며, 재즈 시대Jazz Age, 제2의 미국문학전성기Second American Renaissance 등 다양한 이름으로 불린다. 이 시기는 셔우드 앤더슨과 싱클레어 루이스(Sinclair Lewis, 1885-1951), F. 스콧 피츠제럴드, 어니스트 헤밍웨이, 존 스타인벡, 존 도스 패서스, 윌리엄 포크너, 토머스 울프, 그리고 나사니엘 웨스트(Nathaniel West, 1902-40) 등의 소설가들이 활약한 시대였다. 이 시기의 중요한 시인들로는 에드가 리 마스터스(Edgar Lee Masters, 1868-1950), 에드윈 알링턴 로빈슨(Edwin Arlington Robinson, 1869-1935), 로버트 프로스트(Robert Frost, 1874-1963), 칼 샌드버그(Carl Sandburg, 1878-1965), 윌리스 스티븐스(Wallace Stevens, 1879-1955), 윌리엄 칼로스 윌리엄스(William Carlos Williams, 1883-1963), 에즈라 파운드(Ezra Pound, 1885-1972), 마리언 무어(Marianne Moore, 1887-1972), T. S. 엘리엇(T. S. Eliot, 1888-1965), 아키발드 멕라이히(Archibald MacLeish, 1892-1982), e. e. 커밍스(e. e. cummings, 1894-1962), 하트 크레인(Hart Crane, 1899-1932) 등이 있다. 20세기 전반부에 활동한 중요한 극작가로는 유진 오닐(Eugene O'Neill, 1888-1953)과 손톤 와일더(Thornton Wilder, 1897-1975)를 꼽을 수 있다. 또한 반 윅 브룩스(Van Wyck Brooks, 1886-1963)로부터 시작된 문학비평의 새로운 경향은 1950년대까지 지속되는 신비평New Criticism이라는, 미국문학이 세계문학에 기여한 가장 중요한 업적으로 발전하였다. 1929년 미국에서 시작된 경제대공황Great Depression이 세계적으로 확산되며 1920년대와는 전혀 다른 역사의 장을 1930년대 펼치게 된다. 이 시기 동안에는 사회적 불안과 사회의 구조적 부조리에 대한 인식이 높아지면서 이러한 부조리를 타파하고 사회 정의를 구현하려는 이념들이 공유되면서 "급진적 30년대"radical 30s라는 용어가 발생하였고 저항문학protest literature가 유행하게 된다.

## ■■■■ Lost Generation "잃어버린 세대" (1920s)

1920년대는 제1차 세계대전 종전과 1929년에 발생한 경제대공황Great Depression 사이의 10년에 해당한다. 1850년대를 "아메리칸 르네상스"라고 불렀던 것처럼 1920년대는 아주 많은 위대한 작가들이 수많은 탁월한 작품을 생산했기 때문에 제2의 르네상스Second Renaissance in American Literature로 불린다. 또한 에머슨과 호손 등 19세기의 작가들이 그들 시대의 정신과 특성을 작품 속에 형상화했던 것처럼, T. S. 엘리엇과 헤밍웨이, 그리고 포크너 등의 작가들은 전후 세계의 분열되고 파편화된 시대의 정서를 충실히 반영한 작품을 썼다. 전쟁이 발발했을 때, 미국의 젊은이들은 민주주의를 수호한다는 숭고한 사명감과 열정을 갖고 전쟁에 참전했다. 하지만 전쟁이 끝났을 때, 전쟁에 대한 낭만적인 주장들the romantic notion of war이 불러일으켰던 영웅주의heroism와 애국주의patriotism 그리고 민주주의 이상the zeal for democracy이 거짓되고 무의미한 것으로 판명되고, 자신들이 엄청난 희생을 치르고도 이 세상에 아무런 변화와 발전이 이루어지지 않은 것을 발견한 젊은이들은 시대에 대한 엄청난 환멸tremendous letdown을 느끼게 된다. 이러한 경험은 특히 젊은 예술가들에게 새로운 감수성과, 삶과 시대, 그리고 세계를 인식하는 새로운 시각을 제공했으며 그들은 이 새로운 감수성과 시각을 표현할 수 있는 새로운 방법론을 모색하게 되었다.

당시 유럽에서 이러한 새로운 예술 운동이 활발하게 전개되었으며 파리Paris는 바로 그 중심이었기 때문에 수많은 젊은 예술가들이 파리로 몰려들었다. 이 시기 동안 예술 일반에 인상주의impressionism와 다다이즘dadaism, 그리고 표현주의expressionism가 시작되었으며 상징주의symbolism와 초현실주의surrealism도 유행하게 되었다. 윌리엄 버틀러 예이츠와 E. A. 로빈슨, 드라이저 등 구시대 작가들은 변화하는 시대에 발맞추어 작품 활동을 계속하고 있었고, 모더니즘이 문학과 예술 전반에 걸쳐서 압도적인 위상을 차지하게 된다.

이 시대 미국의 신진 작가들은 흔히 "잃어버린 세대"로 불린다. 잃어버린 세대 작가들은 전 시대의 이상과 가치를 거부하고 그것들을 절망despair과 냉소적 쾌락주의cynical hedonism로 대체하려는 경향을 보였다. 전쟁 전에는 프랭크 노리스와 드라이저, 잭 런던 등이 미국 문학의 주제와 형식의 차원에서 규범이 될 만한 기준을 세우고 방향을 제시했다. 하지만 전쟁을 경험한 젊은 작가들에게 과거의 개념과 가치는 무의미한 것이 되었으며 이들은 스스로 자신들을 상실의 세대, 황무지waste land의 주민으로 자처했다. 헤밍웨이와 존 도스 패서스, 윌리엄 포크너 등 일군의 젊은 작가들은 자신들의 전쟁 체험을 작품의 기반으로 삼기도 했다. "잃어버린 세대"라는 표현은 파리에 몰려든 젊은 예술의 망명자들에게 대모 역할을 하며 정신적, 물질적 지원을 아끼지 않았던 거트루드 스타인이 헤밍웨이에게 "당신들 모두는 길을 잃은 세대예요"(You are all a lost generation.)라고 이야기한 것에서 유래한다. 헤밍웨이가 이 언급에 충격을 받고 나중에 자신의 소설 『해는 또다시 떠오른다』(The Sun Also Rises, 1926)의 서문에 사용하면서 굳어진 말이다. 이들은 대부분 국적이탈자expatriate 작가들이었고, 세기의 전환기에 출생하여 제1차 세계대전 동안 성년을 맞이한 세대였다. 헤밍웨이를 필두로 하여 주로 소설가들이 많았지만 말콤 카울리(Malcolm Cowley, 1898-1989)와 e. e. 커밍스, 아키발드 멕라이히, 에즈라 파운드 등의 시인들과 화가, 무용가, 영화제작자 등도 함께 활동하였다.

## Jazz Age & Harlem Renaissance 재즈 시대와 할렘 르네상스

1920년대의 다른 이름은 재즈 시대Jazz Age이다. 1920년대를 "재즈 시대"로 명명한 사람은 F. 스콧 피츠제럴드였다. 젊은 예술가 집단이 신념과 가치의 문제로 고민하며 좌표를 잃고 표류하던 그 시기는 또한 "광란의 20년대"Roaring Twenties로 불릴 만큼 번영과 환락이 극에 이른 시대였다. 제1차 세계대전의 종전과 더불어 국가적인 차원에서 경제 부흥과 소비 촉진이 추진되었고, 개인들은 그간 억눌렸던 자유와 쾌락을 적극적으로 탐닉하게 되었다. 자유분방한 음악과 자극적이고 격렬한 동작을 특징으로 하는 찰스턴Charleston과 같은 광란의 춤이 유행하고 여성들은 빅토리아 시대의 답답한 복장을 벗어던지고 짧은 스커트를 입기 시작했다. 이 광란의 시대를 대표하는 것이 바로 재즈 음악이다. 재즈는 원래 아프리카 원주민의 고유한 음악에서 유래하여 뉴올리언즈를 중심으로 시작된 음악형식이다. 재즈는 즉흥성improvisation을 가장 큰 특징으로 하기 때문에 타고난 음악적 재능이나 체계적인 교육에 의존하지 않고 그 대신 싸구려 술집 등에서 전염성 강한 리듬과 즉흥적인 연주를 통해 발전했다. 그런 이유에서 한동안 무질서하고 방종한 음악이라고 백안시되기도 했지만 곧 백인 중산층 미국인white middle-class American에게 수용되면서 뉴욕과 시카고 등지로 확산되어 갔다. 재즈 음악이 대단히 미국적인 것이기는 하지만 영국과 프랑스 등지에서도 유행하였다. 가수였고 트럼펫 연주가였으며 개인 즉흥 연주와 스캣Scat 창법의 창시자로 알려진 루이 암스트롱(Louis Armstrong, 1901-71)과 최고의 여성 재즈 가수라는 평을 받았던 엘라 피츠제럴드(Ella Fitzgerald, 1917-96), 뉴욕의 할렘을 중심으로 활동했으며 재즈계의 바흐Bach로 알려진 듀크 엘링톤(Duke Ellington, 1899-1974), 그리고 스윙 재즈의 대부로 알려진 카운트 베이시(Count Basie, 1904-84), 최고의 재즈 베이스 연주자로 알려진 팝스 포스터(Pops Foster, 1892-1969) 등은 재즈 시대의 대표적인 흑인 음악가들이었다. 이들 음악가들의 중요 활동무대는 뉴욕의 할렘이었기 때문에 1920년대 흑인을 중심으로 한 대중 예술의 대유행을 **할렘 르네상스**Harlem Renaissance라는 용어로 설명하기도 한다. 자메이카 출신의 소설가 클로드 맥케이(Claude McKay, 1889-1948)와 "재즈 시"Jazz Poetry라는 새로운 시 형식을 만들고 할렘 르네상스의 리더 역할을 했던 랭스턴 휴즈(Langston Hughs, 1902-67)는 이 시대의 대표적인 작가들이다. 카운티 컬렌(Countee Cullen, 1903-46), 진 투머(Jean Toomer, 1894-1967), 조라 닐 허스톤(Zora Neale Hurston, 1891-1960) 등이 모두 아프리카계 미국 작가들로서 할렘 르네상스의 주도 세력이었다.

재즈 시대는 개인들이 쾌락을 추구하면서 정치에 대해선 철저히 무관심한 모습을 보이는 특징을 갖는다. 이 시기에 타블로이드tabloid판 신문이 유행하면서 사진을 사용한 보도 형태가 시작되고 이를 "재즈 저널리즘"jazz journalism이라 부르기도 한다. 또한 타블로이드판 신문은 휴대하기 편리하여 열차에서도 읽을 수 있었는데 기사가 선정적이고 저속하다는 비판을 받았고 하수도에 빗대어 "배수구 저널리즘"gutter journalism으로 불리기도 했다. 재즈 시대는 또한 도시에서 라디오 방송이 시작된 시기였으며, 라디오 방송은 재즈 음악과 대중 예술이 보급되고 확산되는 데 크게 기여하게 된다.

피츠제럴드(F. Scott Fitzgerald, 1896-1940)는 잃어버린 세대와 재즈 시대를 대표하는 작가이다. 미국 중서부 미네소타Minnesota 주 세인트폴Saint Paul에서 태어나 프린스턴Princeton 대학교를 졸업한 피츠제럴드는 제1차 세계대전에 참전하기 위해 육군 소위에 임관했지만 파병되지는 않았고, 제대 후에 광고 회사를 거쳐 글쓰기에 전념하게 된다. 처녀작 『낙원의 이쪽』(*This Side of Paradise*, 1920)이 발표되었을 때, 이 작품이 새로운 세대를 대변하는 작품이라는 비평가들의 인정을 받으며 큰 성공을 거두게 된다. 경제적 성공과 빼어난 외모, 사치스러운 취향 등에 의해 피츠제럴드는 당대 미국 사교계의 총아로 군림하며 시대의 정신을 온 몸으로 구현하며 사치스럽고 방탕한 삶을 영위하게 된다. 『아름답게 저주받은 사람들』(*The Beautiful and Damned*, 1921)과 단편집 『재즈 시대의 이야기』(*Tales of the Jazz Age*, 1922) 등을 발표하고 1924년 유럽으로 건너가 프랑스 등에 머물며 집필 활동을 계속하였는데, 이때 함께 활동했던 미국의 작가들이 "잃어버린 세대"를 대표하는 어니스트 헤밍웨이, 거트루드 스타인, 에즈라 파운드 등이다. 이 시기에 그의 대표작으로 평가되는 『위대한 개츠비』(*The Great Gatsby*, 1925)를 집필하였다. 이 작품은 전후 미국 사회를 뒤덮은 공허함과 환멸로부터 도피하고자 방탕한 삶을 즐기는 상류 사회의 모습을 잘 드러내며, 20세기 가장 위대한 미국 문학으로 평가받게 된다. 사교계의 여왕벌과 같은 존재였던 그의 아내 젤다Zelda의 사치벽과 신경쇠약은 피츠제럴드를 곤경 속으로 몰아넣었고 마침내 자기 자신도 알콜 중독에 빠지고 작품들이 연속해서 실패를 거듭하면서 대단히 불우한 말년을 보내게 된다. 이후 『바빌론 재방문』(*Babylon Revisited*, 1931), 『밤은 부드러워』 (*Tender is the Night*, 1933), 『최후의 대군』(*The Last Tycoon*, 1941) 등을 발표하는 등 피츠제럴드는 평생 160여 편의 작품을 남긴다.

피츠제럴드는 자신이 살았던 당대 미국 사회의 현실을 가장 적나라하게 표현했다는 평가를 받는다. 미래에 대한 구체적인 기획을 포기한 채 파티와 축제를 즐기며 유럽 구석구석으로 몰려다니는 젊은이들, 담배를 피우고 위스키를 마시며 위험할 만큼 자유분방한 삶을 향유하는 젊은 아가씨들, 성공을 위해 밀주 제조bootlegging 등 불법적인 일을 서슴지 않는 야심가들, 잘못된 것인 줄 모르고 자신의 꿈을 이루기 위해 불나방처럼 달려들었다가 실패하고 좌절하는 군상들. 이처럼 피츠제럴드가 구축한 문학 세계는 1차 세계대전 이후의 사회상, 물질만능주의, 왜곡된 아메리칸 드림, 도덕적, 경제적 몰락을 경험하는 이들의 실패와 좌절, 그리고 환멸을 충실하게 그렸다는 평가를 받는다.

**어니스트 헤밍웨이**(Ernest Hemingway, 1899-1961) 또한 잃어버린 세대를 대표하는 소설가이다. 그는 1차 세계대전에 참전하여 이탈리아 전선에서 앰뷸런스를 운전했고, 종전 후 파리에 머물며 작가로서 성공하기 위해 노력한다. 그의 첫 소설 『해는 또 다시 떠오른다』(*The Sun Also Rises*, 1926)는 파리에 머물고 있는 젊은 미국인들을 다룬 전후 세대 젊은이들의 초상화와 같은 작품이다. 여기 등장하는 젊은이들은 조국을 위해 전쟁에 나와 용감하게 싸웠지만 이제는 쓸모없는 신세가 되어 스스로에게 국적이탈자의 지위를 부여하며 하루하루 희망과 포부 없이 살아간다. 이들의 절망은 엘리엇이 『황무지』에서 제시한 현대인의 절망과 유사하다. 이 소설의 주인공 제이크Jake Barnes가 전쟁 중 입은 부상으로 인해 성불구자impotent가 된 것은 비가 내리지 않는 황무지에서는 생명이 잉태되지도 자라지도 않는다는 비극적 전망과 통하는 것이어서 의미심장하다. 헤밍웨이는 제1차 세계대전에 참전한 미국 장교가 사랑을 위하여 개별적인private 휴전협정armistice을 맺고 전장을 이탈하여 스위스로 도피하는 이야기를 다룬 『무기여 잘 있거라』(*A Farewell to Arms*, 1929), 스페인 내란을 배경으로 펼쳐지는 화합과 사랑의 가치를 그린 『누구를 위하여 종은 울리나』(*For Whom the Bell Tolls*, 1940), 산티아고 노인의 실존적 투쟁을 통해 인내와 극기의 가치를 그린 『노인과 바다』(*The Old Man and the Sea*, 1952) 등을 썼다.

헤밍웨이 작품을 관통하는 한 가지 주제는 "nada"이다. 스페인어로 "nothingness"를 의미하는 nada는 "공허함", "허무함", "아무 것도 없음"을 의미하는 말이다. nada는 희망의 상실, 현실 세계 속에서 활동하는 능력과 의욕의 상실을 의미한다. 때로 그것은 잠을 자고 싶은 욕망 혹은 죽음의 유혹과 통하기도 한다. 헤밍웨이의 주인공들은 항상 절체절명의 위기에 노출되어 있다. 투우사와 권투선수, 맹수와 싸우는 사냥꾼 혹은 거친 바다와 필사적으로 싸우는 어부, 전쟁터의 병사들. 이들은 인생의 백척간두에서 건곤일척의 승부를 겨룬다. 그리고 그 싸움의 전망은 밝지 않다. 이는 인간이 결국 죽음을 맞이하는, 인생이라는 싸움에서 질 수밖에 없는 존재라는, 실존주의 의식과 깊은 관계가 있다. 그리고 헤밍웨이의 주인공들은 그 불리한 싸움을 회피하는 대신 담대하게 맞서 싸우다가 장렬하게 패배한다. 헤밍웨이는 전쟁터에서 폭력과 죽음의 공포를 직접 경험했고 이념의 부조리함과 인생의 무목적성을 목도하였다. 그 결과 그는 정치적 언술이나 추상적인 구호들이 공허한 것이며 인간을 유혹하여 위험에 빠뜨리는 해로운 것이라는 생각을 갖게 되었다. 그래서 그는 불필요한 말을 제거하고, 문장 구조를 단순화시켜, 구체적인 대상과 행동에 집중시켰다. 헤밍웨이의 문장은 일반적으로 짧고 간결하다. 화자의 주관적 개입이 철저하게 배제되고 논평과 설명을 최소화시키고 심지어 형용사를 사용하는 일도 드물다. 그의 언어는 감정적인 경우가 드물고 언어가 감정을 통제한다. 헤밍웨이의 이러한 기법은 "하드보일드 스타일"hard-boiled style로 발전하였고 그의 세계관을 표현하는 극기주의stoicism와 함께 헤밍웨이의 예술을 이해하는 두 개의 키워드라고 할 수 있겠다.

　　존 도스 패서스(John Dos Passos, 1896-1970)는 시카고에서 포르투갈계 변호사의 아들로 태어나 하버드 대학을 졸업하고 1차 대전에 참전했으며, 종전 후 소르본 대학에서 인류학을 공부했다. 첫 작품『한 남자의 성인식』(One Man's Initiation, 1920)과 이듬해 출간된『세 명의 군인』(Three Soldiers, 1921)은 전쟁 체험을 바탕으로 한 리얼리즘 소설의 정수라는 찬사를 받았다. 이 작품들은 전쟁에 대한 감정적인 증오를 담고 있으며 전쟁을 개개인을 파괴시키는 거대한 기계로 묘사하고 있다. 그 후 특파원 생활과 여러 나라를 여행한 경험, 특히 거트루드 스타인의 살롱에 드나들며 피츠제럴드와 헤밍웨이 등과 교류한 일에 큰 영향을 받아 작품 스타일이 변하면서, 이른바 잃어버린 세대의 대표작가로 알려지게 되었다. 자본주의 체제의 모순에 환멸을 느낀 도스 패서스는 정부를 비판하는 글을 기고하고 공산주의를 공부하기 위해 소련을 여행하지만 표현의 자유를 제한하는 스탈린 정부의 방침에 실망하고 만다. 2차 대전이 발발하자 종군기자로 활약했으며, 종전 후에는 자유주의 저널 출간에 힘썼다. 미국인의 삶에 대한 파노라마적 서사시라고 할 수 있는 『U. S. A. 삼부작』(*U. S. A. Trilogy*, 1938)에서 실험적 기교를 폭넓게 동원해 20세기 초 미국의 초상화를 완성했으며, 『토머스 제퍼슨의 지성과 감성』(*The Head and Heart of Thomas Jefferson*, 1954), 『나라를 만든 사람들』(*The Men Who Made the Nation*, 1957), 『권력의 족쇄』(*The Shackles of Power*, 1966) 등 미국 역사 관련 저서로 높은 평가와 명성을 얻었다. 도스 패서스는 "전후의 미국 사회는 탐욕으로 미치광이가 되어 버렸다"(Post-war American society has gone mad with greed.)고 진단했다. 미국 사회를 비판하는 그의 묘사는 대단히 날카롭고 명료하다. 그는 한 개인의 이야기가 아니라 시대에 대한 자신의 견해를 작품을 통해 표출하고 있다. 영화에서 사용하는 몽타주montage 기법의 차용, 작품마다 다양한 모습으로 재현되는 특수한 시적 문체, 역사적인 맥락에서 개개인의 감정을 클로즈업close-up 방식으로 묘사하는 등 도스 패서스는 주제와 기법 면에서 미국 소설에 모더니즘 전통을 튼튼하게 이식시킨 작가라는 평가를 받는다.

**윌리엄 포크너**(William Faulkner, 1897-1962)는 의식의 흐름 수법과 다양한 서술자의 등장, 시간에 대한 독창적인 시각 등으로 인해 미국의 대표적인 모더니즘 소설가로 평가받는 작가이다. 미국의 남부 미시시피 주 출신으로서 포크너는 자신의 고향 "우표 딱지 만큼 작은 땅"(little postage stamp of soil)이 "글을 쓸 만한 가치가 있다"(was worth writing about)고 고백하였다. 포크너는 전후 세계에 대한 강한 혐오감과 예술의 가치에 대한 신뢰라는 측면에서 잃어버린 세대 작가군에 속한다. 그의 처녀작 『병사의 급여』(*Soldier's Pay*, 1926)는 전쟁이 끝나고 난 뒤 "황무지"와 같은 상태인 사회로 복귀하는 부상병의 이야기이다. 1927년에는 풍자소설 『모기』(*Mosquitoes*)를 발표했고, 남부 귀족 사토리스 일가의 이야기인 『사토리스』(*Sartoris*, 1929) 이후 포크너의 많은 작품이 전개되는 요크나파토파 카운티Yoknapatawpha County는 현대 미국문학사에서 가장 대표적인 가공의 문학세계가 되었다. 포크너는 남북 전쟁 이후 미국의 남부 전통이 무너지는 것에 대해 애증의 이중적인 감정을 갖고 있었다. 그는 남부와 남부인들의 결함에 대해 비판적이었지만 그 전통이 상업주의와 과도한 개인주의와 같은 새로운 세태에 의해 소멸되어 가는 것을 고통스럽게 지켜보았다. 캄슨Compson 집안의 비극을 다양한 초점으로 다루고 있는 『고함과 분노』(*The Sound and the Fury*, 1929)는 그의 대표작으로 꼽힌다. 이후 포크너는 가난한 백인 농부 아내의 죽음을 다룬 『내 누워 죽어갈 때』(*As I Lay Dying*, 1930), 한 여대생이 성불구자에게 능욕당한 살인사건을 다룬 『성역』(*Sanctuary*, 1931), 인종차별주의가 남부의 백인 사회를 광적으로 변화시키는 모습을 그린 『팔월의 빛』(*Light in August*, 1932)을 잇달아 발표하며 미국의 대표적인 소설가의 위상을 확립한다. 『압살롬, 압살롬』(*Absalom, Absalom*, 1936)은 모더니스트로서의 작가의 면모가 잘 드러난 작품이라는 평가를 받는다.

포크너의 작품에서는 시간이 가장 중요한 요소로 사용된다. 거투르드 스타인과 셔우드 앤더슨의 영향으로 자신만의 독창적인 시간관을 정립한 포크너는 "어제와 내일은 현재이고, 분할할 수 없는 것이며 하나이다."(Yesterday and tomorrow are Is: Indivisible: One)라는 입장을 견지하였다. 스스로 창조한 요크나파토파 카운티를 중심으로 포크너는 미국 남부사회의 변천해온 모습을 연대기적으로 묘사하였다. 19세기 말부터 20세기 중엽에 이르는 기간 동안 미국의 남부가 경험한 변화를 바탕으로 주로 남부 상류 사회의 비윤리적이고 부도덕한 속성을 비판했는데 이는 인간에 대한 신뢰와 휴머니즘의 역설적인 표현을 통해 인간의 보편적인 모습을 규명하려는 작가의 노력이었던 것으로 평가받고 있다.

## 경제대공황과 저항 문학 (1930s)

1929년 미국을 강타한 경제 위기는 미국 사회를 근본적으로 변화시키는 충격을 주었다. 전후 10년의 세월 동안 "재즈 시대"의 풍요를 누리고 쾌락을 추구하며 자신감과 희망에 들떴던 미국의 사회적 분위기는 철저하게 파괴되었다. 피츠제럴드는 지난 10년을 "어쨌든 그 때는 빌렸던 시기였다."(It was borrowed time anyway.)라고 자조적인 평가를 하기도 했다. 미국은 경제대공황을 맞아 수백만 명의 국민들이 직업을 잃게 되었고 국가의 무능력과 경제 주체들의 불공정한 행태에 대한 분노는 미국 사회의 구조적인 모순에 대한 비판과 미국인들 스스로에 대한 자기비판의 새로운 시대를 열었다. 드라이저와 도스 패서스, 셔우드 앤더슨 등의 작품은 모더니즘적인 특징을 벗어나 사회주의적 사실주의social realism와 자연주의naturalism로의 회귀를 보여준다. 그들의 작품은 평범한 노동자들의 투쟁을 통해 그들이 처한 비극적 상황을 그려내면서 그 과정에서 노동자들의 힘strength, 에너지energy, 그리고 희망hopefulness을 동시에 보여주었다.

1930년대 초반 경제대공황에 대한 최초의 대응으로 출현한 것이 사회저항의 문학literature of social protest이었다. 아주 강력한 마르크스주의Marxist "프롤레타리아 문학"Proletarian Literature이 미국문학사상 처음 모습을 드러낸 것이다. 이 운동의 중심은 뉴욕의 유태계 지식들에 의해 주도된 친마르크스주의 잡지였던 『파티산 리뷰』(Partisan Review)였다. 공산주의 기관지 『새로운 민중』(The New Masses)의 편집장이었던 마이클 골드(Michael Gold, 1896-1967)가 이 운동을 주도했으며 에드워드 달버그(Edward Dahlberg, 1900-77)와 잭 콘로이(Jack Conroy, 1899-1990) 등의 작가들이 자서전적 내용을 바탕으로 사회주의적 사실주의 소설을 썼다. 제임스 파렐(James T. Farrell, 1904-79)은 자연주의 전통에 속하는 작품들을 썼는데 자신의 견해가 마르크스주의 입장이기는 하지만 "흔해 빠진 지나치게 단순화된 그런 견해는 아니다."(but not of the usual over-simplified sort)라고 주장했다. 그는 경제적 빈곤economic poverty보다 "정신적 빈곤"spiritual poverty에 대해 관심을 갖고, 한 십대 소년이 처한 "암울한 단조로움"black dullness이 어떻게 그의 정신에 상처를 주고 그를 지적인 소년intellectual youth에서 "동물적인 거리의 부랑아"(brutal tough guy of the streets)로 만들어 가는지를 추적해 보여준다. 한편 존 오하라(John O'hara, 1905-70)는 "다큐멘터리" 사실주의documentary realism에 관심을 보였다. 18편의 장편소설과 374편의 단편소설을 통해 오하라는 제1차 세계대전부터 월남전에 이르기까지 미국이 변화하는 모습을 상세하게 작품으로 기록하고 있다.

**존 스타인벡**(John Steinbeck, 1902-66)은 1930년대 미국문학을 대표하는 작가이다. 캘리포니아 주 살리나스Salinas에서 태어난 스타인벡은 이 고장을 많은 소설의 무대로 등장시켰다. 스타인벡의 주인공들은 자연주의적 속성을 갖고 있다. 그들은 자신과 사회 안에 있는 힘에 이끌려 간다. 공포fear와 굶주림 hunger, 섹스sex, 자연의 재앙disasters of nature, 자본주의의 악폐evils of Capitalism, 이런 것들의 지배를 받고, 그 결과 종종 범죄자로 전락한다. 대공황 시대의 문학은 사회를 비판하는 데 있어 직접적이고 노골적인 특징을 갖는다. 스타인벡은 당시 가장 철저한 사회의식을 가진 작가였다. 그는 가난한 노동자 계급의 권익을 보호하고 착실하고 정직한 삶을 살아가는 사람들의 이익을 옹호하는 투쟁적인 글을 썼다. 그의 대표작으로 평가되는 『분노의 포도』(*The Grapes of Wrath*, 1939)는 오클라호마Oklahoma 주 출신인 조드 일가Joad family가 더 나은 삶을 찾아 캘리포니아로 이주한 다음 겪는 고난과 좌절을 그린 강력한 사회 지향적 소설이다. 캘리포니아에서 그들은 대농장의 과일 따는 일에 종사하는데 이곳에서 차별과 증오, 그리고 폭력을 경험한다. 스타인벡은 소설 속에서 한 가정이 경험하는 사회적 불평등과 부정의, 폭력을 고발하여 전국에 충격을 주었다. 스타인벡은 단편소설집 『빨간 망아지』(*The Red Pony*, 1933), 『생쥐와 인간』(*Of Mice and Men*, 1937), 『통조림공장 골목』(*Cannery Row*, 1945), 『진주』(*The Pearl*, 1947), 『에덴의 동쪽』(*East of Eden*, 1952) 등의 소설과 자신의 개 찰리Charley와 미국의 소도시를 여행한 경험을 개인적 초월주의 사상과 함께 기록한 『찰리와 함께한 여행』(*Travels with Charley: In Search of America*, 1962)을 남겼다.

『천사여, 고향을 보라』(*Look Homeward, Angel*, 1929)의 작가 **토머스 울**

프(Thomas Wolfe, 1900-38)는 미국의 긍정적인 힘에 대한 신념을 갖고 30년대의 절망 가운데서 희망의 목소리를 찾으려 노력했다. 그는 "나는 우리가 여기 미국에서 길을 잃어 버렸다고 믿는다. 하지만 나는 우리가 발견되어질 것을 믿는다."(I believe that we are lost here in America, but I believe that we shall be found.)고 말했다. **헨리 밀러**(Henry Miller, 1891-1980)는 전통소설에 대해 불만을 갖고 있었던 반항아였다. 1930년대 다른 국적이탈자들이 귀국하고 난 후에도 밀러는 파리에 머물러 있었다. 그의 작품은 지나치게 외설적이라는 평가를 받아 1960년대까지 미국에서 출판할 수 없었다. 그의 대표작 『북회귀선』(Tropics of Cancer, 1934)은 파리 생활의 경험을 기록한 것인데 소설이라기보다는 일종의 초현실적인 파리 생활에 대한 스케치이며 도시의 풍경과 그의 반문명적 사상이 신선한 문체로 표현된 걸작이라는 평을 받았다. **나사니엘 웨스트**(Nathaniel West, 1902-40)는 30년대의 대단히 개성적인 작가였다. 다른 작가들이 사회적 혹은 경제적 이슈들에 대해 반항하고 투쟁하는 인물들을 그렸던 것에 비해 웨스트의 등장인물들은 자신들이 덫에 걸렸다는 사실조차도 인식하지 못해 투쟁하지 못하는 모습을 보인다. 그의 첫 번째 소설 『고독한 아가씨』(Miss Lonelyhearts, 1933)는 한 젊은 신문기자가 독자들의 고민을 상담해 주는 칼럼을 마련하고 "고독한 마음"이라는 이름으로 상담에 응하는 내용을 다루고 있다.

## 20th Century American Poetry 20세기 미국 시

20세기 미국 시는 E. A. 로빈슨과 로버트 프로스트로부터 시작되지만, 새로운 세기의 새로운 시 경향은 19세기 말 진행되었던 이미지즘 운동에서 시작되었다. 이미지image는 가장 중요하고 강력한 시적 장치poetic device이지만 그것을 표현 기법의 중요한 항목으로 인식하고 그 방향으로 시 창작을 이끄는 문예사조를 이미지즘이라 한다. 이 사조는 영국의 시인이며 철학자였던 흄(T. E Hulme, 1883-1917)의 반낭만주의 시철학과 에즈라 파운드의 고전주의 시론이 모체가 되어 1910년대 영미를 중심으로 활발하게 전개되었다. 이미지즘은 시에서 지성 작용을 중시하고 객관성을 강조하며, "명료하고 견고한 이미지"dry and hard image가 중심이 되어야 한다고 주장한다. 낭만주의에서 나타나는 감정과 눈물이 넘치는 흐릿하고 "축축한"damp 시가 아니라 대상을 객관적으로 냉정하게 묘사하는 "메마른 견고함"dry hardness의 시가 되어야 한다는 것이다. 흄은 시의 3대 목표를 정확하고accurate, 정밀하고precise, 명확한definite 진술이라고 규정하고 이를 위해 명료하고 견고한 이미지를 추구해야 한다고 했다. 이러한 흄의 신고전주의 철학과 방법론을 하나의 문학 운동으로 전개해간 사람은 파운드였다. 파운드는 1912년 『몇 명의 이미지스트 시인들』(*Some Imagist Poets*)이라는 서화집을 편찬하였고 1915년에는 에이미 로웰(Amy Lowell, 1874-1925)이 주도하여 "이미지즘의 6개 강령"이 채택되면서 이미지즘 운동이 본격화되기에 이른다. 6개 강령은 ① 정확한 일상적 언어의 사용 ② 새로운 감정에 맞는 새로운 운율 ③ 자유로운 제재의 선택 ④ 구체적이고 정확한 표현 ⑤ 견고하고 명확한 시 창작 ⑥ 대상에의 집중 등이었다.

20세기 초 미국의 시문학사에는 전 세대와는 비교도 할 수 없을 만큼 뛰어난 시인들이 대거 등장하였고 이들은 대단히 다양한 주제와 형식들을 활발하게 실험했기 때문에 가히 시문학의 전성기라 불릴 만큼의 성과를 만들어내었다. 해리엇 먼로(Harriet Monroe, 1860-1936)가 1912년 시카고에서 창간한 시 전문잡지 『시』(*Poetry*)를 통하여 아주 많은 유능한 시인들이 배출되었다. 앞서 이야기한 이미지즘 운동으로부터 시작하여 로버트 프로스트의 정형적 율격시metric poems, 윌리엄 칼로스 윌리엄스의 자유시free verse, 커밍스의 시의 형식과 인쇄 활자에 대한 다양한 실험들formal and typographic experiments, 제퍼스(John Robinson Jeffers, 1887-1962)의 시적 자연주의poetic naturalism, 그리고 파운드와 엘리엇에 의해 차용된 프랑스 상징주의French symbolism에 이르기까지 새로운 시운동은 넓고 깊게 전개되었다.

**에드윈 알링턴 로빈슨**(Edwin Arlington Robinson, 1869-1935)은 현대의 상실감과 불안과 혼돈, 어둠으로 가득 찬 현대인의 삶에 대한 통찰력을 지닌 시인이었다. 그는 현대 미국 사회에서 옛 가치들은 사라지고 그것을 대치할 것은 아무 것도 없다고 말한다. 그의 시 『언덕 위의 집』(*The House on the Hill*, 1894)에 나오는 집은 에머슨 등의 초월주의자들의 뉴잉글랜드 저택을 의미하는데 시인이 한 때 이상주의idealism와 확실성certainty의 집이었던 그것들이 이제는 사라지고 없다고 이야기한다.

> 폐허와 붕괴만이 남았네
> 언덕 위의 집에는.
> 그들은 모두 사라져 버렸네,
> 더 이상 아무런 할 말이 없다네.

> There is ruin and decay
> In the House on the Hill:
> They are all gone away,
> There is nothing more to say.

로빈슨은 인간의 운명이 "어둡고 무서운 밤의 혼돈"the black and awful chaos of the night 속에 놓여 있다고 믿었다. 그의 시는 가끔 모든 것을 소유한 인간이 삶의 무서운 혼돈 속에서 길을 잃고 방황하는 모습을 그리기도 한다. 낭만적 이상주의romantic idealism가 사라져버린 현대에 종교적 신념religious faith마저 현대 과학의 부상the rise of modern science으로 나약해지고, 우리 가 개인은 "무라는 어둡고 물결조차 느껴지지 않는 거대한 밀물"the dark tideless floods of nothingness에 홀로 맞서며 그래도 인생이 살만한 가치가 있는 것인지 고민해야 하는 것이다.

뉴잉글랜드의 시인 **로버트 프로스트**(Robert Frost, 1874-1963)는 언제나 전통적인 시 형식을 고수함으로써 "새로운 것을 옛 식으로"the old way of being new 표현하기를 좋아했다. 프로스트는 리얼리스트였지만 그가 보는 세상은 아주 어둡고 부정적인 것은 아니었다. 그는 "세상을 사랑하기 때문에 세상과 싸울"lover's quarrel with the world 뿐이라고 말한다. 프로스트의 잘 알려진 시들은 대부분 자연시nature poetry들이다. 이 시들은 대단히 소박하고 단순한 일상을 노래한다. 그런데 그 소박하고 단순한 우리 삶의 일상에는 삶의 지혜가 감추어져 있고 시인은 피상적인 삶의 겉모습을 노래하면서 동시에 그 저변에 놓여 있는 인생에 대한 심오한 통찰력 혹은 우리 삶의 이율배반적인 진실을 말하고 있는 것이다. 그의 시 「눈 내리는 밤 숲가에 서서」("Stopping by Woods on a Snowy Evening")에서는 눈 덮인 겨울 숲의 아름다움에 매혹되어 발길을 멈춘 나그네가 "아름답고lovely 어둡고dark 깊은deep" 그 숲이 그를 유혹하는 듯하지만 자신이 "지켜야 할 약속이 있으며"(I have promises to keep) "잠들기 전에 먼 길을 가야만 한다."(And miles to go before I sleep)고 다짐하는 모습을 보여준다. 이 시는 밤길을 가는 나그네와 그가 지켜야 할 약속 사이의 갈등을 통해 우리가 인생의 의무를 대하는 자세에 대한 주의를 환기하고 있다. 「가지 않은 길」("The Road not Taken")에서는 "노란 숲 사이에 갈라진 두 길"(Two roads diverged in a yellow wood) 가운데 산책로를 선택하는 일화를 통해 우리의 삶 속에서 직면하는 수많은 선택의 문제들에 대한 고민을 표현하고 있다.

시카고의 시인 **칼 샌드버그**(Carl Sandburg, 1878-1967)는 자유시에 탁월한 시인이다. 그는 보통사람들의 일상생활을 사랑하며 월트 휘트먼처럼 "나는 보통 사람, 즉 민중이다."(I am the People, the Mob)고 선언한다. 그의 시 「시카고」("Chicago")에서는 건강한 산업도시 시카고를 거칠고 사나운 곳이라고, 죄악과 범죄가 판치는 곳이라고 말하고 그 도시를 "돼지 도살자"Hog Butcher, "연장 제조자"Tool Maker, "곡물 창고지기"Staker of Wheat, "철도와 전국 화물운송조합 운영자"Player with Railroads and the Nation's Freight Handler라고 부른다. 전형적인 자유시형을 선택한 이 시에서 시인은 시의 형식만큼 자유분방하고 민중과 함께 호흡하는 살아있는 생생한 도시 시카고의 활력을 찬양한다.

**거트루드 스타인**(Gertrude Stein, 1874-1946)은 스스로도 위대한 시인이었지만 수많은 시인과 소설가들의 후견인으로서 유명하다. 그녀가 1902년 파리로 이주하고 난 뒤부터 파리의 그녀 아파트는 곧 새 시대 새로운 문화운동의 전진기지가 되었다. 그녀는 파리에서 피카소(Picasso)와 마티스(Matisse) 등의 화가들과 교류하고 피츠제럴드, 헤밍웨이, 포크너 등 많은 젊은 예술가들에게 영감을 불러일으키고 격려하는 역할을 했다. 20세기의 작가들은 대부분 의식의 본질the nature of consciousness에 큰 관심을 보였는데 스타인은 기묘한 실험들을 통해 작가가 글 속에서 어떻게 의식적인 정신을 나타내 보일 수 있는 것인지를 밝히려고 했다. 그녀는 전통문법의 규칙들을 무시하고 완전히 새로운 어휘를 구사하는 등 영어를 새로운 언어로 개조하는 작업을 수행했다. 스타인은 『유용한 지식』(*Useful Knowledge*, 1928)에서 "one and one and one and one and one..."과 같은 방식으로 100에 도달할 때까지 세어 나가고 그것이 "일백"이라는 용어의 실제reality of the term라고 말한다. 스타인은 또한 문장 내에 단어와 의미가 잇따라 오면서, 그 단어와 의미들이 그녀가 "계속되는 현재" the continuous present라고 불렀던 어떤 것을 만들어낸다고 하면서 "rose is a rose is a rose is a rose"라는 문장을 소개한다.

　　**에즈라 파운드**(Ezra Pound, 1885-1972)와 **T. S. 엘리엇**(T. S. Eliot, 1888-1965)은 어떤 의미에선 "전통주의자"traditionalists들이었다. 이들은 "역사의식" sense of history을 중시하며 스타인이 주장한 "과거가 없는"past-less 글쓰기를 거부하였다. 파운드와 엘리엇은 과거 전통에 대한 지식이 시인이 새로운 시를 창출해 나가는 데 반드시 필요한 것이라고 보았다. 엘리엇의 유명한 에세이 「전통과 개인적 재능」("Tradition and Individual Talent", 1920)은 그와 같은 사상을 담은 글이다. 이들은 또한 위대한 시인이 되기 위해서는 자신의 개성을 망각해야 한다는 "비개성주의"impersonalism를 주장하였다. 엘리엇은 "예술가의 진보는 끊임없는 자기희생, 끊임없는 개성의 소멸이다."(The progress of an artist is a continual self-sacrifice, a continual extinction (destruction) of a personality.)라고 주장했다. 현대시의 역사에서 최고의 모더니스트라는 칭호로 불리는 엘리엇의 위상이 높기는 하지만 파운드는 엘리엇에게 끊임없는 영감을 주었고, 특히 엘리엇의 대표작으로 평가되는 『황무지』(*Waste Land*, 1922)는 엘리엇의 초고가 파운드에 의해 반으로 줄어들 만큼 파운드의 영향이 압도적이었다. 파운드는 1900년대 초부터 거의 모든 문학, 예술운동에 가담했고 그의 사상과 이론은 영미의 많은 중요 시인들에게 영향을 주었다. 이미지즘 운동의 주창자 가운데 한 사람이었던 파운드는 「지하철역에서」("In a Station of the Metro")에서 지하철역에서 만나는 군상들의 이미지를 다음과 같이 포착하여 표현하였다.

군중 속의 얼굴들의 환영
젖은 검은 가지 위에 달린 꽃잎들.

The apparition of those faces in the crowd;
Petals on a wet, black bough.

H. D.로 널리 알려진 힐다 두리틀(Hilda Doolittle, 1866-1961)과 에이미 로웰은 제1차 세계대전 중에 활약했던 두 명의 중요한 이미지스트였다. **마리언 무어**(Marianne Moore, 1887-1972) 또한 파운드와 이미지즘의 영향을 받았던 시인 가운데 한 명이다. 무어는 언제나 "견고하고hard 분명하고clear 냉철하고cold 정확하며exact 사실적인real" 이미지를 사용하기 위해 노력했다. 무어는 종종 흔하지 않은 소재들— 원숭이monkeys, 증기롤러steamrollers, 코끼리 elephants, 달팽이snails — 을 선택하고 그것들을 이상한 각도에서 검토하기를 좋아했다는 차원에서 다소 "반-시적인"anti-poetic 정신을 갖고 있었다. 외과 의사였던 **윌리엄 칼로스 윌리엄스**(William Carlos Williams, 1883-1963)는 파운드와 엘리엇으로부터 깊은 영향을 받아 비개성적impersonal 문체를 쓰려고 노력했으며 일상생활의 언어와 장면에 관심을 기울였다. 윌리엄스는 사람들에 대해 깊은 관심을 갖고 있었기 때문에 일반 독자들은 그의 시 세계에 흥미를 느꼈는데 그는 파운드나 엘리엇보다는 훨씬 더 낙천적인 시각을 갖고 있었다. 보험회사에서 사업가로 일했던 **월리스 스티븐스**(Wallace Stevens, 1879-1955)는 사색적이고 감각적인 시를 썼다. 그는 때로 의미보다 소리를 위해 어휘를 선택해서 사용하기도 했는데, 이것이 그의 시를 난해하게 만들기도 했다. 스티븐스는 인생의 근본적인 무의미에 대해서 슬퍼하지 않았다. 그는 이런 상황이 시적인 사람에게 자유를 부여하며, 우리는 우리 자신의 형식, 우리 자신의 질서, 우리 자신의 신들을 만들어 낼 수 있다고 보았다.

미국문학사에서 드라마는 사실상 **유진 오닐**(Eugene O'Neill, 1888-1953)에 의해 시작되었다고 보는 것이 타당하다. 20세기가 시작되면서 1914년 결성된 <워싱턴 스퀘어 극단>(Washington Square Players)과 1916년 결성된 <프로빈스타운 극단>(Provincetown Players)의 구성원들은 새로운 연극 운동의 선구자들이었는데, 이 중 <프로빈스타운 극단> 출신의 유진 오닐은 20세기 최고의 극작가가 되었다. 오닐은 초기에는 바다를 소재로 한 단막극을 썼다가 차츰 장막극으로 옮겨갔으며 40여 편의 희곡을 남겼다. 그는 신과 인간에 대한 집요한 추구, 연극 형식에 대한 다양하고 대담한 실험 등을 통해 현대 미국 드라마에 가장 큰 공헌을 했고 "미국 현대 연극의 아버지"로 불리게 되었다.

처녀작 『지평선 너머』(*Beyond the Horizon*, 1920)를 브로드웨이에서 공연한 이후 오닐은 『황제 존스』(*The Emperor Jones*, 1921), 『털북숭이 원숭이』(*The Hairy Ape*, 1922) 등의 표현주의 극을 거쳐 비극에 대한 자신의 비전을 펼칠 수 있는 그리스극의 원형을 미국적인 상황에 도입하기 시작했다. 그 결과 탄생하게 된 대표적인 작품이 『느릅나무 밑의 욕망』(*Desire Under the Elms*, 1924)과 『상복이 어울리는 엘렉트라』(*Mourning Becomes Electra*, 1931)이다. 오닐의 대표작으로 평가받는 『느릅나무 밑의 욕망』은 아버지에 대한 반항, 근친상간, 영아 살해라는 충격적인 내용을 담고 있어서 공연이 열리는 곳마다 검열이라는 문제를 야기하며 센세이션을 일으켰다.

『우리 마을』(*Our Town*, 1938)의 작가 **손톤 와일더**(Thornton Wilder, 1897-1975)는 유진 오닐과 더불어 20세기 전반부 미국 드라마를 대표하는 작가이다. 소설을 쓰기도 했던 와일더는 격조있는 문체와 신선한 형식, 인간 존재의 의미를 찾는 명상적인 작풍, 인간의 가능성을 믿고 인생을 긍정하는 태도 등으로 인해 미국문학계에서 독특한 지위를 차지한다. 희곡 작가로서 와일더는 무대의 시간과 공간의 틀을 깨는 비사실적 형식을 구사한다. 단막극 모음집인 『긴 크리스마스의 정찬』(*The Long Christmas Dinner*, 1931)을 비롯하여, 연애와 결혼 그리고 죽음이라는 가정생활의 평범한 사건을 파헤친 『우리 마을』(*Our Town*, 1938), 빙하와 홍수, 전쟁의 재해를 헤쳐 나온 인류의 역사를 우의극의 형식으로 다룬『위기일발』(*The Skin of Our Teeth*, 1942), 그리고 그의 대표작으로 평가받는 희극『중매인』(*The Matchmaker*, 1954) 등을 남겼다.

제2차 세계대전 이후 미국의 드라마는 아서 밀러(Arther Miller, 1915-2005)와 테네시 윌리엄스(Tennessee Williams, 1914-83), 그리고 에드워드 올비(Edward Albee, 1928- ) 등에 의해 활발하게 전개되었다. 밀러와 윌리엄스는 유진 오닐의 위업을 물려받아 위대한 비극의 전통을 이어나갔고 에드워드 올비는 유럽에서 시작된 부조리 연극을 미국에 이식하는 업적을 남겼다. **아서 밀러**는『세일즈맨의 죽음』(*Death of a Salesman*, 1949)에서 윌리 로만Willy Loman이라는 현대 비극적 영웅의 전형을 창출했고, **테네시 윌리엄스**는『유리 동물원』(*The Glass Menagerie*, 1945)의 로라Laura Wingfield, 그리고『욕망이라는 이름의 전차』(*A Street Car Named Desire*, 1947)의 블랑쉬Blanche DuBois와 같은 문학사에 길이 남을 여주인공의 성격을 창조해 냈다. **올비**는『동물원이야기』(*The Zoo Story*, 1958)와『누가 버지니아 울프를 두려워하랴』(*Who's Afraid of Virginia Woolf?*, 1962)를 썼다.

## Postmodern Period 포스트모더니즘 문학기 (1939-현재)

제2차 세계대전의 발발은 1930년대 미국 내에서 활발하게 전개되던 급진적인 사회주의 운동radicalism을 종식시켰고, 제2차 세계대전이 끝난 뒤의 세계정세는 동서의 대립, 미국과 소련이 대표가 되어 소위 자본주의와 공산주의가 대립하는 이데올로기 갈등의 국면으로 발전하였다. 이 냉전cold war 체제는 1980년대 말 구소련이 붕괴되면서 종식되었고, 20세기 후반부 동안 미국은 인종과성, 인권 등을 둘러싸고 수많은 갈등과 투쟁을 경험하며 군사적, 경제적으로는 세계 최강대국으로 성장하였다.

20세기 미국 문학사의 정신적 풍토에 가장 큰 영향을 행사한 것은 **신비평** New Criticism이었다. 신비평은 1930년대 남부의 보수적인 소장 비평가들에 의해 시작된 비평이론이다. 이들은 산업 경제industrial economy로부터 농업 경제 agricultural economy로의 복귀를 주장하며, 문학 작품을 작가의 삶이나 그 작품이 생산된 사회적 맥락으로부터 분리하여 볼 것과 작품을 유기적organic이고 자율적인autonomous 개체로 볼 것을 주장하였다. 넓은 의미로 볼 때 신비평은 분석비평의 한 갈래로서 역사비평과는 정반대의 입장에 서 있는 비평이며, 실증주의적인 문학 연구의 한계를 지적하고 문학 작품, 특히 시 작품 자체만을 분석하고 평가하는 비평 이론이다. 1960년대에 이르러 에드먼드 윌슨(Edmund Wilson, 1895-1972)과 라이오넬 트릴링(Lionel Trilling, 1905-75), 그리고 어빙 하우(Irving Howe, 1920-93) 등의 **"뉴욕지식인 그룹"**New York Intellectuals 이론가들은 신비평주의자들과는 달리 문학 작품을 작가의 삶author's life과 기질temperament, 사회적 분위기social milieu에 입각하여 평가하려는 인본주의적이고 역사적인 비평 방법을 강조하였다.

　　1970년 후반부터는 다양한 형태의 포스트모더니즘이론들이 미국 비평계를 지배하기 시작했다. 제2차 세계대전 이후의 주요 작가로는 블라디미르 나보코프(Vladimir Nabokov, 1889-1977), 버나드 멜라머드(Bernard Malamud, 1914-86), 솔 벨로우(Saul Bellow, 1915-2005), 노먼 메일러(Norman Mailer, 1923-2007), 존 업다이크(John Updike, 1932-2009), 실비아 플라스(Sylvia Plath, 1932-63), 토니 모리슨(Toni Morrison, 1931- ), 토머스 핀천(Thomas Pynchon, 1937- ) 등이 있다.

## War Novel and Beat Generation
### 전쟁 문학과 비트 세대 작가들 (1950s)

제2차 세계대전이 종식되고 난 다음, 미국의 전후 세대 작가들 사이에서는 전쟁 문학에 대한 관심이 폭발적으로 증가하였다. 제1차 세계대전을 경험한 포크너와 도스 패서스, e. e. 커밍스 등이 대단히 실험적인 소설을 썼던 것에 비해, 제2차 세계대전의 작가들은 전쟁의 추함과 공포를 사실주의적 방식으로 보여주면서 군인들과 보통 사람들에 대한 전쟁의 영향을 자연주의적 관점에서 고찰하였다. 이 소설가들은 전쟁을 증오하지만 어떤 특정한 "정치적 의식" political consciousness을 보여주지는 않는다. 30년대의 좌익 이데올로기Leftist ideology가 40년대와 50년대 작가들에게 큰 호소력이 없었던 것이다.

　　노먼 메일러(Norman Mailor, 1923-2007)의 『벌거벗은 자와 죽은 자』(*The*

*Naked and the Dead*, 1948), 어윈 쇼(Irwin Shaw, 1914-84)의 『젊은 사자들』
(*The Young Lions*, 1948), 제임스 존스(James Jones, 1921-77)의 『지상에서
영원으로』(*From Here to Eternity*, 1951), 조지프 헬러(Joseph Heller, 1923-
99)의 『캐치-22』(*Catch-22*, 1961), 커트 보네거트(Kurt Vonnegut, 1922-2007)
의 『도살장 5』(*Slaughterhouse-Five*, 1969) 등이 대표적인 전쟁 소설War novel
로 알려져 있다.

　　제2차 세계대전 이후 미국 사회는 "불안의 시대"Age of Anxiety를 경험하게
된다. 이 불안의 징후는 첫째 원폭에 대한 공포로부터 왔으며 둘째 공산주의에
대한 공포에서 기인하였다. 전후의 세계는 미국과 소련이 주도하는 민주주의
대 사회주의, 자본주의 대 공산주의라는 소위 이데올로기 갈등의 시대를 개막
하였고, 공산주의 확산에 대한 미국인의 두려움은 1950년대 상원의원이었던
조셉 매카시(Joseph McCarthy, 1908-57)에 의한 마녀사냥으로 연결되었다.

　　원폭과 공산주의의 위협과 같은 정치적 공포 이외에 1950년대 미국인들은
전후 새로운 미국 사회에 적응하기 위한 심리적 문제들을 겪고 있었다. 이 시
기의 많은 작가들은 "나는 누구인가?"라는 낡은 질문에 새로운 답을 찾으려고
노력했다. 그 가운데 대다수의 미국 흑인·유태계 작가들은 그들 자신의 문화
적, 인종적 정체성 속에서 답을 찾으려 했다. 한편 젊은 비트 세대 작가들은
동양의 종교에 의지하여 답을 구하기도 했다.

　　"비트 세대 작가"Writers of the Beat Generation란 제2차 세계대전 직후인
1950년대와 1960년대 초반 미국에서 두드러지게 나타난 반항적인 문화 현상
에 동조한 작가군을 지칭하며, 당대의 반항적 문화현상을 beat movement라고
부른다. 비트 운동 참여자들은 기존사회의 기준과 가치를 거부하고, 마약과 섹
스, 격렬한 음악과 여행 등을 즐겼으며, 동양의 종교에 심취하기도 했다. 이들
은 자신들이 기성사회로부터 두들겨 맞았다고 여겼기 때문에, 또한 재즈 리듬
의 강렬한 비트를 좋아했기 때문에 스스로를 "비트족"(beats)이라고 불렀다.
비트 운동은 뉴욕의 컬럼비아 대학 주변에 형성된 지식인 서클에서 발생했으
나 1950년대 샌프란시스코를 중심으로 활발하게 전개되었다. 비트 세대 작가
들은 어느 정도 무정부주의적 성향을 보이며 자극적이면서도 관습을 뛰어넘는,

반이성적 문학을 지향한다. 이러한 반항적인 당대 문화를 대변하는 대표적인 작가와 작품으로는 앨런 긴즈버그(Allen Ginsberg, 1926-97)의 『울부짖음』(*Howl*, 1956), 윌리엄 버로우(William S. Burrough, 1914-97)의 『벌거벗은 점심』(*Naked Lunch*, 1959), 그리고 잭 케루악(Jack Kerouac)의 『길 위에서』(*On the Road*, 1951) 등이 있다. 비트 세대 작가들은 주로 현대 사회의 병든 정신에 대해서 썼다.

### Jewish Renaissance 유태계 작가 르네상스

1950년대와 1960년대 미국에서는 유태계 작가들의 활약이 눈부시게 전개되었다. 이들의 소설은 20세기 중반 미국의 생활상에 나타난 문제점들을 새로운 방식으로 들여다보았다. 이들은 도덕성과 관련된 전통적인 질문들, 예를 들어 "선한 사람은 어떻게 살아야 하는가?", "타인에 대한 우리의 책무는 무엇인가?" 등에 대한 새로운 관심을 미국문학에 도입하였다. 캐나다 태생이면서 시카고에서 자란 **솔 벨로우**(1915-2005)는 가장 중요한 유태계 작가이면서 제2차 세계대전 이후 수십 년 동안 가장 영향력 있는 미국의 소설가가 되었다. 그의 첫 번째 소설 『매달린 사나이』(*Dangling Man*, 1944)는 제2차 세계대전 중 육군에 징집될 날을 기다리고 있는 한 남자의 이야기이다. 『오기 마치의 모험』(*The Adventures of Augie March*, 1953)이나 『비의 왕 핸더슨』(*Henderson the Rain King*, 1959) 등의 작품에서 벨로우는 미국 도시의 생생한 모습과 거기에 사는 전형적인 사람들을 그렸다. 벨로우는 1976년에 노벨문학상을 수상했다. 솔 벨로우 이외의 유태계 작가로는 노먼 메일러와 멜라머드(Bernard Malamud, 1914-86), 그리고 J. D. 샐린저(J. D. Salinger, 1919-2010)가 있다. 샐린저의 『호밀밭의 파수꾼』(*The Catcher in the Rye*, 1951)은 하나의 문화적 현상으로 언급될 만큼 열렬한 대중의 환호를 받았다.

존 업다이크와 플래너리 오코너는 유태계 작가는 아니지만 20세기 후반 미국문학을 대표하는 작가들이다. **존 업다이크**(John Updike, 1932-2009)는 미국인의 일상적인 삶 속에서 발견되는 목가적인 측면에 주목하며 그 특성을 조용하지만 파괴적인 문체로 드러내는 작품을 썼다. 1960년에 발표한 『달려라,

토끼』(*Rabbit, Run*)에서 업다이크는 등장인물들의 성격과 미국 중산층의 생활상을 자세히 묘사함으로써 미국문학사에 새로운 지평을 열었다는 평가를 받았다. 업다이크의 작품은 서술 양식에서 현재 시제를 사용한 최초의 소설로 여겨지기도 했다.

**플래너리 오코너**(Flannery O'Connor, 1925-64)는 마크 트웨인과 같은 미국문학사에서 선도적인 작가들이 중요시 여겼던 미국 문학의 "남부"the South라는 주제를 개척하고 발전시켰다. 중편『현명한 피』(*Wise Blood*, 1952), 단편집『착한 사람은 찾기 어렵다』(*A Good Man is Hard to Find*, 1955), 장편『끝까지 공격하는 자는 그것을 얻는다』(*The Violent Bear it Away*, 1960), 또 하나의 단편집『오르다 보면 모든 것은 한 곳에 모이게 마련이다』(*Everything That Rises Must Converge*, 1965) 등의 작품을 통해 신과 인간을 둘러싼 보편적인 문제에 대해 확고하고도 신선한 시선을 부여하여 현대 미국문학에 크게 공헌하였다.

## 20th Century Black Writers 20세기 흑인작가들

20세기 미국의 역사에서 가장 중요한 주제 중의 하나는 인권과 사회적 권리를 쟁취하기 위한 흑인들의 투쟁이다. 남북전쟁 기간 중인 1863년 링컨 대통령은 흑인노예해방을 선언했지만 그로부터 수십 년이 경과한 뒤에도 미국 사회 내에서 흑인의 지위는 열악했으며 그들은 박해와 차별의 대상이었다. 1920년대 할렘 르네상스 기간 동안 많은 흑인 작가들이 미국 사회 속에서 흑인의 삶과 경험을 음악과 문학 작품으로 표현하여 주목을 받았다. 할렘 르네상스는 미국의 역사에서 처음으로 흑인들의 삶과 문화가 전국적인 관심의 대상이 되고 상업적으로 이용되는 계기를 만들어냈다. 이에 따라 할렘 르네상스에 참여한 아프리카계 미국인 작가 혹은 예술가 가운데 부와 명성을 획득하는 사람들도 생겨나게 되었다.

**리처드 라이트**(Richard Wright, 1908-60)는 많은 작품에서 강력한 사실주의적 기교를 사용한다. 그의 초기작『톰 아저씨의 자녀들』(*Uncle Tom's Children*, 1938)은 남부 백인 사회가 흑인들에게 가하는 폭력을 세밀하게 묘사한 다섯 편의 단편을 모은 작품이다. 그의 자서전 『깜둥이 소년』(*Black Boy*, 1945)에서 라이트는 "나의 모든 삶이 나에게 현대 소설의 리얼리즘, 자연주의를 형성시키게 하였다."(All my life has shaped me for the realism, the naturalism of the modern novel)고 설명한다. 그의 대표작으로 평가되는 『토박이』(*Native Son*, 1940)에서 라이트는 흑인 주인공에게 가해지는 사회적이고 심리적인 압박을 묘사하기 위해 자연주의적 기교를 사용한다.

**랄프 엘리슨**(Ralph Waldo Ellison, 1914-94)은 가장 뛰어난 20세기 흑인 작가로 평가받는다. 엘리슨의 대표작 『보이지 않는 인간』(*Invisible Man*, 1952)의 주인공은 땅 밑underground, 즉 뉴욕시의 "한 구멍 속에"in a hole 살고 있는 이름 없는 흑인이다. 그는 다른 사람들에게 "보이지 않는"invisible 존재인데, 그 이유는 주위에 있는 사람들이 "오직 내가 처해 있는 환경을 보거나, 자기들 자신들 혹은 자기들의 상상의 허구만을 보기"(see only my surroundings, themselves, or figments of their imagination) 때문이다. 엘리슨에 따르면 문제는 백인들이 흑인들을 개별적인 인간으로 볼 수 없다는 데 있다. 백인들은 단지 흑인들이 이러하다고 하는 그들의 어리석고 그릇된 사고로 흑인을 보는 것이다. 『보이지 않는 인간』은 미국 사회의 부정적인 모습을 그려내고 있을 뿐 아니라 주인공의 눈을 통해 미국의 현실을 바라보며, 미국의 부조리함을 보게 된다.

1960년대 미국 사회는 많은 흑인들과 백인 젊은이들이 거대한 민권 운동에 함께 참여한 시기였다. 이 운동의 목표는 흑인들에게 유해를 끼치는 법률들을 개정하려는 것이었다. 다양한 민권, 저항 운동들이 "지금 자유를!"(Freedom Now!)이라는 기치와 함께 진행되었고 많은 성과를 거두기도 하고 과제를 남기기도 했다. 베트남 전쟁을 반대하고 유색인종의 민권을 요구하는 저항운동은 때로는 로스앤젤레스, 디트로이트, 뉴욕 등의 대도시에서 과격한 대립과 폭동, 화재를 불러일으켰다. 이 시기의 문학운동은 정치적으로 흑인민권운동과 연계되었으며, 흑인예술운동을 주도했던 작가들은 자신들의 글을 사회적, 정치적 목적을 위해 사용하였다. 유명한 신화학자와 동명이인인 **제임스 볼드윈**(James Baldwin, 1924-87)은 60년대의 증가하는 흑인들의 분노를 표현한 작품들을 썼다. 흑인들의 종교 체험을 다룬 처녀작『산에 올라 고하라』(*Go Tell It on the Mountain*, 1953)로 명성을 얻었다. 볼드윈은 그때까지의 흑인작가와는 달리 백인에 대한 항의로 일관하지 않고 흑인이기 이전에 한 사람의 미국인이라는 관점에서 문제를 추구하였다. 파리 생활의 경험에서 다룬 두 번째 작품『조반니의 방』(*Giovanni's Room*, 1956)에는 한 사람의 흑인도 등장인물도 등장하지 않는다. 볼드윈은『또 하나의 나라』(*Another Country*, 1962)에서 미국 도시의 도덕적 혼란과 인종적인 증오심을 묘사하기 시작했다. 그 다음에 나온『다음에는 불을』(*The Fire Next Time*, 1963)과 희곡 작품『백인을 위한 블루스』(*Blues for Mister Charlie*, 1964)에서는 이 분노가 주제로 폭발한다. 볼드윈은 미국의 인종문제가 비폭력의 방법으로 해결될 수 있다고 믿어왔었다. 그래서 흑인들의 분노와 저항을 다루고 있는 이들 후기 작품에서도 볼드윈이 적극적으로 폭력을 지지하는 것처럼 보이지는 않는다.

# 3

## Understanding English Poetry
## 영미시의 이해

## Verse 운문

"Verse"(운문)라는 용어는 흔히 두 가지 뜻으로 사용된다. 첫째 시poetry의 한 단위로서 행line을 나타내는 의미로 사용되고, 둘째 율격meter과 운rhyme이 있는 글을 칭할 때 사용된다. 우리가 일반적으로 산문prose과 비교하여 사용하는 운문의 의미는 두 번째 경우를 가리킨다. 운문의 특징은 의미 전달만을 목적으로 하는 산문과는 달리 언어의 사운드가 갖는 음악적인 리듬을 살려서 표현한다는 데 있다. 18세기에 소설이라는 장르가 출현하기 이전의 영문학 작품들은 대부분 운문으로 되어있다는 사실을 기억해야 한다. 시문학은 물론이고 윌리엄 셰익스피어(William Shakespeare, 1564-1616)를 비롯한 르네상스의 극작가들의 작품들 역시 운문으로 대사가 이루어져 있는 경우가 대부분이다. 물론 운문과 산문이 혼합되어 사용되는 경우도 흔한데, 여기에서 주의할 점은 극작품의 경우 신분이나 지위가 높은 등장인물들은 주로 운문을 사용하고, 신분과 지위가 낮은 등장인물들은 주로 산문을 사용한다는 점이다. 운문이 산문보다 훨씬 더 고상한 표현이라는 당대 사람들의 생각을 읽을 수 있는 부분이다.

운문은 언어의 음악적인 리듬감을 살리기 위해 반복과 도치를 비롯한 여러 가지 장치를 사용하는데, 이 장치들은 크게 두 가지 유형으로 나눌 수 있다. 첫째, 사운드의 배열을 통해 시의 음악성을 살리는 장치들이 있고, 둘째 단어들의 강세accents 배열을 통해서 시의 음악성을 살리는 장치들이 있다. 먼저 사운드의 배열을 통해 음악성을 살리는 장치들로는 두운alliteration, 자음운consonance, 모음운assonance, 각운end rime, 중간운internal rime, 남성운masculine rime, 여성운feminine rime, 근사운approximate rime 등이 있다. 그리고 단어들의 강세 배열을 통해 음악성을 살리는 장치들로는 다양한 종류의 율격이 있다.

## Lyric 서정시

사색을 통해서 얻어진 개인의 감정이나 정서를 리듬이나 선율에 얹어서 관조적으로 표현하는 짧은 시를 뜻하며, 주관적이고 내적 표현이라는 점에서 서사시와 구별된다. 원래 Lyric은 리라Lyre라는 현악기에 맞추어 노래를 부르는 독창 공연을 위해 작곡된 시였다. 그러나 이제는 곡을 붙이지 않더라도 비슷한 특징을 지닌 시들에 흔히 사용되는 용어이다. 서정시는 상황을 제시하는 경우는 있지만, 서사시와 같은 이야기적인 요소가 없고 대개 길이가 짧은 시에 국한된다. 따라서 서정시는 화자의 기분이나 감정을 표현하는 경우가 많고 주로 1인칭으로 쓰인다. 현대의 대부분의 시들이 서정시에 속한다고 말할 수 있다. 서정시의 종류로는 가요song, 찬미가hymn, 송시ode, 소네트sonnet, 발라드ballad, 비가elegy, 경구시epigram, 풍자시satire, 패러디parody, 산문시prose poem 등이 있다. 한편 극적 서정시dramatic lyric는 어떤 특정한 상황에서 화자가 다른 사람에게 말하는 내용으로 묘사된다.

### ■ Pastoral 목가(牧歌)

전통적인 목가는 이상화된 자연 배경 속에서 목자들shepherds과 전원에서 사는 다른 사람들의 삶이 갖는 평화로움peace과 단순함simplicity을 노래하는 시를 가리킨다. 흔히 도시에 사는 시인이 향수nostalgia에 젖어 이러한 자연을 그리는 시를 표현하는 경우가 많다. 이러한 목가풍의 시들에는 관례적으로 커다란 나무 아래에 누워 전원시rural muse를 짓거나, 영원히 늙지 않을 듯이 피리를 불거나, 친선 노래 시합을 하거나, 사랑스런 애인과 행복했던 시절, 또는 불행했던 시절을 회상하거나, 동료 목동의 죽음을 애도하는 목동의 모습이 그려져 있다. 크리스토퍼 말로(Christopher Marlowe, 1564-93)가 쓴 「정열적인 목동이 그의 애인에게」("The Passionate Shepherd to His Love")와 같은 시가 대표적인 목가이다.

### ■ Elegy 비가(悲歌)

비가는 우울하고 명상적인 분위기에서 어떤 특정한 인물의 죽음에 대한 격식을 갖춘 애도formal lament와 위로consolation를 표현한 시를 가리킨다. 엘레지라는 용어는 그리스·로마 문학에서부터 존재하였는데, 당시에는 엘레지 율격elegiac meter을 지닌 시들을 지칭하였다. 특히 주로 사랑을 주제로 하는 연애시들을 의미하였다. 하지만 17세기 이후부터 이 용어는 죽음에 대한 애도와 위

로를 표현하는 시에 한정되기 시작했다. 이와 같은 의미에서 대표적인 비가로
는 테니슨(Alfred Lord Tennyson, 1809-92)의 「추도시」("In Memoriam")와
오든(W. H. Auden, 1907-73)의 「W. B. 예이츠를 추모하며」("In memory of
W. B. Yeats") 등이 있다.

■ Ode 송시(頌詩)

오드는 주제가 진지하고 문체가 장중하며, 그 연stanza의 구조가 정교한 긴 서
정시를 가리킨다. 흔히 어떤 위대한 영웅의 미덕virtue이나 승리victory를 칭송
하거나, 영원불멸의immortal 고상한 예술, 음악, 시, 혹은 추상적 개념들을 찬양
하기 위해 쓰였다. 특히 낭만주의 시인들이 이러한 정열적인 오드를 완성하였
는데, 예를 들면 워즈워스(William Wordsworth, 1770-1850)의 「송시: 어린 시
절을 회상하며 영원불멸을 명상함」("Ode: Intimation of Immortality
Recollections of Early Childhood"), 콜리지(Samuel Taylor Coleridge, 1772-
1834)의 「낙담 송시」("Dejection: An Ode"), 셸리(Percy Bysshe Shelley,
1792-1822)의 「서풍에게 바치는 노래」("Ode to the West Wind") 등이 있다.
최근의 현대 작가들 중에는 알렌 테이트(Allen Tate, 1899-1979)의 「남군 무
명용사에게 바치는 노래」("Ode to the Confederate Dead"), 월리스 스티븐스
(Wallace Stevens, 1879-1955)의 「키 웨스트의 질서 개념」("The Idea of
Order at Key West") 등이 있다.

■ Ballad 발라드

'ballad'란 말은 옛 프랑스 말 'ballade'에서 온 것으로 '춤' 또는 '춤노래'라는
뜻을 갖고 있었고, 그 본래 어원은 춤을 춘다는 뜻을 가진 'ballare'라는 라틴
어다. 따라서 ballad는 춤과 상관이 있는 오래된 문학 형태로서 그 기원은 앵
글로색슨Anglo-Saxon 시대의 담가lay와 비슷하되, 발라드는 담가보다도 단순하
고 짧으며 일정한 시형을 갖는다는 것이 다른 점이다. 또한 발라드나 담가는
구전적인traditional 문학이라는 점에서는 공통적이지만 후자가 비교적 전문적인
음송시인의 작품인데 비해 전자는 비전문적인 민중의 작품이라는 데서 차이가

난다.

　민담시라고도 부를 수 있는 발라드는 글을 깨우치지 못했거나illiterate 글의 사용이 완전하지 못한 민중들people이 자신들의 주변에서 일어난 중요한, 그래서 기록으로 남겨야만 할 사건을 기억하기 쉽게 노래 가사로 만들어 전해 내려온 것이라 할 수 있다. 최초의 작가는 일반적으로 알려지지 않는다. 발라드는 사건의 핵심 내용이 단순하게 요약되어, 행동action과 대화dialogue를 중심으로 극적dramatic으로 구성되어 있다. 작가의 주관적인personal 감정feeling과 태도attitude는 최대로 절제되어 있는 극히 객관적인 시라고 할 수 있다. 구전되어 전해오면서orally transmitted 후세 사람들에 의해서 원래의 내용이 변형되거나, 글로 기록하는 과정에서 기록자에 의해서 여러 가지 이유로 수정되어 버전version이 여러 개인 경우도 많다. 현대에도 전문적인 작가나 가수들에 의해 작사 작곡되어 여전히 인기를 얻고 있는데, 영국이나 미국의 경우 발라드를 즐기는 사람들은 주로 벌목꾼lumberjacks, 카우보이cowboys, 노동자laborers, 반정부적시위자anti-governmental protesters들이다. 대표적인 현대의 발라드 가수는 밥 딜런(Bob Dylan, 1941- ), 존 바에즈(Joan Baez, 1941- ) 등이 있다.

## ■ Sonnet 소네트

복잡한 각운 형식rime scheme으로 연결된 "약강 5보격"iambic pentameter의 시행 14개로 구성되어 있으며, 단 한 개의 연stanza으로 쓰인 서정시lyric를 가리킨다. 소네트는 흔히 앞의 8행을 옥테이브octave라고 부르고, 뒤의 6행을 세스텟sestet이라고 부르는데, 각각 일정한 각운 체계를 갖추고 있다. 소네트의 형식은 크게 이탈리아풍Italian sonnet과 영국풍English sonnet으로 대별할 수 있다. 이탈리아 소네트는 14세기 이탈리아 시인 페트라르카(Francesco Petrarch, 1304-74)의 이름을 따서 페트라르카 소네트Petrarchan sonnet로 불리는데, 흔히 abbaabba의 각운 형식을 갖춘 옥테이브와 cdecde 또는 cdcdcd의 각운 형식을 갖춘 세스텟으로 나뉜다. 영국풍 소네트는 3개의 4행 시연three quatrains과 각운이 호응하는 2행 시연rhyming couplet으로 구성된다. 영국의 소네트 작가로 유명한 사람은 셰익스피어, 필립 시드니(Sir Philip Sidney, 1554-86), 에드먼드 스펜서(Edmund Spenser, 1552-99) 등이 있다. 시드니와 스펜서는 각각 장편 연작 연애시, 『아스트로펠과 스텔라』(*Astrophel and Stella*, 1580)와 『아모레티』(*Amoretti*, 1595)를 소네트의 형식으로 썼다. 셰익스피어는 사랑과 시간에 관한 154편의 소네트를 썼는데, 특히 그의 소네트는 abab cdcd efef gg의 각운 형식을 지닌다. 스펜서 역시 자신의 독특한 각운 형식을 사용했는데, 이는 abab bcbc cdcd ee의 형식을 지닌다.

### ■ Epigram 경구시(警句詩)

에피그램이라는 단어는 원래 "새긴 문자"inscription라는 뜻을 가진 라틴어에서 유래하였으며, 짧으면서도 재치있는 표현을 나타냈다. 오스카 와일드(Oscar Wilde, 1854-1900)의 유명한 경구들 중에 하나에는 "난 유혹 외에는 모든 것에 저항할 수 있다"(I can resist everything but temptation)와 같은 표현이 있다. 나중에는 다듬어지고polished, 압축되고terse, 날카로운pointed, 아주 짧은 시를 가리키는 용어로 인식되었다. 연애시, 비가, 풍자시, 명상시 등의 모든 종류의 시가 경구시로 표현될 수 있다. 경구시는 흔히 어떤 사상을 놀랍거나 재치있게 돌려 표현하는 문구로 끝난다. 바이런(George Gordon Byron, 1788-1824)의 경구시를 감상해 보자.

> 신께서 왕을 축복하시길 — 신앙의 옹호자를 축복하시길.
> 신께서 왕위를 노리는 자를 축복하시길! (축복해도 나쁠 건 없으니)
> 하지만 누가 왕위를 노리는 자며 누가 왕인가 —
> 신께서 우리 모두를 축복하시길! 그건 전혀 다른 문제니까.

> God bless the King — I mean the Faith's defender!
> God bless (no harm in blessing) the Pretender!
> But who pretender is or who is king —
> God bless us all! That's quite another thing.

# Epic 서사시(敍事詩) / Heroic Poem 영웅시

서사시는 역사나 전설, 신화를 바탕으로 영웅적이고heroic 부분적으로 신적인 quasi-divine 인물들의 모험과 업적을 찬양하는 긴 이야기의 형태를 지니는 시 narrative poem를 가리킨다. 흔히 위대하고 진지한 주제를 다루며, 운문체의 고양된 문체elevated style를 사용한다. 서구 문학에서 가장 잘 알려진 서사시로는 그리스의 위대한 작가 호메로스(Homer, BC 800?-750)의 『일리아드』(*Illiad*, BC 760-710), 『오디세이아』(*Odysseia*, BC 760-710)가 있으며, 로마 시인 베르길리우스(Virgil, BC 70-19)의 『아에네이드』(*Aeneid*, BC 29-19)가 있다. 영문학 작품으로 잘 알려진 서사시로는 고대 영문학의 『베어울프』(*Beowulf*, 8-11세기)가 있으며, 르네상스 시대 영문학 작품으로는 존 밀턴(John Milton, 1608-74)의 『실낙원』(*Paradise Lost*, 1667)과 스펜서의 『선녀 여왕』(*Faerie Queene*, 1590-96) 등이 있다. 아리스토텔레스(Aristotle, BC 384-322)는 서사시를 비극에 버금가는 훌륭한 장르로 평가했으며, 르네상스 비평가들은 시의 장르 중에서 가장 뛰어난 것으로 여겼다. 서사시는 흔히 다음과 같은 특징을 공유하고 있다.

1) 주인공이 국가적으로 혹은 우주적으로 매우 중요한 인물이다.
2) 이야기의 배경이 광대하여 전 세계 뿐만 아니라, 지상, 천상, 지옥까지 포함하는 범우주적이다.
3) 영웅들의 초인간적인 행동이나 모험, 험난한 여행 등이 포함되어 있다.
4) 신들과 같은 다른 초자연적인 존재들이 주인공의 모험에 적극적으로 참여한다.
5) 영웅적 주제에 어울리게 일상적 문체를 배제한 웅장하고도 고양된 문체로 서술된다.

자유시는 정상적인 시의 운율 및 율격을 갖추고 있지 않기 때문에, 엄밀하게 말해서 운문이라고 말할 수 없다. "Free"(자유)라는 표현은 운율의 제한으로부터 자유롭다는 뜻이다. 이러한 자유시를 산문과 구별하는 것은 쉽지 않은 문제이지만, 많은 경우에 이는 시인이나 독자의 취향에 좌우될 수밖에 없다. 자유시는 일반적으로 산문과 같은 다양성보다는 일정한 규칙을 지키는 경향이 있어서 이를 자유시의 특징으로 볼 수는 있지만, 이 규칙을 분명하게 정의할 수는 없다. 자유시를 가장 잘 활용한 시인으로 손꼽히는 미국의 시인 월트 휘트먼(Walt Whitman, 1819-92)의 「나의 노래」("Song of Myself") 중의 일부를 살펴보자.

> 나는 야외에서 자라는 것이 마음에 든다.
> 가축 사이에서 사는 사람들과 바다와 숲의 맛을 아는 사람들,
> 배를 만들고 운항하는 사람들과 도끼와 망치를 휘두르는 사람들,
> 그리고 말을 모는 사람들이 마음에 든다.
> 나는 그들과 함께 언제까지나 먹고 잘 수 있다.

> I am enamored of growing outdoors,
> Of men that live among cattle or taste of the ocean or woods,
> Of the builders and steerers of ships and the wielders of axes and
>     mauls, and the drivers of horses,
> I can eat and sleep with them week in and week out.

이 시는 5개의 시행이 각운을 지키는 것도 아니고 서로 길이도 다르기 때문에 율격을 갖추고 있는 것도 아니다. 따라서 이를 시로 보아야 한다면 자유시로 규정할 수밖에 없다.

## ■ Haiku 일본 전통 단시

일본의 전통적인 시의 한 형식으로, 총 17음절로 된 3행시이다. 전통적으로 첫 행은 5음절five syllables, 두 번째 행은 7음절, 세 번째 행은 5음절로 되어있다. 시는 카메라 렌즈처럼 자연의 일상적인 이미지에 초점을 맞춘다. 이 시의 표현의 특징은 단순성simplicity, 강렬성intensity, 직접성directness이다. 표현된 이미지 그 자체도 중요하지만 더 중요한 것은 그 이미지가 가져오는 연상들 associations이다. 이 시는 단지 몇 개의 단어만을 사용하여 한 순간을 포착하여 독자의 마음속에 어떤 그림을 만들어 주는데, 이것은 넓은 장면을 들여다보는 조그마한 창과 같다. 자연의 대상, 장면, 계절에 대한 시인의 감정적, 정신적 반응이 시의 주요 내용이다. 짧은 순간을 포착하고, 도발적인 이미지를 사용하는데, 여기서 가장 중요한 것은 두 개의 이미지의 병치juxtaposition이다. 이것이 궁극적으로 지향하는 것은 갑작스러운 깨달음sudden enlightening이나 이해 understanding에 이르는 것이다.

이러한 시의 철학은 1912년과 1917년 사이에 일어났던 이미지즘 운동 imagism movement에 많은 영향을 미쳤다. 에즈라 파운드(Ezra Pound, 1885-1972)는 하이쿠의 간략함과 병치된 이미지가 갖는 힘에 주목하면서 "이미지 그 자체가 담화이다. 이미지는 진술된 언어를 능가하는 말이다"(The image is itself the speech. The image is the word beyond formulated language)라고 했다. 이 영향을 받은 가장 대표적인 시는 에즈라 파운드의 「지하철 정거장에서」 ("In a Station of the Metro")이다.

군중 속에서 이러한 얼굴들의 출현,
축축하고, 검은 가지 위에 달린 꽃잎들.

The apparition of these faces in the crowd;
Petals on a wet, black bough.

## Blank Verse 무운시

각운end rime을 갖추고 있지 않기 때문에 "blank"(무운)라는 표현이 사용되는데, 이는 시행의 끝이 비어있다는 의미, 즉 운rime이 없다는 뜻이다. 흔히 무운시는 각운을 갖추지 않으면서, 대체로 약강 5보격iambic pentameter의 율격을 갖추고 있는 시들을 가리킨다. 무운시는 모든 시형 가운데 영어의 리듬에 가장 적합한 시형으로 알려져 있고, 어떤 다른 시형보다도 자주 다양하게 사용되어 왔다. 무운시는 밀턴이나 셰익스피어와 같은 르네상스 작가들이 많이 사용하였으며, 낭만주의 시인들 또한 즐겨 사용하였다. 무운시의 장점은 각운을 맞출 필요가 없기 때문에 긴 작품을 쓰는데 그다지 어려움이 없다는 점이다. 무운시의 예로 테니슨의 「눈물, 까닭모를 눈물」("Tears, Idle Tears")을 살펴보자.

눈물, 까닭모를 눈물, 왜 흐르는지 모르겠구나,
어떤 성스러운 절망의 심연에서 생겨난 눈물이
가슴 속에 차올라 눈에 고인다.
행복한 가을 들판을 바라보면서
사라진 날들을 생각할 때면.

지하 세계에서 친구들을 싣고 오는
돛단배 위에 반짝이는 첫 햇살처럼 새롭고,
사랑하는 이들을 싣고 수평선 아래로 사라지는
돛단배 위로 빨갛게 물드는 마지막 햇살처럼 슬프다.
이다지도 슬프고, 이다지도 새롭구나, 사라진 날들은.

아 어두운 여름 먼동이 틀 때,
죽음을 맞이하는 이의 귀에 들리는 잠에서 덜 깬
새들의 첫 지저귐처럼 슬프고 이상하여라.
그의 눈에 천천히 빛나는 네모꼴 창문이 모습을 드러낼 때,
이다지도 슬프고, 이다지도 이상하구나, 사라진 날들은.

사후에 기억한 입맞춤처럼 사랑스럽고,

다른 사내가 차지할 입술에 희망 없는 꿈으로
상상해본 키스처럼 감미롭구나. 사랑처럼 깊고,
첫사랑처럼 깊고, 온갖 미련으로 넘쳐나니,
오 삶 속의 죽음이여, 사라진 날들이여!


　　Tears, idle tears, I know not what they mean,
Tears from the depth of some divine despair
Rise in the heart, and gather to the eyes,
In looking on the happy autumn-fields,
And thinking of the days that are no more.


　　Fresh as the first beam glittering on a sail,
That brings our friends up from the underworld,
Sad as the last which reddens over one
That sinks with all we love below the verge;
So sad, so fresh, the days that are no more.


　　Ah, sad and strange as in dark summer dawns
The earliest pipe of half-awakened birds
To dying ears, when unto dying eyes
The casements slowly grows a glimmering square;
So sad, so strange, the days that are no more.


　　Dear as remembered kisses after death,
And sweet as those by hopeless fancy feigned
On lips that are for others; deep as love,
Deep as first love, and wild with all regret;
O Death in Life, the days that are no more!


위의 시는 4개의 연으로 되어있는데, 각 연이 각각 5개의 시행으로 이루어져
있기 때문에 pentameter임을 알 수 있다. 그리고 전반적으로 "약강"의 율격을

지키고 있기 때문에 iambic pentameter라고 부를 수 있다. 하지만 각운을 살펴 보면, 전혀 운을 맞추고 있지 않다. 각 연의 마지막 행이 똑같이 more로 끝나 고 있지만, 이는 똑같은 단어를 반복하고 있을 뿐이고 각 연에서 각운을 찾기 힘들기 때문에 전형적인 각운의 형태라고 보기 힘들다. 따라서 무운시의 일종 으로 분류할 수밖에 없다.

## Metaphysical Poetry 형이상학시

감각적이고 지나치게 감정적인 시와는 대조적으로 형이상학적인 지식과 비유 를 사용하여 쓴 시를 가리킨다. 17세기 영국의 시인 존 던(John Donne, 1572-1631)이 대표적인 형이상학파 시인이다. 존 던은 엘리자베스 시대 시인들의 작품에서 주요 전통이었던 이탈리아의 페트라르카나 스펜서의 경우처럼 꿀처 럼 감미롭고mellifluous 부드러운 시, 이상화된 연애idealized love를 노래하는 시 에 정면으로 맞서는 시를 지었는데, 이것이 바로 형이상학시라고 불렸다. 존 단은 페트라르카의 전통Petrarchan tradition을 따르는 대신 실제 언어의 거친 대 화를 본뜬 시어와 율격으로 시를 썼고, 싫어하는 애인이나 참견하는 친구, 하 느님이나 죽음 또는 자신과 논쟁을 벌이는 극적dramatic이고도 수사학적인 rhetorical 형태로 시를 썼다. 그는 미묘하고도 터무니없는 비유와 논리를 구사 했는데, 모든 분야의 지식이 시 창작에 적용되었다.

## Epithalamion 축혼가

축혼가는 결혼을 축하하는celebrating 시를 일컫는다. 가장 대표적인representative 시인으로 고대 그리스의 사포(Sappho, BC 600)와 테오크리토스(Theocritus, BC 270), 로마의 오비디우스(Publius Ovidius Naso, BC 43?-AD 17)와 카툴 루스(Gaius Valerius Catullus, BC 84?-54?)가 있다. 그리스어인 이 단어는 '신 부의 방에서'(at the bridal chamber)를 의미하는데, 많은 소년 소녀들이 결혼 식을 끝낸 신혼부부의 방문에서 그들을 찬양하면서 불렀기 때문이다. 고전 학 자에 따르면 이 노래는 두 개의 형식이 있는데 하나는 저녁에, 다른 하나는 다음날 아침에 불렀다고 한다. 로마시대에도 유사한 관습custom이 있었는데 이때에는 소녀들만 노래를 불렀다고 한다. 르네상스 시대에 라틴계열의 시인들이 이 시의 형식을 다시 활발하게 사용하였고, 라틴어가 아닌 유럽의 변방어로 많이 쓰이면서 형식이 확고해졌다. 1580년경에 영국의 필립 시드니가 처음으로 영어로 축혼가를 썼고, 이어서 에드먼드 스펜서가 자신의 결혼식을 축하는 시「축혼가」("Epithalamion")를 써서 그의 신부bride에게 선물로 바쳤다. 이 시는 최고의 축혼가로 평가받는데, 총 24개의 연으로 치밀하게 구성되어 있다. 시는 결혼식 날 낮과 밤의 시간 순서에 따라 진행되는데, 변함없는 편안함과 품위를 유지하면서 기독교적 의식ritual과 믿음belief, 이교도적인pagan 주제와 신화mythology, 아일랜드의 향토적인 무대를 포함하고 있다. 이후에 많은 르네상스 시인들이 시의 청중audience이나 시인의 기질temperament에 따라 야하거나 엄숙한 결혼시를 썼다. 현대에 이르기까지 이 시의 전통은 이어져 오고 있다.

## Graveyard Poets 묘지파시인

주로 18세기 후반에서 19세기 초까지 영국 낭만주의 이전에 명상적인meditative 시를 썼던 시인들에게 붙여진 용어이다. 이들은 묘지 앞에서 목격되는 해골 skull, 관coffin, 묘비tombstone 등을 언급하면서 인간 삶의 단명함brevity에 대한 우울한 명상melancholy meditation을 한다. 수심이 깊은 애도mourning나 극심한 우울함이 시의 분위기를 압도하지만 감각주의에 빠지지 않으면서 어떤 숭고함 sublime을 지향한다. 이들은 주로 이름 없이 평범하게 살다간 사람들의 삶을 주로 다룬다. 이들의 시에 표현된 우울한 감정에 대한 깊은 명상은 낭만주의 시에 영향을 미쳤기 때문에 "전기 낭만주의자"pre-Romanticists로 분류되기도 하는데, 이러한 명상은 낭만주의 시인 콜리지의「낙담: 송가」나 키츠(John Keats, 1795-1821)의「우울에 부치는 노래」("Ode on Melancholy")에 반복되어 나타난다고 볼 수 있다. 이들의 시는 후에 고딕 소설Gothic novel에도 중요한 영향을 주었다고 평가된다. 가장 대표적인 시는 토머스 그레이(Thomas Gray, 1716-71)의「시골 교회묘지에서 쓴 비가」("Elegy Written in Country Churchyard")이다.

# Fancy and Imagination 공상과 상상력

공상fancy과 상상력imagination은 일반적으로 동일한 의미로 사용되었으나, 콜리지가 그의 문학 비평서『문학 평전』(*Biographia Literaria*, 1817)에서 시에 관한 이론theory과 마음의 과정mental processes에 관한 일반 이론general theory을 언급하면서 두 용어의 차이를 분명히 했다. 이전에 이 용어들은 '이성' reason, '판단력'judgement, '기억'memory 등과는 대조적인 것으로서, 감각을 통해 이미지를 받아들여 그것을 새롭게 정리하는 마음의 능력을 의미했다.

　『문학 평전』의 제13장에서 콜리지는 감각적 이미지sensory images들을 재정리하는 기능에 있어서 공상은 상상력보다 하위라고 했다. "공상은 시간과 공간의 질서에서 나오는 기억 방식에 불가하다."(Fancy . . . has no other than a mode of memory emancipated from the order of time and space.) 그에 따르면 공상은 기본적인 이미지들을 수용하는 하나의 기계적인 과정이다. 공상은 이미지들을 수정하지 않고 모아서 인식되었던 그대로 공간적 시간적 질서를 부여한다는 것이다. 즉 공상은 단순한 기억처럼 연상의 법칙에 따라 이미 만들어진 것들을 수용할 뿐이다. 이에 반해 상상력은 더 높은 차원으로서 시를 창조하는 역할을 한다. 상상력은 인식된 이미지들을 재창조하기 위해서 녹이고dissolve, 분산하고diffuse, 소멸시킨다. 이러한 상상력에 대한 콜리지의 견해는 인간의 마음에 대한 경험주의자들empiricists의 생각을 반박한 것이라 할 수 있다. 경험주의자들은 인간의 마음은 비어있는 공간과 같아서 어떤 경험이 각인되고 저장되느냐에 따라 달라진다고 생각했다. 반면에 콜리지는 인간의 마음의 역동성dynamics과 창조적 능력creative ability을 강조하기 위해서 공상과 상상력을 구분하였다. 콜리지에게 상상력은 단순히 재조립하는 것이 아니고 고정된 것들과 한정된 것들— 감각이 수용한 마음의 그림들 혹은 이미지들— 을 용해시켜서 그것들을 새로운 전체로 통합해서 창조한다. 상상력은 단순히 분류하는 기계와 같은 공상과는 달리 살아있고 성장하는 식물처럼 작동하는 유기적인 능력organic ability이다. 그에 따르면 상상력은 가장 이질적인 요소 heterogeneous elements들을 완전히 소화시키고 통합해서 유기적인 통일체로 만드는 능력이다. 새롭게 생성된 통일체는 부분들 간의 상호의존interdependency으로 유지되고, 이것의 정체성identity은 이 부분들이 전체에서 이탈하면 유지될 수 없다.

　콜리지 이후 공상과 상상력을 구분하는 대부분의 비평가들은 공상을 상대적으로 완성도가 낮은 재치 있는 시를 쓰는 데 필요한 능력으로, 상상력을 더 질이 높은 진지하고, 열정적인 시를 창조하는 데 동원되는 능력으로 간주해왔다. 공상과 상상력은 인간심리human psychology의 작동 원리를 어떻게 이해하느냐에 따라 비평가들마다 다양하게 사용하였다.

## Negative Capability 소극적 수용력

작가가 자신의 작품에서 객관적이고 비개성적으로 소재를 제시하는 능력을 가리킨다. 낭만주의 시인 키츠가 자신의 동생들인 조지George와 토머스Thomas에게 보낸 편지에서 사용한 표현이다. 그는 문학에서 성공한 사람들에게 어떤 자질이 필요한가를 논하면서 이 용어를 생각해 내었다. 즉 셰익스피어와 같이 훌륭한 작가가 소유했던 자질이 바로 소극적 수용력이라는 것이다. 소극적 수용력을 지닌 시인은 작품 속에 작가 자신이 개입하는 주관적인 인물과는 반대로, 몰개성적impersonal이고, 객관적objective이며, 미학적 거리aesthetic distance를 유지하는 셰익스피어와 같은 객관적 시인이라는 것이 그의 주장이다.

## Dramatic Monologue 극적 독백

19세기 영국의 시인 로버트 브라우닝(Robert Browning, 1812-89)에 의해 완성된 서정시lyric poem의 한 유형을 가리킨다. 이러한 극적 독백의 형식을 갖춘 시는 다음과 같은 특징을 갖는다. 첫째, 시인 자신이 아닌 다른 한 사람이 중요한 순간critical moment에 특정한 상황specific situation에서 시 전체를 이야기한다. 둘째, 그는 하나 혹은 그 이상의 다른 사람들에게 이야기하고 그들과 상호 관계를 맺는다. 그렇지만 독자는 이야기를 하는 화자의 말을 통해서만 다른 사람들의 존재와 그들의 행동을 알 수 있다. 셋째, 화자가 말을 선택하고 조절하는 원칙을 통해 독자는 그의 기질과 성격을 간파할 수 있다. 이러한 극적 독백의 대표적인 시로 브라우닝의 「나의 전 공작부인」("My Last Duchess")이 있다. 시의 초반부를 잠깐 살펴보면 다음과 같다.

저 벽화가 내 전 공작부인의 초상화요,
마치 살아있는 것처럼 보이지요. 이제 보니
참으로 걸작이지요, 판돌프 수사의 손이
하루 동안 바쁘게 움직였고, 저렇게 그녀가 서 있지요,
앉아서 그녀를 보시겠습니까?
일부러 "판돌프 수사"라고 말한 건
저 그림의 표정, 애틋한 시선의 깊이와 열정을
당신처럼 처음 보는 이들은 절대 읽지 못하기 때문이죠
그러니 그들은 내 쪽으로 돌아서지요 (나 외에는,
그 누구도 당신을 위해 걷었던 커튼을 걷지 못하니까요)

That's my last Duchess painted on the wall,
Looking as if she were alive. I call
That piece a wonder, now: Fra Pandolfs hands
Worked busily a day, and there she stands.
Willt please you sit and look at her? I said
Fra Pandolf by design, for never read
Strangers like you that pictured countenance,
The depth and passion of its earnest glance,
But to myself they turned (since none puts by
the curtain I have drawn for you, but I)

## Objective Correlative 객관적 상관물

객관적 상관물이란 문학 작품 창작에서 특정한 감정을 독자에게 불러일으킬 일단의 사물들a set of objects, 하나의 상황a situation, 일련의 사건들a chain of events을 가리킨다. 만약 작가가 독자나 관객에게 어떤 정서적 반응을 불러일으키고자 한다면, 그러한 정서를 일으킬 이미지들이나 대상들이 조화를 이루

어야 한다. 미국화가 워싱턴 올스턴(Washington Allston, 1799-1843)이 최초로 사용한 용어이지만, T. S. 엘리엇(Thomas Stearns Eliot, 1888-1965)이 「햄릿과 그의 문제들」("Hamlet and His Problems")이라는 글에서 사용하여 유명해졌다. 작가는 문학 작품 속에서 자신의 주관적 감정을 어떤 객관적 상관물을 통해서 표현해내야 한다는 것이다. 객관적 상관물에 대한 엘리엇의 설명을 살펴보자.

정서를 예술의 형식으로 표현하는 유일한 방법은 "객관적 상관물"을 발견하는 데 있다. "객관적 상관물"이란 말하자면 특정한 정서를 형성하는 일련의 대상물, 상황, 연속되는 사건들을 가리키며, 이는 어떤 외부적인 사실들이 주어지면, 대응되는 정서가 즉시 환기되는 그런 것이다.

The only way of expressing emotion in the form of art is by finding an 'objective correlative'; in other words, a set of objects, a situation, a chain of events which shall be the formula of that particular emotion; such that when the external facts . . . are given, the emotion is immediately evoked.

## Rhythm and Meter 박자와 율격

율격meter은 운rime과는 달리 단어의 강세accent를 이용하여 리듬감을 불러일으킨다. 영어는 한국어보다 훨씬 리듬감이 있는 언어이다. 한국어 단어들은 특별히 강세의 차이가 두드러지지 않는 반면에, 영어 단어들은 단어마다 강세가 있는 음절이 정해져 있다. 따라서 우리가 영어 단어들을 발음할 때, 강세를 지키는 발음들은 자연스럽게 강약의 효과가 있고 이는 마치 파도가 올라갔다 내려갔다 하는 것처럼 리듬을 반복하는 효과를 유발하는 것이다. 또한 단음절어의 경우는 그 단음절어의 문법적 기능에 따라 강세가 결정되는 경우가 많다. 흔히 우리는 관사, 전치사, 접속사보다는 명사, 동사, 형용사 등에 더 강한 강세를 붙인다. 율격은 이러한 영어의 특성을 이용하여 마치 우리가 음악을 들으면서 발로 박자를 맞추는 것과 같이, 언어에서 강약의 일정한 흐름을 가리키는

표현이다. 운문에서 이러한 율격의 종류를 구분하기 위해서 사용되는 언어의
단위를 음보foot, 행line, 그리고 연stanza이라고 부른다.

## ▬▬ Foot 음보

음보는 영어에서 하나의 강세 음절과 하나 혹은 두 개의 강세 없는 음절로 구
성되어 있는 기본적인 율격의 단위를 가리킨다. 영어에서 사용되는 5개의 표
준 음보는 다음과 같다.

### ■ Iambic Meter 약강 율격

앞 음절에는 강세가 없고 뒤 음절에 강세가 오는 경우를 가리킨다. 예를 들어,
to-day와 같은 단어는 to에는 강세가 없고 day에 강세가 있다. 이 율격은 그리
스 시인들이 애용한 것으로 알려져 있으며, 실생활에 사용되는 말에 가장 가깝
다고 여겨졌기 때문에 널리 사용되었다. 전형적인 iambic meter의 예로 셰익
스피어의 시 「봄」("Spring")의 일부를 살펴보자.

> 알록달록한 데이지 꽃들과 파란 오랑캐꽃들
> 　　온통 은빛으로 하얀 냉이꽃들,
> 그리고 노오란 빛깔의 꽃봉오리들이
> 　　들판을 기쁨으로 뒤덮을 때,

> When dai/sies pied/ and vio/lets blue
> 　　And la/dy-smocks/ all sil/ver-white
> And cuc/koo-buds/ of yel/low hue
> 　　Do paint/ the mea/dows with/ delight,

위 시의 각행들에서 /로 나누어진 음보들은 완벽하게 "약강"의 율격을 지키고
있다. 첫 행을 예로 들면, When은 강세가 없고 daisies는 두 개의 음절로 나뉘
는데 앞 음절 dai에 강세가 있다. 그리고 sies는 강세가 없고, pied에 강세가 온
다. 다음에는 and에 강세가 없고 violets 역시 두 개의 음절로 나뉘는데 vio에

강세가 있다. 그리고 마지막으로 lets에 강세가 없고 blue에 강세가 있다. 이와 같은 이 시는 각 행마다 약강의 율격이 계속해서 반복되면서 마치 노래와 같은 효과를 만들어 내고 있는 것이다.

## ■ Trochaic Meter 강약 율격

앞 음절에 강세가 있고 뒤 음절에 강세가 없는 경우를 가리킨다. 예를 들어, dai-ly와 같은 단어는 dai에 강세가 있고 ly에는 강세가 없다. 영시에서는 trochaic meter가 iambic meter보다 더 자주 쓰일 수가 없다. 그 이유는 영어의 쓰임새가 강세 없는 음절이나 단어로 문장을 시작하기가 쉽기 때문이다. 하지만 "강약"의 율격은 "약강"의 율격에 비해 매우 경쾌한 느낌을 주는 리듬이다. 셸리의 「 - 에게」("To - ")라는 시의 일부를 살펴보자.

> 부드러운 목소리가 사라져도,
> 음악은 기억 속에 울리고
> 향긋한 오랑캐꽃은 병들어도,
> 향기는 그것이 일깨운 감각 속에 살아남는다.

> Music,/ when soft/ voices/ die,
> Vibrates/ in the/ memo/ry —
> Odours,/ when sweet/ violets/ sicken,
> Live wi/thin the/ sense they/ quicken.

위 시에서도 /로 나누어진 각각의 음보들은 "강약"의 율격을 지키고 있다. 물론 첫 행과 둘째 행에서 마지막 음보가 강세만 있는 음절이라 불완전하지만, 대부분의 음보는 강약의 율격을 보인다. 첫 행을 예로 들면, Music에서 Mu는 강세가 오고 sic은 강세가 없다. 다음 음보에서 when은 강세가 있으며 soft는 강세가 없다. 그리고 voices에서는 voi에 강세가 있고 ces에는 강세가 없다. 마지막 die는 강세가 있는 음절 하나만 있기 때문에 불완전 음보라 할 수 있지만, 대체로 "강약"의 율격을 지키고 있음을 알 수 있다.

## ■ Anapestic Meter 약약강 율격

세 개의 음절을 가진 음보로서, 앞에 두 개의 강세 없는 음절이 오고, 마지막에 강세 있는 음절이 오는 경우를 가리킨다. 예를 들어, in-ter-vene과 같은 단어는 in과 ter에 강세가 없고 vene에 강세가 온다. 이 율격은 율동적 효과가 달리고 뛰는 기분을 자아낼 수 있기 때문에, 운문에서 민첩성이나 활동성을 불러일으키는 데 사용될 수 있다. 낭만주의 시인 바이런의 시 「세나카리브의 파멸」("The destruction of Sennacherib") 중의 일부를 살펴보자.

> 앗시리아인들은 양떼를 덮치는 늑대처럼 밀려왔고
> 그의 군사들은 자주빛과 황금빛으로 빛나고 있었다.

> The Assy/rians came down/ like the wolf/ on the fold,
> And his co/horts were glea/ming in pur/ple and gold;

위 시의 각행은 /로 나누어진 한 음보가 각각 세 개의 음절을 가지고 있음을 알 수 있다. 첫 행을 예로 들면, The와 A는 강세가 없고 ssy에 강세가 온다. 다음 음보에서는 rians와 came에는 강세가 없고 down에 강세가 온다. 그리고 like와 the에는 강세가 없고 wolf에 강세가 있다. 마지막 음보에서도 on과 the에는 강세가 없고 fold에 강세가 있다.

## ■ Dactylic Meter 강약약 율격

앞 음절에 강세가 있고, 이어지는 두 음절에는 강세가 없는 경우를 가리킨다. 예를 들어 yes-ter-day와 같은 단어는 yes에 강세가 있고 ter와 day에는 강세가 없다. dactylic은 anapestic처럼 세 음절로 되어있는 음보이지만, 강세 배치가 "강약약"으로 되어있기 때문에 "약약강"의 율격과는 정반대의 관계이다. 테니슨의 「경기병 여단의 공격」("The Charge of the Light Brigade")이라는 시의 일부를 살펴보자.

그들의 오른쪽에 있는 대포
그들의 왼쪽에 있는 대포
그들의 앞쪽에 있는 대포가
천둥과 같이 일제히 포문을 열었다.

Cannon to/ right of them,
Cannon to/ left of them,
Cannon in/ front of them
Volleyed and/ thundered;

위 시에서 역시 /로 나누어져 있는 각 음보는 "강약약"의 율격을 보이고 있다. 물론 반복되는 표현이긴 하지만 동일한 율격을 사용하고 있는 것은 틀림없다. 예를 들어, 첫 행에서 Can은 강세가 있지만 non과 to에는 강세가 없다. 그리고 다음 음보에서 right에는 강세가 있지만, of와 them에는 강세가 없다.

■ Spondaic Meter 강강 율격
앞 음절과 다음 음절에 모두 강세가 오는 경우를 가리킨다. 예를 들어, day-break와 같은 단어는 day와 break에 모두 강세가 온다. 하지만 이런 율격이 계속 반복될 때는 오히려 음악적 효과를 감소시키므로, 운문의 중간에 강조를 위해서 사용되는 경우는 있어도 이러한 율격을 지속적으로 사용하는 경우는 드물다.

■■■■■■ Line 행

율격을 구분하는 두 번째 단위이다. 한 행 속에 몇 개의 음보를 갖고 있는가에 따라 그 종류가 다음과 같이 구분된다.

■ Monometer 1보격
한 행에 하나의 음보만을 가지고 있는 경우를 가리킨다. 이처럼 짧은 시구는 찾기가 쉽지 않지만, 전혀 없지도 않다. 로버트 헤릭(Robert Herrick, 1591-

1674)의 「그가 이 세상을 떠날 때」("Upon His Departure Hence")라는 시가
이러한 monometer에 해당한다.

나는/ 그림자같은/ 존재로/ 무덤 속에/ 눕혔으니/ 거기가/ 내 동굴이로다.

I'm made
A shade
And laid
I'th' grave
There have
My cave.

■ Dimeter 2보격
한 행에 두 개의 음보를 가지고 있는 경우를 가리킨다. dimeter의 예로서 영국
낭만주의 시인 윌리엄 블레이크(William Blake, 1757-1827)의 「병든 장미」
("The Sick Rose")를 살펴보자.

오 장미여, 그대 병들었구나.
울부짖는 폭풍우 속에서
밤중에 날아다니는
보이지 않는 벌레가

진홍빛 환희로 만들어진
그대의 침대를 찾아냈으니,
그의 엉큼하고 은밀한 사랑이
그대의 생명을 파괴시키는구나.

O Rose,/ thou art sick
The invi/sible worm
That flies/ in the night

In  the  how/ling  storm

Has  found/  out  thy  bed
Of  crim/son  joy
And  his  dark/  secret  love
Does  thy  life/  destroy.

위 시를 살펴보면, /로 나누어진 음보들이 각 행마다 2개씩 있는 것을 알 수
있다.

■ Trimeter 3보격

한 행에 세 개의 음보를 가지고 있는 경우이다. Trimeter의 예로서 셸리의 「인
도풍의 세레나데」("The Indian Serenade")의 일부를 살펴보자.

나는 그대를 꿈꾸다 일어난다.
밤의 첫 단잠에서.
바람이 낮게 불고,
별들이 밝게 빛나고 있을 때,
나는 그대를 꿈꾸다 일어난다.

I  arise/  from  dreams/  of  thee
In  the  first/  sweet  sleep/  of  night.
When  the  winds/  are  brea/thing  low,
And  the  stars/  are  shin/ing  bright:
I  arise/  from  dreams/  of  thee,

위 시를 살펴보면, /로 나누어진 음보들이 각 행마다 3개씩 있는 것을 알 수
있다.

■ Tetrameter 4보격

한 행에 네 개의 음보를 가지고 있는 경우를 가리킨다. tetrameter의 예로서 크리스토퍼 말로의 「정열적인 목동이 그의 애인에게」라는 시를 살펴보자.

나와 함께 살면서 나의 사랑이 되어요.
그러면 우리는 계곡들, 작은 숲들, 언덕들,
들판들, 큰 숲들, 가파른 산들이 주는
모든 즐거움을 함께 누릴 것이오.

우리는 바위 위에 앉아
목동이 양떼를 먹이는 것을 바라볼 것이오.
즐거운 새들이 흘러내리는 물소리에 맞춰
사랑의 연가를 부르는 강물 옆에서.

Come live/ with me/ and be/ my love,
And we/ will all/ the plea/sures prove
That val/leys, grov/es, hills,/ and fields,
Woods,/ or stee/py moun/tain yields.

And we/ will sit/ upon/ the rocks,
Seeing/ the shep/herds feed/ their flocks,
By shal/low ri/vers, to/ whose falls
Melo/dious birds/ sing ma/drigals.

위 시를 살펴보면, /로 구분된 위 시를 살펴보면 각 행마다 "약강"의 음보가 4개씩 들어있다.

■ Pentameter 5보격

한 행에 다섯 개의 음보를 가지고 있는 경우이다. 5보격의 시행은 영시에서 가장 흔하게 볼 수 있다. 테니슨의 시 「오 아가씨, 내려와요」("Come down, O maid")의 일부를 살펴보자.

> 내려와요, 아가씨, 거기 높은 산에서
> 목동이 노래했듯이 높은 곳에, 산의 광채가 빛나는
> 높고 추운 곳에 무슨 즐거움이 있겠소?
> 그렇게 하늘 가까이에서 다니지 말고,
> 반짝거리는 첨탑 위에 걸린 별을 타고 앉아
> 말라버린 소나무 옆에서 햇살을 미끄러지게 하지 말아요.

> Come down,/ O maid,/ from yon/der moun/tain height.
> What plea/sure lives/ in height/ the she/pherd sang,
> In height/ and cold,/ the splen/dor of/ the hills?
> But cease/ to move/ so near/ the heavens,/ and cease
> To glide/ a sun/beam by/ the blas/ted pine,
> To sit/ a star/ upon/ the spark/ling spire;

위 시를 살펴보면, /로 나누어진 음보들이 각 행마다 5개씩 있는 것을 알 수 있다.

■ Hexameter 6보격

한 행에 여섯 개의 음보를 가지고 있는 경우이다. 이 운율은 그리스 로마 시인들이 즐겨 사용하였으나, 영국의 시인들에게는 적합하지 않은 운율로 여겨져 왔다. 헨리 워즈워스 롱펠로우(Henry Wadsworth Longfellow, 1807-82)의 시, 「에반젤린」("Evangeline") 중에서 한 구절을 살펴보자.

> 고기잡이의 오두막에 아직도 물레와 베틀은 바쁘게 돌아가는데
> 처녀들은 노르만 모자와 홈스펀 치마를 입은 채,
> 저녁이면 난로가에서 에반젤린의 이야기를 되풀이하고
> 이웃의 바위 동굴에서 깊은 목소리의 바다가 말을 하면
> 숲의 울음이 서글픈 어조로 응답을 한다.

In the/ fisherman's/ cot the/ wheel and the/ loom are still/ busy;
Maidens still/ wear their/ Norman/ caps and their/ kirtles of/ homespun,
And by the/ evening/ fire re/peat Ev/angeline's/ story,
While from its/ rocky/ caverns the/ deep-voiced,/ neighboring/ ocean
Speaks, and in/ accents dis/consolate/ answers the/ wail of the/ forest.

위 시를 살펴보면, /로 나누어진 음보의 수가 각 행마다 6개씩임을 알 수 있다.

■ Heptameter 7보격
한 행에 일곱 개의 음보를 가지고 있는 경우이다. 고대 그리스와 로마의 시인
들이 이 율격을 썼다고 하지만, 주로 희극적 효과를 내기 위해서 썼다고 한다.

■ Octameter 8보격
한 행에 여덟 개의 음보를 가지고 있는 경우이다. 이 경우는 고대 그리스나 로
마의 고전에서도 찾아보기 힘들고, 영시에서는 더욱 드문 운율이다.

지금까지 살펴본 바와 같이 율격의 형태와 음보의 수에 따라서 다양한 종류의
운율을 가진 운문이 가능하다고 할 수 있다. 예를 들어, 약강 5보격iambic
pentameter의 율격을 갖는 운문은 "약강"의 음보를 한 행에 다섯 개씩 가지고
있음을 알 수 있다. 셰익스피어의 소네트 115편의 일부를 살펴보자.

놋쇠도, 돌도, 흙도, 깊은 바다도 아닌
슬픈 운명만이 힘을 떨치니,
한 송이 꽃처럼 나약한 아름다움이
어떻게 이 격렬한 소송을 견디어내겠는가?
시간 앞에서는 단단한 바위도 견딜 수 없고,
철문조차 그다지 강하지 않은데,
오, 여름의 달콤한 숨결이 어떻게 파괴적인
나날들의 포위공격을 버텨낼 수 있겠는가?

Since brass,/ nor stone,/ nor earth,/ nor bound/less sea,
But sad/ mortal/ity/ o'er-sways/ their power,
How with/ this rage/ shall beau/ty hold/ a plea,
Whose ac/tion is/ no strong/er than/ a flower?
O, how/ shall sum/mer's ho/ney breath/ hold out
Against/ the wreck/ful siege/ of bat/tering days,
When rocks/ impreg/nable/ are not/ so stout,
Nor gates/ of steel/ so strong,/ but time/ decays?

/로 구분된 위의 소네트를 살펴보면, 각 행마다 "약강"의 음보가 다섯 개씩 들어있다. 따라서 위의 시는 "약강"의 리듬이 각 행마다 5번씩 계속해서 반복되어, 낭송할 때 마치 한 편의 음악을 듣는 것과 같은 규칙적인 리듬감을 느낄 수가 있다.

약강 4보격iambic tetrameter의 율격을 사용하면서 운율의 효과를 극대화시키고 있는 대표적인 낭만주의 시인 워즈워스의 시, 「나는 구름처럼 외로이 떠돌아 다녔네」("I wandered lonely as a cloud")의 일부를 살펴보자.

골짜기와 언덕 위 높이 떠도는 구름처럼,
외로이 헤매다가
그때 갑자기 나는 보았네.
호수가 나무 아래
미풍에 한들한들 춤추는
한 무리의 황금빛 수선화를.

은하수에서 빛나며
반짝거리는 별들처럼 끝없이,
황금빛 수선화들은 호숫가의 가장자리를 따라
끝없이 줄지어 피어있었네.
나는 한 눈에 보았네
수많은 꽃송이가 머리를 흔들며 흥겹게 춤추는 것을.

I wan/dered lone/ly as/ a *cloud*
That floats/ on high/ o'er vales/ and hills,
When all/ at once/ I saw/ a *crowd*,
A host,/ of gol/den da/ffodils;
Beside/ the lake,/ beneath/ the trees,
Fluttering/ and dan/cing in/ the breeze.

Conti/nuous as/ the stars/ that *shine*
And twin/kle on/ the mil/ky way,
They stretched/ in ne/ver-en/ding *line*
Along/ the mar/gin of/ a bay:
Ten thou/sand saw/ I at/ a glance,
Tossing/ their heads/ in spright/ly dance.

시인과 자연(여기에서는 황금빛 수선화)을 통해 느끼는 기쁨을 노래하고 있는 이 시를 읽으면 마치 미풍에 춤추는 수선화들의 모습이 눈앞에 펼쳐져 있는 듯하다. 그리고 이러한 심상들은 시어가 표현하는 운율에 의해 더욱 효과적으로 전달된다. 우선, 위 시의 첫 번째와 두 번째 연stanza은 각각 ababcc 형태의 각운을 지니고 있다. 첫 행의 cloud와 셋째 행의 crowd, 둘째 행의 hills와 넷째 행의 daffodils, 다섯째 행의 trees와 여섯째 행의 breeze가 각각 동일한 사운드를 내면서 음악적 효과를 상승시키고 있다. 이러한 각운의 효과와 함께 위 시는 "약강"의 음보를 각행에서 4개씩 상당히 규칙적으로 사용함으로써 음악적 효과를 극에 달하게 한다.

### Stanza 연

일반적으로 연stanza은 한 편의 시에서 동일한 각운의 패턴에 따라 행line들을 모아놓은 단위를 지칭한다. 따라서 한 편의 시가 여러 개의 연으로 구성되어 있다면, 각각의 연은 동일한 수의 행을 포함하는 것이다. 이와 같은 연의 예들은 지금까지 함께 살펴본 시들, 특히 테니슨의 「모래톱을 넘어」("Crossing the

Bar")와 워즈워스의 「나는 구름처럼 외로이 떠돌아 다녔네」와 같은 시들에서 쉽게 확인할 수 있다. 이 시들은 동일한 각운을 지닌 시행들을 몇 개의 단위로 나누어 표현하고 있는 것이다. 이는 마치 음악이 동일한 리듬과 후렴구를 반복하여 사용하는 것과 비슷한 효과가 있다 할 수 있다. 아일랜드의 시인 제임스 스티븐스(James Stephens, 1880-1950)의 시 「바람」("The Wind")을 살펴보자.

바람이 일어서서 소리를 질렀다.
그는 손가락으로 휘파람을 불었다. 그리고

낙엽들을 이리 저리 차고 다녔고
손으로는 나뭇가지들을 두들겼다.

그리고 말하기를, 죽일 거야, 죽여, 죽여
기어이 그렇게 할 거야, 기어이 그렇게 할 거야.

The wind stood up, and gave a shout;
He whistled on his fingers, and

Kicked the withered leaves about,
And thumped the branches with his hand,

And said he'll kill, and kill, and kill;
And so he will! And so he will!

위 시는 시 전체가 모두 6행으로만 구성되어 있지만, 3개의 연으로 구분되어 있다. 각 연에 2개씩의 행이 들어있는 짧막한 시이다. 이 시의 각운을 살펴보면 ab ab cc의 패턴을 보여주고 있다. 그리고 각 행의 율격은 주로 "약강"으로 구성되어 있으며 각행의 음보가 4개씩이므로, 약강 4보격iambic tetrameter의 운율을 지니고 있다고 볼 수 있다. 이처럼 일반적으로 운문의 음악성을 살리는 연의 형태는 시행의 수, 음보의 수, 율격 및 각운이 일정한 규칙을 갖고 반복된다. 하지만 연이 반드시 일정한 각운이나 율격을 표시하기 위해 사용되는 것은 아니다. 다음에 설명할 무운시들도 연 단위로 나뉘며, 일부 시들은 각운이 일정하지 않은 연으로 나뉘기도 하기 때문이다. 연의 종류는 시행의 수에 따라서 2행 시연couplet, 3행 시연triplet, 4행 시연quatrain 등으로 나눌 수 있다.

## ■ Couplet 2행 시연

2개의 시행이 동일한 각운을 갖고 경우 이를 커플릿이라 부른다. couplet이 하나의 연을 이루고 있는 경우도 있고, 그렇지 않은 경우도 있을 수 있다. 하나의 행만으로도 연을 구성할 수 있다고 생각하기 쉬우나, 엄밀한 의미에서 그러한 경우는 연이라고 할 수 없다. 그 이유는 시의 연은 어떤 일정한 율격이나 각운의 반복을 전제로 하기 때문이다. 따라서 영시에서는 연을 구성하는 최소의 시행 단위를 2행으로 보고 있다. 그 중에서도 특히 "약강 5보격 2행 시연"iambic pentameter couplet을 "영웅시체 2행 시연"heroic couplet이라고 부른다. 현대 미국 시인 로버트 크릴리(Robert Creeley, 1926-2005)의 시 「만약 당신이」("If You")의 첫 부분을 살펴보자.

> 만약 당신이 애완동물을 갖는다면
> 어떤 송류의 동물을 갖고 싶소
>
> 몸집이 부드러운 개도 있고, 암탉도 있는데—
> 다시 말해 깃털과 모피털이 있는데.
>
> If you were going to get a pet
> What kind of animal would you get.
>
> A softbodied dog, a *hen*—
> Feathers and fur to begin it *again*.

이 시는 2개의 시행이 각각 하나의 연을 이루고 있는 경우이다. 각운을 살펴보면, 첫 연의 pet과 get이, 그리고 둘째 연의 hen과 again이 각각 각운을 이루고 있음을 알 수 있다.

■ Triplet 3행 시연

3개의 시행으로 이루어진 시의 단위를 가리킨다. 전통적인 영시에서는 3행 시연도 일정한 율격이나 각운을 이루는 것이 보통이다. 테니슨의 시 「독수리」("The Eagle")를 살펴보자.

> 그는 구부러진 손으로 바위를 움켜쥔다.
> 외로운 땅, 태양 가까이
> 파아란 하늘에 둘러싸여 그는 서 있다.
>
> 그의 아래에는 주름진 바다가 기어가고
> 그는 산의 절벽에서 지켜보다가
> 번개처럼 아래로 떨어진다.

> He clasps the crag with crooked hands;
> Close to the sun in lonely lands,
> Ringed with the azure world, he stands.
>
> The wrinkled sea beneath him *crawls*;
> He watches from his mountain *walls*,
> And like a thunderbolt he *falls*.

위 시는 2개의 연으로 구성되어 있다. 그리고 각각의 연에서 3개의 행이 하나의 각운을 갖고 있다. 첫 연에서는 hands, lands, stands가 각운을 이루고 있으며, 둘째 연에서는 crawls, walls, falls가 각운을 이루고 있다.

■ Quatrain 4행 시연

4개의 시행으로 이루어진 연을 가리킨다. 4개의 시행이 하나의 연을 이루고 있는 경우는 영시에서 가장 흔히 볼 수 있는 형식이다. 그 이유는 triplet과는 달리 각운을 다양하게 구사할 수 있는 장점이 있기 때문이다. 또한 너무 길지도 너무 짧지도 않으면서 음악적 효과를 내기가 가장 쉽기 때문이기도 할 것이다.

## Rhyme / Rime 운

운Rhyme은 단어의 유사한 사운드 자체를 반복하여 음악적 리듬감을 살리는 수단이라 할 수 있다.

### End Rhyme 각운

각운은 동일하거나 유사한 모음과 자음 사운드의 반복이 시행line의 끝에 오는 경우를 가리킨다.

아무런 내용도 없는 추하고 천박한 것들을
사랑은 위엄있는 형태로 바꾸어 놓는다.
사랑은 눈으로 보지 않고 마음으로 보는 거야.
그래서 날개달린 사랑의 천사 큐피드는 장님으로 그려져 있는 거지.
또한 사랑의 마음은 판단하지 않아.
날개에다, 눈이 없고, 부주의한 성급함,
그래서 사랑은 어린아이라고들 하지.
선택할 때 그렇게 자주 속으니까 말이야. (『한여름 밤의 꿈』, 1막 2장)

Things base and vile, holding no *quantity*
Love can transpose to form and *dignity*:
Love looks not with the eyes, but with the *mind*,
And therefore is wing'd Cupid painted *blind*;
Nor hath love's mind of any judgement taste:
Wings, and no eyes, figure unheedy *haste*.
Therefore is Love said to be a *child*,

Because in choice he is so oft beguil'd.

(A Midsummer Night's Dream, I, ii)

셰익스피어의 희극 『한여름 밤의 꿈』(*A Midsummer Night's Dream*, 1590-97) 에서 드미트리우스(Demetrius)를 짝사랑하는 헬레나가 말하는 이 대사는 첫 행과 둘째 행, 셋째 행과 넷째 행, 다섯째 행과 여섯째 행, 일곱째 행과 여덟째 행이 각각 끝 단어의 마지막 음절에서 동일한 모음과 자음의 사운드로 나타나고 있다. quantity와 dignity, mind와 blind, taste와 haste, child와 beguil'd가 각각 동일한 사운드를 들려주고 있는 것이다. 따라서 이러한 각운의 형식rime scheme은 흔히 aabbccdd와 같이 알파벳으로 표기한다. 이와 조금 다른 형태의 각운의 예를 빅토리아 시대의 탁월한 시인 테니슨의 시「모래톱을 넘어」에서 찾아보자.

해지고 저녁별 빛나는데
낭랑한 한 목소리 나를 부르네!
내가 바다로 떠나갈 때,
모래톱을 부딪는 파도는 울지 말라.

소리와 물거품으로 가득차서
움직이는 조수는 잠든 듯하구나.
끝없이 깊은 심해에서 밀려온 물결이
다시 집으로 돌아갈 때.

황혼이 깔리고 저녁종이 울리면
그 후엔 어두움!
내가 배를 띄워 나갈 때
이별을 슬퍼하지 말라.

시간과 공간의 한계를 벗어나
물결은 나를 멀리 싣고 가지만,

나는 나를 인도하신 이를 마주 대하기를 바란다.
모래톱을 넘어섰을 때.

Sunset and evening *star*,
And one clear call for me!
And may there be no moaning of the *bar*
When I put out to sea,

But such a tide as moving seems asleep,
Too full for sound and foam,
When that which drew from out the boundless deep
Turns again home.

Twilight and evening bell,
And after that the dark!
And may there be no sadness of farewell,
When I embark;

For though from out our bourne of Time and Place
The flood may bear me far,
I hope to see my Pilot face to face
When I have crossed the bar.

테니슨이 쓴 작품들 중에 마지막 시로 알려져 있는 위 시는 유한과 무한, 삶과
죽음의 경계를 상징하는 모래톱을 넘어 심연의 세계로 떠나는 시인의 소망을
노래하고 있지만, 각운을 맞춰 시인의 평온한 마음을 잔잔한 음악과 같이 표현
하고 있다. 이 시에서 사용한 각운의 패턴은 abab cdcd efef ghgh로 나타낼 수
있다. 즉, 각 연마다 서로 다른 두 개씩의 각운을 사용하고 있는 것이다. 첫 번
째 연을 예로 들면, 첫 행의 star와 셋째 행의 bar, 그리고 두 번째 행의 me와
네 번째 행의 sea의 사운드가 서로 운을 맞추고 있는 것이다. 그런데 우리가
여기에서 주목해야 할 사실은 이처럼 음악적 리듬감을 살리는 운을 맞추기 위

해서 작가는 신중하게 단어를 선택하고 또 적절한 배열을 해야 한다는 점이다. 각운의 형태는 매우 다양하다. 두 행이 서로 짝을 이루는 경우도 있고, 두세 행을 건너뛰어 짝을 이루는 경우도 있다. 또한 아래의 셰익스피어 대사처럼 동일하거나 유사한 운이 여러 행에서 반복되는 경우도 있다.

보여주는 것보다는 더 많이 지니고,
아는 것보다 적게 말하고,
가진 것 이상으로 빌려주지 말고,
걷기보다는 말을 타고,
들은 것보다는 적게 믿고,
따서 번 것보다는 적게 걸고,
술과 계집을 떠나,
집을 지키면,
더 많이 지니게 되리. (『리어왕』, 1막 4장)

Have more than thou *showest*,
Speak less than thou *knowest*,
Lend less than thou *owest*,
Ride more than thou *goest*,
Learn more than thou *trowest*,
Set less than thou *throwest*;
Leave thy drink and thy *whore*,
And keep in-a-*door*,
And thou shalt have *more*
Than two tens to a *score*. (*King Lear*, I, iv)

### ▰▰▰▰ Internal Rhyme 중간운

중간운은 내운이라고도 부르며, 각운과 달리 운의 반복이 시행의 끝에 오는 것이 아니라 행 안에서 이루어지는 경우를 가리킨다. 이러한 예는 스윈번 (Algernon Charles Swinburne, 1837-1909)의 다음 시행에서 찾아볼 수 있다.

누이, 나의 누이, 오 빠르고 감미로운 제비여.

Sister, my sister, O fleet sweet swallow.

위 시행에서 fleet과 sweet은 모음운과 자음운을 이루고, sweet와 swallow는 두운을 이룬다.

### ▦ Masculine Rhyme 남성운

반복되는 운의 사운드가 단 하나의 음절만을 포함하는 경우를 가리킨다. 예를 들면, still과 hill, bore와 more, decks와 sex 등의 경우처럼 단 한 개의 강세 음절만으로 운을 구성하는 것이다.

### ▦ Feminine Rhyme 여성운

남성운과 달리, 반복되는 운의 사운드가 둘이나 혹은 그 이상의 음절을 포함하는 경우를 가리킨다. 예를 들어, ending과 bending, spitefully와 delightfully의 경우처럼 한 개의 강세 음절과 강세가 오지 않는 다른 음절들을 포함하는 경우를 말한다. 바이런의 시「우리 둘이 헤어질 때」("When We Two Parted")의 한 구절을 살펴보자.

우리 둘이 헤어질 때
말없이 눈물만 흘렸고,
여러 해 동안 헤어져 있을 생각에
가슴은 거의 찢어질 듯 했다네.

When we two *parted*
In silence and tears,
Half broken-*hearted*
To sever for years,

위 시에서 첫째 행의 parted와 셋째 행의 hearted는 완벽한 각운을 이루고 있는데, [a:tid]로 발음되는 앞 음절 모음에 강세가 오고 뒷 모음에는 강세가 없기 때문에 여성운이라고 볼 수 있다. 하지만 둘째 행의 tears와 넷째 행의 years의 경우는 [iəs]라는 강세가 있는 음절 하나만 존재하기 때문에 남성운이다.

### Approximate Rhyme 근사운

근사운은 유사한 사운드를 찾을 수 있는 단어들이 배열되어 있는 경우를 가리킨다. 물론 이 경우는 상당히 유사한 사운드의 경우부터 유사성이 떨어지는 사운드의 경우까지 모두 포함시킬 수 있다. 예를 들어 필립 아서 라르킨(Philip Arthur Larkin, 1922-85)의 시 「두꺼비」("Toads")에서 우리는 근사운의 예를 찾아볼 수 있다.

왜 내가 보기 싫은 두꺼비 녀석을
　　내 삶에 웅크리고 있게 해야 하지?
나의 지혜를 갈퀴삼아
　　놈을 쫓아낼 순 없을까?

Why should I let the toad *work*
　　Squat on my *life*?
Can't I use my wit as a *pitchfork*
　　And drive the brute *off*?

위 시에서 우리는 각행의 마지막에 배열된 work와 pitchfork가, 또한 life와 off가 서로 동일하지는 않지만 유사한 사운드를 낸다는 사실을 발견할 수 있다.

## Prosody 운율학

율격meter, 운rime, 그리고 연stanza의 원리와 실제를 체계적으로 연구하는 학문을 가리킨다. 때로 운율학이라는 용어를 확대시켜 두운alliteration, 모음운

assonance, 듣기 좋은 소리euphony, 의성어onomatopoeia 등과 같은 음향 효과에 대한 연구를 포함시킬 때가 있다.

### ▬▬▬ Alliteration **두운법**

이어지는 단어들의 맨 앞 자음의 소리가 되풀이되어 나타나는 경우를 가리킨 다. 두운의 예로서 낭만주의 시인 콜리지의 『노수부의 노래』(*The Rime of the Ancient Mariner*, 1798) 중의 한 구절을 살펴보자.

> 순풍이 부는데 흰 물거품은 튀었고
> 배 뒤의 물이랑은 거침없이 따랐소
> 우리는 고요한 바다로 뛰어든
> 최초의 사람들이었소

> The fair *b*reeze *b*lew, the white foam flew,
> The furrow followed free;
> We were the first that ever burst
> Into that silent sea.

위 시에는 f로 시작하는 단어들 fair, foam, flew, furrow, followed, free, first 등의 7개의 단어가 포함되어 있고, b로 시작되는 단어 breeze, blew가 있으며, s로 시작되는 단어 silent, sea가 역시 두 개 포함되어 있다. 이처럼 동일한 소 리가 짧은 시행에서 반복되면서 시구의 전체적 인상을 강렬하게 한다. 특히 반 복되는 f, b, s의 소리가 모두 강세를 받는 음절에 반복됨으로써 두운의 효과를 극도로 높이고 있다.

### ▬▬▬ Assonance **모음운**

한 구절 속에서 이어지는 단어들이 동일하거나 유사한 모음을 반복하지만 그 뒤에 따르는 자음이 다른 경우를 가리킨다.

그대 아직 겁탈당하지 않은 정숙한 신부여,
그대 정적과 느린 시간의 양자여.

Thou still unravished bride of quietness
Thou foster child of silence and slow time.

(Keats, "Ode on a Grecian Urn")

위 시행에서 bride, quietness, child, silence, time는 같은 모음 사운드 [ai]를
되풀이하면서 시의 음악적 리듬감을 살려준다.

###### Consonance **자음운**

이어지는 단어들의 마지막 자음의 소리가 반복되어 되풀이되는 경우를 가리킨
다. 예를 들어, "first and last", "odds and ends", "short and sweet", "a stroke
of luck", "struts and frets" 등의 표현은 단어들의 마지막 자음 st, ds, t, k, ts
이 반복되어 사용됨으로써 음악적 리듬감을 살려준다. 자운의 예로서 윌프레
드 오웬(Wilfred Owen, 1893-1918)의 「이상한 만남」("Strange Meeting")의
일부를 살펴보자.

나는 마치 전쟁터에서 벗어나서
깊고 음침한 터널 속으로 도망쳐 나온 것 같았다.
거대한 전쟁들이 오래 전에 화강암을 궁륭처럼 파서 만든 터널.
그러나 거기에선 지쳐 잠든 병사들이 신음했고,
생각과 죽음 속에 너무 빠져 꼼짝하지 않았다.
그래서 내가 그들을 더듬으니, 한 사람이 벌떡 일어나서
가엾은 눈초리로 뚫어지게 응시하였다.
성호라도 그으려는 듯 지친 두 손을 치켜 올리며.

It seemed that out of the battle I escaped
Down some profound dull tunnel, long since scooped
Through granites which titanic wars had groined.

Yet also there encumbered sleepers groaned,
Too fast in thought or death to be bestirred.
Then, as I probed them, one sprang up, and stared
With piteous recognition in fixed eyes,
Lifting distressful hands as if to bless.

위 시에서 각행의 끝에 나오는 단어들은 각각 자운을 이루고 있다고 볼 수 있다. 즉, 첫 행의 escaped와 둘째 행의 scooped는 모음의 형태는 다르지만 마지막 자음의 소리가 [pt]로 운을 이루고, 셋째 행의 groined와 넷째 행의 groaned 역시 모음의 형태는 다르지만 마지막 자음의 소리가 [nd]로 운을 이룬다. 다섯째 행의 bestirred와 여섯째 행의 stared는 [əd]의 운을 이루고, 일곱째 행의 eyes와 여덟째 행의 bless는 [z]와 [s]의 유사한 유사운을 이룬다. 물론 시행의 끝에 나오기 때문에 각운이라고도 볼 수 있지만, 모음까지 일치하는 완전한 각운은 아니므로 불완전 각운이면서 자운을 이룬다고 할 수 있다.

### Euphony and Cacophony 활음조와 불협화음

문학에서 어떤 단어나 문구가 내는 소리가 두드러질 정도로 듣기 좋거나 멜로디를 만들어내는 경우를 가리킨다. 활음조euphony의 사용은 산문보다는 특히 운문에서 듣기 좋은 소리를 만들어내기 위해 사용하는 운율이나 두운, 각운, 압운과 같은 시적장치에서 두드러지게 나타난다. 활음조에 반대되는 용어는 불협화음cacophony이다. 이는 어떤 단어나 문구를 사용할 때 불쾌하고 거친 소리를 내는 경우를 가리킨다. 활음조의 예는 리듬이나 멜로디를 중시하는 에드거 앨런 포우(Edgar Allan Poe, 1809-49)나 존 키츠의 시에서 쉽게 찾아볼 수 있다. 포우의 「종들」("The Bells")이라는 시의 일부를 살펴보자.

딸랑, 딸랑, 딸랑 잘도 울리네!
　　얼음처럼 차가운 밤공기 속에서.
온 하늘을 뒤덮고 있는 별들도
보석처럼 밝은 빛으로

반짝거리네.

How they tinkle, tinkle, tinkle,
　　in the icy air of night!
While the stars, that oversprinkle
All the heavens, seem to twinkle
　　with a crystalline delight.

## ▬▬▬ Onomatopoeia 의성어

좁은 의미와 넓은 의미의 두 종류가 있다. 좁은 의미로는 어떤 사물의 소리 sound를 모방하는duplicating 단어를 일컫는다. 예를 들어 'hiss', 'buzz', 'rattle', 'bang'과 같은 것이 있는데, 이런 언어적 표현이 그 대상의 소리를 정확하게 복사한 것은 아니다. 왜냐하면 이런 언어적 표현 속에는 소리뿐만 아니라, 그 대상에 대한 느낌sensation과 의미meaning도 포함되어 있기 때문이다. 어떤 의성어는 소리뿐만 아니라 행동을 나타내기도 한다. 예를 들어 "whisper"는 사람들이 조용히 말하는 소리와 함께 조용하게 말하는 행동도 나타낸다. 의성어는 동일한 대상의 소리라 하더라도 언어권역마다 다르다. 예를 들어 개구리의 울음소리는 영어는 'croak'이고 한글은 '개굴개굴'이다. 또 동일한 언어권 내에서도 시대에 따라 다르기도 한다. 예를 들어 현대 영어에서는 양의 울음을 "bleat"로 표시하는데 중세 영어에서는 "blairt" 혹은 "blet"였다.

넓은 의미의 의성어는 어떤 단어들이나 구절들phrases에서 나오는 소리로 그 단어들이 나타내고자 하는 규모size, 움직임movement, 촉각적 느낌tactile feel, 지속 시간duration, 힘force 등과 일치하거나, 강하게 제시하는 경우이다. 예를 들어 암살assassination은 그 자체가 의성어는 아니지만, 이 단어의 발음은 그 의미를 느끼게 만든다.

## Poetic Diction 시어

이 용어는 문학작품을 구성하는 단어word, 구절phrase, 문장 구조sentence structure, 비유적인 언어figurative language 등을 의미한다. 작가가 사용한 언어는 범주에 따라 다양하게 분석될 수 있다. 예를 들어 어휘나 어법이 추상적 abstract인가, 혹은 구체적concrete인가, 라틴어, 독일어, 앵글로색슨어 등 어떤 어원의 어휘를 많이 사용하는가, 구어적colloquial인가 문어적literary인가, 단문이 많은가 장문이 많은가 등 모든 작가들은 나름대로 독특한 언어사용의 스타일을 갖고 있다. "시적언어"의 일반적인 의미는 바로 이러한 것들에 관한 것이다.

그런데 서구의 문학전통에서 낭만주의romanticism 이전까지는 문학적 표현에 사용되는 언어는 산문prose으로 된 일상적인 언어common language와는 분명하게 구분된다고 생각했고, "시적언어"는 시를 쓸 때 사용하는 언어적 스타일, 어휘, 은유들을 지칭하는 용어로 통용되었다. 18세기 신고전주의neoclassicism 시인 토머스 그레이처럼 당시의 시인들은 그 시대의 일반 사람들이 사용하는 언어는 결코 시의 언어가 될 수 없다고 생각했다. 이 신고전주의 "시적언어"는 대개는 로마의 베르길리우스, 영국의 에드먼드 스펜서, 존 밀턴과 같은 시인들이 사용했던 독특한 언어를 의미했다. 이들은 적절성의 원리the principle of decorum 즉 언어의 유형type과 수준level은 장르genre의 유형mode에 부합해야하고, 문장의 스타일은 그 작품의 주제에 적절해야한다고 생각했다. 예를 들어 당시의 일상의 문제에 대한 시인의 직접적인 논평으로 되어있는 풍자satire는 그 시대의 세련되고 교양 있는cultivated 사람들의 언어를 사용해야 하고, 서사시epic, 비극tragedy, 송시ode와 같이 장르의 등급이 높은 작품은 정제되고 refined 고양된elevated 언어를 사용해야한다는 것이다. 저급한 주제를 다루는 목가적이고pastoral 묘사적인descriptive 시 역시 단어 내의 일부의 발음을 생략하는 등의 적합한 시적 표현이 있다고 생각했다. 18세기의 이러한 시적 언어의 두드러진 특징은 더 높은 권위와 품위가 있는 작품으로 보이기 위해 천박하거나 평범한 사람들이 사용하는 어휘들의 사용을 피하는 것이었다. 이들은 고문체archaism와 수식어epithets를 반복적으로 사용하거나, 라틴어에서 파생한

derived 단어를 선호하고, 신에게 영감을 기원하는 긴 기원문invocation을 자주 사용하고, 추상적 개념이나 무생물의 의인화personification, 완곡어법periphrasis 등을 선호했다.

그러나 19세기 초 낭만주의 시인 워즈워스는 자신의 시집 『서정 민요집』 (*Lyrical Ballads*, 1798)의 1800년 판 서문에서 이러한 18세기의 시적 언어를 거부했다. 그는 "산문의 언어와 운문적 글의 작성과는 어떠한 본질적 차이가 있을 수 없고 있지도 않다"(There neither is, nor can be, any essential difference between the language of prose and metrical composition)라고 선언했다. 18세기 작가들의 "시적 언어"가 인위적artificial이고, 그릇되고vicious, 자연스럽지 못하다고unnatural 비난하고, 타당한 시적 언어의 기준을 제시했다. 그는 시는 "강력한 감정의 자연발생인 분출"the spontaneous overflow of powerful feelings이어야 한다고 주장하면서, 인간의 내면에 있는 보편적이면서 가장 진실한 감정을 표현하기 위해서는 "시골의 소박한 생활"humble and rustic life에서 일상적으로 사용하는 언어를 사용해야한다고 역설했다.

### ▨▨▨▨ Denotation and Connotation 어의(語意)와 함의(含意)

함의connotation는 어떤 단어의 일차적인 의미primary significance를 넘어서서 그 단어가 시사하거나 함축하고 있는 의미들과 감정들을 가리킨다. 반면에 어떤 단어의 사전적인 의미는 "어의(語意)"denotation라고 한다. 따라서 어의는 그 단어의 일차적인 의미를 가리킨다. 예를 들어 "home"이라는 단어의 어의는 사람들이 사는 장소인 집이나 가정이지만, 그 단어의 함의는 사생활privacy, 은밀함intimacy, 아늑함coziness 등이다. 또한 Wall Street라는 단어는 '뉴욕의 많은 금융기관들이 모여 있는 거리'라는 일차적인 의미를 지니지만, 이 단어가 지닌 함의는 부wealth, 권력power, 탐욕greed과 같은 것들이다. 이러한 함의가 시에서 사용되어 있는 예를 조지 허버트(George Herbert, 1593-1633)의 「미덕」 ("Virtue")의 한 구절에서 찾아보자.

이리도 시원하고, 조용하고, 화창한 기분 좋은 날,
하늘과 땅의 혼례. . . .

Sweet day, so cool, so calm, so bright,
The bridal of the earth and sky. . . .

이 시에서 bridal이라는 단어의 어의는 결혼식이다. 따라서 이 단어는 시에서
하늘과 땅의 결합이라는 일차적인 은유적 기능을 수행한다. 하지만 이 시의 맥
락은 신성sacredness, 기쁨joy, 예식ceremony과 같은 bridal의 함의들도 환기시
킨다. marriage라는 단어도 결혼을 의미하지만, 그 함의가 평범하고 현대적이
기 때문에 bridal이라는 단어가 주는 함의의 효과를 살리기 힘들었으리라는 점
을 우리는 기억해야 한다.

### ▨▨▨ Homonym 동음이의어(同音異議語)

단어의 철자와 발음하는 소리는 동일하지만 그 의미나 기원은 서로 다른 단어
를 가리킨다. 예를 들어 동사인 write(쓰다)와 형용사인 right(옳은)는 동음이의
어의 좋은 예가 될 수 있다. 명사인 bear(곰)와 동사인 bear(참다)도 동음이의
어이며, 또한 명사인 pale(말뚝)과 형용사인 pale(창백한) 역시 동음이의어이다.

### ▨▨▨ Image 심상

심상은 흔히 정신적 그림mental picture을 가리키는 말로 정의된다. 즉, 심상은
우리의 마음속에 시각화visualize할 수 있는 어떤 것을 언어로 표현한 것이라
할 수 있다. 그런데 이러한 심상은 흔히 우리의 감각sense과 관련을 맺고 있다.
그 이유는 우리의 경험이라는 것이 주로 감각을 통해서 오기 때문이다. 예를
들어 "봄날"에 대한 경험은 부분적으로는 어떤 감정과 사고를 통해서도 생겨
나겠지만, 주로 감각적인 인상sense impression을 통해 생겨난다. 노란 개나리와
빨간 진달래, 느릿느릿 올라오는 아지랑이를 보는 것, 이른 아침 지저귀는 새
소리를 듣는 것, 얼음이 녹아내린 축축한 흙냄새를 맡는 것, 빰을 스치는 시원

한 산들바람을 느끼는 것 등의 감각적인 경험sense experience을 통해서 봄날은 우리에게 구체적으로 와 닿는 것이다. 그밖에도 배고픔이나 목마름, 두려움, 메스꺼움과 같은 내적 감각들도 언어를 통해 심상을 형성할 수 있다.

### ▬▬▬ Imagery 이미저리

이미저리는 문학 작품 속에 나타나 있는 심상들images 뿐만 아니라, 어떤 대상이나 관념, 혹은 감정 상태를 은유metaphor, 직유simile, 의인화personification, 상징symbol, 풍유allegory 등의 비유적 심상들을 사용하여 비교하는 것을 포함하는 폭넓은 용어이다. 영시 연구의 고전으로 알려져 있는 『소리와 감각』(*Sound and Sense*, 1976)의 저자 로렌스 페린(Laurence Perrine, 1915-95)은 유명한 시인 로버트 브라우닝의 시 「밤의 밀회」("Meeting at Night")를 예를 들어 이미지의 사용을 설명하고 있다.

> 회색 바다와 길게 뻗은 검은 육지
> 낮게 뜬 커다란 노란 반달,
> 타오르는 곱슬머리로 잠에서 깨어
> 뛰어오르는 깜짝 놀란 작은 파도들,
> 나는 노를 저어 해안가에 도착하여
> 젖은 모래사장 속으로 배를 댄다.
>
> 그리고 나서 따뜻한 바다 냄새나는 해안을 일 마일,
> 세 개의 들판을 가로질러 농장이 나타나고,
> 창유리를 두드리는 소리, 빠르고 날카롭게 그어
> 불이 붙은 성냥의 파란 불꽃,
> 그리고 기쁨과 두려움으로 서로 두근거리는
> 두 심장보다도 더 작은 속삭임.

> The gray sea and the long black land;
> And the yellow half-moon large and low;
> And the startled little waves that leap

In fiery ringlets from their sleep,
As I gain the cove with pushing prow,
And quench its speed i'the slush sand.

Then a mile of warm sea-scented beach;
Three fields to cross till a farm appears;
A tap at the pane, the quick sharp scratch
And blue spurt of a lighted match,
And a voice less loud, through its joys and fears,
Than the two hearts beating each to each!

위 시는 사랑하는 두 사람의 비밀스런 만남을 그리고 있다. 사랑에 빠진다는 것은 참으로 달콤하고도 흥분된 경험이다. 사랑에 빠진 사람의 눈에는 상대방이 세상에서 가장 아름다운 존재로 느껴지고, 따라서 두 사람의 만남은 참으로 기쁘고 흥분된 순간으로 기대할 수 있다. 하지만 이 시에서 시인은 결코 사랑이라는 단어를 단 한 번도 사용하지 않는다. 그는 자신의 시에서 사랑이 어떻다고 설명을 하는 것이 아니라, 사랑에 빠진 이의 경험을 그대로 전하는 것이다. 그리고 이러한 경험을 가장 효과적으로 표현하는 것이 바로 심상이다.

위 시에서 가장 두드러지게 나타나는 심상은 시각적이고visual 청각적인 auditory 심상들이다. "gray sea", "long black land", "yellow half-moon large and low", "the startled little waves that leap", "blue spurt of a lighted match" 등의 시각적 심상들은 연인을 찾아가는 남자의 열정과 기대를 반영한다. 또한 "the tap at the pane", "the quick sharp scratch", "the two heart beating", "a voice less loud" 등의 청각적인 심상들 역시 사랑에 빠진 연인들의 내면세계를 더욱 강렬하게 전달한다.

### ■■■■■ Figurative Language and Figures of Speech 비유 언어와 수사법

비유 언어는 어떤 특별한 의미나 효과를 전달하기 위해서 단어들의 표준적인 의미나 순서를 벗어나서 표현하는 언어를 가리킨다. 이러한 비유figures들은 흔히 언어의 장식ornaments of language으로 여겨져 왔으나, 언어의 기능에서 중요한 역할을 담당하며 시poetry 뿐만 아니라 모든 형태의 말과 글에 필수 불가결한 요소이다. 비유 언어는 흔히 두 부류로 구분된다. 첫째는 생각의 비유figure of thought이고, 둘째는 말의 비유figures of speech 혹은 수사학적 비유rhetorical figures이다. 생각의 비유에서는 단어들이 표준 의미에 현저한 변화가 생기도록 쓰인다. 비유적 의미figurative meaning와 반대되는 표준 의미 혹은 문자 그대로의 의미는 "literal meaning"이라고 말한다. 말의 비유에서는 표준 용법과 다른 점이 의미보다는 주로 단어의 순서에 있다. 생각의 비유에 해당하는 것들이 바로 은유metaphor, 직유simile, 환유metonomy, 제유synecdoche, 의인화personification, 과장hyperbole, 역설paradox, 아이러니irony, 말재롱pun 등이다. 말의 비유에 해당하는 것들은 돈호법apostrophe, 교차배열법chiasmus, 대조법antithesis, 두운alliteration, 모운assonance, 자운consonance 등이 있다.

## ■ Simile 직유

직유는 은유와 유사한 비유 방식이지만, 그 표현 방식이 다르다. 은유에서 서로 다른 두 사물의 비교가 "A는 B이다"라는 형식을 취한다면, 직유는 "A는 B와 같다"라는 형식을 취한다. 이처럼 직유를 표현하는 영어 단어들로는 like, as, similar to, resemble, seems, than 등이 있다. 만약 어떤 시인이 "내 애인은 장미꽃과 같다"(My love is like a rose)라고 표현했다면, 그는 애인의 아름다움을 표현하기 위해 직유를 사용한 것이다. 또한 "내 여인은 새벽이슬보다 아름답다"라고 표현했다면, 역시 직유를 사용한 것이다. 직유를 사용한 시구절의 예를 앤드류 마블(Andrew Marvell, 1621-78)의 유명한 시「수줍은 애인에게」("To His Coy Mistress")에서 찾아보자.

> 그러니 지금 젊음의 빛깔이 아침 이슬처럼
> 그대의 피부에 앉아 있을 때.

> Now therefore, while the youthful hue
> Sits on thy skin *like morning dew*,

■ Metaphor 은유

은유는 직유와 마찬가지로 본질적으로 전혀 다른 두 사물을 비교하는 수단이라 할 수 있다. 다만 직유는 like, as, than, similar to와 같은 단어들을 사용하여 비교가 표현되는expressed 반면, 은유는 흔히 "A는 B이다"의 형식으로 표현되며 비교가 함축implied된다. "Life is a sea of troubles"(인생은 고해의 바다이다)에서 '인생'은 원관념이고 '고해의 바다'는 보조관념인데, 이처럼 서로 다른 관념이 하나가 되어 새로운 의미를 창출하는 표현 기교가 은유가 되는 것이다. 예를 들어 셰익스피어는 "All the world's a stage"(세상은 모두 하나의 무대이다)라고 말했는데, 무대는 세상에 대한 은유이다. 번즈(Robert Burns, 1759-96)가 "오, 내 애인은 빨갛고 빨간 한 송이 장미"(O my love is a red, red rose)라고 말했다면, 그도 역시 은유를 사용한 것이다. 또한 어느 시인이 "삶은 낚시 바늘에 걸린 물고기이다"라고 표현했다면, 낚시 바늘에 걸린 물고기는 삶에 대한 은유이다. 셰익스피어의 「봄」의 한 구절에서 은유의 예를 찾아보자.

목동들은 지푸라기로 만든 피리를 불 때,
즐거운 종달새는 농부의 시계이다.

When shepherds pipe on oaten straws,
And *merry larks are ploughmen's clocks*,

① Kenning 케닝

일종의 완곡어법periphrasis으로 앵글로색슨Anglo-Saxon의 고대 작품 『베어울프』(*Beowulf*)에서 많이 사용된 비유법인데, 어떤 대상과 관련된 묘사적인 표현 descriptive phrase을 그 대상의 이름 대신으로 사용한다. 그래서 케닝은 대상에 대한 우회적 혹은 묘사적 표현이라 할 수 있다. 대개 두 개의 단어로 되어 있거나 하이픈으로 연결한다. 어떤 것은 환유metonymy처럼 그 대상의 속성을 대상 대신에 사용하거나(예: 'sea'를 'the whale road', 'king'을 'the ring-giver'), 제유synecdoche처럼 대상의 일부를 그 대상 대신 사용하거나(예: 'ship' 대신에

'the ringed prow'), 아니면 대상 대신에 그 대상에 대한 묘사(예: 'war'를 'storm of swords')를 사용한다.

## ② Conceit 기발한 착상

원래는 어떤 개념concept이나 이미지를 의미했는데, 지금은 비유적인 표현을 일컫는 용어로 사용된다. 문학에서 콘시트는 시의 어떤 부분이나 시 전체를 꿰 뚫는 복잡한 논리를 갖고 있는 확대된 은유extended metaphor를 일컫는다고 할 수 있다. 콘시트는 이미지와 개념을 놀라운 방식surprising way으로 병렬시키거 나parallelling, 원래의 의미를 왜곡시키거나distorting, 교묘하게 다루어서 독자로 하여금 비교하는 대상을 더 깊고 정교하게 이해하도록 한다. 두 개의 대상이 도저히 유사할 수 없다는 것을 의식하면서도 독자가 유사성likeness을 인정 concede할 수밖에 없다면, 그러한 비교는 콘시트가 된다고 할 수 있다. 이것은 일종의 "부조화 속의 조화"discordia concors라고 할 수 있는데, 명백하게 유사 성이 없는 이미지들이나 사물들 사이에서 기이한 유사성을 발견하여 제시하는 경우도 콘시트에 해당된다.

예를 들어 조지 허버트의 「찬미」("Praise")에서는 신(God)이 병(bottle)에 비유된다. 일반적으로 기독교도인 독자는 신성한sacred 신이 하찮은 병에 비유 되는compared 것을 인정하지 않을 것이다. 그러나 그 이유가 병이 무한이 많은 양의 화자의 눈물을 담을 수 있기 때문이라고 한다면 자연스럽게 이 비유를 인정하게 된다. 이 외에 콘시트를 설명하기 위해 가장 많이 사용되는 예는 존 던의 「벼룩」("Flea")이다. 이 시에서 화자는 결혼을 하지 않았지만 그의 성적 요구를 거부refuse할 이유가 없음을 애인에게 주장하기 위해 벼룩을 이용한다.

오 멈추시오! 하나의 벼룩 속에 있는 세 생명을 살려두시오
이 벼룩 속에서 우리는 결혼 이상의 관계가 되었소
이 벼룩은 그대와 나이고, 그리고 이 벼룩은
유리의 결혼 침대이고 결혼 사원이오

Oh stay! three lives in one flea spare
Where we almost, nay more than married are.
This flea is you and I, and this
Our marriage-bed and marriage-temple is.

시의 화자는 벼룩 속에 그대의 피와 나의 피가 섞였으며, 그로 인해 제3의 생명이 살고 있어서 신성한 곳이라고 설명하고, 그러니 이 벼룩을 죽이지 말라고 간청한다. 그러나 애인은 벼룩을 끝내 죽이고, 그렇게 호들갑을 떨었지만 아무런 변화도 일어나지 않았다는 표정을 짓는다. 화자는 다시 그래 두 피가 섞여도 아무 일도 일어나지 않는다. 그러하니 나를 성적으로 거부할 이유가 없다고 역공을 취한다. 여기서 화자는 성적행위를 통한 임신pregnancy을 두 사람의 피가 섞이는 것으로 보는 일반적인 인식을 이용하고 있다. 이러한 비유를 형이상학적 콘시트metaphysical conceit라고 하고, 이외에 페트라르카 콘시트Petrarchan conceit가 있다. 이것은 이탈리아의 시인 페트라르카가 연애시에서 많이 사용했던 것을 후세 시인들 특히 엘리자베스 시대의 소네트 시인들이 모방하였다. 주로 아름답지만 차갑고, 잔인하여 남자를 업신여기는 여인이나 그녀를 소망하는 남자의 고통agony과 절망hopelessness을 비유를 사용하여 과장하거나 exaggerate 자제하면서restrain 기발하게ingeniously 묘사한다. 남자 연인의 상태를 폭풍우tempest 속에서 고통을 겪고 있는 배에 비유하거나, 사랑의 질병으로 고통당하고 있는 자가 겪고 있는 모순되는incompatible 열정passion을 이렇게 묘사한다.

나는 어떤 평화도 찾지 못한다. 나의 전쟁은 모두 끝났다;
나는 두려워하고 희망한다. 나는 불타고 얼음 속에서 얼고 있다.

I find no peace; and all my war is done;
I fear and hope; I burn and freeze in ice.

최근의 문학 비평가들은 이 용어를 단순히 17세기의 형이상학파 시인들이 사용했던 확대되고 고조된 은유를 일컬을 때 일반적으로 사용한다.

■ Personification 의인화

의인화는 동물이나 사물, 그리고 추상적인 개념idea에 인간의 속성을 부여하는 경우에 적용되는 비유 방식이다. 이는 물론 은유에 속하는 비유 방식이라고 할 수 있다. 예를 들어, 어떤 시인이 하늘이 눈물을 흘리고 땅이 한숨을 쉰다고 표현한다면 그는 의인법을 사용하는 것이다. 중세 시대의 도덕극에서는 많은 추상적인 개념들이 등장인물로 묘사되어 그려졌다. 악덕Vice과 미덕Virtue, 지식Knowledge, 선행Good, 재물Goods 등이 인물이 되어 등장하였는데, 이러한 수법 역시 의인화를 이용한 것이다. 워즈워스의 시『송시: 어린 시절을 회상하며 영원불멸을 명상함』의 한 구절을 의인화의 예로 살펴보자.

> 달은 하늘이 맑을 때
> 기뻐서 그녀를 두리번거려 본다.

> The Moon doth with delight
> Look round her when the heavens are bare.

■ Apostrophe 돈호법(頓呼法)

돈호법은 의인법personification과 밀접하게 연관되어 있는데, 자리에 없는 사람이나 혹은 무생물을 마치 자리에 있는 것처럼 또는 살아있는 것처럼 생각하고 말하는 것을 가리킨다. 제임스 조이스(James Joyce, 1882-1941)의 시,「나는 군대의 소리를 듣는다」("I Hear an Army")에 등장하는 화자가 "My love, my love, my love, why have you left me alone?"(내 사랑, 내 사랑, 내 사랑이여, 왜 날 홀로 두고 떠났나요?)라고 외칠 때, 그는 떠나버린 애인을 부르는 돈호법을 사용하고 있는 것이다. 또한 셰익스피어가「더 이상 무서워하지 말아요」("Fear No More")에서 "Fear no more the heat o' the sun"(뜨거운 태양을 더 이상 무서워 말아요)라고 말할 때, 그는 죽은 소년의 시체에게 말하는 돈호법을 사용하고 있다.

■ Metonymy 환유(換喩)

환유는 한 사물을 나타내는 단어가 그 사물과 경험상 밀접한 관계를 지니고 있는 다른 사물에 적용되어 표현되는 비유 방식이다. 즉, "왕관"crown이나 "홀"scepter은 왕을 대신할 수 있고, "빨간 모자"red cap가 호텔의 "짐꾼"porter을 대신할 수 있으며, 셰익스피어는 셰익스피어가 쓴 작품들을 대신할 수 있는 것이다. 이것은 두 대상의 의미 사이의 인접성에 기초한 비유법이다. 예를 들어, 어떤 사람이 "나는 셰익스피어를 모두 읽었다"라고 말한다면 그는 환유를 사용하는 것이라 할 수 있다. 환유의 또 다른 예를 로버트 헤릭의 시 「시간을 아끼라고 처녀들에게 고함」("To the Virgins, to make Much of Time")에서 살펴보자.

> 처음 시절이 가장 좋은 시절
> 젊음과 피가 뜨거울 때.

> That age is best which is the first
> When youth and *blood* arc warmer.

이 시에서 "blood"는 감정이나 정서를 대신해서 사용된 환유의 예가 된다.

■ Synecdoche 제유(提喩)

제유는 어떤 것의 한 부분이 전체를 의미하는 경우나 혹은 이보다는 드물게 전체가 일부분을 의미하는 경우에 적용되는 비유 방식이다. 환유metonymy가 원관념과 관계있는 사물을 이용하는 비유인 데 비해, 제유는 사물의 일부분으로 전체를 나타내는 방법이다. 제유와 환유를 포괄하여 대유법이라고도 한다. 예를 들어 "감투를 썼다"라고 할 때, 감투는 머리에 쓰는 의관을 말하는 것이 아니라, 벼슬을 의미한다. 우리는 열 명의 일꾼worker 대신 "열 일손"ten hands이라고 표현하며, 밀턴은 자신의 시 「리시다스」("Lycidas")에서 부패한 목사들을 "눈먼 입들"blind mouths이라고 표현하였다. 이는 곧 제유를 사용한 것이다. 제유의 또 다른 예로 하우스만(Alfred Edward Housman, 1859-1936)은 「내 쟁기가 밭을 갈고 있는가?」("Is my Team Plowing?")에서 축구공의 재료인 "가죽"으로 공을 의미하고 있다.

강가에서
아이들이 가죽을 쫓아다니며
축구를 하는가?
지금 나는 더 이상 서 있지 않은데.

Is football playing
Along the river shore,
With lads to chase the *leather*
Now I stand up no more?

■ Overstatement(Hyperbole) 과장

과장은 hyperbole이라고도 부르는데, 사실을 지나치게 과장exaggeration하여 표현하는 비유 방식이다. 과장은 때때로 희극적 효과comic effect를 위해서 사용되기도 하지만, 진지한 목적을 위해 사용되는 것이 일반적이다. 셰익스피어는 자신의 소네트에서 애인이 천 가지 결점을 가졌다고 노래하는데, 이는 바로 과장을 이용한 표현이다. 결점이 어떻게 천 가지나 될 수 있겠는가? 또한 일상생활에서도 우리는 흔히 과장법을 사용한다. 예를 들어 "더워 죽겠다" 혹은 "추워 죽겠다" 등의 표현들은 과장법을 사용하는 표현들인 것이다. 영어에서도 "I'll die if I don't pass this course!"(이 과정을 통과하지 못하면 난 죽고 말테야)와 같은 표현은 과장법을 사용하고 있는 경우이다. 테니슨의 시 「독수리」의 일부를 살펴보자.

그는 구부러진 발가락으로 험한 바위를 움켜쥐고 있다.
파아란 세상으로 둘러싸인 외로운 땅
태양 가까이에 그는 서 있다.

He clasps the crag with crooked hands;
*Close to the sun* in lonely lands,
Ringed with the azure world, he stands.

위 시에서 "Close to the sun"(태양 가까이)라는 표현은 과장이라고 할 수 있다. 물론 높은 언덕 위에 독수리가 앉아 있으니 아래에 있는 사람들보다는 태양에 더 가깝게 있다고 할 수 있다. 하지만 천문학적으로 보면 독수리가 태양 가까이 있다는 것은 과장된 것이다. 독수리의 고상하고 위엄 있는 모습을 표현하기 위해 시인은 과장법을 사용하고 있는 것이다.

### ■ Understatement 축소 표현
축소 표현은 과장overstatement의 반대라고 할 수 있지만 나타나는 효과는 같다고 말할 수 있는데, 자신이 말하고자 하는 것을 사실보다 줄여 말하는 표현법을 지칭한다. 예를 들어, 어떤 사람이 잘 차려진 저녁 식탁 앞에서 "이건 한 입밖에 안 되는군"(This looks like a good bite)이라고 말한다면, 그는 사실을 줄여서 표현한 것이다. 축소 표현 역시 과장과 마찬가지로 말하고자 하는 사실을 강조emphasize하기 위한 표현 방식이다.

### ■ Irony 아이러니
그리스어인 eiron에서 유래한 단어인데, 자신의 본심을 숨기는 사람이라는 뜻으로 사용되었다. 문학에서 아이러니는 겉으로 나타난 말과 실질적인 의미 사이에 괴리가 생긴 결과를 가리킨다. 과장overstatement이 자신이 실제로 말하고자 하는 사실보다 부풀려서 말하는 것이고, 축소 표현understatement이 사실보다 줄여서 말하는 것이라면, 아이러니는 자신이 실제로 말하고자 하는 사실의 반대 내용을 말하는 것이다. 아이러니는 반어 표현verbal irony, 극적 아이러니dramatic irony, 상황의 아이러니irony of situation의 세 가지 유형으로 나눌 수 있다.

## ① Verbal Irony 반어 표현

실제로 말하고자 하는 사실과 반대되는 내용을 말하는 것이 반어 표현이다. 이러한 반어적 표현은 한 가지 태도나 평가를 명백하게explicitly 표현하지만, 화자는 그 표현 속에 전혀 반대되는 태도나 평가를 함축implicit하고 있다. 예를 들어, 비가 오거나 짓궂은 날씨를 바라보면서 "Beautiful weather, isn't it?"(멋진 날씨로군, 그렇지?)라고 말한다면, 이는 좋지 않은 날씨를 반대로 말한 것이므로 분명 아이러니를 사용한 것이다. 아이러니는 흔히 야유sarcasm나 풍자satire와 혼동을 일으킨다. 그 이유는 아이러니가 종종 야유나 풍자의 수단으로 사용되기 때문이다. 예를 들어 어떤 사람이 잘난 척을 할 때, 상대방이 "그래 너 잘났다"하고 경멸스럽게 말한다면, 그는 야유의 수단으로 아이러니를 사용한 것이다. 하지만 아이러니는 야유나 풍자를 목적으로 하지 않고도 사용될 수 있다. 또한 야유나 풍자도 아이러니 없이 사용될 수 있다. 예를 들어, 아이가 집에 돌아와서 어머니에게 "엄마, 나 오늘 시험 망쳤어요!"라고 말했을 때, 어머니가 경멸스런 목소리로 "그래 네가 시험 잘 볼 리가 없지"라고 대답했다면 어머니는 아이러니를 이용하지 않고서 아들을 야유한 것이다. 그런데 아이가 "엄마, 나 오늘 시험 망쳤어요, 모두 100점 받았거든요"하고 말했다면, 아이의 표현은 전혀 야유를 포함하지 않은 아이러니를 사용한 것이다.

## ② Dramatic Irony 극적 아이러니

반어 표현이 말하는 사람의 주장과 그가 실제 말하고자 하는 사실 사이의 괴리difference를 나타낸 것이라면, 극적 아이러니는 등장인물들characters이 알지 못하는 사실을 관객audience이 알고 있을 때 발생한다. 따라서 화자speaker가 말하는 내용과 작가author가 의도하는 내용 사이의 괴리gap에서 발생한다고 할 수 있다. 작품에 등장하는 인물은 다른 의도 없이 어떤 대사dialogue를 말하지만, 작가는 그 대사를 이용해 그 인물이 말하는 내용과 반대되는 생각이나 태도를 독자나 관객에게 전달하는 경우가 있다. 이것이 바로 극적 아이러니에 해당하는 경우이다. 예를 들어, 셰익스피어의 비극 『로미오와 줄리엣』(*Romeo and Juliet*, 1591-95)에서 줄리엣의 무덤을 찾아가는 로미오는 그녀가 죽었다고 생각한다. 하지만 관객은 그녀가 죽지 않았다는 것을 안다. 『햄릿』(*Hamlet*, 1599-1602)에서도 관객들은 햄릿이 아버지의 죽음에 대한 진실을 알고 있다는 것을 알고 있으며 그가 미친 것이 아니라는 것을 안다. 하지만 다른 인물들은 그 사실을 알지 못한다. 이러한 상황에서 극적 아이러니가 발생하는 것이다. 작가는 이를 이용해서 어떤 생각이나 태도를 전달할 뿐만 아니라, 등장인물의 성격을 알리는 수단으로 사용하기도 한다.

### ③ Irony of Situation 상황의 아이러니

상황의 아이러니는 어떤 사람이 기대하는 상황what one anticipates과 실제 일어나는 상황what actually comes to pass 사이에 괴리가 생길 때 발생한다. irony of events라고도 불리는데, 그 결과는 심각할 수도 있고 웃음을 유발할 수도 있다. 예를 들어 오 헨리(O Henry, 1862-1910)의 유명한 단편 소설, 『매기의 선물』(*The Gift of the Magi*, 1905)에서 한 가난한 남편은 자신의 금시계를 전당포에 맡기고 아내의 크리스마스 선물로 머리빗을 사온다. 하지만 공교롭게도 그의 아내는 자신의 머리칼을 팔아 남편의 시곗줄을 선물로 준비한 상황이 제시된다. 서로가 기대했던 것이 공교롭게도 어긋나는 웃지 못 할 상황이 발생한 것이다. 유명한 희랍 비극 『오이디푸스 왕』(*Oedipus the King*, BC 429)에서 오이디푸스는 자신의 친아버지와 친어머니가 누구인지 모르고 신탁에서 예언한 아버지 살해patricide와 근친상간incest의 죄를 피하기 위해 코린트를 떠나게 되고, 그 결과 실제 아버지를 죽이고 어머니와 결혼하는 죄를 범하게 된다. 또한 유명한 우화fable에서 미다스(Midas) 왕은 손을 대기만 하면 모든 것을 황금으로 변하게 되는 소원을 이루지만, 그가 손대는 음식조차 모두 황금으로 변하는 바람에 굶어죽게 되는 상황에 이르는데, 이러한 상황을 우리는 아이러니컬하다고 부른다.

### ■ Paradox 역설

역설은 겉으로는 분명한 모순contradiction을 나타내는 표현이지만, 그럼에도 불구하고 어쨌든 이치에 맞는 진술을 가리킨다. 예를 들면 "You can save money by spending it"(돈은 써야 모을 수 있다)와 같이 표현하는 것이다. 알렉산더 포프(Alexander Pope, 1688-1744)가 당대의 비평가는 "보잘 것 없는 칭찬으로 악평을 한다"(damn with faint praise)라고 진술할 때, 그는 역설을 사용하고 있다. "The pen is mightier than the sword"(펜은 칼보다 강하다)라는 속담도 역설적이다. 전투에서 칼로 무장한 쪽이 펜을 휘두르는 쪽보다 강하다는 것은 분명하다. 하지만 펜은 인간의 사상을 기록하는 도구이기 때문에 인간의 사상이 역사의 흐름 속에서 칼보다 더 큰 영향력을 발휘할 수 있는 것이다. 역설의 예를 밀턴의 시 「죽은 아내에게」("On His Deceased Wife")에서 살펴보자.

오, 그녀가 나를 끌어안으려 했을 때
나는 잠에서 깨었고, 그녀는 가버려 낮이 다시 밤이 되었네.

But O as to embrace me she inclin'd
I wak'd, she fled, and day brought back my night.

위 시에서 시인은 죽은 아내가 자신을 찾아온 꿈을 묘사하고 있다. 그런데 꿈속에서 아내가 자신을 끌어안으려고 하는 순간에 꿈에서 깨어버린 것이다. 밤의 꿈에서 깨어났는데, 낮이 다시 밤이 되었다는 표현은 분명한 역설이다. 시인이 잠에서 깨어났을 때는 날이 밝은 상황이겠지만, 꿈속에서 만난 아내에 대한 그리움으로 그의 마음은 어두운 밤이 되는 것이다.

■ Oxymoron 모순 어법(모순 형용)

"oxymoron"은 서로 모순되는 어구를 나열하는 표현법으로 역설paradox의 일종이며 모순 어법 혹은 모순 형용으로 번역된다. 그리스어 어원이 oxus=sharp, moros=foolish이므로 "똑똑한 바보"sharp dull라는 의미여서 어원 자체가 모순 형용인 셈이다. "달콤한 고통"sweet pain, "애정 어린 증오"loving hate, "상처뿐인 영광" 등은 모두 모순 어법에 해당한다. 모순 어법 또한 역설처럼 겉으로 표현된 것 자체는 이치에 맞지 않은 모순이지만 곰곰이 생각하면 그 속에 심오한 진리가 감춰져 있는 경우가 많다. 유치환의 시 「깃발」에서 "이것은 소리 없는 아우성"이라는 구절은 모순 어법을 사용한 것이며 미국의 팝송 가수인 사이먼과 가펑클(Simon & Garfunkel)이 부른 「침묵의 소리」("The Sound of Silence", 1964)라는 노래의 제목에도 모순 어법이 사용되고 있다.

### ███████ Symbol 상징(象徵)

어떤 다른 사상이나 개념을 상기시키거나 연상시키는 사물이나 말을 나타내는 비유 방식이다. 흔히 비둘기는 "평화"peace의 상징이고, 공작은 "오만"pride의 상징, 떠오르는 해는 "탄생"의 상징, 지는 해는 "죽음"의 상징이 될 수 있다. 따라서 상징은 다른 뜻을 함축하고 있는 심상image이라고 할 수 있다. 상징은 흔히 은유metaphor와 혼동을 일으키니 쉬우므로, 심상이나 은유와 비교하여 이해할 필요가 있다. 에이브람스(M. H. Abrams, 1912-2015)는 개를 활용하여 흥미로운 비교설명을 해준다. 예를 들어 "털북숭이 갈색 개 한 마리가 하얀 말뚝 울타리에 등을 비비고 있었다"(A shaggy brown dog was rubbing its back against a white picket fence)고 말한다면, 표현은 "갈색 개"와 "하얀 색 울타리"라는 선명한 시각적 이미지visual image를 사용하고 있는 셈이 된다. 그런데 "어떤 치사한 개가 파티에서 내 지갑을 훔쳤다"(Some dirty dog stole my wallet at the party)라고 말한다면, 그 개는 지갑을 훔친 도둑에 대한 은유metaphor이다. 그리고 "늙은 개에게는 더 이상 새로운 기술을 가르칠 수 없다"(You can't teach an old dog new tricks)라고 말한다면, 그 늙은 개는 상징이 된다. 늙은 개는 개 자체를 의미할 뿐 아니라, 나이든 완고한 노인을 나타내는 함축된 뜻을 동시에 지니고 있기 때문이다.

### ███████ Allusion 인유(引喩)

인유는 고대 신화, 고전, 역사, 성서, 혹은 다른 문학 작품 등에서 잘 알려진 이야기, 인물, 문구 등을 직접, 간접으로 언급하거나 인용해서 비유로 사용하는 것을 가리킨다. 예를 들어 크리스토퍼 말로는 『파우스투스 박사』(*Doctor*

*Faustus*, 1589 or 1593)의 "Sweet Helen, make me immortal with a kiss"와 같은 대사에서, 토머스 내쉬(Thomas Nashe, 1567-1601)는 「역병 시의 기도문」("Litany in Time of Plague")의 "Dust hath closed Helen's eye"와 같은 시행에서 그리스 신화에 등장하는 트로이의 헬렌에 대한 명백한 인유를 사용한다. 또한 로버트 프로스트(Robert Frost, 1874-1963)와 윌리엄 포크너(William Faulkner, 1897-1962)는 동일한 대사를 인유하여 작품의 제목으로 삼는다. 프로스트가 「꺼져라, 꺼져─」("Out, Out─")에서, 그리고 포크너가 자신의 소설 『고함과 분노』(*Sound and Fury*, 1929)에서 사용한 표현들은 영문학의 역사에서 가장 유명한 구절 중의 하나인 셰익스피어의 『맥베스』(*Macbeth*, 1599-1606)에 등장하는 다음 대사를 상기시키고, 두 작품의 내용 모두 맥베스의 대사가 함축하는 것처럼 한 순간에 끝날지 모르는 삶의 불확실성uncertainty과 허무함emptiness을 전달하고 있다.

> 꺼져라, 꺼져, 짧은 촛불아!
> 인생은 기껏해야 걸어 다니는 그림자,
> 무대 위에서 주어진 시간동안 뽐내고 안달하다
> 다음엔 소리조차 들리지 않는 불쌍한 배우,
> 그것은 바보가 지껄이는 이야기, 고함과 분노로 가득 차 있을 뿐,
> 의미하는 것은 아무 것도 없나니.

> Out, out, brief candle!
> Life's but a walking shadow, a poor player,
> That struts and frets his hour upon the stage
> And then is heard no more. It is a tale
> Told by an idiot, full of sound and fury,
> Signifying nothing. (『맥베스』 5, 5)

## ▰▰▰ Antithesis 대조법

반대opposition와 대립set against이라는 의미를 갖는 희랍어에서 유래했으며, 정반합의 원리를 주장하는 헤겔(Georg Friedrich Wilhelm Hegel, 1770-1831)의 변증법에서 정에 해당하는 하나의 아이디어를 thesis라고 한다면, 반에 해당하는 아이디어를 antithesis라고 한다. 합에 해당하는 단어는 synthesis이다. 수사법적으로는 인접해 있는 구contiguous phrase 또는 절clause들의 의미가 대조contrast되거나 반대되어 그 의미를 더욱 강조하거나 효과적으로 만들어주는 수사법을 가리킨다. 이 방법은 대조적인 생각들을 균형 잡힌 혹은 평행적인 paralleled 단어들이나 문법 구조를 이용하여 표현한다. 예를 들어 "가는 말이 고와야 오는 말이 곱다"든가 "인생은 짧고 예술은 길다"와 같은 표현들은 대조법을 사용한 경우이다. 사무엘 존슨(Samuel Johnson, 1709-84)은 자신의 시에서 "Marriage has many pains, but celibacy has no pleasures"(결혼 생활에는 고통이 많지만 독신 생활에는 즐거움이 없다)라는 대조 표현을 사용하였으며, 알렉산더 포프는 그의 시 "The Rape of the Lock"(「머리타래 훔치기」)에서 "By force to ravish, or by fraud betray"(폭력으로 겁탈할까, 아니면 사기로 배반할까)와 같은 표현으로 대조법을 사용하고 있다. 이 표현에서처럼 평행을 이루며 대조 효과를 내는 문법상의 유사성은 두운alliteration에 의해서 더욱 강조되고 있다.

## ▰▰▰ Inversion 도치

운문이 언어의 음악적 리듬감을 살려서 표현하고자 하는 특징을 지니고 있기 때문에 시인이나 극작가들은 반복적인 운율을 맞추기 위해서 단어와 문장의 구성을 매우 신중하게 선택한다. 그리고 도치는 바로 그러한 운율을 맞추기 위한 중요한 기술적 수단이 된다. 따라서 운문에서는 관용적인 표현이나 강조를 위한 도치 외에도 운율을 위한 도치를 자주 사용한다. 운율을 위한 도치의 예를 르네상스 시문학의 대가로 손꼽히는 에드먼드 스펜서의 역작 『선녀여왕』 (*Faerie Queene*, 1590) 제1권의 처음 4연 중 세 번째 연에서 살펴보자.

그리고 그대 지고한 조브 신의 가장 무서운 아이,
아름다운 비너스의 아들, 그대의 잔혹한 화살로
저 선한 기사를 너무도 교묘하게 쏘아 맞추어
그의 가슴 속에 영예로운 불길을 지펴놓았던 이여,
이제 그대의 치명적인 검은 활을 옆으로 치워놓고
그대의 온화한 어머니와 함께 와서 날 도와주오
둘 다 오시오, 또한 그대들과 함께 승리의 마트 신도
그 살인적인 난동과 피맺힌 격분을 가라앉힌 후에,
사랑과 고매한 즐거움들로 잔뜩 둘러싸인 채로 데리고 와주오.


And thou most dreaded impe of highest *Jove*,
　　Faire Venus sonne, that with thy cruell *dart*
　　At that good knight so cunningly didst *rove*,
　　That glorious fire it kindled in his *hart*,
　　Lay now thy deadly Heben bow *apart*,
　　And with thy mother milde come to mine ayde:
　　Come both, and with you bring triumphant *Mart*,
　　In loves and gentle jollities arrayd,
After his murdrous spoiles and bloudy rage allayd.


먼저 위 연에서 사용되고 있는 각운end rime을 살펴보면, ababbcbcc의 패턴을 이루고 있음을 알 수 있다. 즉, 첫 행의 Jove와 세 번째 행의 rove가 운을 맞추고 있고, 두 번째 행의 dart와 네 번째 행의 hart, 다섯 번째 행의 apart, 일곱 번째 행의 Mart가 운을 맞추고 있다. 그리고 여섯 번째 행의 ayde, 여덟 번째 행의 arrayd, 아홉 번째 행의 allayd가 운을 맞추고 있다. 그런데 세 번째 행을 살펴보면, 우리는 이 행이 첫 번째 행과 각운을 맞추기 위해서 도치되어 있음을 쉽게 알 수 있다. 세 번째 행을 정치시킨다면 "didst rove at that good knight so cunningly"이 되어야 한다. 하지만 첫 번째 행의 Jove와 운을 맞추기 위해 동사인 rove를 행의 끝에 배열한 것이다. 더구나 "화살을 쏘다"라는 의미에 더 적절한 "shoot" 대신에 군이 "rove"를 사용한 것도 역시 "Jove"와의 각운을 맞추기 위한 것이다. 문법적으로는 긴 목적어를 동사 앞에 놓는 것이 적절한 표현이 아니지만, 운문의 음악성을 살리기 위해 도치시킨 것이다. 여섯 번째 행도 마찬가지의 목적 때문에 도치된 표현이다. 여섯 번째 행을 정치시킨다면 "And come to mine ayde with thy mother milde"가 되어야 한다. 하지만 여덟 번째의 "arrayd", 아홉 번째의 "allayd"와 각운을 맞추기 위해 부사구 "with thy mother milde"를 앞으로 도치시킨 것이다. 이러한 현상은 여덟 번째 행의 "arrayd"의 경우에도 적용할 수 있다. 문법적으로 맞춘다면 "arrayd"는 행의 맨 앞에 놓여야 한다. 하지만 각운을 맞추기 위해 행의 맨 끝에 놓인 것이다. 일곱 번째 행의 "Mart"는 로마 신화에 등장하는 전쟁의 신 "Mars"를 지칭하는데, 각운을 맞추기 위해서 Mart가 된 것이다. 도치의 다른 예로 셰익스피어의 소네트 73편을 살펴보자.

그대는 내게서 일 년 중 그 시기를 보리라.
얼마 전에는 예쁜 새들이 노래하였지만 폐허가 된 성가대석처럼
추위에 떨고 있는 나뭇가지들 위로
노란 잎들이 몇 개, 아니 하나도 달려있지 않는 그 시기를.
내게서 그대는 인생의 황혼을 보게 되리라.
태양이 서쪽으로 사라진 후처럼,
시커먼 밤이 조금씩 조금씩 빼앗아 갈,
휴식 속에 모든 것을 종결짓는 죽음의 또 다른 자아를.
내게서 그대는 보리라.
청춘의 잿더미 위에서 벌겋게 달아오르지만
불길을 일으켜주었던 것이 모두 소진되어
임종의 자리에서처럼 사라져야만 하는 빛을.
그대가 이것을 알게 되면, 그대의 사랑 더욱 강렬해져
머지않아 작별해야 할 그것을 더욱 사랑하게 되리라.

That time of year thou mayst in me behold
When yellow leaves, or none, or few, do hang
Upon those boughs which shakes against the cold,

Bare ruined choirs where late the sweet birds sang.
In me thou see'st the twilight of such day
As after sunset fadeth in the west,
Which by and by black night doth take away,
Death's second self, that seals up all in rest.
In me thou see'st the glowing of such fire,
That on the ashes of his youth doth lie
As the deathbed whereon it must expire,
Consumed with that which it was nourished by.
This thou perceivest, which makes thy love more strong,
To love that well which thou must leave ere long.

위 시의 운율을 살펴보면, 우선 abab cdcd efef gg의 각운 패턴을 갖추고 있다. 그리고 율격 역시 약강 5보격iambic pentameter로 구성되어 있다. 이처럼 언어의 음악성을 최대한 살린 전형적인 운문의 형태를 갖추기 위해서, 시인은 각 시행들에서 적절한 도치를 사용하고 있다. 우선 첫 번째 행에서부터 도치가 일어난다. That time of year는 분명 동사 behold의 목적어지만, 문장 맨 앞에 와 있고 in me 역시 조동사와 본동사 사이에 놓이는 것이 부적절하다. 더구나 When으로 이어지는 다음 행들이 That time of year를 수식하기 때문에 이러한 도치를 이해하지 못하면 시의 의미를 제대로 파악하기 힘들어진다. Which로 시작하는 7번째 행 역시 5번째 행의 끝에 있는 "the twilight of such day"를 수식하지만, 각운을 맞추기 위해서 한 행을 건너서 놓여있다. 10번째 행에서도 유사한 도치의 형태를 확인할 수 있는데, "lie"는 문법적으로는 "That"과 "on" 사이에 놓여야 하지만 각운 때문에 행 끝에 놓였으며, "doth"의 경우는 약강의 율격을 맞추기 위해서 일부러 사용한 것이다. 13번째 행에서는 This가 도치되어 있는데, 이는 약강의 율격을 맞추기 위해서 사용된 것으로 보인다. thou는 강세가 있는 단어이기 때문에 행의 맨 앞에 놓지 않고 this를 도치시킨 것이다.

## Pun 말재롱

문학 용어 사전에 의하면, 말재롱은 1) 두 개의 뜻을 가진 단어의 사용, 2) 달리 표기되지만 같은 발음을 가진 두 단어의 뜻의 유사성, 3) 똑같이 발음되고 표기되지만 다른 뜻을 가진 두 개의 단어 등을 포함하는 말장난을 지칭한다. 즉, 소리가 동일identical하거나 비슷similar하지만, 그 뜻은 아주 다른 말을 가지고 하는 말장난play on words을 가리킨다고 할 수 있다. 말재롱은 흔히 희극적 목적을 위해 사용되지만, 진지한 목적으로 사용되기도 한다. "A happy life depends on a liver"라는 표현에서 liver는 간이라는 뜻도 있지만, 삶을 살아가는 사람이라는 의미도 갖는다. 따라서 이 표현은 두 가지 의미로 읽힐 수 있다. 말재롱을 즐겨 사용한 작가로는 셰익스피어와 17세기의 시인 존 단이 유명하다. 셰익스피어의 『로미오와 줄리엣』 3막 1장에서 로미오의 친구 머큐쇼(Mercutio)는 줄리엣의 사촌 티볼트(Tybolt)의 칼에 맞아 괴로워하며, "Ask for me tomorrow and you shall find me a grave man"이라고 말한다. 그런데 이 대사에는 말장난이 숨어 있다. 그것은 바로 grave라는 단어가 철자와 소리는 같지만 전혀 다른 뜻을 나타내는 동음이의어homonym이기 때문이다. grave는 "무덤"이라는 명사적 의미도 가지고 있지만, "엄숙한, 진지한"이라는 형용사의 의미도 갖는 단어이다. 따라서 머큐쇼의 내사는 "내일 나를 찾아오면 내가 무덤 사람이 되어 있을 걸세", 즉 "죽어 있을 걸세"라는 의미로도 생각할 수 있지만, 또한 "내일 나를 찾아오면 내가 엄숙한 사람이 되어 있을 걸세"라는 의미도 될 수 있는 것이다.

존 단의 「하나님 아버지께 바치는 찬송」("A Hymn to God the Father")이라는 시에서 말재롱의 몇 가지 예를 보여준다.

당신이 이루었을 때도, 다 이룬 것은 아닙니다. 제가 더 가지고 있으니까요,
제가 죽었을 때, 당신의 아들은 지금처럼 밝게 빛날 것이고,
지금까지 그것을 이루었으니 당신은 다 이루었습니다.
전 더 이상 두렵지 않습니다.

"When Thou hast done, Thou hast not done for I have more.
That at my death Thy Son / Shall shine as he shines now, and heretofore
And having done that, Thou hast done;
I fear no more."

위 시에서 단은 자신의 이름 Donne과 아내의 이름 Anne More를 이용해 말장난을 하고 있다. done은 자신의 이름과 같은 발음이고, more는 아내의 이름과 같은 발음이기 때문에 위 행들은 다른 의미로 읽힐 수 있는 것이다. 또한 Son이라는 단어는 태양을 가리키는 Sun과 같은 발음이지만, 하나님의 아들 예수 그리스도를 가리키는 의미로 사용하고 있다.

### ▬▬▬ Tone 어조

문학에서 어조는 대상이나 독자, 혹은 자기 자신에 대한 작가나 화자의 태도라고 정의될 수 있다. 이것은 작품 속에 들어있는 감정적인 의미를 전달하며, 작품 전체의 의미에서 매우 중요한 부분을 차지한다. 예를 들어 어떤 친구가 "나 오늘 결혼할거야"(I am going to get married today)라고 말했다면, 그 의미는 분명하다. 하지만 그 말의 감정적 의미는 말을 하는 친구의 목소리 어조에 따라 완전히 달라질 수 있다. 똑같은 말을 해도 어조에 따라, 그 친구는 희열에 차 있을 수도 있고ecstatic, 믿을 수 없는 듯한 태도incredible attitude일 수도 있으며, 다른 가능성을 포기한resigned 담담한 태도일 수도 있고, 절망적인 심정despair을 나타낼 수도 있다. 또한 한 소녀가 남자로부터 프러포즈를 받고 "No"라고 말했다면 중요한 것은 그녀의 단순한 거절이 아니라, 거절할 때의 어조이다. 그녀의 어조에 따라 상대방 남성은 그녀를 포기해야 할지 다시 한번 요청해서 승낙을 얻어내야 할지를 결정할 수 있기 때문이다.

### Poetic License 시적 허용 혹은 파격

일반적으로 시는 음보metre, 강음절stressed syllable과 약음절unstressed syllable의 패턴, 단어의 소리와 변화 등 신중하면서도 섬세하게 통제된 언어적 구조를 갖고 있다. 이러한 것들은 시인이 전달하고자 하는 의미와 감정에 예민하게 영향을 준다. 시적 허용은 시인이 얻고자 하는 결과를 얻기 위해서 일상적인 언어 사용의 법칙이나 관습화된 운문의 원칙을 어길 수 있는 시인의 언어적 자유linguistic freedom를 의미한다. 일반적으로 이 용어는 문법을 어기거나, 어순을 지키지 않거나, 고어나 새로 만든 신조어를 사용하거나, 발음상으로는 운이 아닌데, 철자 때문에 시각적으로 운이 맞는 것처럼 보이는 시각운eye rhyme — cough and bough, food and good, death and wreath — 의 사용, 음성적 효과를 위해 단어 내에서 특정 철자의 생략 — o'er, e'er — 하는 것들을 포함한다. 이런 자유가 정당화되려면 결과가 효과적이어야 하지만, 이러한 파격이 시의 전체적인 효과를 향상시켰는지 혹은 손상시켰는지는 오직 미적 판단과 감수성sensitivity의 문제이다.

넓은 의미에서 시적 허용은 언어에만 적용되는 것이 아니고, 시인이나 작가들이 특별한 목적을 위해 자유스럽게 깨트리는 모든 것을 포함하기도 한다. 즉 일상적인 담론의 규범뿐만 아니라 운율cadence과 각운rhyme의 규칙을 포함해서 역사적 사실의 왜곡distortion, 허구적인fictional 사건event이나 인물character을 창조하는 경우에도 해당된다. 예를 들어 셰익스피어가 이집트의 여왕 클레오파트라(Cleopatra)에게 엘리자베스(Elizabeth) 시대 여성들의 코르셋corset을 입게 하거나, 키츠가 태평양을 발견한 발보아(Balboa)를 코르테즈(Cortez)로 착각한 경우이다. 이 용어는 작가의 의도적인intentional 사실 파괴뿐만 아니라 무지ignorance에서 파격을 저지른 경우도 해당된다. 이외에도 더 광범위하게는 소설 작품을 드라마나 영화로 만드는 경우에 발생하는 이야기 틀의 대폭적인 변형도 해당된다고 할 수 있다. 이런 경우는 극적 허용dramatic licence이란 용어를 사용하기도 한다.

*4*

# Understanding English Fiction
# 영미소설의 이해

## Fiction 픽션

우리는 흔히 우리말 "소설"을 의미하는 영어 단어로 "novel"을 연상하고 "fiction"을 "허구의 이야기"로 해석한다. 그런데 "단편소설"이나 "공상과학소설"은 "short novel"이나 "science novel"이라고 하지 않고 "short fiction" 그리고 "science fiction"이라고 부른다. 이렇게 사용할 때 픽션은 소설처럼 하나의 문학 형식, 즉 장르의 명칭이 된다. 시poetry 혹은 드라마drama와 구별하여 정의할 때 소설novel은 대단히 제한적인 뜻을 갖는다. 소설은 17-18세기에 형성된 특정한 문학 형식literary form으로서 등장인물들characters이 일정한 동기motivation와 일관성consistency을 유지한 채 어떤 행위를 하고, 발생하는 사건들이 작가의 예술적 목적aesthetic purpose에 맞도록 배열된 문학 작품들을 의미한다.

픽션의 어원은 라틴어 픽티오fictio인데 이는 "형성하다" 혹은 "모양을 빚다"란 뜻이다. 이 어원에 의하면 픽션은 "꾸며냈거나" "작가의 상상력으로 만든", 혹은 "실제 사실fact과 구별되는" 이야기를 의미하게 된다. "허구" 혹은 "형성"이라는 어원에서 알 수 있듯이 픽션은 문학텍스트의 창작 원리에 대한 개념이기도 하다. 소설의 장르적 특성을 이야기할 때 가장 변별적이고 핵심적인 특성인 "허구성"이라는 개념이 바로 창작 원리로서 픽션의 개념을 의미하는 것이다.

따라서 "픽션"이라는 용어는 다음 두 가지 의미로 사용된다고 정의할 수 있다. 첫째, 픽션은 "꾸며낸 것", "사실이 아닌 것", "작가의 상상력이 빚어낸 것"으로 "허구"라는 뜻이다. 이 때 픽션은 산문일수도 있고 운문일수도 있다. 둘째, 픽션은 하나의 장르로서 우리가 흔히 소설이라고 부르는 문학 형식을 포괄적으로 포용하는 용어이다. 이때 픽션은 소설 혹은 단편소설 등 산문 문학을 의미한다.

## Novel 소설

소설은 시, 드라마와 함께 문학을 구성하는 가장 중요한 장르이다. 시와 드라마의 기원이 수천 년 전, 인류의 원시공동체로까지 거슬러 올라가는 것에 비해 소설은 상대적으로 새로운 문학 장르이다. 세르반테스(Miguel de Cervantes, 1547-1616)의 『돈키호테』(*Don Quixote*, 1605)가 세계문학사에 등장하는 최초의 소설이며 영국에서는 소설이 18세기 초에 발생했다는 주장에 많은 학자들이 동의한다. 세계문학사에서 소설의 역사가 400여 년, 영국 소설의 경우 300여 년에 불과하다는 것이다.

'소설'을 영어로 'novel'이라고 표기하는데 이 단어는 이탈리아어인 'novella'로부터 왔고, 그 의미는 "새롭고 짧은 이야기"new little thing이다. 소설의 기원이 시, 드라마에 비해 짧다고 했으니 "새로운"이라는 뜻은 이해가 가지만, 톨스토이와 도스토예프스키, 조이스와 포크너를 얼른 연상하는 현대의 독자들에게 소설의 어원이 "짧은 이야기"인 것은 다소 의외이다. 이는 돈키호테가 발표된 이후 "근대적인 의미의" 소설 양식이 확립될 때까지—17세기 후반과 18세기 초에—유럽의 여러 나라에서 길이가 짧은, 그리고 내용이 저속한 남녀의 사랑이야기가 많이 쓰이고 읽혔기 때문이다. 한편 '소설'novel이 오늘날 우리가 사용하는 정의로 정착된 것은 19세기 중엽이었으며, 독일어와 프랑스어로는 소설을 roman으로 표기한다.

소설의 기원이 "새롭고 짧은 이야기"였던 것은 동양의 학문에서 "소설"(小說)을 규정한 것과 일맥상통한다. 동양적 "문"literature의 개념에 따르면 전통적인 서사 장르 중에서 진실되고 가치있는 것으로 여겨졌던 것은 역사history였다. 역사는 실제 왕조나 귀족, 영웅 등과 같은 가치있고 소중한 대상이나 인물에 대한 서사물이다. 이에 비해 시시하고 소소한 세간의 이야기나 실재 삶에는 존재하지 않는 꾸며낸 이야기는 역사와 같은 큰 이야기(大說)의 대척점인 작은 이야기(小說)로 지칭되었다. 그러므로 역사와 소설은 각각 "진실된 삶"과 "허황된 가공의 이야기"라는 체계 속에서 "실(實)/허(虛)"라는 대립항으로 인식되었다. 이러한 실/허의 대립항은 이야기를 형성하는 구성원리로 인식된 것이 아니라 "진실(眞)/거짓(假)"이라는 가치판단의 기준까지 포함하고 있었다.

소설의 사전적 정의는 "상당한 길이를 가진"with a substantial length "산문으로 쓰인"in prose "가공의"fictional "이야기체"narrative 문학이라는 것이다. 호메로스(Homer) 이후 중요한 문학 장르의 지위를 누려온 서사시epic로부터 『아라비안나이트』유형의 이야기 모음집collection of stories, 여러 나라의 민담folklore과 전설legend, 우화fable, 중세에 크게 유행한 기사들의 모험담chivalric romance에 이르기까지 소설이 발생하기 이전에도 "상당한 길이를 가진" "가공의" "이야기체" 문학은 면면히 유행해 왔다. 이들 문학 작품들을 소설과 구별하는 가장 중요한 기준은 산문성prose이었다. 그러나 중세 말에 이르러 토머스 말로리경(Sir Thomas Malory, 1405-71)의 『아서왕의 죽음』(*Le Morte D'Arthur*, 1485)이 산문체로 쓰이면서 산문체 로맨스 문학이 등장했고, 당시 새롭게 형성된 중산층 독서 대중을 겨냥한 산문체 사랑이야기가 유행하면서 ─ 다시 말해서 소설의 사전적 정의를 모두 충족하는 문학 작품들이 출현하면서 ─ 이들 문학 작품을 소설과 구별하기 위한 노력이 필요하게 된다.

소설의 장르적 특성 가운데 가장 중요한 것은 소설이 이야기체narrative 형식의 문학이라는 점이다. 소설은 기본적으로 서술자narrator가 서술을 통해 사건을 진행시킨다. 드라마가 오직 등장인물의 대화dialogue와 행동action을 통해 플롯을 진행시키는 것과 구별되는 점이다. 드라마에서는 시술 시간과 플롯의 진행 시간이 일치하기 때문에 ─ 관객들이 무대와 같은 3차원 속에 있기 때문에 ─ "3년의 세월이 경과했다"는 것을 표현하기 위해서는 배우들이 3년 동안 계속해서 무대에서 연기를 하든지 아니면 등장인물들의 대화를 통해 시간의 경과를 설명해야 한다. 그런데 소설가들은 "그리고 3년의 세월이 경과했다"는 단 하나의 문장으로 플롯을 진행시키는 내러티브의 특권을 누릴 수 있다. 이야기체의 특성을 보여주는 사례이다. TV 드라마나 영화에서 "3년 후"와 같은 자막이 등장하는 경우가 있는데, 이는 극작가가 소설가의 전유물인 내러티브를 빌어다 쓴 사례라고 할 수 있다. 한편 많은 소설가들이 작품 속에 등장인물의 대화를 사용하기도 하는데 이것은 엄격하게 이론적으로 이야기하면 드라마로부터 빌려 온 것이라고 할 수 있다. 소설가들은 내러티브를 통해 사건과 시간을 축약하기도 하고 장면과 사물을 묘사하기도 한다. 사건이 벌어지는 어느 거실의 정경을 몇 페이지에 걸쳐 상세하게 묘사하거나 등장인물의 내밀한 의식 세계를 장황하게 설명하는 경우 사건은 전혀 진행되지 않은 상태에서 서술 시간이 진행되는 모습을 보여준다.

## Chivalric Romance & Picaresque Narrative
### 기사모험담과 건달이야기

소설의 출현을 가능케 했던 소설 이전의 중요한 문학 장르는 중세 기사들의 모험담medieval romance과 16세기 스페인에서 유행했던 "건달이야기"picaresque narrative이다. 기사들의 모험담은 이상화된 영웅idealized hero인 기사가— 예컨 대 온갖 미덕과 무용을 갖춘 훌륭한 기독교 기사가— 모험을 떠나 악을 무찌르는 이야기다. 주인공은 온갖 고난을 겪지만 미션은 완수된다. 기사는 여러 번 괴물과 싸우지만 주인공이기 때문에 결국은 괴물을 퇴치한다. 로맨스 문학의 플롯은 "기사들의 모험"quest인데 한 작품 안에서 여러 개의 모험이 서로 변별적이지 않고, 다른 작품과 비교했을 때도 새롭지 않은 모습으로 전개된다. 중세 동안 유럽의 여러 나라에서 기사도 문학이 크게 유행하였다. 이탈리아와 프랑스, 독일, 그리고 영국에서 수백 편의 기사모험담이 쓰였던 것으로 알려지고 있다.

유럽 사회가 중세에서 르네상스로 진행되면서 도시가 발달하고, 도시에서 상업에 종사하여 자산과 여가를 갖게 된 중산계층이 출현하였다. 이 새로운 중산계층은 교육을 받아 문자해독력을 갖춘 새로운 독서 대중이 되었는데, 그들의 기호를 충족시키는 읽을거리가 많지 않았다. 앞서 이야기한 기사들의 모험담은 우선 그들 자신들 계층의 이야기가 아니었기 때문에 큰 흥미를 느끼지 못했다. 또한 작품의 구성이 천편일률적— 기사가 말을 타고 나가서 악당이나 괴물을 퇴치한다— 이었고, 등장인물과 사건의 전개가 대단히 비현실적— 아주 잘 생기고 싸움도 잘 하는 기사가 언제나 이긴다— 이었기 때문에 도시 중산층으로 구성된 새로운 독자들에게 크게 어필하지 못했다.

16세기 스페인에서 처음 시작된 "피가로 이야기"picaro story는 평범한 인물, 특히 사회적으로 하류계층에 속한 인물을 주인공으로 내세운다. 피가로는

"건달" 혹은 "악당"이라는 뜻의 스페인어인데, 피가로 이야기의 전형적인 주제는 근심 걱정없는 태평한 건달의 탈선행위이다. 주인공은 잔꾀Wit에 의지하여 살아가고, 도덕적인 미덕을 갖추지는 못했으나 근본적으로 선량한 성품을 지닌 경우가 많다. 피가로 이야기를 "악한소설"picaresque novel로 표기하면 이런 형식의 작품들을 소설novel로 인정하는 셈이 되는데, 학자에 따라 피가로 이야기를 소설 이전의 문학 형식으로 구분하기도 하기 때문에 "건달이야기"picaresque narrative로 표기하는 것이 중립적이라 할 수 있다. 건달이야기는 사회적으로 하류 계층의 삶을 묘사하고Portraying low life, 표현 기법이 사실적이며realistic in manner, 작품의 구성은 삽화적이고episodic in structure, 풍자적인 의도satiric in aim를 가진 문학 형식이다.

### The Rise of Novel 소설의 발생

영국 소설의 발생에 대한 탁월한 이론서인 『소설의 발생』(*The Rise of the Novel*, 1957)을 쓴 이안 와트(Ian Watt, 1917-99)는 영국 소설이 다니엘 디포(Daniel Defoe)와 사무엘 리처드슨(Samuel Richardson), 그리고 헨리 필딩(Henry Fielding) 등 18세기 위대한 소설가들에 의해 독특한 장르적 특성을 갖추기 시작했다고 전제하고 이들 작가들이 공유했던 철학적, 사회적, 도덕적 경험의 실체를 치열하게 규명해 냈다. 이 책의 1장 「사실주의와 소설 형식」("Realism and the Novel Form")에서 와트가 제시한 "형식적 사실주의"formal realism라는 용어는 이후 소설 비평의 핵심적인 개념으로 정착되게 된다.

와트의 작업을 요약해서 말하면 다음과 같다. "18세기 영국에서 소설이라는 새로운 문학 형식이 등장했다. 이 새로운 문학 장르의 형식적 특징은 '사실주의'라는 용어로 설명된다. '사실주의'는 작품에 등장하는 등장인물이 현실적인 인물이고 그들의 경험을 그려내는 방식이 구체적이며 사실적이 되었다는 의미이다. 다니엘 디포가 여러 가지 차원에서 사실주의를 구현한 최초의 작가였다." 와트는 이 저서에서 소설 형식의 확립에 리처드슨과 필딩이 기여한 공로를 인정하고 있기는 하지만 은밀하면서도 노골적으로 디포를 영국 최초의 소설가로 자리매김하고 있다. 와트가 소설 장르의 발달사에서 디포를 최초의 공헌자로 평가했던 이유는 그가 주창한 형식적 사실주의가 등장인물이나 그들의 삶의 종류가 아니라 그것을 제시하는 방식을 중시했기 때문이다. 따라서 "소설의 사실주의는 그것이 제시하는 삶의 종류에 의존하는 것이 아니라 그것이 제시하는 방식에 의존한다."(the novel's realism does not reside in the kind of life it presents, but in the way it presents it)는 문장은 와트의 시각을 정리한 핵심적 어구로 읽힌다. 와트의 이러한 주장을 수용하면 1719년 발표된 『로빈슨 크루소』(*Robinson Crusoe*)가 영국 최초의 소설이라는 평가가 가능하다.

그런데 『로빈슨 크루소』는 "건달이야기"의 요소가 뚜렷한 작품이다. 크루소는 다른 건달이야기의 주인공들인 사기꾼, 창녀, 불한당과는 거리가 있지만 서사시 혹은 기사 모험담에 등장하는 이상화된 영웅과는 뚜렷이 구별되는 사실적 인물이다. 동시대 작가였던 조나단 스위프트(Jonathan Swift)와 비교했을 때, 이 작품에서 디포의 의도가 풍자적이었다고 단정하기는 어렵다. 특히 주인공이 결별하고 떠났던 아버지의 윤리, 즉 중산층 세계관과 청교도 사상에 최종적으로는 복귀한다는 점에서 풍자가 이 작품의 기본적인 추동력이었다고 주장하는 것은 무리이다. 하지만 크루소가 부단히 추구했던 모험이라는 모티브를 통해, 중용을 지키며 현재의 상황에 안주하려는 부르주아의 도덕률을 풍자하려는 의도가 있었다는 주장은 가능하다.

『로빈슨 크루소』는 사건의 논리적 전개라는 차원에서는 대단히 취약한 작품이다. 발생하는 사건들이 서로 유기적인 영향을 주고받지 못한 채 삽화적으로 나열되어 있다. 포스터(E. M. Forster, 1879-1970)가 『소설의 양상들』(*The Aspects of the Novel*, 1927)에서 언급한 "그리고 나서, 그 다음에는, 또 그리고 나서 그 다음에는"(and then, and then)이 줄곧 반복되는 모습을 보인다. 무인도에서의 삶을 개척해 나가는 크루소는 많은 경우에 아주 어려운 일을 간신히, 그러나 결국, 해낸다. 난파된 배로 돌아가 돛대를 잘라 뗏목을 만드는 작업을 할 때, 작가는 그가 "다른 경우였더라면 도저히 한 사람이 해낼 수 없는 일을 불굴의 의지와 초인적인 노력으로 간신히 마침내 해냈다."는 식으로 기술한다.

와트가 사건이 전개되는 과정에서 작용하는 "개연성"plausibility라는 개념을 완전히 무시했던 것은 아니지만 그보다는 사건들을 구체적이고 사실적이며 세세하게 묘사하는 필치를 더 귀중한 가치로 생각했던 것처럼 보인다. 사건의 유기적 구성이라는 개념을 충실하고 성공적으로 수행한 최초의 작가는 리처드슨이다. 리처드슨은 『파멜라』(*Pamela*)에서 처음 시도하고 『클래리싸』(*Clarissa*)에서 한층 능숙하게 구사한 "편지글 양식"이라는 독창적인 방식으로 이 과업을 달성한다.

『돈키호테』는 그 주인공이 비록 몰락한 귀족이기는 했지만 이상화된 영웅과는 거리가 먼 사실상의 하층민이었던 사실과 그의 모험이 삽화식으로 구성되어 있다는 점, 그리고 무엇보다 이 작품이 중세 유럽의 봉건제도와 그 핵심이었던 기사와 기사도문학을 패러디한 작품이라는 점에서 건달이야기의 범주에 포함시킬 수 있다. 이와 같은 논리로 『로빈슨 크루소』가 영국 문학 최초의 현실적 인물의 현실적 모험을 상세하고 구체적이며 사실적으로 묘사한 작품이라는 점에서 최초의 영국 소설이라는 평가도 가능하다. 그러나 "형식적 사실주의"의 의미를 치밀하고 논리적인 사건의 구성이라는 개념을 더해서 생각한다면 『돈키호테』와 『로빈슨 크루소』는 근대적 의미의 소설이 발생하기 바로 이전의 문학 형식, 즉 "건달이야기"에 속하는 작품들이고 "영국 소설의 아버지"라는 칭호는 리처드슨에게 돌아가는 것이 마땅하다고 하겠다.

## Short Story 단편소설

단편소설은 길이가 짧은 산문 문학을 말한다. 산문 문학이기 때문에 소설의 구성요소들을 함께 갖고 있고, 소설을 분석할 때 사용되는 여러 용어와 개념들을 단편소설에 적용할 수 있다. 그런데 소설과 단편소설의 관계를 단지 길이의 차이로만 구별하여 "단편소설은 소설을 짧게 쓴 것"으로 이해하는 것은 정확하지 않다. 앞에서 설명한 것처럼 이것은 주로 우리말 번역의 문제인데, 우리가 "novel"을 소설로, "short story"나 "short fiction"을 단편소설로 번역하기 때문에 생기는 오해이다. 단편소설을 염두에 두고 novel을 장편소설로 번역하기도 하는데 이것도 억지이다. 단편소설은 우리 삶 속에서 가장 많이 읽히는 문학 형식이면서도 가장 소홀이 대접받아 온 장르이다. 단편소설은 사실 가장 오래된 문학 형식 중의 하나이다. 『이솝우화』와 『아라비안나이트』, 『데카메론』, 그리고 『캔터베리 이야기』 등이 모두 이야기 모음집collection of stories의 형식을 하고 있기 때문이다.

에드거 앨런 포우(Edgar Allan Poe, 1809-49)는 단편소설이 하나의 특정한 장르로 정립되는 데 크게 기여한 공로로 "단편소설의 창시자"로 불리기도 한다. 포우는 단편소설을 "두 시간 동안에 단숨에 읽을 수 있고" "어떤 유일한 혹은 단일한 효과"a certain unique or single effect를 달성하기 위해 다른 요소들은 희생되는 문학 형식이라고 정의했다. 단편소설은 상대적으로 제한적인 등장인물이 등장하며 그 인물들의 심리적 갈등이나 성격의 변화를 지속적으로 보여줄 만큼 여유가 없고, 소설의 구성은 잘 짜인 형식, 즉 경제성을 강조하게 된다. 따라서 소설이 하는 것처럼 복잡한 사건의 전개, 미묘한 등장인물의 심리상태, 사건이 벌어지는 역사적, 사회적 맥락, 이런 것들을 동시에 다룰 수 없는 것이다. 그래서 어떤 단편소설에서는 사건의 교묘한 전개에 집중하여 다른 요소들, 이를테면 등장인물의 심리상태 등은 전혀 무시하고 이야기가 전개되기도 하고, 또 다른 단편소설에서는 오직 등장인물의 심리적 갈등에 치중하여 어떤 사건 — 이를테면 물 컵이 하나 깨지는 사건조차 — 도 발생하지 않은 채 이야기가 전개되기도 한다. 포우가 정의한 것처럼 어떤 유일하거나 단일한 효과를 달성해야 하기 때문이다. 많은 단편소설들이 "발단"exposition과 "전개" development를 생략한 채 긴장이 최고조에 달한 절정climax 근처에서 이야기를 시작하거나 "뜻밖의 결말"surprise ending을 채택하는 것도 같은 이유 때문이다.

## Novelette 중편소설

중편소설은 소설과 단편소설의 중간 규모 산문 문학을 지칭한다. 짧은 소설이라는 의미로 short novel이라 불리기도 한다. 중편소설은 만 오천 단어에서 5만 단어 사이의 작품을 말하며 단편소설이 갖는 단일한 효과 혹은 압축성과 소설이 갖는 확장성, 즉 시대적 맥락을 펼쳐 보이거나 등장인물의 성격변화를 지속적으로 보여주는 특성을 결합한 문학 형식이다. 중편소설은 1795년 괴테에 의해 처음 소개된 이후 독일에서 특히 발달했는데, 독일어로는 "노벨레" novelle로 불린다. 세계문학사에서 중편소설의 규모로 쓰인 뛰어난 작품들은 멜빌(Herman Melville, 1819-91)의 『빌리 버드』(*Billy Budd*, 1924), 헨리 제임스(Henry James, 1843-1916)의 『나사의 회전』(*The Turn of the Screw*, 1898), 조셉 콘래드(Joseph Conrad, 1857-1924)의 『암흑의 핵심』(*Heart of Darkness*, 1899), 토머스 만(Thomas Mann, 1875-1955)의 『베니스에서의 죽음』(*Death in Venice*, 1912) 등이 있다.

## ▄▄▄ Folklore 민간전승(民間傳承)

기록된 형태라기보다는 한 세대에서 다음 세대로 주로 입을 통해서 전해 내려오는 이야기, 관습, 신념 등과 같은 언어 자료들과 사회의식들에 적용되는 집합 명칭이었다. folklore는 folk라는 단어와 lore라는 단어의 합성어로 folk는 민중을 가리키고, lore는 배움이나 지식을 나타내는 고대영어 표현이다. folklore는 읽거나 쓸 줄 아는 사람들이 극소수인 공동체에서 가장 잘 발달하고 계속해서 융성한다. 그 속에는 전설legends, 미신superstitions, 이야기tales, 속담proverbs, 수수께끼riddles, 주문spells, 동요nursery rhymes, 기후weather와 식물plants, 동물animals에 관한 사이비 지식pseudoscientific lore, 출생이나 결혼, 사망을 맞이하여 행하는 관습적 활동 등이 포함된다.

## ▄▄▄ Folktale 민담(民譚)

민담은 작가가 알려져 있지 않고 입으로 전해 내려오는 짧은 산문체의 이야기를 가리킨다. 민담 속에는 신화myth, 우화fable, 역사적이거나 비역사적인 영웅담heroic tale, 그리고 동화fairy tale가 포함된다. 제프리 초서(Geoffrey Chaucer, 1343-1400)의 『캔터베리 이야기』(*Canterbury Tales*, 1387-1400)에는 다수의 민간 설화가 들어있다.

# ▨▨▨ Chivalric Romance 기사모험담

로맨스romance라는 말은 오늘날 사랑이야기love story라는 뜻으로 흔히 쓰이지
만, 중세까지는 꾸며낸 이야기, 특히 기사들의 모험을 그린 이야기라는 의미였
다. 기사모험담chivalric romance으로 불리거나 중세기사도문학medieval romance
으로 불렸다. 로맨스 문학은 이야기체narrative 형식의 문학이며 12세기에 프랑
스에서 시작되어 유럽의 여러 나라로 전파되었고 서사시epic나 영웅적 설화
heroic narrative를 대신하여 인기를 누리게 된다. 불어식 발음으로는 로망스라
고 한다. 로맨스는 부족 간의 싸움이 잦았던 영웅의 시대를 그린 것이 아니라,
궁정과 기사의 시대, 세련된 예절과 의례, 그리고 기사도 정신을 그렸다는 점
에서 서사시와 구별된다. 로맨스의 전형적인 플롯은 한 사람의 기사가 어느 여
인의 사랑을 얻기 위해서 ─ 혹은 그 여인의 명예를 높이기 위해 ─ 모험을 수행
하는 구조를 갖는다. 기사도적 사랑courtly love과 마상 창시합tournament, 여인
을 위해 살해하는 용이나 괴물의 등장 등이 작품의 흥미를 더한다. 또한 로맨
스에서는 용기와 명예, 품위와 예의 등 기사도의 이상chivalric ideal을 중요시하
고, 초자연적인 신비supernatural mystery나 기적miracle이 자주 등장한다. 중세
로맨스의 대표적인 작품으로는 『가윈 경과 녹색의 기사』(*Sir Gawain and
Green Knight*), 『아서왕과 원탁의 기사』(*King Arthur and the Knights of the
Round Table*) 등이 있다. 로맨스는 처음에는 운문verse으로 쓰였으나 중세 말
에 이르러 산문 로맨스prose romance가 등장하게 되었다.

이러한 로맨스 문학의 전통은 소설 장르를 통해서 계승되어 왔다. 에드거
앨런 포우(Edgar Allan Poe, 1809-49)의 『어셔가의 몰락』(*Fall of House of
Usher*, 1839)이나 메리 셸리(Mary Shelley, 1797-1851)의 『프랑켄스타인』
(*Frankenstein*, 1818)과 같은 고딕소설과 스티븐슨(Robert Louis Stevenson,
1850-94)의 『보물섬』(*Treasure Island*, 1882), 알렉상드르 뒤마(Alexandre
Dumas, 1802-70)의 『삼총사』(*Three Musketeers*, 1844)와 같은 모험소설
Adventure Story이 로맨스 전통을 잇고 있다고 할 수 있다. 그리고 에밀리 브론
테(Emily Bronte, 1818-48)의 『폭풍의 언덕』(*Wuthering Heights*, 1847)과 같
은 초자연적인 사랑 이야기와 허먼 멜빌(Herman Melville, 1819-91)의 『모비

딕』(*Moby Dick*, 1851)과 같은 우주의 신비에 대한 공포와 도전의 이야기 역시 이러한 로맨스 전통에 포함시킬 수 있으며, 최근에는 『반지의 제왕』(*The Lord of the Rings*) 시리즈와 그리고 해리 포터Harry Potter 시리즈와 같은 판타지Fantasy 문학이 이를 계승하고 있다.

## ■ Courtly Love 궁정풍 연애

11-12세기경에 프랑스의 프로방스 지역에서 시작된 문학적 관습literary convention이며 이상화된 여인의 사랑을 얻기 위해 물리적·정신적 고난을 겪어나가는 기사도 정신을 표현한다. 궁정풍 연애는 귀족 계급 남녀 연인의 관계를 지배하는 사랑의 철학으로 중세 서구의 로맨스Romance 작품에 잘 구현되어 있다. 중세 유럽에서는 어린 사내아이가 기사 수업을 받기 위해 다른 귀족 혹은 기사의 집으로 가서 살게 되는데, 이 때 그 집안에 있던 비슷한 연배의 소녀를 자신의 사랑의 대상으로 정하고 궁정풍 연애를 하게 된다. 궁정풍 연애를 하는 자는 사랑하는 여자를 이상화idealize하고 우상화idolize하며, 수시로 변하는 여자의 기분에 복종한다. 사랑하는 남자는 전횡적인 애인의 변덕whim 때문에 몸과 마음의 고통agony을 달게 받아야 하고, 기사로서 싸움에 임해서는 예절바른 언행이라는 행위 규범과 불굴의 충절unswerving fidelity을 발휘하여 자신의 명예를 지키고 애인에게 헌신하는 모습을 보여야 한다. 중세 로맨스에서 귀부인noble lady을 연모하는 남성은 여성 앞에 무릎 꿇고 그녀의 냉대에 슬퍼하며 자신은 그녀의 종servant이며 포로prisoner이고 죄수convict라고 고백하는 것을 종종 볼 수 있다. 이러한 사랑의 모형model은 봉건시대 신하subject가 주군master을 섬기던 방식과 궤를 같이 한다고 볼 수 있다. 구애자인 남성은 자신이 연모하는 귀부인의 미모를 온갖 보물treasure과 꽃flower에 비유하여 천사angel의 수준까지 승격시킨다. 하지만 사랑의 감정이 달아오를수록 상대방 여성은 점점 차갑고 냉정해진다. 그리고 이들 사이에 육체적인 사랑은 보통의 경우 배제된다. 이러한 문학적 장치literary device는 귀부인의 정절fidelity을 부각시키는 데 있다고 볼 수 있다. 이처럼 여성을 숭배admire하는 경향은 이상적 여성의 표상인 성모 마리아 숭배 사상과 연관이 있다고 여겨진다. 자신이 사랑하는 여

성을 성모마리아의 수준으로 격상시키는 것이다.

## ■■■■ Fabliau 파블리오

중세 시대의 파블리오는 중산 계급이나 하류 계급의 인물들을 사실적으로 다루고, 상스럽고ribald 외설적인obscene 것을 즐기는 짧은 희극적comic 또는 풍자적인satiric 이야기였다. 파블리오가 특히 좋아하는 주제는 어리석은 남편의 부인이 바람을 피우는 것이었다. 파블리오는 12-13세기에 프랑스에서 유행했고, 14세기에 영국에서도 유행했다. 영문학에서 훌륭한 파블리오 중의 하나로는 제프리 초서의 『캔터베리 이야기』 중에 나오는 「방앗간 주인 이야기」("The Miller's Tale")가 있다.

## ■■■■ Gothic Novel 고딕소설

고딕 소설은 1760년대부터 1820년대 사이에 유행한 로맨스 형식의 소설 문학인데 신고전주의의 정신적 풍토 속에서 발생한 소설이 낭만주의라는 새로운 시대정신과 만나서 변형된 소설 유형이라고 할 수 있다. "고딕"이라는 용어는 중세 유럽에서 유행했던 건축 양식에서 유래되었으며 고딕식 건축물은 뾰쪽한 첨탑, 좁고 어두운 복도, 지하의 토굴dungeon, 음산한 숲을 특징으로 하고 있어서 이런 분위기가 고딕 소설의 특징으로 꼽힌다. 대부분의 고딕 소설은 신비와 공포로 가득 차 있으며, 독자들의 등골을 오싹하게 하는 것을 목적으로 한다. 중세풍의 초자연적 배경과, 신비한 분위기, 황량한 풍경, 어두운 숲, 고딕풍의 성이나 토굴, 괴물 또는 악마, 비밀통로subterranean passages, 무덤 등이 등장하고 등장인물들은 많은 경우 비정상적인 정신 질환을 앓고 있기도 한다. 호레이스 월폴(Horace Walpole, 1717-97)의 『오트란토 성』(*The Castle of Otranto*, 1765), 앤 래드클리프(Ann Radcliffe, 1764-1823)의 『우돌포의 비밀』(*The Mystery of Udolpho*, 1794), 매슈 루이스(Matthew Lewis, 1775-1818)의 『수도사』(*The Monk*, 1796), 메리 셸리(Mary Shelley, 1797-1851)의 『프랑켄스타인』(*Frankenstein*, 1816) 등의 작품이 이 시대 고딕 소설의 대표작들이다.

고딕 소설은 이후 19세기 후반과 20세기의 작가들에게 영향을 주었고 에 밀리 브론테(Emily Bronte, 1818-48)의 『폭풍의 언덕』(*Wuthering Heights*, 1847), 샬롯 브론테(Charlotte Bronte, 1816-55)의 『제인 에어』(*Jane Eyre*, 1847), 에드거 앨런 포우(Edgar Allen Poe, 1809-49)의 『어셔가의 몰락』(*The Fall of the House of Usher*, 1839), 그리고 윌리엄 포크너(William Faulkner, 1897-1962)의 작품들이 고딕 소설의 전통에 속한다고 할 수 있다. 고딕 소설 은 발생기부터 특히 여성 작가들과 밀접한 관계를 형성했다. 많은 여성 작가들 이 고딕 소설에 흥미를 느꼈고 대표작을 남겼다. 이는 오랫동안 남성 중심적으 로 유지되어 오던 사회에서 여성 작가들이 느껴오던 비정상적인abnormal 현실 reality과 억압된oppressed 분노anger, 기존의 질서를 전복하거나 탈출하려는 욕 구들이 고딕 소설의 낯설고 새로운 배경을 중심으로 자유롭게 표현될 수 있었 기 때문이다. 현대비평가들이 고딕 소설을 여성주의적 관점에서 재해석하고 있는 것은 바로 이러한 이유에서이다.

## ■■■■ *Bildungsroman* 성장소설 / Novel of Formation 교양소설

빌둥스로만은 유년기에서 소년기를 거쳐 성인의 세계로 입문하는 한 인물이 겪는 내면적 갈등과 정신적 성장, 자신을 둘러싸고 있는 세계에 대한 각성의 과정을 담고 있는 소설을 가리킨다. 따라서 이야기는 지적, 도덕적, 정신적으 로 미숙한immature 어린 아이 또는 소년의 갈등이 중심을 이루며, 그가 자신의 미숙함을 극복하고 자신의 고유한 존재 가치와 세계의 의미를 깨닫는 것으로 끝을 맺는 것이 일반적이다. 성장소설Bildungsroman은 원래 "교양 소설"novel of formation 또는 "교육 소설"novel of education이라는 뜻을 지닌 독일어 용어이다. 괴테(Johann Wolfgang von Goethe, 1749-1832)의 『젊은 베르테르의 슬픔』 (*Die Leiden des jungen Werthers*, 1774)과 『빌헬름 마에스터』(*Wilhelm Meisters*, 1829), 찰스 디킨스(Charles Dickens, 1812-70)의 『데이비드 코퍼필 드』(*David Copperfield*, 1849)와 헤르만 헤세(Hermann Hesse, 1877-1962)의 『데미안』(*Demian*, 1919) 등이 대표적인 성장 소설이라 할 수 있다.

## *Künstlerroman* 예술가 소설

예술가 소설*Künstlerroman*이란 한 사람의 소설가 혹은 예술가가 삶의 여정을 통하여 예술가로서 성장해 나가는 과정을 둘러싸고 벌어지는 고유한 갈등의 상황을 형상화하는 소설 양식이다. 한 인물이 겪는 내면적 갈등과 정신적 성장, 자신을 둘러싼 세계에 대한 각성의 과정을 서사의 대상으로 삼는다는 점에서 이 양식은 교양 소설Bildungsroman의 유형에 포함된다. Novel of the artist 혹은 Artist-novel이라고 부르기도 한다. 예술가 소설에 나타나는 주요한 갈등의 양상은 한 사람의 예술가가 경험하게 되는 현실과 자신의 예술적 이상 사이의 어긋남이다. 예술가가 자신의 개성이 바라는 고유한 생활에 대한 요구를 지니고 환경 속으로 들어설 때, 그는 이상과 현실, 예술과 생활, 주관과 객관이 대립된 채 분리되어 있는 문화의 저주를 경험한다. 그는 환경의 생활 형식과 그 제한성 속에서 아무런 충족도 발견하지 못하고, 그의 본질과 동경 역시 그것들에 동화되지 못한다. 그는 고독하게 현실과 맞선다. 예술가로서 그의 안에는 이상과 그 실현에 대한 형이상학적 동경이 깃들어 있지만, 그는 현실과 이상 간의 거리를 인식하고 그 생활 형식들의 왜소함과 공허함을 꿰뚫어본다. 그리고 이러한 인식이 그로 하여금 그런 것들 속에서 자신을 개방하는 일을 불가능하게 만든다. 이러한 분열로부터 예술가는 뛰쳐나와야 한다. 그는 파멸을 새로운 통일로 묶고, 정신과 감성, 예술과 생활, 예술가 됨과 환경의 온갖 대립을 결합시키는 생활 형식을 이룩하기 위해 노력하지 않으면 안 된다. 이러한 문제를 해결해 나가는 과정에서 그는 예술가로서의 고유한 사명과 사회에 대한 태도를 자각하게 되고, 예술가 자신의 창작의 본질에 관한 질문을 던지게 된다. 이러한 예술가들의 노력과 고투의 기록이 예술가 소설의 주요한 줄기를 이룬다. 제임스 조이스(James Joyce, 1882-1941)의 『젊은 예술가의 초상』(*A Portrait of the Artist as a Young Man*, 1916)과 섬머셋 모옴(William Somerset Maugham, 1874-1965)의『인간의 굴레』(*Of Human Bondage*, 1915), 마르셀 프루스트(Marcel Proust, 1871-1922)의『잃어버린 시간을 찾아서』(*À la recherche du temps perdu*, 1913-28), 그리고 우리 문학에서 박태원의『소설가 구보씨의 일일』, 김동인의『광화사』, 이문열의『금시조』등이 예술가 소설의 예에 속한다.

### ▣ Metafiction 메타픽션

소설 속에서 그 소설이 제작되는 과정을 보여주며, 이와 같은 소설 창작의 실제를 통하여 소설의 이론을 탐구하는 자의식적 경향을 드러내는 소설들을 일컫는 용어이다. 이는 20세기에 이르러 소설이라는 형식에 대한 반성적 의식이 생겨나면서 나타난 현상이다. 이러한 메타픽션에서는 소설이라는 형식을 통해서 무엇인가를 재현하는 것이 아니라, 소설의 인공품artifact적인 성격을 드러내는 것, 소설 제작 과정 자체를 드러내는 것이 주요 관심사였다. 언어를 대상으로 하여 그 규칙과 체계를 기술하는 언어를 메타언어metalanguage라고 부르는 것처럼 소설 자체의 형식적 조건과 관습을 반성하고 탐색하는 소설을 메타픽션이라 부르는 것이다. 메타픽션의 효시로는 18세기 소설가 로렌스 스턴(Laurence Sterne, 1713-68)의 『트리스트람 샌디』(*Tristram Shandy*, 1760)를 들 수 있고, 제임스 조이스의 『율리시즈』(*Ulysses*)도 이 소설의 범주에 해당한다.

### ▣ Anti-roman (Anti-novel) 반소설

소설의 전통적인 규범에서 벗어나 있는 소설들, 실험성을 띠는 허구적 서사fictional narrative의 유형으로 독자들이 소설에서 기대하는 사실주의적인 효과, 즉 현실을 충실히 재현함으로써 독자에게 논리적인 대리 체험을 제공한다는 환상illusion을 주지 않으려는 작품을 가리킨다. 누보 로망Nouveau roman이라고도 불리는 이러한 반소설에서 문학이란 현실의 재현representation of reality이 아니라, 기호들signs로 엮어진 그물망을 엮는 것이다. 이때 기호라는 것은 문자와 단어와 이미지를 의미한다. 따라서 소설 속에 등장하는 인물은 실재의 인간과는 무관하며 작가의 관념 속에 담긴 하나의 기호일 뿐이다. 이러한 반소설 속에서 인물은 사라지고 모든 것이 기호화되며, 사실주의는 현실의 재현이 아니라 새로운 형태의 생산이 된다. 반소설 작품의 주요 특징을 살펴보면, 명백한 플롯의 부재, 산만한 에피소드, 성격적 전개의 최소화, 많은 반복, 어휘나 구두법, 문장의 수많은 실험, 연속적 시간의 무시, 양자택일적인 비결정화된 결말과 발단 등이 있다. 더욱 극단적인 특징으로는 찢어진 페이지, 카드놀이처럼 뒤섞여진 페이지, 비어있는 페이지, 그림이나 그림 문자의 사용 등이 있다.

## Character & Characterization 등장인물과 성격창조

character라는 용어는 두 가지 의미로 사용된다. 첫째, 문학 장르로서 17세기에 유행했던 "인물소묘"를 의미하는 용어로 쓰이고, 둘째, 소설과 드라마의 "등장인물"이라는 의미로 사용된다. characterization은 소설가 혹은 극작가가 소설 혹은 드라마 속에 등장인물을 등장시키는 방식, 즉 성격을 창조하고 그 인물의 성격이 변화하는 모습을 그려가는 작가의 예술적 기법을 의미하는 말이다. 성격창조 혹은 인물묘사로 번역한다.

### ▮▮▮▮ The Character 인물소묘

인물소묘는 하나의 문학 장르이며 어떤 뚜렷한 유형의 인물에 대한 짧고 유쾌한 산문 스케치이다. 이 장르는 기원전 2세기경 그리스에서 창안되었는데, 유럽에서는 주로 17세기 초에 유행하였다. 영국의 주교였던 조셉 홀(Joseph Hall, 1574-1656)과 토머스 오버베리 경(Sir Thomas Overbury, 1581-1613), 그리고 존 얼(John Earle, 1601-65) 등이 대표적인 인물소묘 작가들이었는데 이들의 작품은 후세 역사학자들과 소설가들에게 큰 영향을 주었다. 오버베리가 쓴 인물소묘의 제목들은 "궁정인"A Courtier, "현자"A Wise Man, "어여쁘고 행복한 우유 짜는 처녀"A Fair and Happy Milkmaid 등인데 이 제목들을 보면 인물소묘의 특징을 이해할 수 있다.

### ▮▮▮▮ Characters 등장인물

등장인물은 소설이나 드라마에 등장하는 인물을 의미한다. 이 등장인물들은 대화dialogue와 행위action를 통해 어떤 특정한 기질과 도덕적 성격을 가진 것으로 독자들은 이해한다.

등장인물의 성격을 논의하는 데 "행위의 동기"와 "성격창조의 일관성" 이 두 가지 개념이 중요하다. "행위의 동기"란 등장인물이 행하는 어떤 행동이 합리적인 혹은 이해할 만한 동기를 가지고 있어야 한다는 말이다. "성격창조의 일관성"이란 등장인물의 성격이 변하지 말아야 한다는 것이 아니고, 변하는 과정이 어떤 타당한 논리에 의해 일관성을 유지하고 있어야 한다는 것이다. 이두 가지 기준은 소설가 혹은 극작가가 등장인물의 성격을 창조할 때, 염두에 두고 지키려고 노력해야 하는 가치이다. 모든 소설과 드라마가 이 두 가지 가치를 다 지키는 것은 아니다. 살인 행위를 한다면 그 동기는 무엇인가? 소설과 드라마에서 살인의 동기가 부모의 원한을 갚는 것이든, 정의를 실현하려는 의지이든 주어질 수 있다. 그러나 마치 "묻지마 살인"처럼 아무런 동기가 없는 살인행위가 일어난다면 독자들이 그 작품을 평가할 때 "동기 부족"을 예술적 결함으로 판단하게 된다. 한편 "성격창조의 일관성"도 작가가 구현하기 위해 노력해야 하지만 그것이 충분히 지켜지지 않았을 때는 저급한 작품으로 평가받게 된다.

### Flat Character & Round Character 평면적 인물과 입체적 인물

소설과 드라마에 등장하는 등장인물을 평면적 인물과 입체적 인물로 구분한다. 평면적 인물은 작품 속에서 성격의 변화나 도덕적 성장과 같은 모습을 보이지 않는 인물이며, 입체적 인물은 기질과 동기가 복잡하여 그 성격을 단순화시킬 수 없는 인물을 말한다. E. M. 포스터(E. M. Foster, 1879-1970)는 『소설의 양상들』(*Aspects of the Novel*, 1927)에서 다음과 같이 정의하고 있다.

우리는 인물을 평면적 인물과 입체적 인물로 나눌 수 있다. 평면적 인물은 17세기에는 "기질"이라고 불렀고, 어떤 때는 "유형"이라 했으며 때로는 "희화"라고도 불렸다. 가장 순수한 형태로는 단일한 개념이나 성질을 중심으로 인물의 성격이 형성된다. 평면적 인물의 커다란 이점은 언제든지 등장만 하면 쉽게 알아볼 수 있다는 점이다. 고유한 이름이 나타나야만 인식을 하는 독자의 시각적인 안목으로가 아니라 정신적인 눈으로 알아보는 것이다. 두 번째 이점은 독자가 나중에도 이들을 쉽게 기억할 수 있다는 점이다. 그들은 환경에 따라 변하지 않기 때문에 독자의 마음속에 변화되지 않고 그대로 남아 있을 수 있다.

We may divide characters into flat and round. Flat characters were called 'humours' in the seventeenth century, and are sometimes called types, and sometimes caricatures. In their purest form, they are constructed round a single idea or quality. . . . One great advantage of flat characters is that they are easily recognized whenever they come in —recognized by the readers's emotional eye, not by the visual eye which merely notes the recurrence of a proper name. . . . A second advantage is that they are easily remembered by the reader afterwards. They remain in his mind as unalterable for the reason that they were not changed by circumstances.

이 책에서 포스터는 입체적 인물의 좋은 예를 윌리엄 새커리(William Thackeray, 1811-63)의 『허영의 시장』(*Vanity Fair*, 1947)의 주인공 베키 샵 Becky Sharp에서 찾았다.

베키는 입체적 인물이다. 그녀 역시 출세하고 싶어 하지만 우리는 한마디로 그녀를 요약할 수 없다. 우리는 그녀가 겪는 여러 가지 중요한 장과 연관을 맺고서야 그녀를 기억하게 된다. 다시 말하면 그녀는 커졌다 작아졌다 하고 인간다운 여러 면모를 갖추고 있기 때문에 우리는 쉽사리 그녀를 기억하지 못한다.

Becky is round. She, too, is on the make, but she cannot be summed up in a single phrase, and we remember her in connection with the

great scenes through which she passed and as modified by those scenes
— that is to say, we do not remember her so easily, because she waxes
and wanes and has facets like a human being.

베키 샵은 돈과 출세를 목적으로 하는 속물적인 인물이지만 그녀를 한마디로
설명하거나 규명할 수 없다. 그녀는 복잡한 심리적 특성을 가진 살아있는 인간
이며 사건을 겪으면서 미묘하게 갈등하고 성장하고 변하는 특성을 보인다. 포
스터는 여기서 입체적 인물은 훌륭한 것이며 평면적 인물은 저급하다고 말하
고 있는 것은 아니다. 그는 우리 인생이 복잡하기 때문에 소설에는 입체적 인
물도 필요하고 평면적 인물도 필요하다고 말한다. 물론 소설의 중요한 당사자
들은 입체적 인물이 경우가 많고 평면적 인물은 희극적인 경우가 최상이라고
포스터는 지적한다. 실제로 찰스 디킨스의 작품에 등장하는 대부분의 등장인
물들은 도덕적 성장이나 변화의 모습을 보이지 않는 평면적 인물들이다. 또한
어떤 인물이 전형성을 갖고 있는 경우에도 그 인물을 입체적으로 그려낼 수도
있다.

## ▇▇▇▇▇ Telling and Showing 말하기와 보여주기

등장인물의 성격을 묘사하는 방식modes of characterization을 "보여주기"showing
와 "말하기"telling로 구분한다. "보여주기"는 작가가 등장인물들이 말하고 행
동하는 것을 객관적으로 제시하기만 할 뿐, 그들이 말하고 행동하는 그 배후에
어떤 동기와 기질이 숨어 있는지를 추론하는 일은 독자에게 맡기는 방식을 의
미하며 "극적 방식"dramatic method이라고도 불린다. 한편 "말하기"는 작가 자
신이 그의 인물들의 동기와 기질적 특성을 묘사하고 그 의미를 판단하는 일에
권위를 갖고 개입하는 방식을 의미한다. 말하기와 보여주기는 가치판단의 문
제는 아니지만 플로베르와 헨리 제임스 이후 현대 소설가들은 말하기를 예술
적 기법의 위반으로 여기고 보여주기를 권장하는 경향을 보였다. 즉 현대의 작
가들은 "객관적으로", "비개성적으로", 그리고 "극적으로" 쓰기 위해 자기 스
스로를 망각해야만 한다고 주장했다.

## ◼◼◼◼ Antihero 반영웅

현대 소설이나 현대극에서 주요인물이지만, 전통적인 주인공의 자질과는 일치하지 않는 인물을 가리킨다. 반영웅은 전통적인 주인공에게서 볼 수 있는 위대함greatness, 권위dignity, 힘power, 영웅주의heroism 등을 드러내기보다는 하찮고petty, 경멸스럽고ignomious, 수동적이며passive, 어리석거나foolish 혹은 부정직한dishonest 인물이다. 이러한 반영웅적인 주인공의 등장은 악당을 주인공으로 삼는 16세기 피카레스크picaresque 소설에서 찾아볼 수 있으며, 다니엘 디포(Daniel Defoe, 1669-1731)의 『몰 플란더스』(*Moll Flanders*, 1722)의 여주인공은 도둑이며 창녀이다. 하지만 "반영웅"이라는 용어는 일반적으로 2차 세계대전 이후 환멸disillusion 과 상실loss 의 시기에 쓰인 작품들에 적용된다. 특히 반영웅은 현대 비극의 주인공으로 흔히 등장한다. 전통적인 비극의 주인공은 높은 신분과 지위를 갖고 있으며, 권위와 용기courage 를 지니고 있다. 하지만 현대극의 주인공은 사무엘 베켓(Samuel Beckett, 1906-89)의 『고도를 기다리며』(*Waiting for Godot*, 1952)에 등장하는 블라디미르Vladimir 와 에스트라공Estragon 처럼 떠돌이 부랑자이거나, 『엔드게임』(*Endgame*, 1957)의 햄Hamm 처럼 장님이며 무력한 늙은이다.

## Plot 구성

플롯은 소설과 드라마에서 사건과 등장인물들의 행위를 어떤 특정한 정서적, 예술적 효과를 달성하기 위해 배열하고 형상화한 구조를 이야기한다. 우리말로 흔히 "구성"이라고 부른다. 어떤 작품에서 사건들이 A ⇨ B ⇨ C ⇨ D ⇨ E ⇨ F ⇨ G ⇨ H ⇨ I ⇨ J ⇨ K 이와 같은 순서로 발생했다면 그 사건들을 발생한 시간의 순서대로 배열한 것을 사건의 "개요"synopsis 혹은 "이야기"story 라고 부른다. 그런데 작가가 이 사건들을 본인이 의도하는 어떤 특별한 예술적 효과를 위해서 K ⇨ A ⇨ B ⇨ C ⇨ I ⇨ J ⇨ D ⇨ E ⇨ H ⇨ F ⇨ G의 순서로 배열했다면 이것은 플롯이 된다. E. M 포스터는 플롯과 스토리를 다음과 같이 구별하고 있다.

플롯을 정의해 보자. 우리는 이야기를 시간의 연속에 따라 정리된 사건의 서술이라고 정의한 바 있다. 플롯 역시 사건의 서술이지만 인과관계를 강조하는 서술이다. "왕이 죽자 왕비도 죽었다." 이것은 이야기이다. "왕이 죽자 슬픔을 못 이겨 왕비도 죽었다." 이것은 플롯이다. 시간의 연속성은 보존되고 있지만 인과성이 그 시간의 전후관계를 압도한다. 또 "왕비가 죽었다. 사인을 아는 사람이 아무도 없더니 왕이 죽은 슬픔 때문이라는 것이 밝혀졌다." 이것은 미스터리를 안고 있는 플롯이며 고도의 발전이 가능한 형식이다. 이것은 시간의 연속을 유보하고 가능한 데까지 이야기를 떠나 멀리 이동한다.

Let us define a plot. We have defined a story as a narrative of events arranged in their time-sequence. A plot is also a narrative of events, the emphasis falling on causality. "The king died, and then the queen died" is a story. "The king died, and then the queen died of grief" is a plot. The time-sequence is preserved, but the sense of causality overshadowed it. Or again: "The queen died, no one knew why, until it was discovered that it was through grief at the death of the king." This is a plot with a mystery in it, a form capable of high development. It suspends the time-sequence, it moves as far away from the story as its limitations will allow.

스토리를 듣는 청중은 다음에 일어나는 사건에 관심이 있지만－"그래서? 그 다음에 무슨 일이 일어났는데?"라고 묻는다－플롯을 듣는 청중은 일어나는 사건의 인과관계에 관심을 갖고 "왜, 그런 일이 일어난 거야?"라는 질문을 던지게 된다는 것이다. 대개 문학 작품의 플롯은 어떤 사건이 발생한 순서대로 연결되지 않는 경우가 많기 때문에, 작품은 실제 사건의 시작에서 시작되지 않을 수 있다. 사건의 중간에서 시작하여 앞서 일어난 일로 돌아가면서 전혀 다른 종류의 플롯을 형성할 수 있는 것이다.

## ⬛⬛⬛ Suspense and Surprise **긴장과 놀람**

소설의 플롯이 진행되면서 사건들과 등장인물들의 행위가 장차 어떻게 발전되어 나갈지와 등장인물들이 이런 사건의 전개에 어떻게 반응할지에 대해 독자들은 일정한 기대 혹은 예측을 하게 된다. 그런데 예민한 독자가 특히 자신이 공감하는 특정한 등장인물에게 어떤 일이 닥칠지를 확신하지 못하는 상태가 되면 긴장감suspense을 느끼게 된다. 그리고 만일 사건의 전개 양상이 독자가 기대하거나 예측했던 것에서 크게 벗어나는 경우 놀람surprise을 경험하게 된다. 이 "긴장"과 "놀람"의 상호 작용은 전통적인 플롯에서 활력을 유지하는 원천이었다. 그런데 가장 효과적인 "놀람"은 우리가 이제까지 등장인물과 사건에 대해 주어진 사실을 가지고 잘못된 추리를 해 왔지만, 놀람을 경험하고 뒤돌아보면, 앞에서 발생했던 어떤 사건이나 일에 토대를 두고 일어나는 놀람이다. 놀라고 나서 생각해보면 "미처 몰랐지만 그런 일이 일어날 만했다"는 것을 깨닫는 경우에 효과적이고 세련된 플롯이 되는 것이다. 이것이 사건 전개의 개연성reliability이며 플롯의 논리적 전개logical development에 해당한다.

등장인물의 성격을 창조할 때 작가는 "행위의 동기"와 "성격창조의 일관성"을 지켜야 하는데 그것이 미흡한 경우 독자들이 그 작품을 저급한 것으로 판단한다고 설명했다. 플롯의 개연성 문제도 이와 똑같다. 사건은 독자가 납득할 만한 논리적 근거를 갖고 진행되어야 한다. 앞에 발생한 어떤 일이 원인이 되어 그 결과가 필연적으로 발생해야 한다. 사건과 사건이 진행되는데 지나치게 우연한 일들이 중복되거나 작품의 말미에 가서 충분히 논리적인 설명이 제시되지 않은 채 사건과 갈등의 고리를 한꺼번에 해결하는 경우 독자는 그 작품의 플롯을 저급하다고 판정할 수 있다. 고대 그리스극에서 기계를 타고 무대 중앙에 내려와 사건을 일거에 해결하는 신deus ex machina/God out of machine의 존재처럼 플롯을 해결하는 방식은 예술적 결함으로 지적될 수 있는 것이다.

## ▓▓▓▓ Unified Plot 유기적 구성

유기적으로 통합된 플롯은 시작beginning 과 중간middle, 그리고 결말end 을 갖는다. 물론 이 사건들이 반드시 연대기적으로chronological order 배열되어 있어야 하는 것은 아니지만 하나의 유기적인 통합a continuous sequence 을 구성해야 한다. 소설과 드라마가 채택하는 전통적인 플롯의 모형은 다음과 같다.

## ▓▓▓▓ Stream of Consciousness 의식의 흐름

깨어있는 정신에서 사고와 의식의 끊임없는 흐름unbroken flow 의 특성을 나타내는 용어로서, 현대 소설에서의 화법narrative method 을 묘사하기 위해 사용되었다. 특히 헨리 제임스나 제임스 조이스와 같은 모더니즘 소설가들이 이러한 의식의 흐름 기법을 자신의 소설에 적용했는데, 어떤 인물의 마음속에서 일어나는 의식의 흐름과 리듬을 그대로 재생시키려는 기법에 쓰인다. 이는 모든 사람들이 인정하는 객관적인 진실을 부인하고 개인의 주관적인 내면 의식만이 진실이라고 생각했던 모더니즘의 중요한 특징 중의 하나이다. 윌리엄 포크너(William Faulkner, 1897-1962)의 『고함과 분노』(*The Sound and the Fury*, 1929), 버지니아 울프(Virginia Woolf, 1882-1941)의 『댈러웨이 부인』(*Mrs. Dalloway*, 1925), 제임스 조이스(James Joyce, 1882-1941)의 『율리시즈』(*Ulysses*, 1922) 등이 의식의 흐름을 사용한 대표적인 작품들이다. 의식의 흐름의 예로 『율리시즈』에서 레오폴드 블룸Leopold Bloom 이 더블린 시를 배회하면서 관찰하고 명상introspection 에 잠기는 장면을 살펴보자.

딱딱한 파인애플 사탕, 레몬 과자, 버터로 만든 사탕과자, 가톨릭교회 수사를 위해 큰 숟가락으로 크림을 여러 번 떠주는 설탕처럼 끈적한 소녀. 학교 급식, 애들의 위장에 나쁘다. 임금님께 바치는 사탕과자 제조업자. 하느님. 구원하소서. 우리의. 옥좌에 앉아서, 빨간 대추 모양의 엿을 빨면서.

Pineapple rock, lemon platt, butter scotch. A sugar-sticky girl shoveling scoopfuls of creams for a christian brother. Some school treat. Bad for their tummies. Lozenge and comfit manufacturer to His Majesty the King. God. Save. Our. Sitting on his throne, sucking red jujubes white.

위 장면을 살펴보면 비문법적이고, 어떤 논리적인 순서도 존재하지 않는다. 다만, 의식 속에 떠오르는 여러 가지 생각들의 흐름을 그대로 옮겨놓고 있다는 것을 알 수 있다. 이러한 의식의 흐름 속에서 일어나는 사고들은 아무런 연관관계가 없는 것처럼 보이지만, 오히려 제3자나 독자를 위해서 사고를 논리적으로 정돈시켜 의미를 전달하는 것보다 훨씬 진실에 가깝다고 모더니스트들은 생각했다.

## Point of View 시점

시점은 어떤 이야기를 말하는 방식, 혹은 소설에서 이야기를 구성하는 등장인물이나 대화, 행동, 배경, 그리고 사건들을 독자에게 제시하기 위해 작가가 설정한 양식 혹은 관점을 의미한다. 시점은 소설의 구성 요소 가운데 가장 고유한 것이다. 플롯과 등장인물은 소설이 드라마와 공유하지만 시점은 오직 소설의 전유물이다. 시는 개인의 감정과 정서, 생각과 사상 등을 고백하듯이 토로하는 문학 장르이기 때문에 모든 시는 1인칭 시점으로 쓰인 것으로 본다. 3인칭으로 서술된 시가 없지 않지만 시의 정서는 주관적인 것이기 때문에 우리는 쉽게 시의 화자persona와 시인을 동일시한다. 한편 모든 드라마의 무대는 객관적인 세계이며 드라마의 시점은 3인칭이다. 따라서 시와 드라마에서는 좀처럼 시점에 대해 논하지 않는다. 그에 비해 소설에는 서술자narrator가 등장하기 때문에 그 서술자가 누구인지, 그 서술자의 목소리가 어떤 정체성을 갖고 있는지에 따라 시점이 나뉜다.

## ▰▰▰ First Person & Third Person Point-of-View 1인칭과 3인칭 시점

중세의 기사모험담들은 대개 전지적 시점을 취했고 시점의 형태가 다양하지 않았다. 그 후 근대 소설의 발생기에 이르러 시점의 다양한 형태들이 나타났다. 이는 시점이 일종의 이야기 기법으로 개발되어 왔음을 알려준다. 작가들은 하나의 이야기를 서술하는 여러 가지 방법을 발전시켰고, 분량이 많은 소설은 하나의 이야기 속에 몇 가지의 다른 서술 방법을 사용하기도 했다. 그러나 시점의 기능을 명확하게 의식한 것은 헨리 제임스 이후이며, 1920년대에 이르러 소설에 대한 최초의 이론서로 평가받는 퍼시 러보크(Percy Lubbock, 1879-1965)의 『소설의 기교』(The Craft of Fiction, 1926)에서 처음으로 이론적인 정리가 이루어졌다. 러보크는 시점을 "서술자와 스토리의 관계"로 규정하면서, 서술자가 자기 자신의 시각으로 작중 상황을 바라보고 말하는가 아니면 작중 인물의 시각으로 바라보고 말하는가를 기준으로 소설의 서술을 회화적 방법(말하기)과 극적 방법(보여주기)으로 나누어 설명했다. 이후 많은 학자들에 의해 다양한 시점 이론들이 제출되었다. 그 가운데 크린스 브룩스(Cleanth Brooks, 1906-94)와 로버트 펜 워렌(Robert Penn Warren, 1905-89)이 『소설의 이해』(Understanding Fiction, 1943)에서 제시한 4가지 방법이 가장 널리 알려져 있다. 이 방법에 의하면 시점은 크게 1인칭 시점과 3인칭 시점으로 나뉘고, 1인칭 시점은 다시 1인칭 주인공 시점과 1인칭 관찰자 시점으로 나뉘며, 3인칭 시점은 3인칭 전지적 시점과 제한적 시점으로 나뉜다.

① **1인칭 주인공 시점**: 1인칭 서술자가 서술을 하며 서술의 중심이 서술자 자신인 경우이다. "나는 자리에서 일어나 창가로 갔다. 과거의 아픈 기억이 떠올랐다."와 같은 식으로 서술한다. 인물과 서술이 일치하여 독자에게 신뢰와 친근감을 주며 서술자는 등장인물(주인공 자신)의 의식 속에 들어갈 수 있다.

② **1인칭 관찰자 시점**: 1인칭 서술자가 서술하지만 서술의 중심이 서술자가 아닌 다른 인물인 경우이다. "내 아내는 내 손을 잡고 울음을 터트렸다. 과거의 아픈 기억을 감당하지 못하는 것 같았다."와 같이 작품 속의 내가 관찰자의 입장에서 주인공에 대해 서술한다. 서술자는 주인공의 심리 속으로 들어가지 못하고 관찰한 것에 의지하여 추측할 수 있을 뿐이다.

③ **3인칭 전지적 시점**Omniscient point of view: 3인칭 서술자가 등장인물들과 그들의 행동, 발생한 사건 등에 대해 필요한 모든 것을 알고 있고, 등장인물들의 생각이나 감정, 동기 등을 파악할 수 있는 특권을 갖는 경우이다. "그는 일찍 집에 돌아왔다. 아내는 집에 없었다. 아내와 저녁 약속을 취소한 것에 대해 후회하는 마음이 들었다. 하지만 이 작은 일이 장차 커다란 불행의 씨앗이 되리라고는 그는 꿈에도 생각하지 못했다."와 같이 말하는 방식이다. 서술자는 등장인물의 내면에 들어가 그의 감정을 탐색할 수 있을 뿐 아니라 장차 일어날 일의 파장과 결과를 전지적인 입장에서 파악하고 재단할 수 있는 것이다. "간섭 화자"intrusive narrator 혹은 "작가의 개입"authorial intrusion과 비슷하지만 구별되어야 한다.

④ **3인칭 관찰자 시점**objective point-of-view: 서술자가 관찰자의 위치에 머물면서 사건을 객관적으로 관찰하며 외부적인 사실만을 묘사한다. 서술자의 개성이 배제된 시점이므로 비개성적impersonal 시점이라고도 한다. "그는 일찍 집에 돌아왔다. 아내는 집에 없었다. 그의 얼굴에 실망하는 빛이 나타났다."와 같이 말하는 방식이다. "그"의 행동을 묘사하는 3인칭 관찰자의 시점은 카메라의 렌즈처럼 주관성이 배제된 객관적 시선이다. "그의 얼굴에 실망하는 빛이 나타났다"고 말할 수는 있지만 "과거의 아픈 기억이 그를 괴롭혔다." 혹은 "그 시간 그의 아내는 친구들과 공연을 관람하고 있었다."와 같은 서술을 할 수 없다. 등장인물의 행위와 사건에 대해 서술자가 직접 판단하거나 논평하지 않고 객관적으로 보여주며 독자로 하여금 판단하게 하기 때문에 극적인 효과를 거둘 수 있다.

## Intrusive Narrator & Authorial Intrusion
### 간섭 화자와 작가의 개입

소설의 시점을 1인칭과 3인칭으로 구분할 때, 논의의 핵심은 "서술자의 지위"에 관한 것이었다. 소설의 장르적 특성 가운데 가장 중요한 것이 이야기체 형식이라고 정의했는데, 소설이 근본적으로 서사narrative 문학이기 때문에 소설에서 서술자의 지위는 압도적인 것이고 실상 거의 모든 것이 서술자에 의해 결정된다고 할 수 있다. 바로 이 서술자가 등장인물의 심리상태, 동기에 대해 언급하고 사건의 결과를 예측하거나 개입하여 설명하면 그 서술자는 "간섭 화자"intrusive narrator가 된다. 그런데 가끔 이 간섭 화자가 소설가(작가)의 모습으로 나타나는 경우가 있는데 이 경우를 "작가의 개입"authorial intrusion이라고 한다.

간섭 화자는 등장인물에 대해 보고하고 그들의 행동과 동기를 평가하고 인간 생활 일반에 관해 자기의 견해를 피력하면서 자기의 인물들에 대해 논평까지 한다. 전지적 시점의 서술자는 개입하고 간섭하는 화자일 경우가 많지만 반드시 그렇지만은 않다. 즉 전지적 시점의 서술자 가운데 비간섭적 화자인 경우도 있다. 작가의 개입은 특히 18세기 소설의 발생기 때 활약한 작가들에게서 자주 발견된다. 그들은 종종 "친애하는 독자 여러분!"과 같은 표현으로 서술하는 목소리가 작가 자신의 것이라는 것을 노골적으로 밝히면서 사건의 의미와 전망 등을 독자에게 직접적으로 제시하는 선택을 한다.

## Limited Point of View 제한적 시점

1970년대 이후 시점은 서사학narratology의 중심적 범주로서 새로운 변화를 맞게 된다. 제라르 쥬네트(Gérard Genette, 1930- )는 시점에 대한 대부분의 이론적 작업들이 서술법mood과 태voice 사이의 혼란을 겪고 있다고 지적하면서, "누가 작중 상황을 보는가"와 "누가 작중 상황에 대해 말하는가"의 차원을 구분할 필요가 있다고 주장하였다. 그리하여 쥬네트는 작중 상황에 대한 시각의 문제를 좁은 의미의 "시점" 또는 "초점화" 차원으로 다루고, 작중 상황을 전달하는 목소리의 문제를 "서술" 차원으로 분할하여 다룰 것을 제안하였다. 이처럼 초점화 차원과 서술 차원을 구분함으로써, 전지적 시점과 제한적 전지 시점의 구별이 가능하다. 제한적 시점limited point of view은 서술자가 3인칭으로 이야기하지만 그의 이야기가 그 스토리 안에 등장하는 어떤 한 인물, 혹은 극히 제한된 소수의 인물에 제한되어 그들이 경험하고 생각하고 느낀 것을 바탕으로 서술하는 경우를 말한다. 3인칭 서술자가 관찰자적인 지위에 있지도 않고 전지적인 지위에 있지도 않으며 어떤 인물의 시점 속에 제한되어 있다. 이 서술 양식을 훌륭하게 구사한 작가는 헨리 제임스였는데, 그는 이렇게 선택된 인물을 "초점"focus, "거울"mirror, 혹은 "의식의 중심"center of consciousness라고 불렀다.

## ▩▩▩ Self-conscious Narrator 자의식적 화자

소설의 서술자가 자신이 지금 허구적 예술을 창작하고 있다는 사실을 의식하고 있는 경우를 말한다. 소설 창작 행위를 작품의 서술 양식에 반영하고 있다는 차원에서 자기반영적 화자self-reflexive narrator라고도 한다. 서술자는 소설 창작과 관련된 어떤 비밀을 독자에게 털어놓거나, 예술의 기교, 혹은 현실적인 문제 등에 대한 자신의 생각을 자의식적으로 말한다. 헨리 필딩(Henry Fielding, 1707-54)의 『톰 존스』(*Tom Jones*, 1749)와 로렌스 스턴의 『트리스트람 샌디』, 그리고 마르셀 프루스트의 『잃어버린 시간을 찾아서』에서 자의식적 화자를 볼 수 있다. 이 때 화자는 대부분 개입 작가intrusive author이다.

# English Novelists and Their Major Works

Daniel Defoe (1669-1731)

Jonathan Swift (1667-1745)
Samuel Richardson (1689-1761)

Henry Fielding (1707-54)

Tobias Smollette (1721-71)

Laurence Sterne (1713-68)
Oliver Goldsmith (1730-74)
Horace Walpole (1717-97)
Ann Radcliffe (1764-1823)
"Monk" Lewis (1775-1818)
Frances Burney (1752-1840)

Maria Edgeworth (1767-1849)

Jane Austen (1775-1817)

Walter Scott (1771-1832)
Mary Shelley (1797-1851)
William Thackeray (1811-63)

Charles Dickens (1812-70)

1719 *Robinson Crusoe*
1721 *Moll Flanders*
1726 *Gulliver's Travels*
1740 *Pamela, or Virtue Rewarded*
1748 *Clarrisa Horlowe*
1741 *Shamela*
1742 *Joseph Andrews*
1749 *Tom Jones*
1748 *Roderick Random*
1771 *The Expedition of Humphrey Clinker*
1760 *Tristram Shandy*
1766 *The Vicar of Wakefield*
1765 *The Castle of Otranto*
1794 *The Mystery of Udolpho*
1796 *The Monk*
1778 *Evelina*
1782 *Celilia*
1801 *Belinda*
1809 *The Absentee*
1811 *Sense and Sensibility*
1813 *Pride and Prejudice*
1814 *Mansfield Park*
1816 *Emma*
1818 *Northanger Abbey*
1818 *Persuasion*
1820 *Ivanhoe*
1818 *Frankenstein*
1847 *Vanity Fair*
1850 *Pendennis*
1852 *Henry Esmond*
1854 *The Newcomes*
1836 *Pickwick Papers*
1837 *Oliver Twist*
1838 *Nicholas Nickleby*
1941 *The Old Curiosity Shop*
1843 *A Christmas Carol*
1849 *David Copperfield*

|                                      |      |                                 |
|--------------------------------------|------|---------------------------------|
|                                      | 1852 | *Bleak House*                   |
|                                      | 1854 | *Hard Times*                    |
|                                      | 1859 | *A Tale of Two Cities*          |
|                                      | 1860 | *Great Expectations*            |
| Charlotte Bronte (1816-55)           | 1847 | *Jane Eyre*                     |
| Emily Bronte (1818-48)               | 1847 | *Wuthering Heights*             |
| George Eliot (1819-81)               | 1859 | *Adam Bede*                     |
|                                      | 1860 | *The Mill on the Floss*         |
|                                      | 1861 | *Silas Marner*                  |
|                                      | 1871 | *Middlemarch*                   |
| George Meredith (1829-1909)          | 1859 | *The Ordeal of Richard Feverel* |
| Thomas Hardy (1840-1928)             | 1878 | *The Return of the Native*      |
|                                      | 1886 | *The Mayor of Casterbridge*     |
|                                      | 1891 | *Tess of D'Urbervilles*         |
|                                      | 1896 | *Jude the Obscure*              |
| Robert Louis Stevenson (1850-94)     | 1882 | *Treasure Island*               |
|                                      | 1886 | *Dr. Jekyll and Mr. Hyde*       |
| John Galsworthy (1867-1933)          | 1906 | *The Man of Property*           |
|                                      | 1922 | *Forsyte Saga*                  |
| Arnold Bennett (1867-1931)           | 1902 | *Anna of the Five Towns*        |
|                                      | 1908 | *The Old Wives' Tale*           |
|                                      | 1909 | *Clayhanger*                    |
|                                      | 1916 | *These Twain*                   |
|                                      | 1923 | *Roceyman Steps*                |
| Joseph Conrad (1857-1924)            | 1897 | *The Nigger of the Narcissus*   |
|                                      | 1899 | *The Heart of Darkness*         |
|                                      | 1900 | *Lord Jim*                      |
|                                      | 1902 | *Typhoon*                       |
|                                      | 1904 | *Nostromo*                      |
|                                      | 1907 | *The Secret Agent*              |
| H. G. Wells (1866-1946)              | 1900 | *Love and Mr. Lewisham*         |
|                                      | 1909 | *Ann Veronica*                  |
|                                      | 1910 | *The History of Mr. Polly*      |
| Ford Madox Ford (1873-1939)          | 1915 | *The Good Soldier*              |
|                                      | 1924 | *Some Do Not*                   |
|                                      | 1925 | *No More Parades*               |
|                                      | 1926 | *A Man Could Stand Up*          |
| Henry James (1843-1916)              | 1902 | *The Wings of the Dove*         |
|                                      | 1903 | *The Ambassadors*               |
|                                      | 1904 | *The Golden Bowl*               |

| | |
|---|---|
| James Joyce (1882-1941) | 1914 *Dubliners* |
| | 1916 *A Portrait of the Artist as a Young Man* |
| | 1922 *Ulysses* |
| | 1939 *Finnegans Wake* |
| D. H. Lawrence (1885-1930) | 1911 *The White Peacock* |
| | 1913 *Sons and Lovers* |
| | 1915 *The Rainbow* |
| | 1921 *Women in Love* |
| | 1923 *Kangaroo* |
| | 1928 *Lady Chatterley's Lovers* |
| Virginia Woolf (1882-1941) | 1925 *Mrs. Dalloway* |
| | 1927 *To the Lighthouse* |
| | 1931 *The Waves* |
| E. M. Foster (1879-1970) | 1910 *Howards End* |
| | 1924 *A Passage to India* |
| Aldous Huxley (1894-1963) | 1923 *Antic Hay* |
| | 1928 *Point Counter Point* |
| | 1932 *Brave New World* |
| Evelyn Waugh (1903-66) | 1928 *Decline and Fall* |
| | 1930 *Vile Bodies* |
| | 1934 *A Handful of Dust* |
| | 1945 *Brideshead Revisited* |
| | 1961 *Unconditional Surrender* |
| Graham Green (1904-91) | 1935 *England Made Me* |
| | 1938 *Brighton Rock* |
| | 1940 *The Power and the Glory* |
| | 1948 *The Heart of the Matter* |
| | 1951 *The End of the Affair* |
| George Orwell (1904-50) | 1945 *Animal Farm* |
| | 1949 *Nineteen Eighty-Four* |
| C. S. Lewis (1898-1963) | 1942 *The Screwtape Letter* |
| | 1950 *The Lion, the Witch, and the Wardrobe* |
| Wyndham Lewis (1884-1957) | 1937 *Blasting and Bombadiering* |
| C. P. Snow (1905-80) | 1940 *Strangers and Brothers* |
| | 1951 *The Masters* |
| | 1964 *Corridors of Power* |
| L. P. Hartley (1895-1972) | 1944 *The Shrimp and the Anemone* |
| | 1947 *Eustace and Hilda* |
| | 1953 *The Go-between* |
| William Golding (1911-93) | 1954 *Lord of the Flies* |

|  |  |
|---|---|
|  | 1955 *The Inheritors* |
|  | 1956 *Pincher Martin* |
|  | 1979 *Darkness Visible* |
|  | 1980 *Rites of Passage* |
| Iris Murdoch (1919-99) | 1954 *Under the Net* |
|  | 1961 *A Severed Head* |
|  | 1973 *The Black Prince* |
| Kingsley Amis (1922-95) | 1953 *Lucky Jim* |
| Doris Lessing (1919- ) | 1952 *Martha Quest* |
|  | 1953 *Five* |
|  | 1962 *The Golden Notebook* |
| John Fowles (1926-2005) | 1963 *The Collector* |
|  | 1966 *The Magus* |
|  | 1969 *The French Lieutenant's Woman* |
|  | 1974 *Ebony Tower* |
|  | 1977 *Daniel Martin* |
|  | 1982 *Mantissa* |

# American Novelists and Their Major Works

| | |
|---|---|
| Washington Irving (1783-1859) | 1819-20 *The Sketch Book* |
| James Fenimore Cooper (1789-1851) | *The Leatherstocking Tales* (Natty Bumpo) |
| | 1823 *The Pioneers* |
| | 1826 *The Last of the Mohicans* |
| | 1827 *The Prairie* |
| | 1840 *The Pathfinder* |
| | 1841 *The Deerslayer* |
| Ralph Waldo Emerson (1803-82) | 1836 *Nature* |
| | 1837 *The American Scholar* |
| | 1850 *Representative Man* |
| Henry David Thoreau (1817-62) | 1849 *Civil Disobedience* |
| | 1854 *Walden, or Life in the Woods* |
| Nathaniel Hawthorne (1804-64) | 1850 *The Scarlet Letter* |
| | 1851 *House of the Seven Gables* |
| | 1852 *The Blithedale Romance* |
| Herman Melville (1819-91) | 1851 *Moby Dick* |
| | 1853 *Bartleby the Scrivener* |
| | 1857 *The Confidence-Man* |
| | 1924 *Billy Budd* |
| Edgar Allan Poe (1809-49) | 1833 *MS Found in a Bottle* |
| | 1839 *The Fall of the House of Usher* |
| Harriet Beecher Stowe (1811-96) | 1852 *Uncle Tom's Cabin* |
| Mark Twain (1835-1910) | 1869 *The Innocents Abroad* |
| | 1876 *Adventures of Tom Sawyer* |
| | 1883 *Life on the Mississippi* |
| | 1885 *The Adventures of Huckleberry Finn* |
| William Dean Howells (1837-1920) | 1885 *The Rise of Silas Lapham* |
| | 1894 *A Traveler from Altruria* |
| | 1907 *Through the Eye of the Needle* |
| Henry James (1843-1916) | 1877 *The American* |
| | 1879 *Daisy Miller* |
| | 1881 *The Portrait of a Lady* |
| | 1898 *The Turn of the Screw* |
| | 1903 *The Ambassador* |
| Stephen Crane (1871-1900) | 1983 *Maggie: A Girl of the Streets* |
| | 1895 *The Red Badge of Courage* |
| Frank Norris (1870-1902) | 1899 *McTeague* |

| | |
|---|---|
| Theodore Dreiser (1871-1945) | 1900 *Sister Carrie* |
| | 1925 *An American Tragedy* |
| Jack London (1876-1916) | 1903 *Call of the Wild* |
| Sherwood Anderson (1876-1941) | 1919 *Winesburg, Ohio* |
| Upton Sinclair (1878-1968) | 1906 *The Jungle* |
| Sinclair Lewis (1885-1951) | 1920 *Main Street* |
| | 1922 *Babbitt* |
| Edith Wharton (1862-1937) | 1905 *The House of Mirth* |
| | 1913 *The Custom of the Country* |
| Willa Cather (1873-1947) | 1913 *O Pioneers!* |
| | 1918 *My Antonia* |
| F. Scott Fitzgerald (1896-1940) | 1920 *This Side of Paradise* |
| | 1922 *Tales of the Jazz Age* |
| | 1925 *The Great Gatsby* |
| | 1934 *Tender is the Night* |
| Ernest Hemingway (1898-1961) | 1926 *The Sun Also Rises* |
| | 1924 *in our time* |
| | 1929 *A Farewell to Arms* |
| | 1940 *For Whom the Bell Tolls* |
| | 1952 *The Old Man and the Sea* |
| John Dos Passos (1896-1970) | 1920 *One Man's Initiation* |
| | 1939 *U. S. A Trilogy* |
| William Faulkner (1897-1962) | 1926 *Soldier's Pay* |
| | 1929 *Sartoris* |
| | 1929 *The Sound and the Fury* |
| | 1930 *As I Lay Dying* |
| | 1932 *Light in August* |
| | 1936 *Absalom, Absalom* |
| Thomas Wolfe (1900-38) | 1929 *Look Homeward Angel* |
| Nathaniel West (1902-40) | 1933 *Miss Lonelyhearts* |
| John Steinbeck (1902-66) | 1939 *The Grapes of Wrath* |
| | 1952 *East of Eden* |
| James Jones (1921-77) | 1951 *From Here to Eternity* |
| Irwin Shaw (1914-84) | 1948 *The Young Lions* |
| Norman Mailor (1923-2007) | 1948 *The Naked and the Dead* |
| Richard Wright (1908-60) | 1940 *Native Son* |
| Ralph Ellison (1914-94) | 1952 *Invisible Man* |
| Saul Bellow (1915-2005) | 1944 *Dangling Man* |
| | 1953 *The Adventures of Augie March* |
| | 1964 *Herzog* |

| | |
|---|---|
| Jack  Kerouac (1922-69) | 1951  *On the Road* |
| Vladimir  Nabokov (1889-1977) | 1955  *Lolita* |
| | 1962  *Pale Fire* |
| | 1969  *Ada* |
| Bernard  Malamud (1914-85) | 1957  *The Assistant* |
| | 1966  *The Fixer* |
| J.  D.  Salinger (1919-2010) | 1951  *The Catcher in the Rye* |
| Flannery  O'Connor (1925-64) | 1955  *A Good Man Is Hard to Find* |
| James  Baldwin (1924-87) | 1963  *The Fire Next Time* |
| Kurt  Vonnegut (1922-2007) | 1969  *Slaughterhouse-Five* |
| John  Barth (1930-  ) | 1956  *The Floating Opera* |
| | 1968  *Lost in the Funhouse* |
| E.  L.  Doctorow (1931-2015) | 1960  *Welcome to Hard Times* |
| | 1975  *Ragtime* |
| Donald  Barthelme (1931-89) | 1967  *Snow White* |
| John  Updike (1932-2009) | 1960  *Rabbit, Run* |
| | 1982  *Rabbit is Rich* |
| | 1991  *Rabbit at Rest* |
| Tomas  Pynchon (1937-  ) | 1966  *The Crying of Lot 49* |
| | 1973  *Gravity's Rainbow* |
| Toni  Morrison (1931-  ) | 1970  *The Bluest Eye* |
| | 1973  *Sula* |
| | 1987  *Beloved* |
| Philip  Roth (1933-  ) | 1959  *Goodbye, Columbus* |
| | 1997  *American Pastoral* |
| Alice  Walker (1944-  ) | 1982  *The Color Purple* |

# Novelists in World Literature

| 일러두기 | ▶ 영국 소설가  ✓ 미국 소설가 |
|---|---|
| | (독) 독일 소설가  (러) 러시아 소설가  (프) 프랑스 소설가 |

○ (스페인)세르반테스 『돈키호테』(1605)

▶ 다니엘 디포(1669-1731) 『로빈슨 크루소』(1719)

▶ 조나단 스위프트(1667-1745) 『걸리버여행기』(1726)

　　　　　　　　　　　　　(프)아베 프레보(1697-1763) 『마농 레스코』(1731)

▶ 사무엘 리처드슨(1689-1761) 『파멜라』(1740)

▶ 헨리 필딩(1707-54) 『샤멜라』(1741), 『탐 존스』(1749)

▶ 로렌스 스턴(1713-68) 『트리스트람 샌디』(1760)

(독)괴테(1749-1832) 『젊은 베르테르의 슬픔』(1774), 『빌헬름 마이스터』(1777-95)

▶ 제인 오스틴(1775-1817) 『이성과 감성』(1811), 『오만과 편견』(1813), 『설득』(1818)

▶ 월터 스코트(1771-1832) 『아이반호』(1820)

　　✓ 워싱턴 어빙(1783-1859) 『스케치 북』(1819-20)

　　✓ 제임스 쿠퍼(1789-1851) The Leatherstocking Tales (1823-41)

　　　　　　　　　(프)앙리 베일 스탕달(1783-1842) 『적과 흑』(1831)

(러)니콜라이 바실리예비치 고골(1809-52) 『아라베스끼』(1835), 『미르고로드』(1835)

(러)알렉산드르 세르게예비치 푸시킨(1799-1837) 『대위의 딸』(1836)

　　✓ 에드거 앨런 포우(1809-49) 『어셔가의 몰락』(1839)

　　　　　　(프)조르주 상드(1804-76) 『콩쉬엘로』(1842), 『악마의 늪』(1846)

(프)오노레 드 발자크(1799-1850) 『고리오 영감』(1834-36), 『인간희극』(1842-48)

(프)알렉상드르 뒤마(1802-70) 『삼총사』(1844), 『몬테 크리스토 백작』(1844-45)

▶ 찰스 디킨스(1812-70) 『크리스마스 캐롤』(1843), 『위대한 유산』(1860)

▶ 윌리엄 새커리(1811-63) 『허영의 시장』(1847)

▶ 샬롯 브론테(1816-55) 『제인 에어』(1847)

▶ 에밀리 브론테(1818-48) 『폭풍의 언덕』(1847)

　　✓ 나사니엘 호손(1804-64) 『주홍글자』(1850)

　　✓ 허먼 멜빌(1819-91) 『모비 딕』(1851)

　　✓ 스토우 부인(1811-96) 『톰 아저씨의 오두막』(1852)

(프)귀스타브 플로베르(1821-80) 『보바리 부인』(1857), 『감정교육』(1869)

(러)투르게네프(1818-83) 『귀족의 둥지』(1859), 『아버지와 아들』(1862)

(프)알퐁스 도데(1840-97) 「별」, 『방앗간 소식』(1866), 『사포』(1884)

(러)톨스토이(1828-1910) 『소년시대』(1854), 『청년시대』(1857), 『전쟁과 평화』(1869)

(러)도스토옙스키(1821-81) 『죄와 벌』(1866), 『까라마조프가의 형제들』(1879-80)

▶ 조지 엘리어트(1819-81) 『플로스 강의 방앗간』(1860), 『미들마치』(1871)

　　　　　　　　　(프)에밀 졸라(1840-1902) 『목로주점』(1877)

　　　　　　　　(프)기 드 모파상(1850-93) 『비곗덩어리』(1880)

✓ 마크 트웨인(1835-1910) 『톰 소여의 모험』(1876), 『허클베리 핀의 모험』(1885)

▶ 토머스 하디(1840-1928) 『귀향』(1878), 『테스』(1891), 『무명의 주드』(1896)

✓ 윌리엄 딘 하월즈(1837-1920) 『살라스 라팜』(1885)

✓ 스티븐 크래인(1871-1900) 『매기』(1883), 『붉은 무궁 훈장』(1895)

✓ 프랭크 노리스(1870-1902) 『맥티그』(1899)

✓ 헨리 제임스(1843-1916) 『미국인』(1877), 『여인의 초상』(1881), 『대사들』(1903)

▶ 조셉 콘래드(1857-1924) 『암흑의 핵심』(1899)

(러)막심 고리키(1868-1936) 『어머니』(1906)

(프)로맹 롤랑(1866-1944) 『장 크리스토프』(1904-12)

(프)앙드레 지드(1869-1951) 『좁은 문』(1909), 『전원교향곡』(1919)

✓ 셔우드 앤더슨(1876-1941) 『와인즈버그 오하이오』(1919)

✓ 시어도어 드라이저(1871-1945) 『시스터 캐리』(1900), 『미국의 비극』(1925)

▶ 제임스 조이스(1882-1941) 『더블린사람들』(1914), 『젊은 예술가의 초상』(1916), 『율리시스』(1922)

(독)토머스 만(1875-1955) 『부덴부르크가』(1901), 「베니스에서의 죽음」(1912), 『마의 산』(1924)

▶ D. H. 로렌스(1885-1930) 『아들과 연인』(1913), 『무지개』(1915), 『사랑하는 여인들』(1921)

(독)프란츠 카프카(1883-1924) 『변신』(1916), 『성』(1926)

▶ 버지니아 울프(1882-1941) 『델러웨이부인』(1925), 『등대로』(1927)

▶ E. M. 포스터(1879-1970) 『인도로 가는 길』(1924)

✓ 윌리엄 포크너(1897-1962) 『소리와 분노』(1929), 『8월의 빛』(1932)

✓ F. S. 피츠제럴드(1896-1940) 『위대한 개츠비』(1925), 『밤은 부드러워』(1934)

(독)헤르만 헤세(1877-1962) 『데미안』(1919), 『지와 사랑』(1930), 『유리알유희』(1943)

✓ 어니스트 헤밍웨이(1898-1961) 『무기여 잘 있거라』(1929), 『노인과 바다』(1952)

▶ 올도스 헉슬리(1894-1963) 『멋진 신세계』(1932)

(프)생텍쥐페리(1900-44) 『야간비행』(1931), 『인간의 대지』(1939), 『어린 왕자』(1943)

(프)앙드레 말로(1901-76) 『정복자』(1928), 『인간의 조건』(1933)

▶ 그레이엄 그린(1904-91) 『권력과 영광』(1940), 『사물의 핵심』(1948)

✓ 존 스타인벡(1902-66) 『분노의 포도』(1939), 『에덴의 동쪽』(1952)

(프)알베르 카뮈(1913-60) 『이방인』(1946), 『페스트』(1947)

(프)장 폴 사르트르(1905-80) 『존재와 무』(1943), 『실존주의는 휴머니즘이다』(1946)

▶ 조지 오웰(1904-50) 『동물농장』(1945), 『1984년』(1949)

✓ J. D. 샐린저(1919-2010) 『호밀밭의 파수꾼』(1951)

✓ 랄프 엘리슨(1914-94) 『보이지 않는 인간』(1952)

▶ 윌리엄 골딩(1911-93) 『파리대왕』(1954)

(독)하인리히 뵐(1917-85) 『그리고 아무 말도 하지 않았다』(1953)

(러)보리스 파스테르나크(1890-1960) 『닥터 지바고』(1957)

(독)귄터 그라스(1927-2015) 『양철북』(1959)

✓ 솔 벨로우(1915-2005) 『오기마치의 모험』(1953), 『허조그』(1964)

(러)알렉산드르 솔제니친(1918-2008) 『이반 제니소비치의 하루』(1962)

▶ 존 파울즈(1926-2005) 『콜렉터』(1963), 『프랑스 중위의 여자』(1969)

▶ 도리스 레싱(1919- ) 『골든 노크북』(1962)

✓ 존 업다이크(1932-2009) 『Rabbit 삼부작』(1960-91)

# Understanding English Drama
# 영미드라마의 이해

## Drama 드라마

극장 공연을 목적으로 쓰인 극본의 형태를 가리키며, 배우들은 이 극본을 따라 등장인물의 역할을 하며, 주어진 행동을 연기하고, 대사를 말한다. 드라마의 또 다른 이름은 희곡play이다. 시적인 드라마poetic drama에서는 대사가 운문으로 쓰이는데, 영어에서는 흔히 무운시blank verse 형태로 쓰였다. 그러나 영국 왕정복고 시대Restoration period의 대부분의 영웅 드라마heroic drama들은 영웅시체 2행 연구heroic couplets로 쓰였다. 레제 드라마closet drama는 공연이 목적이 아니라 읽기를 목적으로 쓰인 극본 형태를 가리킨다.

### Act and Scene 막과 장

연극의 플롯을 크게 구분하는 단위를 막act이라고 한다. 영국에서는 엘리자베스 시대 극작가들이 이러한 구분을 처음 시도하였다. 당대 극작가들은 고대 로마극을 모방하여 극의 플롯을 5막으로 나누었다. 19세기 후반에는 많은 극작가들이 체호프(Anton Chekhov, 1860-1904)와 입센(Henrik Ibsen, 1828-1906)의 예를 따라 플롯을 4막으로 나누었다. 20세기에 이르러서는 대부분의 일반적인 극 형태는 3막으로 구성된다.

각 막은 흔히 장면scene들로 나뉘는데, 각 장면은 장소의 변화가 없고 시간의 연속성이 깨지지 않는 행위들의 단위로 구성된다. 한 막이 하나의 장면으로 구성되는 경우도 있다.

### Dialogue 대화

문학적 혹은 연극적 용어로서 드라마 작품이나 소설 작품에서 두 사람 혹은 더 많은 사람들 사이에서 이루어지는 대화의 교환exchange of conversation을 가리킨다. 글로 쓰여 있거나 말로 이루어지는 대화의 교환을 모두 포함한다.

### ■ Aside 방백

연극에서 사용되는 용어인데, 무대 위의 등장인물이 대사를 말하지만 상대방이나 다른 인물들은 듣지 못하고 관객에게만 들리는 것으로 약속된 대사이다. 때로 여러 인물들이 무대 위에 있을 때, 특정인물과 관객들에게만 들리는 것으로 약속된 방백도 있다. 이 경우에는 대본에 특정인물에게 하는 방백으로 표기된다. 무대 위에 다른 인물들이 있다는 점에서 방백은 독백soliloquy 과는 다르다.

### ■ Soliloquy 독백

입 속으로 또는 큰소리로 혼잣말하는 행위를 가리키는 용어이다. 연극에서의 독백은 등장인물이 무대 위에서 홀로 자신의 생각을 큰 소리로 말하는 것을 뜻하는 것이 관례convention 이다. 작가는 이 기법을 일반적인 의사전달 뿐만 아니라, 어떤 등장인물의 동기motives, 의도intentions, 그리고 심리 상태state of mind 등에 관한 정보를 관객에게 직접 전달하는 편리한 방법으로 사용할 수 있다. 셰익스피어(William Shakespeare, 1564-1616)의 유명한 비극 『햄릿』(*Hamlet*, 1601)에 나오는 "죽느냐 사느냐 그것이 문제로다"(To be or not to be/That is the question)와 같은 대사가 유명한 독백의 대사이고, 『오셀로』(*Othello*, 1604)에서 이아고Iago 가 무대 위에서 자신의 음모를 밝힐 때도 독백을 사용한다. 독백과 관련된 무대 기법으로 방백aside 이 있다. 방백은 연극에서 관례적으로 다른 등장인물에게는 들리지 않는 것으로 간주되고, 관객들에게만 들리는 짧은 대사로 한 인물이 자신의 생각이나 의도를 표현한다.

### Manuscript  메뉴스크립트

희곡이나 시나리오의 대본을 가리키는 용어이다. 스크립트Script 라고 줄여서 표현하기도 한다.

### Closet Drama  레제 드라마

공연이 아닌 읽기를 목적으로 쓰인 드라마를 지칭한다. 밀턴(John Milton, 1608-74)의 『투사 삼손』(*Samson Agonists*, 1671), 바이런(George Gordon,

Lord Byron, 1788-1824)의 『맨프레드』(*Manfred*, 1816-17), 셸리(Percy Bysshe Shelley, 1792-1822)의 『프로메테우스의 해방』(*Prometheus Unbound*, 1820) 등이 이에 속한다.

## Character 등장인물

성격은 가끔 인물과 구별되기도 하지만 같은 의미로 사용되기 때문에 구별하지 않는 것이 일반적이다. 결국 등장인물의 성격을 가리키는 용어이기 때문이다. 흔히 인물의 말과 행동에는 도덕적 특성과 기질적 특성이 나타난다고 말한다. 따라서 성격은 두 가지 성질, 즉 도덕성morality과 인성personality을 포함한다. 문학 작품에 등장하는 인물들은 크게 두 가지 유형type으로 나누어진다. 첫째는 성격이 변하지 않고 틀에 박힌 듯 전형적인 성격을 지닌 인물 유형이 있다. 이들은 흔히 전형적 인물stock character 혹은 평면적 인물flat character이라고 불린다. 두 번째는 기질이나 동기가 복잡하여 성격을 단순화할 수 없는 인물 유형인데, 이들은 흔히 입체적 인물round character이라고 불린다. 이들은 실생활에서 만나는 인물들처럼 한 가지 유형으로 규정짓기 힘든 유형이다. 이들은 능동적이며 스스로 결정을 내리고 책임을 지는 체험적 인물이라 할 수 있다.

### Protagonist 주인공

문학작품 속에서 가장 중요한 인물을 지칭하는 용어이다. 특히 드라마와 소설 작품에서 주로 사용되며, 일어나는 사건의 중심에 있는 인물이다. 드라마에서는 흔히 희극보다는 비극의 중심인물인 경우가 많다. 고전 비극에서는 작품의 이름이 주인공의 이름인 경우가 대부분이다. 예를 들어 셰익스피어의 4대 비극 『햄릿』, 『오셀로』, 『리어왕』(*King Lear*, 1606), 『맥베스』(*Macbeth*, 1606)는 모두 주인공의 이름을 제목으로 삼고 있다. 희랍 비극Greek tragedy의 경우도 마찬가지이다. 소포클레스(Sophocles, BC 496-406)의 『오이디푸스 왕』(*Oedipus The King*, BC 429), 『안티고네』(*Antigone*, BC 441) 등 대부분의 작품이 주인공의 이름을 작품의 제목으로 삼았다. 고전 비극의 주인공들은 모두 신분이나 지위가 높고 영웅적인 면모를 보이는 인물이기 때문에 비극적 영웅 tragic hero이라고도 불린다.

## ▰▰▰ Tragic Hero 비극의 주인공

아리스토텔레스가 『시학』(*Poetics*, BC 335)에서 규정한 비극의 주인공은 보통 사람보다 신분이나 지위가 높고, 도덕적 수준도 높은 인물을 가리킨다. 현대극의 주인공은 tragic hero라는 용어보다는 protagonist라는 용어를 사용한다. 그렇다면 영웅hero이라는 단어가 사용된 이유는 어디에 있을까? 그것은 고전 비극의 주인공이 운명이나 어떤 절대적인 힘에 대항하여 비록 실패하지만 영웅적인 성취를 보여주기 때문이다. 아리스토텔레스는 비극의 주인공은 비극적 결함tragic flaw(*hamartia*)을 갖고 있다고 설명했으며, 공통적인 비극적 결함이 자만심pride(*hubris*)이라고 설명했다. 즉 고전 비극의 주인공은 전적으로 악한 인물이 아니라, 판단 착오나 자만심과 같은 작은 실수로 인해 커다란 불행을 겪는 인물이다. 따라서 관객에게 연민pity과 공포fear를 불러일으키는 인물인 것이다.

### ▪ Tragic Flaw 비극적 결함

비극에서 등장인물의 파멸을 초래하는 성격적 특징을 지칭한다. 희랍어에서 비극적 결함을 나타내는 단어는 하마티아*hamartia*인데, 이는 "잘못 생각하다"의 뜻을 갖는다. 즉, 올바른 판단을 하지 못한다는 뜻이다. 아리스토텔레스는 『시학』에서 비극의 주인공이 갖는 전형적인 결함을 흔히 주인공이 진실을 판단하지 못하게 만드는 자만심이라고 정의했다.

전통적으로 이러한 비극적 결함을 지닌 것으로 여겨지는 대표적인 인물이 바로 소포클레스의 유명한 비극 『오이디푸스 왕』의 주인공 오이디푸스이다. 흔히 오이디푸스의 자만심은 신들의 예언을 불순종disobey하게 만드는 원인이며, 결국 그를 파멸로 이끄는 주요 원인으로 여겨진다. 하지만 니체의 낭만주의적 비극론에 따르면, 오이디푸스의 불순종은 결함이라기보다는 오히려 자신의 정체성을 찾고 운명을 성취하는 용기courage이며, 위대함greatness이 된다. 이러한 비극적 결함의 또 다른 대표적인 인물은 바로 영국 르네상스 극작가 크리스토퍼 말로(Christopher Marlowe, 1564-93)의 유명한 비극『파우스투스 박사』(*Doctor Faustus*, 1588)의 주인공 파우스투스이다. 파우스투스는 세상의 모든 학문을 시시하게 여기는 자만심 때문에, 금지된 마술magic을 시도하게 되고 악마에게 자신의 영혼을 파는 위험한 행동을 하게 된다. 그리고 이로 인해 결국 영원한 파멸을 겪는 비극적 인물이 된다. 하지만 파우스투스 역시 종교적 교리religious doctrine를 떠나 낭만주의적 비극론을 적용한다면, 금지된 세계에 대한 욕망을 성취하는 영웅적 인물이 된다.

### ▇▇▇▇ Antagonist **반주인공**

문학 작품에서 주인공을 protagonist라고 부르는 반면, 그 주인공에 대적하는 주요 인물을 antagonist라고 부른다. 흔히 주인공과 반주인공 사이에는 주요 갈등이 존재하며, 그 갈등이 해결되는 시점이 바로 작품의 절정climax이자 결말denouement에 이르는 단계가 된다.『햄릿』에서 주인공이 햄릿이라면, 반주인공은 햄릿의 아버지를 죽인 삼촌 클로디어스Claudius이다.『오셀로』에서는 주인공이 오셀로라면, 반주인공은 오셀로와 데즈데모나Desdemona를 파멸로 이끄는 이아고가 반주인공이 되는 것이다.

### ▇▇▇▇ Stock Character **전형적 인물**

전형적 인물은 어떤 특정한 문학 장르에 반복되어 나타나기 때문에 하나의 관례convention로 인정할 수 있는 인물 유형을 가리킨다. 그리스 시대의 구희극old comedy에서는 표준적인 플롯을 구성하는 세 종류의 전형적인 인물 유형이 있었다. 첫 번째 유형은 알라존alazon으로서 그의 전형적 특성은 사기꾼이며 자신을 속이는 허풍쟁이이다. 두 번째 유형은 에이런eiron인데, 알라존과는 반대로 자신을 깎아내려 줄여 말하는 인물이다. 그와 알라존과의 경쟁이 희극 플롯의 핵심을 이루는데, 흔히 에이런이 승리한다. 그리고 세 번째 유형이 버푼

buffoon인데, 광대를 지칭하며 우스꽝스러운 행동으로 희극적 요소를 더하는 인물유형이다. 현대의 비평가 노스롭 프라이(Northrope Frye, 1912-91)는 자신의 책『비평의 해부』(Anatomy of Criticism, 1957)에서 이 전형적 인물들을 나타내는 용어들을 부활시키고, 네 번째 인물 유형으로 아그로이코스agroikos, 즉 촌뜨기 혹은 속기 쉬운 인물을 추가하였다.

### ■ Persona 퍼소나

일상적으로는 배우가 연기하는 등장인물이나 혹은 그 인물이 갖는 사회적 역할을 가리키는 단어이다. 오늘날 문학론에서 퍼소나는 소설이나 이야기체의 시에서 1인칭 시점의 "나", 또는 서정시에서 화자를 가리키는 데 사용된다. 예를 들어 조나단 스위프트(Jonathan Swift, 1667-1745)의 『걸리버 여행기』(Gulliver's Travels, 1726)에서 자신의 불운한 이야기를 전하는 화자 걸리버가 바로 퍼소나에 해당한다. 그런데 이 퍼소나를 작가와 혼동해서는 안 된다. 화자의 목소리가 작가의 목소리와 같아 보일 때도 있지만, 결코 작품 속의 화자와 작가를 동일시 하기는 힘들기 때문이다. 원래 Persona는 가면mask 이란 뜻을 갖는 라틴어이다. 가면은 고전 연극에서 배우들이 사용하던 것으로, 배우자신이 아닌 배역에 맞는 등장인물을 가리키는 의미로 사용되었다. 라틴어에서 극의 등장인물을 "dramatis personae"라고 부르는 것도 이 퍼소나에서 생겨났으며, 나중에 개인person 이라는 영어 단어도 바로 이 단어에서 유래한 것이다.

### Stage Direction 지문

연극 대본에 인쇄되어 있지만 실제로 무대 위에서 배우가 말하는 대사가 아니라, 배우의 행동이나 움직임을 지시하는 부분을 가리킨다. 연극의 대본에서 무대 설치에 대한 상세한 설명이 붙은 경우가 있는데, 이 설명문도 지문에 속한다. 때로 S. D.로 축약되어 표현되기도 한다. 현대 판본에는 대사와 구분하기 위해서 이 지문을 괄호 안에 표기하거나, 혹은 이탤릭체로 표기하는 경우가 대부분이다. 셰익스피어의 시대에는 이러한 지시문이 흔히 라틴어로 제시되었다. 예를 들어 퇴장을 나타내는 지시문 exit가 라틴어 exeunt로 표기되었다.

## Setting 배경

어떤 문학 작품의 세팅은 플롯을 구성하는 일련의 사건이 발생하는 물리적 공간, 역사적 시간, 사회적 상황이 될 수 있으며, 또한 작품 안의 한 에피소드episode나 장면의 세팅은 그것이 발생하는 특정한 지리적 장소physical location가 될 수 있다. 연극에서는 연극적 행위가 일어나는 무대 장치를 가리키기도 한다. 예를 들어, 『맥베스』의 일반적인 세팅은 중세 시대의 스코틀랜드 medieval Scotland이며, 맥베스가 마녀들을 만나는 장면의 세팅은 모든 식물이 시들어버린 황야blasted heath이다. 세팅은 작가에 따라서는 작품의 분위기를 조성하는 데 매우 중요한 요소로 작용한다. 특히 연극 상연에 쓰일 때는 무대 배경을 가리키는 프랑스어 미장센mise en scene과 같은 뜻이다.

## Plot 플롯

플롯은 흔히 소설이나 드라마, 혹은 시의 줄거리로 구성된 일련의 사건들이라고 정의할 수 있다. 즉, 드라마나 소설과 같은 서사narrative 구조를 가진 문학 작품에서 나타나는 행위action의 구조인 것이다. 물론 이때의 행위는 물리적 행위뿐만 아니라 언어적 행위도 포함되어 있으며, 이러한 행위들의 구성은 시작과 중간 그리고 끝이 있도록 서로 유기적으로 연결되어 있어 어떤 감정적 emotional, 예술적 효과artistic effects를 성취할 수 있어야 한다. 플롯은 단순한 스토리story와는 구별되어야 한다.

　　E. M 포스터(Forster, 1879-1970)는 플롯과 스토리를 다음과 같이 구별하고 있다. 스토리를 듣는 청중은 다음에 일어나는 사건에 관심이 있지만, 플롯을 듣는 청중은 일어나는 사건에 "왜?"라는 질문을 던지게 된다는 것이다. 예를 들어 "옛날에 왕이 죽고 다음에 왕비가 죽었습니다."라고 말한다면, 이는 시간의 순서에 따라 두 개의 사건을 연결시킨 단순한 스토리의 나열이다. 하지

만 "왕이 죽자 왕비는 너무 슬픈 나머지 죽고 말았습니다."라고 연결시킨다면 이는 인과 관계에 중점을 둔 플롯의 구성이라고 할 수 있다. 대개 문학 작품의 플롯은 어떤 사건이 발생한 순서대로 연결되지 않는 경우가 많기 때문에, 작품은 실제 사건의 시작에서 시작되지 않을 수 있다. 사건의 중간에서 시작하여 앞서 일어난 일로 돌아가면서 전혀 다른 종류의 플롯을 형성할 수 있는 것이다.

플롯의 단계는 흔히 발단, 갈등, 절정, 결말의 4단계로 나누는 경우가 일반적이나, 주로 소설과 희곡에서 다음의 경우처럼 5단계로 나누는 경우가 있다.

- **exposition 발단**
  작품이 처음 시작되는 부분으로 대체로 사건의 윤곽이 드러나고 인물들이 소개되며 배경이 제시된다.
- **development 전개**
  발단에서 발전하여 서서히 주요 사건이 전개되는 부분이다. 사건의 전개를 통해서 인물들 간의 갈등이 나타나게 된다.
- **crisis 위기**
  사건이 진행되어 가면서 주인공과 적대자 사이에 갈등이 심화되어 위기의식을 느끼게 하는 부분이다. 비극에서는 사건의 흐름이 전환점 turning point에 이르는 부분이다.
- **climax 절정**
  갈등이 최고조에 달해 어떤 상태로든 깨져 버리든가 해결되지 않으면 안 되는 시점으로 인간의 비애pathos와 몰락fall이 최고점에 달하는 순간이다. 이 시점에서 독자나 관객은 연민과 공포와 같은 강렬한 감정적 경험을 하게 된다.
- **denoument 대단원**
  말 그대로 대단원이며 작품이 끝을 맺는 부분이다. 감정을 고조시켰던 사건이 질서를 찾아 주제의 결론에 이르는 부분이다.

## ■■■■ Anticlimax 반전

반전anticlimax은 클라이맥스의 반대되는 의미를 나타낸다. 사건이 정점을 향해 올라가고 있는 것으로 생각하지만, 실제로는 기대했던 것보다 훨씬 미약하여 흥분이 실망으로 바뀌는 순간을 가리킨다. 예를 들면 하루 종일 불꽃놀이를 기다렸는데, 막상 불을 붙일 성냥이 없다는 사실을 알게 된 순간과 같은 것이다. 수사법으로는 Bathos와 같은 점강법의 의미로 사용되는 경우도 있으나, 주로 희극적 풍자적 목적satirical purpose을 달성하기 위해서 진지하고 고상한 것에서 시시하고 천한 것으로 의도적으로 점점 약해지고 작아지게 하는 비유법을 가리킨다. 토머스 그레이(Thomas Gray, 1716-71)는 자신의 시 「아끼던 고양이의 죽음에 관한 오드」("Ode on the Death of a Favourite Cat")에서 이러한 의도적인 점강법을 사용하고 있다.

> 황금을 멸시할 여성이 어디 있으리오?
> 물고기를 마다할 고양이가 어디 있으리오?
>
> What female heart can gold despise?
> What cat's averse to fish?

위 시는 금붕어를 잡으려다 물에 빠져죽은 고양이를 희극적으로 표현하고 있다. 황금을 원하는 여성에서 물고기를 원하는 고양이로의 하강descent은 여성의 허영심vanity을 고양이의 탐심에 비유해 풍자적인 효과를 불러일으키고 있다.

## ■■■■ Bathos (비의도적인) 점강법(漸降法)

anticlimax가 의도적인 점강법을 가리킨다면, bathos는 비의도적인 점강법을 가리킨다. bathos는 원래 "심연"depth이라는 뜻을 갖는 그리스어이다. 이 용어는 작가가 비애감pathos이나 열정적 흥분elevated passion을 지나치게 표현하려다가 오히려 그 의미가 시시한 것이 되거나 우스꽝스런 것으로 변해버리는 비의도적인 "하강" descent을 의미한다. 이러한 비의도적인 점강법의 의미를 분명하게 밝힌 작가는 18세기 시인 알렉산더 포프(Alexander Pope, 1688-1744)이다. 그가 비의도적인 점강법의 예로 든 당대의 시 한 구절을 살펴보자.

> 그대 신들이여! 공간과 시간을 소멸시켜
> 두 연인을 행복하게 하소서.
>
> Ye Gods! annihilate but Space and Time,
> And make two lovers happy.

위 시의 시인은 두 연인의 행복을 기원하는 표현이 지나쳐 공간과 시간을 없애버리라는 우스꽝스런 비유를 하고 있는 것이다.

### Catharsis 감정의 정화

카타르시스는 그리스어이며 정화 cleansing를 의미한다. 아리스토텔레스가 『시학』에서 비극을 정의하면서 언급한 용어로, 비극의 주인공이 겪는 고통과 불행을 통해 관객이 카타르시스를 경험하는 것이 비극의 궁극적 목적 ultimate purpose이라고 설명하였다. 비극을 통해 관객은 주인공의 불행에 연민 pity과 공포 fear를 느끼고, 이를 통해 감정의 정화를 경험한다는 것이다. 그런데 중요한 사실은 관객들은 주인공의 불행과 고통에 연민과 공포를 느끼지만, 우울하거나 의기소침한 depressed 상태에 남아 있는 것이 아니라 오히려 해방감 relieved feeling이나 고양된 exalted 느낌을 받게 된다는 것이다. 이것이 카타르시스의 진정한 효과이다. 현대 사회에서 카타르시스는 감정의 발산 emotional discharge을 통해 근심 anxiety이나 걱정 stress으로부터 자유로워지거나 도덕적 정신적으로 새로워지는 것을 지칭하는 의미로 발전되었다.

### ■■■■ Comic Relief 희극적 긴장 완화

진지하거나serious 비극적인tragic 희곡 작품에서 유머러스한 인물, 유머러스한 대사나 장면을 사용하는 것을 가리킨다. 이러한 요소들은 엘리자베스 시대 비극작품들에서 거의 보편적으로 나타나는데, 진지하고 비극적인 상황에서 관객들의 긴장을 풀어주고alleviating tension 다양성을 더해주는adding variety 효과를 낸다. 훌륭한 희곡 작품에서는 이러한 요소들이 플롯의 전체적인 통일에 없어서는 안 될 중요한 구성 요소가 되어 작품의 의미significance를 더욱 고양시키는enhance 결과를 가져온다.

### ■■■■ Stock Situation 전형적 상황

드라마나 소설 작품에서 반복적으로 나타나는 정형화된typical 사건들이나 행동의 결과들을 지칭하는 용어이다. 이는 한 가지 상황에 적용되기도 하지만, 플롯 전체의 패턴에 적용되기도 한다. 예를 들어 인기 있는 많은 소설이나 영화의 도입부에서 소년 소녀가 서로 만나는 사건이 반복적으로 나타난다는 사실을 우리는 쉽게 인지할 수 있다.

### ■■■■ Stock Response 전형적 반응

문학 텍스트나 표현에 대한 진정성 있는 적절한 반응이 아닌, 습관적이고 정형화된 독자의 반응을 경멸적으로 지칭하는 용어이다. 이 용어는 때로는 등장인물이나 상황, 혹은 작품 속에 제시된 주제에 대한 작가 자신의 반응을 나타내기도 한다. 하지만 일반적으로 표준화된 부적절한 독자의 반응을 묘사하는 데 사용된다.

### Three Unities 삼일치법

그리스의 철학자 아리스토텔레스는 훌륭한 연극이 되기 위해서는 연극의 3가지 요소인 시간time, 장소place, 행위action가 서로 통일적인 일치를 이루어야 한다고 주장했다. 우선 행위의 일치unity of plot는 연극의 플롯이 주요 사건 하나로 일치해야 한다는 것이다. 즉 주인공과 관련한 하나의 플롯만이 연극의 처음부터 끝까지 다루어지고 다른 플롯이 복잡하게 얽히지 않도록 해야 한다는 것이다. 다음으로 장소의 일치unity of place는 플롯이 전개되는 장소가 오직 한 곳이어야 한다는 것이다. 즉 무대 배경이 이 장소 저 장소로 바뀌면 안 되는 것이다. 마지막으로 시간의 일치unity of time는 플롯이 일어나는 시간이 연속적이어야 하고 길어도 하루(24시간)를 초과하지 않아야 한다는 것이다. 이처럼 시간, 장소, 행위의 삼일치를 지키는 것은 고전주의와 신고전주의 연극의 주요 원칙에 속하지만, 셰익스피어는 이러한 삼일치법을 전혀 지키지 않고 시간과 장소, 행위가 자유로운 극들을 썼다. 따라서 셰익스피어의 극들을 보면, 시간이 수십 년을 뛰어넘는 경우도 있고, 장소가 처음에는 도시였다가 다시 숲속으로 바뀌는가 하면, 여러 나라를 옮겨 다니기도 한다. 또한 플롯도 하나만 존재하는 것이 아니라, 유사한 다른 플롯이 병행하는 경우가 많다.

## Empathy and Sympathy 공감과 동정

공감empathy은 타자의 생각과 감정, 그리고 직접적인 경험을 함께 공유share하는 능력을 가리킨다. 이러한 타자와의 일체감이 너무 강하면 우리는 자신이 타자의 상황, 타자의 경험에 동참하고 있다는 느낌을 갖는다. 이는 타자의 고통을 이해하고 안타까워하는 능력인 동정sympathy을 넘어서는 것이다. M. H. 에이브람스(M. H. Abrams, 1912-2015)는 sympathy를 "동료의식"fellow-feeling으로 설명하는데, 타자와 유사한 느낌을 갖는 것과 자신을 타자와 한 몸으로 느끼는 것은 차이가 있는 것이다. 흔히 우리는 sympathy를 공감으로 이해하는 경우가 많은데, 궁극적으로 문학 작품 속에 등장하는 인물과 하나가 되어 똑같은 생각과 감정을 느끼는 경우를 공감empathy을 느낀다고 할 수 있으며, 등장인물과 자신과의 거리를 지닌 채 등장인물의 고통suffering과 불행misfortune을 이해하거나 동정할 때는 동정sympathy을 느낀다고 할 수 있다. 공감은 흔히 독자도 등장인물과 똑같은 상황에 처해본 적이 있거나, 똑같은 상황을 느낄 수 있는 상상력이 있을 때 가능하다.

## Tragedy 비극

일반적으로 비극은 드라마의 형태뿐만 아니라 특별한 사건, 경험, 혹은 관점을 표현하기도 한다. 달리 말하면, 교통사고와 같은 불행한 사건이나 무자비한 운명, 이해할 수 없는 재난을 우리는 비극이라고 부르기도 한다. 하지만 엄격한 의미에서 그것은 문학에서 말하는 비극이라 할 수 없다. 미학적 의미에서 비극은 어떤 영웅적 비애 heroic pathos와 위엄 dignity, 그리고 필연성 necessity의 요소가 포함되어야 한다. 모든 위대한 비극은 인간 고통의 궁극적 원인에 대한 질문과 인간 속에 내재된 악의 근원, 그리고 파괴적인 운명 fate의 존재에 대한 것들을 다루고 있다. 비극은 이러한 혼돈스런 불확실성 uncertainty을 직면하고자 하는 인간의 보편적 욕망의 표현이다. 일반적으로 비극은 두 가지 이론으로 설명되어 왔다. 첫째, 비극은 인간의 노력으로 이해할 수 없는 외적 운명의 절대적 힘 absolute power을 나타낸다는 것이다. 둘째, 비극은 어떤 형태로든 개인의 비도덕적인 행위에 기인한다는 것이다. 하지만 이 두 이론은 동전의 양면과 같이 복합적이다. 유명한 비평가 노스롭 프라이는 비극을 다음과 같이 정의한다.

> 비극은 (주인공이 파멸해야만 한다)는 정당성에 대한 공포와 (그가 파멸하는 것이 너무 심하다)는 비정당성에 대한 연민의 역설적 조화이다.

> Tragedy is a paradoxical combination of a fearful sense of rightness (the hero must fall) and a pitying sense of wrongness (it is too bad that he falls).

프라이의 정의는 도덕적인 책임과 절대적 질서 앞에 무력한 인간의 한계를 동시에 지적한 것이라 할 수 있다.

비극에 대한 고전적인 정의는 그리스 시대의 철학자 아리스토텔레스의 『시학』에서 찾아볼 수 있다. 아리스토텔레스에 의하면 비극은 인간의 삶과 행위에 대한 모방이며, 고귀한 신분의 주인공이 비도덕적인 악행이나 사악함 때문이 아니라, 약간의 실수로 인해 불행과 고통을 겪는 일련의 패턴을 갖는다. 그리고 이러한 비극은 관객들에게 주인공의 고통과 불행에 대한 공포fear와 연민 pity을 불러일으키고, 결국 관객들의 영혼을 정화catharsis시키는 효과를 갖게 한다는 것이다. 서구 문학사에서 비극은 고전 그리스(희랍) 비극과 르네상스 비극(특히 셰익스피어 비극)이 가장 대표적으로 평가된다. 흔히 그리스 비극이 운명의 힘 앞에 나약한 인간 존재의 상황을 비극적 결함으로 여기는 운명 비극tragedy of fate이라고 불리는 반면에, 셰익스피어 비극을 중심으로 하는 르네상스 비극은 개인의 성격과 행위가 비극적 상황을 결정한다고 평가하는 성격 비극tragedy of character이라고 불리는 것이 특징이다.

그리스 비극Greek tragedy에 대해 좀 더 살펴보면, 그리스 비극은 그리스 신화와 함께 그리스 문명뿐만 아니라 서구 문화의 뿌리가 되는 그리스인의 삶, 가치관, 생활양식 등을 표현하고 있다. 흔히 그리스 비극 작가들은 그 이전에 나왔던 신화나 전설을 소재로 삼아 작품을 썼다. 그리고 그 신화에 살을 붙이고 인물들에게 각 상황에 알맞은 대사를 부여함으로써 신화에 대한 새로운 분석analysis과 이해apprehension를 창출하였다. 특히 신들보다는 비극적 운명을 겪은 인간들이 보여주는 고통과 불행, 그리고 영웅적 모습에 초점을 맞춤으로써 그리스 문화 속에 내재되어 있는 인본주의적humanistic 사상을 유감없이 보여주었다. 즉, 비극 작품이 모방하고 있는 신화는 단순히 작품의 소재로만 사용된 것이 아니라, 작가들의 당시 사회와 인간의 존재 상황에 대한 문제의식을 반영하는 주제로 사용된 것이다. 이처럼 신화 속에서 찾아낼 수 있는 삶의 문제의식을 무대 위에 재현함으로써 현재성을 부여하고 있다. 따라서 이들은 신화를 현실 상황에 어울리도록 조정하려고 노력했고, 신화를 폄하하거나 무시하기보다는 경건한 믿음을 회복시키려 노력했으며, 비극을 관람하면서 자신들의 문제를 파악하게 하여 시민들을 교육시키는 기능을 담당했다고 볼 수 있다. 대표적인 비극 작가로는 아이스킬로스(Aeschylus, BC 525-456), 소포클레스(Sophocles, BC 497-406), 에우리피데스(Euripides, BC 480-406) 등이 있다.

## Medieval Tragedy 중세 비극

이교 전통pagan tradition의 그리스 비극이 가혹하고 무자비한 운명에 대결하다가 파멸하는 주인공의 영웅적 행위를 그리는 반면, 중세 비극은 신의 섭리 divine providence에 입각하여 주인공의 도덕적 행위에 초점을 맞춘다. 비극에 대한 중세적 정의의 대표적인 인물은 『캔터베리 이야기』(*Canterbury Tales*, 1483)를 쓴 초서(Geoffrey Chaucer, 1342-1400)이다. 그는 「수도사의 이야기」 ("The Monk's Tale")의 서문에서 비극을 "한때 번영하던 자가 높은 지위에서 몰락하여서 비참한 지경에 빠져 처참한 종말을 맞이하는 사람에 관한 이야기이다"라고 정의하고 있다. 이러한 정의는 아리스토텔레스의 정의와 유사하게 들리지만, 그 사상적 배경은 매우 다르다. 즉, 희랍 비극에 나타나는 비극적인 결함tragic flaw이 인간의 무지, 인간 존재 상황의 나약함이라면, 중세 기독교 비극관에서의 비극적 결함은 신의 뜻이나 도덕적 질서moral order를 무시하고 개인을 야심을 추구하는 이기심이나 죄이다.

## Senecan Tragedy 세네카 비극

로마 시대의 극작가 세네카(Seneca, BC 4-AD 65)가 쓴 비극의 유형을 가리키는 표현이다. 세네카의 비극은 공연용이라기보다는 오히려 낭송용으로 쓰인 극이라 할 수 있다. 이 비극은 영국 엘리자베스 시대 극작가들에게 큰 영향을 미쳤으며, 특히 복합적인complicated 플롯과 정교한 대화 문체를 지닌 5막극의 모델이 된 것으로 알려져 있다. 세네카의 비극은 형식form과 내용content 면에서 엘리자베스 시대의 영국 희곡의 발전에 크게 이바지했다. 형식 측면에서는 코러스의 사용과 삼일치의 준수 등과 같은 고전 형식을 따르는 작품들에 영향을 주었지만 그다지 대중적인 인기를 누리지는 못했다. 이러한 형식적인 측면보다 훨씬 더 대중 무대에서 인기를 누린 것은 복수revenge, 살인murder, 유령 ghosts, 불구로 만들기mutilation 등의 잔인하고 폭력적인 소재들을 사용한 세네카 비극의 내용이었다. 다만 세네카는 이러한 잔인한 장면들을 무대 위에서 그대로 보여주지 않고 사자messenger가 등장하여 무대 밖에서 일어난 사건들을 길게 보고하는 형식으로 간단하게 처리하였지만, 엘리자베스 시대 작가들은 관객의 욕구를 만족시키기 위해 그러한 잔인한 장면들을 무대 위에서 그대로 실연했다. 그리스 시대의 위대한 비극 작가들이 마치 웅변처럼 유려하고 장엄한 대사를 사용하여 관객들에게 도덕적인 영향을 주었다면, 세네카는 언어를 해방시켜 자극적인 대사를 쓰면서도 잔혹한 장면 등을 연출하는 일은 자제했고, 르네상스 시대에 이르러서는 세네카의 영향을 받아 자극적인 대사를 사용했을 뿐 아니라 온갖 자극적이고 잔혹한 장면을 무대에서 실연해 보이기도 했던 것이다. 이러한 세네카 비극의 영향을 받은 대표적인 엘리자베스 시대 비극 작품으로는 토머스 키드(Thomas Kyd, 1558-94)의 『스페인 비극』(*The Spanish Tragedy*, 1587), 말로의 『몰타의 유태인』(*The Jew of Malta*, 1590), 셰익스피어의 『타이터스 앤드로니커스』(*Titus Andronicus*, 1592) 등이 있다.

## Comedy 희극

일반적으로 희극은 개인적이 아니라 사회적이고, 행복한 결말을 맺는 드라마 작품을 지칭한다. 비극과 마찬가지로 드라마의 형태를 갖춘 문학 작품 뿐만 아니라 우리를 즐겁게 하는 어떤 경험이나 사건을 지칭하기도 한다. 그러나 고대 그리스의 아리스토텔레스는 희극을 비극과 엄격하게 구분하여, 비극을 희극보다 훨씬 고상noble하고 뛰어난 장르로 평가하였다. 그는 희극을 보통 사람보다 못한 저급한 사람들below average의 행위에 대한 모방이라고 정의하였다. 그에게 희극은 우스꽝스럽고 기괴한 행위에 대한 모방으로 고통이나 파멸이 없는 일종의 실수error나 착오mistake와 같은 창피한 형태로 나타난다. 따라서 희극의 주인공은 신분이 낮고, 사납고 난폭한 행동을 하는 인물로 여겨졌다. 중세 시대에는 비극적 결말이 아닌 행복한 결말이 나는 작품을 모두 희극이라고 불렀다. 단테(Dante, 1265-1321)의 『신곡』(*Divine Comedy*, 1308-20)을 비롯하여 영적인 구원spiritual salvation을 약속하는 중세의 종교극들은 모두 희극으로 여겨졌다. 현대 문학 이론에서는 희극이 비극보다 심오할 수 있다고 여겨진다. 그 이유는 희극이 궁극적으로 고통과 죽음이라는 운명을 초월하여 새로운 삶의 의지를 지향하기 때문이다. 윌리 사이퍼(Wylie Sypher, 1905-87)가 비극의 사이클을 "탄생"birth — "투쟁"struggle — "죽음"death으로 그리고, 희극의 사이 클을 이보다 한 단계 더 나아간 "탄생"birth — "투쟁"struggle — "죽음"death — "부활"resurrection로 정의한 것은 심오한 희극의 정신을 단적으로 표현한 것이 다.

## ■■■■ Romantic Comedy 낭만 희극

영국 엘리자베스 여왕 시대 셰익스피어와 그의 동시대 극작가들에 의해 개발 된 희극 형식으로 아름답고 이상화된 연인들의 연애 사건love affairs을 관심의 대상으로 한다. 이러한 낭만 희극에 등장하는 사랑의 과정은 순탄하지 않으며, 항상 장애물obstacles에 부딪혀 어려움을 겪는다. 하지만 결국에는 모든 어려움 을 극복하고 행복한 결합에 이르는 형식을 지닌다. 낭만 희극은 흔히 기존의 established 사회에서 어려움을 겪는 젊은 연인들이 그 사회를 벗어나 초자연적 인supernatural 세계를 경험하며 새로운 변화를 겪고 난 후 새로운 이상적인 사 회를 제시하는 전형적인 패턴typical pattern을 보여준다. 이러한 낭만 희극의 대 표적인 작품으로는 셰익스피어의 『한여름 밤의 꿈』(*A Midsummer Night's Dream*, 1595), 『좋으실대로』(*As You Like It*, 1599), 그리고 『12야』(*The Twelfth Night*, 1602) 등이 있다.

현대 사회에서 낭만 희극의 장르는 주로 영화에서 이어받고 있다. 현실적 으로는 이루어지기 힘든 남녀 간의 사랑이 여러 가지 어려움과 난관을 겪은 후에 결국 행복한 결말에 이르는 수많은 현대영화들은 모두 이러한 낭만 희극 으로 분류된다. "낭만적"romantic이라는 표현은 다른 표현으로는 비현실적 unrealistic이고, 이상적ideal이라는 뜻이다. 이상적인 진실한 사랑은 아무리 현실 적으로 어려움이 있더라도 극복하고 아름다운 결합으로 이루어져야 한다는 소 망을 표현하는 것이다. 이러한 로맨틱 코미디의 대표적인 영화가 <프리티 우 먼>(*Pretty Woman*, 1990)이다. 부유한 재벌가와 창녀의 사랑은 현실적으로는 이루어지기 힘든 결합이지만, 영화에서는 여러 가지 갈등과 난관을 극복하고 진정한 결합에 성공하는 모습을 보여준다.

## Comedy of Humours 기질 희극

엘리자베스 시대 극작가인 벤 존슨(Ben Jonson, 1572-1637)이 개발한 희극의 형태인데, 벤 존슨이 살았던 시대에도 널리 유행했던 인간의 네 가지 기질에 대한 고대 생리 이론에 근거하고 있다. 이 이론에 따르면, 인간의 기질은 네 가지 체액 피blood, 담phlegm, 황담즙choler, 흑담즙melancholy으로 구성되어 있는데, 이들이 어떤 비율로 섞여 있느냐에 따라서 한 개인의 신체 상태와 성격이 결정된다. 한 기질 혹은 또 다른 기질의 불균형은 네 종류의 성격을 만들어 낸다고 여겨진다. 이 네 가지 성격이 바로 쾌활한sanguine, 냉담한phlegmatic, 성마른choleric, 그리고 우울한melancholic 성격이다. 벤 존슨의 기질 희극에 등장하는 주요 인물들은 그들에게 별나고 왜곡된 성격을 부여하는 압도적인 기질을 지니고 있다. 벤 존슨의 대표적인 기질 희극으로는 『기질유형 인간』(*Everyman in His Humour*, 1598)과 『기질 인간유형』(*Everyman out of his Humour*, 1599) 등이 있다. 이처럼 기질에 의해 성격이 결정되는 인물들의 묘사는 균형 잡힌 개인보다는 유형적인 인물들을 창조하는 경향을 보인다.

## Comedy of Manners 풍속 희극

풍속 희극은 주로 상류 사회의 남녀 관계나 음모를 다루는 희극을 가리키는데, 그 희극적 효과는 흔히 대화에 나타나는 재치wit와 활기sparkle에서 온다. 풍속 희극은 그리스의 극작가 메난더(Menander, BC 342-291)의 신희극the new comedy에 기원을 두고 있는데, 기원전 3세기와 2세기에 로마의 극작가 플로투스(Plautus, BC 255-185)와 테렌스(Terence, BC 185-159)에 의해 발전하였다. 이들의 희극은 젊은 연인들이 겪는 우여곡절을 다루었는데, 똑똑한 하인, 늙고 완고한 부모, 돈 많은 경쟁자 등 후대 희극에 등장하는 유형적 인물들을 포함하고 있다. 이 풍속 희극은 왕정복고 시대의 희극Restoration Comedy에서 고도로 세련되어졌는데, 이는 프랑스 극작가 몰리에르(Moliere, 1622-73)의 영향이 크다고 할 수 있다. 특히 재담가인 척하는 인물would-be wits, 질투하는 남편 jealous husbands, 경박한 멋쟁이foppish dandies 등의 어리석은 인물들이 우스꽝스런 행동으로 사회적 관습이나 예절이 깨트리는 일화 등을 통해 희극적 효과가 발생한다. 대표적인 풍속 희극으로는 왕정복고기 극작가 윌리엄 콩그리브(William Congreve, 1670-1729)의 『세상 풍습』(*The Way of the World*, 1700)과 윌리엄 위철리(William Wycherley, 1640-1715)의 『시골 아낙네』(*The Country Wife*, 1675)가 있다.

### ▬▬▬▬ Satiric Comedy 풍자적 희극

정치적 수단이나 철학적 학설을 조롱하거나 사회의 도덕morals과 풍습manners에 관한 기준을 위반하는 사람들violators을 조롱함으로써, 그 사회의 무질서disorder를 공격하는 목적을 지닌 희극을 가리킨다. 초기 풍자 희극의 대가는 그리스의 극작가 아리스토파네스(Aristophanes, BC 446-386)였다. 르네상스 시대에는 셰익스피어와 동시대를 살았던 벤 존슨이 쓴 『볼포네』(*Volpone*, 1605)와 『연금술사』(*The Alchemist*, 1610)가 대표적인 풍자 희극이다. 『볼포네』에서 작가는 재물과 부를 얻기 위해 사람들이 벌이는 위선적인 행태를 조롱하고, 심지어 자신의 아내까지도 팔아먹는 세태를 풍자하고 있다. 또한 『연금술사』에서도 탐욕에 사로잡혀 쉽게 속아 넘어가는 인간의 어리석음follies, 허영심vanities, 악행vices 등을 풍자했다.

### ▬▬▬▬ Black Comedy 블랙 코미디

눈에 띄는 환멸disillusion과 냉소cynicism를 표현한 드라마 형식을 가리킨다. 블랙 코미디는 확신이나 희망이 없이, 운명이나 행운, 또는 알 수 없는 어떤 힘에 의해 지배당하는 인간들의 모습을 보여준다. 사실, 이러한 극 속에서 인간은 부조리한absurd 상황에 빠져 있다. 특히 극단적으로 어두울 때, 이러한 극은 일종의 참담한 절망의 분위기를 자아낸다. 우리는 이러한 상황에서 아무 것도 할 수 없으므로 소리 내어 웃을 수밖에 없다. 하지만 이때의 위트는 매우 신랄하고 유머는 풍자적이다. 『베니스의 상인』(*The Merchant of Venice*, 1596)이나 『자에는 자로』(*Measure for Measure*, 1604)와 같은 셰익스피어의 "어두운 희극"dark comedy은 이러한 블랙 코미디의 조상이라고 할 수 있을 것이다. 현대 드라마에서 블랙 코미디의 예로는 에드워드 올비(Edward Albee, 1928- )의 『누가 버지니아 울프를 두려워하랴』(*Who's afraid of Virginia Woolf*, 1962)와 해럴드 핀터(Harold Pinter, 1930-2008)의 『귀향』(*The Homecoming*, 1964) 등을 들 수 있다.

### ▬▬▬ Farce 소극(笑劇)

관객들에게 단순한 웃음— 연극 용어로는 포복졸도belly laugh— 을 자아내기 위해서 고안된 희극의 한 형태이다. 이러한 웃음을 자아내고자 하는 목적을 달성하기 위해서 소극은 흔히 과장되거나 우스꽝스러운 인물형을 사용하며, "있을 법하지 않은 어이없는 상황"improbable and ludicrous situations을 설정하고, 상스러운 유머와 난폭한 신체적 놀이를 마음대로 사용한다. 무대 위에서 걸려 넘어지고, 서로 때리고, 물건을 던지는 등 어리석은 행동을 통해 관객들의 웃음을 자아내고자 하는 현대의 저급 코미디 프로가 바로 이러한 소극의 형태라 할 수 있다.

### Tragicomedy 희비극

희비극은 전통적인 비극과 희극의 내용과 형식을 혼합한mingled 드라마의 한 유형을 가리킨다. 무엇보다도 희비극의 중요한 특징 중의 하나는 주요 등장인물들은 높은 신분high degree의 사람들과 낮은 신분low degree의 사람들이 모두 포함된다는 점이다. 전통적인 비극론과 희극론에 따르면, 비극의 주인공들은 높은 신분이어야 하고 희극에는 낮은 신분의 사람들이 더 적합하다고 여겨졌다. 하지만 희비극에는 이들이 동시에 중요 인물로 등장하는 것이다. 그리고 희비극의 가장 중요한 특징은 주인공에게 비극적 재앙tragic disaster이 닥칠 듯 하던 상황이 갑작스럽게 역전abrupt reversal되어 행복한 결말을 맺는 진지한 플롯으로 구성되어 있다는 점이다. 다시 말해 비극도 아니고 희극도 아니다. 주인공의 죽음과 같은 비극적 결말이 없기 때문에 비극이 될 수 없고, 비극에 아주 가까운 고통과 불행이 있기 때문에 전적으로 희극이 될 수 없는 것이다. 셰익스피어의『베니스의 상인』,『심벨린』(Cymbeline, 1610),『겨울이야기』(The Winter's Tale, 1611) 등이 대표적인 희비극에 속한다.

## Chronicle Plays 사기극(史記劇)

사기극은 라파엘 홀린셰드(Raphael Holinshed, 1529-80)와 당대 다른 역사가들이 작성한 영국『연대기』(Chronicles, 1587)에 등장하는 역사적 소재에 근거한 극작품들을 지칭한다. 이들은 엘리자베스 여왕이 다스리던 16세기 후반에 높은 인기를 누렸는데, 그 이유는 1588년 영국 해군이 스페인의 무적함대armada를 물리친 후 달아오른 애국심patriotism으로 인해 영국 역사를 다루는 극작품에 대한 요구가 커졌기 때문이다. 초기 사기극들은 역사 속의 영국 왕이 다스리는 동안 일어났던 일련의 사건들을 나열하는 형태로 꾸며졌으며, 주로 무대 위에서 전투battle 장면이나 행진pageantry 등과 같은 볼거리spectacles 위주로 이루어졌다. 하지만 크리스토퍼 말로는 1592년 쓰인 사기극『에드워드 2세』(Edward II)에서 홀린셰드의『연대기』에 포함된 자료들을 선별하고 재배치하여 주인공 에드워드 왕을 중심으로 통일된 극작품을 창조하였다. 셰익스피어는 리처드 2세부터 헨리 8세에 이르기까지 연속되는 왕들의 통치기간 동안 일어난 사건들을 다룬 사기극들을 썼으며, 그 중에『리처드 2세』(Richard II, 1595),『헨리 4세 1부, 2부』(Henry IV 1, 2, 1597-98), 그리고『헨리 5세』(Henry V, 1599)와 같은 걸작들이 있다.

엘리자베스 여왕 시대 사기극들은 때로 역사극history plays으로 불린다. 하지만 역사극은 사기극보다는 좀 더 광범위하게 역사적 자료에 기초한 모든 극작품에 적용되는 용어이다. 예를 들어 셰익스피어의 로마극인『줄리어스 시저』(Julius Caesar, 1599)와『안토니와 클레오파트라』(Antony and Cleopatra, 1607) 역시 역사극의 범주에 포함된다. 현대극인 아서 밀러(Arthur Miller, 1915-2005)의『시련』(The Crucible, 1953) 역시 1692년에 세일럼(Salem)에서 발생한 마녀재판witch trial 사건을 다루고 있기 때문에 역사극이라 할 수 있다.

## Masque 가면극

가면극은 르네상스 이탈리아에서 생겨나서 엘리자베스 여왕과 제임스 1세, 그리고 찰스 1세의 치세 기간인 16세기와 17세기 초 영국에서 꽃을 피웠다. 그것은 정교한 형식을 지닌 궁정 오락court entertainment으로서, 시극poetic drama, 음악, 노래, 춤, 화려한 의상splendid costuming, 무대 장관stage spectacle 등으로 구성되었다. 가면을 쓰는 배우들은 흔히 아마추어 배우들이 담당했고, 극의 결말은 주로 춤으로 구성되었으며, 이때 배우들은 가면을 벗고 관객인 귀족들과 함께 춤을 추었다. 17세기 초의 가면극에는 당대의 탁월한 재능을 가진 예술가들이 동원되었다. 특히 벤 존슨은 반가면극antimasque이라는 형식을 개발하였는데, 여기에 등장하는 인물들은 기괴하고 제멋대로 행동하며 우스꽝스럽고 상스러웠다. 이 반가면극은 가면극이 공연되기 전에 등장하는데, 원래의 가면극이 지닌 우아함, 예의바름 등을 돋보이게 하는 역할을 하였다. 일반 대중들을 위한 가면극의 형태는 가장행렬pageant이라고 볼 수 있다.

## Heroic Drama 영웅극

영웅극은 영국의 왕정복고기Restoration Period에 유행했던 연극의 한 유형이며, 18세기 초까지도 계속해서 쓰인 것으로 알려진다. 존 드라이든(John Dryden, 1631-1700)은 "영웅극은 영웅시를 모방해야 한다. 따라서 사랑love과 용기valor가 영웅극의 주제가 되어야 한다."고 정의했다. 그가 언급한 영웅시는 서사시를 의미하였는데, 따라서 당대 영웅극들은 제국의 운명을 결정짓는 위대한 영웅을 주인공으로 삼는 서사시를 모방하려 하였다. 영웅극의 전형적인 이야기 플롯typical story plot은 고귀한 영웅과 여주인공이 열정적인passionate 사랑love과 명예honor 사이에서 갈등을 겪거나, 혹은 사랑과 국가에 대한 의무duty 사이에서 갈등을 겪는 상황에 처한다. 만약 이 갈등이 불행한 결말이 된다면, 이 극은 영웅적 비극으로 불린다.

이러한 영웅극 형태의 주요 작가로는 드라이든을 꼽을 수 있다. 『그라나다의 정복』(*The Conquest of Granada*, 1672)도 훌륭한 영웅 비극이지만, 드라이든의 가장 성공적인 작품은 『모두 사랑을 위하여』(*All for Love*, 1678)이다. 이 작품은 셰익스피어의 『안토니와 클레오파트라』(*Antony and Cleopatra*, 1607)를 각색한 작품이다. 드라이든 외에 다른 영웅극 극작가로는 나사니엘 리(Nathaniel Lee, 1653-92)와 토머스 오트웨이(Thomas Otway, 1652-85)가 있다. 오트웨이의 『보존된 베니스』(*Venice Preserved*, 1682)는 영웅극 형태의 한계를 뛰어넘는 훌륭한 비극이다.

## Melodrama 멜로드라마

폭력violence을 동반하는 격렬한 행동이나 과잉된 정서, 또는 감상적인 요소들 sentimental elements이 지배하는 서사물 일반을 지칭하는 용어이다. 유형화된 인물과 사건의 극적 전개에 의존하는 것도 멜로드라마의 중요한 특징이다. 멜로드라마에서 "melos"는 노래라는 뜻을 지닌 그리스어이다. 따라서 멜로드라마는 원래 음악이나 노래를 포함한 극을 가리켰다. 하지만 오늘날의 멜로드라마는 음악이나 노래와는 상관없이 사용된다. 오늘날 사용되는 멜로드라마의 의미는 비극과 밀접한 관계를 가지고 있다. 하지만 그 본질은 매우 다르다. 멜로드라마의 특징을 비극과 비교하여 살펴보자.

1) 멜로드라마의 등장인물들은 흔히 평면적flat이다. 즉, 등장인물들의 선과 악이 분명하게 정해진다는 것이다. 주인공들은 흠 없이 선한 인물들인 반면에, 그들을 위협하는 인물은 철저한 악당villain이다. 비극의 주인공은 멜로드라마의 주인공들과는 달리 선악의 경계boundary가 모호한 것이 특징이다.
2) 멜로드라마의 플롯은 흔히 악당의 계략과 격렬한 행동으로 구성된다. 그리고 선한 주인공들은 드라마의 초반과 중반에는 아무런 잘못도 없이 악당의 계략에 의해 고통과 불행을 겪는다. 관객들이 멜로드라마에서 눈물을 흘리기도 하고 감정적으로 반응하는 이유가 여기에 있다. 하지만 극의 결말은 권선징악으로 악당은 벌을 받고 선한 주인공이 승리한다. 비극이 주인공의 불행과 고통으로 끝을 맺는 것과는 대조적이다.

3) 항상 악당이 등장하고 결말에서는 반드시 선이 승리하는 전통적인 서
   부 영화나 만화 영화가 전형적인 멜로드라마의 형태를 지니고 있다고
   할 수 있다.

## Problem Play 문제극

노르웨이의 위대한 극작가 헨릭 입센이 대중화popularization시킨 최근의 희곡
유형으로, 주인공의 상황이 그 시대의 사회적인 문제social problems를 묘사하고
재현하는 희곡을 가리킨다. 문제는 19세기 중산 계급the middle class 가정에서
여자에게 허용된 불충분한 자유의 문제일 수도 있고, 자본주의 사회에서 전형
적인 경제적 현상으로 여겨지는 윤락의 도덕성에 관한 문제일 수도 있다. 오늘
날은 백인과 흑인간의 인종적 갈등의 문제일 수도 있다. 흔히 극작가는 그러한
문제에 대해서 지배적인 여론과 반대되는 문제 해결책을 제시하는 경우가 많
다. 셰익스피어의 작품들 중에서 사회적 문제를 중심주제로 다루는 『자에는
자로』, 『끝이 좋으면 다 좋다』(*All's Well that Ends Well*, 1604), 『트로일러스
와 크레시다』(*Troilus and Cressida*, 1600)도 문제극으로 여겨진다.

## Absurd Drama 부조리극

부조리극은 이해할 수 없는 불합리한 세계를 살아가는 인간인 자신의 존재에
대한 근원적인 물음을 던지는 극이라고 할 수 있다. 부조리극은 인간의 고독과
소통의 부재를 드러내며, 인간에게 존재의 부조리함에 대한 공포를 느끼게 한
다. 사회적 위치나 역사, 환경에서 단절되어 버린 인간이 자기 존재의 근원적
상황과 대결하고 또 선택을 하지 않을 수 없는 그런 절박한 행위나 행위의 부
재absence를 나타낸다. 극 구성의 전통적인 개념인 도입→상승→절정→반전
→하강→파국으로 이어지는 논리적 구성이 무시되고, 극이 진행되다가 끝나
지 않을 곳에서 갑자기 끝나버린다. 즉 부조리극의 구성은 한편으로 극의 시작
과 끝이 똑같은 '순환적circular 구성'이 있고, 다른 한편으로는 처음 상황이 지
속·반복되는 '직선적lineal 구성'이 있다. 사무엘 베켓(Samuel Beckett, 1906-
89)의 부조리극 『고도를 기다리며』(*Waiting for Godot*, 1952)에서 극중 배우

는 광대나 꼭두각시처럼 성격이나 심리 변화가 드러나지 않고 목적과 의지도 없이 행동한다. 등장인물들이 내뱉는 대사들은 의미가 해체되고, 등장인물들 간의 의사소통은 불가능하다. 이러한 언어는 모든 이데올로기의 허황함과 불합리성irrationality을 보여준다. 부조리극의 대표적인 특징들을 간단히 요약하면 다음과 같다.

1) 고전극에 반역하기 위해 언어, 인물, 플롯을 파괴한다.
2) 모든 기존의 무대 관습에서 탈피한 비상식적uncommon이고 불합리한 무대를 이용한다.
3) 개연성probability이 없는 경우가 많다. 이오네스코(Eugene Ionesco, 1909-94)의 작품에서는 코가 2개, 3개인 여성이 등장하는가 하면, 시체가 엄청난 크기로 불어나기도 한다.
4) 악몽과 같은 꿈의 세계인지 현실 세계인지가 불확실하다.
5) 등장인물의 언어와 행동이 종종 일치하지 않는다.
6) 우리가 처한 부조리한 상황을 체험하게 한다.

## Epic Theater 서사극

서사극은 1930년에서 1940년대에 주로 생겨난 연극의 새로운 흐름으로서 사실을 서술하는 극이라 할 수 있으며, 따라서 환상을 불러일으키는 무대 장치나 연기를 배제시키는 연극을 가리킨다. 전통적인 연극이 관객의 감정 이입emotional involvement을 통한 인식과 정서의 변화에 호소한 반면에, 서사극은 관객의 비판적 인식critical recognition에 호소한다. 서사극의 선구자로 알려진 독일의 극작가 브레히트(Bertolt Brecht, 1898-1956)는 연극도 소설의 원형인 서사시의 객관성objectivity of epic narrative을 모방해서 관찰의 여지를 불러 일으켜야 한다고 믿었다. 아리스토텔레스 연극의 목적은 관객들에게 사건 진행을 통해 카타르시스를 유도하고, 관객과 극중 인물과의 감정 교류와 공감이 중요하다. 극중 인물의 고뇌가 '나(관객)'의 고뇌이고, 그의 슬픔이 나의 슬픔이라는 것이 전통적 연극이 요구하는 관객 태도이다. 브레히트는 이러한 아리스토텔레스의 극작론을 거부한다. 브레히트의 서사극은 카타르시스를 요구하지 않고,

관객의 반환상적인 냉철한 관찰을 통해 비판력과 판단력을 부여하는 데 있다. 이성적 판단rational judgement을 내리기 위해서는 감정의 지배를 받아서는 안 되고, 극은 서사적인 서술 기법을 통해 관객과의 일정한 거리distance를 유지한 다.

브레히트는 한 극작품을 구성할 때, 건축학적 구조는 배제하고 여러 장면 을 병렬적으로 나열하고 그 사이사이에 해설이나 설명, 플랜카드, 노래 등을 삽입하여 한 가지 사실을 무대 위에 보여줄 때 관객에게 여러 시각에서 그 사 실을 볼 수 있는 가능성을 최대한 다양하게 만들어준다. 따라서 관객은 어떤 현상이나 사실을 한 가지 시각에서만 보는 것이 아니라 여러 관점에서 관찰할 수 있으므로 관객들은 나름대로의 판단력을 가지고 현상의 옳고 그름을 판단 할 수 있게 된다. 따라서 서사극은 사회적 모순들에 대응할 수 있는 냉철한 분 석력을 키워준다. 형식면에서는 극의 발단exposition-상승rising action-정점turning point-하강falling action-파국catastrophe과 같은 플롯이 서사적 이야기로 전환되 며, 막을 통한 구분도 불분명한 열린 드라마이다.

## ■■■■ Alienation Effect 소외효과/소격효과

독일의 극작가이자 시인인 베르톨르 브레히트의 서사극 이론에서 파생되어 나 온 용어이다. 브레히트는 러시아 형식주의Russian Formalism의 "낯설게 하기" defamiliarization 개념을 적용하였고, 이 용어는 극작가가 현대 사회 현실의 친숙 한 낯설게 보이게 만들기 위해서 사용한다고 말했다. 이렇게 낯설게 하는 궁극 적인 목적은 관객들이 등장인물과 그들의 극적 행위에 감정적으로 동일시하거 나 빠져들지 않도록 막기 위함이다. 즉, 무대 위에서 일어나는 일들이 실제 현 실real situation이 아니라 꾸며진 연극play이라는 사실을 관객에게 주지시키는 것이다. 이는 관객들에게 무대 위에서 일어나는 일에 비판적인 거리critical distance를 유지하게 함으로써, 무대 위에서 재현된 사회현실과 행동을 단순히 받아들이는 대신 그에 대한 저항심resistance을 불러일으키기 위해서이다. 좌파 극작가이자 연출가였던 브레히트는 당대에 상업주의commercialism에 물든 극장 현실을 경멸하였고, 극장 사업을 마약 사업drug business의 일환으로 여겼다.

그는 관객을 감정적으로 조종control하는 것이 나치가 군중을 선동instigation하는 것처럼 위험한 결과를 초래할 수 있다고 믿었다.

## Metadrama 메타드라마

희곡적 모더니즘의 일면을 가리키는 용어로서 간단하게 말하면 희곡에 관한 희곡, 즉 희곡 작품 속에 묘사된 내용 속에 이미 연극적 요소들이 포함된 희곡을 가리킨다. 즉 연극 작품 속에서 묘사되는 현실이 이미 연극화된 것이라는 암시가 나타나는 경우를 말하는 것이다. 보통 프롤로그나 에필로그에서 작품에 대해 언급하는 것은 메타드라마적이라고 할 수 있다. 방백을 통해서도 유사한 효과가 나타날 수 있으며, 『햄릿』의 경우처럼 극중극play within play이 메타드라마의 효과를 나타낼 수 있다. 하지만 이러한 요소는 극중극처럼 본 연극속에 또 다른 연극의 형태로 반드시 나타낼 필요는 없다. 다만 인생 자체가 하나의 연극이라는 은유metaphor가 작품의 주요 주제를 이루고 있으면, 이것이바로 메타드라마이다. 메타드라마는 희곡 작품과 인생의 경계가 희미해진다고할 수 있다. 이러한 메타드라마는 셰익스피어와 르네상스 극작가들이 인식하고 사용했던 "세상은 하나의 무대이고"(all the world's a stage) "모든 인간은배우에 불과하다"(all the men and women merely players)라는 개념에 그 토대를 두고 있다.

# 6

# Literary Theory and Criticism
# 문학 이론과 비평

## Literature 문학

넓은 의미에서 문학은 글로 쓰인 모든 작품을 의미한다. literature라는 용어는 라틴어 literatura에서 유래되었으며, "글자로 이루어진 모든 글"이라는 의미를 갖는다. 일반적으로 문학은 허구fiction인지 아닌지에 따라서 구분되기도 하고, 운문poetry인지 산문prose인지에 따라서 구분되기도 한다. 또한 시, 소설, 드라마, 수필과 같은 주요 장르의 형태로 구분되기도 한다. 좀 더 넓은 의미에서는 일반 독자를 대상으로 하는 철학, 역사를 포함하여 심지어 과학적인 글까지도 포함한다. 플라톤(Plato, BC 428-348)이나 아리스토텔레스(Aristotle, BC 384-322)의 철학적 글과 에드워드 기본(Edward Gibbon, 1737-94)의 역사적 글, 토머스 헉슬리(Thomas Henry Huxley, 1825-95)의 과학적 수필들, 그리고 지그문트 프로이트(Sigmund Freud, 1856-1939)의 정신분석적 강의들을 문학이라고 부를 때, 우리는 이러한 넓은 의미의 문학개념을 적용하는 것이다.

## Fine Arts 문학예술

역사적으로 문학예술로 번역되는 fine arts라는 용어는 문학, 그림, 조각, 음악, 그리고 건축을 포함하는 5가지의 예술을 가리킨다. 이 범주에 속하는 개별 예술작품들은 고유한 특징을 지니는데, 이들은 독창적이면서도 기쁨을 줄 수 있는 대상물로 여겨진다. 이들은 주로 미적aesthetic, 지적intellectual 목적purpose을 위해 만들어지며, 이들이 지니는 아름다움beauty과 의미meaning를 통해 평가받는다. 이들을 fine arts라는 하나의 범주로 묶는 것은 18세기 후반까지는 철학가들이나 비평가들의 글에 나타나지 않았다. 그 이전에는 이들은 개별적인 예술 분야로 다뤄져왔다. 한 분야의 작품이 다른 분야의 작품과 비교될 때도 제한적이었다. 때때로 시와 그림이 비교되기도 했지만, 두 작품이 모두 다른 매체를 통해 외부 세계의 특징을 나타내고 있다는 것을 지적하기 위함이었다. 따라서 5개의 예술분야를 fine arts로 구분하는 것은 예술이론의 급격한 변화의 결과였다. 이러한 예술이론의 급격한 변화는 작가writer나 제작자producer의 시각에서 독자reader나 관찰자observer의 시각으로 바뀌는 과정에서 생겨났다고 볼 수 있다. 오늘날에는 fine arts의 범위에 영화, 사진, 개념예술, 판화와 같은 분야들도 포함된다. 일부에서는 fine art를 배타적으로 시각예술에만 한정하는 경우도 있다.

## Genre 장르

프랑스어 용어로서 문학 비평에서 문학의 유형, 또는 종류, 또는 오늘날 흔히 쓰이는 이름으로 문학 양식literary form을 의미한다. 문학 작품들을 분류해온 장르는 그 수가 많고, 그 기준도 다양하다. 그리스 시대 이후로 문학의 장르는 크게 3가지로 분류되어 왔다. 첫째는 시나 서정시이고, 둘째는 서사시나 설화, 셋째는 드라마이다. 하지만 현대에 이를수록 더욱 다양한 장르가 생겨났다. 장편 소설novel, 수필essay, 전기biography와 같은 장르는 나중에 생겨난 것들이다. 게다가 시와 설화, 그리고 드라마의 주요 장르 속에서 또 다른 세부 장르가 존재하고 계속해서 증가하였다. 예를 들어 드라마는 비극tragedy, 희극comedy, 역사극history play, 목가극pastoral play, 희비극tragicomedy, 부조리극absurd play, 서사극epic drama 등 각 작품이 드러내는 사상이나 내용의 차이에 따라 더욱 세분화되는 경향이 있다.

### Chronicle 사기(史記)

오늘날의 역사history의 전신(前身)으로 상당한 기간에 걸쳐서 일어난 국가적 또는 국제적 사건들을 운문verse 또는 산문prose으로 기록한 것을 가리킨다. 사기가 연대의 순서에 따라 매년 일어난 사건들을 다룰 경우, 이를 흔히 연대기chronicles라고 부른다. 현대의 역사학자와는 달리 과거의 사기 기록자들은 정보를 입수한대로 그대로 채택하는 경향이 있어서 사실과 전설 등의 허구를 구별하려고 하지 않았다. 영국의 가장 중요한 사기는 『앵글로색슨 연대기』(*Anglo-Saxon Chronicle*, 9세기 중엽-1154)와 홀린셰드(Raphael Holinshed, 1529-80)와 기타 작가들이 기록한 『영국, 스코틀랜드, 아일랜드 연대기』(*Chronicles of England, Scotland, and Ireland*, 1587)이다.

## ■ Memoir 회고록

회고록은 자서전autobiography과 유사한 종류의 글이라고 볼 수 있다. 하지만 자서전은 작가가 자신의 성격character, 기질temperament, 환경milieu 등을 포함하여 자신의 삶의 과정을 비교적 완전히 기록한 글인 반면에, 회고록은 작가 자신의 발전하는 자아가 아니라 작가가 그때까지 알고 있던 사람들과 목격해 온 사건들에 역점을 두고 쓰는 글이다.

## ■ Biography 전기

어떤 사람의 생애를 비교적 완전하게 기록한 글로서, 그가 겪은 경험과 활동을 포함하여 그의 성격character, 기질temperament, 환경milieu까지도 밝히는 것을 의미한다. 17세기 말에 영국의 시인 드라이든(John Dryden, 1631-1700)은 전기를 "특정한 사람들의 삶을 기록한 역사"(the history of particular men's lives)라고 간략하게 정의했다. 물론 과거에는 일국의 왕이나 성자와 같은 특별한 사람들의 전기가 주로 쓰였으나, 오늘날에는 사회의 각 분야에서 저명한 인사들의 전기가 많이 쏟아져 나오고 있다. 현대 사회에서 전기는 문학 장르 중에서 상당히 인기를 누리는 장르가 된 것이다. 전기 중에서 작가가 다른 사람이 아닌 자신의 생애에 대해서 쓴 것을 자서전autobiography이라고 부른다.

## ■ Essay 에세이

에세이는 "수필"로 번역되는 문학형식인데 프랑스의 철학자인 몽테뉴(Michel Montaigne, 1533-92)가 창시자로 알려져 있다. 몽테뉴는 자신의 일상 속에서 만나는 여러 가지 흥미로운 문제들에 대한 생각을 형식에 구애받지 않고 가볍게 "잡담하듯이"chatting 기록하기 위해 에세이를 썼다. 영국의 저술가 플로리오(Florio, 1553-1625)가 몽테뉴의 에세이를 영어로 번역하면서 이 문학형식이 영국에 소개되었다. 셰익스피어와 동시대를 살았던 프랜시스 베이컨(Sir Francis Bacon, 1561-1626)은 최초의 중요한 영국의 에세이 작가였다. 당대의 석학이었던 베이컨은 근대 과학정신의 기초가 되기도 했던 『신기관』(*Novum Organum*, 1620) 등의 작품을 라틴어로 썼는데, 이런 대작들을 통해서가 아니라 에세이 작가로 영문학사에 이름을 남겼다. 베이컨은 "죽음"death, "복수" revenge, "독서"reading, "독신의 삶"single life, "교육"education, "정원 가꾸기" gardening, "선물"gift 등 다양한 주제에 대해 자신의 생각을 깔끔하게 정리하고 그것을 간결하고 수려하며 동시에 힘찬 문장을 통해 적절하게 표현함으로써 에세이 문학의 전형을 제시했다.

■ Didactic Literature 교훈 문학

교훈적 문학 작품은 이론적, 도덕적, 혹은 실제적 지식의 한 분야를 자세하게 설명하거나, 상상적이고imaginative 허구적인fictional 플롯을 이용해 도덕적, 종교적, 철학적 주제를 제시하는 목적을 지니고 있다. 중세 문학Medieval literature 의 대부분과 르네상스 문학Renaissance literature의 상당수가 교훈적인 의도를 지니고 있었다. 특히 중세의 도덕극morality play은 이러한 도덕적 교훈을 목적으로 하는 대표적인 극형식이었다. 이러한 교훈 문학에는 17세기 존 번연(John Bunyan, 1628-88)의 『천로 역정』(*Pilgrim's Progress*, 1678)이나 18세기 조나단 스위프트(Jonathan Swift, 1667-1745)의 『걸리버 여행기』(*Gulliver's Travels*, 1726)와 같은 알레고리와 풍자 문학이 포함되는데, 그 이유는 이들이 다양한 조롱 기법을 이용하여 특정한 유형의 인간, 제도, 행동 양식에 대한 독자의 태도를 변경시킬 목적으로 고안되었기 때문이다.

▬▬▬▬ Prose 산문

산문은 운문verse이라고 불리는 반복되는 운율적 단위로 구성되어 있지 않은 모든 말이나 글을 가리키는 포괄적인 용어inclusive term이다. 모든 문학에서 쓰인 산문은 운문보다 후에 발전한 것으로 여겨진다. 서구 문학의 역사에서 초기 작품들은 대부분 운문인 시의 형식을 취하고 있기 때문이다. 대표적인 산문의 장르로 여겨지는 소설은 18세기에 이르러서야 최초로 등장한다. 흔히 산문은 운문보다 예술성이 떨어지는 것으로 여겨지는 경향이 있다. 운문은 함축적인 글의 의미뿐 아니라 반복적인 언어 사용으로 음악적 리듬감을 동시에 전달하는 반면, 산문은 주로 의미 전달에 치중하기 때문이다. 하지만 산문시prose poetry와 같은 장르가 존재하는 것처럼 산문도 운rime이나 율격meter과 상관없이 문학을 예술적으로 표현할 수 있다.

### ■■■■ Canon of Literature 정전

오늘날 문학의 정전literary canon은 세계 문학, 유럽 문학, 또는 한 국가의 문학에서 비평가, 학자, 교사 등의 전문가 집단의 자문을 받아 중요major 작품으로 널리 인정되는 작품 목록을 가리킨다. 원래 그리스어로 "kanon"은 길이를 재는 막대measuring rod나 자를 가리키는 단어였는데, 나중에 성서를 구성하는 신약과 구약의 도서 목록list of books을 가리키는 의미로 사용되었다. 문학에서 사용되는 canon이라는 용어는 초기에는 특정 작가가 분명하게 쓴 것으로 전문가들이 인정하는 작품 목록을 가리켰다. 따라서 "초서 정전"the Chaucer canon과 "셰익스피어 정전"the Shakespearian canon 등이 존재했다.

### ■■■■ Comparative Literature 비교 문학

비교 문학은 한 문학 작품의 가치를 인식하고 평가할 때, 명백한 전후 관계context를 고려하여 다른 언어권의 문화적 산물이나 다른 문학 작품에서 인식되는 광범위한 유사한 문제나 주제theme를 연구하는 문학 연구의 한 분야이다. 비교 문학은 문학 비평가literary critic의 분석적인 가치 평가 과정의 자연스러운 한 분야를 형성하고 있다. 하나의 작품을 논할 때, 비평가들은 자주 동일한 혹은 서로 다른 언어로 된 작품들을 생각하게 된다. 문학 작품과 문학 작품을 나란히 위치시켜 놓을 때, 각 작품이 상대 작품과의 비교를 통해서 보다 풍부한 의미가 생겨날 수 있다는 생각은 전통적인 문학 연구보다는 신비평new criticism에 더 가까운 연구 방식이다. 또한 T. S. 엘리엇(Thomas Stern Eliot, 1888-1965)이 주장한 "비교와 분석은 비평가에게 중요한 도구"(comparison and analysis are the chief tools of the critic)라고 주장한 발언과도 관계가 있다. 문학의 비교 연구는 매우 다양하게 이루어질 수 있다. 동일한 시대, 동일한 언어권, 동일한 사회 배경에서 생겨난 다른 문학 작품들이 갖는 유사한 주제나 문제의식이 대상이 될 수도 있고, 반대로 서로 다른 시대, 다른 언어권, 다른 사회 배경에서 생겨난 문학 작품들이 유사한 문제의식이나 주제로 인해 비교의 대상이 될 수 있다.

### ▉▉▉ Literature of the Absurd **부조리 문학**

인간이 부분적으로는 이해할 수 있는 세상에 사는 이성적인 존재라는 전제를 지닌 전통적 문화traditional culture와 전통적 문학의 본질적 신념essential beliefs 과 가치에 대한 하나의 반항으로 제2차 세계대전 이후에 나타난 문학의 한 경향을 가리킨다. 부조리 문학은 인간 조건human condition이 본질적으로 부조리하고, 세상은 도저히 이해할 수 없는 곳임을 보여준다. 부조리 문학이 탄생하게 된 배경은 2차 세계대전 이후에 종교적 신앙의 타락, 인간 정신 내면의 무의식의 힘 발견, 나치즘이나 파시즘과 같은 전체주의 사상으로 인한 인간 이성의 마비, 대량 학살 무기 발달 등이 기존의 가치와 관습을 파괴한 현실에 있다. 2차 대전 후에 "부조리"라는 용어를 최초로 사용한 사상가는 실존주의 철학자 장 폴 사르트르(Jean Paul Sartre, 1905-80)와 알베르 카뮈(Albert Camus, 1913-60)이다. 카뮈의 『이방인』(*L'etranger*, 1942)은 대표적인 부조리 소설로 알려져 있다. 부조리 사상을 대표하는 소설가로는 제임스 조이스(James Joyce, 1882-1941)와 프란츠 카프카(Franz Kafka, 1883-1924)가 있다. 극작가로는 영국의 사무엘 베케트(Samuel Beckett, 1906-89)과 루마니아 출신 프랑스 작가 유진 이오네스코(Eugene Ionesco, 1909-94) 등이 있다.

### ▉▉▉ Cynicism **냉소주의**

일반적으로 인정되는 규범이나 인간 행위의 선함에 대해 회의적인skeptical 태도와 불신distrust의 감정을 가리킨다. 이 용어는 특히 당대의 상황에 대해 남달리 불만을 품은 작가군 또는 운동의 특징을 설명하기 위해서 때때로 사용된다. 냉소주의자들의 주요 신조는 자신의 행동에 대한 도덕적 책임moral responsibility 과 의지의 우월성superiority of the will에 대한 믿음이다. 따라서 이들에게는 사회적 정치적 행위보다도 개인의 이성, 정신, 의지, 개인주의적 사고가 더 중요하다. 대다수의 사람들이 냉소적 태도를 멸시하는 이유는 그것이 사회보다 개인을 더 중요시하기 때문이다. 그렇지만 냉소주의는 반드시 약점weakness이나 악덕vice은 아니며, 비판적 시각을 통해 문명 발전에 이바지해 왔다는 점을 우리는 기억해야 한다. 부조리 연극theater of the absurd과 잔혹 연극theater of the cruelty을 포함해서 오늘날의 많은 반사실주의적 소설들은 냉소주의를 반영한다.

## Motif and Theme 주제와 모티브

주제theme란 작가가 작품 속에서 구현하고자 하는 중심 사상이다. 따라서 이 용어는 문학 작품에 구현되어 독자를 설득시키기 위한 어떤 일반적인 주장이나 원칙에 사용하는 것이 적절하다. 문학작품에서 모티브motif와 주제theme는 유사한 의미로 사용되고 긴밀하게 연결되어 있지만, 둘 사이에는 중요한 차이가 있다. 문학 작품에서 주제가 중심이 되는 아이디어나 메시지라면, 모티브는 어떤 주제를 발전시키고 설명하기 위해 반복적으로 나타나는 이미지image나 사건event, 사상idea, 혹은 상징symbol과 같은 것이다. 민담에서 혐오스런 loathsome 여성이 아름다운 공주로 드러나는 것은 흔한 모티브이며, 요정fairy woman에 의해 마법에 걸린 남성의 이야기 역시 민담에서 차용된 모티브이다.

셰익스피어의 『햄릿』(Hamlet, 1601)에서 우리는 등장인물들의 근친상간 욕망에 의해서 되풀이되어 나타나는 근친상간의 모티브를 발견할 수 있다. 레어티즈Raertes는 여동생 오필리어Ophelia에게 성적 의미가 분명한 방식으로 말을 하고, 햄릿은 어머니 거트루드Gertrude와 클로디어스Claudius의 성관계에 대해 지나친 집착을 보이는데 이는 곧 그의 근친상간 욕망을 반영하는 것으로 여겨진다. 그 외에도 햄릿이 오필리어와 거트루드와의 관계를 통해 경험하는 여성에 대한 혐오 역시 하나의 모티브로 나타난다.

한편 『햄릿』 작품에서 중심 주제는 아버지의 죽음에 대한 아들의 복수가 정당한 것인가의 문제이고, 타락한 사회를 바로잡기 위해 필요한 것은 무엇인가의 문제이다. 물론 복수와 같은 주제 역시 작품 속에서 주요 모티브로 작용한다. 17세기 영국 문학의 대표적인 작가인 밀턴(John Milton, 1608-74)은 자신의 작품 『실낙원』(*Paradise Lost*, 1667)에서 작품의 주제를 "영원한 신의 섭리를 주장하고, 인간을 향한 하나님의 뜻을 정당화하는 것"(assert Eternal Providence, and justify the ways of God to men)이라고 공언하였다. 어떤 비평가들은 서정시를 포함하여 모든 훌륭한 문학 작품들은 작품 속에서 변화하는 의미와 이미지를 통해 구현되는 함축적인 주제를 포함하고 있다고 주장한다.

## ▬▬▬ Great Chain of Being 존재의 대연쇄

현대 사회에서는 아무런 의심 없이 받아들이고 있는 각 개인의 존엄성과 평등성은 기독교가 지배하였던 중세와 르네상스 시기의 상당 부분 동안에는 상상조차 하기 힘든 사고였다. 마치 우리나라의 조선시대 역사에서 양반과 상민의 신분이 세습되어 왔던 것처럼, 서구 사회도 귀족과 평민, 노예 등으로 구분되는 엄격한 신분 제도가 있었다. 그런데 이러한 엄격한 계급 질서hierarchical order를 지배 계층이 정당화하는 배경에는 바로 기독교적 세계관Christian world view이 있었다. 구교 가톨릭은 기독교적 우주관을 "존재의 대연쇄"(The Great Chain of Being)라고 정의되는 엄격한 계급 질서가 존재하는 세계로 규정했다. 즉 모든 우주의 만물들은 마치 고리를 연결시켜 놓은 것과 같은 계급 질서가 존재하는데, 이러한 존재의 연쇄는 우주의 모든 집단에 적용되는 것이었다.

따라서 중세와 르네상스 당대의 사람들은 천상에도, 인간 세상에도, 동물의 세계에도, 식물의 세계에도 계급 질서가 존재한다고 믿었다. 그 연쇄의 가장 높은 곳에는 하나님이 있고 그 아래에 수많은 천사들과 영적인 존재들의 계급이 정해져 있다고 규정했다. 인간 세상에서는 왕이 연쇄의 가장 높은 곳에 있으며, 그 아래로 수많은 왕족들과 귀족들, 그리고 평민과 노예에 이르기까지 신분 질서가 연결되어 있었다. 동물의 세계에서는 사자가, 날짐승의 세계에서는 독수리가 가장 높은 위치에 있었으며, 각각의 동물에게도 정해진 위치가 있었다.

그리고 이러한 계급 질서를 견고하게 유지시켰던 사고의 바탕에는 이러한 계급 질서를 존재케 하신 분이 바로 하나님이라는 믿음faith이 있었다. 왕의 자리는 하나님이 내려주신 자리라는 왕권신수설도 이러한 계급 질서관에서 비롯한 것이다. 따라서 당대의 사람들은 자신의 신분이나 지위에 대해서 어떤 불만이나 불평이 없었고, 또 할 수도 없었다. 평민이건 노예이건 하나님이 정해주신 신분이기 때문에 이를 거역하는 것은 커다란 죄악을 범하는 것이라고 믿었기 때문이다. 그런데 우리는 이러한 계급 질서관은 당대의 지배 계층ruling class이 권력을 마음대로 행사하는 데 매우 편리한 정치적 이념이었다는 점을 기억해야 한다. 존재의 대연쇄라는 계급 질서관은 설혹 하층민들이 상층 계급으로부터 부당한 억압이나 고통을 당하더라도 이에 저항하거나 혁명을 일으킬 수 있는 가능성을 완전히 봉쇄했기 때문이다.

더구나 당대에는 존재의 연쇄 고리가 깨지면 우주 전체의 질서가 혼돈에 빠지며, 엄청난 혼란이 초래하여 모든 인간이 재앙을 겪게 된다는 믿음이 널리 퍼져 있었다. 그래서 우리는 셰익스피어와 같은 당대의 유명한 작가들의 작품에서 계급 질서관을 반영하는 장면들을 쉽게 찾아볼 수 있다. 예를 들어, 『맥베스』(Macbeth, 1606)에서 맥베스가 왕이 되고자 하는 야심으로 덩컨 왕을 살해한 다음 날, 셰익스피어는 다른 인물들의 입을 통해서 그날 밤에 어떤 혼란disorder이 있었는지를 자세히 묘사하고 있다. 대낮에 하늘이 시커멓게 변하는가 하면, 날짐승의 세계에서는 올빼미가 매를 공격하기도 하고, 얌전하게 우리에서 지내던 말들이 난폭해져서 인간을 공격하는 비정상적인abnormal 사건들이 발생했다는 등의 묘사가 나오는 이유가 바로 여기에 있는 것이다. 이러한 계급 질서 문화는 르네상스 시기에 자본주의와 개인주의의 새로운 사상에 의해 도전을 받아 점차 약화되었지만, 상류 계급과 하류 계급의 차별 의식은 현대에도 그 흔적이 남아 있다고 할 수 있다.

### ■■■■ Platonic Love 정신적 사랑

플라톤의 『향연』(Symposium, BC 360)에서 소크라테스(Socrates, BC 470-399)는 지혜로운 여인 디오티마Diotima가 그에게 전해준 에로스(연애)론을 설명하고 있다. 그녀는 우리에게 인간의 육체에 깃들인 아름다움에 대한 사랑에 머물지 말고, 육체의 아름다움에서 정신의 아름다움으로 올라가 나중에는 "절대적이고, 독립적이고, 단순하고, 영원한 미"beauty absolute, separate, simple, and everlasting의 이데아idea를 생각하라고 명령한다. 플라톤에서 시작해서 르네상스의 기독교 사상가들이 발전시킨 이론에 의하면, 진정한 육체의 아름다움은 영혼의 도덕적, 영적 아름다움의 외적인 표현에 불과하며, 영혼의 아름다움은 하느님의 절대적인 아름다움에서 흘러나오는 빛이라는 것이다. 따라서 플라톤적 연인은 사랑하는 여성의 육체적 아름다움에 어쩔 수 없이 끌리지만, 그녀의 아름다움은 하늘의 영적인 아름다움에 대한 순수한 관조로 올라가는 가장 낮은 계단이라고 생각한다.

이처럼 플라톤의 사상에서 유래한 이상적인 사랑은 현대에는 성적인 요소가 개입되지 않는 정신적 사랑의 의미로 여겨진다. 따라서 플라토닉 사랑의 예는 이성 사이의 성적인 관계없는 깊은 우정friendship으로 받아들여지기 쉽지만, 이러한 이해는 플라토닉 사랑의 원래 의미를 잘못 이해한 것이다. 원래의 의미는 상대에 대한 성적 관심이 없는 것이 아니라 이를 절제할 줄 아는 열정적이지만 순결한pure 사랑을 의미한다.

### ▰▰▰ *Carpe diem* 카르페 디엠

카르페 디엠이라는 용어는 기원전 23년 로마시인 호라티우스(Horace, BC 65-68)의 라틴어 시구에서 유래하였다. carpe는 명령어로서 "집어들다, 붙잡다"pick, seize의 뜻을 가지며, diem은 "날"day을 의미하는 명사이다. 따라서 카르페 디엠의 사전적 의미는 "현재를 즐겨라"enjoy the day가 된다. 이 개념은 특히 서정시에서 흔한 문학적 모티브로 사용되는데, 카르페 디엠 시의 화자는 흔히 수줍어하는 처녀에게 현재의 쾌락pleasure을 즐기라고 권면하기 위해서 인생은 짧고 시간을 빠르게 흘러간다고 강조한다. 육체적 아름다움이 한 순간moment이고 죽음이 빠르게 찾아온다는 것을 나타내는 가장 흔한 상징symbol은 에드먼드 스펜서(Edmund Spenser, 1552-99)의 『선녀여왕』(*Faerie Queene*, 1590-96)에서 볼 수 있듯이 장미이다. 스펜서는 "그러니 싱싱할 때, 장미를 꺾어라"(Gather therefore the rose, whilst yet is prime)라고 노래하고, 로버트 헤릭(Robert Herrick, 1591-1674)은 "꺾을 수 있을 때 장미꽃 봉오리를 꺾어라" (Gather ye rosebuds, while you may)라고 노래한다. 이때 장미를 꺾는다는 것은 쾌락을 찾는다는 의미를 지닌다.

### ▰▰▰ Oedipus Complex 오이디푸스 콤플렉스

20세기 초반 독일의 심리학자 프로이트가 소포클레스(Sophocles, BC 496-406)의 그리스 비극『오이디푸스 왕』(*Oedipus the King*, BC 429)에서 차용한 심리용어이다. 프로이트는 남자 어린아이가 어머니의 사랑과 관심을 독차지하고 싶은 욕망desire 때문에 경쟁자인 아버지를 죽이고 어머니와 성적인 관계를 맺고자 하는 잠재의식subconsciousness을 갖고 있다고 주장하였다. 즉, 어떤 의미에서 남자 아이들은 가정에서 아버지의 위치를 차지하고 싶은 욕망을 갖는 것이다. 물론 건강한 아이들은 이러한 욕망을 다른 출구를 통해 배출하지만, 숨겨진 욕망은 심리 속에 남아 있다고 본다. 소포클레스의 비극에서 주인공 오이디푸스는 부모의 정체를 알지 못한 상태에서 테베의 왕인 아버지를 죽이고 어머니와 결혼하여 테베의 왕이 되는 죄를 범한다. 극 후반에 진실을 알게 된 그는 죄의 대가로 자신의 두 눈을 찔러 장님blindman으로 만든 후 망명exile의 길을 떠나는 고통을 선택한다. 흔히 셰익스피어의『햄릿』에서 주인공 햄릿이 이러한 오이디푸스 콤플렉스를 드러내고 있는 것으로 여겨진다. 어머니의 성급한 결혼에 대한 햄릿의 분노, 어머니를 차지한 숙부 클로디어스에 대한 분노, 그리고 복수를 주저하는 이유 등이 바로 오이디푸스 콤플렉스의 예라고 주장하는 심리분석 비평가들이 있다.

### ▰▰▰ Utopia and Dystopia 이상향과 반이상향

유토피아는 이상적인 정치 체제와 생활 방식을 지니고 있는 이상적인 세계이지만, 이 세상에 존재하지 않는 그러한 허구의 세계를 가리키는 용어이다. 유토피아는 르네상스 시기 영국의 인문학자humanist였던 토머스 모어 경(Sir Thomas More, 1478-1535)이 쓴 상상적 공화국imaginary commonwealth에 대한 책의 제목이었다. 이 제목은 그리스어 단어 "outopia"(없는 곳)와 "eutopia"(좋은 곳)를 가지고 말장난을 한 것이다. 모어는 『유토피아』(*Utopia*, 1516)에서 이상적인 정치 국가와 사람들의 생활양식way of life을 자세히 묘사하였다. 이러한 이상향을 그리는 유형의 최초의 책은 플라톤의 『국가』(*Politeia*, BC 380)라고 할 수 있다. 이 책은 대화 형식으로 실제 세계의 정치 조직들과 먼 한 공화국의 영원한 이데아idea를 서술하고 있다. 이러한 유토피아에 반대되는 개념으로 디스토피아dystopia라는 용어가 최근에 사용되는데, 이는 현재 우리의 사회적, 정치적, 기술적 질서의 어떤 불길한 경향들이 미래의 어느 시점에 투사되는 불쾌한 상상적 세계를 묘사하는 소설 작품들에 쓰이고 있다. 이러한 디스토피아의 대표적인 예로서 헉슬리(Aldous Huxley, 1894-1963)의 『멋진 신세계』(*Brave New World*, 1932), 아서 케스틀러(Arthur Koestler, 1905-83)의 『정오의 어둠』(*Darkness at Noon*, 1941), 그리고 조지 오웰(George Orwell, 1903-50)의 『1984년』(*Nineteen Eighty-four*, 1947) 등이 있다.

## ▉▉▉ Deism 이신론

17세기 후반부터 18세기에 이르는 유럽의 계몽주의 기간age of enlightenment 동안 널리 퍼졌던 인간 이성의 우월성을 신봉하는 종교적 태도인데, 이신론은 어떤 종교라기보다는 신의 본질에 대한 특별한 시각을 나타낸다. 이신론자들은 창조주creator 신의 존재를 믿지만, 그 신이 만물을 창조한 후에는 창조된 우주와 그 안의 존재들에게 대해 더 이상 관여하지 않고 별도로 존재한다고 본다. 따라서 이신론에서 주장하는 신은 숭배의 대상이 아니며, 신이 숭배를 원하지도 않는다고 본다. 또한 신이 직접적으로 자신을 드러내지 않기 때문에, 오직 인간의 이성reason과 신이 창조한 자연nature에 대한 탐구를 통해서만 신의 존재를 알 수 있다고 믿으며, 기적miracle이나 계시revelation와 같은 초자연적인 현상을 믿지 않는다. 따라서 기독교를 비롯하여 특별한 시간과 공간에서 특별한 기복을 통해 제시된 진리에 대한 믿음에 기초한 종교를 인정하지 않는다. 이러한 시각에서 자연신론이라고도 불린다.

## Style 문체

문체는 산문prose이나 운문verse의 언어 표현 양식을 가리킨다. 화자speaker나 작가writer가 말하는 것이 무엇이든 간에 그가 그것을 "어떻게"how 말하는가를 나타낸다. 특정한 작품이나 작가의 문체는 어법diction 혹은 단어 선택, 문장의 구조와 구문, 비유 언어figurative language의 밀도density와 유형, 리듬과 구성음, 다른 형식적인 특징들의 패턴 등의 시각에서 분석될 수 있다. 전통적 수사학의 이론에서 문체는 크게 3가지 유형으로 나누어진다. 즉, 고급 문체high style, 중급 문체middle style, 그리고 저급 문체low style가 바로 그것이다. 문학 작품의 문체는 장르의 위엄에 알맞게 설정되어야 한다고 여겨져 왔다.

## Rhetoric 수사학

그리스의 철학자 아리스토텔레스는 자신의 저서 『수사학』(*Rhetoric*, BC 350)에서 수사학적인 말이나 글을 "어떤 주어진 상황에서 설득을 할 수 있는 모든 가능한 수단을 발견하는 기술"(the art of discovering all the available means of persuasion in any given case)이라고 정의했다. 그리고 웅변가가 청중을 설득시켜 자기의 관점을 받아들이도록 지적 정서적 효과를 달성하기 위해 사용하는 기법들에 논의의 초점을 맞추었다. 이러한 아리스토텔레스의 정의는 후대의 수사학자들도 동의하여, 수사학적인 말이나 글이 착상invention, 배열disposition, 그리고 문체style로 구성되어 있다고 분석한다. 착상은 주장 또는 논제를 발견하는 것을 의미하고, 배열은 이러한 논증거리들을 배열하는 것이며, 문체는 이러한 재료를 가장 효과적으로 표현할 말과 비유와 리듬을 선택하는 것을 의미한다.

## Discourse 담화

담화discourse는 논쟁argument을 나타내는 라틴어에서 유래한 단어이다. discourse라는 단어에 내재한 논쟁의 의미는 생각과 의견의 교환이다. 언어학적으로는 "말로 하는 언어"spoken language에서 한 마디 말utterance보다 큰 일련의 말들a set of utterances이고, "글로 쓰는 언어"written language에서는 한 문장sentence보다 큰 일련의 문장들a set of sentences을 가리키는 언어학적 용어이다. 전자를 "말로 하는 담화"spoken discourse라고 부르고, 후자를 "글로 쓰는 담화"written discourse라고 부른다.

## ▨▨▨▨ Euphemism 완곡어법

그리스어로 "좋게 말하다"speak well의 뜻에서 유래한 용어로서, 불쾌하고 비위에 거슬리는 것을 가리킬 때 사용하는 솔직한 표현 대신에 모호하고vague 보다 우회적이고roundabout 덜 구어체적인less colloquial 표현을 사용하는 것을 일컫는다. 완곡어법은 흔히 죽음에 관해 말할 때 자주 사용된다. 즉, "죽는다"die라는 직접적인 표현보다는 "멀리 떠난다"pass away라는 우회적인 표현을 사용하는 것이다. "화장실"로 번역되는 toilet, bathroom 등의 단어들도 배설하는 장소의 의미를 우회적으로 표현하는 단어들이다. 또한 하느님에 대해서 말할 때도 이러한 완곡어법이 자주 사용되는데, 일례로 엘리자베스 시대에는 God's wounds!라는 감탄 표현 대신에 Zounds!라는 표현이 사용되었다. 기분이 거슬리지 않게 듣기 좋은 음조라는 뜻의 활음조 euphony도 이러한 완곡어법과 관련이 있는 용어이다.

## ▨▨▨▨ Satire and Sarcasm 풍자와 야유

풍자란 어떤 대상을 우스꽝스럽게ridiculous 만들고 그 상황을 즐기고 재미있어 하는 태도이며, 경멸contempt과 조소scorn를 불러일으킴으로써 그 대상을 깎아 내리는diminishing 문학상의 기교이다. 풍자는 웃음을 유발하는 희극the comic이나 소극farce과 구별되어야 한다. 가벼운 희극이나 소극은 웃음을 유발시키는 것 자체가 목적이지만, 풍자는 조롱이 목적이다. 즉, 풍자는 웃음을 이용하여 작품 외부에 있는 어떤 대상을 공격한다. 그 대상은 개인일 수도 있고, 어떤 인간형이나, 어떤 계급, 어떤 제도나 국가일 수 있고, 심지어는 조나단 스위프트의 『걸리버 여행기』에서처럼 전 인류를 풍자의 대상으로 삼을 수도 있다.

르네상스 영국의 극작가 벤 존슨(Ben Jonson, 1572-1637)은 『볼포네』(*Volpone*, 1606)에서 물질적 탐욕에만 눈이 어두워 다른 가치들을 잃고 파멸하는 어리석은 인간 유형을 풍자한다. 이 작품에서 주인공 볼포네는 막대한 재산을 가진 인물인데 곧 죽을병에 걸린 병자 흉내를 내면서 유산을 미끼로 사람들을 속여 재물을 빼앗는데, 정작 풍자의 대상은 볼포네보다는 볼포네의 재산을 탐내어 자신의 아내의 정조마저 기꺼이 팔아넘기는가 하면 자식과의 관계마저 끊어버리는 어리석은 인간 유형들이다.

야유sarcasm는 그리스어 **sarkazein**에서 유래한 단어인데, "살을 찢다"to tear flesh라는 뜻을 갖는다. 상대방의 감정을 상하게 할 목적으로 사용하는 신랄sharp하고 모진bitter 표현을 가리킨다. 때로는 아이러니와 같은 의미로 사용되지만, 누군가를 모욕insult주거나 비난하기 위해서 의도적으로 자신이 실제로 말하고 싶은 내용과 반대로 말하는 태도가 훨씬 더 적합한 정의이다. 예를 들어, 한국어에서 "참 잘~한다"와 같은 표현은 상대방을 칭찬하기 위해서 사용되는 경우도 있지만, 반대로 이 표현은 과장된 어투에 따라 상대방의 잘못을 비난하기 위해서 의도적으로 사용되기도 한다. M. H. 에이브람스(M. H. Abrams, 1912-2015)는 여성이 어떤 남성을 비난하기 위해서 사용하는 비꼬는 표현의 예로서 "오, 당신은 정말이지, 신이 여성에게 준 위대한 선물이군요." (Oh, you're God's great gift to women, you are!) 같은 표현을 인용한다.

## ▒▒▒▒ Burlesque 벌레스크

흔히 "어울리지 않는 모방"an incongruous imitation이라고 정의되는 용어이다. 즉, 진지한 문학 작품이나 문학 장르의 내용과 형식을 흉내내지만, 그 형식form 및 문체style 그리고 내용subject matter이 서로 우스꽝스럽게 어울리지 않도록 함으로써 재미를 유발하는 작품을 가리킨다. 벌레스크는 순수하게 재미를 목적으로 쓰일 수 있지만, 이는 일종의 풍자라고 할 수 있다. 풍자와 조소의satiric ridicule 대상은 모방하고 있는 문학 작품이나 장르일 수 있고, 그 모방이 어울리지 않는 내용일 수도 있다. 벌레스크와 패러디parody, 그리고 트라베스티travesty는 동일한 의미로 바꿔 쓰기도 하지만 엄밀한 의미에서는 구별이 되어야 한다. 벌레스크는 세 가지 용어 가운데 가장 포괄적인 용어이고 패러디와 트라베스티는 벌레스크의 한 유형이라고 보는 것이 타당하다. 벌레스크는 흔히 고급 벌레스크와 저급 벌레스크로 나뉜다. 고급 벌레스크는 작품의 형식과 문체의 수준은 매우 높은데 내용이 시시하고 저급한 경우이고, 저급 벌레스크는 내용은 진지하고 위엄이 있는데 다루는 문체와 형식이 저급하고 위엄이 없는 경우이다. 패러디는 고급 벌레스크에 속하고, 트라베스티는 저급 벌레스크에 속한다.

### ▬▬▬▬▬ Parody 패러디

패러디는 희극적 효과를 불러일으키기 위해서 의도적으로 특정 작가나 예술가, 혹은 장르를 모방imitation하는 것을 가리킨다. 패러디의 희극적 효과는 유명한 문학 작품의 두드러지는 특징을 모방하거나 강조함으로써 나타난다. 흔히 한 인물의 특별한 특징이 모방의 대상이 된다. 일상생활에서도 우리는 누군가를 놀리기 위해서 이 기법을 사용한다.

### ▬▬▬▬▬ Sublime 숭고함/장엄미

미학에서 장엄미는 계산·측정·모방의 한계를 초월한 거대함greatness에 대해 갖게 되는 정서이다. 이 용어는 그리스의 철학자 롱기누스의 「장엄함에 대하여」("On the Sublime")라는 논문에서 유래한다. 이 논문의 저자인 롱기누스가 케시우스 롱기누스(Cassius Longinus, c. 213-273 AD)라는 설과 서기 1세기경의 저술가였던 디오니시우스(Dionysius of Halicarnassus)라는 설이 병존한다. 롱기누스에 따르면 장엄미는 어떤 대상에 대하여 관찰자가 자아를 벗어난 최고의 경지에 이르렀을 때 얻게 된다. 이 장엄미는 관찰자 혹은 청자의 마음의 평정composure을 부수고, 저항할 수 없이irresistibly 청자를 지배하며, 번개의 에너지처럼 대상들을 분산시켜shatter 다른 상태로 전이시킨다. 장엄미의 원천source은 작가나 화자 안에 있는데, 이것을 달성하기 위해서는 다섯 가지 능력이 필요하다. "사고의 고상함"loftiness of thought과 "강하고 탁월한 열정"

strong and inspired passion은 타고나야 하고, 비유적인 언어figurative language 사용, 표현의 고결함nobility of expression, 고양된 글의 구성elevated composition은 연습을 통해 획득할 수 있다고 하였다. 장엄함을 성취할 수 있는 능력 그 자체가 작가의 초월적 천재성transcendent genius과 성격의 고상함을 입증해준다. 그는 호메로스(Homer, BC 800-750)의 서사시, 아이스킬로스(Aeschylus, BC 525-456)의 비극, 사포(Sappho, BC 612?-?)의 서정시, 플라톤의 철학, 데모스테네스(Demosthenes, BC 384-322)의 웅변, 역사가 헤로도토스(Herodotus, BC 484-425)의 저서 등에서 숭고함을 보여주는 구절들을 구체적으로 제시했었다.

롱기누스의 숭고함에 대한 논문은 후세에 지속적으로 많은 영향을 미쳤는데, 18세기에 와서는 무시무시한 자연의 경치나 자연의 움직임에서 발생하는 거대한 힘을 묘사하면서 이들의 속성을 장엄미로 규정했다. 이 장엄미는 아름다움과는 분명하게 구분되는, 아름다움보다 더 높은 차원의 심미적인 속성을 갖고 있다고 주장했다. 이 숭고함이 우리에게 주는 즐거움pleasure은 두려움horror 때로는 절망감이 수반된다. 에드먼드 버크(Edmund Burke, 1729-97)에 따르면 자연의 거대한 형상이나 움직임은 보는 자에게 고통과 두려움pain and terror을 유발시키지만, 위험이 없는 안전한 상태에서 지켜본다면 즐거운 두려움으로 체험할 수 있다는 것이다. 숭고한 공포를 유발시키는 대상의 특징은 모호함obscurity, 거대한 힘immense power, 방대한 규모와 양vastness in dimension and quantity이다. 거대한 폭포 소리, 분노한 폭풍우, 천둥, 폭음은 인간의 마음속에 거대하고 놀라운 느낌을 불러일으킨다. 버크의 숭고미는 아름다움과는 정반대의 속성을 갖고 있다. 강렬한 감정을 불러일으키면서 즐거운 체험을 유발시키는 추함ugliness이 있다면, 이런 추함은 아름다움과 반대되는 장엄미에 속한다는 것이다. 아리스토텔레스 이래 전통적으로 추함은 고통을 유발한다고 provoke 여겨져 왔는데 버크는 이러한 주장을 정면으로 거부하였다.

독일의 철학자 칸트(Immanuel Kant, 1724-1804)는 아름다움과 장엄함을 구분하였는데 아름다움은 대상의 형식form 혹은 균형balance에서 생기는데 장엄미는 형식이 없음 혹은 한계가 없는 거대함에서 나온다고 하였다. 그는 『판단력 비판』(*Critique of Judgement*, 1790)에서 장엄한 대상을 두 종류로 나누었다. 하나는 수적인 장엄미mathematical sublime로서 무수히 많거나 거대한 크기에서 오는 장엄미이고, 다른 하나는 역동적 장엄미dynamic sublime로서 무기력해 보이는 인간에게 공포감을 느끼게 하는 자연의 거대한 힘이 갖는 장엄미이다. 인간이 안전한 장소에서 이 자연을 바라본다면 이 장면이 제공하는 공포는 즐길 수 있는 공포가 된다. 그러나 칸트는 이 장엄미는 자연 자체에 존재하는 것이 아니라 그것을 응시하는 인간의 마음의 힘the power of human's mind 안에 존재한다고 주장했다. 그에 따르면 유한한 인간이 자신의 한계limitations와 나약함weakness을 느끼고, 자연의 엄청난 규모immeasurable magnitude와 그 힘에 자신이 저항할 수 없을irresistible 때조차도 장엄미의 체험은 인간이 자연보다 우월함pre-eminence을 분명하게 해준다.

쇼펜하우어(Arthur Schopenhauer, 1788-1860)는 『의지와 표상으로서의 세계』(The World as Will and Representation, 1819)에서 관찰자를 해치지 않는 온화한 대상benign object을 보았을 때 아름다움을 느끼고, 관찰자를 파괴할 수 있는 압도적이고overpowering, 거대하고vast, 유해한malignant 엄청난 규모의 대상을 보았을 때 장엄미를 갖게 된다고 구분하였다. 그는 장엄미를 느끼게 하는 대상들을 등급별로 분류하여 구체적으로 제시했다.

20세기에 와서 장 프랑수아 리오타르(Jean-François Lyotard, 1924-98)는 장엄미는 모더니스트 시대Modernist period의 미적 주제aesthetic theme의 토대를 이루고 있다고 주장했다. 그에 따르면, 모더니스트들은 예술을 통해 아름다움보다는 인간조건human condition의 제약들constraints로부터 해방을 추구하고자 했다는 것이다. 그에게 장엄미의 의미는 인간 이성의 아포리아aporia를 암시한다는 것이다. 장엄미는 우리의 관념적conceptual power 한계를 표현하고, 포스트모던 세계의 다양성multiplicity과 불안전성instability을 드러낸다는 것이다. 마리오 코스타(Mario Costa, 1936- )는 디지털 테크놀로지digital technologies가 새로운 종류의 장엄미의 여건을 만들고 있다고 주장했다. 장엄미가 현대에 와서는 전통적인 예술의 범주— 아름다움beauty, 의미meaning, 표현expression, 감정feeling —를 대신하고 있다는 것이다. 18세기의 자연의 장엄미, 현대의 대도시의 산업metropolitan-industrial의 장엄미 대신에 이제는 새로운 매체예술media art,

컴퓨터에 기반을 둔 생성예술computer-based generative art, 정보망networking, 원격통신 예술elecommunication art 등이 기술의 장엄미technological sublime를 창조하고 있다는 것이다.

Wit **위트**

위트의 현대적 의미는 문학 작품에서 독자나 관객을 웃게 하거나 즐겁게 하기 위한 목적으로 만들어진 표현이나 문학적 요소를 가리킨다. 따라서 흔히 위트는 유머humor와 동일한 의미로 사용된다. 16세기 르네상스 작가들은 필립 시드니(Sir Philip Sidney, 1554-86)의 지적처럼 위트를 단순히 시를 쓰기 위한 지적 능력faculty of intelligence으로 여겼다. 하지만 17세기에는 그 용도가 변했다. 17세기에 유머는 전반적인 감정 상태나 기분을 나타내는 용어로 여겨졌지만, 위트는 그보다 훨씬 더 심도 있게 지적인 독창성inventiveness, 창의성creativity, 정신적 날카로움mental acuity을 함축하는 것으로 여겨졌다. 특히 역설paradox이나, 재치 있는 언어표현, 간결하고 능숙한 구절들에서 이러한 위트의 사용은 두드러졌다. 알렉산더 포프(Alexander Pope, 1688-1744)는 "진정한 위트는 자주 생각된 것이긴 하나 이렇게 잘 표현된 적이 없는 것"(True wit is Nature to Advantage dress'd/ What oft was thought, but ne'er so well expressed)이라고 주장했다.

　어떤 표현이 위트인가 아닌가는 계몽주의 비평가들과 그의 후예들에게는 중요한 논쟁거리였다. 존 드라이든(John Dryden, 1631-1700), 에이브라함 코울리(Abraham Cowley, 1618-67), 알렉산더 포프의 시각에서 보면, 위트는 기존의 관념을 새로운 방식으로 전달하기 위한 적절한 단어나 이미지를 만들어내는 것을 의미하였다. 하지만 사무엘 존슨(Samuel Jonson, 1709-84)은 이에 동의하지 않았다. 당대의 유명한 문학잡지 『관객』(*Spectator*)에서 다룬 몇 가지 문제 중에서, 에디슨(Joseph Addison, 1672-1719)은 가짜false 위트와 진짜true 위트를 구분하는 시도를 했는데, 위트는 유사성과 대립성을 결합시켜야 한다고 결론지었다. 그는 페트라르카(Francesco Petrarca, 1304-74)의 이미지를 약간 변형시켜 위트의 한 예를 설명한다. "내 애인의 가슴은 눈처럼 하얗고 차갑다'(My mistress's bosom is as white as snow, and as cold). 에디슨은 이 시구에서 위트는 눈처럼 하얀 애인의 가슴의 아름다움을 언급하는 페트라르카 식의 친숙한 이미지에서 생겨나지만, 그는 그녀의 차가운 반응이라는 이미지를 통해 달아오른 열정을 식혀버린다고 설명한다. 나중에 윌리엄 해즐릿(William Hazlet, 1905-78)은 위트와 상상력을 구분한다. 그는 위트를 인위적이고 감정적으로 메마른 지적 작용으로 평가한 반면, 상상력은 정당하면서도 가치 있는 창의적 지적 활동으로 판단하였다. 19세기에 이르러서 위트는 진지함이 결여된 것과 연관되었다. 예를 들어 빅토리아 시대 비평가 매슈 아놀드(Matthew Arnold, 1822-88)는 초서와 포프가 위트를 사용한 것을 두고 진지함이 결여되어 있다고 비판하였다.

## ▰▰▰ Archaism 고풍스러움

아케이즘은 "고풍스러움, 옛스러움"을 의미하는 그리스어에서 유래된 단어이다. 문학작품에서 당대에는 쓸모없게 된 고어 표현이나 단어를 사용하는 태도를 가리킨다. 르네상스 시대 대표적인 시인 에드먼드 스펜서는 『선녀여왕』에서 의도적으로 초서(Geoffrey Chaucer, 1343-1400)의 중세 영어 작품에 나온 많은 표현을 사용하였는데, 이는 중세의 기사도 로맨스chivalric romance를 되살리기에 적합한 시적 분위기를 이끌어내기 위함이었다. 예를 들어 셰익스피어의 희곡 작품이나 시 등에서 흔히 사용되는 thou, thine과 같은 표현들은 대표적인 고어 표현들이다. thou는 you를 나타내는 고어 표현인데, 상대방을 지칭하는 일상적인 의미보다는 좀 더 시적이고 멋스러운 분위기를 전달한다. 낭만주의 시인 존 키츠(John Keats, 1795-1821)는 "그리스의 항아리"Grecian Urn를 묘사하면서 "with brede/ Of marble men and maidens overwrought"와 같은 구절을 사용한다. 이 구절에서 brede는 braid의 고어이고, overwrought는 overworked의 고어표현이다.

## Cliche 상투어구

클리셰cliche는 일상적인 용법에서 너무 벗어나 있어서 그 자체로는 주의를 끌지 못하거나, 또 너무 자주 쓰여 왔기 때문에 진부하거나 지루하게 느껴지는 표현을 가리킨다. 19세기 인쇄에서 사용하는 "연판"이라는 뜻을 지닌 프랑스어에서 빌려온 단어이다. 예를 들어, "I beg your pardon"이나 "Sincerely yours" 같은 표현은 그 자체로는 주의를 끌지 않는 상용 문구이지만, "easy as pie"(아주 쉬운), "don't play with fire"(불장난하지 마), "beauty is skin deep"(미모는 껍데기일 뿐이다), "as busy as a bee"(몹시 바쁜), "as cool as a cucumber"(냉정한), "my better half"(아내), "the eternal verities"(영원한 진리), "lock, stock, and barrel"(모조리 다)과 같은 표현들은 클리셰로 간주된다.

## Coherence 내적 통일성

문학 작품의 의미가 분명하게 이해될 수 있도록 각각의 부분들이 적절한 배열arrangement과 관계relation를 이룰 것을 요구하는 창작의 근본 원리를 가리킨다. 즉 문장 안에 있는 단어들과 구와 절들, 문장보다 큰 글의 단위 안에 있는 문장들과 단락들과 장들이 논리적인 배열에 의해서 통일성unity을 갖추고 있는 경우 내적 통일성coherence이 있다고 말한다. 비논리적인 배열에 의해서 통일성을 이루지 못하는 경우는 내적 통일성이 없다고 할 수 있다.

## Mimesis 미메시스

플라톤과 아리스토텔레스에 의해서 문학의 본질을 설명하는 핵심적인 개념으로 사용된 이 말은 흔히 재현representation 또는 모방imitation이라는 뜻으로 사용된다. 미메시스는 문학이 다른 예술과 마찬가지로 흉내내기의 결과라는 생각에서 나온 개념이다. 흉내내기라는 말 속에는 문학이 진짜가 아닌 가짜라는 부정적인 가치 평가가 내재되어 있다. 하지만 플라톤과 아리스토텔레스는 문학을 미메시스라고 인정했지만 이 개념에 대해서는 다른 견해를 갖고 있었다. 플라톤은 문학의 본질이 외부 세계 즉 자연을 모방하는데, 자연은 완벽한 이데아의 세계를 모방한 것이어서 문학은 이데아에서 너무 멀어져 있기 때문에 지혜와 이성이 지배하는 이상적인 사회를 건설하기 위해서는 시인들을 몰아내야 한다고 생각했다. 반면 아리스토텔레스는 시가 모방하는 것이 눈에 보이는 외부의 사물이 아니라 그 배후에 숨겨진 보편적인 원리universal principle라고 주장했다. 숨겨진 것을 모방한다는 주장에는 모방이라는 행위가 단순한 흉내내기가 아니라, 발견하는 행위라는 생각이 담겨져 있다.

### ▇▇▇▇▇▇ Pathos **비애감**

그리스어로 페이소스(파토스)pathos는 "격정passion, 고통suffering"과 같은 깊은 감정을 의미했다. 현대 비평에서 페이소스는 관객에게 연민pity이나 비애sympathetic sorrow를 자아내는 장면이나 구절과 관련이 있다. 빅토리아 시대의 유명한 작가들은 현대의 독자들이 참을 수 없을 정도로 페이소스를 이용했다. 문학적 페이소스의 가장 위대한 구절들은 연민을 자아내는 상황을 상세히 묘사하지 않고 간단히 줄여 말함으로써 그 효과를 성취한다.

### ▇▇▇▇▇▇ Pathetic Fallacy **감상적 오류**

1856년에 존 러스킨(John Ruskin, 1819-1900)이 자신의 저서 『현대 화가들』(*Modern Painters*, 1846)에서 처음 사용한 용어이다. 문학 작품에서 등장인물의 감정emotion이나 느낌feeling을 무생물이나 자연물에 부여함으로써, 무생물이 마치 살아있는 인간처럼 느끼게 만드는 오류error를 가리킨다. 러스킨은 이 용어를 경멸적 의미로 사용하였는데, 그러한 감상적 오류는 우리에게 감정적 영향emotional effect을 미쳐 사물의 진정한 외양이 아닌 이례적이고 거짓된 외양을 나타낸다고 주장하였다. 러스킨은 이러한 오류의 한 예로 콜리지(Samuel Taylor Coleridge)의 「크리스타벨」("Christabel")에 등장하는 춤추는 낙엽의 표현을 인급한다.

붉게 물든 나뭇잎 하나, 무리 중의 마지막 잎새,
춤출 수 있는 만큼 자주 춤춘다.

The one red leaf, the last of its clan,

That dances as often as dance it can.

문학적 기법으로 이는 의인화personification와 유사하다고 볼 수 있다.

### ▮▮▮▮▮ Anachronism 시대착오

시대착오는 말 그대로 시대적으로 어울리지 않는chronologically incongruous 상황을 일컫는 말이다. 흔히 문학 작품에서 등장하는 인물이나 어떤 사건이 작품이 다루고 있는 시대의 역사적 상황과는 다르게 표현되어 있는 경우가 이에 해당한다. 예를 들어 셰익스피어는 클레오파트라Cleopatra에게 코르셋corset을 입혔고, 『줄리어스 시저』(*Julius Caesar*, 1599)에서는 시간마다 종을 울리기 위해서 괘종시계를 사용했다. 클레오파트라가 살았던 시대에 코르셋이 있었을 리 만무하고, 괘종시계 역시 시저가 살았던 로마 시대에 존재하지 않았던 물건인 것이다. 또한 『리처드 3세』(*Richard III*, 1592)에서는 리처드에 대적하는 인물로서 역사적으로는 이미 사망하여 존재하지 않는 마가렛Margaret 왕비를 등장시키기도 한다. 이처럼 시대착오 표현의 경우 작가가 의도적으로 intentionally 시대착오적인 표현을 사용하는 경우도 있고, 작가 스스로 착오 mistake를 일으킨 경우나 혹은 역사적 지식이 부족하여 실수를 저지르는 경우도 있다. 물론 어느 경우든지 그러한 시대착오적인 표현으로 작품에 대한 독자의 흥미가 감소하는 것은 아니다.

### ▮▮▮▮▮ Touchstone 시금석

시금석은 어떤 다른 금속을 그곳에 대고 마찰rub시킬 때, 거기에 남는 무늬 streak를 보고 그 금속이 순금pure gold인지 아니면 금과 다른 금속을 합금gold alloy시킨 것인지를 가려내는 데 쓰이는 단단한 돌을 가리킨다. 이 말은 가장 위대한 시인들의 정선된 짧은 구절들을 가리키기 위해서 매슈 아놀드가 자신의 글 『시의 연구』(*The Study of Poetry*, 1880)에서 문학 비평에 끌어들였다. 이 짧은 구절들은 그것과 비교되는 다른 구절이나 시의 진정한 우수성을 시험하는 수단으로 사용될 수 있었다.

### ▨▨▨▨ Dialect **방언**

A라는 언어집단language group과 B라는 언어집단의 언어 차이가 크면 A와 B
는 각기 서로 다른 언어로 정의되고, 그 차이가 작으면 동일 언어의 방언이라
고 한다. 그러나 이 차이에 대한 어떤 객관적인 기준을 정할 수가 없기 때문에,
엄밀하게 정의를 내리기 불가능한 용어이다. 간단하게 설명하면, 방언이란 특
정 언어 집단에서 쓰이는 발음pronunciation, 어휘vocabulary, 문법grammar 등이
다른 언어 집단의 그것들과 구별되는 특성을 갖는 동일 언어내의 변종을 의미
하는 것이다. 그리고 이 변종은 지역적인 조건에 의해 규정될 수도 있고, 사회
계급적 조건에 의해 규정될 수도 있다.

### ▨▨▨▨ Acronym **두음자**

이름이나 구절 속의 단어들의 첫 글자들로 이루어진 문자들의 군을 가리킨다.
예를 들면, FORmular TRANslator로부터 형성된 FORTRAN과 같은 경우가
이에 해당한다. 때때로 *binary digit*로부터 bit가 나오는 것처럼 첫 글자가 아닌
어떤 적당한 글자들이 선택되기도 한다.

### ▨▨▨▨ Diphthong **이중 모음**

이중 모음은 한 개의 단 모음에 "활음"glide이 수반되어 형성되는 모음vowel의
소리를 가리킨다. 즉 음량이 더 크고 발음이 분명한 모음과 그보다 약하고 음
가가 순간에 따라 달라지는 추이음transitional sound이 결합되어 이루어진다. 예
를 들어, cow[kau]와 같은 발음에서 [au] 음가는 [a]에서 [u]로 변해가는 변화
중의 음이며, 그 음량도 점차 줄어드는 방식으로 발음되는 음이다. late[leit],
oil[ɔil], ride[raid] 등과 같은 단어들은 이중모음의 소리를 내는 단어들이다.

언어학은 언어의 요소들과 그 요소들의 결합 및 조직 원리를 체계적으로 연구하는 학문이다. 19세기까지 언어 연구는 philology로 알려져 왔으며, 주로 비교적comparative 방법론과 역사적historical 방법론을 이용하였다. 비교적 방법론은 관련 언어로 구성된 한 언어군 내의 유사점과 차이점을 분석하는 것이고, 역사적 방법론은 긴 기간에 걸친 한 언어의 발달 과정, 또는 특정 언어 내의 변화를 분석하는 것이었다. 현대에 와서 일정한 기간에 걸친 언어 변화에 대한 연구는 통시적diachronic 연구라고 불리게 되었고, 20세기에 들어와서 어떤 주어진 시기에 단일한 언어의 체계에 대한 연구가 중요한 연구로 대두하였는데, 이러한 연구를 공시적synchronic 연구라고 부른다.

■ Morphology 형태론

한 언어에 있어서 단어들이 실현되는 여러 형태들에 대한 연구를 가리킨다. 단어들 간의 관계에 따른 형태 변화change of forms, 새로운 단어의 형성, 문법 기능grammatical function을 맡은 단어들의 순서 등에 관한 연구를 하는 언어학의 한 분야이다.

■ Phonetics 음성학

언어의 기본적 말소리들과 그 소리들이 발성 기관vocal organ에 의하여 생겨나는 방식을 연구하는 언어학의 한 분야이다. 발음 기호phonetic alphabet는 이러한 말소리들을 표기하는 일련의 표준화된 기호들이다. 음성학은 순수 과학으로서 특정 언어와의 관계 하에 꼭 연구되어야 할 필요는 없으나, 실제적 응용practical application에 많은 도움을 준다.

■ Syntax 구문론, 통사론

연속된 단어들이 구phrase, 절clause, 문장sentence으로 배열되는 것을 연구하는 언어학의 한 분야이다. 대체로 전통 문법에서는 형태론morphology과 함께 문법을 구성하는 2대 부문으로 간주하는 견해와, 음운론phonology을 추가하여 3대부문으로 평가하는 견해가 있다.

■ Semantics 의미론

단어들의 의미와 구와 문장 속에 있는 단어 결합들의 의미들에 대해 연구하는 언어학의 한 분야이다. 전통적인 의미론에서는 역사적, 심리적 의미 연구가 중심이고, 의미의 일반화generalization of meaning, 의미의 특수화specialization of meaning, 의미의 개선amelioration of meaning, 의미의 악화deterioration of meaning, 은유metaphor, 전용transfer 등으로 분류한다. 의미를 어떻게 정의하느냐가 가장 큰 논의의 대상이다.

## Literary Criticism 문학 비평

비평은 문학 작품을 정의하고define, 분류하고classify, 분석하고analyze, 평가evaluate하는 학문을 가리키는 용어이다. 비평은 크게 2가지 유형으로 나뉘는데, 하나는 이론 비평theoretical criticism이고, 다른 하나는 실제 비평practical criticism이다. 이론 비평은 개별적인 문학 작품보다는 작품과 그 작가를 평가하는 일반적인 기준과 이론적 원칙, 문학 작품의 고찰과 해석에 사용될 일련의 용어들의 범주를 확립하는 영역을 담당한다. 실제 비평은 응용 비평applied criticism이라고 하는데, 관심사는 특정한 작품과 작가에 대한 논의이다. 실제 비평문에서는 작품의 분석과 평가를 지배하는 이론적 원칙은 표면에 드러나지 않는 것이 일반적이다. 실제비평의 범주는 다양하게 나눌 수 있는데, 미국의 비평가 M. H. 에이브람스는 모든 비평은 모방 즉 문학작품과 현실의 관계, 작품이 독자에게 미치는 영향을 분석하는 실리적인 측면, 작품에 나타난 작가의 표현 능력, 독립적이고 그 자체로 충분한 창조물로서의 작품 등 네 개의 범주 중에서 어느 하나에 강조점을 둔다고 주장한다.

## Practical Criticism 실제비평

실제비평은 문학이론literary theory보다는 개별적인 작품individual work에 관심을 갖는다. 비평가가 문학 작품에 대한 어떤 일반적인 이론을 염두에 두고, 그 작품이 그 이론에 얼마나 잘 적용되는가apply를 분석했다 하더라도 그것은 실제비평이라 한다. 역사적으로 사무엘 존슨의 『영국 시인전』(*Lives of English Poets*, 1781), 콜리지의 『문학 평전』(*Biographia Literaria*, 1817), 아놀드(Matthew Arnold)의 『비평론집』(*Essays in Criticism*, 1888) 등도 실제비평의 범주category에 속한다고 할 수 있으나, 케임브리지 대학 교수였던 리처즈(I. A. Richards)가 실질적인 최초의 실제비평가라 할 수 있다. 그는 특정 작품에 대한 어떤 정보도 제공하지 않고 학생들에게 그 작품을 분석하도록analyze하는 실험experiment을 실시하여, 그 결과를 그의 유명한 저서 『실제비평』(*Practical Criticism*, 1929)에 보고했다. 그는 학생들이 문학 작품을 읽을 때 그 작품에 대한 지식보다는 작품의 언어에 집중하도록concentrate 요구했다. 작품에 대한 이러한 접근approach 방식method은 '신비평'new criticism이라는 비평 운동에 지배적인dominant 영향influence을 주었다. 신비평은 작품을 분석할 때 작품 외적인 요소들은 철저하게completely 배제했다. 이러한 문학에 대한 접근은 문학작품을 복잡한 의미의 구조로 간주하고, 작품을 둘러싼 경제적 정치적 상황 등을 제외시킴으로써 문학작품이 다루고 있는 영역을 극도로 제한하고, 마치 문학작품이 진공vacuum 속에서 탄생한 것처럼 간주하는 한계를 드러냈다. 오늘날 실제비평은 비평 방법의 토대가 되지는 못하고 보조적인 기술로 간주된다. 즉 문학을 분석할 때 여러 가지 고려사항 중 일부로서 주로 작품에 대한 학생들의 반응response을 확인하기 위해서 사용된다.

## Impressionistic Criticism 인상비평

객관적 비평objective criticism이나 재단비평judicial criticism과 대립되는 이 비평은 어떤 작품이 독자에게 주는 느낌impression 혹은 작품이 독자에게 야기하는 반응response을 있는 그대로 언어로 표현하려고 시도한다. 이 비평의 특징은 윌리엄 해즐릿(William Hazlitt, 1778-1830)의 에세이 「천재성과 상식에 관하여」("On Genius and Common Sense")의 다음 내용에 잘 나타나있다. 그는 "이성이 아니라 감정으로 결정하라. 즉 네가 구체적으로 자세하게 분석하고 설명하지는 못한다 하더라도 마음에 와 닿는 수많은 것들에 대한 인상으로 비평하라"(You decide from feeling, and not from reason: that is, from the impression of a number of things on the mind . . . though you may not be able to analyze or account for it in the several particulars)고 주장했다. 페이터(Walter Pater, 1839-94)는 "어떤 대상을 있는 그대로 보려면 첫 단계로 있는 그대로의 대상에 대한 자신의 느낌을 아는 것, 그 대상을 식별하고 분명하게 인식하는 것이다"(the first step toward seeing one's object as it really is, is to know one's own impression as it really is, to discriminate it, to realize it distinctly)라고 말하고 이런 토대 위에서 비평이 이루어져야 한다고 주장했다. 이들은 미적인 관조aesthetic contemplation의 생활을 가장 뜻있는 삶의 자세라 여기고, 모든 편견prejudice이나 기존 가치기준을 제쳐놓은 투명한 마음에 비친 작품의 인상을 기록하려 애썼다. 물론 이때 가장 중요한 것은 인상이 어디까지나 정확한 것이어야 한다는 점이다. 그러나 아나톨 프랑스(Anatole France, 1844-1924)는 이런 비평이 극단으로 가면 걸작들에 대한 감각적인 영혼sensitive soul의 모험adventure이 될 것이라고 비판했다.

## ▨▨▨ Judicial Criticism 재단비평

작품에 대한 독자의 주관적 느낌subjective impression을 강조하는 인상비평과는 달리 문학 작품을 평가할 기준criteria을 미리 정하고, 그 기준에 맞추어 작품을 논하는 비평이다. 그래서 재단비평을 객관적 비평objective criticism이라고도 한다. 작품에 관한 모든 언급은 이 기준에 근거해야한다. 문학에 대한 이와 같은 접근은 예술 작품에 대한 작가나 독자의 개성을 무시하고disregard 획일적이고 uniformly, 기계적으로automatically 분석하는 폐단이 있다. 예술품은 그것의 창작 동기와 과정이 극히 개인적일지라도 비평에 의해서 해석되어야하고, 해석하기 위해서는 객관적 기준이 있어야한다는 견해가 이러한 비평의 밑바탕에 깔려있다. 재단비평은 예술 작품을 평가할 객관적 기준을 제시하려고 하는데, 그 기준이 애매한ambiguous 경우가 많고, 시대가 바뀌면서 예술에 대한 감수성도 변하기 때문에 불합리한irrational 점이 적지 않다. 예를 들어 아리스토텔레스는 『시학』(*Poetics*, BC 335)에서 동일한 인물이 하루 동안에 동일한 장소에서 일어난 것에 한정해야한다는 "삼일치"three unities를 주장하였는데 이러한 경우가 그러하다고 할 수 있다.

## ▨▨▨ Mimetic Criticism 모방비평

문학작품을 인간의 삶과 세계를 모방imitation하거나, 재현representation하는 것으로 보는 견해standpoint는 아주 오래 되었고, 지금도 문학을 삶의 현실reality을 비춰주는 거울mirror로 간주하는 사람들이 많이 있다. 모방비평은 이러한 견해를 토대로 하여, 해당 문학 작품이 얼마나 적절하게adequately 현실을 보여주고 있느냐, 즉 모방 혹은 재현의 진실성truth을 평가한다. 이러한 비평은 고대 그리스의 플라톤과 아리스토텔레스에서 시작하여 현대에 와서는 리얼리즘realism 문학이론의 근간을 이루고 있다.

## ▨▨▨ Pragmatic Criticism 실용주의 비평

실용주의 비평의 최우선적인 관심은 문학작품이 독자에게 미치는 윤리적인ethical 효과effect이다. 예술의 최우선적인 책임responsibility과 기능은 사회적이어야 하고, 본질적으로essentially 그럴 수밖에 없다고 생각한다. 예술은 고립해서는 존재할 수 없으며, 개인과 사회를 변화시킬 수 있는 강력한 도구이다. 예술이 사회를 변화시킬 잠재력potential이 강하지만 반드시 선goodness을 지향하지는 않는다고 생각한다. 그래서 실용비평의 최우선 과제는 예술이 유지해야할 양질의 도덕적 기준을 마련하는 것이다. 이러한 기준을 어느 정도 성취되었느냐에 따라 작품의 가치value를 평가한다. 이런 접근은 로마의 시인 호라티우스의 『시의 기술』(*Ars Poetica*, BC 10-18)에서 시작하여 18세기를 거쳐 현대의 수사비평rhetorical criticism에 이르게 되었다. 이 비평은 문학작품에 표현된 제반 사항들에 대해 작가가 독자를 개입시키고, 또 영향을 주려고 마련한 예술적 장치artistic device들을 강조한다. 이러한 견해는 1920년대부터 시작한 문학에 대한 객관적 이론, 즉 작가의 의도intention나 독자의 반응response 혹은 결과로서 얻어지는 것을 배제하고exclude, 객관적 대상으로 보아야 한다는 주장에 의해 쇠퇴한 듯 했으나, 1950년대 이래로 작가와 독자와의 소통에 관심이 강해지면서 수사비평으로 다시 부활했다. 최근의 많은 비평가들은 독자의 상상적 감정적 반응들을 끌어들이기 위해 작가가 어떤 방식들을 사용하는가를 많은 관심을 갖고 있다.

실용주의 비평 그 자체는 작품을 해석하는 효과적인effective 수단이 될 수는 있으나, 비평가가 옹호하는advocating 도덕성morality의 기준이 독선적dogmatic일 경우에는 지적으로intellectually 강력한 비평을 구축하는 데 심각한serious 한계limit에 부딪친다. 예를 들어 톨스토이(Leo Tolstoy, 1828-1910)는 예술의 목적을 오직 공동체community의 조화와 인류의 형제애brotherhood에 한정시킴으로써 예술의 영역boundary을 극히 제한시켜버렸다. 비평가의 '도덕'morality이 예술이 보여주고자 하는 인간의 삶에서 발생하는 제반 행위들을 대신하기를 원한다면 실용주의 비평은 가장 위험한 비평이 될 수 있다.

## ▇▇▇▇ Expressive Criticism 표현주의 비평

표현주의 비평은 문학작품을 다룰 때 가장 우선적으로preferentially 작가의 정서emotion를 고려한다. 이는 문학작품을 작가의 지각perceptions, 생각thoughts, 감정feelings에 작용하고 있는 작가의 상상력imagination의 산물로 본다. 이 비평은 작품을 평가할 때 그 작품을 창작하고 있었던 당시의 시인의 마음의 비전vision이나, 상태state를 적절하게 표현하고 있는가를 탐구하거나, 혹은 역으로 창작 당시의 작가의 심리적psychological 상태나 체험experience이 의식적consciously 혹은 무의식적으로unconsciously 작품 속에 표현되었다고 전제하고 작품을 통해서 이러한 증거evidence들을 찾는 것이 비평의 목표가 된다. 이러한 표현주의 비평이론의 토대를 마련한 사람은 19세기 초 영국의 낭만주의 시인인 워즈워스(William Wordsworth, 1770-1850)이다. 그는 시를 '고요 속에서

회고된 감정'emotion recollected in tranquillity이라고 정의하였고, 작가의 개성 personality은 문학작품에서 표현되어야 할 매우 중요한 것이라고 생각했다. 한 인간으로서 자신이 누구인가는 시 속에서 반영되어야하고, 아무도 표현할 수 없고, 아무도 표현하고 싶어 하지 않는 독특한 자신의 개성을 표현하는 것이 시라고 생각했다. 객관주의 비평가들이 시인보다는 시 그 자체에 집중한다면 표현주의 비평가들이 가장 중요하게 생각한 것은 작가이다. 이러한 표현주의 비평의 견해는 현대에 와서는 심리 비평psychological criticism이나 정신분석 비평psychoanalysis criticism의 주된 관심이 되었다.

## ■■■■■ Objective Criticism 객관주의 비평

문학 작품을 작품의 외적인extrinsic 요소들elements, 즉 작가, 독자, 작품을 둘러 싼 주변 환경으로부터 독립시켜 작품 그 자체만을 연구의 대상으로 삼는다. 이 비평은 문학 작품을 그 자체로 완전한 대상으로 간주하고, 작품을 평가할 때는 작품의 내적인intrinsic 기준들criteria, 즉 복잡성complexity, 일관성coherence, 균형harmony, 완전성completedness, 구성 요소들 간의 상호 관계성interrelation들만을 고려한다. 미적 대상aesthetic object의 자기 완결성의 개념concept은 칸트가 『심미적 판단 비평』(Critique of Aesthetic Judgment, 1790)에서 주장했다. 이 것을 다시 19세기 후반에 "예술을 위한 예술"(art for art's sake)을 주장했던 예술가 혹은 비평가들이 이어받았다. 1920년대 이래로 러시아 형식주의Russian formalism와 미국의 신비평new criticism에 의해 정교해졌다.

비평은 문학에 다양한 영역의 지식을 끌어들임으로써 여러 유형으로 분류된다. 이것은 어떤 문학작품이 갖고 있는 독특한 성격들을 결정하는 조건들이나 영향들을 밝혀보려는 시도에서 나온 것이다. 따라서 이 외에도 역사 비평, 전기 비평, 사회 비평, 심리비평, 원형비평 혹은 신화 비평 등의 비평도 있다.

## Literary Trends 문예사조사

████████ Classicism 고전주의

고전주의는 고대 그리스와 로마 문화의 특성에서 유래하거나 그것을 반영한다고 생각되는 사상과 태도를 지칭한다. 따라서 고전주의는 주로 그리스 로마인들의 비평적 발언들로부터 끌어냈거나, 고대 예술과 문학을 통해 발전된 비평적 원칙이라고 할 수 있다. 그리스인들에게 있어서 중요한 사고의 원리는 통일성unity이었다. 그러므로 그들은 중심이 되는 아이디어를 중심으로 건물을 짓고 예술 작품을 창작하였으며, 그 구조를 대칭적으로symmetrical, 논리적으로 logical, 균형있게balanced, 조화롭게harmonious, 그리고 비례가 맞게 만들려고 노력하였다. 따라서 이러한 고전주의의 특징은 억제, 제한된 범위, 이성의 지배, 형식의 중요시, 구상과 목표의 통일성, 명료성, 단순성, 균형, 논리성, 절제와 자제, 전통 존중, 모방 등으로 정리할 수 있다. 고전주의는 어느 한 시기에 국한된 사조가 아니라, 현대에도 얼마든지 적용 가능한 문예사조이다.

████████ Renaissance 르네상스

중세 시대 다음에 이어진 유럽의 역사 시기를 가리키는 용어이다. 르네상스는 재생rebirth이라는 어원을 갖고 있으나 실은 12세기부터 14세기 동안 진행된 중세 말의 문화운동의 연장이며, 종교적인 차원이 아니라 세속적인 영역에서 고전문화(그리스 로마 문화)를 재조명(부활)한 것이 새로운 점이다. 르네상스 시기는 14세기 말에 이탈리아에서 시작하여 15세기와 16세기까지 서유럽에서 계속되었다고 말하는 것이 일반적이다. 르네상스 운동은 교회의 권위가 약화되고 일반인들이 세속적인 즐거움을 향유할 기회가 확대되는 시기와 맞물려서 발생하였으며, 르네상스의 근본정신은 신의 의지 대신 인간의 개성과 능력, 존엄성을 존중하는 인본주의, 인문주의이다. 이 시기에는 회화, 조각, 건축 및 문학예술들이 다른 어느 시대두 능가하지 못하는 전성기를 이루었다. 영국에서는 16세기에 이르러서야 엘리자베스Elizabeth 시대와 재코비언Jacobean 시대에 꽃을 피웠다. 사실 존 밀턴을 마지막 르네상스 시인이라고 일컫는 경우가 많다. 흔히 르네상스는 암흑시대의 잿더미 속에서 현대가 탄생한 것으로 묘사되어 왔다. 또한 세계의 발견과 인간의 발견을 통해 인생, 사상, 종교 및 예술에 있어서 얽매이지 않는 개인주의individualism의 시대로 묘사된다. 르네상스 시대에 일어났던 주요한 발견들과 사건들을 살펴보면 다음과 같다.

1) 인문학humanism이 부흥하여 그리스 시대의 지식을 부활시켰으며, 인간의 무한한 능력을 개발하고 전인적인 인간의 이상을 제시하였다.
2) 상업의 발달과 금전적인 부monetary wealth의 증가, 그리고 독립적인 중산계층의 출현 등으로 중세의 봉건제도가 몰락했으며, 민족주의가 대두하였다. 봉건제도는 상인들과 도시민, 그리고 은행가가 크게 성장한 이탈리아에서 처음 무너지기 시작했고 이후 차츰 유럽의 다른 지역으로 전파되었다.
2) 종교개혁Reformation 운동이 일어나 가톨릭교회의 부패를 공격하고 독일의 루터(Martin Luther, 1483-1546)와 프랑스의 칼뱅(Jean Calvin, 1509-64)을 중심으로 새로운 신교의 발전을 이루었다.
3) 지리상의 발견으로 1492년 콜럼버스(Christopher Columbus, 1451-1506)가 신대륙을 발견하였고, 뒤이은 신대륙 탐험은 셰익스피어의 『폭풍우』(The Tempest, 1611)와 같은 작품에서 나타나는 것처럼 문학적 상상력에 새로운 소재와 자극을 주었다.
4) 1543년에 코페르니쿠스(Nicolaus Copernicus, 1473-1543)는 우주계에 대한 새로운 가설을 발표하였다. 즉 우주의 중심이 지구라고 믿고 있었던 과거의 세계관을 뒤집어, 우주의 중심은 태양이며 지구는 그 태양 주위를 회전하는 많은 행성들planets 가운데 하나라는 주장을 펴서 우주관을 완전히 바꾸어 버렸다.

### ▰▰▰ Humanism 휴머니즘

궁극적으로 인간성humanity의 해방과 옹호를 추구하는 사상이나 심리적 태도를 가리킨다. 흔히 인간주의, 인본주의, 인문주의라고 번역된다. 휴머니스트humanist 라는 말은 원래 16세기 인문학을 가르치거나 인문학에 종사하는 사람을 가리키기 위해 만들어진 말이다. 그런데 19세기에 와서 휴머니즘이라는 새로운 용어가 르네상스renaissance 시대의 많은 휴머니스트들은 물론 같은 전통 내의 후대 작가들에게 공통적인 인간성이나 일반적인 가치 기준, 교육의 이념에 대한 견해를 가리키기 위해 사용되었다. 르네상스 시대의 휴머니즘은 우주의 중심으로서 인간의 위치와 존엄성을 전제로 해서, 자연 과학과 대립되는 상상적 철학적 문학의 연구를 중시했고, 동물적 본능animal instinct보다는 이성의 우위성primacy of reason을 주장했다. 오늘날에 와서 휴머니스트라는 말은 흔히 초자연적인 교리에 속하는 진리를 거부하고, 진리의 근거를 인간의 경험에 두고 가치 기준의 근거 역시 인간의 본성에 두는 사람들을 의미한다. 하지만 르네상스 시대의 휴머니스트들은 대부분 기독교인들이었기 때문에 인간의 존엄성과 인간의 이성의 가치에 대한 고전적 개념을 기독교적 교리의 틀 안에서 구체화시켰다.

## ▓▓▓▓ Idealism 이상주의

이상주의는 18세기 말에 발생한 철학적 신조philosophical doctrine를 일컫는 용어로서, 우리가 알고 있는 현실의 세계는 인간의 마음의 산물로서 경험적이고, 유동적이어서 실체가 없고, 이 현상의 세계를 지배하면서 변화하지 않는 절대적인 것, 즉 이상이 있다는 믿음에 근거한다. 이상의 본질 즉 이상이 무엇이냐에 대해서는 이상주의자들에 따라 다른 견해를 갖지만, 이들은 일반적으로 구체적인concrete 물질의 세계를 지배하는 추상적인abstract 이상ideal, 원리principle, 가치value, 목표aim가 있다고 전제하고 이것들을 중요하게 간주한다. 있는 그대로의 물질의 세계 혹은 현실의 세계를 탐구하는 실용주의자들pragmatists과는 달리, 이상주의자는 반드시 그래야만 하는 세계, 인간의 자유의지free will에 의해서 구축할 수 있는 완벽한 세계를 보여주려고 한다. 이러한 이상주의는 19세기에 문학의 중요한 개념으로 변형되는데, 이 문학적 이상주의는 독일의 철학자 임마누엘 칸트의 이론에 기반을 두고 있다. 칸트는 인간이 처해 있는 상황을 자유freedom의 영역realm과 필연necessity의 영역으로 구분하고, 이성reason, 상상력imagination, 도덕morality, 미학aesthetics이 자유의 영역에, 물질materials, 자연nature, 과학의 세계the world of science가 필연의 영역에 속한다고 했다. 자유의 이념은 미를 창조하고, 그 미의 진가를 인식하는 과정에서 실현된다고 했다.

이상주의자들은 현실에서 실현될 수 있는 완벽하고, 편안하고, 조화로운 인간의 이미지가 있다고 믿으면서, 인간에 대한 자유롭고 조화로운 이 혁명적인 비전revolutionary vision을 실현하는 것이 예술의 궁극적인 목표ultimate aim이고, 예술가의 임무the mission of the artist라고 주장한다. 19세기 중반에 이르러서는 일반대중들도 예술이 진리와 선의 통합unification이라는 도덕적 임무를 실현해야한다고 믿게 되었다. 19세기 중반 플로베르(Gustave Flaubert, 1821-80)의 『보바리 부인』(*Madame Bovary*, 1857)이 신성모독blasphemousness으로, 보들레르(Charles Baudelaire, 1821-67)의 『악의 꽃』(*Les fleurs du mal*, 1857)이 외설obscenity이라는 이유로 재판을 받았던 것은 이러한 이상주의의 미학에 순응하지 않았다고 판단되었기 때문이다. 이러한 예술의 이상주의는 예술을 해방시키기보다는 예술을 옥죄는 결과를 가져왔고, 문학적 모더니즘modernism은 이에 대한 반발revolt이라고 볼 수 있다. 사실주의realism, 자연주의naturalism, 상징주의symbolism는 모두 이상주의에 대립되는 예술에 대한 태도를 보이고 있다.

## ▮▮▮▮▮ Neoclassicism 신고전주의

넓은 의미에서는 그리스 로마 시대의 사상과 문학을 다시 새롭게 받아들이기 시작한 르네상스 시대부터 18세기 말에 낭만주의가 일어나기 전까지의 유럽 문학 전반을 가리키기도 하지만, 좀 더 집약시킨다면 17세기 중엽부터 18세기 말엽까지의 문학 사조를 가리킨다. 신고전주의의 특징을 살펴보면 다음과 같다.

1) 강한 전통주의traditionalism를 나타내며, 급진적인 개혁을 불신하고, 고전 작가들을 숭배하였으며, 고전 문학에서 강조되는 자연의 보편성 universality, 조화harmony, 균형balance, 합리성rationality을 더욱 철저히 따를 것을 주장하였다.

2) 문학은 하나의 기교로 생각되어졌다. 문인은 타고난 재능을 필요로 하지만, 끊임없는 오랜 연구와 훈련을 통해서만 완성되는 기교로 여겨졌다.

3) 인간을 문학 소재의 주된 원천으로 여겼으며, 문학은 그것을 읽는 독자에게 교훈과 심미적 쾌락을 제공해야 한다고 생각했다.

4) 모든 문학은 정확한 장르의 구별이 있고, 각 장르는 그에 해당하는 법칙이 있어 그 법칙을 철저히 익히지 않으면 작품을 만들 수 없다고 여겼다.

## ▬▬▬ Enlightenment 계몽주의 운동

17세기 서구에서 발전하여 18세기에 절정에 이른 지적 운동과 문화적 분위기에 사용되는 용어이다. 공통된 요소는 모든 중요한 문제를 해결하고 인생의 본질적 규범을 확립하는 데 인간의 이성reason이 가장 중요한 요소라는 신념에 바탕을 두고 있다. 따라서 이성이 미신superstition, 편견prejudice, 야만성barbarity 등의 어둠의 요소를 타파하고, 과거의 단순한 권위와 검증되지 않은 전통에 의존하던 인간을 해방시킨다고 믿었다. 영국에서는 계몽주의 사상이 프란시스 베이컨에서 시작하여 존 로크(John Locke, 1632-1704)를 거쳐 윌리엄 고드윈(William Godwin, 1756-1836) 같은 18세기 사상가로 거슬러 올라가는 것이 통례이다. 프랑스에서는 데카르트(Rene Descartes, 1596-1650)에서 시작하여 볼테르(Francois-Marie Arouet Voltaire, 1694-1778)로 이어지며, 독일에서는 라이프니츠(Gottfried Wilhelm Leibniz, 1646-1716)에서 시작하여 계몽주의의 최고의 산물이라 일컬어지는 칸트의 "비판 철학"critical philosophy으로 연결된다.

## ▬▬▬ Baroque 바로크

바로크라는 용어는 모양이 고르지 못하고 거친 진주barroco를 가리키는 스페인과 포르투갈어이다. 예술의 영역에서는 17세기 초에 이탈리아에서 시작에서 유럽 전역으로 퍼진 특정 스타일의 건축architecture, 조각sculpture, 그림painting

에 대해 붙인 용어이다. 이 스타일은 르네상스의 고전적인 형식classical form을 기본적으로 사용하면서 정교하면서elaborate, 웅장하고grandiose, 활기차고 energetic, 극적인 효과dramatic effects를 내기위해서 르네상스 형식을 파괴하고 혼합했다. 대표적인 예는 조반니 로렌조 베르니니(Giovanni Lorenzo Bernini) 의 조각이나 로마에 있는 성 베드로 성당St. Peter Cathedral이다. 이 용어가 문학에 적용될 때는 어떤 시대에 공통적인 특징을 지칭하기보다는 일반적으로 형식이 정교하면서 과장된 산문prose이나 운문verse의 스타일을 의미한다. 예를 들어 운문으로 된 17세기의 밀턴의 『실낙원』의 어떤 구절이나 19세기의 토머스 드 퀸시(Thomas De Quincey, 1785-1859)의 『어느 영국인 아편쟁이의 고백』(Confessions of an English Opium Eater, 1821)에서 그의 꿈에 대한 산문 묘사 같은 것이다. 17세기의 후기 르네상스 문학을 일컫는 시대를 가리키는 경우에 사용되기도 하고, 16세기 후반에서 17세기 초의 이탈리아나 스페인 시인들의 정교한 운문이나 과장된 비유들을 가리키기도 한다. 영문학의 경우 17세기의 형이상학파 시인인 존 단(John Donne, 1572-1631)의 시를 설명할 때 언급되기도 하지만, 그와 동시대contemporary의 시인 리처드 크래쇼(Richard Crashaw, 1613-49)의 정교한 스타일, 기상천외한 비유, 극단적인 종교적 감정 주의extreme religious emotionalism에 적용되기도 한다.

## ■■■■ Grotesque 그로테스크 양식

원래는 고대 로마에서 처음 사용된 모자이크 벽화와 프레스코 벽화의 양식을 지칭하는 용어이고, 15세기 후반에 네로 황제의 "황금집"Golden House을 발굴하는 동안 재발견되었다. 이 양식은 기발한 장식으로 묘사된 꽃과 동물, 그리고 인간을 아라베스크 양식으로 결합시켰다. 황금집의 방들이 발굴 당시 지하에 있었고 작은 동굴들을 닮았기 때문에, 예술품은 "그로테스카"라고 이름 붙여졌다. 이 양식은 이탈리아 르네상스시기에 라파엘(Raphael, 1483-1520)과 다른 화가들이 차용하여 발전시켰는데, 그림들의 경계와 같은 가장자리 공간을 채우거나 혹은 천장이나 벽기둥을 커버하기 위해 사용하였다.

그로테스크 양식은 바로크Baroque 예술이나 로코코Rococo 예술의 화려한 장식적 요소가 지나치게 늘어나는 경우와 마찬가지로 퇴폐decadence의 표시로 여겨져 왔다. 존 러스킨은 그의 저서『베니스의 돌들』(*The Stones of Venice*, 1981) 중 "그로테스크 르네상스"에 대한 중요한 논쟁에서 "고상한"noble 혹은 "끔찍한"terrible 그로테스크와 "야만적"barbarous 혹은 "천박한"ignoble 그로테스크를 구분하였다. 이제 그로테스크라는 용어는 히에로니모스 보쉬(Hieronimous Bosch, 1450-1516)와 피터 브레겔(Pieter Breughel, 1525-69)과 같은 화가들에게 광범위하게 적용되고, 윌리엄 셰익스피어, 찰스 디킨스(Charles Dickens, 1812-70), 프란츠 카프카와 같은 많은 작가들의 작품에 등장하는 요소들에도 적용된다. 셰익스피어에게서는 이러한 그로테스크 요소를 캘리밴Caliban과 샤일록Shylock에게서 볼 수 있고, 디킨스의 경우는『위대한 유산』(*Great Expectation*, 1861)에서 미스 하비샘Miss Havisham 에피소드에서 볼 수 있으며, 카프카의 경우는『변신』(*Metamorphosis*, 1912)에서 볼 수 있다.

## Sentimentalism 감상주의

오늘날 어떤 사건에 대해서 지나친 감정excess of emotion으로 느껴지는 것, 또는 보다 좋은 의미에서 연민과 동정에 지나치게 탐닉overindulgence하는 것에 쓰이는 경멸적인pejorative 용어이다. 그런데 탐닉의 정도에 대한 평가는 시대마다 다를 수 있으므로, 우리는 한 시대에는 정상적인 감성의 정도로 여겨지던 것도 다음 시대에는 지나친 것으로 여겨질 수도 있다는 점을 기억해야 한다. 현대의 독자들이 18세기의 감수성의 문학을 읽어보면, 모두 우스꽝스러울 정도로 감상적이어서 연민을 불러일으키는 장면들이 오히려 조소의 대상이 되는 경우도 있다.

## Romanticism 낭만주의

낭만주의는 상상력imagination과 근대적인 개성modern individuality 및 독창성creativity을 중시하고, 현실적이고 유한한 세상보다는 이상화된 무한한 세계를 동경하며, 고전적인 형식의 균형이나 조화보다는 내면의 갈등에 대한 자각을 중시하는 문예 사조이다. 따라서 자연과 예술, 지상과 천국, 죽음과 삶 속에 내재된 혼돈을 주목하는 예술적 경향이라고 할 수 있다. 낭만주의는 신고전주의neoclassicism에 반발하여 18세기 말에서 19세기 초반까지 불길처럼 일어났다. 낭만주의는 감상주의sentimentalism와 혼동되기 쉽지만 감상주의와는 전혀 다르고, 오히려 혁명적인 힘을 가진 매우 강력한 사상이다. 낭만주의의 특징을 살펴보면 다음과 같다.

1) 문학의 소재, 형식, 문체에 있어서 전통주의 대신 혁신innovation을 주장하고, 고전적 선례를 존중하지 않는다.
2) 문학을 인간 행위의 모방이라고 여겼던 고전주의적 사고를 거부하고, 문학의 본질적 요소는 시인의 감정 자체라고 여겼다. 대표적인 낭만주의 시인 워즈워스는 훌륭한 시는 "the spontaneous overflow of powerful feelings"(강력한 감정이 자연스럽게 흘러넘치는 것)이라고 말했다.
3) 지나칠 정도로 외부 자연이 시의 제재가 되었으며, 옛 작가에게 찾아보기 힘든 정확성과 감각적인 자연 묘사를 하였다.
4) 신고전주의 시는 타인을 묘사하지만, 낭만주의 시는 시인 자신을 묘사한다.
5) 인간을 무한한 선을 향한 끝없는 열망을 지닌 이상적인 존재로 여겼다.

### Realism 사실주의

흔히 낭만주의와 상반되는 사조로서의 사실주의는 이전의 문학 양식들이 이상화된 현실, 즉 우리가 이상적으로 바라는 현실reality을 그린 반면, 사실주의는 있는 그대로의 현실, 즉 우리가 처한 현실을 정확하게 모방imitate하려는 태도를 지닌다. 그리스의 철학자 플라톤과 아리스토텔레스의 모방설에 근거하여 우주나 자연 또는 삶의 실재를 있는 그대로 모방하거나 재현하는 것을 예술의 지상 목표로 삼았다. 특히 프랑스의 발자크(Honoré de Balzac, 1799-1850), 영국의 조지 엘리엇(George Eliot, 1819-80), 미국의 윌리엄 딘 하월즈(William

Dean Howells, 1837-1920)이 주도한 산문 소설을 통해 일어난 19세기 문학 운동을 지칭한다. 사실주의자는 소설이 일반 독자에게 보이는 그대로의 삶을 반영한다는 환상illusion을 심어줄 소설을 쓰려고 한다. 따라서 그는 평범한 개인들이 뒤섞여 살아가는 사회를 자세히 관찰하면서 자연히 사회의 모순점들을 찾아내고, 그러한 모순점에 대해서 관념적 설명을 피하고 실용주의적 혹은 실증주의적 사회관에 입각하여 비판을 가한다. 사실주의 작가는 자신의 작품에서 낭만주의의 특징인 영웅적이고 모험적인 이야기들을 거부하고, 주로 가난 poverty, 고통suffering, 매춘prostitution 등과 같은 고통스런 현실을 비관적인 시각으로 다루었다. 사실주의의 특징을 살펴보자.

1) 사실주의는 우주나 자연, 또는 실재를 객관적이고 확고 불변하는 것으로 파악한다.
2) 사실주의는 문학의 사회적 기능, 즉 도덕적 윤리적 태도를 강조한다.
3) 공적 경험public experience과 개인적 경험personal experience, 외적 실재 external reality와 내적 실재internal reality가 하나라고 믿었기에 독자에게 자신의 경험을 똑같이 공유하도록 요구한다. 사실주의 작가가 흔히 작품에 개입하여 진부한 도덕적 교훈을 하는 이유가 바로 여기에 있다.

### Naturalism  자연주의

자연주의는 19세기 중엽 찰스 다윈(Charles Darwin, 1809-82)의 진화론 이후의 생물학의 산물이라 할 수 있는데, 이 사상은 인간을 자연 질서의 일부로 보고 영혼이 없으며 자연을 초월한 종교적 영적 세계와는 어떠한 관계도 지니고 있지 않다고 보았다. 결국, 자연주의는 인간을 단순한 고등 동물에 불과하다고 여겼으며, 인간의 성격과 운명은 두 종류의 자연력, 즉 유전heredity과 환경 environment, 그리고 우연chance에 의해 결정된다고 여겼다. 자연주의적 시각에 따르면 인간의 노력이나 의지는 무의미하고, 인간은 태어난 가족, 계급, 그리고 환경의 사회적 경제적 힘에 무력하게 지배당한다. 따라서 자연주의는 흔히 문학적 결정론이라고도 불린다. 종교를 세상의 원동력으로 보는 시각을 부인하고, 우주를 맹목적인 기계로 받아들인다. 이러한 시각으로 인해 자연주의 작가는 자신의 노력과 상관없이 불행의 나락으로 떨어지는 하층민의 삶을 사실적으로 묘사한다. 흔히 자연주의가 자연을 사랑하고 자연과 더불어 살아가는 사상을 지칭하는 경우도 있으나, 문학에서 말하는 자연주의는 이와는 정반대되는 사조이다. 일반적으로 사실주의realism와 유사한 문예 사조로 평가되지만, 그 발생 배경은 다르다. 자연주의는 19세기 과학의 발달에 자극받아 형성된 하나의 철학적 사조이다.

한편 기법적인 측면에서 자연주의는 사실주의를 극단적으로 발전시킨 방법론을 채택한다. 다시 말해서 "인간의 삶과 현실을 있는 그대로"(human life as it is) 재현하는 사실주의에서 한 걸음 더 나아가, 작가는 실험실의 과학자와 같은 엄격함과 정확성을 유지해야 한다고 자연주의자들은 주장한다. 프랑스의 소설가 에밀 졸라(Emil Zola, 1840-1902)가 대표적인 자연주의 소설가이며 영국의 토머스 하디(Thomas Hardy, 1840-1928), 미국의 소설가 스티븐 크레인(Stephen Crane, 1871-1900)과 프랭크 노리스(Frank Norris, 1870-1902), 존 스타인벡(John Steinbeck, 1902-68) 등이 자연주의 작가들이다.

## Symbolism 상징주의

보들레르의 시집 『악의 꽃』에서 시작하여 이것에 영향을 받은 말라르메(Stéphane Mallarmé, 1842-98), 발레리(Paul Valéry, 1871-1945), 베를렌(Verlaine, 1844-96), 랭보(Arthur Rimbaud, 1854-91), 쥘 라포르그(Jules Laforgue, 1860-87), 마테를링크(Maeterlinck, 1862-1949), 레니에(Henri de Régnier, 1864-1936) 등 프랑스와 벨기에의 시인들을 중심으로 19세기 말에 시작한 시운동이다. 이후 이 운동은 유럽과 미국의 문학에도 많은 영향을 끼쳤다. 이들은 고도로 상징화된 언어를 매우 암시적으로 사용하여 객관적 현실보다는 개인의 감정적 체험을 표현하려고 했다. 상징주의는 프랑스의 전통적인 고답파Parnassian 시의 정확한 묘사가 보여주는 시의 기교와 주제를 지배하는 엄격한 관습에 대한 저항에서 시작하였다. 상징주의자들은 설명적인 묘사나 규격화된 미사어구rhetoric를 버리고, 각 개인의 내적인 삶과 체험에서 나오는 순간적이고 덧없이 사라지는 느낌들을 묘사하였다. 그들은 은유와 이미지들을 자유스럽게 그리고 극히 개인적으로 사용하여 인간의 내적인 삶의 형언할 수 없는 직관institution들과 감각 인상들을 일깨우고, 인간의 실존의 밑바닥에 놓여 있는 신비mystery를 전달하려고 하였다. 그들이 사용한 은유와 이미지들의 정확한 의미를 파악하는 것은 불가능하지만, 언어로 표현할 수 없는 시인의 마음의 상태를 은유와 이미지들을 통해 실체의 어둡고 혼란스러운 단면을 암시적으로 들어내 준다. 이들은 예술은 절대적 진리를 표현해야 하는데, 전통적으로 반복적으로 사용되고 있는 진부한 의미plain meanings, 직접적인 선언 declamations, 거짓된 감상false sentimentality, 대상의 있는 그대로의 묘사 matter-of-fact description는 이 절대적 진리를 표현할 수 없다고 확신했다. 이 진리는 간접적인 방식으로만 표현될 수 있다. 이래서 매우 형이상학적이고 암시적인 방식으로 특별한 이미지와 대상들에게 상징적인 의미를 부여하였다.

이들의 시속에서 자연의 장면이나 인간의 행위 혹은 현실속의 다양한 현상들에 대한 묘사는 이 대상들 자체를 위한 것이 아니다. 이러한 것들은 절대적 진리라 할 수 있는 근원적인 이상과 심원한 관련성이 있음을 보여주기 위해 창조된 지각할 수 있는 외관들일 뿐이다. 그래서 어떤 대상들의 묘사는 그 대상이 주는 효과를 묘사한 것이라 할 수 있다. 보들레르 시에서 물질적 세계 physical universe는 특권이 부여된 관찰자spectator가 해독해야decipher만 하는 일종의 언어이다. 이 언어는 일관된 단일의 메시지를 담고 있지 않고 일종의 양질의 연상들의 네트워크라 할 수 있다. 상징주의의 상징들은 무엇을 서술하는 알레고리allegory가 아니고 특별한 마음의 상태particular states of mind를 환기시키기 위한 것이다.

상징주의자들은 물질의 세계는 형이상학적 실제를 표현하고 있는 상징체계, 즉 언어라는 믿음을 갖고 있었다. 즉 물질적 세계가 갖고 있는 물질성과 개별성의 밑바닥에는 이에 상응하는 다른 실제가 존재하는데 이것의 본질의 윤곽을 어렴풋이나마 파악하기 위한 유일한 방법은 일종의 언어라 할 수 있는 물적 표상들의 이미지나 은유들을 사용하여 창조된 예술 작품을 통한 주관적이고 감정적 반응뿐이라는 것이다. 보들레르에 따르면 인간의 마음과 외부세계, 물질의 세계와 정신적 세계 사이에는 일관성 있고 체계적인 유사성systemic correspondences이 존재한다는 것이다. 그는 자연의 세계와 마찬가지로 영적인 세계에서도 모든 것, 형태, 움직임, 수, 색깔, 향기가 의미가 있고, 물질의 세계와 상호적이고, 소통하고, 상응한다고 주장하고, 명시적인 의미보다는 막연한 암시성suggestiveness이 풍요로운 사적인 상징private symbols들의 질서를 개발했다. 이런 맥락에서 이들의 시는 음악이 갖고 있는 암시성이나 막연한 분위기를 지향하였다. 그래서 단어들을 잘 선택하여 단어들 속에 내재된 조화, 토운, 색깔들을, 오케스트라의 지휘자가 그러하듯이 잘 조정하면, 시가 음악의 효과를 생성할 수 있다고 생각했으며, 각각의 감각적 이미지들은 서로 동질의 초자연적 속성을 공유하고 있다고 생각하고 공감각적 이미지를 많이 사용하려고 하였다.

상징주의는 20세기 영·미 문학에 지속적으로 강력한 영향을 미쳤다. 그들의 실험적인 기법들은 현대시의 표현기법들을 풍요롭게 했고, 이들의 이론들은 예이츠(W. B. Yeats, 1865-1939)와 T. S. 엘리엇의 시에서, 제임스 조이스와 버지니아 울프(Virginia Woolf, 1882-1941)의 소설에서 결실을 보았다고 평가된다. 이들의 작품에서는 이미지의 조화와 패턴이 이야기를 압도하는 경우가 많은데 이것은 상징주의 영향이라 할 수 있다.

## Imagism 심상주의

1912년과 1917년 사이에 영국과 미국에서 활발하게 유행했던 시의 한 형식이라고 볼 수 있다. 에즈라 파운드(Ezra Pound, 1885-1972)는 19세기 말과 20세기 초의 많은 시들이 낭만주의와 빅토리아 시대의 전통을 이어받아 시가 모호하고blurry, 감상적이고sentimentalistic, 상투적mannerish이라고 비난했다. 에즈라 파운드를 선두로 당시 런던에 있었던 영국과 미국의 작가들은 이러한 시에 저항하는 시를 쓰기 시작 하였다. 이들은 시의 소재poetic material나 작시법versification에 대한 관습적인 제한들을 버리고, 어느 주제나 선택하고, 시인 자신의 리듬을 창조하고, 일상어를 사용하며, 수식이나 감상적이지 않고, 건조하면서dry 분명하고clear 압축된concentrated 이미지를 제시하는 시를 쓸 것을 제안했다.

전형적인 이미지즘의 시는 자유시이고, 시각적 대상이나 장면들에 대한 시인의 인상을 어떤 논평이나 일반화 없이 가능한 한 정확하고precise, 생생하고 vivid, 간결하게terse 표현하려고 한다. 이들에게 이미지는 단순한 장식ornament이 아니고 '직관적인 언어의 정수'(the very essence of an intuitive language)였다. 이미지의 상호관계에 대한 특별한 설명 없이 두 개 이상의 이미지 병렬 juxtaposing을 통해 어떤 추상적인 것을 표현한 것은 다양한 관점들을 하나의 이미지에 통합한 입체파 화가cubism painter의 방식과 유사하다고 할 수 있다. 이외에도 정확하고 분명한 이미지의 사용은 모더니즘시의 형성에 영향을 주었다. 이미지즘의 이러한 시작의 원칙은 너무 규범적이고 제한적이어서 짧은 서정시 외에는 확대될 수 없었기 때문에 오래가지 못했지만, 19세기 영미시의 전통을 청산하고 20세기의 새로운 시대로 넘어오는 과정에서 중요한 역할을 했다고 할 수 있다.

## ▮▮▮▮  Expressionism  표현주의

표현주의는 20세기 모더니즘의 한 속성을 반영하는 문예사조이다. 19세기에 크게 유행했던 사실주의realism와 자연주의naturalism의 모방적 성격에 반발하여, 작가와 예술가들이 현대의 삭막한 현실 속에서 살아갈 수밖에 없는 개인의 내면세계, 감정상태emotional states of mind를 그대로 표현하고자 하였던 문예사조이다. 삭막한 현실에서 진실을 찾을 수 없기 때문에, 자신의 내면과 주관적 생각만이 진실을 표현할 수 있다고 여긴 것이다. 독일에서 일어나서 제1차 세계대전 이후인 1910년에서 1925년 사이에 절정에 달했다. 대표적인 미술가로는 반 고흐(Van Gogh, 1853-90), 폴 고갱(Paul Gauguin, 1848-1903) 등이 있으며, 시인으로는 보들레르, 소설가는 도스토엡스키(Dostoevsky, 1821-81), 철학자는 니체(Friedrich Wilhelm Nietzsche, 1844-1900), 극작가로는 스웨덴의 스트린드베리(Strindberg, 1849-1912)가 있다. 표현주의는 흔히 다음과 같은 특징들을 지니고 있다.

1) 사실주의에 반발하여 객관적 진실을 부인하고 주관적 진실을 추구하였다.
2) 인간 사회와 삶에 대한 개인적 비전을 제시하였다.
3) 사실적인 외부 세계를 파격적인 과장이나 왜곡을 통해서 표현하였다.
4) 종종 혼돈으로 치닫는 산업 기술 사회 속에서 소외되고 두려워하는 현대인을 묘사하였다.
5) 급진적 표현주의자radical expressionist는 개혁된 세상에서 기대할 수 있는 이상적 인간형을 그리기도 했다.
6) 독백을 주로 많이 사용하며 자서전적인 요소가 강하고, 무의식적이고 잠재적인 꿈의 영역을 표현하였다.
7) 외부 세계에 대한 환멸로 인한 저항과 현실 개혁의 주제를 많이 다루었으며, 개인의 내부 세계로 침잠하려는 유아론적 경향을 보인다.

### ■■■ Aestheticism and Decadence 유미주의와 데카당스

유미주의Aestheticism는 '예술을 위한 예술'(Art for Art's Sake)을 표방한 19세기 후반에 있었던 예술운동art movement으로, 유미주의자aestheticist들은 예술의 주제는 사회·정치적social-political이어서는 안 되고, 미적인 가치aesthetic values가 되어야 한다고 주장한다. 이 운동이 지향하는 바는 프랑스 소설가 테오필 고티에(Theophile Gautierd, 1811-72)가 1835년에 발표한 소설 『모팽 양(孃)』(*Mademoiselle de Maupin*)의 서문에서 "예술은 무용하다"(Art is useless)라고 하면서, 예술과 도덕사이에는 아무런 연관관계가 없다는 주장과 미국의 시인이자 소설가인 에드거 앨런 포우(Edgar Allan Poe, 1809-49)가 '시 그 자체 poem per se(poem written solely for the poem's sake)' 보다 더 품위 있고 dignified, 더 고귀한noble 시는 존재하지 않는다고 주장하면서, 교훈주의 Didacticism는 이단heresy임을 선언했던 것에서 잘 나타난다. 이 운동은 일체의 도덕과 사상을 배제한 예술의 자율성autonomy of art을 실천하려고 했다. 이들의 주장은 예술에 대한 어떤 체계적인 이론systematic theory을 거부하고 오직 예술가의 개성과 독창성을 강조한 라파엘 전파Pre-Raphaelites의 예술에 대한 태도와 밀접하다고 할 수 있다. 영국에서 대표적인 인물로는 삶을 강렬하게 살기위해서는 미에 대한 이상이 있어야 한다고 주장한 월터 페이터와 그의 제자 오스카 와일드(Oscar Wilde, 1854-1900)가 있다. 이들은 예술과 도덕의 분리를 주장했다. 시대와 무관하게 도덕적인 메시지보다는 세련된 감각적 즐거움을 제공하는 모든 예술을 일반적으로 유미주의 예술aesthetic art이라고 한다.

데카당스decadence는 일반적으로 도덕morality, 종교적 믿음religious belief, 통치 기술governmental technique 등이 그 사회가 전통적으로 믿고 있는 기준criteria에 미치지 못함을 의미하면서, 예술사나 예술비평에서는 어떤 거대한 문학적 사회적 시기의 종말을 나타내는 쇠퇴decline와 퇴보regression의 조짐을 지적하기 위해 사용되었다. 19세기 말에는 프랑스의 상징주의symbolism나 유미주의 운동과 연관된 예술가들에게 적대적hostile이었던 비평가들이 이들을 지칭하기 위해 사용하였으나, 이 예술가들은 자신들에게 붙여진 이 용어를 당당하게 받아들였다. 이들은 자연보다는 예술품을, 단순함simplicity보다는 정교함exquisiteness을 찬양하면서, 병적이고 지나치게 정교하다는 자신들의 작품의 주제와 스타일을 포용하고, 쇠퇴에 대한 사회적 담론social discourse에 저항했다. 이들은 가장 훌륭한 아름다움은 죽어가고, 쇠퇴해가는 것들의 아름다움이라고 주장하고, 삶에서나 예술에서 그 시대의 기성세대established generation의 도덕적·윤리적·사회적 기준을 거부했다. 예술행위에서는 예술 그 자체를 넘어선 어떤 목적을 인정하지 않았다. 예술의 주제 문제보다는 과도하게 강렬한 선정주의sensationalism나 강렬한 효과를 낼 수 있는 예술적 기교artistic technique나 형식에 더 많은 관심을 가졌다. 이런 측면에서 본다면 과거의 예술과 비교했을 때 현대의 모든 예술은 퇴폐적decadent이라 할 수 있다.

## ▬▬▬ Modernism 모더니즘

19세기 말엽에서 20세기 초엽에 서구 문학사에 나타난 중요한 예술 운동이다. 모더니즘은 서구 문화와 서구 예술의 전통적인 기반으로부터의 의도적인 단절을 포함한다. 모더니즘은 사실주의에 대한 반발이라고 할 수 있지만, 이러한 모더니즘의 선구자들은 사회 조직, 종교, 도덕, 인간 자아에 대한 전통적 사고에 의문을 던졌던 니체, 마르크스, 프로이트, 프레이저(J. G. Frazer, 1854-

1941)와 같은 사상가들이었다. 1차 세계 대전이 서구 문명의 기초와 연속성에 대한 믿음을 뒤흔들어버린 후에, 모더니스트들은 전통적인 문학적 형태와 주제에 반기를 들었던 것이다. 모더니즘은 소설에서는 셔우드 앤더슨(Sherwood Anderson, 1876-1941)의 경우와 같이 전통적인 시간의 흐름을 거부하고, 과거 현재 미래가 뒤섞여 나타나는 혁신적 경향이 나타나고 에피소드 형식이나 개인의 고독을 다루는 특징을 보인다. 시에서 모더니즘은 상징주의, 초현실주의, 입체파 등처럼 기존의 전통에서 벗어나는 작품들이 나타났는데, 이를 주도한 시인들은 이미지스트였다. 자유시와 비정형시를 씀으로써 전통적 시 형식에서 벗어났으며, 상징이나 이미지로 작가의 내면을 전달하는 시들이 나타났다. 에즈라 파운드와 엘리엇이 이러한 모더니즘 작품의 대표적 작가로 꼽힌다.

엘리엇은 『황무지』(The Waste Land, 1922)에서 4월은 잔인한 달이라고 했는데, 이는 1차 세계대전 이후에 황폐해진 유럽사회의 정신적 공황상태를 표현한 것이다. 인간의 마음은 황무지처럼 삭막한데, 4월은 새로운 생명을 싹 틔우는 달이므로 그것이 더욱 잔인하게 느껴졌다고 볼 수 있다. 겨울은 오히려 평안하지만, 4월이 되어 버거운 삶의 세계로 돌아와야 하는 생명체의 고뇌를 표현하고 있다. 기존의 시인들은 4월을 만물이 소생하는 아름다운 계절로 묘사했지만, 엘리엇의 현대적 감각은 이와는 반대로 표현한 것이다.

사실주의realism가 자연이나 실재를 객관적objective이고 확고 불변의 것으로 파악한 반면에, 모더니즘은 이를 어디까지나 주관적subjective이고 상대적인 relative 것으로 파악했다. 따라서 모더니즘은 역사의 진실을 보는 시각을 객체로부터 주체로 바꾸어야 한다고 주장한다. 객관적 진실은 존재하지 않고 주관적 진실만이 존재한다고 보는 것이다. 따라서 모더니즘은 객체보다는 주체를, 외적 경험보다는 내적 경험을, 집단의식보다는 개인의식을 더 높이 평가한다. 예를 들어, 사실주의에서는 "꽃은 아름답다"가 불변의 진리로 여겨지지만, 모더니즘에서는 "꽃은 아름다울 때도 있고 지겨울 때도 있고 의미 없는 것일 수도 있다"라는 입장을 보이는 것이다. 사실주의 작가들이 현상 세계와 인간의 자아 사이에 유기적인 상호 연관성을 인정했다면, 모더니즘 작가들은 모든 가치와 진리가 오직 "나"한테서 출발한다고 굳게 믿는다. 모더니즘 문학의 특징을 살펴보면 다음과 같다.

1) 현대인이 처한 인간 조건을 실존주의적 관점에서 즐겨 다룬다.
2) 20세기 현대인이 처한 비극적인 상황에 관심을 보인다. 삶을 무의미
   한 것으로 받아들이고 허무주의nihilism와 공허감emptiness을 현대인의
   양식으로 삼는다.
3) 개인과 사회 사이의 갈등을 주로 다룬다. 사실주의가 사회의 손을 들
   어주는 반면, 모더니즘은 개인에게 더 많은 동정을 기울인다.
4) 자유 의지와 선택의 문제를 강조한다. 즉, 개인이 사회의 억압에서 벗
   어나기 위해서는 자유 의지를 행사하여 행동을 선택해야 한다고 믿었
   다.
5) 니체 이후 초월적 존재가 없는 우주 속에서 인간이 어떻게 살아가야
   할지에 관심을 가졌다. 즉, 삶의 모든 주체를 인간으로 파악할 것을
   주장하였다.

## ▄▄▄▄ Surrealism 초현실주의

프랑스에서 최초로 시작된 운동으로, 이 운동이 표방하는 목표는 자유로운 예
술적 창조성에 가해지는 모든 제약에 대한 하나의 반항이었다. 이러한 제약 속
에는 논리적 이성, 규범적 도덕, 사회적 관례 및 관습, 계획과 의도에 의한 통
제, 등이 포함되어 있었다. 초현실주의는 프로이트 등이 밝혀낸 무의식
unconsciousness의 세계가 문학에 새로운 재료와 방법을 제공한다고 믿었다. 따
라서 초현실주의는 합리성이나 논리성과 같은 전통적인 예술 구성 방식과 결
별하고, 꿈의 상태나 환각 상태와 같은 비합리적이고 비논리적인 세계를 표현
하려고 시도하였다. 초현실주의는 이름이 내포하듯이 사실주의에 대한 비판을
내포한다. 의식의 세계는 인위적인 조작과 합리화가 포함되므로 거짓이고 무
의미하며, 초현실세계야말로 진실이고 인간을 일상의 현실에서 해방시킨다고
믿었다. 초현실주의 문학의 특징을 살펴보자.

1) 문법에 어긋난 구문, 비논리적 비시간적 순서, 꿈과 같고 악몽과 같은 소재의 연속, 기괴하고 충격적인 이미지들을 사용한다.
2) 주제는 사랑, 특히 본능적인 성욕과 같은 욕망의 예찬, 현실에 대한 반항, 도덕과 상관없는 자유분방함 등으로 특징지을 수 있다.
3) 미학과 도덕이 발전하기 이전의 원시미술에 관심을 가지며, 광기, 도착심리, 이상심리에 흥미를 갖는다.

### ▬▬▬ Postmodernism **포스트모더니즘**

포스트모더니즘은 모더니즘 이후에 펼쳐지는 여러 현상을 지칭하는데, 모더니즘의 극단화된 반전통적 실험을 연속시켰을 뿐만 아니라, 다시 전통화될 수밖에 없었던 모더니즘의 형식들로부터 탈피하려는 다양한 시도들을 하였다. 넓은 의미에서 포스트모더니즘은 근대modern이후의 많은 현상들에 대해 비판적이고, 특히 휴머니즘이나 주체 중심적인 사고에 대해 비판적이다. 즉, 데카르트의 이성 중심적인 사유에 대한 반성이고, 근대적 주체에 대한 반성이라고 할 수 있다.

postmodernism이라는 용어는 흔히 제2차 세계 대전이후의 문학과 예술에 사용되는데, 이 시기는 제1차 세계 대전의 악영향이 독일의 나치즘, 원자 폭탄에 의한 대량 멸종의 위협, 자연 환경의 파괴, 인구 과잉 등의 불길한 사건들로 인해 더욱 악화되던 시기였다. 사람들은 생존 자체에 커다란 위협을 느끼고 있었고, 추구해야할 가치관과 목적의식을 상실하였다. 그리하여 미국과 프랑스를 중심으로 학생운동·여성운동·흑인민권운동·제3세계운동 등의 사회운동과 전위예술, 그리고 해체주의deconstruction 혹은 후기구조주의 poststructuralism 사상으로 시작되었으며, 1970년대 중반 점검과 반성을 거쳐 오늘날에 이른다. 포스트모더니즘 작품에서 낯익은 시도는 삶의 무의미성 meaninglessness과 우리의 안전이 위태롭게 매달려 있는 심연abyss 혹은 공허 void 혹은 무nothingness를 드러내기 위해서, 우리가 받아들이고 있는 기존 사상과 경험 양식의 토대를 전복시키고자 하는 것이다.

포스트모더니즘은 어떠한 진리나 위계질서 혹은 권력을 거부한다. 또한 파편화되고 혼란스러운 근대적 현상들 속에서 총체성을 획득하는 것이 거의 불가능하다고 생각한다. 따라서 문학에서도 독창적인 문학 작품의 가능성을 부인하고 상호텍스트성intertextuality을 강조한다. 이는 인간은 어려서부터 수많은 책들을 읽으면서 자라기 때문에 그러한 인간이 만들어내는 작품은 결국 기존의 작품으로부터 자유로울 수 없다는 사고에 바탕을 두고 있다. 또한 패러디를 즐겨 사용한다. 전통적으로 위대한 작품으로 평가되어왔던 작품들을 패러디하여 사람들이 품고 있는 절대주의의 허구성을 밝히고자 하는 것이다. 이는 지금까지 중심이 되어왔던 전통이나 가치관을 해체시키고, 오히려 그 동안 소외되었던 것들을 사고의 중심에 놓고자 하는 시도의 일환이다.

## Modern Literary Theory 현대 문학 이론

### Russian Formalism 러시아 형식주의

작가의 사상이나 감정, 문학 작품의 내용content과 사회적 의미social significance 등을 세밀하게 분석하고 평가하는 기존의 문학론에 대한 반동으로 1920년대에 러시아에서 생겨난 문학 분석의 한 유형이다. 형식주의는 작품 자체의 형식적 요건들, 즉 작품 각 부분의 배열 관계, 전체와 부분간의 관계를 중점적으로 분석 평가하는 데 역점을 둔다. 형식주의는 문학을 하나의 특별한 종류의 언어로 보고 있으며, 문학적 언어literary language와 일상 언어ordinary language 사이에는 근본적인 차이가 있다는 가정을 전제로 한다. 형식주의적 시각에 의하면, 일상 언어의 일차적 기능primary function은 외부의 정보를 다른 사람에게 전달하는 것인 반면에, 문학적 언어는 언어 자체가 가진 형식적 특성에 초점을 맞춘다는 것이다. 이러한 주장이 문학의 내용 대신에 소리와 말의 형식적인 패턴에만 역점을 둔다고 해서 형식주의란 말은 경멸적으로 사용된 것이다.

### ■ Defamiliarization 낯설게 하기

러시아의 문학이론가 빅토르 쉬클로프스키(Victor Shklovsky, 1893-1984)에 의해 소개된 개념이다. "낯설게 하기"는 우리에게 일상화된 연극의 모든 관습

convention을 새롭고 신선하게 하기 위한 방안이며, 이를 통하여 관객은 연극에의 일상적인 몰입에서 벗어나 작가의 예술성에 눈을 뜨게 된다. 쉬클로프스키는 자신의 에세이 「기술로서의 예술」("Art as Technic")에서 "예술의 경험은 대상 그 자체가 아니라, 대상을 제시하는 작가의 인위성에서 비롯된다. 무엇을 표현하는 가는 중요하지 않다."고 하여 내용에 대한 표현 방식의 우위를 선언하기도 하였다.

## ▨▨▨▨ Marxist Criticism 마르크스주의 문학비평

마르크스주의 비평은 작가가 생각하고 글을 쓰는 방식을 결정하는 경제적, 계급적, 이데올로기적 요소들을 주로 다루며, 문학 작품이 표현하는 것과 마르크스주의자가 인식한 사회적 현실 사이의 관계에 관심을 갖는다. 따라서 마르크스주의 비평은 문학 작품 속에서 작가가 재현한 사회적 현실, 제도적 모순, 구조적 부조리 등의 문제에 의미를 부여한다.

마르크스주의 비평은 칼 마르크스(Karl Marx, 1818-83)와 프리드리히 엥겔스(Friedrich Engels, 1820-95)의 다음과 같은 경제 문화 이론에 그 비평적 토대를 두고 있다. 첫째, 특히 인간과 사회 제도들, 그리고 인류의 사고방식의 역사적 발전은 경제적 생산material production의 기본 양식의 변화changing mode에 의해 결정된다. 둘째, 이러한 역사적 변화historical change는 모든 시대에 경제적, 사회적, 정치적 이익을 얻기 위해 투쟁하는 사회 계급들의 구조에 중요한 변화를 일으킨다. 셋째, 어느 시대이든지 인간의 의식은 일련의 관념, 믿음, 가치, 그리고 사고방식이라고 할 수 있는 이데올로기에 의해 구성된다.

천박한 마르크스주의vulgar Marxism라고 불려온 비평 이론은 작가들에게 사회적 현실을 그대로 재현할 것만을 요구한다. 하지만 좀 더 유연성이 있는 마르크스주의 비평가들은 모든 시대의 문학의 대가들은 그들이 속해있는 계급의 이데올로기에서 해방되어 객관적인 현실을 모방할 수 있는 능력을 보여 왔다고 주장한다. 헝가리의 사상가 게오르그 루카치(Georg Lukacs, 1855-1928)는 금세기의 가장 영향력 있는 마르크스주의 비평가이다. 그는 후기 저술에서 예술은 본질적으로 모방이라는 견해를 타당하다고 받아들였으며, 문학과 예술이 현실의 반영이어야 한다고 역설하였다.

## ■■■■■■ New Criticism 신비평

특정 문학 작품을 분석하고 평가하는 데에 있어서, 작가의 전기, 창작 당시의 사회적 조건, 또는 작품이 독자에게 미치는 심리적 도덕적 영향에 의존해서는 안 된다고 주장하는 비평 방식을 지칭한다. 신비평가들은 문학 작품 자체를 벗어나서 의미를 찾으려 하는 비평적 시도들을 의도론적 오류intentional fallacy와 영향론적 오류affective fallacy라고 경고한다. 신비평이라는 용어는 존 크로 랜섬(John Crowe Ransom, 1888-1974)의 책 『신비평』(*The New Criticism*, 1941)이 출간된 후에 미국 비평의 일반적인 경향으로 통용되었다. 랜섬의 견해에 따르면, 비평의 제1원칙은 비평이 객관적이어야 하고 문학 작품 자체의 자율성을 인정해야 한다는 것이다. 신비평가들의 독특한 분석 방법은 면밀한 독해 close reading이다. 즉, 한 작품 내의 복합적인 상호 관계들과 구성 요소들의 다의성을 상세하게 분석하는 것이 작품을 이해하고 분석하는 데 가장 중요한 원칙이라는 것이 그들의 주장이다. 신비평의 근본적인 원리들은 근본적으로 언어적이다. 다시 말해서 문학은 논리적인 글에 대립하는 속성을 지닌 특정 언어로 여겨지는 것이다. 따라서 비평의 중요한 개념들은 단어들과 비유들과 상징들의 의미와 상호작용을 다룬다.

### ■ Intentional Fallacy 의도론적 오류

작품을 쓴 작가의 의도intention, 의식적 구상design 또는 목적purpose을 추정하거나 관련시켜 작품을 해석하고 평가하는 잘못을 가리키는 용어이다. 이러한 의도론적 오류를 유의해야 한다고 주장하는 비평은 신비평new criticism이라고 불리는 구조주의적 비평 방식이다. 신비평가들에게는 작가의 의도가 무엇이든지 중요하지 않다. 중요한 것은 작품 자체이다. 그들은 문학의 의미와 가치가 작가로부터 독립된 문학 작품 자체 안에 있다고 믿기 때문이다. 그들은 작가의 전기biography나 심리 상태psychological condition, 창작 과정creative process과 같은 외적인 문제가 독자의 주의를 혼란시켜 문학 작품 자체의 내적 구성에 대한 진지한 해석을 방해한다고 믿었다.

## ■ Affective Fallacy 영향론적 오류

신비평주의자들이 주장한 개념으로서, 문학작품 자체와 문학작품이 독자에게 불러일으키는 감정적 효과를 혼동하는 것을 의미한다. 1946년 출간된 에세이에서 신비평주의자 윔사트(W. K. Wimsatt, 1907-75)와 비어슬리(Monroe C. Beardsley, 1915-85)는 영향론적 오류를 "시를 독자에게 불러일으키는 감정적 효과로 평가하는 실수error"라고 정의하였다. 신비평주의자들에게 문학작품의 의미는 텍스트 자체에 내재해 있고, 객관적으로 파악될 수 있다. 따라서 문학작품이 독자에게 불러일으키는 감정적 반응은 작품의 의미와 무관하다는 것이다. 이러한 감정적 오류의 개념은 인상주의 비평impressionistic criticism에 대한 직접적인 공격이다. 인상주의 비평에서는 시에 대한 독자의 반응이 시의 가치를 궁극적으로 나타낸다고 평가하기 때문이다. 한편 독자반응이론reader-response theory 비평가들 역시 독자의 반응을 텍스트의 의미를 결정하는 가장 중요한 요소로 평가하기 때문에, 영향론적 오류는 오류가 아니라고 주장한다.

## ■ Ambiguity 애매성

일반적으로 이 용어는 어떤 개념, 사상, 진술, 주장 등의 의미나 의도 혹은 해석이 어떤 규칙이나 과정을 통해 정확하게 해결될 수 없는 경우에 적용된다. 이 용어는 영국의 문학 비평가 윌리엄 엠슨(William Empson, 1906-84)이 그의 명저 『애매성의 일곱 가지 유형』(*Seven Types of Ambiguity*, 1930)을 출판한 이후에 문학 비평에서 널리 사용하게 되었다. 문학 비평에서 이 용어는 하나의 단어나 표현이 두 개 혹은 그 이상의 확연히 구분되거나 상이한 언급을 하거나, 혹은 두 개 이상의 태도나 감정을 표현하기 위해서, 작가에 의해서 의도적으로 사용되었다고 판단될 경우에 적용되며, 이러한 표현은 정교한 시적 장치로 간주된다.

　예를 들어 셰익스피어의 『안토니와 클레오파트라』(*Antony and Cleopatra*, 1607)의 다음 구절을 보자.

오라, 그대 필멸의 가련한 자여,
그대의 예리한 이빨로 이 끈끈한 생명의 매듭을
풀어라. 불쌍한 독을 가진 바보여,
화를 내라, 그리고 서둘러라.

Come, thou mortal wretch,
With thy sharp teeth this knot intrinsicate
Of life at once untie. Poor venomous fool,
Be angry, and dispatch. (5막 2장)

이 장면은 독사에 물려 자살하기 위해 클레오파트라가 독사를 자극하는 유명한 대목이다. 여기서 그녀가 사용하는 단어는 애매한 이중의 의미를 갖고 있다. 우선 thou는 독사를 의미하는데, mortal은 독사가 인간의 생명에 치명적이라는 것인지, 아니면 독사도 언젠가는 죽어야 할 존재라는 것인지 애매하다. 아마 두 가지를 다 의미한다고 할 수 있을 것이다. wretch의 의미도 독사를 경멸하는 표현인지, 아니면 그에 대한 연민의 표현인지 — 클레오파트라는 독사를 애완동물로 간주했기 때문에 — 애매하다. dispatch가 서두르라고 재촉하는 것인지, 아니면 죽이라는 의미인지 애매하다.

이러한 방식으로 텍스트를 접근하게 되면 사실상 우리가 사용하는 어휘나 표현은 극단적으로 모두 애매하다고 할 수 있다. 그래서 언어를 통한 인간과 인간의 교류는 매우 불안전해질 수밖에 없다. 이러한 언어에 대한 태도가 해체주의 문학비평의 근간을 이룬다고 할 수 있다.

### Archetypal Criticism 원형(原型) 비평

문학 비평에서 "원형"archetype이라는 말은 신화, 꿈, 그리고 의식화된 사회적 행동 양식뿐만 아니라, 다양한 문학 작품 속에서 공통적으로 나타나는 이야기 구조, 인물 유형, 또는 이미지를 가리킨다. 이 다양한 현상들 속에 존재히는 유사성은 어느 시대, 어느 사회에나 적용되는 일련의 보편적, 원시적, 근원적 구조를 반영하고 있는 것으로 여겨졌는데, 그러한 구조가 문학 작품 속에서 효과적으로 형상화되면 독자에게 깊은 반응을 불러일으킬 수 있는 것이다. 따라서 원형적archetypal이라는 표현과 유사한 표현은 보편적universal이라는 표현이 될 수 있다. 원형 비평은 문학 작품 속에 나타난 이러한 보편적, 근원적 구조와 유형을 찾아 그 의미를 분석하는 것이다. 원형에 관한 문학 이론은 영국 케임브리지 대학의 비교 인류학과에서 유래했는데, 그 학과에서 모델로 삼은 작품은 프레이저의 『황금 가지』(*The Golden Bough*, 1890)이다. 황금 가지는 아주 다른 문화를 가진 전설들legends이나 의식들ceremonials에서 반복되어 나타나는 신화나 의식의 기본 구조를 연구하였다. 죽음과 재생death and rebirth의 주제가 흔히 원형 중의 원형이라고 하는데, 그것은 사계절의 순환원형적 주제나 이미지, 그리고 인물들 중에는 "지하 세계로의 여행"the journey underground, "천국으로의 상승"the heavenly ascent, "아버지 찾기"the search for the father, "낙원과 지옥의 이미지"the paradise-Hades image, "프로메테우스적 반항아 영웅" Promethean rebel-hero의 이미지, "속죄양"the scapegoat, "요사스런 여성"fatal woman 등이 있다.

## ■■■■ Psychological and Psychoanalytic Criticism 정신분석 비평

지그문트 프로이트와 그의 제자들에 의해서 제창된 심리학설을 가리킨다. 프로이트는 인간의 정신세계 속에서 의식 너머에 있는 무의식을 발견하였고, 정신 에너지의 큰 원천이 무의식에 있다고 주장하였다. 프로이트의 주장에 따르면 인간의 정신은 3대 활동 영역을 지니고 있다. 그것은 바로 이드Id, 초자아 Superego, 자아Ego를 말한다. 이드는 무의식 속에 있고 본능적 충동들의 근원지이며 항상 쾌락 원칙pleasure principle을 통하여 본능적 욕망을 만족시키고자 한다. 초자아는 이드의 욕망을 억압하는 사회적 압력들을 대변한다. 초자아는 도덕 원칙morality principle에 의해 지배받는다. 그리고 자아는 사회와의 접촉에 의해서 변화된 이드의 부분이다. 의식인 자아는 항상 현실적 요구와 욕망을 충족시키려는 이드와 사회적 압력을 대변하는 초자아의 요구 사이에서 중재역을 해야 한다. 성숙한 자아는 현실 원칙reality principle에 따른다. 다시 말하면, 본능적 욕망을 추구했을 때 닥쳐올 고통스런 결과를 피하기 위해서, 또는 나중에 욕망을 만족시키기 위해서 즉각적인 쾌락을 부정하는 것이다. 프로이트의 정신 분석학은 현대에 모더니즘이나 포스트모더니즘과 같은 문학 비평에 중요한 영향을 끼쳤으며, 작품 분석의 한 수단으로 중요한 부분을 차지하고 있다.

### ▨▨▨ New Historicism 신역사주의

미셸 푸코(Michel Foucault, 1926-84)의 권력/지식 이론, 그리고 니체에 뿌리를 두는 고고학적 역사 개념이 신역사주의의 지적 배경이 된다. 신역사주의는 해체주의 등이 주장하는 지나친 언어 강조에 반대하여 역사로의 복귀를 주장하며 문학을 다시 역사 속에 복원시키려 하는 노력에서 비롯되었지만, 과거의 역사주의와는 분명히 다르고 역사, 문학, 정치, 경제 등의 경계를 넘어 상호연관 관계 속에서 문학 텍스트를 규명하고자 한다. 즉, 구역사주의는 역사를 고정 불변의 진리로 파악하였고 문학 작품이 불변하는 역사적 진실을 얼마나 반영하는가 하는 것이 주된 관심사였지만, 신역사주의는 역사를 불변의 진리로 보지 않고 언제나 서술되는 픽션에 불과한 것으로 파악하기 때문에 문학적 담론과 비문학적 담론을 한 시대의 동등한 문화적 구성물로 보고 그들 간의 상호관계interrelation와 상호작용interaction에 주목한다. 따라서 문학 작품은 단순히 현실을 반영하는 것이 아니라 역사를 재현하는 행위 속에서 역사에 직접적으로 개입한다고 본다. 따라서 이러한 신역사주의적 시각에서 보면 어떠한 문학 작품도 시대와 공간을 초월한 보편적 가치를 지닐 수 없게 된다.

신역사주의라는 용어를 최초로 사용한 사람은 미국의 르네상스 학자인 스티븐 그린블랫(Stephen Greenblatt, 1943- )이었다. 그린블랫은 1960년대 미국의 정치운동과 민권운동을 겪으면서 기존의 미국문화를 지탱해오던 이데올로기에 이의를 제기하는 세대를 대변하는 인물이다. 그는 르네상스와 셰익스피어 연구에 신역사주의 비평을 적용시켜 학계의 많은 주목을 받아왔고 지금도 활발하게 활동하고 있다. 그린블랫에 따르면 예술작품은 "집단적 거래와 교환의 산물"이고, 정전canon이란 시공을 초월하는 보편성과 절대적 진실을 담고 있는 작품이 아니라 그 시대의 지배적인 문화, 정치, 사회적 담론에 부합하는 작품일 뿐이다. 따라서 신역사주의는 개인 주체가 결코 지배적 담론에서 자유로운 존재가 아니라고 주장한다. 그린블랏은 텍스트에 속박 받지 않는 unrestrained 주체란 존재하지 않는다고 여기며, 인간 주체를 특정 사회에서 권력관계에 의해 파생된 이데올로기의 산물로 여긴다.

신역사주의 이전에 영국과 미국에서 셰익스피어의 극작품들은 특별한 한 시대의 산물이 아니라 흔히 모든 시대를 초월하는 보편성universality을 지닌 위대한 작품들로 여겨져 왔다. 그 결과 최근까지도 주제, 장르, 그리고 구조를 연구하는 형식주의 비평이 지배해 왔다. 하지만 신역사주의는 이러한 형식주의 비평을 벗어나, 셰익스피어의 작품들과 그들이 쓰인 당대 역사의 정치, 문화, 경제 등의 비문학적 담론과의 상호작용에 주목하며 역사의 텍스트성을 강조한다. 신역사주의는 문화유물론과 달리 하층민, 여성, 유색인 등 핍박받는 피지배 계층을 지배 권력의 희생자로, 억압에 저항할 힘이 없는 존재로 표현한다. 문화유물론이 역사를 인간의 투쟁으로 보고 핍박받는 자들의 목소리를 확대 해석하여 저항의 측면을 강조하는 반면에, 신역사주의는 지배 질서의 전복이 언제나 담론 내부에서 봉쇄containment당하기 마련이라는 비관적인 시각을 견지한다. 문학 작품 속에 등장하는 축제에 대한 해석에서도 문화유물론은 축제를 정신적 해방의 수단으로 보아 투쟁strife과 전복subversion의 가능성을 주장하는 반면, 신역사주의는 축제를 권력이 전복의 시도를 허락함으로써 봉쇄를 더욱 강화하기 위한 수단으로 해석한다.

사실 맥베스Macbeth를 파멸로 이끄는 마녀들Witches의 존재나 오셀로Othello 를 파멸로 이끄는 이아고Iago의 존재, 그리고 리어 왕King Lear과 햄릿Hamlet을 파멸로 이끄는 거너릴Goneril, 리건Reagan, 에드먼드Edmund, 클로디어스Claudius 등은 기존 질서를 위협하는 악의 세력으로 뿐만 아니라, 당대 사회의 안정을 위협하는 이질적이고 다양한 새로운 이념과 힘들의 의미로도 나타난다. 신의 섭리에 따라 정해진 신분과 지위를 스스로 바꿀 수 있다고 믿는 맥베스, 클로디어스, 에드먼드의 야심, 사회 전체의 안녕보다는 자신의 이익과 권리를 우선 시하는 이아고의 개인주의 등은 신God 중심의 기존 질서의 편견과 권위에 대한 인간 중심적 사상의 도전이고 전복의 시도이다. 그런데 신역사주의 시각에서 보면, 셰익스피어는 이들을 악마화함으로써 전복의 시도를 봉쇄하는 것을 정당화하는 것이다. 『맥베스』에서 맥베스의 왕위 찬탈 행위나, 『헨리 4세 1부』 (*1 Henry IV*, 1597 이전)에서 폴스타프Falstaff의 전복적 행위 역시 기존의 권위에 도전하는 것처럼 보이지만, 결국 맥베스가 죽임을 당하고 폴스타프는 할왕자Prince Hal에게 버림을 받음으로써 그러한 전복의 가능성을 철저하게 봉쇄하는 국가 권력의 전략을 재현한다고 보는 것이다. 따라서 그린블랏은 셰익스피어의 극을 항상 봉쇄의 승리로 읽어낸다. 결국 신역사주의는 염세주의적 결정론을 지향한다. 즉, 인간의 내면에 속한 권력의 역학을 부인하지 못하기 때문에 권력에 따를 수밖에 없다는 것이다.

## Cultural Materialism 문화유물론

문화유물론은 신역사주의와 여러 가지 측면에서 공통점을 지니고 있다. 무엇보다도 중요한 점은 지금까지 문학에 부여해왔던 특권을 거부하고 문학 작품을 다른 사회적 담론들과 마찬가지로 시대적, 정치적 배경과의 상호관계 속에서 파악한다는 점이다. 또한 신역사주의처럼 역사를 고정불변의 진리로 받아들이지 않고 항상 서술되고 변화되는 텍스트의 형태로 존재한다고 본다. 그리고 이러한 시각은 문화나 문학 작품도 물적 토대materialistic basis 위에서 생산된다고 파악하기 때문에, 구체적인 물적 조건 아래 고찰되어야 한다고 주장하는 문화유물론의 고유한 입장에서 유래한다. 또한 인간의 의식 형성에 종교, 교육기관, 대중매체, 문학 등의 이념적 국가 기구가 중요한 작용을 한다고 간주하기 때문에, 문화유물론은 문학 텍스트가 이데올로기를 단순히 반영하는 데 그치지 않고, 특정 이데올로기를 생산하는 데 능동적으로 참여한다고 본다. 유물론적 비평가들은 인간 주체human subject를 불안정한 존재로 인식하고, 개인의 주체를 특정 사회의 권력 관계에서 파생된 이데올로기의 산물이며 사회 안에서 형성되고 변형되는 담론 행위의 산물이라고 간주하는 것이다.

하지만 문화유물론자들은 신역사주의자들과는 달리 주체를 권력에 의해서 저항resistance이 봉쇄되는constrained 존재가 아니라, 지배 권력에 도전하고 저항하는 존재로 상정한다. 주체를 역사와 문화 속에서 형성되기도 하지만 또한 역사와 문화를 형성하는 존재로도 파악하는 것이다. 강조점을 좀 더 세분화한다면, 신역사주의는 역사를 텍스트로 파악하여 인간 개인의 힘으로 어찌할 수 없는 대상으로 간주하는 반면, 문화유물론은 역사를 인간의 노력 여하에 따라 달라질 수 있는 것으로 보았다. 신역사주의자들은 역사가 문화를 만든다고 여기는 반면, 문화유물론자들은 문화가 역사를 만든다고 믿는 셈이다. 따라서 문화유물론은 역사가 인간의 투쟁을 통해 이루어진다고 믿으며 저항의 측면을 강조하고, 억압oppression과 핍박pressure을 받는 소외된 계층의 목소리를 확대해서 읽어낸다. 문화유물론이 스스로를 저항담론으로 규정하고 문학 작품과 문학 비평이 당대의 문화적 헤게모니를 전복시킨다고 주장하는 이유가 바로 여기에 있다.

신역사주의가 다양한 문화와 민족 배경을 지닌 미국에서 생겨난 비판적 시각이라면, 문화유물론은 단일 문화와 민족 배경을 지닌 영국에서 생겨났다. 문화유물론은 영국의 문화비평가 레이먼드 윌리엄스(Raymond Williams, 1921-88)가 최초로 사용한 용어인데, 윌리엄스는 『유물론과 문화의 문제점』 (*Problems in Materialism and Culture*, 1980)에서 문학작품과 그것의 배경, 즉 텍스트text와 콘텍스트context를 분리시키는 것의 문제점을 지적하였다. 그를 이어 문화유물론을 대표하는 비평가들로는 조나산 돌리모어(Jonathan Dollimore, 1948- ), 알란 신필드(Alan Sinfield, 1941- ), 그레이엄 홀더니스 (Graham Holderness, 1947- ), 캐서린 벨시(Catherine Belsey, 1940- ) 등이 있다. 이들은 셰익스피어 작품과 당대의 정치 문화적 배경과의 상호 관계뿐만 아니라, 셰익스피어 작품과 현대의 정치 문화적 담론과의 연관성에도 주목한다. 즉, 신역사주의가 권력의 문제를 셰익스피어의 작품이 쓰인 과거에 국한시키는 반면, 문화유물론은 현재에 적극적으로 개입하고자 하며 과거 작품에 대한 현재적 해석을 중시한다. 특히 셰익스피어의 텍스트 속에 숨어있는 잠재적인 대립과 저항의 요소에 초점을 맞추는 것이다.

셰익스피어의 많은 작품들이 문화유물론적 시각으로 연구되고 있는데, 그중 『리처드 2세』(*Richard II*, 1595)와 같은 작품은 흔히 언급되는 작품이다. 그 이유는 에섹스Essex 백작이 1601년 반란을 일으키기 직전 기존 권위를 전복subvert시키기 위해 극장을 사용한 대표적인 작품으로 여겨지기 때문이다.

엘리자베스 여왕은 이 작품이 공공 극장에서 자주 공연되는 것을 매우 우려했으며, 리처드 2세를 자신과 동일시하여 그의 왕권을 찬탈하고usurp 살해하는 행위가 극장에서 재현되는 것을 자신의 왕권에 대한 큰 위협으로 간주했던 것으로 여겨진다. 따라서 리처드의 폐위 장면은 검열에 걸려 엘리자베스 여왕 사망 이후까지 공연이 금지되었던 것이다. 결국 『리처드 2세』는 기존 권위와 질서를 전복시키는 요소를 지니고 있으며, 실제로 당대의 정치적 상황에 영향을 미쳤을 뿐만 아니라 역으로 또한 영향을 받은 작품인 것이다. 사실 리처드 왕의 폐위와 살해 과정의 재현은 왕의 지위도 세상이라는 연극 무대에서 한 순간 하는 역할에 불과하다는 셰익스피어의 허무주의를 반영하며, 이는 나아가 결국 절대 왕권의 신화를 탈신비화시키는 의미를 전달한다고 해석할 수 있다.

### ▐▐▐▐ Structuralism 구조주의

구조주의는 문예 사조가 아니라 철학적 비평 이론 용어이다. 하지만 구조주의는 20세기 후반의 사상계와 문학 비평계를 주도하고 있으며, 현대 문예 사조인 모더니즘modernism과 포스트모더니즘postmodernism에 큰 영향을 미쳤기 때문에 간단하게 이해하는 것이 편리하다. 일반적으로 서구 유럽 형이상학의 출발점은 데카르트(René Descartes, 1596-1650)의 유명한 명제, "나는 생각한다, 고로 나는 존재한다"(Cogito ergo sum)라고 평가된다. 즉, 이성적 사유가 자아의 존재 근거가 되고 인간이 사고의 주체가 되므로, 인간의 이성이 유럽 철학의 중심 원리가 되어 다양한 사상이 전개되었던 것이다. 그러나 구조주의는 이러한 인간 중심, 이성 중심의 유럽 사상을 총체적으로 비판한다. 그 이유는 인간의 모든 사유, 언어 및 행위의 근거는 인간의 이성이 아니라, 인간 자신도 깨닫지 못하는 "구조"structure에 있다고 보기 때문이다. 구조주의는 어떠한 문화 현상이나 활동도 자족적self-sufficient, 자결적self-determining 상호 관계들interrelationships의 "구조"로 구성되어 있는 사회제도social institution 혹은 기호 체계signifying system로 본다. 이는 언어의 의미가 각 낱어가 가진 고유한 의미에 의해 결정되는 것이 아니라, 함께 쓰인 단어들 간의 연결 구조에 의해 결정된다는 사실을 발견한 언어학자 페르디낭 드 소쉬르(Ferdinand de Saussure,

1857-1913)의 주장이 중요한 영향을 미쳤다. 따라서 구조주의는 문학 작품의 의미도 작가의 의도에 의해서 결정되는 것이 아니라, 작품 자체가 지니고 있는 구조에 의해서 결정된다고 평가한다.

### ■ Signified and Signifier 기의와 기표

signifier는 기표(시니피앙)라고 해석하고, signified는 기의(시니피에)라고 해석한다. 기표와 기의는 언어학과 문학비평에서 사용되는 용어인데, 기호sign의 구성을 묘사하기 위해 사용된다. 간단하게 말하면, 기표는 단어이고 기의는 그 단어가 나타내는 의미라고 할 수 있다. 물론 기표는 단어에만 한정되지는 않는다. 기표는 그림picture, 교통신호traffic sign, 몸짓언어body language 등과 같은 표현체계를 포함한다. 그리고 기의는 그러한 표현체계들이 나타내는 의미를 가리키는 것이다. 구조주의structuralism와 후기구조주의poststructuralism 문학비평은 이 기표와 기의의 관계, 즉 의미의 본질을 설명하는데서 출발한다고 할 수 있다. 이 기표와 기의의 관계를 가장 잘 설명한 언어학자는 소쉬르이다. 그의 주장에 의하면, 언어에는 절대적인 의미가 존재하지 않으며 다른 단어들과의 차이difference에 의해서만 상대적 의미를 갖는다. 따라서 어떤 기표가 반드시 특정한 기의를 갖는 것이 아니다. 수많은 단어들이 고정된 의미만을 가지고 있지 않고, 문맥이나 상황에 따라 상대적으로 다른 의미를 가질 수 있다. 이러한 주장은 아이디어, 즉 의미는 변하지 않고 영구적으로 안정적stable이라고 생각한 플라톤의 주장과 반대된다. 플라톤은 기의를 개별 상황에 적용되는 뿌리가 되는 개념으로 여겼다. 따라서 기의가 없는 기표는 아무런 의미도 없다고 여겼다. 하지만 소쉬르는 뿌리가 되는 개념root concept조차 변할 수 있다고 여겼다. 예를 들어 영어에서 God이라는 단어는 영어권 국가에서 어떤 의미로 사용되는지 누구나 쉽게 이해할 수 있다. 하지만 God이라는 기표에 적용되는 기의는 이슬람교도와 기독교도에게 다른 의미로 여겨질 것이다. 더구나 같은 이슬람교도와 기독교도들 사이에서도 God의 의미는 일치하지 않을 것이다. 따라서 미국에 있는 이슬람교도와 기독교도들은 God의 의미를 어느 정도는 공유하지만, 또한 의미의 차이도 존재한다. 하나의 문학작품을 기표로 본다면,

그 문학작품이 전달하는 기의는 독자에 따라서 수없이 많게 차별화될 것이다.

## Poststructuralism 후기구조주의비평

후기구조주의는 구조주의적 사고에서 한 걸음 더 나아가 인간의 자아나 주체 의식 자체를 역사적, 사회적, 개인적 경험들에 의해서 끝없이 구조화되는 불확실하고 분열된 것으로 보는 사상이다. 후기구조주의 사상의 가장 대표적인 특징은 회의주의skepticism와 상대주의relativism라고 할 수 있다. 서구 역사에서 중심이 되어온 모든 이념과 사상에 대해 회의적 잣대를 들이대고 있는 것이다. 이러한 회의주의의 중심에는 서구 형이상학metaphysics의 중심이던 "인간의 이성"에 대한 철저한 불신이 있다. 따라서 후기구조주의는 현대까지 가치의 중심을 이루었던 것들로부터 탈피하여 그 동안 소외되고 억압되어왔던 것들에 관심을 갖는다. 현대에 이르러 이성보다는 광기madness, 서구보다는 동양, 남성보다는 여성, 백인보다는 유색인, 이성애보다는 동성애 등이 더 많은 관심과 주목의 대상이 되는 이유가 여기에 있다. 후기구조주의의 대표적인 사상가로는 언어 철학 분야의 데리다, 정신분석학 분야의 라캉, 그리고 사회 철학 분야의 푸코가 있다. 이들의 사상을 간단히 살펴보자.

1) 자크 데리다(Jacques Derrida, 1930-2004)의 해체주의는 의미의 고정화를 부인한다. 구조주의는 언어 체계의 구조에 의해서 고유한 의미가 결정된다고 주장했으나, 데리다에 의하면 언어의 의미는 다른 기호들과의 공간적 차이와 시간적 차이에 의해 끊임없이 영향을 받기 때문에 절대적으로 확실한 의미가 결정되는 것이 아니라 의미는 끝없이 지연delay된다는 것이다. 따라서 문학 작품도 저자의 권위 있는 궁극적 진리란 있을 수 없고, 계속되는 재해석reinterpretation을 통해서 독자와 저자의 끝없는 대화가 있을 뿐이다.
2) 자크 라캉(Jacques Lacan, 1901-81)의 정신분석 이론은 인간의 자아가 언어의 질서, 문화의 법칙 혹은 타자the other에 의해서 형성되고 구성된다는 것을 일관성 있게 강조한다. 즉, 인간 주체는 일관되고 통합된 존재가 아니라, 끝없는 결핍deficiency과 욕망desire을 경험하는 존

재이고, 자신 안에 자신도 의식하지 못하는 무의식이라는 타자로 인해 분열된 존재이다. 따라서 라캉은 데카르트의 "나는 생각한다, 고로 나는 존재한다"라는 유명한 명제를 이렇게 역설적으로 바꾸어 놓았다. "나는 내가 존재하지 않는 곳에서 생각하고, 생각하지 않는 곳에서 존재한다."

3) 미셸 푸코(Michel Foucault, 1926-84)의 사회 철학은 모든 사회 현상을 초월적 의식이나 불변의 구조, 혹은 경제적 토대에 입각하여 총체론적으로 설명하는 역사관을 해체하고, 궁극적 근원, 보편적 진리, 그리고 역사적 진보를 전제하는 모든 전통 철학을 냉소한다. 즉, 그는 인간을 각 시대와 사회의 권력 의지에 의해서 그 사회에 유용하도록 표준화되고 노예화되는 존재로 보았다.

## ▬▬▬ Deconstruction 해체주의

해체주의는 프랑스의 철학자 데리다의 『그라마톨로지』(*Grammatology*, 1967)에서 유래한 철학적, 문학적 분석이론이다. deconstruction이라는 용어의 구성에서 파악할 수 있듯이, 구축된 구조를 탈피하거나 해체하는 것을 의미한다. 따라서 해체주의는 데리다를 중심으로 한 철학자들에 의해 그때까지 널리 확산되어 있던 구조주의structuralism의 한계상황을 극복하고자 나타난 사조인 것이다. 자아self나 주체subject, 개인사유를 인정하지 않고 모든 것을 객관화시킴으로써 전체주의적totalitarian 독선을 나타내는 구조주의에 비판을 가하면서 해체주의 이론은 싹트게 되었다. 데리다는 '개체의 존엄성과 자유', '소외된 타자', '차이', '역사성'을 인정함으로써 이성중심적 형이상학이 지배해온 그간의 서구사회에 새로운 인식의 장을 열게 하였다. 이러한 해체주의는 습관적 규칙을 거부하고 기존의 개념에 의문을 제기하며 모든 관습을 파괴한다. 해체주의는 본질적이거나 고유한 안정적 의미의 가능성을 부인한다. 따라서 절대적 진리absolute truth나 개념적으로 받아들여지는 계급관계를 인정하지 않는다. 고정된 의미fixed meaning는 없으며, 오직 기호들signs의 차이에 의해 의미는 영향을 받으며 끝없이 지연delay된다.

언어학자 소쉬르의 주장에 따르면, 언어는 절대적인 의미가 존재하지 않고 다른 단어들과의 차이에 의해서만 상대적 의미를 갖는다. 『오늘날의 비평이론』 (*Critical Theory Today*, 2006)을 쓴 로이스 타이슨(Lois Tyson, 1950- )은 언어의 불확정성을 전달하기 위해 "Time flies like an arrow"라는 문장을 예로 든다. 우리는 흔히 이 문장의 뜻을 "세월이 화살처럼 빠르다"라는 뜻으로 받아들인다. 하지만 만약 Time을 동사로 받아들여 이 문장을 명령문으로 이해하면, 이 문장의 의미는 "화살의 속도를 재는 것처럼 파리들의 속도를 재라"는 뜻으로 읽힌다. 또한 Time flies를 특정 곤충을 가리키는 것으로 이해하면, "초파리들은 화살을 좋아한다"라는 의미로 읽힐 수 있다. 이처럼 언어는 하나의 의미에 고정되어 있지 않고 끊임없이 미끄러지며, 문학 텍스트도 마찬가지이다. 해체주의의 문학적 측면은 텍스트 해석과 연관이 있는데, 텍스트에 숨겨져 있는 다른 의미를 찾아내는 것이 해체주의 비평의 핵심이 된다. 그리고 해체주의의 철학적 측면은 서구철학의 중심이 되어온 이원론적 형이상학dualistic metaphysics을 해체하는 것과 연관되어 있다.

문학 텍스트 해체의 목표는 크게 두 가지이다. 하나는 텍스트의 결정불가능성을 드러내는 것이고, 다른 하나는 텍스트를 구성하는 이데올로기들의 복잡한 작품 양상을 드러내는 것이다. 의미는 텍스트 안에 고정된 채로 귀속되어 있는 요소가 아니다. 의미는 독자의 읽기 행위에 따라 형성되는 것이다. 즉, 어떤 해석도 최종 해석이 될 수 없다. 다른 모든 텍스트와 마찬가지로 문학텍스트는 의미들이 서로 겹쳐지고 대립하는 가운데 복합적인 양상으로 구성된다. 그리고 우리가 만들어내는 의미와 가치는 그 텍스트 안에서 찾아낸 것들이다.

■ Differance 차이, 차연

프랑스의 철학자 자크 데리다에 의해 만들어진 조어(造語)이다. 이는 흔히 '차연'으로 번역되며, "to difer"와 "to differ"를 결합한 단어이다. 데리다는 언어의 의미를 신봉하는 기존의 "Logocentrism"에 반대하여, 의미, 본질, 구조 등의 중심은 존재하지 않으며, 단지 기호 간의 관계에 따라 무한히 연장되고 끊임없이 유동하는 '의미의 흔적'만이 존재/비존재할 뿐이라고 주장한다. 이는 모더니즘의 모토인 기호/의미의 수직적 관계를 부정하고, 기호/기호의 수평적인 인식틀을 인식론의 출발점으로 설정한다. "기표의 밖에는 어떠한 기의도 존재하지 않는다." 데리다의 인식론은 해체주의deconstruction의 시작을 알리는 서막이었으며, 20세기 후반의 문화를 설명하는 모든 철학의 기반으로 자리잡게 된다.

### ■ The Anxiety of Influence 영향에 대한 불안

수세기 동안 많은 문학 비평가literary critics나 문학사가들literary historians은 어느 작가나 성장하는 과정에서 선배 작가나 그가 소속한 공동체의 문학적 전통의 영향을 받았다고 전제하고, 그 영향에 대해 많은 논쟁dispute을 벌여왔다. 즉 후세 작가later author가 어떻게 선배 작가earlier author의 문학적 주제subject, 문체style, 형식form 등을 받아들이면서adopting 그것을 또 어떻게 변형시켰는가에 대한 논의이다. 만일 존 키츠가 셰익스피어, 밀턴, 워즈워스를 읽지 않았다면, 키츠의 많은 작품은 달라졌을 것이라는 주장이다.

『영향에 대한 불안』(*The Anxiety of Influence*, 1973)은 비평가 해롤드 블룸(Harold Bloom, 1930- )의 유명한 저서의 제목이기도 한데, 이 저서에서 그는 선배 작가의 영향에 관한 전통적인 생각을 전면적으로 뒤집는 주장을 한다. 그에 따르면 어느 작가든 선배 작가들의 작품을 끊임없이 읽으면서 성장하고, 선배 작가의 영향을 피할 수 없게 된다. 이러한 과정은 작가뿐만 아니라 비평가와 독자에게도 일어난다. 해롤드 블룸은 선배 작가와 후배 작가의 이러한 관계를 프로이트적으로 해석한다. 즉 작가로서 성장하면서 후배 작가는 선배 작가에 대한 존경심admiration만 갖는 것이 아니고, 그의 의식에는 선배 작가에 대한 증오hate나 질투envy, 두려움fear이 공존한다는 것이다. 후배 작가는 선배 작가를 존경하면서도 그도 후세에 기억되려면 선배의 영향으로부터 독립해서 자주적autonomous이고, 독창적original이어야 하기 때문에 선배의 영향은 그에게 고통anxiety이 된다. 자신의 상상력의 공간을 선배 작가가 차지해버린 것에 대한 증오, 질투, 두려움을 느낀 후배 작가는 선배 작가의 작품을 방어적으로 defensively 읽으면서 스스로 의식하지 못한 상태에서 선배 작가의 작품을 왜곡한다. 이런 방식으로 후배 작가는 자신의 상상력의 우선권priority과 자유freedom

를 안전하게 유지하려고maintain 노력한다. 선배의 작품이 자신의 작품에 반영되는 것은 피할 수 없다는 생각에 빠지면 독창적인 작품을 쓰겠다는 그의 시도는 절망hopelessness에 빠질 수밖에 없다. 이런 절망에 빠지지 않기 위해서 후배 작가가 할 수 있는 것은 선배의 지배에서 벗어났다는 환상illusion과 자신의 작품이 선배의 작품보다 더 독창적이고 위대하다는 이중의 환상에 빠진다는 것이다.

블룸은 모든 작품은 선배 작품의 오역misinterpretation이라고 선언하고, 비평가들은 반대의 비평antithetical criticism을 대범하게 실천해야한다고 주장했다. 블룸은 18세기부터 현대의 작가에 이르기까지의 많은 작품에 이러한 반비평을 적용한applying 저서를 많이 발표했다. 그는 자신의 이론에 근거해서 문학작품이나 작가에 대한 자신의 해석 역시 오독misreading임을 스스로 알고 있었다. 이와 같은 반해석은 흥미로운 오독들이고, 문학과 비평의 역사를 형성하면서 계속해서 누적되어accumulated 왔다는 것이다. 그래서 이 역사는 비극적인 과정일 수밖에 없다. 왜냐하면 시간이 지나 갈수록 시인에게 남아있는 상상력의 가능성의 영역은 계속해서 줄어들기 때문이다. 이러한 그의 주장은 후기구조주의 비평poststructuralism과 해체주의 비평deconstruction에 많은 영향을 주었다.

## ▬▬▬▬ Reader-Response Criticism 독자 반응 비평

독자 반응 비평가들은 어떤 성취된 의미 구조를 지닌 문학 작품 자체에 대한 관심으로부터 눈앞에 놓인 책의 페이지를 읽어 내려가는 독자의 반응에 주의를 돌린다. 이러한 시각의 변화에 의해서 문학 작품은 자체의 내재적 의미보다는 독자의 정신 활동의 영역으로 전환되며, 일반적인 비평에서 중요시되었던 플롯, 문체, 구조 등이 이제는 독자의 경험의 흐름 속에서 나타나는 정신적 변화의 과정으로 묘사된다. 따라서 독자 반응 비평가들은 어떤 텍스트의 의미는 개별적인 독자의 산물production 또는 창조물creation이라고 주장하며, 텍스트에는 단 하나의 올바른 의미만이 존재한다고 규정하는 이론을 거부한다. 독자 반응 비평가들이 서로 견해를 달리하는 부분은 첫째, 독자의 반응을 형성하는 가장 중요한 요인이 무엇인가에 대한 견해와, 둘째 텍스트에 객관적으로 주어진 내용과 개별 독자의 주관적 반응 사이의 경계선이 어디인가 하는 부분이다. 독일의 비평가 볼프강 이저(Wolfgang Iser, 1926-2007)는 독자가 자기 앞에 놓인 문학 텍스트에 주어진 것에 창조적으로 참여함으로써 작품 속에 존재하는 많은 틈gaps 또는 불확정적인 요소들indeterminate elements을 주관적으로 메워야 한다고 주장했다.

## ▆▆▆▆ Feminist Criticism 여성주의 비평

여성주의 비평의 기본적인 시각은 우리의 문명이 철저하게 남성중심의 가부장제patriarchal ideology에 기초하고 있다는 것이다. 다시 말하면, 모든 문화적, 종교적, 정치적, 경제적, 사회적, 법률적, 예술적 영역에서 여성이 남성에게 종속subordinate 되도록 구성되어 있다는 것이다. 따라서 여성주의 비평가들은 여성의 지위나 성격이 생물학적 성sex에 의해서 결정된다기보다는 사회적 성gender에 의해 결정된다고 주장한다. 시몬느 보봐르(Simone de Beauvoir, 1908-86)는 이러한 현상을 다음과 같이 설명했다.

여성은 태어나는 것이 아니라 만들어지는 것이다. 결국 여성이라고 묘사되는 이 피조물을 만들어내는 것은 바로 문명이다.

One is not born, but rather becomes, a woman. . . . It is civilization as a whole that produces this creature . . . which is described as feminine.

이러한 주장에 의하면, 남성이 적극적이고active, 지배적이고dominating, 모험을 좋아하고adventurous, 합리적이고rational, 창조적인creative 반면에 여성은 수동적이고passive, 감정적이고emotional, 소심하고timid, 순종적acquiescent이라고 정의하는 것은 바로 이러한 사회적 관습에 의해서 생겨나는 것이다.

또한 여성주의 비평가들은 이러한 가부장제의 이념이 서구 문명에서 위대한 문학 작품으로 여겨져 온 작품들에도 그대로 적용되어 왔다고 주장한다. 그들은 대부분 높이 평가받는 작품들이 남성 작가들에 의해 쓰였고, 작품의 주인 공들도 모두 남성이라는 점을 지적한다. 오이디푸스Oedipus, 율리시즈Ulysses, 햄릿Hamlet, 에이합 선장Captain Ahab, 허클베리 핀Huck Finn 등과 같은 위대한 작품의 주인공들은 특별히 남성적인 영역에서 남성적인 관심사를 구현한다는 것이다. 반면 이러한 작품들에 등장하는 여성 인물들의 역할은 대개는 중요하지 않거나 주인공 남성에 종속적인 경우가 대부분이다. 따라서 영어권 국가들에서 여성주의 비평의 주요 관심사는 여성적 관점, 여성적 관심, 여성적 가치에 대한 정당한 평가를 위해서 문학에 대한 우리의 태도를 재구성하는 것이다. 즉, 문학 작품 속에 스며들어 있는 성적인 편견을 밝혀내기 위해서 새롭게 다시 읽어냄으로써 여성들이 전통적인 문학 작품을 읽는 방식을 바꾸는 것에 강조점을 두는 것이다. 또한 문학 작품 속에 내재되어 있는 가부장적이고 여성비하적인 태도의 실체를 구체적으로 분석함으로써 여성에 대한 당대의 편견을 밝혀내는 것도 여성주의 비평의 주요한 글쓰기 방식이다.

여성주의 비평은 1960년대 후반에 이르러서야 공식적으로 시작되었다고 말할 수 있다. 하지만 그 이전부터 2세기에 걸친 여성의 권리를 위한 투쟁이 있었다. 이러한 투쟁을 대변하는 책들은 18세기 영국의 작가이자 여권신장론자인 메리 울스턴크래프트(Mary Wollstonecraft, 1759-97)의 『여성의 권리 옹호』(*A Vindication of the Rights of Woman*, 1792), 19세기 영국의 정치철학자 존 스튜어트 밀(John Stuart Mill, 1806-73)의 『여성의 종속』(*The Subjection of Women*, 1869), 그리고 19세기 미국의 여류평론가이자 여권운동가인 마가렛 풀러(Margaret Fuller, 1810-50)의 『19세기의 여성』(*Woman in the Nineteenth Century*, 1856)과 같은 책들이 있다. 따라서 여성주의 비평은 여성의 사회적, 경제적, 문화적 자유와 평등을 위한 당대의 여성주의 운동과 관련되어 있다.

### Gender Criticism 젠더 비평

젠더는 여성성과 남성성에 대한 사회적 정의이다. 따라서 젠더는 자기인식과 타자와 관계하는 방식 등 개인의 정체성을 형성하는 데 핵심적인 역할을 한다.

gender는 생물학적인 성의 개념인 sex와 달리 사회학적인 성의 개념이기 때문에, sex는 해부에 의해 결정되는 반면 젠더는 개인의 성격과 행위가 중요한 것이다. 젠더 비평은 성 정체성이 어떻게 문학작품의 창작creation과 감상reading, 그리고 평가evaluation에 영향을 미치는지를 분석하는 비평이다. 젠더 연구는 당연히 여성주의 비평, 남성 동성애 연구, 여성 동성애 연구와 중복되는 측면이 있다. 특히 젠더 연구는 사회적, 정치적, 예술적 역사의 흐름 속에서 남성의 역할, 남성성의 다양한 개념들에도 특별한 관심interest을 보여 왔다.

젠더 연구에서 다루는 주요 쟁점issues을 로이스 타이슨은 다음과 같은 4가지로 요약한다.

> 1) 여성을 지속적으로 억압하는 젠더와 젠더역할에 대한 가부장적 가정 patriarchical assumption
> 2) 여성적인 것 또는 남성적인 것으로서 젠더를 개념화하는 지금의 방식에 대한 대안alternative
> 3) 성과 젠더의 관계, 즉 우리 몸이 생물학적으로 구성되는 방식과 젠더가 우리에게 부여되는 방식의 관계
> 4) 섹슈얼리티와 젠더의 관계, 즉 우리의 성적지향과 젠더의 관점에서 우리를 바라보는 방식의 관계

여성과 남성이 대체로 자신이 부여받은 젠더에 적합하게 행동하는 이유는 사회적으로 그렇게 길들여졌기 때문이지, 그렇게 하도록 타고났기 때문이 아니다. 그런데 젠더를 바라보는 관습적 사고방식을 재고하는 데 도움이 되는 영역이 있는데, 바로 문화간 젠더 연구이다. 문화에 따라서는 젠더의 개념이 미국의 경우처럼 남성과 여성의 이항대립적binary opposition 개념으로만 나타나지 않는다. 예를 들어 북아메리카 원주민 사회에서는 사회적 역할, 성역할, 의복이나 행동양식 등을 포함해서 대부분의 공동체에서 생물학적 성과 상관없이 자신이 원하는 젠더를 선택할 수 있었다고 한다. 젠더가 두 가지 뿐이라고 보는 견해는 순전히 성이 두 가지 뿐이라는 견해에 근거한 것이다. 하지만 이는 사실과 맞지 않다. 트랜스젠더 활동가들은 성의 범주를 5가지로 나누기도 한

다. 즉 여성, 인터섹슈얼여성, 순수인터섹슈얼, 인터섹슈얼남성, 남성이 바로 그 5가지 유형이다. 성전환수술sex change operation이 공개적으로 행해지고, 성전환자transsexual가 대중 활동을 할 수 있는 현대사회에서 젠더의 연구는 피할 수 없는 영역이다.

## Queer Theory 퀴어이론

1990년대 초반 동성애 연구와 여성 연구 분야에서 유래한 후기구조조의 비평 이론이다. 동성애론은 동성애적 텍스트 읽기와 동성애 자체에 대한 이론화를 포함한다. 게이 레즈비언gay/lesbian 연구가 동성애 행위와 관련한 자연스럽고 부자연스러운 행위에 연구의 초점을 맞춘다면, 퀴어이론은 정상적이고normal 비정상적인abnormal 범주category에 속하는 모든 종류의 성행위와 성정체성에 대한 연구로 확장된다. 즉, 정상적인 것이 무엇이고, 정상이 어떻게 존재하게 되는지, 그리고 이러한 정상의 범주에서 누가 배제되고, 누가 억압받는지에 관한 질문들에 대한 답을 찾는 것이다. 따라서 퀴어 이론은 문학 작품 속에 등장하는 동성애자 인물에 주목하게 되고, 혹은 좀 더 구체적으로 동성애 행위에 주목하게 된다. 또한 퀴어이론은 성, 젠더, 그리고 욕망 사이의 잘못된 만남에 주목한다. 특히 양성적, 게이 레즈비언 주체와 두드러지게 관심을 갖지만, 복장전환cross-dressing, 양성intersexuality, 젠더 모호성gender ambiguity, 성전환 수술sex change operation과 같은 주제도 연구에 포함된다.

퀴어라는 용어는 대개 특정한 이론적 관점을 가리킬 때 사용한다. 이론적 시각에서 보면, 게이나 레즈비언 같은 용어는 동성애라는 정의 가능한 범주를 함축한다. 이 범주가 정의 가능한 이유는 이성애와 뚜렷하게 대립하기 때문이다. 하지만 퀴어이론에 따르면, 섹슈얼리티의 범주는 동성애/이성애와 같은 단순한 대립으로 정의될 수 없다. 퀴어이론은 개인의 섹슈얼리티를 파편화되고, 유동적이며, 역동적인 생성 가능한 섹슈얼리티의 집합체로 정의한다. 게이 섹슈얼리티, 레즈비언 섹슈얼리티, 양성애, 이성애 등 성직 가능성으로 이루어진 어떤 성적 가능성도 우리 모두에게 존재한다. 오늘날의 문학연구에서 퀴어라는 용어는 분명 광범위한 의미로 사용된다. 포괄적 의미의 퀴어비평은 비이성애자의 관점에서 텍스트를 해석하는 모든 종류의 문학비평을 가리킨다고 볼 수 있다. 그러므로 게이, 레즈비언 비평의 사례들은 모두 퀴어비평에 속한다고 볼 수 있다.

좀 더 이론적인 시각에서 본다면, 좁은 의미에서의 퀴어비평은 성적 범주를 재현하는 방식에서 문제가 되는 부분들을 드러내는 비평이다. 달리 말하면, 텍스트 안에서 동성애와 이성애라는 범주가 무너지고 겹쳐짐에 따라 인간의 성 역학관계를 적절히 재현하는 데 실패하는 다양한 양상을 보여주는 것이 퀴어비평의 목표라 할 수 있다. 예를 들어 윌리엄 포크너(William Faulkner, 1897-1962)의 「에밀리에게 장미를」("A Rose for Emily", 1931)이라는 작품은 젠더에 관한 전통적인 방식으로는 주인공 에밀리의 성격을 설명하기 힘들다. 에밀리의 젠더는 남성적인 것과 여성적인 것만으로는 설명하기 어렵다. 그녀는 위압적인 아버지 밑에서 자라난 가냘픈 소녀이지만, 동시에 자신의 삶에서 원하는 것을 얻고자 계급 규범과 도덕률까지도 위반하는 반항적인 인물이다. 또한 그녀는 도자기 채색 같은 여성적 예술을 가르치는 순진한 인물임과 동시에 남성적 권력구조를 뜻대로 좌지우지하는 강인한 남성성을 보여준다.

## ▰▰ Lacanian Literary Criticism 라캉주의 문학비평

문학비평에 필요한 라캉의 개념을 이해하기 위해서는 유아infant의 정신발달에 관한 라캉의 이론부터 아는 것이 필요하다. 생후 6개월에서 8개월 사이의 유아는 소위 거울단계mirror stage를 거치게 된다고 한다. 이 단계의 유아는 거울에 비쳐지는 자신의 이미지를 실제 자신의 이미지인 것으로 받아들인다. 거울 속의 허상illusion과 자신을 일치시키는 것이다. 라캉은 거울단계에서 상상계가 시작한다고 말한다. 상상계는 지각의 세계라고 할 수 있으며, 말 대신 이미지를 통해 경험하는 세계이다. 이 시기에 유아는 어머니와의 완벽한 결합perfect union이라는 환상을 갖는다. 자신도 어머니를 욕망하고, 어머니도 자신을 욕망하여 하나처럼 결합된 존재로 여기는 것이다. 상상계imaginary order 다음에 유아는 상징계symbolic order에 진입하는데, 상징계는 언어 습득과 함께 이루어진다. 상징계에서 우리는 타자the other와의 분리separation를 경험하는데, 가장 중

대한 분리는 그동안 상상계에서 친밀한 결합을 유지해 온 어머니와의 분리이다. 상징계 단계에서 우리는 어머니와의 결합을 대신할 크고 작은 것들을 찾아다닌다. 그것들은 다른 여성women, 금전money, 종교religion, 권력power 등과 같은 다양한 형태로 나타나는데, 이 욕망은 상상계의 완벽한 결합의 느낌, 완벽한 충족감을 추구하는 것이다. 하지만 우리가 상징계에 진입하는 순간, 즉 언어를 습득하는 순간, 이 완벽한 결합은 의식적 경험에서 사라진다고 라캉은 말한다.

이 잃어버린 욕망의 대상object of desire을 라캉은 대상 a라고 부른다. 이는 타자를 나타내는 불어 autre의 첫 철자이다. 대상 a는 잃어버린 대상에 대한 나의 억압된 욕망과 나 자신을 대면시키는 어떤 것을 가리키는 용어이다. 『위대한 개츠비』(*The Great Gatsby*, 1925)의 주인공 개츠비에게 데이지Daisy가 사는 곳의 부두 끝에서 반짝이는 초록 불빛이 이러한 대상 a라 할 수 있다. 초록 불빛은 개츠비에게 데이지를 향한 희망뿐만 아니라, 타락한 삶을 살기 이전 순수했던 젊은 시절로 돌아갈 수 있다는 희망을 지속시켜 주는 대상이라고 볼 수 있다. 라캉의 정신분석학에서 상실loss과 결여lack는 매우 중요한 문제이다. 상징계는 언어를 통해 알려지는 세계, 즉 결여의 세계로 우리를 인도한다. 따라서 상징계는 우리의 정신이 의식과 무의식으로 분열되어 있음을 알리는 표시이다. 라캉에 따르면, 무의식unconsciousness의 작동양상은 상실과 결여를 암시하는 두 가지 언어작용과 닮아 있다. 바로 은유metaphor와 환유metonymy이다. 은유와 환유는 어떤 부재, 즉 일종의 상실과 결여를 수반한다. 즉, 말하고자 하는 대상을 제쳐두고 그 자리에 대체물을 가져오기 때문이다. 그 결과 대상 자체가 아닌 그것의 특징trait이나 기능function이 순간적으로 부각된다.

라캉에 따르면, 상징계의 첫 번째 규칙은 어머니는 내가 아닌 아버지의 소유라는 것이다. 따라서 나는 어머니를 대신할 무언가를 찾아야 한다. 라캉은 상징계가 어머니의/어머니에 대한 욕망이 아버지의 이름으로 교체되는 지점이라고 말한다. 우리의 욕망desire이나 신념belief, 가치value, 편견prejudice 등은 상징계에 진입하면서 구성된 것들이다. 즉 부모가 상징계에 응답하면서 우리에게 영향력을 행사한 결과이다. 이것이 바로 "욕망은 언제나 타자의 욕망"이라는 라캉의 주장이 의미하는 바이다. 우리가 인생에서 욕망하는 것이 있다면, 그것은 바로 그것을 바라도록 길들여졌기 때문이다. 우리는 그 욕망을 상상계의 어머니와의 완벽한 결합이라는 욕망을 대체하는 대상으로 삼은 것이다.

그런데 상징계에 진입해서도 상상계는 의식consciousness의 배후에 계속 존재한다. 상상계는 상징계를 구성하는 사회적 규범과 기대에 적절히 들어맞지 않는 경험이나 관점을 통해 제 기능을 수행한다. 상상계의 가치는 상징계의 방식대로 우리 삶을 제어하지 않는다는 사실에 있다. 여기에서 라캉은 실재the real라는 새로운 단계를 들여온다. 실재는 어떤 해석불가능한 차원이라고 할 수 있다. 의미를 부여하거나, 의미를 만들어내는 여과장치filter와 완충지대buffer zone가 없는 지점이 실재이다. 아마도 실재는 우리의 일상을 이루는 근거가 무엇인지 잠깐이라도 생각하는 순간 만나는 경험일 것이다. 우리가 이데올로기의 작동양상을 간파하는 순간, 즉 우리가 알고 있는 세계를 만들어 온 것이 변함없는 가치나 영원한 진리truth가 아니라 이데올로기에 불과하다는 사실을 깨달을 때 우리는 실재의 차원을 경험한다.

라캉의 심리분석이론으로 문학작품을 해석하는 방식은 앞서 언급한 핵심 개념들이 문학텍스트 속에 어떻게 구조화되어 있는가를 탐구하고, 그 과정에서 밝혀지는 내용을 확인하는 것이다. 다음과 같은 질문들이 유용할 것이다. 작품의 사건, 장면 가운데 상상계를 구현하는 것으로 생각되는 부분이 있는가? 텍스트의 어떤 부분이 상징계의 영향을 받은 것으로 보이는가? 상상계와 상징계의 관계는 어떻게 묘사되고 있는가? 등장인물들이 어떤 경우에 대상 a를 향해 무의식적 욕망을 드러내는가? 이를 통해 우리가 그 인물에 대해 알게 되는 것은 무엇인가? 실재계로 작동하는 부분이 텍스트 안에 일부라도 존재하는가? 흔히 영문학 작품들 중에서 20세기 영국소설가 제임스 조이스(James Joyce, 1882-1941)의 작품들을 라캉의 정신분석이론으로 비평하는 사례들을 쉽게 찾아볼 수 있다.

## Post-colonialism 포스트콜로니얼리즘

포스트콜로니얼리즘은 세계 각지에 식민지colony를 갖고 있었던 서구 유럽의 강대국들이 생산해낸 역사history, 문화culture, 문학literature, 그 외의 다양한 유럽의 제국주의 담론imperial discourse들을 비판적으로 분석하는 학문으로, 1990년대부터 학문분야로 부상했다. 이러한 연구는 아프리카, 아시아, 남아메리카와 같은 제삼국Third World의 입장에서 유럽 강대국들의 제국주의 담론들을 분석하고 비판한다. 문학의 측면에서 보면, 위대한 문학은 문화적, 사회적, 지역적, 국가적 차이를 초월하여 영원하고timeless 보편적인universal 의미를 갖고 있기 때문에 하나의 기준single standard으로 모든 작품을 평가할 수 있다는 전통적인 인본주의적 주장을 거부한다. 어떤 작품에 대해 보편적 가치universal significance가 언급될 때는 항시 유럽중심Eurocentric의 백인의 규범norm과 관례practice가 교묘하게 최고의 중심에 위치하고, 다른 제삼국의 것들은 보조적이고subsidiary 주변으로 밀려난다는 것이다. 이 비평이 주로 관심을 갖는 것은 주로 서구의 제국주의 국가들이 식민지 확장에 열을 올렸던 18세기와 19세기의 유럽 문학작품들이다. 이 연구는 당시의 문학작품 속에 반영된represented 사회적 경제적 삶이 식민착취colonial exploitation를 암묵적으로tacitly 동의하거나 옹호했던 방식들을 밝히려고 한다.

프랑스령인 서인도제도의 마르티니크Martinique 섬에서 태어난 흑인 정신과 의사psychiatrist인 프란츠 파농(Frantz Fanon, 1925-61)의 『지구의 비참한 자들』(*The Wretched of the Earth*, 1961)이 이 분야의 최초의 저서라 할 수 있다. 이 책에서 파농은 프랑스의 아프리카 제국에 대한 '문화적 저항'cultural resistance의 목소리를 높인다. 수세기 동안 유럽의 강대국은 그들의 식민통치 이전의 식민지를 '문명 이전의 지옥의 변방'pre-civilized limbo 혹은 '역사적 공백'historical void으로 간주하면서 식민지의 과거를 무시했다고 그는 주장한다. 백인이든 흑인이든 학교에서 어린애들은 유럽인이 도착함으로써 역사, 문화, 진보progress가 시작되었다고 배우고 있다는 것이다. 식민지 사람들이 자신의 목소리를 되찾고 정체성identity을 확립하기 위해서는 우선 자신들의 과거를 되찾아야 하고reclaim, 다음에 그들의 과거를 무가치한 것으로 무시했던 식민주의자colonialist들의 이데올로기ideology를 무너뜨려야한다고 한다고 그는 주장했다.

이 분야의 이론과 실천을 확립하는 데 중요한 역할을 한 또 하나의 텍스트는 팔레스타인 출신의 미국 학자인 에드워드 사이드(Edward Said, 1935-2003)의 『오리엔탈리즘』(Orientalism, 1978)이다. 그는 이 책에서 '문화적 제국주의'cultural imperialism라는 개념을 집중적으로 언급한다. 이런 유형의 제국주의는 강요하지 않으면서, '거대 서사'master narrative를 통하여 그들의 힘이 효과적으로 작동하게 하는 수단을 사용한다는 것이다. 즉 모든 것에 있어서 서구적인occidental 것이 정상적normal이고 우월한pre-eminent 반면에, 동양적인oriental 것을 대표하는 것들은 낯설고exotic 열등하다inferior는 담론들discources을 지배당하고 있는 식민지에 퍼뜨린다는 것이다. 현재에도 문화적 제국주의에 의해서 orientalism이란 용어 그 자체도 세계의 모든 곳에서 담론의 통제수단으로 적용되고 있다고 주장한다. 즉 후진국 국민들에게 서구적 가치들은 자신들이 추구해서 언젠가는 성취해야할 것으로 인식되는 반면에, '오리엔탈'이란 말을 들으면 정상에서 벗어나 있는 낯설고 이국적인 어떤 것을 생각하게 되는 것은 바로 문화적 제국주의가 생산한 담론에 의해 세뇌되었기 때문이란 것이다.

포스트콜로니얼리즘 관점에서 다양한 학문분야의 연구가 행해지고 있는데, 이들의 공통된 주장은 이렇게 요약될 수 있다. 우선 서구 제국주의의 '거대 서사'master narrative를 거부하는 것이다. 이 거대 서사는 식민지를 '타자'other로 규정하고, 서구문화에 종속시키면서, 문화적 주체cultural agency로서 인정하지 않는다. 이들은 이러한 서구의 '거대 서사'를 거부하고reject, 서구인들의 세계 역사를 반격할 '대항 서사'counter-narrative를 생산한다. 이러한 대항 서사는 주로 식민지의 고유한indigenous 언어와 문화의 전통에 제국주의적 요소들이 첨가되었음을 강조한다. 또 하나의 주된 의제agenda는 유럽중심의 문학적 예술적 가치 규범norms들을 폐지하고disestablish, 문학적 정전literary canon을 확대하여 식민지와 후기식민지의 작가들을 포함시키는 것이다. 이러한 이들의 시도는 성공하여, 미국과 영국의 표준적인 대학 교과과정standard academic curricula에 영어로 쓴 후기 식민지 작가들의 훌륭하고 혁신적인 소설, 시, 희곡이 점점 더 많이 포함되는 추세에 있다.

■ Orientalism and Occidentalism 오리엔탈리즘과 옥시덴탈리즘

오리엔탈리즘은 예술역사가나 문화, 문학 연구가들이 사용하는 용어인데, 서양의 작가나 문화예술가들이 중동middle east과 동아시아 문화의 측면들에 대해 묘사하거나 모방하는 것을 나타내는 용어이다. 1978년 에드워드 사이드의 『오리엔탈리즘』이 출간된 이후로, 많은 학문 분야에서 오리엔탈리즘은 중동과 아시아, 그리고 북아프리카 사회에 대한 서구인들의 깔보는 태도를 표현하는 데 사용되기 시작했다. 사이드의 분석에 따르면, 서양the west은 동양the east의 사회들을 정적이고, 후진적이며, 서양에 비해 열등한 사회로 규정하고 서양의 간섭과 구원이 필요하다고 본다. 사이드는 동양에 대한 서양의 이러한 태도가 18, 19세기 유럽의 제국주의imperialism에서 형성되었으며, 동양에 대한 서양의 편견prejudice에서 비롯되었다고 주장하였다.

　　옥시덴탈리즘은 오리엔탈리즘과 정반대의 입장opposite position에서 비서양인들이 서양사회western society를 부정적으로 보는 이미지, 피해야 할 사회의 전형으로 규정하는 시각을 나타내는 용어이다. 이는 서양사회가 지니고 있는 물질만능주의materialism, 영혼이 없는 기계적인 가치관 등을 비판적으로 바라보면서, 동양이나 비서양의 문화가 이를 극복할 수 있는 대안alternative이 될 수 있음을 제시한다. 흥미로운 사실은 이러한 옥시덴탈리즘이 동양 국가에서 주장된 것이 아니라, 오히려 같은 서양 국가이면서도 프랑스나 영국 등의 주요 유럽 국가에 대한 거부감을 지니고 있던 독일이나 러시아에서 시작되었다는 점이다. 옥시덴탈리즘은 사이드의 『오리엔탈리즘』에서도 오리엔탈리즘의 거울 개념으로 언급된 바 있지만, 학계에서 주목받기 시작한 것은 2000년대 이후 서구에 대항하는 이슬람 극단주의extremism 등을 설명하면서부터이다.

███████ Ecocriticism 생태비평

생태비평은 간단하게 정의하면 문학literature과 물리적 환경physical environment 사이의 관계에 대한 연구이다. 여성주의 비평이 언어와 문학을 성gender을 의

식하는 시각으로 연구하고, 마르크스 비평이 문학 텍스트를 생산의 형태와 경제 계층에 대한 인식으로 분석하는 것과 마찬가지로, 생태비평은 문학을 지구 중심적인 시각으로 접근한다. 생태비평가들과 이론가들은 다음과 같은 질문을 던진다. 이 소네트에서 자연이 어떻게 재현되어 있는가? 이 소설의 플롯에서 물리적 배경은 어떤 역할을 하는가? 이 극작품에 나타난 가치는 생태론적 지혜를 드러내는가? 자연에 관한 글쓰기를 어떻게 하나의 장르로 특징지을 수 있을까? 인종race, 젠더gender, 그리고 계급class에 이어 물리적 장소가 새로운 비평적 범주가 될 수 있을까? 자연을 대하는 태도에서 남성과 여성은 어떻게 다른가? 문학은 자연세계와 인간의 관계에 어떤 영향을 미쳤는가? 대자연의 개념concept of wilderness은 어떻게 변해왔는가? 환경의 위기가 문학과 문화에 어떻게 반영되고 있는가?

대부분의 생태비평 연구는 우리가 환경 위기environmental crisis의 시대에 봉착했다는 공통적인common 동기motivation에서 출발한다. 즉, 인간 행동의 결과들이 지구의 기본적인 생명유지체계life supporting system를 파괴하고 있다는 생각을 공유하고 있는 것이다. 이러한 인식은 파괴된 환경을 회복시키고자 하는 공통의 욕망을 바탕으로 하고 있다. 오늘날 우리는 지구의 위기에 직면해 있는데, 이유는 생태체계ecosystem의 기능에 문제가 있어서라기보다 오히려 윤리체계ethical system의 기능에 문제가 있기 때문이다. 이 위기를 극복하기 위해서는 가능한 정확하게 우리가 자연에 어떤 해악을 끼치고 있는지 이해하는 것이 필요하다. 그리고 그보다 더 중요한 것은 윤리체계의 문제점을 이해하고 이를 개혁reform하는 것이 필요하다는 사실이다. 역사학자historian, 문학가literary scholar, 인류학자anthropologist, 철학가philosopher들이 이러한 개혁을 해낼 수는 없다. 하지만 이들은 이러한 상황에 대한 이해를 통해 도움을 줄 수는 있다. 문학이론literary theory은 작가와 텍스트, 그리고 세계 사이의 관계를 점검한다. 대부분의 문학이론에서 세계the world는 곧 사회society, 인간관계가 이루어지는 사회적 장소를 나타낸다. 하지만 생태비평은 세계의 개념을 전체 자연계로 확장한다.

참고문헌

# 제1장 영국문학사

김재환 역. 『노튼영문학개관 I. II.』. 까치, 1990.

영미문학연구회 엮음. 『영미문학의 길잡이 1. 영국문학』. 창작과비평사, 2001.

정규환 역. 『옥스퍼드영문학사』. 앤드류 샌더스 저. 동인, 2003.

Abrams, M. H., et. al. eds. *Norton Anthology of English Literature*. 9th ed. 2012.

Bate, W. J. *From Classic to Romantic*. 1946.

Bennett, H. S. *Chaucer and the Fifteenth Century*. 1947.

Bredwold, L. I. *The Intellectual Milieu of John Dryden*. 1932.

Buckley, Jerome. *The Victorian Temper*. 1951.

Burtt, E. A. *The Metaphysical Foundations of Modern Science*. 1932.

Bush, Dougias. *English Literature in the Earlier Seventeenth Century*. 1945.

Ellmann, Richard, and Charles Feidelson, eds. *The Modern Tradition: Backgrounds of Modern Literature*. 1965.

Ferguson, W. K. *The Renaissance in Historical Thought*. 1948.

Frye, Northrop. *Fables of Identity*. 1963.

Graff, Gerald. *Literature Against Itself: Literary Ideas in Modern Society*. 1979.

Greenfield, S. B. *A Critical History of Old English Literature*. 1965.

Heller, Erich. *The Artis's Journey into the Interior and Other Essays*. 1965.

Houghton, W. E. *The Victorian Frame of Mind*. 1957.

Howe, Irving, ed. *The Idea of Modern in Literature and the Arts*. 1967.

Kristeller, Paul O. *Renaissance Thought: The Classic, Scholastic, and Humanistic Strains*. rev. ed. 1961.

Lasch, Christopher. *The Culture of Narcissism*. 1978.

Lewis, C. S. *English Literature in the 16th Century*. 1954.

Lovejoy, A. O. *Essays in the History of Ideas*. 1948.

Stapleton, Michael. *The Cambridge Guide to English Literature*. 1983.

Taylor, H. O. *Thought and Expression in the 16th Century*. 1920.

Vasta, Edward, ed. *Middle English Survey: Critical Essays*. 1965.

Wedgewood, C. V. *Seventeenth Century English Literature*. 1950.

Wrenn, C. L. *A Study of Old English Literature*. 1966.

Young, G. M. *Victorian England: Portrait of an Age*. 1953.

# 제2장 미국문학사

영미문학연구회 엮음. 『영미문학의 길잡이 2. 미국문학과 비평이론』. 창작과비평사, 2001.

Aufses, Robin Dissin, Renee H. Shea, and Lawrence Scanlon. *Conversations in American Literature: Language, Rhetoric, Culture.* 2014.

Baker, Houston A., ed. *Three American Literatures: Essay in Chicano, Native American, and Asian-American Literature for Teachers of American Literature.* 1982.

Baym, Nina, et. al. eds. *The Norton Anthology of American Literature.* 8th ed. 2012.

Boynton, Percy H. *A History of American Literature.* 2014.

Baker, Houston A. Jr. *Black Literature in America.* 1971.

Bell, Bernard W. *The Afro-American Novel and Its Tradition.* 1987.

Bradbury, Malcolm, and Richard Ruland. *From Puritanism to Postmodernism: A History of American Literature.* 1992.

Buell, Lawrence. *Literary Transcendentalism: Style and Vision in the American Renaissance.* 1973.

Gilyard, K., and Wardi, A. *African American Literature.* 2004.

Goddard, Harold C. *Studies in New England Transcendentalism.* 1908.

Gates, Henry Louis Jr., et. al. eds. *The Norton Anthology of African American Literature.* 3rd ed. 2014.

Lauter, Paul, ed. *Reconstructing American Literature.* 1983.

Matthiessen, F. O. *American Renaissance.* 1941.

Miller, Perry. *The Transcendentalists.* 1950.

Peter B. High. *An Outline of American Literature.* London and New York: Longman, 1996.

Porte, Joel. *Emerson and Thoreau: Transcendentalists in Conflict.* 1965.

Redding, Saunders. *To Make a Poet Black.* reissued. 1986.

Renker, Elizabeth. *The Origins of American Literature Studies: An Institutional History.* 2010.

Ruoff, A. Laonne Brown, and Jerry W. Ward, eds. *Redefining American Literary History.* 1990.

Wagner-Martin, Linda. *A History of American Literature: 1950 to the Present.* 2015.

Wilson, Edmund. *Axel's Castle.* 1936.

# 제3장 영미시의 이해

Abrams, M. H. *The Mirror and the Lamp: Romantic Theory and the Critical Tradition.* 1953.

Altieri, Charles. *Enlarging the Temple: New Directions in American Poetry.* 1979.

Armstrong, Isobel. *Victorian Poetry: Poetry, Poets and Politics.* 1996.

Bloom, Harold. *The Visionary Company: A Reading of English Romantic Poetry.* 1961.

Bowra, C. M. *The Heritage of Symbolism.* 1943.

Brooks, Cleanth, and Robert Penn Warren. *Understanding Poetry.* 1976.

Cheney, Patrick, Andrew Hadfield, and Garrett A. Sullivan, eds. *Early Modern English Poetry: A Critical Companion.* 2006.

Cornell, Kenneth. *The Symbolist Movement.* 1951.

Eliot, T. S. *The Sacred Wood: Essays on Poetry and Criticism.* 2013.

Fenton, James. *An Introduction to English Poetry.* 2004.

Frye, Northrop, ed. *A Study of English Romanticism.* 1968.

Gleckner, Robert F., and Gerald E. Enscoe, eds. *Romanticism: Points of View.* 1975.

Hollander, John. *Rhyme's Reason: A Guide to English Verse.* 2001.

Hough, Graham. *The Last Romantics.* 1949.

James, Clive. *Poetry Notebook: Reflections on the Intensity of Language.* 2015.

Jilles, F. W., and Harold Bloom, eds. *From Sensibility to Romanticism.* 1965.

McGann, Jerome. *The Romantic Ideology.* 1983.

McFarland, Thomas. *Romanticism and the Forms of Ruin.* 1981.

Orr, David. *Beautiful & Pointless: A Guide to Modern Poetry.* 2012.

Perkins, David. *A History of Modern Poetry: From the 1890s to the High Modernist Mode.* 1976.

Perrine, Laurence. *Sound and Sense: An Introduction to Poetry.* 1963.

Smith, Robert Rowland. *On Modern Poetry: From Theory to Total Criticism.* 2012.

Sutherland, James. *A Preface to Eighteenth Century Poetry.* 1948.

Symons, Arthur. *The Symbolist Movement in Literature.* 1919.

Vendler, Helen. *Poems, Poets, Poetry: An Introduction and Anthology.* 2009.

Waller, Gary F. *English Poetry of the Sixteenth Century.* 1993.

Williams, Oscar. *Immortal Poems of the English Language.* 1983.

# 제4장 영미소설의 이해

한국근대영미소설학회 편. 『18세기 영국소설 강의』. 신아사, 1999.

한국근대영미소설학회 편. 『19세기 영국소설 강의』. 신아사, 1998.

한국현대영미소설학회 편. 『20세기 영국소설의 이해 I』. 신아사, 2002.

한국근대영미소설학회 편. 『19세기 미국소설 강의』. 신아사, 2003.

한국현대영미소설학회 편. 『20세기 미국소설의 이해 I』. 신아사, 2003.

한국현대영미소설학회 편. 『20세기 미국소설의 이해 II』. 동인, 2006.

한용환. 『소설학사전』. 문예출판사. 2001.

Abrams, M. H., and and Geoffrey Harpham. *A Glossary of Literary Terms.* 8th ed. 2011.

Bloom, Harold. *Novelists and Novels: A Collection of Critical Essays.* 2007.

Booth, Wayne C. *The Rhetoric of Fiction.* 1961.

Bradbury, Malcolm. *The Novel Today: Contemporary Writers on Modern Fiction.* 1977.

Chase, Richard. *The American Novel and Its Tradition.* 1957.

Daishes, David. *The Novel and the Modern World.* 1939.

Dyson, A. E., ed. *The English Novel: Developments in Criticism since Henry James.* 1978.

Eagleton, Terry. *The English Novel: An Introduction.* 2004.

Forster, E. M. *Aspects of the Novel.* 1927.

Hale, Dorothy J. *The Novel: An Anthology of Criticism and Theory 1900-2000.* 2005.

Karl, Frederick R. *The Contemporary English Novel.* 1962.

Karl, Frederick and Marvin Magalaner. *A Reader's Guide to Great Twentieth Century English Novels.* 1972.

Leavis, F. R. *The Great Tradition.* 1948.

Lodge, David. *The Novelist at the Crossroads.* 1971.

Lubbock, Percy. *The Craft of Fiction.* 1926.

McKeon, Michael. *The Origins of the English Novel, 1600-1740.* 1987.

Richetti, John, ed. *The Cambridge Companion to the Eighteenth-Century Novel.* 1996.

Van Ghent, Dorothy. *The English Novel: Form and Function.* 1953.

Watt, Ian. *The Rise of the Novel.* 1957.

Williams, Raymond. *The English Novel: From Dickens to Lawrence.* 1970.

## 제5장 영미드라마의 이해

김동권 외. 『연극의 이해』. 건국대학교출판부, 2002.

김세영 외. 『연극의 이해』. 새문사, 1999.

에드윈 윌슨. 『연극의 이해』. 채윤미 역. 예니, 1998.

정진수. 『현대연극의 이해』. 예음, 1998.

조은영. 『영미드라마의 이해』. 동인, 1997.

Anderson, Michael, John Hughes, and Jacqueline Manuel. *Drama and English Teaching: Imagination, Action, and Engagement.* 2008.

Barnet, Sylvan. *An Introduction to Literature: Fiction, Poetry, Drama.* 1997.

Barranger, Milly S. *Understanding Plays.* 1994.

Bentley, Gerald Eades. *The Development of English Drama: An Anthology.* 1950.

Braunmuller A. R., and Michael Hattaway, eds. *The Cambridge Companion to English Renaissance Drama.* 2003.

Brooks, Cleanth. *Understanding Drama.* 2007.

Coldewey, John C. *Early English Drama: An Anthology.* 1993.

Corrigan, Robert W., ed. *Tragedy: Vision and Form.* 1980.

Corrigan, Robert W., ed. *Comedy: Meaning and Form.* 1980.

Fuchs, Elinor. *The Death of Character: Perspectives on Theater after Modernism.* 1996.

Harrington, John P. *Modern and Contemporary Irish Drama.* 2nd ed. 2008.

Jacobus, Lee A. *The Bedford Introduction to Drama.* 2012.

Kahrl, Stanley J. *Traditions of Medieval English Drama.* 1975.

Kinney, Arthur F. *Renaissance Drama: An Anthology of Plays and Entertainments.* 2005.

Klaus, Carl H., Miriam Gilbert, and Bradford S. Field. *Stages of Drama: Classical to Contemporary Theater.* 5th ed. 2002.

Morgan, Maggie E. *How To Teach English Culture To Foreigners Through Drama.* 2013.

Styan, John L. *The English Stage: A History of Drama and Performance.* 1996.

Sullivan, Garrett A., Patrick Cheney, and Andrew Hadfield, eds. *Early Modern English Drama: A Critical Companion.* 2005

Tennyson, G. B. *An Introduction to Drama.* 1967.

# 제6장 문학 이론과 비평

김용권 외 역.『현대문학비평론』. 한신문화사, 1994.

오생근 등편.『문예사조의 새로운 이해』. 문학과지성사, 2000.

이상우 외.『문학비평의 이론과 실제』. 집문당, 1997.

이상섭.『문학비평용어사전』. 민음사, 2001.

조성준, 신희천, 편저.『문학용어사전』. 청어, 2001.

테리 이글튼.『비평과 이데올로기』. 윤희기 역. 인간사랑, 2012.

Lentricchia, Frank, and Thomas, McLaughlin, eds.『문학연구를 위한 비평용어』. 정정호 외 역. 한신문화사, 1994.

Abrams, M. H., and Geoffrey Galt Harpham. *A Glossary of Literary Terms*. 10th ed. 2012.

Baldick, Chris. *The Oxford Dictionary of Literary Terms*. 4th ed. 2015.

Barry, Peter. *Beginning Theory: An Introduction to Literary and Cultural Theory*. 2009.

Bressler, Charles E. *Literary Criticism: An Introduction to Theory and Practice*. 5th ed. 2011.

Childs, Peter, and Roger Fowler. *The Routledge Dictionary of Literary Terms*. 2006.

Culler, Jonathan. *Literary Theory: A Very Short Introduction*. 2011.

Eagleton, Terry. *Literary Theory: An Introduction*. 3rd ed. 2008.

Frye, Northrop. *Anatomy of Criticism: Four Essays*. 1957.

Gilbert, Sandra M., and Susan Gubar. *Feminist Literary Theory and Criticism: A Norton Reader*. 2007.

Goulimari, Pelagia. *Literary Criticism and Theory: From Plato to Postcolonialism*. 2014.

Habib, M. A. R. *Literary Criticism from Plato to the Present: An Introduction*. 2011.

Hyman, Stanley Edgar. *The Armed Vision: A Study in the Methods of Modern Literary Criticism*. 1955.

Lodge, David. *Twentieth Century Literary Criticism: A Reader*. 1972.

Parker, Robert Dale. *Critical Theory: A Reader for Literary and Cultural Studies*. 2012.

Richards, I. A. *Principles of Literary Criticism*. 2001.

Selden, Raman, Peter Widdowson, and Peter Brooker. *A Reader's Guide to Contemporary Literary Theory*. 2005.

Tyson, Lois. *Critical Theory Today*. 2006.

인명색인

## ▌ㄹ

## ▌ㅁ

# ㅅ

| 필자 소개 |

**강석주**  서강대학교 영어영문학과를 졸업하고 동 대학원에서 영국르네상스 드라마와 셰익스피어를 전공
하여 박사학위를 받았다. 현재 국립목포대학교 영어영문학과 교수로 재직하고 있으며, 미국 UC
버클리대학에서 방문교수를 지냈다. 『전통비극담론의 보수성과 영국르네상스 드라마』(2014) 외
다수의 저서와 『말로 선집: 에드워드 2세, 파리의 대학살, 디도 카르타고의 여왕』(2011)과 『탬
벌레인 대왕, 몰타의 유대인, 파우스투스 박사』(2002) 등의 역서, 그리고 다수의 연구논문이 있
다.

**김재준**  전남대학교 영어영문학과를 졸업하고 전북대학교 대학원 영어영문학과에서 현대영미시를 전공
하여 박사학위를 받았다. 현재 국립목포대학교 영어영문학과 교수로 재직하고 있으며, UNC at
Chapel Hill에서 방문교수를 지냈다. 주요 논문으로는 「존 키츠의 〈엔디미온〉의 주제로서 순진
성의 상실과 그 의미」, 「시적 담론의 탈 중심화: 셰이머스 히니의 〈현장답사〉」, 「셰이머스 히니
의 〈겨울나기〉의 언어와 정치」, 「어둠의 공명으로서의 시: 셰이머스 히니의 〈산사나무 랜턴〉」
등이 있다.

**배 현**  서강대학교 영어영문학과를 졸업하고 동 대학원에서 현대영미소설을 전공하여 영문학 박사학위
를 받았다. 현재 국립목포대학교 영어영문학과 교수로 재직하고 있으며, 버지니아대학교와 브리
검영대학교 방문교수를 지냈다. 저서로 『영문학 교육과 연구의 문제들』(공저), 『담론의 질서』
(공저), 『영화로 읽는 영미소설 2-세상이야기』(공저) 등이 있으며, 주요 논문으로는 「현대 소설
가들의 딜레마와 존 파울즈의 응전」, 「존 파울즈의 『마법사』: 픽션과 리얼리티의 유희적 세계」
등이 있다.

# 알기 쉬운 영미문학

초판 발행일 2015년 8월 30일

**지은이**   강석주 · 김재준 · 배현
**발행인**   이성모
**발행처**   도서출판 동인
**주 소**   서울시 종로구 혜화로3길 5 118호
**등 록**   제1-1599호
**TEL**    (02) 765-7145 / **FAX**  (02) 765-7165
**E-mail**  dongin60@chol.com
**ISBN**   978-89-5506-672-2
**정가**    18,000원